Lea Söhner
Wie sehr ich dich finde

 Lea Söhner, Romanautorin, geboren im Schwäbischen, studierte Diakonie und Religionspädagogik. Zehn Jahre arbeitete sie als Diakonin in der kirchlichen Sozialarbeit. Unter anderem lebte sie in Israel, England, Indien und Südamerika. Zuletzt absolvierte sie eine Ausbildung zur Psychotherapeutin. Zwanzig Jahre lang führte sie zwei Institute für Tantramassagen (Dakini) in Stuttgart und Zürich.
Die Autorin lebt, liest und schreibt am Lago Maggiore in der Schweiz und in Argentinien.

Was bleibt, wenn die Wahrheit ans Licht kommt?
Stuttgart 1942. Die sechsjährige Helene wird von ihrem Vater in letzter Minute in die Schweiz gebracht – kurz danach verschwinden ihre Eltern spurlos.

Als junge Opernsängerin heiratet Helene den Stuttgarter Medizinstudenten Paul. Zu spät erfährt sie, wie unheilvoll dessen Vater mit dem Schicksal ihrer Eltern verknüpft ist.

Doch erst Jahrzehnte später, in der dritten Generation, offenbart sich die ganze Tragödie – und mit ihr die letzte Chance auf Versöhnung. Wird sich Helenes Enkelin endlich von der Bürde der Vergangenheit befreien können?

Lea Söhner

Wie sehr ich dich finde

Telemach-Verlag

Bibliografische Information der Deutschen Nationalbibliothek

Die Deutsche Nationalbibliothek verzeichnet diese Publikation in der Deutschen Nationalbibliografie; detaillierte bibliografische Daten sind im Internet über http://dnb.d-nb.de abrufbar.

Die automatisierte Analyse des Werkes, um daraus Informationen insbesondere über Muster, Trends und Korrelationen gemäß §44b UrhG »Text- und Data-Mining« zu gewinnen, ist untersagt.

2. Auflage

Die Originalausgabe erschien unter dem Titel »Wiederfinden« im Selbstverlag im Jahr 2023

© 2025 Mentoren-Media-Verlag,

Königsberger Str. 16, 55218 Ingelheim am Rhein

www.mentoren-verlag.de

Lektorat: Marie Schumacher, Leipzig

Korrektorat: Milena Fuchs, Berlin

Umschlaggestaltung: Nadine Nagel, Mainz

Autorenfoto: Claudia Fy, Güglingen

Satz und Layout: Marie Schumacher, Leipzig

Druck und Bindung: Azymut, Warschau, Polen

ISBN: 978-3-98641-200-5

Alle Rechte vorbehalten. Vervielfältigung, auch auszugsweise, nur mit schriftlicher Genehmigung des Verlages. Sämtliche Inhalte in diesem Buch entsprechen nicht automatisch der Meinung und Ansicht des Mentoren-Media-Verlages.

Liebe Leserinnen und Leser,

dieses Buch bearbeitet und reflektiert gesellschaftliche, historische, aber auch psychologische Spannungsverhältnisse.

Der guten Ordnung halber erfolgt eine Triggerwarnung für die gesamte Handlung des Buches.

Triggernde Inhalte können sein: sexuelle und körperliche Gewalt, Vergewaltigung, sexueller Missbrauch, selbstverletzendes Verhalten und Suizid.

Bei aller Tragik ist das Buch versöhnlich und bietet ungewöhnliche, positive Lösungen.

Wir wünschen uns für Sie alle das bestmögliche Leseerlebnis. Bitte achten Sie deshalb auf sich selbst und Ihre Gefühle!

Ihr Telemach-Verlag

Schmerz

Helene Hinrichsen, Suter, Schwartz, geb. 1936

Mai 1942

Wie ein stummer Lakai steht der Flügel vor ihr, schwarzglänzend und griesgrämig, den Deckel zugeklappt.

»Was hast du? Ich komm' doch wieder!«, zischt Helene. Da tritt sie ihm gegen das Schienbein, reißt sein breites Maul auf und schlägt mit der flachen Hand auf die weißen und schwarzen Zähne, dass er einen wütenden Schrei ausstößt.

»Helene!« Der Vater zieht die Augenbrauen hoch. »Wie weit bist du? Gleich müssen wir los.«

»Nur noch die Küche, dann bin ich fertig!«

Bevor sie das Musikzimmer verlässt, streift sie die Bücherwand entlang. Schlaft gut, bis ich wiederkomme und euch lesen kann, denkt sie, denn Bücher verstehen auch gedachte Wörter. Dann rennt sie in die Küche.

»Leb wohl Küchenschrank. Leb wohl Spüle. Leb wohl Tisch.« Sie tappt mit der Hand auf all die Dinge, die ihr so vertraut sind. Hoch und schrill wird ihre Stimme, denn sie muss sich an dem schleimigen Klumpen in ihrem Hals vorbeidrücken, und als Helene das kalte Metall des Gasherds berührt, blitzt ein Bild in ihr auf, das ihre Beine einknicken lässt; düster, grau und hoffnungslos. Doch bevor das Irrlicht von den Knien in den Kopf steigen kann, ertönt Vaters Stimme: »Beeil dich jetzt,

Mädchen! Ich gehe schon vor und halte ein Taxi an. Du kommst sofort, in Ordnung?«

»In Ordnung.«

Die Mutter hält ihr den Mantel hin und kniet nieder, um die Knöpfe zu schließen. »Warum kommst du nicht mit, Mama?«

»Du weißt doch, ich komme nach. Wir können nicht alle gleichzeitig fahren. So ist es nun mal.« Sie nimmt Helenes Kopf in die Hände und legt ihre Stirn an die ihre, sodass sich die Nasen berühren. Mamas Nase ist feucht.

»Warum kommst du nicht mit zum Bahnhof, damit wir winken können?«

»Du weißt doch, dann müsste ich den hässlichen Mantel anziehen.«

»Den mit dem blöden Stern?«

»Psst«, macht die Mama. »Über diesen Stern schweigen wir, das haben wir so besprochen, nicht wahr?«

In Helenes Kehle ballt sich eine Regenwolke zusammen. Sie will ihr Gesicht an Mamas Brust drücken, ihre weichen Hände in den Haaren spüren. Warum muss ich gehen, Mama, schreit sie ohne Worte. Da bohrt sich das Klingeln der Türglocke in ihre Ohren.

»Du musst gehen, mein Herz«, sagt Mama und umarmt Helene. Die macht sich frei, schlägt der Mama gegen das Bein und rennt die Treppe hinunter.

Im Taxi legt Papa den Arm um sie, da springen die Tränen aus ihr heraus. »Ist schon gut«, sagt er, doch er kann nicht wissen, dass sie Mama geschlagen hat, anstatt sie zum Abschied zu küssen. Bei jedem Schluchzer füllen sich ihre Lungen schon jetzt mit Sehnsucht nach Mamas warmen Lippen und nach dem Samt ihrer Wange.

Der Bahnsteig ist voll von Leuten. Helene hat Mühe, dem Vater zu folgen, trotz seines schleppenden Gangs. Er trägt einen braunen Koffer und sie den Rucksack aus dem schönen bunten Stoff. Pestilenzia, ihre Puppe, ist das einzige Spielzeug, das sie mitnehmen darf. Sie hat zwischen Pestilenzia und Kurt, dem Esel, wählen müssen. Leider muss Kurt nun zu Hause bleiben, aber Mama wird gut auf ihn aufpassen. Mama.

Schon wird sie von starken Armen gepackt und in den Waggon gehoben. Helene findet sich in einem einzigen Menschenteig wieder, der sie mit sich schiebt. Gerade will sie schreien, da zieht Papa sie heraus. Er nimmt sie auf den Arm und schlägt die andere Richtung ein. Dort sind sie fast allein.

»Wir fahren erste Klasse«, sagt Papa und Helene spürt, wie er aufatmet.

Auf der langen Reise nach Basel versucht sie, sich an das Bild zu erinnern, das beim Berühren des Küchenherds aufblitzte, aber wenn ein Traum erst einmal im Meer versunken ist, taucht er nicht mehr auf. Das hat Mama ihr erklärt.

»Wir sind an der Grenze angekommen. Bitte halten Sie Ihre Pässe und Papiere bereit«, krächzt es durch den Lautsprecher. Jetzt fährt der Zug langsamer und kommt laut quietschend zum Stehen.

Der Vater hält seine Brieftasche so fest, dass seine Fingerspitzen weiß werden.

»Reisepass bitte.« Drei Männer in Uniform versperren die Tür des Abteils.

Papa gibt einem der Soldaten zwei Büchlein aus der Brieftasche. Seine weißen Fingerspitzen zittern.

»Wohin geht die Reise?«

»Nach Basel, zu Professor Fuchs. Wir haben ein gemeinsames Forschungsprojekt an der Universität.

»Und das Kind?«, fragt der Mann.

»Sie soll mal was anderes sehen, bevor der Ernst des Lebens beginnt. Im Herbst kommt sie in die Schule.«

»Die Frau ist zu Hause geblieben?«

»Ja.«

»Gute Reise, Herr Professor.«

»Danke.«

Während der Zug ruckelt und wieder anfährt, atmet der Vater so lange aus, dass Helene meint, er würde schrumpfen. Er zieht sie an sich und lächelt. Papas Jacke riecht nach Pfeifentabak, nach Heimat und nach Güte.

Ein älterer Herr begrüßt Papa am Basler Bahnhof mit Handschlag und legt seine Hand noch einmal obendrauf. Die Männer sehen sich an und nicken.

»Da haben wir ja die kleine Helene!«, ruft der Mann und beugt sich zu ihr hinunter. »Das wird einmal eine Schönheit!«

Helene schüttelt den Kopf.

»Wie? Willst du keine Schönheit werden?«

Helene blickt zu Boden und murmelt: »Ich will Sängerin werden.«

»Prima«, antwortet Herr Fuchs, »das passt hervorragend zusammen!«

Die zwei Männer lachen. Papa streicht mit seiner Hand über ihren Hinterkopf, legt seine Arme um ihre Schultern und drückt sie an sich. Wie das Sterntalermädchen fängt sie die Stimmungen ein, die seine Hand herbeizaubern, saugt Wärme, Sanftheit und den väterlichen Schutz mit jedem Atemzug in sich auf und bettet alles zusammen in eine Schatztruhe, als müsste sie Liebesvorräte anlegen. In der Nacht geht sie hinüber ins Zimmer ihres Papas und schläft in seinem großen Bett. Sein Gute-Nacht-Kuss ist rau an ihrer Wange. Auch dieses Raue, Starke kommt in die innere Vorratstruhe.

Papa und Herr Fuchs verbringen den nächsten Tag außer Haus. Die Zeit nimmt kein Ende, während sie auf ihn warten muss, und als sich am Abend die schwere Haustür öffnet, fließt zusammen mit Papa warmes Abendlicht wie flüssiges Gold durch die Tür und bis in ihr Herz hinein.

»Schau, Helene«, sagt er später, »ich fahre morgen zurück nach Stuttgart und hole die Mama. In ein paar Tagen sind wir beide wieder hier.«

»Kann ich mit dir mitfahren und die Mama holen?«

»Nein, mein Mädchen, das haben wir doch schon besprochen. Es ist zu gefährlich.«

»Aber warum ist es gefährlich?«

»Weil es auffällt, wenn eine ganze Familie über die Grenze geht. Hast du nicht gehört, wie der Grenzbeamte nach Mama gefragt hat?«

»Und wie lange braucht ihr?«

»Eine Woche, höchstens. Die Fuchsens sind nette Leute, es wird dir gefallen.«

»Nett schon ...«

»Versuch einfach, mit deiner Pestilenzia zu spielen und dich gut zu benehmen.«

Mit dem Einschlafen zieht eine graue Wolke über Helenes Bett. Sie dehnt sich über ihrem Schlaf aus und bleibt auch am nächsten Tag über ihr hängen.

Die Fuchsens sind nett und die Woche ist lang. Frau Fuchs schreibt ihr die Wochentage auf einen Zettel und an jedem Tag, der vergangen ist, darf sie ein Kreuz machen. Sonntag. Montag. Dienstag. Mittwoch. Heute kommen die Eltern!

Herr Fuchs bestellt ein Taxi zum Bahnhof und Helene hüpft an seiner Hand. Sie ist ein wippender Blumenstrauß aus Veilchen, Tulpen und Osterglocken. Die Hand von Herrn Fuchs fühlt sich knochiger an als die von Papa, aber sie erinnert sie trotzdem an zu Hause. Viele Leute steigen aus. Manche werden erwartet, umarmen sich oder reichen sich die Hand. Die Sehnsucht nach Mamas weichen Händen, nach ihrem Duft, nach dem steifen Stoff ihres Mantels und nach ihrer Vergebung brechen wie wiederkehrende Wellen über ihr zusammen. Rasch leert sich der Bahnsteig.

»Sind sie vielleicht auf die Toilette gegangen?«, fragt Helene Herrn Fuchs mit wackeliger Stimme.

»Vielleicht. Dann müssten sie an dieser Stelle vorbeikommen, sie können uns nicht übersehen. Bleiben wir hier sitzen«, antwortet er.

Dann spricht er nichts mehr. Langsam zieht sich ein Ring um Helenes Hals. Es wird kalt. Es wird dunkel.

Dann steht Herr Fuchs auf. »Komm«, sagt er. »Wir gehen heim.«

»Vielleicht kommen sie morgen?« Helenes Stimme flackert.

»Vielleicht kommen sie morgen.«

Wieder sitzen sie auf der Bahnhofsbank, als am nächsten Tag der Zug aus Stuttgart eintrifft. Wieder bleiben sie sitzen, bis niemand mehr auf dem Bahnsteig steht. Dann gehen sie zurück. Der bunte Blumenstrauß hat sich in ein Bündel Angst verwandelt.

»Sie sind aufgegriffen worden.« Frau Fuchs flüstert diesen Satz im Flur, doch Helene hört ihn. Sie weiß nicht, was *aufgegriffen worden* heißt, aber sie weiß, dass es ihre Eltern betrifft.

»Du wirst deine Eltern nie wieder sehen, das hast du nun davon!«, kreischt auf einmal eine hässliche Stimme in ihrem Kopf und sogleich sagt Helene laut: »Aber doch, sie kommen wieder!«

»Wir hoffen, dass sie wiederkommen«, antwortet Herr Fuchs. Seine Stimme klingt, als würde er Papier zerreißen. Frau Fuchs sagt nichts, dreht sich um und geht in die Küche.

Beim Abendessen spricht niemand etwas. Nach dem Essen bittet Herr Fuchs Helene in den Salon.

Sie geht hinter ihm her, seine ledernen Hausschuhe bewegen sich lautlos auf dem glänzenden Holzboden und im Salon duftet es wie im Salon zuhause, nämlich nach Pfeifentabak und vielen Büchern.

»Helene, ich werde mit dir sprechen wie mit einer erwachsenen Frau. Wir haben eine Nachricht.«

Das Wort *Nachricht* berührt Helene wie ein brennender Zauberstab. Eine *Nachricht*. Sie kann nicht mehr an sich halten und schluchzt und schluchzt, es will einfach nicht mehr aufhören. Zu allem Unglück ist Pestilenzia nicht bei ihr. Herr Fuchs tröstet sie nicht und Helene ist froh darüber. Sie versucht, aufzuhören, doch immer wieder schüttelt ein Schluchzer ihren Leib.

»Im Augenblick wissen wir nicht, wo deine Eltern sind. Wir müssen noch warten, bis wir Genaueres hören.« In der Tat spricht Herr Fuchs mit ihr wie mit einer Erwachsenen und das hilft Helene, endlich mit dem Weinen aufzuhören. »Du bist hier in Sicherheit.«

»Und Mama und Papa sind nicht in Sicherheit?«, fragt Helene. Warum wird es so dunkel in diesem Raum?

Herr Fuchs zündet seine Pfeife an und schweigt lange. »Wenn ich ehrlich zu dir sein soll, Helene: Wir wissen es nicht.«

Seltsam tröstlich wirkt dieser Satz, fast wie kühle Salbe auf einer Brandwunde. Herr Fuchs spricht die Wahrheit aus und das gibt ihr ein merkwürdiges Gefühl von Verbundenheit. Er macht sich Sorgen um die Eltern, dann wird er auch alles tun, um sie zu finden.

Am Abend beim Einschlafen erklingt diese kreischende Stimme wieder in ihr: »Du bist schuld, sie wollen dich nicht mehr! Du hast deine Mama geschlagen. Sie will dich nicht mehr sehen und vielleicht ist ihr etwas passiert. Dann bist du schuld.«

»Gar nicht«, antwortet Helene, aber sie spürt, wie schwach sie gegen diese mächtige Stimme ist.

Gerade, als sie am nächsten Morgen in die Küche gehen will, hört sie die Fuchsens miteinander reden, ohne dass sie lauschen will. »Das Kind muss unter Kinder. Helene kann hier nicht bleiben, da wird sie ja verrückt.«

»Erst müssen wir abwarten, ob weitere Nachrichten kommen.«

»Alfred weiß nur, dass sie von unseren Grenzern aufgegriffen und zurückgeschickt wurden. Ob sie auf dem Rückweg unbehelligt geblieben sind, ist unklar.«

»Warten wir noch ein paar Tage, dann müssen wir eine Lösung für das Kind finden. Sonst werden auch die Nachbarn misstrauisch.«

Helene klopft leise an die angelehnte Tür. »Sind Mama und Papa zu Hause? Holen sie mich dann wieder?«

»Wir wissen es nicht, mein Schatz«, sagt Frau Fuchs. »Komm, trink deine Milch und iss den Butterzopf.«

So langsam, wie dieser Tag dahinschwindet, ist in Helenes Leben noch nie einer vergangen. Sie versucht, die Zeit anzuschieben und zu drängeln, aber Tage haben ihre eigene Geschwindigkeit. Mal rasen sie, mal trödeln sie, mal trippeln sie vor sich hin; und manchmal bewegen sie sich gar nicht.

Nach dem Essen zieht sich Herr Fuchs zurück, und Frau Fuchs geht in die Küche. Helene schleicht die Treppe nach oben in ihr Zimmer, um nach Pestilenzia zu schauen. Die sitzt noch immer auf dem Bett und ist traurig.

»Du musst jetzt erwachsen sein, Pestilenzia, und nicht immer heulen. Wir müssen fest an Mama und Papa denken. Vielleicht können wir sie herbeidenken«, erklärt Helene. Sie nimmt die Puppe an sich und zusammen versuchen sie, ganz fest an Mama und Papa zu denken, aber alles, was Helene einfällt, ist, dass sie die Mama zum Abschied geschlagen hat und nicht geküsst. Das ist der Grund, warum sie nicht mehr kommen.

Die dunkle Wolke senkt sich auf Helene herunter. Sie versucht den Atem anzuhalten, um ihren Staub nicht in die Nase zu bekommen; so lange, bis sich die Luft von selbst einen Weg in ihre Lungen bahnt. Angst belegt Helenes Zunge und der Klumpen Sehnsucht in ihrem Magen wird immer dicker. Dann gleitet sie aus dem Zimmer, geht auf Strümpfen die Treppe hinunter; so leise, dass niemand sie hören kann. Sie durchstreift einen Raum nach dem anderen. Die Tür zum Musikzimmer ist angelehnt. Drinnen steht ein Flügel. Als sie sich ihm nähert, kreischt die Stimme in ihrem Kopf: »Was machst du da? Das darfst du nicht! Hast du gefragt?«

»Das darf ich wohl«, sagt Helene, klappt den Deckel auf und spürt, wie der Flügel sich freut. Geübt dreht sie den Hocker nach oben und nach ein paar Tönen fällt ihr ein Lied ein. Sie spielt es langsam, denn wenn man traurig ist, kann man nicht schnell und fröhlich spielen, das weiß doch jeder. Als sie es fertig gespielt hat, fängt sie noch einmal von vorne an. Zu Hause hat sie das Lied auch gespielt und mit Papa zusammen gesungen. Sie kann noch die Worte, auch die Musik dazu schläft in ihrem Bauch, doch als sie singen will, findet sie nur trockenes Laub in ihrem Mund und keinen einzigen Ton. Auch das nächste Lied spielt sie langsam. Dann merkt sie, dass ihr Gesicht ganz nass ist.

Jemand klatscht langsam in die Hände. Herr Fuchs steht an der Tür. Helene schämt sich schrecklich.

»Du spielst sehr schön«, sagt Herr Fuchs.

Sie starrt auf eine Stelle direkt neben seinen Schuhen.

»Ich höre an deinem Spiel, dass du traurig bist. Du musst verstehen, Mädchen, in Deutschland ist Krieg.«

Helene nickt.

Herr Fuchs klopft ihr auf die Schulter. »Du darfst jederzeit spielen, wenn du willst.«

Der nächste Tag vergeht ebenso langsam wie der vorherige und auch der übernächste will einfach nicht enden. Herr Fuchs ist viel unterwegs. Helene spielt mit Pestilenzia. Ab und zu ist da wieder diese kreischende Stimme. Sie nennt sie Grippe, das hört sich an wie Gerippe und erscheint ihr passend.

Unten öffnet sich die Haustür. Wie jeden Tag wird sie in diesem Moment von einer Welle aus Freude und Aufregung erfasst. Bringt Herr Fuchs die Abendsonne mit und ihre Eltern im goldenen Licht? Sie rennt die Treppe hinunter. Jeden Tag. Herein kommt der erschöpfte Herr Fuchs; aber kein Papa, der nach ihr ruft, auch keine Mama, die ihre Arme aufreißt, damit Helene darin verschwinden kann. Graue Luft und Traurigkeit blasen die Kerze ihrer Freude aus. Jeden Abend. Helene geht wieder nach oben, spielt mit Pestilenzia. Jeden Tag.

»Was rennst du immer runter?«, schrillt Grippe. »Du siehst doch, es bringt nichts.«

Plötzlich ertönt noch eine zweite Stimme in ihrem Kopf. Ganz anders, nicht so hoch und nicht so laut wie Grippe, sondern etwas vernünftiger und erwachsener klingt sie, und sie sagt: »Wenn man es recht bedenkt, hast du Rabeneltern.«

Das Wort *Rabeneltern* hat Helene gehört, als sie noch in den Kindergarten durfte – bevor sie als Halbjüdin zu Hause bleiben musste. Das war vor langer Zeit. Sie hat die Kinderschwester gefragt, was Rabeneltern seien, und dann war Helene froh, normale Eltern zu haben.

»Wenn sie sich für dich interessieren würden, hätten sie dir wenigstens einen Brief geschrieben.« Die neue Stimme drückt sich gewählt aus.

»Nein«, widerspricht Helene. »Nein, meine Eltern sind keine Rabeneltern, das weiß ich. Nicht wahr, Pestilenzia? – Siehst du! Auch Pestilenzia weiß, dass meine Eltern keine Rabeneltern sind.«

»Und warum sind sie dann noch immer nicht hier, in diesem altehrwürdigen Haus?«, fragt die neue Stimme. »Wenigstens eine Nachricht hätten sie dir zukommen lassen können. Wenn sie keine Rabeneltern wären, hätten sie von sich hören lassen.«

Da weiß Helene nichts zu sagen und drückt Pestilenzia an sich.

Am nächsten Abend, als Herr Fuchs die Haustür öffnet, versucht sie, langsam hinunterzugehen, wie eine Erwachsene. Es gelingt ihr nicht. Atemlos ruft sie schon von der Treppe: »Herr Fuchs, haben Sie von meinen Eltern etwas gehört?«

»Nein, leider nicht, Helene«, sagt er, als sie bei ihm unten steht. »Wir haben jede Spur zu deinen Eltern verloren. Sie können es nicht riskieren, uns zu schreiben, das wäre zu gefährlich.« Sein Gesicht ist gräulich und unter den Augen sind Halbmonde aus Haut, die sie vorher nicht gesehen hat. »Wir wissen nicht, wie lange das noch geht, deshalb brauchen wir eine Lösung für dich.«

Lösung? Sie wartet. Großbrand im Inneren.

»Du sollst unter andere Kinder. Hier zu sitzen und zu warten, das ist zermürbend.«

Wieder ein neues Wort: *zermürbend*. Das hört sich an wie die Tage, die nicht vergehen und wie die Angst um ihre Eltern, es hört sich auch an wie die Traurigkeit, die ihr Löcher ins Herz reibt. *Zermürbend*. Dieses Wort wird sie sich merken müssen.

»Dein Vater hat gut vorgesorgt. Von Anfang an hatte er die schlimmsten Befürchtungen.« Dann, etwas leiser, wie zu sich selbst, fügt Herr Fuchs hinzu: »Leider hat er recht behalten.« Dann atmet er durch. »Nun, es gibt also Geld. Wir sind dabei, eine Familie für dich zu suchen, wo du wohnen kannst und wo es auch andere Kinder gibt.«

Das sind keine Worte, das sind Messerstiche: *Eine Familie. Andere Kinder. Schlimmste Befürchtungen.*

»Und wenn dann meine Eltern hierherkommen und mich nicht finden?« Helene hört sich fast so schlimm kreischen wie Grippe.

»Selbstverständlich werde ich dafür sorgen, dass deine Eltern dich sofort finden, wenn sie hier auftauchen. Ich werde regelmäßig nach dir schauen. Du bist mein Mündel, bis deine Eltern kommen.«

Im Wohnzimmer ihrer Großmutter in Stuttgart gab es einen Zinnsoldaten, der war hart und spitzig. Im Gesicht stand ihm die Angst, dass er im Krieg sterben wird. So starr steht Helene jetzt vor Herrn Fuchs.

»Warte noch ein paar Tage«, sagt er und während er tief atmet, reibt er sich mit den Fingerspitzen die Augen. »Ich muss noch einiges organisieren. Dann werden wir dich gut unterbringen. So, jetzt lass uns zum Abendessen gehen. Es riecht schon gut aus der Küche.«

»Wie war es an der Universität?«, fragt Frau Fuchs ihren Mann beim Abendessen.

»Anstrengend.«

Dann legt sich das dicke Tuch der Stille wieder über den Tisch.

»Iss doch, Kind«, sagt Frau Fuchs. »Schmeckt es dir nicht?«

»Iss wenigstens aus Höflichkeit«, spricht die neue, vernünftige Stimme zu ihr.

Giselle, kommt Helene in den Sinn. So heißt diese neue Stimme. Giselle und Grippe. Sie gehorcht Giselle und isst ihr Abendbrot.

Wieder ein Abend, an dem unten die Haustür geht. Wieder will sie losrennen. Ihr Herz klopft, aber Giselle hält sie auf dem Zimmer.

»Es bringt nichts, dein albernes Gerenne.«

Doch gerade an diesem Abend ruft Herr Fuchs von unten. »Helene, willst du mich heute nicht begrüßen?« Seine Stimme klingt fröhlich und Helene stürmt die Treppe hinunter.

»Gibt es Nachricht von meinen Eltern?«, fragt sie in der gestelzten, erwachsenen Art, die Giselle sie gelehrt hat.

»Nein, leider nicht von den Eltern, aber ich habe eine Familie gefunden, bei der du leben kannst, bis deine Eltern kommen!«

Helene schrumpft zusammen wie ein benutztes Taschentuch.

»Keine Angst, das sind nette Leute. Sie haben drei Kinder. Jetzt wohnst du schon mehrere Wochen hier und wirst immer stiller.«

Helene nickt. Alles ist leer und die graue Wolke hängt so dicht über ihr, dass sie fast von ihr verschluckt wird.

»Komm mit in den Salon, da können wir alles in Ruhe besprechen«, sagt er und geht voraus.

»Du bist schon sehr erwachsen«, beginnt er zögerlich, nachdem er es sich auf dem Ledersessel bequem gemacht hat. »Deshalb kann ich jetzt offen mit dir sprechen.« Dabei zündet er sich seine Pfeife an. »Du bist Deutsche und die Behörden wollen nicht, dass deutsche Kinder hierherkommen und in Pflegefamilien untergebracht werden.« Herr Fuchs macht eine Pause. »Du bist Halbjüdin.« Nach einem Zug aus seiner Pfeife fährt er fort: »Für Juden ist es zurzeit extrem schwierig, in Deutschland zu leben. Ich denke, deine Eltern werden sich durchschlagen. Aber wir wissen es nicht, und vielleicht müssen wir abwarten, bis dieser Albtraum vorbei ist.«

Juden. Halbjüdin. Albtraum. Durchschlagen. Grenze. Die dunkle Wolke über ihr ist aus solchen Worten geformt. Helene nickt stumm. Auch Grippe und Giselle bleiben seltsam ruhig.

»Ich konnte dir einen schweizerischen Pass besorgen, auf den Namen Helen Suter.« Als Helene nicht antwortet, spricht Herr Fuchs weiter: »Das bedeutet, dass du ab jetzt Helen Suter heißt.«

»Aber ich heiße doch Helene Hinrichsen!«

»Genau. Und ab heute darf das niemand mehr wissen. Die Gestapo hat lange Arme, bis in die Schweiz hinein. Auch die Kinder, mit denen du jetzt wohnen wirst, dürfen das nicht wissen. Du heißt ab jetzt Helen Suter.«

Sie schaut auf seine makellos glänzenden Schuhe. Das Wort *Gestapo* hat sie schon gehört, das muss ein grausamer Drache sein, mit Armen, länger als die Eisenbahn.

»Ich dachte mir schon, dass du groß und vernünftig bist. Sollen wir deinen neuen Namen üben?«

Helene zögert und nickt dann.

»Wie heißt du?«

»Helene Suter.« Das Wort schwebt so leise aus ihrem Mund wie ein Löwenzahnschirmchen.

Herr Fuchs bittet sie, es zu wiederholen.

»Helene Suter.«

»Schon besser. Aber in der Schweiz bist du Helen, ohne e am Schluss.«

»Helen Suter«, flüstert sie, dann sagt sie es noch einmal. »Helen Suter.«

»Schaffst du es, in der neuen Familie nicht viel über dich zu erzählen? Sag den Kindern, deine Eltern seien in den Bergen verschollen. Mehr sagst du nicht.«

Helene nickt, obwohl sie nicht weiß, was verschollen heißt; und Berge kennt sie nur aus ihrem Bilderbuch. Grippe und Giselle schweigen.

»Ich war heute in Bern und habe mir das Haus angeschaut, wo du wohnen wirst.« Herr Fuchs macht eine kurze Pause und zieht den Rauch seiner Pfeife ein. »Es sind einfache Leute, aber das Wichtigste ist, dass wir eine intakte Familie mit aufgeweckten Kindern haben.«

Helene steht vor Herrn Fuchs wie ein leerer Karton.

»Übermorgen machen wir uns auf den Weg nach Bern. Und denk immer daran: Du bist jetzt mein Mündel und ich schaue nach dir. Wenn du irgendetwas brauchst, kannst du mir jederzeit einen Brief schreiben.«

Helene nickt. Dass sie noch gar nicht schreiben kann, fällt ihr erst später ein.

»Dann lass' ich dich jetzt. Wenn du willst, kannst du Klavier spielen oder auf dein Zimmer gehen.«

Helene versteht nicht, was sie jetzt tun soll.

Herr Fuchs nickt ihr freundlich zu. »Du darfst jetzt gehen«, sagt er.

Da zischt Giselle in ihrem Kopf: »Merkst du nicht, dass du das Zimmer jetzt verlassen musst?«

Sie dreht sich um und öffnet die schwere Tür. Aber nicht weit genug, und als sie den nächsten Schritt nach draußen tun will, schlägt sie mit dem Kopf an die Türkante. Das tut furchtbar weh. Trotzdem fühlt es sich seltsam erleichternd an, als würde sich der Schmerz von innen nach außen Bahn brechen.

Giselle schreit: »Entschuldige dich gefälligst!«

»Oh, Entschuldigung bitte. Gute Nacht, Herr Fuchs«, sagt Helene.

»Hoffentlich hast du dir keine Beule geholt«, sagt Herr Fuchs schmunzelnd.

Auf der Eisenbahnfahrt am Sonntag spricht er nur wenig. Als niemand mehr im Abteil sitzt, gibt Herr Fuchs ihr ein kleines rotes Büchlein mit einem großen weißen Kreuz darauf. »Am besten, du steckst das in deinen Rucksack. Das ist dein Schweizer Pass. Verliere ihn nicht, pass immer gut darauf auf«, sagt er leise. »Weißt du noch deinen neuen Namen?«

Helene erschrickt.

»Suter heißt du jetzt. Helen Suter.«

»Helen Suter«, wiederholt sie, und ihre Stimme liegt im Sterben.

Da ertönt, förmlich wie immer, Giselle in ihrem Kopf: »Am besten, du sprichst gar nicht mehr, damit du nichts Falsches sagst.«

Grippe kreischt: »Jawohl! Du kannst mit uns sprechen, das sollte dir reichen. Dann machst du nicht ständig irgendwelche Fehler.«

Das erscheint Helene vernünftig. So kommt es, dass ihr neuer Name für viele Jahre das Letzte ist, was Helene sagt.

»Grüessäch, Herr Profässer!« Eine breite Frau mit Kopftuch und einer großen Schürze füllt den Eingang zum Haus vollständig aus. Dann beugt sie sich zu Helene, streckt ihr die Hand hin und sagt: »Du bisch auso s' Meitschi. Zu mir chasch itz Muetter säge.« Ihre Hand ist ein Holzscheit, rau und rissig; und Helene fragt sich, welche Sprache diese Leute sprechen.

In der Küche stehen drei Kinder im Halbkreis um sie herum und glotzen sie an. Herr Fuchs stellt Helene vor. Er sagt *Helen Suter*. Dann bittet er die Kinder, ebenfalls ihre Namen zu nennen. Da ist Beat, er ist schon elf Jahre alt, dann ist da Anneli, sie ist neun, und zuletzt – viel jünger als Helene – noch Vreneli. Frau Hostettler schickt ihre Kinder in den Garten, damit sie in Ruhe mit dem Herrn Professor und dem neuen Mädchen sprechen kann.

»Das isch es Judemeitschi us Dütschland, gäuet?«

»Frau Hostettler, es wäre gut, wenn Sie dies nie wieder sagen würden, um keine Missverständnisse aufkommen zu lassen. Nein, es ist kein

Judenmädchen aus Deutschland! Helen besitzt einen Schweizer Pass und es hat alles seine Ordnung.« Herr Fuchs spricht freundlich, aber Helene fühlt das Schwert in seinen Worten. »Das Mädchen ist auch kein Verdingkind. Wir bezahlen Sie gut dafür, dass das Kind hier Heimat und Geschwister findet.«

»Gwüss doch, Herr Profässer«, sagt Frau Hostettler. »Mir häbe Sorg zu däm Meitschi.«

Förmlich verabschiedet sich Herr Fuchs zuerst von Frau Hostettler, dann von Helene. Als er das Haus verlässt, nimmt er in seiner braunen Aktentasche ihr bisheriges Leben mit. Helene klebt am Fußboden der fremden Küche und starrt auf die Tür, die sich hinter ihm geschlossen hat. Als der Lärm der hereinkommenden Kinder in ihre Welt einbricht, steht sie noch immer reglos an derselben Stelle.

Zum Abendessen kommt auch Herr Hostettler. Er hat staubige, struppige Haare und rote Wangen. Zwischen der Nase und den Mundwinkeln sind tiefe Furchen. Mit ernstem Gesicht nickt er Helene zur Begrüßung zu. Streng und erschöpft sieht er aus; und die Kinder sind viel ruhiger, wenn er im Haus ist. Dann zeigt man ihr, wo sie schlafen kann. Es ist ein kleines Zimmer, in dem auch Anneli und Vreneli ihre Betten haben. Noch nie hat sie in einem Zimmer mit anderen Kindern geschlafen. Zum Glück ist Pestilenzia mit dabei.

In den nächsten Tagen lösen sich einzelne Worte aus dem Klangteppich der fremden Sprache und fallen wie Perlen in ihre Hände. Sie fängt sie auf und hält sie gegen das Licht, schüttelt sie, lauscht in sie hinein, und schon nach einer Woche versteht sie alles, was gesprochen wird. Sie hat sich selbst hineingeflochten in dieses bunte Tuch aus krachigen, rollenden, singenden Tönen.

Das Haus der Familie ist viel kleiner als ihre Wohnung in Stuttgart mit ihren hohen Decken. Es ist auch kleiner als das Haus von Herrn und Frau Fuchs – trotzdem wohnen viel mehr Leute darin. Da gibt es die große Küche, die gleichzeitig Esszimmer und Salon ist. Im Nähzimmer von Frau Hostettler stapeln sich Stoffe, Kleider, Hosen, Jacken, die geändert oder repariert werden. In einer Ecke des Nähzimmers hat Beat sein Bett stehen. Ein Musikzimmer gibt es nicht, auch keine Bibliothek und keinen Flügel.

Draußen fällt ein Garten bis hinunter zum Fluss, mit Gemüsebeeten und einer kleinen Hütte auf einem eingezäunten Platz. Dort weiden vier Schafe. Die Werkstatt von Herrn Hostettler ist an das Haus angebaut. Er ist Schreiner und macht Tische und Schränke aus Holz. Oft ist er auf einer Baustelle, wie man Helene sagt. Sie weiß nicht, was eine Baustelle ist, das Wort hört sich aber gut an. Ungefähr wie Bauklötze. Ganz unten, wo der Garten aufhört, rauscht ein riesiger Fluss, der so schnell fließt, dass man ihm kaum mit den Augen folgen kann.

Eines Morgens wird sie von Geschrei aus dem Schlaf gerissen. Ein Schaf hat Junge bekommen. Sie rennt den anderen hinterher, drei kleine Lämmer stehen auf wackeligen Beinen, versuchen aber schon, an ihrer Mutter zu nuckeln. Eines der

Schäfchen ist ein wenig verletzt, es kann nicht allein aufstehen.

»Mir müesse haut waarte«, sagt Herr Hostettler. Er macht ein schleifendes Geräusch, indem er mit der Hand an seinem unrasierten Kinn reibt. Aber Helene muss nicht warten, sie wird zu einem Ozean aus Liebe für dieses Schäfchen. Seine Mutter stößt es weg, als es trinken will. Eines seiner Beinchen ist kürzer. Helene nähert sich ihm vorsichtig und denkt viele liebe Worte und das Schäfchen versteht alles, auch ohne dass sie spricht.

»Me mues ihm d'Miuch mit dr Fläsche gäh, süsch überläbt's nid«, sagt jemand hinter ihr. So beschäftigt war sie, dass sie die Anwesenheit von Herrn Hostettler vergessen hat. Er melkt das Mutterschaf, dann füllt er die Schafsmilch in eine Saugflasche und reicht sie Helene. Als sie das Lämmchen an der Flasche saugen lässt, durchflutet sie ein goldenes Glück, wie die Abendsonne, die damals mit Papa durch die Tür geflossen ist.

Papa. Mit der Erinnerung an Papa trinkt sie einen Schluck Schmerz, der ihr die Kehle verbrennt, doch das Schäflein schnappt nach der Saugflasche und Helene ist nur noch Liebe. »Kurt«, schießt es ihr durch den Kopf. Da sticht ihr das Heimweh in die Flanke. Kurt, den Esel, hat sie zu Hause im Kinderzimmer liegen lassen müssen. Kurt heißt das Schäfchen für Helene, aber das können die anderen nicht wissen, sie nennen es *ds'chliine Schääfli*. Auch sie wollen ihm die Flasche geben, verlieren aber nach kurzer Zeit das Interesse.

Als Helene an diesem Abend zu Bett geht, ist die graue Wolke verschwunden. Sie kann die Zimmerdecke über ihrem Bett sehen und draußen ist das dunkelblaue Himmelstuch über und über mit leuchtenden Goldsternen bestickt. Vielleicht hat Herr Fuchs recht und das Warten auf die Eltern ist an diesem Ort besser als bei Fuchsens.

Der Postbote bringt einen Brief für Frau Hostettler. Er ist von Herrn Fuchs. Im Umschlag liegt ein weiterer kleiner Brief für Helene. Frau Hostettler bewegt stumm den Kopf entlang den Zeilen des großen Briefes hin und her, dann faltet sie ihn wieder zusammen und liest Helene den kleinen vor.

Liebe Helen,
in zwei Wochen sind die Ferien vorbei und du kommst zur Schule. Von Frau Hostettler habe ich erfahren, dass du dich gut eingelebt hast in der Familie und ich hoffe, es geht dir gut. Frau Hostettler macht sich Sorgen darüber, dass du noch kein Wort gesprochen hast. Sie überlegt, dich in die Hilfsschule zu schicken. Aber ich nehme an, du bist gescheit genug, um in die normale Schule zu gehen. Vielleicht wirst du bald wieder anfangen zu reden.
Wie versprochen melde ich mich sofort, wenn wir weitere Nachrichten von deinen Eltern haben.
Mit freundlichem Gruß
Prof. Dr. E. Fuchs

Sie rennt aus der Küche und wirft sich auf das Bett, die Beine angezogen, Pestilenzia fest an sich gepresst. Mama und Papa kommen vielleicht! Ihr

Herz hüpft ihr aus der Brust, sie hält mit beiden Händen ihre Bluse fest. Sie kommen vielleicht! Kurt und ihr neuer Alltag mit den Kindern und Nachbarskindern zerfließt zu einer bunten Masse und die Eltern erheben sich aus diesem farbigen Brei, steigen auf in lichtsilbernen Farben und schließen Helene in ihre weichen, duftigen Arme. Jetzt sind sie wieder da, in ihrem Herzen, und mit ihnen der reißende Schmerz.

Später schleicht sie in den Garten. Kurt kommt ihr schon entgegengehumpelt. Sie nimmt ihn in die Arme und wiegt ihn vor und zurück, vor und zurück. Da kommt Beat angetrabt, hinter ihm Anneli und Vreneli sowie ein paar Nachbarskinder.

»Chunnsch mit? I d'Aare.« Beat muss während der Ferien in der Werkstatt des Vaters arbeiten, aber am Nachmittag hat er frei. Er ist ein ruhiger, langsamer Junge und es kommt Helene manchmal so vor, als sorge er sich um sie. Immer lädt er sie ein, wenn die Kinder etwas zusammen aushecken.

Schwatzend und lachend rennen alle flussaufwärts, Helene und Vreneli als Schlusslichter. Sie machen an einer Stelle halt, an der man gut in die Aare steigen kann. Der Nachbarsjunge Tedu und Beat halten Vreneli rechts und links an den Händen, springen mit ihr ins Wasser, Anneli und die großen Mädchen hinterher. Der Fluss reißt sie sofort mit und binnen einer Sekunde sind alle meterweit abgetrieben. Starr vor Schreck bleibt Helene stehen. Immerhin kann sie noch die Köpfe sehen und das Schreien und Jauchzen hören, sie scheinen keine Angst zu haben. Helene rennt den gleichen

Weg zurück, schnauft und schwitzt, aber sie kann die anderen Kinder nicht mehr einholen, so schnell hat der Fluss sie von ihr weggerissen.

Tropfnass kommen sie ihr entgegen, und alle nehmen wieder denselben Weg flussaufwärts. Schwimmen sei ganz einfach, erklären Beat und Tedu, man müsse gar nichts tun, nur eben nicht sinken, und wenn sie wolle, könne man sie in die Mitte nehmen, genau wie Vreneli. Helene strahlt vor Glück.

Das Wasser ist schockartig kalt und reißt die drei gewalttätig vom Ufer weg. Wie Eisenringe greifen die beiden Jungs ihr Handgelenk, das tut weh und gut. Schwierig wird das Aussteigen. Beat schwimmt auf die großen Steine am Ufer zu, mit einer Hand hält er sich fest, Helene und Tedu werden vom Wasser weitergezerrt. Bevor bei Helene die Panik ausbricht, ist Tedu auch schon mit einer Hand am Ufer. Sie lässt sich ins Gras fallen, über ihr dreht sich der Himmel und in ihr das Glück.

Als der Sommer zu Ende ist, kann Helene schwimmen wie der Teufel. Sie ist braun gebrannt, hat Muskeln bekommen, ihre Kleider passen nicht mehr, und immer häufiger blitzt die Sonne durch die graue Wolkendecke. Sie kommt nicht in die Hilfsschule, sondern in die normale Schule. Noch immer bleibt sie stumm, doch mit dem Lesenlernen eröffnet sich für sie eine neue Welt.

Die Hostettlers sind nett, auch die Kinder, aber sie bleiben ihr fremd. Der ruhige Beat mit dem breiten Gesicht und seinen wachsamen Augen ist ihr am nächsten. Anneli will nur mit den älteren Mädchen spielen und Vreneli ist zu klein. Doch tagsüber hat sie Kurt und in der Nacht hat sie Pestilenzia, die einzige Zeugin ihres alten Lebens, und wenn sie von Fräulein Seematter, der Lehrerin, ein Buch bekommt, sitzt oder liegt sie tagelang irgendwo, bis sie es zu Ende gelesen hat. Dann spürt sie die leise Ungeduld Frau Hostettlers wie ein feines Kribbeln im Rücken.

Im Garten werden Kartoffeln, Chabis und Tomaten angebaut; Erdbeeren, Himbeeren, Cassis müssen gepflückt und eingekocht werden. Zwei Apfelbäume und ein Zwetschgenbaum stehen unten am Flussufer. Beat geht jeden Tag nach der Schule in die Werkstatt des Vaters, Anneli hilft beim Nähen und im Garten. Mit der Kartoffelernte beginnt auch Helenes Mitarbeit im Garten und im Haus.

So geht das erste Schuljahr in den Winter, wo die Kinder zusammen auf dem Schlitten den Hang hinunter rasen und mit einem scharfen Schwenk kurz vor dem Fluss zum Stehen kommen. Das Frühjahr und der nächste Sommer sind ausgefüllt mit Gartenarbeit, Lesen, Schwimmen in der Aare und vor allem mit Kurt.

Die beiden gesunden Lämmer sind verschwunden. »Verchouft«, sagt Beat. »S'isch Chrieg, da gits weni Fleisch.« Zum Glück ist Kurt dageblieben, und bald kommen wieder neue Schäflein zur Welt. Auch die sind niedlich, doch für Helene zählt nur Kurt.

S'isch Chrieg. Die schneidende Windböe einer Erinnerung zischt ihr um die Ohren. *Es ist Krieg und für Juden ist es extrem schwierig, in Deutschland zu leben.* Wie braune Blätter im Herbststurm tosen Herrn Fuchsens Worte um Helene herum, klatschen ihr ins Gesicht, stechen ihr in die Augen und kleben an ihrem Mantel. Hier ist kein Krieg, auch wenn die Leute oft davon sprechen. Man hat Lebensmittelmarken, tauscht Gartenfrüchte aus, Frau Hostettler reibt Kartoffeln in den Brotteig. Alles ist knapp, vor allem Fleisch und Kaffee.

Ist sie ein *Judemeitschi*? Was ist eigentlich ein Jude? An Weihnachten kann sie sich gut erinnern, denn sie hatten immer einen Christbaum und der Vater las aus der Bibel vor. Wenn man an Jesus glaubt, ist man schließlich kein Jude. Was noch? Ihre Mutter hat manchmal mit ihr gesungen.

Die Bilder verschwimmen in ihrer Erinnerung, sie wischt sie weg, aber der Schmerz hat sich mit seinem bitteren Widerhaken bereits in ihre Seele verbissen. Sie will sich im Mantel ihrer Mutter verstecken, in den Falten ihres Kleides verschwinden, ihren warmen Bauch spüren und ihre Hände, die sie umschlungen halten. Sie will ihren Duft einsaugen, auf Papas Schultern sitzen, mit dem Kopf in den Wolken und an den Füßen von seinen Händen sicher umgriffen.

An einem wunderschönen Morgen im Mai reißt ein großer Junge die Tür des Klassenzimmers auf und schreit: »Dr Chrieg isch fertig!«

»Raus mit euch in den Schulhof«, ruft die Lehrerin in den Tumult hinein. Während sich die Schüler dort sammeln, hisst der Schulleiter die Fahnen.

An der einen Ecke des Schulhofes das Schweizer Kreuz, an der anderen Ecke die Fahne des Kantons Bern mit dem Bären. »Überall ist Beflaggung angeordnet«, hört Helene einen anderen Lehrer rufen. »Ruhe!« Der Musiklehrer klatscht in die Hände und versucht, sich im Jubeln und Kreischen der Schüler Gehör zu verschaffen. »Zusammenstehen!« Mit der Hand aufs Herz wird der Schweizerpsalm gesungen: »*Trittst im Morgenrot daher, seh ich dich im Strahlenmeer.*« Helene singt aus vollem Herzen mit, vorne steht der Musiklehrer und scheint sie zu fixieren, indem er die Augen zusammenkneift.

»Schulfrei heute«, ruft der Schulleiter dann und sofort rennen alle kreischend und lachend aus dem Schulgelände.

Können jetzt Helenes Eltern herkommen? Wo sind sie? Warum haben sie sich nicht gemeldet? Zuerst langsam, wie eine zarte Einfärbung der Luft, zieht die dunkle Wolke wieder herbei. Mit ihr kommt das Wissen, dass sie niemals weg gewesen ist. Im selben Maße, wie die anderen jubeln, wird es Helene schwer ums Herz.

»Hab dich nicht so. Du weißt doch, dass deine Eltern Rabeneltern sind!« Da ist sie wieder, Grippe. Rabeneltern. Krieg. Juden. Der Flügel zu Hause, den sie gestoßen hat. Dann – das Gefühl kommt zuerst, dann folgt das Bild — der Abschied von der Mutter, die sie geschlagen hat, anstatt sie zu küssen.

Von allen umliegenden Dörfern hört sie Kirchenglocken, es gibt Salutschüsse von den Hügeln und von irgendwoher breiten die Alphörner ihren

Zauberklang über dem Aaretal aus. Der Krieg ist vorbei und alle Menschen freuen sich.

»Du bist halt nicht normal, bei dir stimmt was nicht!«, kreischt die altbekannte Grippe. Warum freut sie sich nicht?

Auf dem Heimweg streift Helene an einem Gebüsch vorbei, das von langen Brombeerzweigen überwachsen ist. Sie nimmt einen Zweig und sticht sich mit einem Dorn tief in den Arm. Das Blut schwemmt den inneren Schmerz nach außen, sie leckt ihn ab, zerkaut ihn in ihrem Mund, und sofort strömt der Atem wieder leichter in sie ein.

»Pass auf, dass das niemand sieht«, sagt die vernünftige Giselle. »Wenn du einmal voller Narben bist, bekommst du später keinen Mann.«

Jauchzende, singende Kinder hüpfen an ihr vorbei und die Nachbarn beglückwünschen sich mit Handschlag, versichern sich gegenseitig, dass der Krieg endlich vorbei ist und die Schweiz zu guter Letzt verschont geblieben ist. Auch zu Hause bei den Hostettlers wird gefeiert. Schon lange gab es keinen so guten Braten mehr. Spätzli dazu und Chabis, alle sind ausgelassen. Man stößt mit Gläsern voll Most an und sagt »Proscht« zueinander.

Helene freut sich nur auf Kurt, um ihm alles zu erzählen, denn längst kann er ihre Gedanken lesen. Er stupst sein Schafsköpflein an ihre Nase, wenn sie traurig ist, schmiegt sich in ihre Armbeuge und tröstet sie. Wie oft haben die beiden mutterlosen Kinder miteinander geweint!

Mit Vorfreude und auch mit einem schweren Stein auf der Brust trottet sie den abschüssigen

Garten hinunter, öffnet das Gatter, doch nicht wie sonst ist Kurt schon am Zaun, bevor sie unten ist. Wo ist er? »Kurt?«, ruft sie mit ihren Gedanken und weiß nicht, warum ihre Augen beschlagen. »Kurt?«

Panik beschleicht sie, ist er hinunter an den Fluss gehoppelt und vielleicht ertrunken? Aber der Zaun ist unversehrt und die Tür zum Pferch bleibt immer geschlossen. Da kommt Beat aus dem Haus und Helene hebt die Schultern und breitet die Arme aus.

Beat blickt direkt an ihrem Kopf vorbei in Richtung Fluss, dumpf und sorgenvoll sind seine Augen. »Hütt Zmittag gässe.«

Es dauert, bis der Schmerz brüllt. Dann rennt sie los mit brennenden Flügeln, sie rast hinunter zum Fluss, nimmt den Weg flussaufwärts, will hineinspringen ins eisige Wasser, dreht sich um, schwankt ein Stück zurück, doch da steht Beat. Sie wendet, rast flussaufwärts, rennt weiter, weiter, weiter; läuft hinauf in den Wald, den sie inzwischen so gut kennt, rennt, rennt, rennt; stolpert, steht auf, rast weiter – bis sie nicht mehr weiß, wo sie ist. Die dunkle Wolke ist über ihr, unter ihr, vor ihr und hinter ihr, sie sieht nichts mehr und hört nichts mehr. Nur noch rennen kann sie.

Irgendwann fällt sie über eine Wurzel und bleibt liegen, das Gesicht in den trockenen Blättern. Sie hört ihren schnellen Atem, sonst nichts, nur den Atem, der heiß und feucht ihr Gesicht wärmt. Keine Tränen. Augen und Nase sind in den Waldboden gedrückt, er riecht nach Schwärze und nach Vergehen. Hier will sie bleiben, will sich begraben. Sie bedeckt ihren Rücken mit Blättern, atmet Krümel der feuchten Erde ein, steckt sie sich in den Mund, gräbt hektisch mit den Händen ein tieferes Loch für ihr Gesicht. Ihre Augen brennen, alles tut weh und doch ist sie nichts mehr, nichts, nichts.

Nie wieder aufstehen. Liegen bleiben. Sich eingraben ins Schwarze. Nicht mehr leben. Tot sein, dunkel wie die Erde. Sie schreit stumm ihren Schmerz hinein in den Waldboden und obwohl sie nichts sehen kann, steht plötzlich ihre Mutter vor ihr. Sie trägt den Mantel mit dem hässlichen Stern. Helene rührt sich nicht. »Geh zurück, Mädchen«, sagt die Mama mit ihrer sanften Stimme. »Geh zurück ins Leben, mein Kind.« Dann, wie ein Traum, der, wenn er einmal im Meer versunken ist, nicht mehr auftaucht, ist die Mutter verschwunden.

Helene bleibt liegen, atmet den Waldboden ein, spürt das Kribbeln einer Ameise, das Kitzeln der Blätter. Einen halben Meter weiter raschelt etwas, vielleicht eine Maus. So klein wie eine Maus ist auch Helene. »Mama«, sagt sie wortlos. »Mama.« Das Rascheln wird lauter. Das ist keine Maus. Es sind langsame, schwere Schritte. Jetzt bleiben sie stehen. Helene rührt sich nicht, sie weiß, dass es Beat ist und dass sie noch eine Weile liegen bleiben darf. Auf einmal fühlt sie sich beschützt und geborgen von diesem seltsamen Jungen. Er wird sie lassen, er wird sie nicht drängen, aufzustehen.

Lange bleibt sie so liegen, bis endlich die Tränen kommen, und sie schluchzt in die Blätter hinein, kann nicht mehr aufhören. Ihr Körper schüttelt sich, sie will zwischen den Blättern verschwinden, und die Erde nimmt ihre Tränen auf, umarmt sie endlich. Ja, du bist zu Hause, Mädchen, sagt die kühle Erde, du bist umwoben mit Liebe, gehe in dein Leben.

Und schließlich hebt Helene den Kopf. Beat hockt ein paar Meter weiter auf einem Baumstamm. Sie setzt sich auf, sieht ihn kurz an, ihr Gesicht voller Erde und getrockneter Blätter. Er senkt den Kopf. Lange Zeit sitzen sie so, jeder für sich, ohne Worte, ohne Blicke und ohne Gesten.

»Gehen wir heim«, sagt er nach langer Zeit.

Helene steht auf und sie gehen zusammen heim.

Beim Spülen nach dem Abendessen verletzt sie sich an der scharfen Schneide des großen Fleischmessers. Eine unglaubliche Erleichterung überkommt sie, als sie den Schmerz fühlt und beobachtet, wie das Blut aus ihrem Handballen fließt.

Frau Hostettler nimmt ein großes weißes Tuch und verbindet die Wunde. »Pass besser auf, Mädchen! Du bist oft so schusselig«, sagt sie.

Einige Tage später, als Helene – wie so oft – nicht einschlafen kann, schleicht sie hinunter in die Küche und schneidet sich in den Arm. Das Blut leckt sie ab. Dann legt sie sich wieder ins Bett und schläft ein.

In der Familie wird nie über Kurt gesprochen. Allerdings kommen Helenes alte Bekannte, Grippe und Giselle, wieder.

»Du hast nicht auf ihn aufgepasst«, schimpft Giselle, streng wie immer.

»Du bist schuld!«, schreit auch Grippe.

»Hättest du Kurt mit in die Schule genommen, wäre ihm nichts passiert!«

Dann wieder Giselle: »Nicht einmal auf ein so kleines Schäfchen kannst du aufpassen!«

Helene kann nichts dazu beitragen. Zu allem, was sie tut, geben sie ihren Kommentar ab. Meistens haben sie recht. Doch eine Kostbarkeit bewahrt sie in ihrem Herzen: Sie hat ihre Mutter gesehen. Vielleicht war es ein Traum, der im Meer versunken ist, aber es war ihre Mutter, die sie gesehen hat, und sie ist da gewesen.

Alle paar Tage geht sie hinauf zu der Stelle im Wald. Sie setzt sich auf den Baumstumpf, auf dem Beat saß, und betrachtet die Stelle, an der sie gelegen hat. Vielleicht kommt die Mama noch einmal. Dann wird sie sie fragen, ob sie schon tot ist und warum sie nie gekommen ist, um sie abzuholen. Im Grunde weiß sie, dass die Mutter nicht wieder erscheinen wird, aber die Bäume und die Walderde strahlen eine Ruhe aus, die ihrer Seele so wohltut, als hätte die Mama heimlich Düfte hinterlassen, die ihr Kraft geben.

In der dritten Klasse bekommen sie einen neuen Lehrer, Herrn Camenzind. Er kommt aus Zürich und will, wie er sagt, den Berner Bauernkindern »ein wenig Kultur beibringen«. Als er fragt, wer von den Schülern in einem Kinderchor mitsingen wolle, schießt Helenes Hand nach oben, ohne dass sie etwas dagegen machen kann. Für eine Sekunde ist Stille in der Klasse, dann sagt Herr Camenzind:

»Vielleicht solltest du erst einmal sprechen lernen, bevor du singen lernst.«

Wie eine einzige Explosion bricht Gelächter um sie herum aus. Helene blickt auf ihre Schuhe.

An diesem Nachmittag steigt sie wieder hinauf in den Wald. Sie erinnert sich daran, dass sie einmal singen konnte. Wie aus dunkler Vorzeit tauchen Bilder vom Gesangsunterricht auf und vom Singen mit ihrer Mutter. Mama hat eine wunderschöne Stimme. Das Lied liegt in ihrem Bauch, irgendwo unterhalb ihres Bauchnabels. Es ist die Erinnerung, die nach oben steigt wie der feine Rauch einer weißen Kerze. Sie steigt in ihren Brustraum, in ihre Kehle und bald summt etwas aus ihr heraus. Bilder mit der Farbe von warmem Gold tauchen auf: der Keller, in den die Mama sie freitagabends mitgenommen hat, die Lichter der Menora, die feierliche Stimmung, der Rabbi mit dem schwarz-weißen Tuch um die Schulter, Männer mit Kippa, auch viele Frauen und Kinder und vor allem der Gesang ohne jedes Musikinstrument.

»Die Kellersynagoge, hat die Mama gesagt, die andere haben sie uns abgebrannt.« Während diese vergessen geglaubten Szenen wie zarte Düfte durch ihr Gemüt ziehen, unscharf und wie hinter einem Schleier, wird die Stimme in Helene stärker und drängt von selbst nach außen.

»Shma Israel«, fließt aus ihr, brüchig zuerst, ganz leise, und sie weiß, dass dieses Lied schon vor ihrer Geburt in ihr geschlafen hat. Es ist das Lied des Rabbiners, das sie in jenem Keller in ihrem Herzen mitgesungen hat, noch bevor sie laufen konnte, und das ihr Mama zu Hause zum Einschlafen vorgesungen hat, so leise und so schön, dass die Nachbarn es nicht hören konnten.

»Shma Israel.« Die hebräischen Worte versteht sie nicht, aber sie kann sie auswendig, und sie weiß mit jeder Zelle ihres Leibes, was sie singt.

»Shma Israel
Adonai Elohenu Adonai Echad
– Höre Israel, du bist mein Gott, der
Allmächtige!«

Immer stärker wird ihr Gesang, immer klarer und freier kommen die Worte und Töne aus ihrer Seele. Das uralte Lied breitet sich aus, die Aare hinunter und über das Tal, bis hinüber zum Jungfraujoch, zum Eiger und zum Mönch. Es scheint ihr, als ob diese ewigen weißen Riesen die Töne sanft zurückschickten, um ihr zu sagen, dass sie nicht allein ist.

»Shma Israel – höre Israel –, singt sie und weiß in diesem Moment, dass ihre Mutter sie hört, egal, wo sie gerade ist. Reiner und frischer wird ihre Stimme, die sie schon so lange nicht mehr gebraucht hat.

»Höre Israel, du bist mein Gott, der Allmächtige,
und wenn das Herz schweigt,
schreit die Seele.«

Ihr Herz schweigt, weil ihre Seele schreit. Aber jetzt hat sie ihre Stimme wiedergefunden. Sie singt und spürt bei jedem Ton eine vieltausendjährige Kraft in sich, die sie mit all den Generationen vor ihr verbindet. Als das Lied zu Ende ist, beginnt Helene von Neuem, diesmal gleich von Anfang an stark und schön, und sie lässt sich von den Tönen und der hebräischen Sprache tragen, die sie niemals gelernt hat und die doch ihre Muttersprache ist.

Erst dann hört sie auf zu singen, als das Lied selbst in ihr leiser wird, als es sich langsam wieder zurückzieht in ihren Bauch. Sie bleibt still stehen und hat das Gefühl, für eine kurze Zeit kein Kind gewesen zu sein, sondern ein Mensch ohne Alter. Ein Mensch, wie Gott ihn sieht.

Zu Hause hat man sie zum Glück noch nicht vermisst und sie reiht sich in die Kartoffelernte ein, dann füttert sie die Schafe und hilft nach dem Abendessen beim Abwaschen. Abends liegt sie im Bett mit Pestilenzia im Arm und fühlt sich wie nach einem langen, reinigenden Bad.

Immer mehr Zeitungsberichte gibt es jetzt, und die Menschen sprechen darüber, welch schreckliche Dinge den Juden in Deutschland widerfahren sind. Die dunkle Wolke über Helene verdichtet sich bei jedem Bild, das sie sieht, und bei jedem Zeitungsartikel, den sie liest. Grippe schreit hysterisch in ihrem Kopf: »Rabeneltern, Rabeneltern, das geschieht ihnen recht!«

Freitagabends wird im Gemeindesäli ein Film mit Szenen von verhungerten Menschen gezeigt, manche in gestreiften Anzügen, andere nackt und dürr wie Skelette. Bilder von Hoffnungslosigkeit, von tausendfachem Tod, von Zerstörung und namenloser Erschöpfung zittern und flimmern auf der Leinwand. Helene weiß nicht, ob sie die Mama unter den vielen erkennen würde, und sie hofft es nicht. Tag und Nacht schwirren jetzt Schwärme von dunklen Fledermäusen in Helenes Kopf. Grauenvolle Träume zerschneiden ihren Schlaf. Schon am Abend hat sie Angst davor und weiß nicht, ob es besser wäre, gar nicht mehr zu schlafen. Tagsüber stößt sie sich ständig irgendwo an, stolpert, verstaucht sich den Arm, schneidet sich, reißt sich die Haut auf – immer aus Versehen. Bis Frau Hostettler sie einmal grob am Arm fasst.

»Was ist los, Mädchen?«, fragt sie. »Pass auf, sonst wirst du einmal schlimm verunglücken!« Sie schüttelt Helene und schreit fast: »Mach die Augen auf, hörst du!« Helene bemüht sich.

Aber das große Unglück geschieht jemand anderem: Tedu, der Nachbarsjunge, stürzt im Gantrischgebiet ab und ist sofort tot. Ein stiller, feiner Junge ist er gewesen, der, ähnlich wie Beat, nur wenig gesprochen hat. Seine ältere Schwester Regula kommt am Abend ins Haus der Hostettlers, weint und beschreibt, wie man ihn gefunden hat. Alle sitzen um den Tisch, auch Herr Hostettler, und sind dankbar, dass man ihnen Genaueres erzählt und sie mit der Familie trauern können.

Regula spricht ohne Punkt und Komma, redet sich ihren Schock und ihren Schmerz von der Seele. Sie hat in den Sachen ihres Bruders ein Tagebuch gefunden und gibt zu, ein wenig darin geblättert zu haben, was man ja eigentlich nicht tun dürfe, was aber in diesem Fall vielleicht doch ganz gut gewesen sei; denn da ist ein Eintrag von vor einigen Wochen, kurz nach den Sommerferien, von einer Wiese drüben, weit über dem linken Aare-Ufer. Dort habe Tedu jemanden singen hören und diesen Gesang so beschrieben, als ob ein Engel am Waldrand stünde und seinen Klang über das ganze Aaretal hätte schweben lassen. Nachdem Regula den Eintrag vorgelesen hat, sagt sie unter vielen Schluchzern, sie sei nun auf der Suche nach diesem Engel, der damals gesungen hat. Schlussendlich müsse doch ein ganz normaler Mensch dahinterstecken, weil Tedu damals ja noch nicht tot war und somit auch keinen echten Engel gehört haben konnte. Sie will diesen Sänger finden und ihn bitten, bei der Beerdigung zu singen.

Beats Blick streift den Helenes.

Am Abend kann sie wieder nicht einschlafen. Spät in der Nacht schleicht sie in die Küche und ritzt sich den Arm auf.

»Ii haa di g'hört«, sagt Beat am nächsten Nachmittag beim Ausmisten des Schafstalls.

Helene tut, als wäre er nicht da.

»Du chasch für ihn singe. Er isch min Fründ gsii.« Nach einer langen Pause sagt er: »Die Gräbt isch übermorn.« Dann hängt Beat die Mistgabel an den Haken und geht in die Werkstatt.

Am nächsten Morgen schreibt Helene auf die Lebensmittelmarke, mit der Beat Butter und Käse einkaufen soll: »Ich singe.«

Weder ihre Pflegefamilie noch die Familie des verunglückten Jungen können glauben, dass das stumme Mädchen, welches ein unbekanntes

Schicksal irgendwann ins Bernische gespült hat, singen kann. Frau Müller, Tedus Mutter, kommt ins Haus der Hostettlers. Fast ist sie wütend und schaut sich zum ersten Mal dieses Kind genauer an. Da erkennen sich zwei trauernde Seelen und Frau Müller weiß, dass es richtig sein wird.

Die Kirche ist voll. Nicht nur auf den Sitzplätzen und auf der Empore, auch an den Wänden stehen Menschen, und die Kirchentür muss offenbleiben, weil nicht alle Platz finden. Jeder will der Familie Müller in ihrem Unglück beistehen, aber es ist auch durchgesickert, dass das seltsame stumme *Pflägmeitschi* der Martha Hostettler singen wird. Diese hat es sich nicht nehmen lassen, über Nacht aus einem zerschlissenen Bettlaken ein hübsches Kleidchen für Helene zu nähen.

Barfuß und mit weißemKleid ausstaffiert, steht die Neunjährige vor dem Altar neben dem offenen Sarg, wo Tedus bleiches Gesicht auf einem glänzenden Kissen ruht. Asternblüten zieren seine letzte Decke. Sekundenlang steht Helene und blickt auf den Boden, als ob die Töne von unten heraufsteigen würden. Das tun sie: Leise zuerst, summend, bis sich ihre Stimmbänder wieder daran gewöhnt haben, die Schwingungen aufzugreifen. Dann werden sie immer freier, reiner, kräftiger.

So kommt es, dass im Herbst 1945 in der reformierten Kirche einer kleinen Gemeinde bei Bern das jüdischste aller jüdischen Lieder gesungen wird. Es erklingt in der fremden hebräischen Sprache, die vom Klang her der deutschen so ähnlich ist, und Helene weiß, dass Tedus Mutter trotzdem jedes Wort verstehen wird:

*»Shma Israel,
wenn das Herz weint, dann hört nur Gott zu,
der Schmerz steigt aus der Seele auf.«*

Helene lässt sich von diesem Lied tragen, hoch über das Dach der einfachen Kirche hinaus. Sie lässt sich tragen über die Schweiz bis hinüber in ihr Heimatland Deutschland. All die Bilder, welche sie in den letzten Wochen in den Zeitungen und im Gemeindefilm gesehen hat, steigen jetzt zusammen mit ihren Tönen auf.

*»Höre Israel,
in meinen Augen stehen Tränen,
das Herz weint in der Stille
und wenn das Herz schweigt,
schreit die Seele.«*

Sie singt für dieses verdorrte Gesicht, dem das Licht der Freiheit wehtut, sie singt für die dürre Hand, die ein Stück Brot nimmt und doch nicht mehr die Kraft besitzt, es zum Mund zu führen.

*»Shma Israel,
du bist mein Gott, der Allmächtige,
ich bin nun ganz allein.«
Der Schmerz ist groß und es gibt nirgendwo,
wohin man gehen kann.«*

Sie singt für die lange Reihe von Männern, die schnurgerade nebeneinander an einem Balken aufgehängt sind, denn vielleicht ist ihr Vater darunter. Sie singt für die toten Menschen in den Lagern und für die toten Menschen in den Straßen.

*»Höre Israel,
du bist mein Gott, der Allmächtige,
Der Mensch fällt, bevor er untergeht,
mit einem Gebet zerschneidet er die Stille.«*

Sie singt für Tedus Mutter und für ihre eigene Mutter, die irgendwo dort sein muss, wo die schwarze Verzweiflung wohnt. Sie singt auch für die Mutter mit dem toten Kind über ihren Knien, kaum älter als Helene, und das Kind trägt eine Uniform. Sie singt für die, die mit leeren Augen einen Leiterwagen ziehen und nicht wissen, wohin, und sie singt für die Kinder, die zwischen Trümmern, Leichen und Handgranaten spielen.

*»Höre Israel,
du bist mein Gott, der Allmächtige,
zu dir schreit der Mensch,
wenn er am Abgrund steht.«*

Helenes Töne werden immer freier, ihre Stimme ist nicht niedlich wie die eines kleinen Mädchens. Sie ist ungeschliffen, aber stark wie die einer großen Sängerin, und sie fühlt, dass ihr Gesang getragen ist von einer anderen Kraft, die durch sie wirkt.

»Shma Israel
adonai elohenu adonai echad.«

Als das Lied zu Ende ist, beginnt sie von neuem und singt so lange, bis die Töne von selbst leiser werden und sich zurückziehen in ihren Bauch.

Als der letzte Ton verklungen ist, herrscht eine solche Stille im Kirchenraum und auf dem Vorplatz, dass man – würde man darauf lauschen – Gottes Gegenwart spüren könnte. Helene wird wieder zum stummen schüchternen *Meitschi*, das vor dem steinernen Dorfaltar steht und nicht weiß, was jetzt geschehen soll.

Da rennt sie in ihre Kirchenbank zurück und drängt sich zwischen Anneli und Vreneli. Man hört das leise Platschen ihrer nackten Füße auf dem Steinboden. Endlich steht der Pfarrer auf und heißt auch die Gemeinde, sich zum Vater Unser zu erheben. Zuletzt wird Tedus Sarg verschlossen und vier seiner Freunde, darunter Beat, tragen ihn hinaus auf den Kirchhof.

Der jüdische Engelsgesang in einem christlichen Gotteshaus löst ein kleines Erdbeben in der Gemeinde sowie den umliegenden Dörfern aus. Sogar bis nach oben ins Bundeshaus gelangt die Erschütterung. Jedem, der dabei war, hat Helenes Lied die Seele weit aufgeschlossen, doch so manche machen ihre Herzenstür rasch wieder zu. Nicht wenige waren Mitglieder der inzwischen aufgelösten nationalsozialistischen Partei, die es auch in der Schweiz gegeben hat.

Andere wollen es schon immer gewusst haben, dass das Pflegemädchen der Martha Hostettler ein *Judemeitschi* aus *Dütschland* ist. Schließlich war es verboten, Juden aufzunehmen, und das hätte man der Martha nicht zugetraut, dass sie etwas Ungesetzliches tut. Andere wiederum – zu ihnen gehört die Trauerfamilie – sind sich sicher, Helene sei von Gott hierhergeschickt worden, einzig, um für den Tedu zu singen. Und haben nicht schlussendlich die Juden und die Christen denselben Gott?

Auch Frau Hostettler begegnet Helene anders als vorher. Unsicherer. Sie ist stolz, dass »ihr« Mädchen so fabelhaft gesungen hat, und gleichzeitig ist es ihr peinlich, dass nun alle von dem *Judemeitschi* sprechen. Offenbar hat sie auch Herrn Fuchs geschrieben, denn ein paar Tage später liegt ein Brief von ihm da, wie immer mit einer eingelegten, etwas kleiner gefalteten Nachricht an Helene.

Liebe Helen,
mit deiner Pflegemutter habe ich vereinbart, dass du noch weiter in der Familie bleiben kannst. Ich werde ihr etwas mehr Geld bezahlen.
Obwohl der Krieg vorbei ist, habe ich noch keinerlei Nachricht von deinen Eltern erhalten. Leider wissen wir noch gar nichts über sie.
Ich wünsche dir eine gute Zeit, bis wir uns wiedersehen.
Prof. Dr. E. Fuchs

In Helene bleibt es seltsam kühl, während sie den Abschnitt über ihre Eltern liest. Sie faltet den Brief wieder zusammen und gibt ihn Frau Hostettler zurück. Später geht sie in den Schafstall hinunter, nimmt das Messer, mit dem man die Schnüre für die Heuballen schneidet und ritzt sich einen langen Schnitt ins Bein.

In dieser Zeit wächst Helene schnell. Am Ende des Schuljahres ist sie das Längste, aber vielleicht auch das Dünnste unter den Mädchen ihrer Klasse. Stumm bleibt sie weiterhin. Auch wenn die anderen Schüler sie seit ihrem Gesang bei Tedus Beerdigung mit größerer Neugier, aber auch größerer Distanz, betrachten: Sie ist und bleibt eine Fremde.

Eines Tages kommt sie nach Hause und findet ein riesiges Loch an der Stelle, wo der Holzherd gestanden hat. Stolz erklärt Frau Hostettler, dass sie sich nun modernen Zeiten anpassen werden, denn sie hätten einen Gasherd gekauft. Er sei zwar gebraucht, nämlich aus dem Erblass eines verstorbenen Burgerfräuleins, doch gerade deshalb sei es ein Herd von bester Qualität. Morgen schon soll er eintreffen.

Als die Kinder am nächsten Tag von der Schule kommen, steht er da, der neue Herd, und die stolze Hausfrau übt sich in einer neuen Art von Kochen. Schon als sie in die Küche kommt, fühlt Helene die graue Wolke sich über ihrem Kopf aufbauen. Sie ist voll von Blitzen, Donnern, Hagel und Schnee. Elend ist ihr, und sie weiß nicht warum.

Der Anblick des Gasherds löst eine Erinnerung in ihr aus, aber sie hat keine Ahnung, welche. Etwas in ihrem Brustkorb drückt fürchterlich, sie kann kaum atmen. Alle wollen den neuen Herd anfassen, und so tut sie es den anderen gleich, tappt mit ihrer Hand darauf und geht in die Knie. Gerade noch kann sie sich abfangen.

Jenes Bild, das es vor vielen Jahren nicht geschafft hatte, von den Beinen in ihren Kopf zu gelangen: im Bruchteil einer Sekunde ist es da – und wieder verschwunden. Es ist derselbe Herd wie der in der elterlichen Wohnung, und sie sieht ihre Eltern in der Küche tot auf dem Boden liegen.

Als würde sie verdunsten, verschwindet Helene, und geht nach oben in ihr Bett. Pestilenzia ist noch immer da – wie eine letzte Verbindung zu ihrem früheren Leben. Ihre Puppe würde sie nie hergeben. Grippe kreischt und Giselle macht ihr Vorhaltungen, doch die kennt sie schon. In ihrem Kopf dröhnt es von allen Seiten; jetzt sind noch weitere Stimmen hinzugekommen. Sie kann nicht mehr zuhören, sie will, dass es aufhört, sie will Stille in ihrem Kopf, aber je fester sie sich die Ohren zuhält, desto lauter wird das Gekreische.

Helene steht auf, schaut aus dem Fenster. Wäre sie tot, wenn sie hinunterspränge? Wäre dann Ruhe in ihrem Kopf? »Mama, wo bist du? Mama, melde dich, komm noch einmal, ich kann das nicht«, schreit sie stumm. Sie sucht im Mädchenschlafzimmer nach etwas, mit dem sie sich verletzen kann, findet schließlich ein leeres Wasserglas, lässt es auf den Boden fallen und schneidet sich mit der Scherbe.

Die nächsten Sommerferien sind schön wie immer, aber auch anstrengend. Anneli hat ihre *rote Tante* bekommen und sucht nun einen Platz im Haus, wo sie allein leben kann. Schließlich ist sie jetzt erwachsen und Helene und Vreneli sind fortan Luft für sie. Frau Hostettler wird ihr immer fremder, oder vielleicht verhält es sich auch umgekehrt: Helene wird für Frau Hostettler immer fremder.

Die Blicke ihrer Pflegemutter, die früher nur fragend waren, werden misstrauisch. Helene versucht, ihr aus dem Weg zu gehen, was das Verhältnis nicht besser macht. Vreneli erwählt ausgerechnet sie als großes Vorbild und versucht ebenfalls, nicht mehr zu sprechen. Zum Glück gelingt es ihr nicht.

Schon lange muss Helene nicht mehr mit ihren Kleidern in der Aare schwimmen, denn sie hat zu ihrer großen Freude das abgelegte Badekleid von Anneli bekommen. Beim Ausstieg stolpert sie, rutscht ab, versucht herauszukommen. Beat zieht sie ans Ufer, aber sie kann nicht mehr auf ihrem linken Fuß stehen. Der Schmerz macht sie schwindelig, so stark ist er und köstlich. Frau Hostettler, ein paar Meter weiter oben, legt ihren Rechen weg und kommt ans Flussufer. Sie fasst den gebrochenen Knöchel an und starrt dann auf die vielen Schnittnarben an beiden Innenschenkeln. Ungläubig packt sie Helenes nackte Arme und findet dort dasselbe Massaker vor. Ihre Augen sind riesig, während sie auf den sich bereits fraulich rundenden Mädchenkörper stiert.

Sie umklammert Helenes Handgelenke mit dem Eisenring ihrer Hände. Ihr Mund öffnet sich, aber es kommt kein Ton heraus, nur ein stimmlos geformtes »Was?« mit vielen stummen a's und einem riesigen Fragezeichen. Dann – aus den Augenwinkeln

– sieht Frau Hostettler den Blick ihres sechzehnjährigen Sohnes auf das elfjährige Mädchen gerichtet. Helene erfasst alles gleichzeitig, und in einem Augenschlag weiß sie, dass dies das Ende ihres Aufenthalts bei der Familie Hostettler ist.

Man bringt sie ins Inselspital. Ihr Bein muss gegipst, geschient und aufgehängt werden. Sie liegt in einem Raum voller schreiender Kinder und kann sich nicht rühren. Ein paar Tage später kommt Herr Fuchs. Er hat schon einen Plan für sie.

»Du kannst singen, Mädchen. Und du hast Geld. Dein Vater war vorausschauend. Sobald dein Bein geheilt ist, gehst du aufs Musikgymnasium und in ein sehr gutes Internat. Nebenher wirst du privat in Gesang unterrichtet, um die Kriegsjahre aufzuholen, dann gehst du aufs Konservatorium.«

Herr Fuchs spricht weiter, er weiß ja, dass er von Helene keine Antwort zu erwarten hat. »Zur Familie Hostettler gehst du nicht mehr. Sie haben viel für dich getan, die ganzen Jahre über. Vielleicht ist es gut, dass das jetzt zu Ende ist.« Er hat eine Tasche mit Kleidern dabei, abgetragene Röcke und Blusen von Anneli, die Kleider, die sie täglich trägt. Helene schaut hinein und bekommt einen Schreck. Pestilenzia!

»Fehlt etwas, Mädchen?«, fragt Herr Fuchs.

Auf dem Nachttisch liegt ein Zettel. »Pestilenzia«, schreibt Helene darauf.

Große, irritierte Augen bei Herrn Fuchs.

»Puppe«, schreibt sie. Da reibt sich Herr Fuchs am Kinn.

»Ja – da hat Frau Hostettler gemeint, die Puppe sei alt und speckig und du seist jetzt schon so groß. Ich denke, sie hat sie in den Kehricht geworfen.« Noch ehe er zu Ende gesprochen hat, sind Helenes Augen verloschen. Da es bald nichts mehr zu sagen gibt, verabschiedet er sich und verspricht, in zwei Wochen wiederzukommen, um sie zum Vorsingen beim Musikgymnasium zu begleiten.

Als Herr Fuchs gegangen ist, zieht Helene die Decke über ihren Kopf.

»Ich hab's dir immer gesagt!«, schreit Giselle. »Jetzt bist du allein, du hast es nicht anders verdient.«

Und Grippe stimmt direkt mit ein: »Selbst schuld! Du wirst immer allein sein, alle die du liebst, werden dir genommen.«

Weitere Stimmen kommen, der Kopf dröhnt, der Schmerz rollt an. Helene stemmt sich dagegen. Sie schneidet sich mit dem Frühstücksmesser in den Arm und leckt das Blut ab. Jetzt kann sie wenigstens wieder atmen. Ein Stein auf einer Blumenwiese ist sie; ein Stein kann nicht blühen. Er bleibt immer allein, und wenn er sich noch so bemüht, eine Blume zu sein.

Sie streckt den Kopf aus der Decke, diese vielen Kinder im Zimmer erschöpfen sie. Noch immer schwirren die Stimmen in ihrem Hirn, es hört nicht auf. Der Schmerz schwillt an zu einem Orkan, einem Tornado, der reißt sie mit in sein Chaos; alles, was fest und sicher schien, wird abgerissen, mitgerissen, zerstört. Sie will aufstehen, hinausrennen, aus dem Fenster springen, doch ihr Bein ist gefesselt wie das eines wilden Tieres im Zoo.

Ihr Schrei bleibt stumm. Sie zerrt wie besessen an ihren Haaren, reißt sie büschelweise heraus, zieht und rupft und schlägt sich auf den Kopf, so lange, bis eine Schwester angerannt kommt und sie mit stählernem Griff festhält. Die Frau hält sie, bis Helene sich nicht mehr wehrt, und dann, mit dem Kopf am Busen der Pflegerin, können endlich die Tränen kommen, durch die sie wieder hineinschwimmen kann in sich selbst und in ihren Körper.

Nachmittags öffnet sich langsam die Tür des Krankenzimmers. Beat. Scheu bleibt er am Eingang stehen und sucht Helene mit seinem Blick, dann nähert er sich dem Bett vorsichtig, zögernd. Er bleibt in gebührendem Abstand stehen, streckt den Arm aus und reicht ihr ein Bündel, eingepackt mit ihrer alten Schürze. Pestilenzia!

Die ganze Aare voller Tränen kommt aus ihr heraus. Dabei ist sie doch schon fast erwachsen. Warum braucht sie diese bescheuerte Puppe? Sie hält sie fest und will sie nie wieder loslassen. Gleichzeitig wütend und glücklich ist sie. Mal Kind, mal Erwachsene. Mal böse, mal lieb. Mal verzweifelt, mal froh. Ist sie gerade glücklich oder traurig? Sie weiß es nicht.

Beat bleibt stehen. Er hält respektvollen Abstand vom Krankenbett. Seine Augen glänzen vor Glück. Schon von Anfang an hat er sich auf ihr Schweigen eingeschwungen. Nicht einmal ansehen müssen sie sich. Die Gegenwart des jeweils anderen reicht.

Seine Liebe tut ihr plötzlich weh. Sie berührt einen Punkt in ihrer Seele, den sie nicht berührt haben will. Zu stark ist der Schmerz.

Sie will Beat verletzen. Wut und Glück schlagen sich in ihrem Inneren gegenseitig die Köpfe ein. Da sie weder sprechen noch sich bewegen kann, wendet sie ihr Gesicht ab.

Schlagen. Ja, schlagen will sie ihn. Während Helene mit Pestilenzia im Arm zum Fenster hinausstarrt, taucht unscharf das Bild auf, als sie ihre Mama zum letzten Mal gesehen hat. Sie sieht es nur vage vor sich, das Gefühl ist wie immer schneller und genauer als das innere Bild. Auch die Liebe der Mama hat geschmerzt. Oder war es Mamas Schmerz gewesen, den sie gespürt hat? Alles kommt durcheinander, damals wie heute. Dann hat sie Mama geschlagen. Das war das Schlimmste.

Doch Beat hat einen siebten Sinn. Er räuspert sich und sagt: »Auso adiö.«

»Adiö«, sagt Helene.

Beat stößt sich beim Hinausgehen den Kopf derart krachend an der Türkante an, dass selbst Helene zusammenzuckt. Sie hat gesprochen. Er hat es erst an der Tür gemerkt. Kurz bleibt er stehen, den Blick nach draußen gewandt, dann geht er weiter. Doch Helene weiß, dass er ihr Abschiedsgeschenk für immer in seiner Seele aufbewahren wird.

»Das hilft.« Trudi schwenkt ein Glas mit hellgelber Salbe und fuchtelt damit um Helenes Beine und Arme herum.

»Was ist das denn?«

»Ringelblumensalbe. Muss man jeden Morgen und jeden Abend gut in die Arme und Beine einmassieren. Mit der Zeit – du wirst es sehen — wirst du wieder schön.«

Helene rollt mit den Augen. Trudi ist eine Klasse unter ihr. Wie Unterströmungen in tiefen Gewässern bewegen sich hier im Internat die Gerüchte, ohne dass man weiß, woher die Wasserläufe aus Geschwätz und Tratsch kommen und wohin sie ziehen.

Der Krieg ist seit fünf Jahren vorbei und am Tag ihres Eintritts ins Internat hat Helene den Mund geöffnet und heraus kam reinstes Berndeutsch. Seither ist sie nicht mehr das seltsame stumme Kind mit der schönen Stimme, sondern Helen Suter, ein Schweizer Mädchen aus gutem Hause. Keine der anderen Schülerinnen hat je nach ihrer Herkunft gefragt, denn wer sich dieses Internat leisten kann, muss aus gutem Hause kommen.

»Das hab' ich früher auch gemacht«, sagt Trudi. Sie schaut abwechselnd auf den Boden und zu Helene. »Jetzt ist vorbei damit. Ich will schließlich einmal einen Mann kriegen.«

Helene öffnet das Glas. Die Salbe duftet schwach, aber fein. Versuchsweise reibt sie ein wenig davon auf ihren Unterarm und spürt, wie wohl es ihrer Haut tut.

»Die macht unsere Mina für mich, heimlich, denn meine Mutter soll es nicht erfahren. Andererseits – so übermäßig interessiert sich die Mama auch nicht dafür.«

»Danke! Willst du mir das schenken?«

»Ja ja, nimm nur, ich hab' noch zwei Gläser.«

Trudi tritt von einem Bein auf das andere. Helene weiß nicht richtig, ob sie als Ältere gönnerhaft sein oder sich dankbar zeigen sollte für das wertvolle Geschenk. Was wird von ihr erwartet? Was will dieses Mädchen von ihr?

»Darf ich dich mal was fragen?«, platzt es schließlich aus Trudi heraus.

»Vas-y – Nur zu«, sagt Helene. Gerade wird die Oper *Carmen* einstudiert und in ihrem Kopf lebt und webt die französische Sprache.

»Womit füllst du deinen Gesang?«

»Wie – ich fülle meinen Gesang? Was meinst du?«

»Seit ich laufen gelernt habe, lerne ich Klavierspielen. Ich würde sagen, ich bin eine sehr gute Spielerin für mein Alter.«

Helene bestätigt das mit einem Nicken und ahnt langsam, worauf Trudi hinauswill.

»Ich möchte unbedingt eine berühmte Pianistin werden«, sagt sie, dann fügt sie leiser hinzu: »Vor allem meine Mutter will das.«

Die beiden Mädchen grinsen sich an.

»Seit ich dich singen gehört habe, weiß ich, dass ich keine berühmte Pianistin werden kann. Es sei denn, ich kann das Spiel noch füllen. Mir fällt kein besseres Wort ein. Es fehlt etwas und ich kann dir nicht sagen, was.«

Helene schaut auf den Boden und weiß nicht so recht, was sie sagen soll. »Vielleicht musst du einfach noch ein bisschen älter werden. Womöglich gibt sich das mit der Reife.« Jetzt fühlt sich Helene doch gönnerhaft.

»Nein. Du bist jetzt vierzehn und ich höre dich schon, seit ich hierhergekommen bin.«

Helene muss lachen. »Im Ernst: Ich kann dir nicht richtig weiterhelfen, weil ich nicht weiß, was eine sogenannte Füllung ist.«

»Es ist etwas, das einen aufwühlt und entsetzt, mal möchte man weinen, mal jubeln, mal möchte man lieben und mal hassen. Das wird durch deinen Gesang ausgelöst. Nicht nur bei mir, sondern bei allen, die dir zuhören. Ich hab' das genau beobachtet.«

Helene wird das Gespräch langsam peinlich, weil sie weiß, dass Trudi recht hat, was ihr Klavierspiel betrifft. Sie kann ein Klavierkonzert von Rachmaninow oder Strawinski fehlerfrei spielen, aber es wirkt abgespielt, fast langweilig.

Trudi ist ein fröhliches, aber nicht glückliches Mädchen. Alles an ihr ist ein wenig zu viel. Ein wenig zu laut, ein wenig zu viel auf den Rippen, ein wenig zu viel Gerede. Auf Helene wirkt Trudi wie glitzernde Ellipsen, die sich andauernd drehen und in der Mitte doch leer und stumm sind. Helene spürt das Stumme in Trudi. Sie mag sie.

»Vielleicht ist dein Spiel etwas zu perfekt?«, fragt sie und spürt sofort, dass Trudi enttäuscht ist. »Ich hab' eine andere Idee: Ich muss noch Mathe machen und hasse es. Könntest du mir vielleicht ein wenig unter die Arme greifen?«

Trudi freut sich, denn in Mathe ist sie ausgezeichnet.

Nach der Nachhilfe fragt Helene: »Wieso hast du es getan?«

»Was?«

»Dich geschnitten?«

»Oh ... geritzt, meinst du? Keine Ahnung. War halt so.«

»Verstehe«, sagt Helene.

»Und du?«

»War halt so«, antwortet Helene.

Sie sehen sich an und prusten vor Lachen. Von diesem Moment an hat Helene ihre erste und einzige Freundin.

Die dritten Sommerferien im Internat stehen an, für Helene eine Zeit der Einsamkeit. An die schöne Sommerzeit bei den Hostettlers mag sie nicht mehr denken. Ein oder zwei Wochen war sie bisher jeweils bei Fuchsens in Basel, für den Rest der Ferien hat sie sich im Internat aufgehalten.

»Komm mit zu uns. Meine Eltern haben es erlaubt«, schlägt Trudi vor.

»Das sind sechs Wochen, Trudi! Was, wenn wir uns nicht gut vertragen?«

»Dann musst du zurück ins Internat!« Trudi grinst.

»Und wenn deine Eltern mich nicht mögen?«

»Dann musst du zurück ins Internat.«

Die Mädchen lachen und die Entscheidung ist gefällt.

Am Luzerner Bahnhof werden sie vom Fahrer der Familie in einer schwarzen Limousine abgeholt. Es ist das erste Mal, dass Helene in einem so großen Auto sitzt. Trudis Mutter, Frau von Asch, begrüßt beide mit je drei Küsschen auf die Wangen, rechts, links, rechts, und heißt Helene willkommen. Sie wünscht ihr einen schönen Ferienaufenthalt. Ihre Zigarette hat sie während der Begrüßung vornehm von sich weggehalten.

Helene fühlt sich klein und schüchtern angesichts des Reichtums dieser Villa am Vierwaldstättersee. Alles ist ein wenig zu viel und doch fehlt etwas. Genau wie bei Trudi.

»Komm, wir gehen in die Küche!« Trudi nimmt Helene an der Hand.

»Mina!« Trudi wirft sich in die Arme einer älteren Dame.

»Mein Mädchen ist zurück!«, sagt diese lachend. »Und hier haben wir die Freundin, ich freue mich so!« Als Mina Helene begrüßt, geht mitten in dieser Küche die Sonne auf.

Die beiden Mädchen rudern hinaus auf den See, schwimmen viel, machen lange Spaziergänge am Seeufer entlang und wandern auf den Pilatus. Sie fahren mit der Fähre nach Vitznau, von dort mit der Zahnradbahn auf die Rigi und rennen barfuß wieder hinunter. Trudis Eltern lassen sich meist nur zum Abendessen blicken, bei dem es sehr formal zugeht.

Die etwas steife Unterhaltung stört Helene nicht, sie ist es von den Fuchsens gewohnt. Oft sitzen die beiden bei Mina in der Küche und erzählen ihr, was sie jeden Tag erleben, was im Internat war, was sie ärgert und was sie toll finden. Als würde das Leben ihr ein paar Diamanten auf den Weg werfen, so fühlt sich Helene während dieser lichtvollen Tage.

Wenn Trudis Eltern unterwegs sind, musizieren die beiden Mädchen. Trudi ist es unangenehm zu spielen, während ihre Mutter im Haus ist. Immer hat sie das Gefühl, sie sei nicht gut genug. Aber sie liebt es, Helene am Flügel zu begleiten.

Die ihrerseits kontrolliert ihren Gesang, sie singt leiser, näher am Blatt, weniger nach ihrem inneren Kompass. Sie will Trudi nicht übertrumpfen und fühlt sich in diesem Haus nicht frei. Sie singt, wie Trudi Klavier spielt: ausgezeichnet. Das Musikzimmer, obschon geräumig, ist im Grunde zu klein für ihre Stimme, die schon jetzt die Arena von Verona ausfüllen könnte, und Helene passt sich ihrer Umgebung an.

Als die Ferien nur noch wenige Tage für sie übrighaben, sitzen die Mädchen auf der Terrasse des *Tea-Rooms* in Weggis und gönnen sich ein Eis. Eine Gruppe Jungs kommt vorbei und sie pfeifen frech nach den beiden. Zum Glück gibt es einen kleinen Zaun, der das Café vom Gehweg abtrennt, sonst wären sie womöglich noch angesprochen worden. Die beiden senken die Augen und als die Kerle einige Schritte weiter sind, blicken sie sich von unten herauf gegenseitig an und können nicht mehr aufhören zu lachen. Auf dem Heimweg werden sie immer lustiger, äffen die Jungs nach und kichern kreischend wie die Möwen.

Lachend stürmen sie das leere Musikzimmer. Trudi setzt sich an den Flügel und spielt: »L'amour est un oiseau rebelle«. Beide kennen die Arie und auch deren Klavierauszug auswendig. Trudi fährt quietschvergnügt in die Tasten und spielt, als wäre der Teufel hinter ihr her. Helene kann kaum Luft holen, verpasst ihren Einsatz, findet ihn und singt:

»Die Liebe ist ein wilder Vogel,
den wahrlich niemand zähmen kann,
und es ist sinnlos, ihn zu rufen,
wenn es ihm beliebt, sich zu verweigern.«

Trudi steigert die Stimmung am Flügel, Helene nimmt ihre Rockzipfel und deutet einen Flamenco an, bewegt sich, tanzt und singt, singt, singt. Das blasse, schüchterne Mädchen verwandelt sich mit jedem Takt mehr in die blutvolle Spanierin, feurig, sinnlich, grausam, voll von Liebe und voll von Hass.

»Endlich singst du mal!«, schreit Trudi mitten in die Musik hinein, und Helene lässt den Vogel fliegen.

Der Phönix streckt stolz den Kopf, breitet seine Flügel aus und hebt das Dach der eleganten Villa. Mit glänzenden Augen schaukeln die Mädchen sich gegenseitig hoch, ungezähmt und ohne Eitelkeit. Trudi lässt ihr sonst stets kontrolliertes Spiel von der Leine und treibt den glitzernden, bunten Vogel in ungeahnte Höhen. Dann der prompte Schluss, die stolze Spanierin wirft den Kopf nach hinten. Sie erstarrt in der halben Drehung, der Feuervogel stürzt ab und Helene fällt in sich zusammen.

An der offenen Flügeltür zum Garten hin stehen zwei junge Männer mit offenen Mündern und dahinter Trudis Eltern. Für eine halbe Sekunde blitzen in Helenes Erinnerung die sprachlosen Gesichter nach ihrem Gesang bei Tedus Beerdigung auf, dann kommt schon von hinter ihr der Schrei: »Urs!« und Trudi stürzt sich auf ihren großen Bruder.

Fröhlich stellt man sich gegenseitig vor. Paul heißt der Studienfreund von Urs, und er ist aus Deutschland. Deutschland! Eine vergessen geglaubte Saite wird angeschlagen, die bis in Helenes Halsvenen schwingt. Paul gibt ihr die Hand und sagt »enchanté«, wie man es nur in der Westschweiz sagt, während er sie anschaut, noch immer verblüfft, neugierig, fragend. Helene entzieht ihm die Hand, nickt und wendet sich ab.

Trudi und Urs bestimmen das Gespräch beim Abendessen. Der Vater stellt ab und zu eine Frage und die Mutter scheint bemüht zu sein, wieder ein wenig Form und Strenge in die lustige Runde zu bringen. Paul studiert Medizin in Genf und kommt aus Stuttgart.

Stuttgart! Helene hält den Aufruhr in ihrem Inneren nur mit größter Mühe im Zaum. Seit sich ihr Vater vor fast zehn Jahren verabschiedete, hat sie den Klang dieses weichen städtischen Schwäbisch nicht mehr gehört. Flammen züngeln vom Bauch bis in ihr Gesicht, alles brennt, doch irgendwo tief unten spürt sie auch schon das Geröll, wie das Geschiebe in der eiskalten Aare, das einem in den Ohren rumpelt, wenn man den Kopf unter Wasser hält. Aufhören soll er mit seinem Gerede. Hass kommt auf und doch vibriert ein Gefühl in ihr, das sie noch nicht kennt. In all dem Tumult versucht sie, sich unsichtbar zu machen, was nicht möglich ist, denn dieser Paul sieht sie unentwegt an.

Man spricht über Musik, über das Gymnasium, das Internat und Helenes Gesang soeben. »Gertrud, wenn du so spielen könntest, wie Helen singt«, sagt die Mutter in steifem Ton, »hättest du die Chance, erfolgreich zu werden. Aber ...«

»Mama!«, ruft Urs. Eine Eisschicht legt sich über den Tisch, aber die Stille ist nicht die einer Winterlandschaft, sondern die einer kalten, vergifteten Fabrikruine.

Nach dem Abendessen ziehen sich die Männer zum Billard zurück, die Mädchen gehen auf ihre Zimmer, jede für sich. Auf seltsame Weise glättet sich Helenes Gefühlstümpel, den dieser Paul so stürmisch aufgerührt hat. Schlick, Schlamm und Steine setzen sich wieder ab, denn sie kann Trudis Lebensschmerz spüren. Helene hat das Kalte bei Frau von Asch schon von Anfang an empfunden, aber jetzt fühlt sie, was Trudis inneres Schweigen ausmacht, ganz so wie ihren eigenen Schmerz. Als hätte man die Inhalte eines Koffers säuberlich ausgebreitet, liegt Trudis Leben und Leiden sichtbar vor ihr, und ohne weiter zu zögern, geht sie hinüber ins Nachbarzimmer.

»Ich dachte, du willst dich nicht mehr ritzen«, sagt sie grinsend und zeigt mit dem Kinn auf eine neue Schnittwunde in Trudis sommerlich nacktem Arm. Helene fasst sie am Handgelenk und spürt, dass sie die Situation durchschaut, dass sie ihrer Freundin helfen kann.

»Seit ich denken kann, muss ich Klavier spielen ...«, sagt Trudi. Helene riecht den Alkohol in Trudis Atem. »... Und was, wenn ich keine berühmte Pianistin werde? Wenn ich es nicht schaffe? Habe ich dann mein Leben verwirkt?«

»Komm mit hinunter«, antwortet Helene.

»Wohin?«

»Spielen.«

»Bist du verrückt? Es ist zwölf Uhr nachts!«

»Na und? Euer Musikzimmer ist gut gepolstert. Komm!« Helene lässt sich von ihrem eigenen Schwung mitreißen. Sie zieht Trudi im Nachthemd nach unten ins Musikzimmer, schließt sorgfältig die Tür und stellt sicher, dass auch alle Fenster verschlossen sind.

»Klavierkonzert Nummer 1, Tschaikowski«, befiehlt sie und Trudi spielt.

»Deine Mutter hat dich noch nie geliebt«, flüstert Helene ihr ins Ohr.

Trudi hält inne und schaut sie mit schmerzverzerrtem Gesicht an.

»Spiel weiter!«, zischt Helene.

Trudi beginnt von vorne.

»Sie hat dich gar nicht gewollt, nie hat sie sich auch nur im Geringsten für dich interessiert.«

Trudi spielt sich in Rage. Wütend schlägt sie die Anfangsakkorde, macht Fehler, spielt weiter.

»Scheiß drauf!«, faucht ihr Helene ins Ohr und ist erstaunt über ihre eigene Derbheit. »Zeig es ihr, mach Fehler! Du wirst nie eine Pianistin, solange du für deine Mutter spielst!«

»Was geht's dich an? Hau ab!«, schreit Trudi in ihr Spiel hinein. Sie spielt, was sie sagt: Wut, Hass, Rage.

»Wie fühlt sich das an? Hm? Wie fühlt es sich an, wenn man eine Mutter hat, die einen verachtet? Spiel schon. Sag's ihr!«

Trudi hat Tränen in den Augen, rote Flecken am Hals. Ihr Gesicht ist windschief, fast grotesk, doch bald fließen die Tränen mit der Musik und die Trauer bahnt sich ihren Weg.

»Was hat sie dir alles angetan, seit du ein Kind warst?« Auch Helene spricht jetzt sanfter. »Erzähl's mir, spiel's mir vor. Wie hat sie dich misshandelt? Wie hat sie dich gedemütigt? Wie oft hat sie dich allein gelassen, als du sie gebraucht hast? Los, los, spiel es mir vor! Ich verstehe jeden Ton. Spiel! Wie fühlt man sich, wenn die Mutter keinen Funken Liebe geben kann? Spiels mir vor! Spiel! Wie hast du dich als Baby gefühlt, als sie dich am liebsten im See ersäuft hätte? Wie war das, als sie dich wieder und wieder vor anderen bloßgestellt hat? Spiel mir das Lied von Trudi, der Ungeliebten, die niemals eine liebende Mutter haben wird! Spiel! Spiel!«

Und Trudi spielt. Sie spielt all die Demütigungen, die Schmerzen, die Trauer, die sie zeitlebens in diesem Haus erlebt hat. Sie spielt die leisen Töne, auch diejenigen, die sie bei sich selbst kaum wahrgenommen hat, sie spielt die Erleichterung in den Momenten, wo sie sich geritzt und verletzt hat, sie spielt die ganze Verzweiflung des Kindes, welches nicht einmal gewusst hat, dass es im Tiefsten verletzt und alleingelassen wurde.

Sie spielt die Trudi, die ihre Mutter immer bewundert hat, die niemals auch nur einen Funken Anerkennung und Liebe zurückbekommen hat, sie spielt ihre verzweifelten Anstrengungen, ihrer Mutter zu gefallen und ihr ganzes Leben danach auszurichten, dass diese sie, wenn schon nicht lieben, so wenigstens anerkennen kann.

Sie spielt mal mit Tränen in den Augen wie fließendes Wasser oder das Stakkato der Vergeblichkeit, dann wieder mit dem eisernen Anschlag des Hasses. Und als sie fertig ist, presst sie ihr Gesicht an den Bauch der neben ihr stehenden Helene und weint, als wäre ein Fass in ihr geöffnet worden, das sie zeitlebens fest verschlossen gehalten hat. Helene, verwirrt, aber auf eine seltsame Art glücklich, hält Trudis Kopf in den Händen. So harren die beiden lange aus, bis Trudis Tränen endlich versiegen.

»Jetzt weißt du, womit ich meinen Gesang fülle.«

»Muss man immer solche Gefühle haben, wenn man gut spielen will?«

»Keine Ahnung«, antwortet Helene.

»Doch!«, schreit Trudi. »Doch! Du hast eine Ahnung!«

Trudi klappt den Flügel zu und legt ihren Kopf auf den Deckel. Helene zieht einen Stuhl heran und legt ihre Hand auf Trudis Rücken. »Ja«, sagt sie leise. »Ja, ich habe eine Ahnung.«

»Und was ist mit dir? Wo kommst du her? Warum hast du keine Eltern?« Trudi ist schon wieder so aufgebracht, dass sie fast schreit. »Hast du es dann einfacher, deine Gefühle zu singen? Warum erzählst du nie von dir?«

»Meine Eltern sind in den Bergen abgestürzt«, sagt sie schnell, bevor die Lüge ihre Kehle verschließt. Jetzt, in der Stunde der Wahrheit, muss sie ihrer besten Freundin Hirngespinste erzählen? Sie will die Wahrheit sagen.

»Nein, meine Trudi«, will sie sagen, »ich habe gelogen, meine Eltern sind nicht in den Bergen abgestürzt.« Und gerade, als sie den Mund aufmachen will und ihre Lebenslüge beenden, da steht sie im Treibsand, der sie verschlingen wird, wenn sie nur einen einzigen weiteren Schritt tut. Sie muss sich räuspern, um weitersprechen zu können.

»Ich war noch klein. Dann kam ich zu einer Pflegefamilie.« Der nächste Gedanke bringt sie wieder auf sicheres Terrain. »Vielleicht habe ich es wirklich einfacher, mich selbst zu singen, weil ich nicht für meine Eltern singen muss. Das fällt mir gerade ein.«

»Hast du ein Taschentuch?«, fragt Trudi mit erstickter Stimme.

Helene hält ihr ihr gebrauchtes Tuch hin und Trudi schnäuzt sich.

»Was soll ich jetzt machen?«

»Keine Ahnung«, antwortet Helene.

»Du immer mit deinem ›keine Ahnung‹, das klingt so süffisant, so hochnäsig!«, Trudi schreit wieder; sie heult.

Was hat sie getan? Ein seltsamer Schmerz drückt Helene die Brust zusammen. Hat sie Trudi verletzt? Hat sie sie bloßgestellt? So getan, als wüsste sie alles? War sie selbst wie die strenge Mutter? »Tut mir leid«, sagt sie und streckt beide Hände nach Trudi aus. »Das wollte ich nicht. Du bist meine einzige Freundin; ich hatte vorher noch nie eine.«

»Ich auch nicht«, sagt Trudi.

Dann schauen sie sich an. Sie umarmen sich im Sitzen, Wange an Wange, Atem an Atem, Schweiß an Schweiß. Helene fühlt den Samt von Trudis Haut, die noch warmen Tränen, und die Hitze schießt ihr ins Gesicht. Mama! Diese verlorene Sehnsucht nach der warmen Haut ihrer Mutter – der Schmerz mischt sich mit einem anderen Gefühl, das sie gerade erst kennenlernt, einer Lust, Trudi auf den Mund zu küssen. Etwas verwandelt sich, etwas Neues, Aufregendes, Unbezähmbares nimmt von ihr Besitz und sie reißt sich los von der noch immer benommenen Trudi. Helene weiß, dass sie ihre Freundin immer lieben wird.

Das Frühstück nehmen die Mädchen in der Küche bei Mina ein. Helene ist froh, niemanden von der Familie anzutreffen, vor allem nicht diesen Paul. Aber nein, eigentlich hätte sie ihn gerne getroffen, denn ihre Gefühle, die von tief unten kommen, sind angenehm perlend, prickelnd.

Doch was will der Kerl? Er soll ihr vom Hals bleiben. Sie will ihn nicht sehen, will nichts mit ihm zu tun haben! Der verwirrende Fast-Kuss mit Trudi im Musikzimmer letzte Nacht und ihre Lust dabei schwirren in Helenes Bauch. Sie ist fahrig, schneidet sich aus Versehen mit dem Brotmesser.

»Ich hab' gedacht, du hast aufgehört mit Ritzen!« Trudi grinst, doch hinter ihren Augen klafft ein Abgrund.

Das Ritzen, Schneiden, Brennen, Stechen hat Helene im Internat aufgegeben. Dort fiel es einfach von ihr ab, genau wie ihr Schweigen. Es ist das Singen, das ihr hilft, als ob sie ihre inneren Spannungen dabei ausatmen könnte, wie sie es früher bei dem fließenden Blut empfunden hat. Der Stimmunterricht ist harte körperliche Arbeit, doch davor hat sie sich noch nie gescheut.

Wenn die Töne durch ihren Leib schwingen, wenn sie sich im Unterbauch sammeln und von den Lungen mit Luft versorgt werden, wenn sie in der Kehle, im Mundraum und mit der Zunge geformt werden, fühlt Helene, wie sich ihr eigenes Leben mit dem Leben draußen verbindet. Heute Nacht, als sie Trudi so unbarmherzig zum Spielen getrieben hat, hat sie auch etwas über sich selbst verstanden.

»Schau, meine Hände!« Trudi unterbricht Helene in ihren Gedanken und dreht ihre Hände auf und ab. »Sie schmerzen.«

»Sie sind geschwollen«, antwortet Helene.

Mina wendet sich vom Herd zu beiden Mädchen um, legt Trudis Hände in die ihren, streicht darüber, nimmt etwas aus einer Dose, eine Art Fett oder Salbe und massiert jeden Finger einzeln damit ein. Dann betrachtet sie sie nochmals, zieht die Stirn in Falten und macht »Hmm ...«

»Was ist das, Mina?« Trudis Stimme zittert.

»Weiß nicht, muss man abwarten.«

»Kommt ihr mit zum Schwimmen?« Urs steckt den Kopf zur Tür herein.

»Nein«, sagt Helene, ohne nachzudenken, bereut es aber im selben Moment, wo sie Urs' Enttäuschung und das Flehen in Trudis Augen sieht.

Wieder sind sie zwei dümmliche, kichernde Backfische, die in ihre Zimmer laufen, sich die Badekleider anziehen und dann – wer ist schneller? – nichts wie hinaus an den See rennen.

»Guten Morgen im Paradies!«, ruft Paul. Urs ist bereits im Wasser.

Helene streift Pauls Blick, begrüßt ihn mit einem Nicken und fühlt sich stumm wie als Kind. Plötzlich meldet sich Giselle, die alte Bekannte: »Sei nicht so unhöflich! Sag ihm ›Guten Morgen‹, du benimmst dich wieder unmöglich!«

»Guten Morgen, Paul«, sagt Helene steif, während ihr Herz aus dem Badekleid hüpft. Sie fängt es wieder ein und läuft schnurstracks auf das Wasser zu.

»Kannst du dich nicht benehmen wie andere junge Damen?«, jault nun auch Grippe. So lange waren die beiden still, und auf einmal hat sie wieder dieses Gekreische im Kopf.

Helene schwimmt und versucht, mit jedem Zug die innere Revolte zu kühlen. Kopf ins Wasser, Arme nach vorne, Schub ausnutzen, Kopf aus dem Wasser, atmen, wieder untertauchen. Der Rhythmus und das kalte Wasser helfen ihr, sich zu sammeln.

Paul. Was ist das für einer? Wie alt ist er überhaupt? Er studiert schon. Was hat Paul während des Krieges gemacht? Warum schaut er mich immer so an? Ich kann das nicht! Ich kann nicht locker sein mit diesem Jungen. Er ist ja schon ein erwachsener Mann. Ich weiß nicht, wie man sich da verhält. Was will dieser Kerl?

Helene schwimmt weit hinaus, aber sie hat keine Angst. Ihre einzige Angst ist die, wieder zurückzuschwimmen, diesen Paul zu sehen, seine Blicke auf sich zu spüren.

Endlich entschließt sie sich umzukehren. Am fernen Ufer liegt ihre Freundin auf dem Rasen. Sonnt sie sich? Urs und Paul scheinen neben ihr zu knien. Helene hat es nicht eilig, all das Neue seit gestern erschöpft und verunsichert sie. Offenbar versuchen die beiden, Trudi aufzuhelfen. Kann sie nicht aufstehen? Urs nimmt sie wie ein Kind auf den Arm und trägt sie ins Haus. Trudi! Was ist los?

»Trudi!«, ruft sie und winkt mit einer Hand.

Paul stürzt sich ins Wasser. »Kann ich helfen?«, fragt er, als er sie erreicht hat. »Bist du zu weit hinausgeschwommen? Hast du um Hilfe gerufen?«

»Nein, ich kann gut schwimmen. Was ist mit Trudi?«

»Sie kam schnell wieder aus dem Wasser, weil ihre Hände plötzlich schmerzten. Dann hat sie sich auf den Rasen gelegt und auf einmal fing ihr ganzer Körper so stark zu schmerzen an, dass sie nicht mehr aufstehen konnte. Urs bringt sie auf ihr Zimmer.«

Helene nimmt Zug um Zug mit einer Schnelligkeit, die Paul Mühe macht, ihr zu folgen.

»Du schwimmst wie der Teufel«, japst er. Helene antwortet nicht, schwimmt weiter. »Und singst wie ein Engel«, fährt er fort.

Sie will ihm entkommen, will zu Trudi, will allein sein, will nicht antworten, will wieder stumm sein, will die Decke über ihren Kopf ziehen, will weg von hier. Endlich erreicht sie das Ufer und rennt zu Trudis Zimmer. Mina ist bei ihr, hat sie ausgezogen, ihr ein weiches Kissen unter die Schultern gelegt, flauschige Decken unter die Knie, und überall gepolstert.

»Was ist?«

»Keine Ahnung«, ächzt Trudi. »Mir tut alles, alles weh, nichts kann ich bewegen. Ich weiß nicht, wie ich liegen soll. Es tut so weh, so weh!«

Helene setzt sich auf den Bettrand und obwohl sie Trudi nicht berührt hat, verzieht diese schmerzverzerrt ihr Gesicht. »Hilfe, was hab ich gemacht?« Helene fährt sofort wieder hoch.

»Nichts.« Trudi versucht zu grinsen. »Aber die Kissen haben sich bewegt.«

Nachmittags wird der Arzt geholt. »Wachstumsschmerzen«, meint er.
Zwei Tage später sind die Ferien vorbei und Helene muss ohne Trudi zurück zur Schule und ins Internat.

»Eine Art Rheuma«, schreibt Mina im Auftrag von Trudi einige Tage später. »Ich kann nicht schreiben, ich kann kaum meine Gabel zum Mund führen und ich werde nie wieder Klavier spielen können. Der Arzt sagt, das sei nicht heilbar.

Nächste Woche gehe ich nach Leukerbad in ein Sanatorium.«

Im September fährt Helene nach Leukerbad und trifft eine abgemagerte Trudi mit stumpfem, ausweichendem Blick. Stumm sitzt sie an ihrem Krankenbett. »Hat das etwas mit der Nacht zu tun, in der ich dich gezwungen habe, zu spielen? Bin ich schuld? Was kann ich tun? Bitte Trudi, werde wieder gesund und normal! Bitte Trudi, bleibe meine Freundin. Bitte lach doch wieder!« All das will Helene sagen, aber ihr Mund bleibt stumm und auch Trudi bleibt stumm.

Schließlich fährt sie zurück nach Bern. Es kommt keine Antwort auf ihre Briefe – ja klar, Trudi kann nicht schreiben, ihre Finger schmerzen.

Zwei Wochen später dann der Brief von Urs:

Trudi ist tot. Die Ärzte vermuten, dass sie die Medikamente gesammelt und auf einmal geschluckt hat. Ihr Tod ist nicht anders zu erklären, denn Rheuma ist keine tödliche Krankheit. Man meint, sie sei schnell in eine tiefe Depression gefallen.

»Du bist schuld!«, schreit Grippe, allerdings etwas verhalten.

Giselle pflichtet ihr bei. »Natürlich hast du mal wieder nicht aufgepasst!«

Helene hört nichts, nicht einmal das, was in ihrem eigenen Kopf gesprochen wird. Sie legt sich ins Bett und fühlt nichts, keine Trauer, keine Verzweiflung, nur Ebbe, Schlick und giftigen Schlamm.

Dann, so wie das Wasser des Ozeans zuerst vom Land weggezogen wird, kommt die Riesenwelle angerollt und verrichtet ihr Zerstörungswerk. Auch die graue Wolke ist wieder da, undurchdringlich, fast schwarz. Die Stimmen in Helenes Kopf schwellen an. Wie viele sind es? Sie geht an ihren Schrank, holt eine Nagelschere heraus und schneidet sich tief in den Arm, leckt das Blut auf. Es hilft nicht mehr. »Ich will weg von hier, ich will es nicht, dieses Leben! Wo soll ich hin? Mama! Warum hast du mich geboren? Wo bist du überhaupt? Was für eine Familie habe ich? Keine! Ich bin allein und werde immer allein bleiben.«

Ohne Jacke rennt sie ins Freie. Die herbstliche Frische füllt ihre Lungen und lindert die Qual ein wenig. Dann steht sie auf der Kirchenfeldbrücke. Wie oft schon hat sie an Fenstern und Brücken gestanden? Warum springt sie nicht? Die Aare unter ihr rauscht dahin wie flüssiger Türkis; gleichgültig, ewig, undurchdringlich. Ihr Blick hebt sich, heute ist ein glitzernder Tag. In der Ferne leuchten die weißen Riesen Eiger, Mönch und Jungfrau wie ein ferner Gruß aus der Unendlichkeit. Sie geht hinunter, setzt sich ans Ufer, ein paar Schritte weiter kauert eine lesende Frau in der Herbstsonne. Fahrradfahrer zischen hinter ihr vorbei. Sie beugt sich nach vorne, vielleicht trägt die Strömung ihre Erinnerungen aus den schönen Sommertagen noch in sich. Wie hat sie diesen Fluss geliebt. Wellenförmig verschwimmend, erkennt sie ihr Gesicht im Wasser.

Nach und nach, wie er es immer getan hat, wäscht der Strom auch heute ihre nicht geweinten Tränen aus den Augen. Zumindest so viele, dass sie sich wieder erheben kann.

Langsam geht sie zurück auf ihr Zimmer. Dort liegt der Brief noch auf dem Nachttisch. Sie will ihn zerreißen, doch dann entdeckt sie den zweiten Teil dessen, was Urs geschrieben hat:

Würdest du bei der Beerdigung singen? Wir lassen dich von unserem Fahrer abholen, du brauchst dich um nichts zu kümmern. Wir würden uns freuen, wenn du als Trudis beste Freundin ihr das letzte Geleit geben würdest.

»Nein«, sagt sie sich. »Nein. Nein. Nein.« Und doch geht an einer versteckten Stelle ein feines *Ja* auf wie ein platzendes Samenkorn. Sie lässt es wachsen, schaut dabei zu, und als sie am nächsten Morgen aufwacht, weiß sie, dass sie singen und dass es ihre einzige Rettung sein wird.

Vergebung

Paul Schwartz, geb. 1930

September 1951

»... *Mache dich, mein Herze, rein* ...«

Wie vom Himmel herab schweben die Töne über der Trauergemeinde. Leicht und filigran verweben sie sich in der Luft zu einem ätherischen Geflecht und lösen sich wieder voneinander. Sie verwehen und hinterlassen nichts als Trauer und Schönheit.

»... *Mache dich, mein Herze, rein* ...«

Paul schaut auf seine frisch manikürten Hände, die entspannt auf schwarzen Hosenbeinen ruhen. »Sollen sie mal ihre Herzen rein machen, diese schwerreichen Schweizer Bonzen, von denen während des Krieges gewiss jeder Einzelne seine Finger in Bührles Waffenschieberei gehabt hat«, denkt er.

»... *Mache dich, mein Herze, rein* ...«

Sollen sie sich ihr gleichgültiges Herz rein machen, während sie Trauer um ein unglückliches Mädchen mimen, allen voran dessen steinerne Frau Mama mit dem viel zu teuren Hut.

»... *Ich will Jesum selbst begraben* ...«

Die Arie kennt er! Paul horcht auf. Schließlich ist er Enkel eines Kirchenmusikers. Das ist Bach und die Arie ist für Bass komponiert. Helene singt sie mit ihrem überirdischen Sopran. »Wie raffiniert sie ist«, fährt ihm durch den Kopf. Sie beansprucht alles – alle Stimmen, alle Trauer. Und gewiss würde sie Trudi am liebsten selbst begraben.

Dieses halbe Kind wagt es, ein Werk Bachs, dem Gipfel der abendländischen Musik, abzuändern, um eine eigene Aussage daraus zu machen! Und das ohne Einbuße an Tiefe und Ausdruck! Dazu braucht es nicht nur künstlerische Souveränität, sondern auch die Frechheit des Genies. Paul schüttelt den Kopf, denn die Familie merkt offensichtlich nicht einmal, dass ihr mit diesem Engelsgesang das Recht auf Trauer um ihre arme Tochter abgesprochen wird.

»Mache dich, mein Herze, rein,
Ich will Jesum selbst begraben«

Dann wischt er seine Gedanken ab wie lästige Staubflocken, keinen einzigen Ton will er mehr verpassen aus dem Füllhorn dieser unglaublichen Stimme. Endlich wird es still in ihm. Er schließt die Augen und lauscht den Klängen.

»Denn er soll nunmehr in mir
Für und für
Seine süße Ruhe haben.«

Der Schmerz, der aus dem Gesang dieses Mädchens fließt, treibt ihm fast die Tränen in die Augen. Leider kann er sie nicht sehen.

Als blasse, dünne Heranwachsende hat er sie in Weggis angetroffen, mit blonden Zöpfen, billigen Kleidern und immer barfuß. Für ihn ohne Reiz und Rundung, ein Kind noch, aber mit einer so übernatürlichen Begabung, dass er sie gerne näher kennengelernt hätte.

»Welt geh aus, lass Jesum ein!
Mache dich, mein Herze, rein.«

Dass sie abweisend, ja feindselig zu ihm gewesen ist, hat ihm ein weiteres Rätsel aufgegeben.

Später schleicht sie hinter dem Organisten die Treppe herunter, drückt sich an der Kirchenwand entlang, als hoffte sie, von niemandem gesehen zu werden.

Doch was ist mit ihr passiert in dieser kurzen Zeit seit den Sommerferien? Aus dem hässlichen Entlein ist nicht etwa ein schöner Schwan geworden. Die blonden Zöpfe sind einer Greta-Garbo-Frisur zum Opfer gefallen, ein teures schwarzes Kleid hängt beliebig unter dem kindlichen, fast anämischen Gesicht, in dessen Blässe ein knallroter Lippenstift blüht.

Trotz der herbstlichen Kühle stecken nackte Füße in flachen Schuhen, die einer Schuluniform entstammen könnten. Eine durchweg irritierende, disharmonische Erscheinung. Hat man es mit einem frühreifen Kind zu tun oder mit einer auf Kindfrau getrimmten Diva?

»Einsam ist sie«, fährt es Paul durch den Kopf, und ihr Blick, der ihn für die Dauer eines Lidschlags streift und sofort wieder verlässt, ist ein Meer ohne Horizont, bleiernes Wasser ohne jede Insel. In ihr wohnt eine Verlassenheit bis an den Rand des Erträglichen. Dass sie ihre Eltern bei einem Bergunfall verloren hat, weiß er von Urs. Nun fragt er sich, wer ihr wohl helfen wird, nicht zu straucheln, bei dieser monströsen Begabung; wer ihr den Rücken stärken wird auf dem Weg nach oben, wo sie mit dieser Stimme zweifellos hingehört. Während sich seine Gedanken um die Idee wickeln, dieser väterliche Freund für das Mädchen zu sein, breitet sich eine angenehme Wärme in ihm aus.

Als er sie anspricht, rutscht ihm sein schwäbisches »Grüß Gott« heraus. Sie schrickt zusammen und antwortet in breitestem Berndeutsch mit »Grüessäch« und nickt. Kraftlos zieht sie ihre schmale Hand aus seiner. Paul schmunzelt im Weitergehen. Sie hat in makellosem Hochdeutsch gesungen. Da muss sie ganz schön gearbeitet haben, um diesen hartnäckigen Dialekt wegzubekommen. Hier ist ein Profi am Werk. Immer rätselhafter wird ihm dieses Mädchen.

Zurück in Genf schreibt er ihr eine kleine Notiz nach Bern.

Liebes Fräulein Suter,
wie geht es Ihnen? Ich kann mir vorstellen, dass der Tod Ihrer lieben Freundin Trudi Sie sehr getroffen hat. Das war auch an Ihrem bewegenden Gesang zu spüren. Auf der Beerdigung war keine Gelegenheit, Ihnen mein aufrichtiges Beileid auszudrücken. Das möchte ich hiermit tun und wünsche Ihnen alles erdenklich Gute.
Ihr Paul Schwartz

PS: Ich würde mich über ein paar Worte betreffend Ihrer Befindlichkeit sehr freuen.

Zurück kommt postwendend:

Bitte belästigen Sie mich nicht wieder.
Hochachtungsvoll
Helen Suter

Ein Kübel voll Eiswasser trifft Paul unerwartet hart.
»Sie ist ein Kind«, sagt er sich, »lass sie in Ruhe«.
Lange versucht er, ihre Antwort zu zerkauen, zu zerlegen, zu verstehen; sie bleibt als unverdauter Brocken in seinem Magen liegen. Warum diese Feindseligkeit?

Kurze Zeit später trifft er Françoise aus Lausanne. Ihr Lachen ist wie eine Kaskade von Glasglöckchen. Sie hat eine Wespentaille, trägt weit ausgestellte Kleider, darüber kurze Jäckchen vom selben Stoff, und wenn er sie ins Theater ausführt, hat sie eine dezente Pelzstola umhängen. Sie scheitelt ihr glänzendes hellbraunes Haar sauber auf der linken Seite und ihre Locken sitzen fast immer makellos im Nacken. Ihre Art, »*Quoi que ce soit*« zu sagen, ist unnachahmlich und manchmal trägt sie einen breiten flachen Hut. Paul beschließt, das Leben zu genießen und dieses seltsame hochbegabte Kind aus Bern seinem Schicksal zu überlassen. Mit Françoise tanzt er Swing in Nachtklubs, mit seinen Studentenfreunden sitzt er tagelang in Genfer Cafés, und wenn Françoise mit dabei ist, raucht sie mit langer Zigarettenspitze. Manchmal muss er nächtelang pauken, damit er die nächste Zwischenprüfung besteht.

Deutschland ist weit weg. Nur ab und zu denkt er daran, wie privilegiert er ist. Er hat keinerlei Einbußen durch den Krieg gehabt und sein Vater hat sich als Arzt und Hochschullehrer nicht bei den Nazis schuldig gemacht. Zudem ist das familiäre Vermögen über die Kriegsjahre erhalten geblieben. Was soll er sich mit einem kleinen Mädchen abgeben, das wunderschön singt, aber offensichtlich seelisch vollkommen haltlos ist? Nur sich keine Verpflichtungen aufhalsen.

Immer öfter kommt es vor, dass Françoise beim Bummel durch die Gassen Genfs an teuren Bijouterie-Schaufenstern hängen bleibt. Insbesondere die Auslagen mit den Verlobungsringen nehmen sie gefangen. Paul weiß, was von ihm erwartet wird, und eines Tages ersteht er einen blauen Brillantring. Sein Heiratsantrag wird schon lange erwartet, auch wenn Françoise zum Schein aus allen Wolken fällt.

Von diesem Tag an beginnt sie, sein Leben zu planen. Er wird in Lausanne eine Arztpraxis eröffnen, sie werden drei Kinder haben, sie wird ihr Studium abbrechen, sobald sie verheiratet sind, sie werden in das große Haus ihrer Eltern einziehen, bis sie sich ein eigenes kaufen oder bauen, und die Heirat wird am 23. Juni 1953 stattfinden, nachdem Paul sein Staatsexamen abgeschlossen hat. Ihr Hochzeitskleid ist bereits bei einer Maßschneiderei in Auftrag.

Im April 1953 beginnt Paul, an Schlafstörungen zu leiden. Appetitlosigkeit kommt dazu. Er fällt durch eine wichtige Prüfung, kann sie aber wiederholen. Konzentrationsstörungen und Albträume plagen ihn, in denen er abrutscht, sich nicht halten kann, irgendwohin schlittert oder fällt, wo es keinen Boden gibt. Françoise gegenüber wird er launisch und ungerecht, über jede Kleinigkeit streiten sie.

Einmal bleibt er gelangweilt an den Auslagen einer Buchhandlung stehen, blättert lustlos in einem Buch von Stefan Zweig mit dem Titel *La pitié dangereuse, Ungeduld des Herzens*. Er liest sich ein und kauft das Buch. Obwohl wenig an der Geschichte an die seine erinnert, wird Paul beim Lesen immer unruhiger. Anders als die Edith bei Zweig ist Françoise nicht nur eine schöne Frau, sondern auch eine gute Partie; und es gibt nichts, was dagegenspräche, im Fluss des Lebens weiterzuschwimmen, sie zu heiraten und ein gutes Leben zu führen. Doch Stefan Zweigs Roman trifft Paul wie ein Faustschlag. Ähnlich wie Leutnant Obermiller bei Stefan Zweig hat er sich treiben lassen und ist nun in Verpflichtungen gefangen, die er nicht mehr lösen kann, ohne Schaden anzurichten. Dann fällt er durch das Examen.

Françoises Lebensplan bröckelt. Die Hochzeit ist organisiert, was macht sie mit einem Versager? Was kann sie antworten, wenn gefragt wird, wann die Arztpraxis eröffnet wird? Wie soll sie mit den Immobilienangeboten umgehen, welche die Freunde ihres Vaters bereits für diesen Zweck vorschlagen? Paul bleibt stumm, als sie ihm diese Fragen stellt. Am Ende ist sie es, die die Verlobung löst. Sie tut es, um ihre Ehre zu retten, und er ist ihr dankbar dafür, dass sie so wenig Geduld mit ihm gehabt hat.

Erschöpft, geschlagen, gedemütigt, aber auf eine untergründige Art befreit, kehrt er nach mehr als zwölf Jahren teurer internationaler Schule in Genf ohne Studienabschluss nach Deutschland zurück. Der Vater ist entsetzt, die Mutter gütig. Paul studiert Biologie auf Lehramt. Später wechselt er wieder auf Medizin und kann das Staatsexamen mit Bravour nachholen. Dann macht er die Chirurgen-Ausbildung.

Auch in Stuttgart wohnen schöne Mädchen, wenn auch nicht so unbeschwert wie in der Schweiz und auf keinen Fall so wohlhabend. Es gibt nur wenige an Leib und Seele unversehrte Männer. Er ist umschwärmt, bleibt vorsichtig. Warum eigentlich?

Was will er? Was sucht er? Lebt da immer noch dieses feindselige blasse Mädchen in seinem Herzen, mit dem krachigen Berner Dialekt, der so gar nicht zu ihrem ätherischen Wesen passen will? Manchmal fragt er sich, ob er noch bei klarem Verstand ist.

1955 liest er in der Zeitung vom geplanten Umbau des Großen Hauses im kommenden Jahr. Als letzte Oper vor der Renovierung soll Puccinis *Turandot* aufgeführt werden. Man hat das junge schweizerische Stimmwunder Helen Suter für die Hauptrolle engagieren können. Sie kommt mit ihrem Vormund, da sie noch nicht volljährig ist.

Die Presse ist skeptisch. Kann ein Mädchen in diesem Alter einer so schwergewichtigen Rolle wie die der Turandot gerecht werden? Sie kann, sagt sich Paul und kauft Karten für jede Aufführung.

»Das Mädchen ist neunzehn Jahre alt und singt die Turandot so, dass man Angst bekommt«, schreibt die Stuttgarter Zeitung. Die Kritiken, sei es im Radio, in den Zeitungen oder in den Zeitschriften, sind frenetisch, das Große Haus ist jeden Abend voll bis auf den letzten Platz.

Paul hinterlässt im Hotel eine Notiz für Helenes Vormund, Herrn Professor Fuchs aus Basel, in der er darum bittet, Fräulein Suter, die er vor Jahren bei einem gemeinsamen Freund namens Urs von Asch in Weggis kennengelernt habe, im Café treffen zu dürfen. »Ich warte um zehn Uhr im Café im Schlossbau auf Ihre Pflegetochter. Jeden Tag, solange die Spielzeit geht«, schreibt er.

Sie kommt. Am vierten Vormittag steht sie an der Eingangstür des Cafés und sucht seinen Blick. Wieder ist Paul irritiert, wie nichtssagend sie wirkt, verglichen mit ihrer wuchtigen Bühnenpräsenz. Als sie ihm gegenübersitzt, ist er allerdings schockiert von der feinen Schönheit. Durch die Seide ihrer Haut irisieren ihre Wangen mit einem zarten Rosa. Das Kinn, die Nase, die Augenbrauen wirken ebenmäßig und muten an wie modelliert. Alles Sperrige, Eckige ist verschwunden und trotzdem schimmert etwas Kindlich-Beschützenswertes aus ihren Augen.

Elegant und stilsicher ist sie geworden! Atemberaubend. Es dauert Sekunden, bis er sich daran erinnert, dass er etwas sagen sollte. Sie kommt ihm zuvor.

»Sie haben den Weg über meinen Vormund gewählt. Wieso?«

»Aus Respekt«, antwortet er und findet, dies sei ein Punkt für ihn.

»Das hat dazu geführt, dass er Erkundigungen über Sie eingezogen hat. Er meint, sie wollten mir den Hof machen.«

»Und? Was hat der Herr Professor über mich herausgefunden?«

»Dass Sie schon einmal verlobt waren.«

»Touché.«

»Und warum wollten Sie mich treffen?«

»Darf ich Ihnen etwas zu trinken bestellen, Fräulein Suter? Einen Kaffee? Einen Tee?«

»Gerne einen Kaffee«, sagt sie mit einem angedeuteten Lächeln. »Nun?«

Er kann nicht glauben, wie keck und selbstbewusst sie geworden ist.

»Ich will dreimal den Gong schlagen, Ihre drei Rätsel lösen und Sie fragen, ob Sie meine Frau werden wollen.«

»Sie haben nicht mehr alle Tassen im Schrank!« Helenes Augen blitzen vor nackter Empörung und auf ihrem Dekolleté erscheinen rosa Flecken.

Paul zuckt mit den Schultern. »Sie könnten recht haben mit den fehlenden Tassen«, antwortet er. »Ich meine trotzdem, was ich sage.«

Helene wird zuerst blass, dann rot, weiß nicht, wohin mit den Augen, streift seinen Blick, schaut auf den Boden, von dort wieder hoch, fast hasserfüllt. Sie wendet die Augen zur Ausgangstür und Paul kann an ihrem Gesicht ablesen, dass sie nichts anderes will, als durch diese Türe entschwinden. Was sie dann aber erwidert, lässt ihn lachen. Erst Sekunden später merkt er, dass sie es ohne jeden Humor gesagt hat.

»Machen Sie sich nicht unglücklich.«

»Sie meinen, die Prinzessin Turandot wird mich köpfen lassen, falls ich ihre drei Rätsel nicht löse?«

»Nein«, antwortet sie und sucht schon wieder mit den Augen den Boden ab. Dann hebt sie den Kopf und ihr Blick ist ein schwarzbleierner See. »Sie kennen mich nicht und Sie werden meine drei Rätsel, oder wie viele es auch sein mögen, nicht lösen.«

»Ich werde Sie mit und ohne Rätsel lieben.«

Helene zuckt zusammen, schluckt, schaut wie ein gehetztes Reh im Café umher, greift nach ihrer Handtasche.

»Gehen Sie nicht!«

Sie legt ihre Tasche wieder auf den Stuhl. Dann nimmt sie einen tiefen Atemzug, fast seufzend atmet sie aus. »Ich bin nur für das Alleinsein geschaffen. Alles andere ist bei mir schon immer schief gegangen.«

»Ich bin mir durchaus bewusst, dass ich mit Ihnen eine harte Nuss heirate. Wir werden Probleme miteinander haben. Aber wie gesagt: Ich werde Sie mit und ohne Probleme lieben.«

»Ich werde immer singen.«

»Das hoffe ich.«

Ein kaum merkbares Lächeln huscht über ihr Gesicht, ein Lufthauch ohne Bewegung. »Ja«, sagt sie.

Paul fährt auf. »Haben Sie gerade ›ja‹ gesagt?«

»Ja.«

Sein Herz geht in Flammen auf, die ihm bis in die Augen lodern, und dieses Lodern spiegelt sich in ihrem Blick. Auf einen Schlag brennt die Luft zwischen ihnen. Er legt seine Hände auf den Tisch, mit der Handfläche nach oben, und wartet, bis sie die ihren hineinlegt. Zart und fest umgreift er ihre Handgelenke. Sie schauen sich so lange in die Augen, bis die Flammen ein wenig Luft zum Atmen geben.

»Sollten wir uns dann duzen?«, fragt Paul mit belegter Stimme.

»In diesem Fall vielleicht schon«, antwortet sie.

Er zahlt die Getränke, sie verlassen das Café und gehen im Schlossgarten spazieren, Hand in Hand, länger als eine Stunde, ohne ein Wort zu sprechen. Dann fällt Paul etwas ein.

»Dass du singen kannst, habe ich schon bemerkt, aber dass du ein Sprachgenie bist, das wusste ich noch nicht.«

»Wieso?«

»Ich nehme an, akzentfrei hochdeutsch zu sprechen, ist Teil deiner Ausbildung als Opernsängerin.«

»Wie du vielleicht bemerkt hast, singe ich derzeit Italienisch, manchmal singe ich auch Französisch. Ja, klar, das gehört dazu. Das heißt aber nicht, dass ich diese Sprachen gut kann.«

»Ich meine, dass du, wenn du mit mir sprichst, schwäbelst.«

Helene schrickt zusammen und schluckt. Nach einer Weile sagt sie mit belegter Stimme: »Vielleicht ist das ja eines meiner drei Rätsel.«

Sie hat alles gebraucht, um diesen Satz locker wirken zu lassen. Wer ist diese Frau? Ob er das jemals ganz herausfinden wird?

»Wird sie im nächsten Jahr dem Ruf nach Stuttgart folgen, für ein festes Engagement im neu renovierten Großen Haus?«, fragt die Stuttgarter Zeitung, als Helene wieder in die Schweiz abgereist ist. Sie wird, denkt Paul und fährt nach Basel, um bei Helenes Vormund, Professor Fuchs, um ihre Hand anzuhalten. Dort trifft er auch Helene wieder.

In formaler Manier besprechen sich die beiden Männer allein in Fuchsens Bibliothek. Das Zögern des alten Mannes irritiert Paul. Er ist schließlich keine schlechte Partie, sieht gut aus, wird Arzt werden, ist recht vermögend und dass ihm einmal eine Verlobung schiefgegangen ist, ist doch nicht mehr als menschlich.

»Ihr Vater war Professor für Oto-Rhino-Laryngologie in Tübingen«, sagt Fuchs und schaut Paul auf eine eindringliche Art an.

»Ja, aber ich habe mich nicht auf Hals-Nasen-Ohren spezialisiert, ich will einfacher Arzt werden, mit eigener Praxis, kein Hochschullehrer.«

»Sicher, sicher. Dagegen gibt es nichts auszusetzen«, antwortet Herr Fuchs langsam. »Leben Ihre Eltern noch?«

»Ja, sie erfreuen sich bester Gesundheit.«

»Das ist schön für sie«, murmelt Herr Fuchs und sieht nachdenklich auf den Boden. »Andere haben alles verloren«, fährt er fort, und es klingt, als würde er mehr zu sich selbst sprechen.

»Ich hatte das Glück, schon 1940 auf die internationale Schule nach Genf zu dürfen.«

»Dann sind Sie wirklich privilegiert.«

»Ja, ich fühle mich durchaus so.«

Herr Fuchs' Blick geht zum Fenster hinaus, er scheint sich seinen Gedanken zu überlassen. Dann reißt er den Kopf herum, schaut Paul herausfordernd an und spricht: »Machen Sie das Mädchen glücklich, sonst bringe ich Sie um! Sie hat schon zu viel gelitten für ihr Alter.«

Die Schärfe in Fuchsens Stimme lässt Paul schlucken. Nach einer Atempause sagt er: »Ich darf betonen, Herr Professor, dass die Ehre meines Lebens in dieser Angelegenheit liegt.«

Fuchs nickt und reicht ihm die Hand. »Dann wünsche ich dem jungen Paar alles erdenklich Gute. Und jetzt werden wir beim festlichen Abendessen zu viert erwartet, es ist schließlich Ihre Verlobung.«

Helenes Gesicht ist wie vielfarbiges Perlmutt und schimmert erfüllt von einem feinen Glück, als die beiden Männer im Speisezimmer erscheinen. Endlich ist er in seinem eigenen Leben angekommen. Sie ist für ihn bestimmt. Sein Warten hat sich gelohnt. Beim Abendessen erlebt er einen rätselhaften Dialog, obwohl an den Worten keinerlei Unebenheiten sind, in die er seine Gedanken einhaken könnte.

»Dann wirst du also wieder nach Stuttgart gehen?«, fragt Herr Fuchs.

»Ja«, antwortet sie und die beiden schauen sich an, bis Helene ihren Blick zu Frau Fuchs wechselt. Diese nickt langsam.

»Und du wirst Helen Schwartz, geborene Suter, heißen?«

»Ja, das werde ich«, antwortet sie. »In Deutschland wird man Helene sagen.« In Helenes Stimme liegt eine Entschlossenheit, die Paul nicht einordnen kann. Er hat das vage Gefühl, dass gerade etwas ausgetauscht worden ist, was nicht für seine Ohren bestimmt war, beschließt dann aber, nicht so viel hineinzuinterpretieren und die Angelegenheit zu vergessen.

Kurze Zeit später wird die Hochzeit im allerkleinsten Kreis gefeiert. Professor Fuchs ist ohne Ehefrau angereist, da diese bei fragiler Gesundheit sei. Er unterschreibt als Vormund, denn Helene hat das 21. Lebensjahr noch nicht vollendet. Pauls Eltern begrüßt er mit ausgesuchter Höflichkeit, aber das Eis in seiner Stimme ist unüberhörbar, und nach der Trauung verabschiedet er sich unter vielen Entschuldigungen wegen des Gesundheitszustands seiner Frau.

Zu Helene gewandt, wird seine Stimme warm: »Ich konnte nicht viel für dich tun. Aber was aus dir geworden ist, gereicht dem wenigen, was ich tun konnte, zur Ehre. Jetzt entlasse ich dich aus meiner Vormundschaft, aber nicht aus meinem Herzen. Wisse, dass du bei mir und meiner Frau jederzeit willkommen bist, solange wir leben!«

»Danke, Herr Fuchs, für alles, was Sie für mich getan haben.«

Pauls Eltern sind begeistert von Helene und er muss sich eingestehen, dass er stolz ist. Auf sie, auf sich selbst? Er weiß es nicht, jedenfalls bedeutet es ihm viel, eine solch besondere Frau zu haben. Wie schön sie in ihrem eierschalenfarbenen modernen Hochzeitskleid aussieht! Es bringt ihre schmale Taille zur Geltung und zeigt makellose Beine. Der flache Hut und ihr zurückhaltendes Wesen geben ihr etwas Adliges. Sie ist jung, hochbegabt und wird mit ihrem Gesang Weltruhm erlangen. Dass sie die Eltern so früh verloren hat, verleiht ihrer Ausstrahlung einen Hauch des Tragischen. Nach seiner missglückten Verlobung in Genf und dem verpatzten Examen dort empfindet er eine gewisse Genugtuung, insbesondere seinem Vater gegenüber. Die Waage seines männlichen Selbstwertgefühls kommt mit dieser Heirat wieder ins Gleichgewicht.

Am Nachmittag ihrer Hochzeit gehen sie für einen Umtrunk zu seinen Eltern, um die kleine Feier zu beenden. Da ereignet sich eine seltsame kleine Episode.

Helene sieht den eleganten Steinway im Musikzimmer und erstarrt. Dann geht sie leicht in die Knie, betrachtet das rechte vordere Bein des Flügels und streicht mit den Fingerspitzen daran entlang, vorsichtig, wie ein Chirurg einen gebrochenen Arm abtastet. Zuletzt öffnet sie den Deckel und schlägt das zweigestrichene F an. Nur diese Taste, und nur einmal. »Der ist verstimmt«, sagt sie.

Pauls Vater klappt der Unterkiefer nach unten. »Wie kannst du das an einem einzigen Ton hören?«

»Keine Ahnung, aber das Klavier muss gestimmt werden.«

Paul lacht und legt seinen Arm um ihre Schultern. Besitzerstolz. »Weißt du, mein Vater war HNO-Arzt. Du mit deinem absoluten Gehör wärst früher ein sensationelles Forschungsobjekt gewesen, nehme ich an.«

Da lacht auch der Vater und seine Reglosigkeit schmilzt wie ein Eiswürfel im heißen Tee. »Ich werde ihn stimmen lassen, darauf kannst du dich verlassen.«

Helene wird niemals auf diesem Flügel spielen. Auch nicht, nachdem er gestimmt wurde.

Im Dezember 1956 wird Wolfgang geboren.

April 1959

Weniger ein Traum, vielmehr ein Bild zwischen Schlafen und Wachen ist es, ein Blitz, der von irgendwoher zu kommen scheint: Prinzessin Turandot lässt ihn köpfen, weil er ihr Rätsel nicht gelöst hat. Paul fährt hoch, benommen und doch hellwach, fünf Uhr dreißig zeigt die Uhr. Helene neben ihm schläft ruhig. Er steht auf, geht ins Bad und beschließt, dass es sich nicht lohnt, noch einmal zurück ins Bett zu gehen.

Stattdessen macht er sich einen Kaffee, öffnet die Balkontür und atmet die frische Morgenluft ein. Wie gut es tut, ein Stündlein für sich zu haben! Er setzt sich auf den Balkonstuhl und stellt seine Füße auf die Brüstung. Das Wort Falle kommt ihm in den Sinn. Seine Ehe ist ihm zur Falle geworden. Wird er die extremen Gefühlsschwankungen seiner Frau nun sein ganzes Leben lang ertragen müssen? Wie soll das gehen? Was ist in diesen wenigen Jahren aus ihnen geworden?

Bilder aus ihren ersten Monaten tauchen vor seinem inneren Auge auf. In den Flitterwochen an der Nordsee waren sie in ein unendliches Meer aus Liebe, Sonne und Verschmelzung eingetaucht. Nie vorher und nie nachher war er je so glücklich wie in diesen glühenden Anfängen ihrer Verbindung. Ist es schleichend so gekommen? Was ist passiert? Nicht, dass sie sich auseinandergelebt hätten. Nicht, dass irgendetwas abgekühlt wäre. Das Gegenteil ist der Fall. Und auch wenn ihm schon ab und zu heimlich das Unwort Scheidung in den Kopf geschossen ist, weiß er, dass er sie niemals verlassen würde. Er liebt sie, und das wird immer so bleiben.

Wie oft hat sich Paul gefragt, was falsch läuft und wann es angefangen hat. Helenes Launen nannte er es zunächst, aber es sind mehr als nur Launen. Ihre Stimmungsschwankungen sind von einer Intensität, die für einen Mann kaum auszuhalten sind. Dass er sich selbst so oft davon einfangen lässt, ist das Schlimmste. Zielsicher findet sie seine wunden Punkte, und statt den beginnenden Brand zu löschen, gießt er, ohne es zu wollen, Öl hinein. Gestern Abend hatten sie wieder einmal einen ihrer Exzesse, derer er so überdrüssig ist:

Er freut sich auf sie, will zum Ende der Spielzeit etwas Schönes für sie kochen, hat Wein gekühlt und den Tisch mit Kerzen dekoriert. Während des Kochens hat er Wolfgang gebadet und zu Bett gebracht. Helene kommt hereingestürzt, blass, müde, rennt an ihm vorbei, bleibt am gedeckten Tisch stehen.

»Was soll das hier? Diese bescheuerten Kerzen!« Sie gießt sich einen Schluck Wein ein und verzieht das Gesicht. »Lauwarm. Für wen hast du das denn gemacht? Für mich? Du hast wohl ein schlechtes Gewissen?«

»Für dich natürlich! Ich wollte dir etwas Gutes tun.« Paul versucht, die Situation zu retten und sich nicht in ihre Gefühlswelt hineinziehen zu lassen. Er versagt auf ganzer Linie.

»Ich weiß schon, dass du dich abends während der Spielzeit mit deiner Arzthelferin triffst. Jetzt willst du dich wieder einschmeicheln, ist es nicht so?«

»Jetzt fängst du wieder an zu spinnen!«, ruft er. »Das gibts doch nicht, geht das schon wieder los?«

»Ich?«, kreischt sie. »Ich? Wer spinnt hier? Doch wohl du! Was willst du von mir?«

»Hör einfach auf mit dem Quatsch! Du weißt, dass ich kein Verhältnis mit meiner Arzthelferin habe. Du bist einfach nur krank!«

»Ich, krank?« Ihre Stimme ist schrill, verzerrt und ganz ohne Schönheit. »Du liebst mich schon lange nicht mehr, sonst würdest du abends in die Oper kommen!«

»Du weißt, dass ich wegen Wolfgang zu Hause bleibe, und oft genug bin ich dort. Du weißt es! Warum schwätzt du schon wieder so viel Schwachsinn?«

Paul fröstelt in der kühlen Morgenluft, holt sich seine Zigaretten, wirft eine Jacke über und geht zurück auf den Balkon. Warum lässt er sich immer so hineinziehen in diese Streitereien? Trifft sie auf ein Hühnerauge bei ihm? Will er womöglich unbewusst doch eine Liebschaft beginnen? Aber das ist es nicht, denn nach wie vor begehrt er sie. Er atmet auf. Das kommt noch dazu: Sie begehren sich wie am ersten Tag. Womöglich ist es nicht eine Affäre mit einer anderen, die er sucht, sondern schlicht ein wenig Abstand von seiner Frau. Vielleicht sollte er ein paar Tage für sich sein und wegfahren?

Er zieht an seiner Zigarette und weiß sofort, dass dies nicht gehen wird. Helene würde durchdrehen. Nach ihrem heftigen Wortgefecht gestern Abend ließ sie ihn ohne ein weiteres Wort stehen, ging ins Bad, nahm eine ausgiebige Dusche, und bis sie wiederkam, war das Essen, genau wie die Stimmung, abgestanden und kalt.

Wie ist er diese Szenen leid! Jederzeit, ohne Vorwarnung, kann Derartiges über ihn hereinbrechen. Sie könnten eine harmonische Ehe führen, die meiste Zeit verstehen sie sich gut, sind wunderbare Eltern für Wolfgang, aber diese Launen, nein, diese krankhaften Ausbrüche, hinterlassen ihr Gift in allem. Wie immer hat Helene ihr Zerstörungswerk später eingesehen. Jetzt schmunzelt er. Gefühle von Wärme, ja sogar von Liebe mischen sich in seine Ratlosigkeit. Mit einem genussvollen Prickeln denkt er noch einmal zurück an den Ausgang des gestrigen Streits:

»Tut mir leid«, sagt sie und lehnt sich an ihn. »Das war meine Schuld, es war unglaublich anstrengend heute und ich hab' so schlecht gesungen wie nie.«

»Du hast noch nie schlecht gesungen«, antwortet Paul, noch immer steif und abweisend.

»Vielleicht will ich zu perfekt sein«, entgegnet sie mit warmer Stimme. Sie nimmt seine Hand und knetet ihm die Finger. »Ich denke immer, dass du mich verlassen wirst, wenn ich nicht die beste Sängerin der Welt werde.«

Jetzt muss Paul doch ein wenig lachen und streicht ihr über die Wange. »Du hast keine Ahnung«, sagt er und berührt mit seinen Lippen ihre Haare.

Sie lehnt ihren Kopf gegen sein Gesicht, er führt seine Hand an ihren Hals, streicht ihre Haare zurück und küsst ihre geschlossenen Augenlider. Sie legen ihre Gesichter aneinander und bald atmen sie im selben erschöpften Rhythmus. Ausatmen ist Versöhnung, Einatmen ist Liebe. Ausatmen ist Heimat, Einatmen ist Begehren. Ausatmen ist Hingabe, Einatmen ist Erregung. Langsam steigert sich das Tempo ihres Atems.

Ihr Herz schlägt an seinem Hals, sein Herz schlägt an ihrer Wange, ihre Münder finden sich und die Hände bahnen sich ihren Weg durch die Kleider. Ob er sich wohl jemals sattfühlen wird an ihrer durchscheinenden Haut, an ihrem warmen Atem, an ihrem hingegebenen Leib? »Komm«, sagt er und führt sie an der Hand ins Schlafzimmer.

Langsam beginnt der Tag und die städtischen Geräusche aus der Innenstadt dringen nach oben in die Halbhöhenlage, wo sie wohnen. Schön ist es, hier zu sitzen und dem Morgen entgegenzusehen. Etwas wird sich ändern müssen. Wenn er nur wüsste, was und wie. Sonst wird er selbst die körperliche Liebe bald nicht mehr uneingeschränkt genießen können. Dann erinnert er sich an das Traumbild, das er soeben beim Aufwachen hatte, und er muss sich eingestehen, dass es außer Helenes ruinösen Stimmungen noch einen anderen eitrigen Abszess in ihrer Ehe gibt. Bis jetzt war er zu feige, sich und seine Frau mit diesem Problem zu konfrontieren: Helene macht ein albernes Geheimnis um ihre Herkunft. Dass die Geschichte mit dem Bergunfall nicht stimmen kann, hat er gemerkt, und sie erzählt nichts von ihren Eltern. Bisher hat er diese Tatsache von sich weggeschoben: Sie verheimlicht ihm ihre Herkunft.

Turandot! Paul lacht bitter und ohne Ton. Märchen können wahr werden. Wenn er Bilanz zieht, muss er sich eingestehen, dass ihre Ehe bei aller Leidenschaft, die sie miteinander haben, in einer Sackgasse gelandet ist. Professor Fuchs, bitte kommen Sie und erschießen Sie mich! Mir ist es nicht gelungen, Ihr hochbegabtes Fräulein Mündel glücklich zu machen, und auch wenn wir leidenschaftlichen Sex haben (ab und zu), steht unsere Ehe in Ruinen wie Deutschland nach dem Krieg.

Er greift nach einer zweiten Zigarette. Die Turandot-Helene-Prinzessin hasst ihn, weil er ihr Rätsel nicht gelöst hat. Sie hasst ihn, weil er noch immer nicht Manns genug ist, die Preisgabe ihres läppischen Geheimnisses zu erzwingen. Durch diese Erkenntnis breitet sich fast so etwas wie Ruhe in ihm aus. Vielleicht liegt darin ein Schlüssel.

»Papa, ich friere!« Wolfgang kommt im Schlafanzug auf den Balkon gewackelt.

»Na, dann müssen wir dir was Warmes anziehen, komm! Und danach wird gefrühstückt, gell?«

Während die beiden am Frühstückstisch sitzen, kommt Helene im Nachthemd dazu, sie lächelt Paul unsicher an. Wolfgang streckt seine Ärmchen nach der Mama aus und hält sie fest, als würde er sie nicht wieder loslassen wollen.

»Ça va?«, fragt sie mit flackerndem Blick.

»Hm ... ça va ...«, antwortet Paul unbestimmt.

Wolfgang klebt auf ihrem Schoß.

»Soll ich dir Kaffee eingießen?«, fragt Paul.

»Gerne.«

Sie pickt ein paar Mandeln, nimmt etwas vom Brot und schaut ihn an. Paul bleibt stumm und der Kleine schaut von einem zum anderen, irgendwann will er auf den Boden zum Spielen. Paul beschließt den Überraschungsangriff.

»Wie hieß dein Vater?«

Helene zuckt zusammen, ihr Gesicht wechselt die Farben wie eine elektrische Girlande. »Was soll das jetzt, du weißt es!«

»Deinen echten Vater meine ich, nicht der in deiner halbseidenen Geburtsurkunde.«

Helenes Augen verengen sich. Sie stützt die Arme auf den Tisch, um aufzustehen.

»Wenn du jetzt aufstehst und gehst, reiche ich die Scheidung ein.«

Helenes Mund öffnet sich, ihre Augen werden weit vor Fassungslosigkeit. Sie lässt sich in die Lehne fallen. »Hermann Hinrichsen«, sagt sie schließlich und bläst die Luft aus.

»Und deine Mutter?«

»Lilly Hinrichsen.«

»Geborene? «

»Frankfurter.«

Er muss durchatmen – ein jüdischer Name.

»Wo haben sie gewohnt, als du sie das letzte Mal gesehen hast, in Basel?«

»Nein, in der Alten Weinsteige, hier in Stuttgart.«

»Hier in Stuttgart? Du bist Deutsche?« Paul kann nur flüstern, so sehr trifft ihn diese Nachricht. Helene nickt.

Da bricht etwas in ihm ein, ein Gebäude, das er als stabil betrachtet hat bis zu diesem Augenblick, denn immer hat er sich als privilegiert angesehen und fähig zu einem Vertrauen in das Leben, in die Menschen und vor allem in seine Frau. Er ist in einem behüteten, wohlhabenden Elternhaus groß geworden, es gab keine Einbrüche oder Unglücke.

Das sah er als sein großes Glück gegenüber den meisten anderen Deutschen an, die fast alles verloren haben und noch immer seelisch und körperlich vom Krieg gezeichnet sind. Nun schlägt ein Wort ein wie eine Abrissbirne; nach rechts, nach links, nach allen Seiten. Alles, was er seither für sich in Anspruch genommen hat, fällt zusammen mit diesem Wort: Verrat. Er öffnet den Mund und es kommt nichts heraus.

»Warum?«, formen endlich seine Lippen. »Warum hast du mich die ganzen Jahre angelogen? Warum hast du unsere Ehe auf ein Lügengerüst gestellt?«

Helene sitzt ihm gegenüber, eingesunken, und zuckt mit den Schultern. Da kommt ihm dieser Dialog bei Fuchsens in den Sinn. Sie haben ihn gemeinsam hintergangen!

Seine Hände sind eiskalt und weiß wie Gipsabdrücke. Jetzt ist er schachmatt, unfähig zu reden, unfähig zu handeln, unfähig zum Mitgefühl. »Und was gibt es sonst noch zu sagen? Was hast du mir noch verheimlicht?«, bringt er gerade noch heraus.

Helenes Augen tasten sich zum ihm hin und rutschen an seiner kalten Oberfläche ab.

»Warum?«, fragt er noch einmal. Die Frage ist zwecklos, denn er ist für keine Antwort offen.

Paul steht auf, geht zum zweiten Mal hinaus auf den Balkon. Regen kündigt sich an. »Nichts wie weg hier«, fährt ihm durch den Kopf. Das Wort Todesstoß kommt ihm in den Sinn. Nun hat er Turandots Rätsel gelöst, könnte erleichtert sein, aber das Gegenteil ist der Fall.

Todesstoß für was? Für ihre Ehe? Todesstoß auch für ihn als Mann? Kastriert fühlt er sich. Immer hat er sich als ihr Beschützer und Förderer gesehen, als jemand, der ihr den Rücken freihält, damit sie ihre Begabung und – wenn man so will – Lebensaufgabe leben kann. Sie hat ihn belogen und sie hat diese Lüge gemeinsam mit Fuchs aufgegleist. Wann in seinem Leben hat er sich schon einmal so geschlagen gefühlt?

Helene sitzt am Frühstückstisch, als er wieder nach drinnen tritt. Sie hält ihre Tasse mit dem kalten Kaffee in der Hand, Wolfgang spielt leise auf dem Boden und spitzt sichtlich beide Ohren. Leider hat er schon zu viel Streit mit anhören müssen.

»Kann ich reden?«, fragt Helene.

»Ich glaube nicht, dass ich dir zuhören kann«, antwortet Paul, stürmt weiter ins Bad, geht unter die Dusche und stellt das Wasser so heiß, dass sich seine Haut weinrot färbt.

Es ist Sonntag, die Ferien fangen an. Eigentlich wollten sie ein paar Tage zusammen in die Schweiz fahren. Bedeutet das jetzt die Scheidung? Nach nur drei Jahren? Das heiße Wasser rauscht seinen Leib entlang. Als er die Hitze nicht mehr aushält, stellt er auf kalt, es dauert, bis es eisig ist. Irgendwo in seinem Herzen flackert schon noch ein Licht für Helene, aber es ist gerade dabei, zu ersticken.

Ein paar Tage muss er für sich allein sein. Wenn er irgendwas retten will, braucht er Zeit. Ohne Wolfgang, ohne Helene. Im Schlafzimmer wirft er Schlafanzug, Unterwäsche und Rasierzeug in seinen kleinen Geschäftskoffer und geht damit ins Esszimmer. Helene hat sich auf den Boden zu Wolfgang gesetzt. Sie wird blass, als Paul mit dem Koffer vor ihr steht.

»Geh nicht«, sagt sie leise.

Er sieht sie von oben an, wie sie dasitzt, in sich zusammengesunken, unsicher, was jetzt geschehen soll. Sie wirkt so kindlich und doch offenbar klarsehend. Wie Landschaften an einem Eilzug rasen die Szenen ihres Kennenlernens und all die darauffolgenden Geschehnisse an ihm vorbei, und auf einmal wird er überschwemmt von einem Gefühl der Machtlosigkeit, als wäre all dies hier eine Art höhere Bestimmung, als wäre sein Wille in der Angelegenheit seiner Ehe zu keiner Zeit gefragt gewesen. Seine Stimme wird etwas weicher. »Ich muss allein sein, ein paar Tage wandern, für mich sein. Eine Woche, dann bin ich wieder da.«

»Eine Woche!« Helene sinkt noch mehr in sich zusammen.

»Nur eine Woche, dann bin ich wieder da. Dann sehen wir weiter.«

»Geh nicht«, sagt Helene. Sie scheint immer mehr zu schrumpfen. Wie ein unglückliches Kind sitzt sie auf dem Boden.

»Eine Woche, das hat mein Vater damals auch gesagt«, bricht es aus ihr heraus. »Eine Woche, dann sollte er zusammen mit meiner Mutter zu mir zurückkommen. Sie sind niemals gekommen!« Nur noch ihre Kleider sitzen auf dem Boden. Helene ist auf seltsame Art daraus verschwunden. Ihre Haut ist fahl und abwesend wie bei einer Toten.

Paul setzt sich auf das Sofa und greift achtlos nach einem Plüschtier. »Was weißt du eigentlich von ihnen?«

»Nichts, wirklich nichts! Nicht viel auf jeden Fall!« Jetzt zieht wieder ein wenig Leben in sie ein.

Paul betrachtet seine Frau mit zusammengekniffenen Augen. Er empfindet kaum Mitgefühl für sie. »Ich glaube, ich kann dir das erst verzeihen, wenn ich verstanden habe, warum du so gehandelt hast. Was mich besonders hart trifft: Du hast es mit Fuchs zusammen ausgeheckt. Das war nicht nur eine kindliche Dummheit von dir allein. Er wusste es, und auch er hat mich belogen.«

Erst jetzt, mit dem Aussprechen, weitet sich wie in Puccinis *Tosca* die ganze Ungeheuerlichkeit des Verrats vor ihm aus. Nichts gibt es mehr schönzureden, unbarmherzig breitet sich der Schmerz in seinem Leib aus und beschlägt ihm die Augen. Paul kann sich nicht erinnern, als Mann oder auch als heranwachsender Junge jemals geweint zu haben. Sein Vater war sehr streng – undenkbar, dass er nach einem Alter von vielleicht fünf Jahren einmal geweint hätte. Jetzt ist ihm selbst diese kleine entspannende Geste nicht vergönnt.

»Fuchs hat mir dringend geraten, dir reinen Wein einzuschenken! Aber er hat meinen Beschluss akzeptiert«, sagt Helene.

»Danke, das hilft schon ein wenig.« Paul atmet durch. »Warum?«, fragt er dann erneut. »Warum? Warum? Warum?«

Helene zuckt mit den Schultern. »Ich weiß nur, dass es für mich als Kind überlebenswichtig war, überhaupt niemandem von meiner Herkunft zu erzählen. Im Laufe der Zeit dachte ich daran, es dir zu sagen, habe es aber immer wieder sein lassen. Ich konnte nicht einschätzen, ob es dich interessiert.«

»Nicht einschätzen? Ob es mich interessiert? Du legst grade noch mal nach! Bin ich so gleichgültig, dass ich nicht einmal wissen will, wer meine Frau ist? Was zeichnest du für ein Bild von mir? Bin ich ein dumpfer Felsklotz? Kann man beliebig über mich verfügen? Es scheint dich nicht zu jucken!«

»Doch.«

Noch immer steht Pauls Köfferchen neben dem Sofa. Er legt seine Hand darauf.

»Geh nicht«, bittet Helene. »Wenigstens jetzt nicht, so – im Streit. Ich bitte dich darum.«

»Zurück zu deinen Eltern: Was weißt du?«
»Mein Vater hinkte ein wenig, ich glaube, er hatte eine Beinprothese. Meine Mutter war Jüdin, auf

jeden Fall musste sie den hässlichen Stern tragen. Ich glaube, dass meine Eltern vergleichsweise alte Eltern waren, bin aber nicht sicher. Mein Vater war Philologe und hatte einen Lehrstuhl in Tübingen, er war meines Wissens auch evangelischer Theologe. Mehr weiß ich nicht und Fuchs hat nie etwas über den Verbleib der beiden erfahren.«

»Und deine Mutter?«

»Sie war auch Musikerin, an ihre schöne Stimme kann ich mich erinnern. Ich glaube, sie war Pianistin. Ich durfte immer auf dem Flügel sitzen, wenn sie musizierte, oder saß auf dem Boden. An ihre nackten Füße auf den Pedalen kann ich mich gut erinnern, sie lief gerne barfuß und hatte immer lackierte Fußnägel. Sie lehrte mich früh das Notenlesen. Ich konnte schon als Kindergartenkind mühelos vom Blatt singen. Schreiben lernte ich erst in Bern.«

Helene erzählt von den ersten zermürbenden Wochen bei Fuchsens, von ihrer stummen Zeit bei Hostettlers, von Kurt, von Beat, vom Schwimmen in der Aare und von ihren Selbstverletzungen. Sie erzählt von Trudi und wie sie in ihr ihre erste und einzige Freundin gefunden hat. An dieser Stelle unterbricht sie. Es arbeitet in ihr, ihre Haut wechselt die Farben wie ein Kaleidoskop. Paul lässt sie, schweigt, wartet. Er ist froh, dass sich sein Mitgefühl wieder eingestellt hat.

»Offenbar habe ich ihren Tod noch nicht verarbeitet«, sagt sie nach langer Zeit, ihre Stimme ist brüchig. »Noch weniger als das Verschwinden

meiner Eltern, aber vielleicht vermischt sich da auch etwas.«
»Willst du keine Nachforschungen anstellen?«
»Nein.«
Paul hält noch immer das Plüschtier in der Hand. Wolfgang liegt auf Helenes Schoß und schläft.
»Vielleicht später«, fügt sie noch an, als wollte sie ihr hartes Nein etwas abdämpfen. »Ich glaube, wir muten ihm manchmal zu viel zu«, sagt sie dann leise und streicht Wolfgang sacht über das flaumige Kinderhaar.
«Weil wir ab und zu streiten, meinst du?«
»Ja.«
Das Frühstück steht noch auf dem Tisch, der Kaffee ist kalt und eigentlich sollte die Milch in den Kühlschrank. Paul bleibt sitzen und fragt sich, warum sie noch immer nichts von ihren Eltern erfahren will. Wird er sie je verstehen? Kann er sie überhaupt verstehen? Schließlich war seine Kindheit intakt. Still ist es jetzt zwischen ihnen.
»Ich brauche ein Versprechen von dir«, sagt er.
»Was?«
»Dass du, wenn es so weit ist, diese Nachforschungen nicht im Alleingang anstellst, sondern mich mit einbeziehst.«
Helene nickt, dann wendet sie ihren Blick zum Fenster. »Meine Eltern und alles, was damit zusammenhängt, kommt mir vor wie ein kleines verschlossenes Schächtelchen im inneren Kern meines Lebens, von dem ich das Gefühl hatte, es würde nur mir ganz allein gehören, und wenn es einmal

aufgemacht würde, könne ich es mit niemandem teilen, auch mit dir nicht.«

Paul steht auf. »Wir sprechen noch darüber. Fürs Erste hat es mir geholfen, manches einzuordnen. Jetzt würde ich trotzdem für ein oder zwei Tage auf die Alb fahren und ein wenig wandern. Ich muss jetzt für mich sein.«

Er spürt selbst die Kühle in seinen Worten. Aber im Innersten weiß er, dass ihre Ehe nicht zu retten ist, wenn er jetzt keinen Abstand gewinnt.

Wie ein nasser Lappen schlägt ihm der kalte Wind um die Ohren, feine Regentröpfchen nadeln ihm ins Gesicht. Er stemmt sich gegen den Sturm, genießt den Aufruhr des Wetters. Es braucht Kraft, um vorwärtszukommen. Paul spannt die Muskeln in seinen Beinen an, er mag das Federn der Gelenke und den leichten Schweiß von der Anstrengung unter der kalten Brise.

Wie wohl ihm die uralte Heidelandschaft tut! Gegen Abend lassen Wind und Regen nach und die tiefhängenden Wolken geben den Blick frei auf die Hochebene. Er findet einen einfachen Gasthof und nach dem schmackhaften Abendbrot lehnt er sich zurück. Endlich kann etwas Ruhe in ihm einkehren.

Mit grell-goldenen Strahlen bricht am nächsten Morgen die Sonne durch die Wolken. Ein weiterer Tag allein in der Natur liegt vor ihm, und er beschließt, erst heute Abend zu entscheiden, wann er heimfährt. Das verschafft ihm Weite. Jetzt, wo der Aufruhr des Wetters und der seines Herzens sich ein wenig gelegt haben, kann er seine Gedanken ordnen.

Fuchs kommt ihm in den Sinn. Jedes seiner Worte versucht er zu rekapitulieren. Was hat er gesagt, vor mehr als drei Jahren? Er muss Erkundigungen zu seinem Vater eingezogen haben, denn er kannte dessen Beruf. Oder hat er ihn schon vorher gekannt? Warum die eisige Begrüßung seiner Eltern bei der Hochzeit? Und ist er damals wirklich wegen seiner Frau wieder abgereist? Wer ist Fuchs überhaupt? Es gibt einiges, was Helene ihm noch erklären muss.

Helene. In mancherlei Hinsicht hat sie ihr Kindsein noch immer nicht abgestreift, als wäre sie einseitig gereift, als hätte ihre Begabung alle anderen Reifeprozesse aufgesogen. Diese verrückten Launen und Anfälle, die ihre Ehe schon so lange belasten, sind nicht nur kindlich und irrational. Oft hat er sich gefragt, ob es auch etwas Krankhaftes sein könnte. Einmal sprach er mit einem befreundeten Kollegen, einem Psychiater, auf dessen Diskretion er sich verlassen konnte, darüber.

»Da wird in unserer Zunft gerade eine neue Diagnose diskutiert, die – wie heute alles – aus Amerika kommt«, erklärte ihm der Kollege damals. »Man bezeichnet es als Grenzlinie, auf Englisch Borderline: Wenn also jemand auf der Grenze zwischen normal und verrückt lebt, eine Art Affektstörung.«

»Das heißt, ich muss dieses extreme Auf und Ab nun mein Leben lang ertragen?«, fragte Paul.

»Ich bitte dich! Du darfst deiner Frau nicht unrecht tun. Es ist nicht leicht zu diagnostizieren. In vielen Fällen wächst es sich aus. Allerdings weiß man noch kaum etwas darüber.«

Immerhin hat dieser Gedanke Pauls Selbstzweifel etwas besänftigt und ihm geholfen, die emotionalen Ausnahmezustände seiner Frau zuweilen mit etwas größerer Distanz zu sehen. Doch selten ist es ihm gelungen, sich nicht in ihre zeitweiligen Ausfälligkeiten hineinziehen zu lassen.

Dann atmet er durch und versucht, an die schönen Seiten seiner Ehe zu denken. Die Probleme seiner Frau können sich auswachsen. Was bräuchte es dazu? Sie müsste sich endlich mit dem Verbleib ihrer Eltern auseinandersetzen. Sie hat ihn belogen. Wie sehr muss es sie selbst ängstigen, in diese offene Wunde zu schauen?

Helene wird Karriere machen, und das bedeutet, dass er seine Arztpraxis aufgeben wird. Schon hat die Mailänder Scala ihre Fühler nach ihr ausgestreckt und vor Weihnachten wird sie in der Metropolitan in New York singen. Sie werden zusammen nach Amerika fliegen. Er ist ihr Mann und ihr Förderer, ihr Unterstützer und ihre Rückendeckung auf dem Weg nach ganz oben. So lautet die unausgesprochene Abmachung ihrer Ehe.

Niemals aber wird er ihr Büttel werden, mit dem man beliebig umspringen kann. Viel zu lange hat er mit dieser Lüge gelebt, das muss er sich eingestehen. Von Anfang an hat er geahnt, dass ihre Herkunft unklar ist. Die Redewendung *Manns genug sein* kommt ihm wieder in den Sinn. Ja, er war nicht *Manns genug*, Turandots Rätsel zu lösen. Jetzt hat er es gelöst und hofft, dass es nicht zu spät ist.

Die Sonne wärmt sein Gesicht, einige fette Wolkenballen ziehen wie satte Schafe über einen Himmel aus tiefblauem Glas. Vom gestrigen Sturm ist nur noch einen schwachen Lufthauch übrig, der Paul nun besänftigend die Wangen tätschelt. Am Rand eines kleinen Waldstücks macht er Rast, faltet seine Jacke unter eine Buche und lehnt sich an deren Stamm. Angenehme Müdigkeit breitet sich aus und endlich verlangsamen sich auch seine Gedanken. Er gibt sich einem Nickerchen hin, und als ihn von unten her kalte Feuchtigkeit durchdringt, zieht er halbbewusst seine Sinne langsam wieder ein. Da kommt es ihm vor, als würde er ein Wort aus dem Ziehbrunnen seines Halbschlafs ziehen. Noch hat er es nicht erfasst, noch verschwimmt sein Geist in der zufriedenen Müdigkeit. Dann schlägt er die Augen auf und sieht es in scharfen Lettern vor sich: Verzeihen.

Er steht auf. Sein Schritt ist fester und entschlossener geworden. Klare Luft durchströmt seine Lungen.

Zu Hause schließt er leise die Tür auf. Helene sitzt am Flügel. Wie Kristall ist ihre Stimme, auch wenn sie leise singt. Ein feines Gefühl von Zuneigung durchströmt ihn. Die Tür zum Salon ist angelehnt. Wolfgang sitzt trotz später Stunde auf dem Flügel und hört mit konzentrierter Miene seiner Mutter zu:

*»Befiehl du deine Wege
und was dein Herze kränkt
der allertreusten Pflege
des der den Himmel lenkt
der Wolken Luft und Winden
gibt Wege Lauf und Bahn
der wird auch Wege finden,
da dein Fuß gehen kann.«*

Er wartet, bis sie fertig gesungen hat, dann betritt er auf Zehenspitzen das Wohnzimmer.

»Papa!«, kräht sein Sohn und streckt die Ärmchen nach ihm aus. Paul nimmt ihn auf den Arm und streicht seiner Frau mit all der Zartheit, derer er fähig ist, über die Wange.

»Dieses Lied hat mein Vater mit mir gesungen. Ich hatte es schon fast vergessen. Heute Abend ist es mir plötzlich in den Sinn gekommen.«

»Gut, wieder zurück zu sein«, sagt er.

Mai 1962

Schön ist es, wieder zu Hause zu sein. Zurück in Stuttgart genießt Paul die allmorgendliche Stille mit Zeitung und Kaffee. Fast drei Jahre lang sind sie nun unterwegs gewesen – in Mailand, Verona, New York und London – dazwischen immer mit einigen Monaten zu Hause in Stuttgart. Helene hat ein wenig zugenommen und wird immer schöner. Ihre Stimme ist gereift und noch voller geworden. Jetzt ist sie kaum mehr zu übertreffen.

Ist ihr Gesang eine Brücke ins Überirdische oder in die menschlichen Abgründe? Man kommt nicht umhin festzustellen, dass sie mühelos die ganze Spanne zwischen dem einen und dem anderen umfasst. Nie strebt Helene Schwartz nach Perfektion. Bei aller dramatischen Intensität sucht sie stets das Wesen einer Figur oder eines Werkes für uns herauszuschälen. Dass ihr das gelingt, macht sie so perfekt, schrieb die New York Times nach Helenes Gastspiel in der Metropolitan.

Paul konnte während der letzten drei Jahre einen kleinen Anteil an seiner Praxis behalten und so arbeitete er immer, wenn sie in Stuttgart waren, wieder mit. Sie hatten zusätzliche Belegbetten im Krankenhaus und er war vor allem als Chirurg gefragt. Komplizierte Operationen, die man aufschieben konnte, überließ sein Kollege gerne ihm. Das wird sich nun ändern. Er wird alles aufgeben. Wolfgang wird ein kleiner Amerikaner werden, denn Helene hat den Vertrag mit der Metropolitan unterschrieben. New York wird ihre künftige Heimat sein.

Er nimmt seinen Kaffee und tritt auf den Balkon, um eine Morgenzigarette zu rauchen. Seit der großen Krise vor drei Jahren ist ihre Ehe merklich harmonischer geworden, die Preisgabe ihres Geheimnisses hat Helene ausgeglichener gemacht. Aber vielleicht liegt es auch daran, dass er in ihr nicht mehr das hilflose, hochbegabte Kind sieht, sondern eine ebenbürtige Erwachsene.

Wärme und ja, auch wieder Liebe, spürt er jetzt, wenn er an seine Frau denkt, und zum Glück noch immer ein heimatliches, aber tiefes Begehren. Wenn er noch weiter in sich hineinfühlt, war seine Liebe schon immer unerschütterlich, auch wenn er sich zeitweise ohnmächtig und verletzt gefühlt hatte. Niemals hätte er Helene verlassen.

»Papa, hilf mir mit den Schuhen«, greint Wolfgang vom Wohnzimmer her.

»Komm raus auf den Balkon, dann binde ich sie dir.«

»Holt die Oma mich heute von der Schule ab?«

»Ja, natürlich! Wie immer, wenn wir in Stuttgart sind.«

»Juhuu«, ruft Wolfgang und rennt mit seinen fest gebundenen Schuhen zurück ins Wohnzimmer, breitet die Arme aus, rennt im Kreis und tut, als wäre er ein Flugzeug.

Wolfgang und seine Großeltern – ein Kapitel für sich. Ursprünglich wollte Paul seinen Sohn nicht allzu oft den Großeltern überlassen. Es war ihm nicht recht, dass Wolfgang in der strengen Atmosphäre aufwächst, die sein Vater früher verbreitet hat. Durch seine Zeit im Internat konnte er sich in den heiklen Jahren seines Jugendalters außerhalb des väterlichen Blicks entwickeln, dafür ist er bis heute dankbar. Doch Wolfgang hatte es schon als Säugling geschafft, den alten Herrn aufzuweichen. Er ist ein so liebevoller Großvater, wie es sich Paul nie hätte vorstellen können.

Kühl wird es, er geht wieder hinein, setzt sich an den Tisch und schlägt die Zeitungsseite um. Die

Todesanzeigen prangen auf zwei Doppelseiten, eine pompöser als die andere. Da zerschellt sein Blick an einem Namen:

*Heinrich Hinrichsen,
geb. 23.08.1871, gest. 21.03.1962*

*Die trauernden Angehörigen:
Ursula Schaffer, geb. Hinrichsen
Erika Pfluger, geb. Hinrichsen
Hermann Hinrichsen † 1942
Beisetzung auf dem Stadtfriedhof Tübingen.*

Nichts wie weg mit dieser Zeitung! Schon klappt er sie zusammen, steht auf und öffnet den Behälter für das Altpapier. »Bist du noch bei Trost?«, schreit eine andere Stimme in ihm. Da atmet er durch, kommt wieder zu Sinnen und schüttelt den Kopf über seine eigene Dummheit. Fast hätte er genauso reagiert wie Helene: das heiße Eisen einfach fallen lassen. Und doch fühlt er eine gewisse Schwere in sich aufkommen. Die nächste Stufe der Eskalation, oder soll er sagen, der Erkenntnis, kündigt sich an und er weiß nicht, warum er einen Kloß im Hals hat, statt froh darüber zu sein. Er legt die Zeitung aufgeschlagen auf den Tisch und kreist die Todesanzeige rot ein. Helene wird sie nicht übersehen können und sie wird sie auch nicht verschwinden lassen können.

»Willst du, dass wir zusammen zur Beerdigung fahren, als Zaungäste? Es ist dein Großvater«, fragt er am Abend.
»Nein.«
»Ich würde mitkommen.«
»Schon vergessen? Ich singe.«
Aber die Wirkung der Anzeige hat Helene erfasst und sich wie ein Hündchen an ihrem Rockzipfel festgebissen. In den nächsten Wochen ist sie wieder sehr labil. Sie stolpert und schlägt sich das Bein an, schneidet sich aus Versehen in den Finger, stößt sich den Kopf, weint bei der kleinsten Gelegenheit, bekommt wieder ihre wechselnden Phasen von totaler Schweigsamkeit und Wutausbrüchen. Diesmal zielen ihre Ausfälle nicht mehr so sehr gegen ihn, es sind eher Vorfälle oder Zufälle, die gegen sie selbst gerichtet sind. Paul nimmt sich vor, sie darauf anzusprechen. Er schiebt es vor sich her. Wie er es hasst, sich selbst und auch sie damit zu konfrontieren!

Ein Brief von Fuchs kommt ihm zuvor. Er sei von einem Tübinger Notar angeschrieben worden, denn im Erblass eines Herrn Heinrich Hinrichsen sei eine plombierte Schachtel für Helene Hinrichsen persönlich aufgetaucht. Fuchs wurde als Referenz angegeben, um über den etwaigen Verbleib von Helene Hinrichsen Auskünfte zu erteilen.

Gegen die Vorlage eines Identitätsnachweises könne die Schachtel von der entsprechenden Person in Tübingen beim Notar abgeholt werden. Fuchs schlägt vor, eine Erklärung unter Eid zu verfassen, da die Identität von Helene Hinrichsen nicht mehr behördlich nachzuweisen sei, und diese Erklärung dann über einen Basler Notar dem Notar in Tübingen zukommen zu lassen. Helene sitzt am Tisch mit dem Brief in der Hand. Sie ist blass, in sich zusammengesunken und ihre Hände zittern.

»Wir fahren zusammen nach Tübingen«, schlägt Paul vor. Helene nickt. Das ist die Wende, kommt Paul in den Sinn. Wenn dieses große Rätsel um ihre Eltern und deren Verbleib einmal befriedet ist, wird auch in die Ehe Frieden und Normalität einkehren. Helene wird um ihre Eltern trauern können, vielleicht werden sie eine Art Gedenkplatz für sie einrichten. Auch könnten sie den Kontakt zu ihren Großeltern und Verwandten aufnehmen. Da kommen ihm ihre mütterlichen Großeltern in den Sinn und er sackt in sich zusammen. Was aus ihnen geworden ist, daran mag er nicht denken. Wenn nur Helene endlich bereit wäre, den Tatsachen ins Auge zu schauen.

Weitere drei Wochen später kommt Post vom Notar in Tübingen. Die Erklärung unter Eid von Herrn Professor Fuchs sei eingetroffen und einer Entgegennahme des entsprechenden Nachlasses stehe nichts mehr im Weg. Als Termin für die Abholung wird der 14. Juni 1962 um 10.30 Uhr vorgeschlagen. Am Abend vorher zeichnet sich ab, dass Paul am nächsten Tag zwei Notfalloperationen haben wird, einer der Kollegen ist krank. Er bittet Helene, den Termin beim Notar zu verschieben. Das will sie nicht. Paul hat ein gewisses Verständnis dafür.

»Es sind ein oder zwei Stunden, dann bin ich wieder hier, und am Abend können wir gemeinsam nachsehen, was in der Schachtel ist«, sagt sie. »Falls ich so lange warten kann, bis du kommst — ich glaub's fast nicht«, fügt sie schief grinsend hinzu.

Eine wundersame Veränderung ist in ihr vorgegangen, sie scheint fast froh zu sein, endlich etwas über ihre Eltern zu erfahren. Alles Zögern, alle Widerstände sind wie weggeblasen. Vielleicht hat die Todesanzeige vor ein paar Wochen einen inneren Prozess in Gang gesetzt. Trotzdem hat Paul kein gutes Gefühl dabei, sie allein nach Tübingen fahren zu lassen. Am Ende gibt er klein bei. Wolfgang wird bei den Großeltern übernachten.

Am Abend ist Helene noch nicht zu Hause. Auch bei seinen Eltern ist sie nicht. Kann er den Notar anrufen? Die Bürozeiten sind längst vorbei, wie findet er dessen Privatnummer heraus? Er ruft die Auskunft an. Die Haustürklingel kommt ihm zuvor. Paul ist wie betäubt. Etwas stimmt nicht. Zwei Polizisten stehen an der Tür.

»Sind Sie Dr. Paul Schwartz?«

»Ja.«

»Und Frau Helene Schwartz, die Opernsängerin, ist Ihre Frau?«

»Ja.«

»Dürfen wir reinkommen?»

»Bitte.«

»Wir bringen leider schlechte Nachrichten, Herr Dr. Schwartz.«

Paul sagt nichts, aber die Betäubung durchdringt alle seine Zellen.

»Ihre Frau ist in der Nähe von Reutlingen von einem entgegenkommenden Fahrzeug erfasst worden, das einen LKW überholen wollte. Sowohl der Fahrer des anderen Fahrzeugs als auch Ihre Frau waren sofort tot.«

Paul fragt sich, warum er auf seine Hände starrt. Sie sind weiß und kalt wie die einer Leiche. Leiche. Sofort fährt ein Schwert von eiskaltem Schmerz durch ihn hindurch. »Wo ist sie?«, schreit er. Er beobachtet sich selbst von außen und stellt fest, dass er seine Stimme nicht modulieren kann.

»Wir wissen nicht, ob Sie sich in der Lage fühlen, mitzukommen und sie zu identifizieren. Wäre das möglich?«

Wolfgang fällt ihm ein. Wolfgang ist bei den Großeltern. Er geht mit der Polizei. Beim Hinausgehen wird ihm schwindelig, einer der Polizisten stützt ihn.

Als das weiße Laken hochgehoben wird, liegt Helene als ein anderes Wesen da. Ein Wesen ohne Leben, ohne Geist und ganz ohne Stimme. Weiß und nicht anwesend. Kalt ist es im Raum. Er zittert von innen nach außen. Er unterschreibt, was man ihm vorlegt. Er nimmt die Sachen mit, die im Auto waren. Eine ganze Kiste voll. Darunter auch eine alte Schachtel, deren Versiegelung aufgerissen ist. *Die* Schachtel.

Ein Polizeiseelsorger begleitet ihn nach Hause, fragt, ob er etwas braucht, ob er eine Weile dableiben soll. Paul schickt ihn weg, setzt sich auf das

Sofa. Die Kiste stellt er in die Ecke. Immer wieder starrt er auf seine Hände. Sein leerer Blick wandert durch die Wohnung. Die Tür zum Esszimmer steht halb offen. Ein paar Spielsachen liegen auf dem Boden. Er stiert zum Fenster hinaus. Draußen ist es dunkel. Drinnen auch. Und wieder schaut er auf die Hände. Hände wie die einer Leiche.

»Wo bist du?«, schreit er ohne einen Laut. »Warum tust du mir das schon wieder an?«

Der Schimmer der Straßenlaterne dringt dezent ins Innere der Wohnung. Wie hell die Straßenbeleuchtung doch ist! So vergehen Stunden, und als die Laternen draußen ausgehen und die Dämmerung anbricht, steht er auf und schlurft ins Schlafzimmer. Dort liegt Helenes Nachthemd. Er hält es sich ins Gesicht, atmet ihren Duft ein, und da bricht sich ein Feuerschmerz Bahn, der ihn auf das Bett niederwirft.

Um 6.30 Uhr ruft er in der Praxis an, die Chefin der Helferinnen ist bereits da. Sie hat es in der Zeitung gelesen. Wolfgang! Er fährt zu seinen Eltern und nimmt ihn eng in seine Arme.

»Die Mama ist tot«, sagt er und hält sein Gesicht in die feinen Haare des Kindes.

Wolfgang versteht nicht, macht sich frei aus seiner Umarmung. »Nein, stimmt gar nicht! Die Mama ist nicht tot, du lügst!« Sein Junge schlägt ihn.

Paul nimmt ihn wieder auf den Schoß und wieder macht sich das Kind frei, schreit und wütet.

»Du lügst, du lügst, du lügst!«

Paul nimmt ihn wieder zu sich. Die Szene wiederholt sich so lange, bis Wolfgang auf seinem Schoß bleibt und sie beide weinen. Die Großeltern sitzen stumm daneben.

Er übersteht alles: die Presseanfragen, die riesige Beerdigung, die Beileidsbekundungen. Besuch von Fuchs mit seiner Frau. Wolfgang will er unbedingt so oft wie möglich bei sich haben und ist doch froh, dass er auch bei den Großeltern sein kann.

Dann soll der Alltag wieder beginnen. Doch wie? Wohin soll es gehen? Während der ganzen Zeit übernachtet er auf dem Sofa, ins Schlafzimmer kann er nicht, ohne dass es ihm die Luft abschnürt. Dem Kaufinteressenten für seinen Praxisanteil sagt er ab. Er wird wieder als Arzt arbeiten.

Diese Aussicht verschafft ihm etwas Entspannung. Im Grunde hat er seinen Beruf immer geliebt. Sein Leben scheint wieder begonnen zu haben, aber Paul schwebt auf einem Seil, das ihn von einem Lebensabschnitt in einen anderen führt, und das Halten des Gleichgewichts braucht immer mehr Kraft. Er hat ein Kind. Er muss oben bleiben. Unterbewusst hat er das Gefühl, er hätte etwas vergessen.

Umziehen. Er wird umziehen, in eine andere Wohnung, wo nicht mehr jeder Zentimeter an Helene erinnert. Für Wolfgang muss er dringend eine Lösung finden. Ein Kindermädchen.

Umziehen. Dann muss er ihre Sachen ausräumen. Sachen ausräumen – ein Satz, der ihn tagelang umschwirrt und ihm keine Ruhe lässt. Sachen ausräumen. Seltsam. Noch nie hat er ihren Kleiderschrank aufgemacht. Das war Helenes Privatsphäre, hier hätte er niemals seine Nase hineingesteckt.

Selbst jetzt, einige Wochen nach ihrem Tod, kommt es ihm unstatthaft vor, in ihren Kleidern zu wühlen. Drei Tage, dann öffnet er den Schrank. Da sitzt im obersten Regalfach ganz links eine Puppe. Sie liegt nicht einfach mit anderen Sachen dort, sondern hat ein Fach für sich allein. Dort thront sie wie auf einem Altar. Die alte Stoffpuppe ist speckig und schmuddelig, leicht ausgefranst, ihre Haare aus Wollfäden sind an einer Stelle ausgerupft, als hätte jemand daran gerissen. Diese Puppe sitzt da wie eine Göttin, so würdevoll, dass selbst Paul sie mit Ehrfurcht in die Hand nimmt.

»Im letzten Grund bist du mir ein Rätsel geblieben», sagt er. Immer wieder erwischt er sich dabei, wie er mit Helene spricht, auch wenn er keinerlei Gefühl von einer geisthaften Anwesenheit hat. Dann geht er ins Wohnzimmer und sein Blick fällt endlich auf eine Ecke der Schachtel, die halb verborgen hinter dem Sofa ruht, wie eine nicht geplatzte Bombe aus dem Krieg.

Paul hat die Kiste mit den Sachen aus dem Auto vergessen, obwohl er sie täglich gesehen hat. Nicht nur Helene war es, die die schwierigen Dinge vor sich hergeschoben hat, er macht es offensichtlich genauso. Sichtbar ist auf jeden Fall, dass Helene sie im Auto schon aufgerissen hat. Sie konnte nicht warten, bis sie bei ihm zu Hause war, damit sie sie zu zweit hätten öffnen können. Vielleicht wollte sie diese Intimität auch für sich bewahren. Er kann inzwischen schon etwas besser verstehen, dass sie ihre Vergangenheit ungern mit ihm geteilt hat. Was vor ihrem Tod verletzend auf ihn gewirkt hat, wird auf wundersame Art verständlich. Immer wieder ertappt er sich dabei, dass er denkt wie sie, dass er sich viel besser in sie hineinversetzen kann, seit sie tot ist, und selbst Gesten, die sie oft gemacht hat, wiederholt er unbewusst.

Er öffnet die schon aufgerissene Schachtel, obendrauf liegt ein weiteres Spielzeug. Es ist ein Stoffesel, nicht so ramponiert wie die Puppe im Schrank, schließlich hat er seine Jahre auch unbehelligt in dieser Schachtel verbringen können. Einige Briefe liegen da, alle hat sie geöffnet. Der Erste ist von ihren Eltern. Paul atmet durch, greift in den Umschlag, datiert auf das Jahr 1942.

Unser über alles geliebtes einziges Kind, liebste Helene,
wir wissen nicht, wann und wo du diesen Brief lesen wirst. Du sollst wissen, dass du alles für uns bist und dass unsere Liebe für dich unendlich ist.

Wir gehen jetzt unseren letzten Schritt und können nur hoffen, dass du uns dereinst vergeben wirst. Dieses Paket gebe ich deinem Großvater, den du nie kennengelernt hast. Er hat den Kontakt zu uns abgebrochen, weil deine Mama Jüdin ist. Doch hat er sich bereit erklärt, die Schachtel als unser Vermächtnis seinem Notar in Obhut zu geben. Wir werden sie versiegeln und hoffen, dass sie in keine anderen Hände als in die deinen geraten wird.

Als Hitler an die Macht gekommen ist, wussten wir schon früh, dass es schwierig werden würde, und haben einiges Vermögen in die Schweiz retten können. Wir hoffen sehr, dass die

Umstände dir erlauben werden, es für deine Ausbildung zu nutzen. Es ist das Vermögen deiner Familie mütterlicherseits.

Wie du in den beiliegenden Briefen ersehen kannst, bin ich von verschiedenen Stellen bedrängt worden, mich von deiner Mutter scheiden zu lassen. Insbesondere von der Universität Tübingen wurde ich mehrmals abgemahnt und am Ende auch entlassen. Wir haben alle Dokumente beigelegt, damit du dereinst unsere Entscheidung, wenn schon vielleicht nicht gutheißen, so doch zumindest besser verstehen kannst.

Doch wir haben zu lange gewartet, und als deine Großeltern mütterlicherseits, Schlomo und Fanny Frankfurter, abgeholt wurden, mussten wir dich in Sicherheit bringen. Wir haben danach versucht, gemeinsam über die Grenze zu kommen. Dies ist uns misslungen, wir wurden von den Schweizer Grenzern aufgegriffen und wieder zurückgeschickt. Wie durch ein Wunder durften wir aber die deutsche Grenze passieren und konnten sicher in unsere Wohnung zurückkehren. Das war vorgestern. Heute haben wir von einem unserer Kontakte erfahren, dass sie morgen kommen wollen. Es soll an Ort und Stelle eine Zwangsscheidung durchgeführt und deine Mutter sofort mitgenommen werden.

Was wir dir nun schreiben müssen, wird schwer für dich zu verstehen sein und doch hoffen wir, dass du uns eines Tages vergeben wirst.

Deine Mutter wollte, dass ich für dich am Leben bleibe. Lange haben wir uns diese Möglichkeit überlegt. Ich kann mir nicht vorstellen, deine Mutter den Wölfen zu überlassen. Ich könnte nicht weiterleben mit dem Wissen, sie Misshandlung und Tod auszusetzen. Ich weiß auch, dass du in Sicherheit bist und dass Herr Fuchs für dich sorgen wird.

Nun haben wir uns entschlossen, heute Abend freiwillig aus dem Leben zu scheiden. Wir werden es nicht gewalttätig tun, sondern in der Küche den Gasherd aufdrehen.
Mit Tränen der Trauer und der Liebe verabschieden wir uns auf diesem Weg von dir und wünschen uns nichts mehr, als dass du ein gutes Leben führen und uns eines Tages vergeben wirst.
Dein Vater und deine Mutter
Hermann und Lilly Hinrichsen

Mein liebstes Kind,
mir bleibt nichts mehr, als dir zu schreiben, dass meine Liebe für dich ewig und grenzenlos ist. Wir sehen uns im Himmel wieder.
Deine Mama

»Helene«, murmelt Paul. »Warum bist du nicht hiergeblieben? Warum hast du uns verlassen? Wolfgang, dein Kind! Warum bist du gegangen?«

Da kommt ihm ein schrecklicher Verdacht. Doch nein, das kann nicht sein. Sie war unschuldig am Unfall, das ist sicher. Nein, ein anderer hat überholt. Sie war auf der richtigen Seite. Vielleicht fuhr sie etwas unachtsam, hat der Polizeibeamte gesagt. Aber vermutlich hatte sie keine Chance. Hätte er keine Notfalloperation gehabt, wäre er gefahren und sie würde noch leben. Hätte – würde. Er lehnt sich auf dem Sofa zurück, atmet tief durch. »Helene, das hättest du uns nicht angetan«, sagt er laut.

Da strömen auf einmal Ruhe und Trost in ihn hinein. Es kommt ihm vor, als hätte Helene ihn zart gestreift und ihm recht gegeben. Nein. Sie ist nicht freiwillig aus dem Leben gegangen. Sie hinterlässt ein Kind im gleichen Alter wie sie war beim Verlust ihrer Eltern. Wolfgang hätte sie das nie angetan.

Ohne großes Interesse greift er noch einmal in die Schachtel. Es sind Briefe von Behörden, er mag sie im Augenblick nicht lesen. Doch halt! Ein Brief von der Universität Tübingen. Vielleicht haben sich die Eltern gekannt! Schließlich war sein Vater auch in Tübingen Professor. Medizinische Fakultät, Dekanat, steht auf dem Umschlag, und: Forschungsabteilung Oto-Rhino-Laryngologie. Paul spürt eine Benommenheit, ähnlich wie damals, als er die Nachricht von Helenes Tod erhielt.

Sehr geehrter Herr Kollege Hinrichsen,
als Zuständiger dafür, die Universität Tübingen judenrein zu machen, habe ich Sie mehrmals aufgefordert, sich von der Jüdin Lilly, geb. Frankfurter, scheiden zu lassen. Unseren Aufforderungen sind Sie bisher nicht nachgekommen. Leider müssen wir Ihnen deshalb Ihren Lehrstuhl entziehen und Ihnen wegen nationaler Unzuverlässigkeit fristlos kündigen.
Hochachtungsvoll
Wilhelm Schwartz

»Vater?«

Paul lässt seine Hand mit dem Brief in den Schoß fallen.

»Vater?«

Er geht zur Toilette, übergibt sich, setzt die Spülung in Gang. Dann rutscht er an der Wand entlang auf den Boden und bleibt dort sitzen, den Brief noch immer in der Hand. Er reißt ein Stück davon ab, steckt es sich in den Mund und versucht, es zu zerkauen, als wolle er die Ungeheuerlichkeit verdauen. Er spuckt es wieder aus, dieses Beweisstück eines Verbrechens. Dann sagt er noch einmal: »Vater?« Nie wieder wird er dieses Wort ohne Fragezeichen aussprechen oder denken können.

»Mein Vater? – Vater, ein Naziverbrecher? – Mein eigener Vater? War ich so naiv?« Wolfgang fällt ihm ein. Da befällt ihn eine eigenartige Kraft. Er steht auf, legt den Brief zu den anderen in die Schachtel und schließt alles zusammen in die Plastikkiste, die er von der Polizei erhalten hat. Dann telefoniert er mit der Stuttgarter Zeitung und gibt eine Anzeige auf: »*Haushälterin und Kinderbetreuung in Vollzeitanstellung gesucht.*«

Er fährt zu seinen Eltern, stürmt in deren Wohnzimmer, nimmt Wolfgang vom Boden und verlässt ohne ein weiteres Wort das Haus.

Erst im Auto scheint das Kind wieder zu sich zu kommen und fragt: »Ist etwas passiert?«

Er hat Angst, denkt Paul. Er bräuchte mich viel mehr, um den Tod seiner Mutter zu verarbeiten. Er streicht ihm über die Haare. »Nein, nichts ist passiert. Ich habe Sehnsucht nach dir gehabt.«

Wolfgang gibt sich damit zufrieden, Paul weiß nicht, ob er ihm glaubt. In der Nacht kommt der Kleine ins Wohnzimmer, wo Paul auf dem Sofa schläft.

»Papa, ich kann nicht schlafen.«

»Das trifft sich gut, ich auch nicht. Was machen wir jetzt?«

»Weiß nicht.«

»Komm, wir machen einen Ausflug.«

»Aber es ist Nacht draußen! Vielleicht kommt ein Bär und frisst uns!«

»Nein, mein Junge. Ich verspreche dir, es kommt kein Bär, der uns frisst. Aber wir schauen uns den Großen Bären am Himmel an. Komm, ich zeige ihn dir!«

So spazieren Vater und Sohn kurz nach Mitternacht auf die Karlshöhe und von dort zum Blauen Weg, um nicht nur weit über die Stadt hinunterzuschauen, sondern auch hinauf in den Himmel. Der Mond steht als Sichel und hütet all die Sterne um sich herum. Sie sehen so schön aus, dass die beiden sich auf eine Parkbank setzen und die nächtliche Welt bewundern.

»Ist Mama bei den Sternen, Papa? Sieht sie uns?«

»Ich glaube schon. Vielleicht hört sie uns sogar. Willst du ihr etwas sagen?«

»Mama, ich vermisse dich!«, sagt Wolfgang und schluchzt.

»Helene, ich vermisse dich auch«, sagt Paul und hält den weinenden Wolfgang fest in seinen Armen, bis ihm selbst die Tränen über die Wangen laufen.

»Opa hat gesagt, große Männer weinen nicht. Aber du weinst trotzdem«, sagt Wolfgang nach einer Weile.

»Opa liegt falsch. Wenn etwas so Schlimmes passiert, wie der Unfall von Mama, müssen auch große Männer weinen, sonst sind sie nicht normal.«

Als Wolfgang eingeschlafen ist, trägt Paul ihn nach Hause und legt ihn in sein Bett.

Am nächsten Tag ruft er Fuchs in Basel an. »Was wissen Sie über meinen Vater?«

Schweigen am anderen Ende der Leitung. Dann hört Paul den Atem des alten Mannes. »Was wissen Sie selbst inzwischen?«, fragt Fuchs.

»Dass er Helenes Vater wegen ›nationaler Unzuverlässigkeit‹ gekündigt hat, weil er die Universität Tübingen ›judenrein‹ gemacht hat.«

»Hmm.«

»Sie wussten das und haben es nicht gesagt. Warum?«

»Was wäre dann passiert? Hätte Helene Sie trotzdem geheiratet? Hätte sie den Namen tragen wollen, der für das Unglück ihrer Eltern verantwortlich ist?«

Jetzt ist es an Paul, zu schweigen.

»Was wissen Sie sonst noch über meinen Vater?«

»Herr Schwartz, ich bin nicht bereit, schon wieder Schicksal zu spielen. Sie können alles über Ihren Vater selbst herausfinden. Lesen Sie seine Doktorarbeit, seine Habilitationsschrift oder seine Antrittsrede, dann wissen Sie schon viel. Sicher gibt es auch in der Universitätsklinik Tübingen noch Unterlagen über seine Tätigkeit. Oder nehmen Sie Kontakt mit dem Gehörlosenverband in Baden-Württemberg auf. Wenn Sie dann noch Fragen haben, rufen Sie mich gerne wieder an.«

Fuchs hat recht. Paul wird selbst hinabtauchen müssen, und er hat jetzt schon Angst davor, was der Sumpf zutage bringen wird.

Er schiebt es vor sich her. Zuerst muss er eine Haushälterin einstellen. Dann sucht er eine andere Wohnung. Helenes Schrank räumt er aus und bringt das meiste in die Kleidersammlung. Außer der Puppe und dem Hochzeitskleid. Die Puppe liegt jetzt in der Schachtel, das Hochzeitskleid, sorgsam in eine Plastikhülle gehüllt, hängt im Kleiderschrank. Den Flügel, den er mit Helene zusammen gekauft hat, verkauft er wieder. Dann zieht er mit Wolfgang um. Er richtet eine kleinere Wohnung ein. Dann muss er sich um seine Praxis kümmern. Am Karfreitag geht er in die Stiftskirche und hört sich die Matthäuspassion an, das erste Konzert seit Helenes Tod.

Mache dich mein Herze rein, heißt die letzte Arie. Helene hat sie bei der Beerdigung ihrer kleinen Freundin in Weggis gesungen. Wegen dieser Arie ist er heute ins Konzert gegangen.

>»*Mache dich mein Herze rein,*
>*ich will Jesum selbst begraben.*«

Ja, er hat noch etwas in seinem Herzen ins Reine zu bringen. Erst dann kann er vielleicht die Vergangenheit begraben. Es kommt ihm vor, als würde Helene ihn sanft daran erinnern. Am nächsten Tag ruft er bei der Universität Tübingen an und stellt eine Rechercheanfrage zur Tätigkeit seines Vaters.

Die Bedeutung der Vererbung für die Schwerhörigkeit, lautet der Titel von dessen Antrittsvorlesung

1933. Ob eine Krankheit ererbt sei oder nicht, sei in vielen Fällen noch unerforscht. Es gäbe erheblichen Nachholbedarf in der entsprechenden Forschung. Er, Prof. Dr. Wilhelm Schwartz, wolle sein ganzes Engagement in den Dienst des neuen Erbgesundheitsgesetzes stellen. Es gelte, das Vertrauen des Volkes in die Wissenschaft und in dieses Gesetz zu fördern. Auch Laien sollen die Wichtigkeit einer Sterilisierung bei vererbbarer Taubheit einsehen können.

1934 verfasste Professor Wilhelm Schwartz einen Leitfaden mit dem Titel: »*Die Erkennung von Hörschäden in Bezug auf das Gesetz zur Verhütung erbkranken Nachwuchses.*«

Er, Prof. Wilhelm Schwartz, wolle mit diesem Leitfaden mithelfen, die »Erbgesundung unseres Volkes« zu unterstützen. Durch seine wissenschaftliche Diagnostik wolle er in zweifelhaften Fällen eine eindeutige Stellungnahme zur Frage der Sterilisierung ermöglichen.

Paul sitzt in der Bibliothek, vor sich eine Ansammlung von Akten von mindestens dreißig Zentimetern Höhe. Er schließt die Augen, stützt seine Stirn auf die Handballen und fragt sich, woher er die Kraft nehmen soll, das alles anzuschauen. Er zwingt sich, in den Unterlagen zu blättern, liest einzelne Sätze, blättert weiter, liest oberflächlich, macht wieder Pause. Seine Augen brennen.

Sein Vater war bereits 1932 in die NSDAP eingetreten, erfährt er, zuvor war er schon der SA und dem NS-Lehrerbund beigetreten. In seiner Antrittsvorlesung nahm Prof. Dr. Wilhelm Schwartz

Bezug auf den Wissenschaftler Otmar Freiherr von Verschuer, einen führenden nationalsozialistischen Rassenhygieniker, sowie auf dessen begabten Schüler Dr. Joseph Mengele.

Paul bekommt Atemnot. Er lässt die Unterlagen liegen, geht nach draußen und ringt um Luft. Das ist erst der Anfang. Alles wird er nicht lesen können, aber er wird noch einmal hineingehen müssen.

Am nächsten Tag schreibt er dem Gehörlosenverband Baden-Württemberg und erhält weiteres Material, auch Berichte von Betroffenen. Er erfährt, dass sein Vater mit seinen Forschungen, Gutachten und Leitfäden die Basis geschaffen hat, auf der Zigtausende Menschen zwangssterilisiert und Schwangere zu Abtreibungen gezwungen wurden, *um den Volkskörper von minderwertigem Erbgut zu reinigen.*

Die Zwangseingriffe fanden so rücksichtslos statt, dass der Tod billigend in Kauf genommen wurde. Tausende Menschen starben daran. Ungefähr 1 500 Gehörlose wurden im Rahmen der *NS-Euthanasieaktionen* getötet. Die große Mehrzahl an Überlebenden kämpft Zeit ihres Lebens mit körperlichen und vor allem seelischen Folgen von Zwangsabtreibungen und Zwangssterilisationen.

»*Wir sind erst am Anfang*«, schreibt der Vorstand des Verbands. Die Gehörlosen sähen sich Blockaden ausgesetzt, denn die Ämter seien meist noch mit den Beamten von vor 1945 besetzt. »*Anerkennung und Entschädigung für das, was uns angetan wurde, zu erkämpfen, wird noch Jahre oder gar Jahrzehnte dauern.*«

Paul faltet die Mappe zu, geht zur Toilette und übergibt sich.

August 1964

Einen so selbstbewussten Händedruck hätte er diesem Mädchen nicht zugetraut. Mit offenem Lächeln begrüßt sie ihn. Eher klein, schlank, brünettes Haar, berufsbedingt etwas zu stark geschminkt, so steht sie mit einem dünnen Morgenmantel an der Tür und bittet ihn herein. Sie stellt sich als Yvonne vor.

»Darf ich dir einen Kaffee anbieten, oder einen Tee?«

»Kaffee gern«, Paul fühlt sich plötzlich eingeschüchtert, obwohl das Mädchen zehn, zwölf Jahre jünger ist als er.

»Du bist zum ersten Mal So-Wo, gell?«, fragt sie mit einem freundlichen Lächeln.

»Ja genau, Sie sehen das sofort, nicht wahr?« Paul fühlt sich etwas besser und ist froh, dass man ihm ansieht, kein So-Einer zu sein.

»Mein Kollege schickt mich. Er meint, ich solle mal ins Bordell, das sei besser als ständig Antidepressiva zu schlucken.« Jetzt muss er über sich selbst grinsen und gewinnt wieder festes Terrain unter den Füßen.

»Dann hast du einen klugen Kollegen.« Das Mädchen lächelt und schickt sich an, seinen Morgenmantel auszuziehen. Peinlich berührt wedelt Paul mit der Hand.

»Warte lieber noch, ich bin noch nicht so sicher, ob ich das will.« Automatisch hat auch er auf das Du umgestellt.

»Was kann ich denn für dich tun?«

Warum ist er nur hierhergekommen? Er verspürt keinerlei sexuelle Lust.

»Lass dir Zeit, vielleicht willst du es dir erst einmal auf dem Sofa bequem machen. Du siehst erschöpft aus.«

Paul starrt auf die blickdichten Gardinen, die den Raum am Morgen schon schummrig machen.

»Ich überlege gerade, ob ich dir das Geld für die gebuchte Stunde geben und wieder gehen soll; ich glaube, das ist doch nichts für mich.«

»Du kannst mir das Geld für die gebuchte Stunde geben und einfach hier noch ein wenig abhängen, wenn du willst.«

Er nippt an seinem Kaffee, lehnt sich zurück und atmet aus. Langsam verflüchtigt sich die Anspannung. Das Mädchen zündet sich eine Zigarette an. Es sitzt diskret, aber aufmerksam auf der anderen Sofaseite, die schwarzbestrumpften Beine übereinandergeschlagen. Der Morgenmantel ist aufgesprungen und gibt schlanke, sanft gebräunte Oberschenkel frei.

»Arbeitest du zu viel, weil du so erschöpft bist und Antidepressiva brauchst?«

»Ja, Arbeit habe ich genug. Aber das ist es sicher nicht.«

Sie nickt und schaut ihn freundlich an. Das Schweigen, das sich jetzt einstellt, legt sich beruhigend über sie beide und löst alle Peinlichkeit auf wie die wärmende Sonne den morgendlichen Reif.

»Ach je«, sagt er, »ich habe einige schwierige Jährchen hinter mir.« Er atmet hörbar aus.

Das Mädchen lächelt, und gerade das Professionelle in ihrem Lächeln wirkt auf ihn seltsam entspannend, als würde sie ihm mit ihren Augen ein wenig Freiheit anbieten, wie ein Stück von einem seltenen, köstlichen Kuchen. Die Freiheit, für eine Stunde seinen Rucksack abzunehmen. Sie ist ohne Neugier und doch nicht teilnahmslos. So jung ist sie und doch schon Profi.

Ach – was macht er sich Gedanken über eine kleine Hure! So weit ist es mit ihm gekommen. Er zündet sich eine Zigarette an und genießt, wie sich der Rauch in seine Lungen reißt. Dann beginnt er zu erzählen. Tröpfchenweise zunächst, dann immer flüssiger, als hätte dieses Mädchen mit einer feinen Nadel ein verborgenes Reservoir angestochen.

Er erzählt von Helene, ihrer gemeinsamen Zeit der Annäherung, von der schwierigen und auch schönen Ehe. Kurz überlegt er, ob diese junge Frau wohl vertraulich behandelt, was er da von sich gibt. Schließlich war seine Frau bereits weltberühmt. Dann lässt er den Gedanken wieder los. Solche Prostituierten werden kaum in die Oper gehen. Er spricht von Wolfgang und schließlich erzählt er von seinem Vater und was er vor zwei Jahren über ihn herausgefunden hat. Es ist das erste Mal, dass Paul von seinem Vater spricht. Das Mädchen wird sich kaum für seine Geschichte interessieren. Ein

Anflug von Peinlichkeit überkommt ihn wieder, doch dann überlässt er sich seinen Gedanken und spricht einfach weiter.

***

Einige Wochen nach seinen Recherchen an der Universität Tübingen schreibt er einen Brief an seine Eltern, in dem er mitteilt, dass er sich über die früheren Tätigkeiten seines Vaters informiert hat und weiterer Kontakt für ihn nicht infrage käme. Helenes Identität gibt er den Eltern nicht preis. Das würde sie und ihren verletzlichsten Kern beschmutzen. Vielleicht ist es auch sein eigener verletzlichster Kern, den er nicht beschmutzen will. Vom Vater kommt nur Schweigen, von der Mutter erreicht ihn einige Zeit später ein Brief mit der Aufforderung, die alten Dinge doch hinter sich zu lassen, schließlich handele es sich um seinen Vater.

Dieser mütterliche Brief, so gut und naiv er vielleicht gemeint ist, reibt wie Sandpapier in seiner offenen Wunde. Er zerreißt ihn, und gerade, als er die Schnipsel wegwerfen will, nimmt er ein Streichholz und verbrennt sie. Was stellt sich seine Mutter vor? Hat sie vom Wirken ihres Mannes gewusst, damals? Worüber haben sie gesprochen, als der Vater abends von der Arbeit kam? Haben sie sich darüber gefreut, dass wieder ein paar Gehörlose und sonstige *Schädlinge des Volkskörpers* identifiziert und der Unfruchtbarmachung zugeführt werden konnten? Haben sie darüber gesprochen, abends im Bett? Hat er ihr erzählt, dass er nun auch noch den letzten Juden von der Universität Tübingen geworfen hat? War sie stolz auf ihn und seine Arbeit? Was wusste seine gütige, sanfte Mutter? Oder hat der Vater über sein Werk geschwiegen? Dann wäre er sich seines Verbrechens damals schon bewusst gewesen. Er ist ein Verbrecher und dieses Verbrechen ist nicht gesühnt, vermutlich wird es nie gesühnt werden.

Aber Wolfgang liebt seine Großeltern. Seit Helenes Tod sind sie für ihn so unverzichtbar geworden wie die Luft zum Atmen. Widerwillig sorgt Paul nach wie vor dafür, dass sein Sohn regelmäßig zu Besuch dorthin geht, meist mit der Kinderfrau. Inzwischen kann Wolfgang sogar allein hin.

Paul entgeht nicht, dass sein Kind unter der Trennung zwischen Vater und Großvater leidet, wie Kinder unter geschiedenen Eltern. Immer weniger erzählt er von seinen Erlebnissen bei den Großeltern, und manchmal beschleicht Paul eine grenzenlose Ohnmacht als alleinerziehender Vater, dann schwappt die Sehnsucht nach Helene über und ertränkt ihn geradezu.

Eine Schwere hat sich über sein Leben gelegt wie eine schmutzige graue Decke. Er tut seine Arbeit, kümmert sich um seinen Sohn, so gut er kann; aber so etwas wie Lebensfreude ist ihm vollständig abhandengekommen. Wie soll er je seinen Frieden wiederfinden? Die Trauer um Helene ist noch immer bitter, aber gerade das Bittere hilft bei der Verarbeitung. Der Verlust seiner Eltern ist unverdaulich wie ein vergifteter Brocken, der im Magen liegen bleibt und alles verseucht, was er zu sich nimmt. Wie kann man sich von seinen eigenen Wurzeln abschneiden? Wie kann man diejenigen hassen, die man immer geliebt oder zumindest geachtet hat? Wie soll er sich je mit ihnen versöhnen, ohne dass er sich den vielen Opfern gegenüber schuldig macht? Wie soll er wieder Halt finden in seinem eigenen Leben? Wie soll er diese Ungeheuerlichkeit jemals seinem Sohn erzählen, der seine Großeltern über alles liebt?

Später bekommt er Schlafstörungen. Zu Beginn hilft ihm ein Gläschen Rotwein, allerdings muss er die Menge langsam steigern, und als er mit seiner täglichen Ration auf eine Flasche Rotwein pro Abend kommt, zieht er die Notbremse. Sein Freund, der Psychiater, empfiehlt ihm als vorübergehende Maßnahme Antidepressiva. Später spricht dieser ihn nochmals an und erinnert ihn daran, dass diese Medikamente süchtig machen und er noch zu jung sei, um sein Leben als Süchtiger zu verbringen.

»Mach was mit deinen Problemen«, sagt er. »Wenn du dich schon nicht auf die psychoanalytische Couch legen willst, dann such dir eine Frau oder geh wenigstens mal in den Puff, aber mach irgendwas, das dir hilft.«

***

In diese kleine abgedunkelte Wohnung mit den vielen überschüssigen Rottönen und dem billigen Nippes hat ihn sein Leben geführt. Anstatt sich einer seriösen psychologischen Therapie zu unterziehen, sitzt er bei einer Prostituierten und legt eine

Lebensbeichte ab. Kleine Wellen von Scham lecken an seiner Würde. Das Mädchen hat aufmerksam zugehört oder jedenfalls so getan, als würde es zuhören. Das So-tun-als-ob gehört schließlich zum Handwerk, denkt er mit einem unterdrückten Seufzer.

»Willst du verlängern? Die Stunde wäre jetzt um«, fragt sie und Paul muss schallend lachen. Wieder ist es sein eigenes Lachen, das die Peinlichkeit wegbläst.

»Nein, nein, ich gehe schon«, sagt er und reißt sich auf aus dem weichen, tiefen Kanapee. Dabei spielt sein Kreislauf für einen Moment verrückt, ein leichter Schwindel befällt ihn. Vier Zigaretten am Vormittag sind einfach zu viel. Er lässt sich wieder auf das Polster fallen und entscheidet sich um. »Eine halbe Stunde nehme ich noch.«

Das Mädchen nickt, bleibt in respektvollem Abstand sitzen, ohne im Geringsten aufdringlich zu sein. Das veranlasst ihn, seine Beine hochzuziehen und sich so auf das Sofa zu legen, dass sein Kopf in ihrem Schoß liegt. Sie streicht ihm ein einziges Mal mit den Fingerspitzen über Gesicht und Haar, sanft, fast feenhaft, dann lässt sie ihre Hand leicht wie ein Vögelchen auf seiner Brust ruhen.

Gerade diese feenhafte Berührung lässt die Trauer in ihm aufwallen wie der Schwall auf einer glatten Wasseroberfläche, wenn ein Hecht gerade seine Beute jagt. Er blinzelt seine Tränen weg und schluckt, um nicht im Schoß dieses Mädchens zu heulen. Sie scheint es gemerkt zu haben und macht ihre Hand noch leichter, vielleicht um ihn nicht zu brüskieren. Nach und nach entspannt sich alles in ihm und er fühlt sich wohl und geborgen wie schon lange nicht mehr. Das Mädchen sitzt bewegungslos bei ihm. Seine Reglosigkeit lässt ihn noch tiefer entspannen, seine Sinne lösen sich auf und er fällt in einen sanften Halbschlaf.

In dem Moment, in dem er gerade wieder auftauchen will, als er gerade dabei ist, seine Gedanken zusammenzusammeln wie Klamotten am Morgen, sagt das Mädchen vollkommen unerwartet: »Es ist nicht an dir, deinem Vater zu vergeben. Das ist zu groß für dich.«

Mit einem Ruck setzt sich Paul auf, schüttelt die letzten zauberischen Daunen des seligen Schlummers ab, streicht mit den Händen über sein Gesicht, reibt sich die Augen und sieht dieses junge Mädchen an.

»Nicht zu hassen, reicht schon«, fügt sie an. Sie lächelt professionell und drückt ihm beide Hände. Dann blickt sie auf die Uhr.

Als Paul vor die Tür tritt, atmet er die frische kühle Luft ein und fühlt sich locker wie seit seiner Jugend nicht mehr.

Am späten Nachmittag holt er Wolfgang von der Schule ab.

»Gehen wir ein bisschen zum Friedhof?«
»Von mir aus.«

Welche Ruhe der Dornhaldenfriedhof ausstrahlt! Schweigend gehen Vater und Sohn Hand in Hand entlang der Fülle von Blumen, genießen die Stille der alten Bäume und Sträucher und wissen sich jeweils im anderen geborgen, ohne zu sprechen.

Dann stehen sie vor dem Grab. Direkt nach ihrem Tod war Paul froh, dass er Helene in das Familiengrab legen konnte, gerade sie, die nie eine Familie hatte. Die letzten zwei Jahre ist ihm die Vorstellung grausig geworden, dass sie einmal mit seinem Vater zusammen in einem Grab liegen sollte.

»Wer sind eigentlich Rudolf und Sophie Schwartz?«, fragt Wolfgang.

»Das sind meine Großeltern, die Eltern von deinem Opa, also deine Urgroßeltern.«

Paul erinnert sich an seinen Opa Rudolf. Wie oft saß er neben der Orgel, als er sonntags spielte. Wie hat er es geliebt, sich auf der Empore zu verstecken, wenn unten Konzerte gespielt wurden, oben von Großvater an der Orgel begleitet. Ganz still verhielt er sich dann.

Im wilhelminischen Wohnzimmer durfte er auf Großvaters Schoß sitzen, der ihm aus der Kinderbibel vorlas, während Großmutter die harten Anisbrot-Stückchen in Likör tauchte und ihn ein wenig davon knabbern ließ. Auch das ist eine seiner Wurzeln. Eine gute Wurzel. Wie konnten so herzensgute Menschen wie Rudolph und Sophie einen Sohn wie Wilhelm hervorbringen?

»Dann kommt mein Opa auch einmal in das Grab?«, fragt Wolfgang, als hätte er Pauls Gedanken erraten.

»Ja, der Opa und auch die Oma, und wenn meine Zeit kommt, dann komme auch ich hier hinein.«

»Nein, du darfst nie sterben!«

»Irgendwann sterbe auch ich, das weißt du. Aber bis dahin bist du so alt, dass es dir nicht mehr viel ausmacht, schätze ich.«

»Wenn du und der Opa dann einmal im Grab zusammen seid, könnt ihr nicht mehr miteinander sprechen«, sagt Wolfgang.

Paul atmet ein und hält dann den Atem an. Was soll er da antworten? Er fühlt sich selbst ein wenig dümmlich, als er sagt: »Ja, klar, im Grab kann man nicht miteinander sprechen.«

»Aber im Wohnzimmer schon«, sagt Wolfgang. Seine Stimme ist ziemlich hoch, fast schrill.

Paul atmet aus. Da geht ihm der Satz dieser kleinen Prostituierten von heute Vormittag durch den Kopf. Es ist nicht an ihm, seinem Vater zu vergeben. Das ist zu groß für ihn. Er wundert sich, wie befreiend diese Worte noch immer auf ihn wirken. Er muss nur sein eigenes kleines Leben leben, das reicht schon. Dann kann er auch wieder zu den Eltern, und sei es nur Wolfgang zuliebe, einen Kaffee trinken, einen Kuchen essen, über das Wetter reden und wieder gehen.

Wolfgang zieht an seinem Arm.

»Ja, du hast recht. Im Wohnzimmer schon. Am Sonntag komme ich mit dir zu den Großeltern.«

»Juhuuu«, ruft Wolfgang.

»Ich habe eine Überraschung für dich bei Opa und Oma«, kräht er im Auto auf dem Weg zu den Großeltern und unterbricht Paul in seinen Gedankengängen.

»Da bin ich aber gespannt«, antwortet er rasch, denn gerade hat er sich dabei erwischt, wie er schon wieder seine Fantasien bei dieser kleinen Prostituierten vorbeiflitzen hat lassen. Ein seltsames, interessantes Mädchen, und es weht ihm zuweilen ein Bedauern entgegen, den Sex abgelehnt zu haben.

Dass er gestern noch mal bei ihr angerufen hat und das Telefon abgestellt war – diese Nummer ist ungültig–, macht die Sache nicht besser, denn jetzt fragt er sich, was mit ihr passiert ist. Dann schimpft er sich wieder, weil er einer kleinen Hure nachhängt. Jetzt, wo Wolfgang ihn unterbrochen hat, nimmt er sich vor, diese Träumereien ein für alle Mal fallen zu lassen. Ein schwieriger Familienbesuch liegt vor ihm und es regt sich eine Ahnung, dass er sich zu wenig um Wolfgang gekümmert hat. Nur deshalb können die Großeltern ein solches Gewicht erhalten haben.

Im Haus von Oma und Opa hüpft Wolfgang hin und her, singt vor sich hin, nimmt Paul an die Hand und zeigt ihm seine Legoburg. Er nimmt die Hand seiner Oma und quasselt, fragt, welchen Kuchen sie gebacken hat. Aufgeregt springt er in der Wohnung herum, als würde er Paul sein eigenes Haus zeigen wollen, als würde er um Paul werben. Auf diese Weise verscheucht er die Lähmung, die sich ständig aufs Neue anschickt, das gesamte elterliche Haus zu überfluten. Es ist Wolfgang, der Luft und Licht hereinwedelt, und er gibt sich dabei alle Mühe.

»Jetzt kommt meine Überraschung!«, verkündet er, als jeder sein Stück Kuchen auf dem Teller hat. Er setzt sich an den Flügel.

»Oho!«, sagt Paul. »Lernst du Klavierspielen bei Oma und Opa?«

»Ich bekomme Unterricht!«, ruft Wolfgang und strahlt. Dann hält er die Hände über die Tastatur. Bevor er beginnt, sammelt er sich, schließt die Augen, atmet durch. Wie ein Profi. Paul schmunzelt. Ob der Kleine das wohl bei seiner Mutter gesehen hat?

Dann fängt sein Sohn an und Paul gerät schon bei den ersten Tönen in Aufruhr. Er spielt eines der *Lieder ohne Worte* von Mendelssohn Bartholdy, Opus 19/1 so souverän wie ein Erwachsener. Wie lange muss er schon Unterricht bekommen haben, um so spielen zu können? Was Paul aber fast den Boden unter den Füßen wegzieht, ist die Art, wie Wolfgang Stimmungen zaubert mit seiner Musik. Wie bei seiner Mutter drückt sein Spiel so viel Trauer und Gefühl aus, als ob auch er sein Innenleben in die Musik legen könnte.

Warum hat sein Kind ihm verschwiegen, dass es Klavierunterricht bekommt? Jetzt fällt ihm ein, dass auch Helene ihn schon gelehrt hat, die Noten zu lesen, lange bevor er in die Schule kam. Sie hat auch angefangen, ihn im Klavierspiel zu unterrichten. Wie alt mag er gewesen sein? Drei Jahre? Das ging damals nebenher, Paul hat sich nie groß darum gekümmert. Die musikalische Erziehung Wolfgangs hat er immer als ihre Aufgabe angesehen, und in den Stürmen der letzten zwei Jahre ist es untergegangen. Hat er Wolfgang so vernachlässigt, dass er nichts von seinem Doppelleben bei den Großeltern gemerkt hat? Warum haben sie nichts gesagt? Wie konnten sie ihm sein Kind so entfremden? Natürlich, weil er keinen Kontakt gehabt hat. In Paul rauscht ein Orkan, der von allen Seiten her angreift.

Die Trauer um Helene, die in Wolfgangs Spiel so lebendig wird, schwappt wieder aus der schon geschlossen geglaubten Wassertonne. Er fühlt sich schuldig, dass er sein Kind nicht näher bei sich behalten hat. Warum hat er Helenes Flügel vor dem Umzug verkauft?

Wie kam er nur dazu, dies zu tun, ohne sich zu überlegen, ob Wolfgang vielleicht die musikalische Gabe seiner Mutter geerbt haben könnte? All dem hat er keinen Gedanken geschenkt. Zu sehr war er mit seinem eigenen Drama beschäftigt. Wie konnte er nur!

Helenes Begabung war so einzigartig, dass er schlicht nicht auf die Idee gekommen ist, Wolfgang könnte diese ebenso haben. Vielleicht wollte er es auch nicht – ein Genie wie Helene ist zu viel für einen einzelnen Menschen. Wollte er Wolfgang davor beschützen?

Oder wollte er es seinem Kind nicht gönnen, damit er Helene als einzigartig in seinem Herzen behalten konnte? Ein Gedanke jagt den nächsten, ein Gefühl löst das andere ab, alles zusammen verursacht Explosionen in seinem Kopf, und als Wolfgang geendet hat, muss Paul an sich halten, damit er nicht auseinanderfällt. Er nimmt Wolfgang in die Arme und hält sich regelrecht an ihm fest, um die Fassung zu bewahren.

»Na, Papa, hab' ich dich überrascht?«

»Und wie!«, antwortet Paul mit belegter Stimme. »Ich bin noch ganz fertig. Wie lange hast du denn dafür geübt?«

»Och, nicht so lange. Ich kann noch viele andere Sachen spielen.«

»Weißt du was, Wolfgang? Wir brauchen auch wieder ein Klavier zu Hause. Vielleicht passt ein Flügel nicht mehr in unsere Wohnung, aber ein Klavier kaufen wir, gell?«

Stumm sitzen die Eltern am Tisch, während Paul sein Kind in den Armen hält. Dann richtet sich die Mutter im Stuhl auf und räuspert sich. »Er ist ein Ausnahmetalent, sagt sein Lehrer.« Leise wie eine Vogelfeder legt Pauls Mutter diesen Satz auf den Tisch und Paul weiß nicht, ob es eine schwarze Rabenfeder des Vorwurfs ist oder eine Adlerfeder. Wolfgang schmiegt sich an ihn. Was hat er seinem Kind nur angetan, es gerade in der schwierigsten Zeit seines Lebens, nach dem Tod seiner Mutter, nicht inniger, zärtlicher und verständnisvoller begleitet zu haben. Ob er das wieder gutmachen kann?

Am Abend setzt er sich an Wolfgangs Bett. Was hat sein Sohn in den wenigen Jahren wohl schon alles erlebt? Er erzählt viel zu wenig. Paul könnte sich ohrfeigen ob seiner Versäumnisse an Wolfgang.

»Weißt du was?« Paul streicht er ihm über die Haare. »Gerade erst merke ist, wie groß du schon bist.«

»Fast neun«, sagt Wolfgang mit leichter Herablassung und schon etwas schläfrig. Paul ist sich plötzlich unsicher, ob er ihn nicht überfrachtet nach einem solchen Tag. Und doch will er ihm erzählen, was er schon lange vor sich hergeschoben hat.

»Bist du noch wach genug, dass ich dir von deiner Mama erzählen kann?«

Ein Ruck geht durch Wolfgangs Körper. Er schlägt seine Augen weit auf und ist wieder hellwach. »Wenn es sein muss«, antwortet er mit gespieltem Desinteresse.

»Deine Mama hat eigentlich deutsche Eltern. Sie kommt gar nicht aus der Schweiz. Dort hat sie nur ein paar Jahre ihrer Kindheit verbracht.«

Paul erzählt Wolfgang von Helenes Herkunft, dem Schicksal ihrer Eltern und dass ihre Großeltern mütterlicherseits vermutlich im Konzentrationslager umgekommen sind. Er erzählt alles, was er von Helene weiß, von Herrn Fuchs aus Basel und wie sie es geschafft hat, als Waisenkind ihr Leben zu meistern.

»Warum hat Mama nie davon erzählt?« fragt Wolfgang.

»Da sprichst du einen wunden Punkt an, mein Lieber. Deine Mama hat es sogar lange Zeit vor mir geheim gehalten. Das habe ich ihr richtig übel genommen, aber ich glaube, es war für sie so schmerzhaft, dass sie nicht wollte, dass jemand daran rührt.«

Wolfgang unterdrückt die Tränen.

»Gell, dein Schmerz ist auch ganz tief, da willst du am besten auch niemanden hinschauen lassen, stimmt's?«

Wolfgang wischt sich die Augen, sagt nichts.

»Ich habe es an deinem Klavierspiel gehört. Da habe ich deinen Schmerz gefühlt, es war die Art, wie du gespielt hast.«

»Wieso?«

»Das ist das, was einen echten Künstler ausmacht, weißt du? Deshalb hatte deine Mama auch so großen Erfolg. Sie hat die Menschen mitfühlen lassen.«

»Hmm ...«

»Vergiss nie, dass du mein Ein und Alles bist.« Er streicht seinem Sohn noch einmal über das Gesicht und die Haare.

»Du auch«, sagt Wolfgang und trifft erst jetzt auf Pauls Blick. »Du bist auch mein Ein und Alles. Und Oma und Opa.«

»Schlaf gut.«

»Du auch.«

Als Paul im Bett liegt, schiebt sich dieser Steinway vor sein inneres Auge. Wann und warum haben die Eltern einen so teuren Flügel gekauft? Er muss ein Vermögen gekostet haben. Irgendwann stand dieses Wertstück einfach im Salon. Aber wann? War er Weihnachten 1942 schon da?

Er kann sich nicht erinnern. Danach ist er nicht mehr nach Deutschland gekommen, es war zu gefährlich. Musik war immer Teil des Familienlebens. Früher veranstalteten die Eltern regelmäßig Soiréen mit Kammermusik. Sie luden lokale Künstler dazu ein, ab und an konnten sie auch eine kleine Berühmtheit für ihre Abende gewinnen. Aber im Krieg? Und für all das hätte das Klavier gereicht.

Seine Gedanken spitzen sich zu, Fäden ziehen herein, verknüpfen sich von selbst mit Bildern.

Die Gewissheit kommt über ihn wie ein Schwert und in einer halben Sekunde steht er vor dem Bett. Er zieht sich an, verlässt das Haus, steigt ins Auto, die Uhr zeigt schon kurz nach eins. Zum Glück ist kaum jemand auf der Straße. Er fährt schnell und rücksichtslos, einmal passiert er eine rote Ampel. Die Wahrheit fordert ihr Recht und erzeugt einen ungeheuren Sog, dem er nicht widerstehen kann – und auch nicht will.

Bei seinen Eltern ist alles dunkel. Er stürmt mit langen Schritten nach oben ins Schlafzimmer, drückt auf den Lichtschalter. Sie erschrecken, setzen sich beide auf, sind geblendet vom grellen Deckenlicht. Bevor einer der beiden etwas sagen kann, fragt Paul: »Wo habt ihr den Steinway her?«

»Was ist denn mit dir los, Junge?« Die Mutter hat als Erste die Fassung wiedergewonnen. »Was machst du mitten in der Nacht hier?«

»Woher habt ihr den Flügel?« Er sieht seinem Vater in die Augen. Sie sind glasig verschlafen, die Haut unterhalb der Unterlider bildet zwei leere Einkaufsnetze und zusammen mit den Tränensäcken verlaufen sie zu einer Art deutschen Wellenbarocks. Die oberen Lider hängen rechts und links über das Auge, obwohl er sie vor Erstaunen und Schreck aufgerissen hat. Das Weiße in den Augen ist rot geädert. Tiefer kann Paul nicht blicken und tiefer will er auch nicht blicken.

»Woher ist dieser Steinway?«, fragt er noch einmal. Er packt seinen Vater am Schlafanzug, fast fühlt er sich schäbig, den alten Mann zu quälen.

Der Vater zuckt leicht die Schultern. »Den haben wir gebraucht gekauft, von einem verstorbenen Ehepaar.«

»Von welchem verstorbenen Ehepaar?« Pauls Stimme wird schrill.

»Weiß ich nicht mehr so genau.« Wilhelms Augen flattern.

»Paul, lass doch ab«, sagt die Mutter. »Das können wir doch morgen noch besprechen, es ist ...«

»Nein, nichts wird morgen besprochen. Jetzt! Wie hieß das verstorbene Ehepaar?« Und wieder direkt an den Vater gewandt: »Waren es vielleicht Hermann Hinrichsen und seine Frau Lilly Hinrichsen, geborene Frankfurter?«

»Kann sein.« Pauls Vater ringt nach Festigkeit, aber es gelingt ihm nicht. Seine Augen werden stumpf und undurchlässig wie staubige Kellerfenster.

»Du hast deinen Kollegen Professor Doktor Hermann Hinrichsen von der Universität gejagt, weil er mit einer Jüdin verheiratet war, stimmt's?«

Der Vater blinzelt und bewegt den Kopf einen Zentimeter nach rechts, als würde er es abstreiten wollen und doch nicht können.

»Dann hast du mitbekommen, dass sich das Ehepaar Hinrichsen umgebracht hat. Das hat man gut vertuscht. Erben waren keine da, weil die Eltern der Frau Juden waren und bereits fort und weg, gell, du weißt es! Du weißt es ganz genau!«

Angst steht jetzt im Gesicht des Vaters. Wieder kämpft Paul sein Mitgefühl nieder.

»Sie hatten keine Erben, denn die einen waren schon ermordet und die anderen haben ihren Sohn verleugnet, weil er eine Jüdin geheiratet hat, stimmt's?«

Jetzt schüttelt der Vater den Kopf. Paul macht weiter.

»Eine gute Gelegenheit für den Verräter, sich den wertvollsten Happen selbst unter den Nagel zu reißen, war es nicht so?«

Wilhelm atmet durch und gewinnt nun doch ein Stück festes Terrain. »Junge, du hast keine Ahnung, wie das damals in Deutschland war. Du warst in der Schweiz und hast dir's gut gehen lassen. Und ich hab's dir ermöglicht. Keine Ahnung hast du!«

In Pauls Augen glimmt die Entschlossenheit des Raubtiers, das mit einem letzten Sprung auf seine Beute zielt. Dass der Vater sich verteidigt, verleiht ihm Kraft. »Ich vielleicht nicht, ich war privilegiert, dafür kann ich euch dankbar sein. Aber meine Frau wusste, was es hieß, in Deutschland zu sein.«

Nun werden die Augen beider Eltern noch größer.

»Helene war doch Schweizerin?«, fragt die Mutter mit belegter Stimme.

»Meine Frau war Helene Hinrichsen.« Riesige Augen bei der Mutter. Sie hält jetzt die Hand vor den Mund. Plötzliche Blässe beim Vater. Etwas Namenloses flackert in seinen alten Augen, das Tier ist tödlich getroffen und weiß es. Fast verliert Paul seinen Schwung. Dann fährt er unbeirrt fort. Alles wird er ihnen heute auftischen. Sollen sie damit machen, was sie wollen.

»Man konnte sie als Sechsjährige in letzter Minute in die Schweiz retten. Sie ist ohne Eltern aufgewachsen und hat erst unmittelbar vor ihrem Tod erfahren, was mit ihnen geschehen ist. Das war der Anlass für ihren tödlichen Unfall. Damit hat auch Wolfgang seine Mutter verloren. Es kommt also einiges zusammen, nicht wahr – Wilhelm!«

Noch nie hat er seinen Vater mit Vornamen angeredet. Mit dieser Geste entzieht der Sohn dem Vater jeglichen Respekt und markiert den endgültigen Bruch. Es hört sich an wie eine Art Menetekel, fast erschrickt Paul über sich selbst. Dann verlässt er das Schlafzimmer, ohne das Licht zu löschen. Er verlässt das Haus, schlägt nicht einmal die Tür zu, sondern lässt sie von selbst ins Schloss fallen.

Nach Hause kann er jetzt nicht, hoffentlich schläft Wolfgang gut. Er lenkt das Auto zu den Bärenseen und wandert in die Nacht hinein. Die Dunkelheit sänftigt seinen Aufruhr, kühle Nachtluft wischt seine Tränen weg und die Bäume nicken ihm huldvoll zu. Auf dem Wasser spiegelt sich der Dreiviertelmond und Paul bedankt sich bei ihm, mit einem Goethefragment im Kopf: »... *lösest endlich auch einmal meine Seele ganz* ...«

Am nächsten Vormittag kommt die Polizei in die Arztpraxis. Es ist derselbe Beamte, der ihm die Nachricht von Helenes Tod gebracht hat. Eine Kaskade von Endorphinen, Stresshormonen und Neurotransmittern überschwemmt Paul. Er ertrinkt.

Wolfgang? Das Innere seines Mundes ist gefriergetrocknet. Er schwankt. Sein Kollege schiebt ihm den Stuhl hin, die Arzthelferin bringt ihm ein Glas Wasser.

»Wir haben schon wieder schlimme Nachricht für Sie, Herr Doktor Schwartz.« Die Stimme des Polizisten ist mitfühlend und sehr leise. »Heute Morgen um fünf Uhr dreißig wurde ihr Vater im Kräherwald tot aufgefunden. Mit an Sicherheit grenzender Wahrscheinlichkeit hat er sich selbst getötet.« Der Beamte macht eine kurze Pause und fährt dann fort: »Wir waren soeben bei Ihrer Frau Mutter, mussten sie aber ins Krankenhaus einliefern lassen. Sie hat es nicht verkraftet.«

»Wie?«, ist alles, was Paul herausbekommt.

»Ihr Vater hatte eine alte Armeepistole aus dem Krieg in der Hand«, antwortet er, »und das war offenbar auch die Tatwaffe.«

*Ich lebe mein Leben
In wachsenden Ringen,
die sich über die Dinge ziehen.
Den letzten werde ich vielleicht nicht vollbringen,
aber versuchen will ich ihn.*

*Ich kreise um Gott, den uralten Turm,
Und ich kreise jahrtausendelang.
Und ich weiß nicht, bin ich ein Falke, ein Sturm
Oder ein großer Gesang.*

Rainer Maria Rilke

Gewalt

Hans Felder, geb. 1930

September 2007

»Hast du mir das von damals eigentlich verziehen?«
Die Finger ins Lenkrad verkrallt, konzentriert er sich auf die Straße und spürt doch, wie Elisabeths Blick an seinem Profil abprallt. Dann scheint sie die Leitplanken am rechten Straßenrand zu zählen.

»Ja«, kommt nach langen Sekunden vom Beifahrersitz.

Er nickt. Die Landschaft rast an ihnen vorbei. »Danke«, antwortet er dann, lässt die Augen kurz nach rechts ausscheren und ist froh, dass sich ihre Blicke nicht treffen. Sonst wird auf der zweistündigen Autofahrt nichts geredet.

Sie hat es also nicht vergessen. Wann war das? 1956. Einundfünfzig Jahre lang. Er schiebt die aufkommende Scham aus seiner Brust. Es ist vorbei, sie hat ihm verziehen, so wie Gott ihm schon lange verziehen hat. Endlich hat er den Mut gefasst, sie um Verzeihung zu bitten. Eine Zecke fällt von ihm ab. Über fünfzig Jahre lang fraß sie – meist unbemerkt – einen winzigen Teil seiner Energie, ein kleiner Vampir, der kaum spürbar war und doch nicht gehen wollte.

Zehn Sekunden, die ihn damals fast aus einem Leben gesprengt hätten, das er sich so sorgfältig und mit Gottes Hilfe aufgebaut hatte. Sie hätten ihn zurückschleudern können in den Sumpf seiner Herkunft. Ein zweites Mal hätte er von dort nicht mehr herausgefunden. Hätte Elisabeth Hanna von diesem Vorfall erzählt, ihrer Schwester und seiner Verlobten, wäre sein Leben verwirkt gewesen. Erst nachdem er mit Hanna verheiratet war, fühlte er sich komfortabler.

Jetzt ist er alt und Gott dankbar dafür, dass er ihn mit seiner Gnade bis hierher geführt hat. Vor dem Richterstuhl des Herrn wird er dereinst bestehen können und alles, wobei er gefehlt hat, – und das ist wahrlich viel – wird Gott ihm vergeben. Wie anders hätte sein Leben verlaufen können, hätte er als junger Mann nicht zu Jesus gefunden.

Anfang Mai 1945

Schon wieder knackt die alte Holztreppe, die zum Dachstock hinaufführt. Hans dreht sich um und versucht, noch einmal einzuschlafen, doch das kreischende Gedankenkarussell hat sich bereits in seine Gehirnwindungen eingehakt und füllt sein Denken mit Nervosität. Vor wenigen Wochen noch hat ihn das Knarzen der alten Holztreppe in schwüle Fantasien gestürzt, in deren Dunst er schmierig und wollüstig Hand an sich gelegt hat. Dies alles ist einer echten Sorge um seine Schwester gewichen.

Die Außentreppe führt zum Dachboden des Zwischenbaus, der das kleine Wohnhaus mit Scheune und Stall verbindet. Auf dessen groben Holzriemen liegen ein paar Gerätschaften aus früheren Zeiten, bedeckt mit einer dicken Staubschicht. Direkt unter dem Ziegeldach sind die Maiskolben aufgehängt und durch dünne Holzwände ist Gretls Kammer vom übrigen Dachboden abgetrennt. Hans' Stubentür führt nach draußen in den offenen Zwischenbau direkt unterhalb der Treppe.

Vor einigen Monaten, vielleicht ist es auch schon ein halbes Jahr her, hat er das Knarren zum ersten Mal gehört. Im Halbschlaf fragte er sich damals, warum seine Schwester Gretl mitten in der Nacht nach unten schleicht. Ihren Nachttopf leert sie immer erst am Morgen. Dann, als sich das Geräusch alle paar Nächte wiederholte, spitzte er die Ohren. Immer schlich jemand hinauf und ungefähr eine Viertelstunde später wieder herunter. Da glomm in ihm die Erkenntnis auf: Sie hat einen Kerl! Das hätte er seiner frommen Schwester nicht zugetraut, und damals begann das Gelüste sich seiner Kontrolle zu entziehen.

Was passiert da oben? Knarrender Fußboden, Geraschel. Das Geraschel wird rhythmisch, keinerlei Stimmen (wieso reden sie nicht?), wieder knarrender Fußboden, knackende Treppe nach unten. Noch nie hat er mit jemandem über diese Dinge gesprochen, aber jeder weiß schließlich, was zwischen Mann und Frau passiert. Er beobachtet die Tiere, zudem hat der eine oder andere Schulkamerad mal einen Satz fallen lassen, um zu prahlen. Aber wie es ganz genau zugeht, dafür muss er noch immer seine schweißnassen Fantasien zu Hilfe nehmen.

All diese feuchten Träumereien sind nun verschwunden. Gretl wird immer blasser, sie verliert an Gewicht. Er beobachtet sie. Ob es Frauen womöglich nicht guttut, wenn sie so etwas machen? Warum stellt Gretl ihren Freund nicht dem Vater vor? Warum verloben sie sich nicht? Wer ist dieser Junge, der nachts heimlich die Treppe hinaufschleicht? Irgendwann wird er die Tür öffnen und den Mann zur Rede stellen. Aber ach, vielleicht ist das doch keine gute Idee, der Vater könnte es hören. Und wenn der von einem heimlichen Stelldichein erführe! Meine Güte, die arme Gretl, sie würde Prügel bekommen, die sich gewaschen haben und die sie am Ende noch bleicher werden lassen.

Es knackt. Jetzt ist dieser Kerl fast an der oberen Stufe angekommen. Ein paar Sekunden hätte Hans noch. Er setzt sich im Bett auf. Soll er? Ja, jetzt, schnell. Auf! Der Boden ist eiskalt unter seinen Füßen. Er macht einen Schritt bis zur Tür und zieht die Hand wieder zurück. Morgen wird er das Schloss ölen, damit es nicht quietscht. Er muss vorsichtig sein. Niemals darf der Vater das hier mitbekommen. Fröstelnd rollt er sich wieder auf seiner Strohmatratze ein.

Die Tage gehen vorbei, ohne dass es vor der Kammertür noch einmal knackt, und inzwischen hat er auch andere, viel größere Sorgen. Der Krieg rückt näher, vielmehr das Kriegsende. Jetzt kann es nur noch Tage dauern, bis die Franzosen kommen. Sie stehen schon in Karlsruhe und de Gaulle hat dort bereits höchst persönlich die Siegesparade entgegengenommen. Vom Krieg selbst ist das Dorf bisher fast verschont geblieben, nicht einmal Bombeneinschläge hat man verzeichnen müssen.

Alle gesunden und nicht allzu alten Männer allerdings, auch die Jungen, die kaum älter sind als er, sind nach und nach eingezogen worden.

Gefallen und tot, die meisten. Jetzt ist auch er dran. Der Stellungsbefehl für den Volkssturm gilt inzwischen für Fünfzehnjährige. Alle Jungen in seiner Klasse müssen einrücken. Es ist ein Selbstmordkommando. Jeder weiß es. Laut darüber zu sprechen, kann einen ebenfalls das Leben kosten, denn noch immer ist von der Verteidigung des Heimatbodens, von Freiheit und Leben, vom Ewigen Freien Deutschland die Rede, wofür die jungen Männer ihr Leben gäben.

»Wir treffen uns heut' Abend im Keller vom Norbert.« Karl kommt beim Heumachen zu ihm auf die Wiese und raunt es ihm zu. »Sag's weiter, aber leise.«

»Wer?«

»Alle.«

»Wie? Die ganze Klasse?«

»Nur die Kerle.«

»Auch der Adolf?«

»Ich denk' scho.«

»Unser ganzer Jahrgang hat einen Stellungsbefehl bekommen«, beginnt Norbert. Eng stehen alle beieinander, man spürt den Atem des anderen im Nacken oder an der Schulter. Alle Klassenkameraden haben sich eingefunden. Hans fragt sich insgeheim, wie man da offen reden soll.

»Ich bin froh, dass ihr alle gekommen seid, denn es ist leichter, schwierige Entscheidungen gemeinsam zu fällen.«

Still ist es im Raum. Norbert hat Mut. Das könnte nach hinten losgehen.

»Wir wissen – auch wenn niemand von uns Feindsender hört, wissen wir es: Die Franzosen stehen in Karlsruhe und sie brauchen nur ein paar Tage, bis sie hier sind.« Norbert blickt sich im Halbdunkel um, als hoffe er, jemand springe ihm bei. »Wer von Euch geht hin und stellt sich den französischen Panzern entgegen?«

Ist das ein Aufruf zur Fahnenflucht? Stille breitet sich aus und vermischt sich mit der Angst. Es ist eine dreckige Stille, die nach Schweiß riecht. Beides kann einen das Leben kosten: sich zu melden oder sich nicht zu melden.

»Ich gehe.« Adolf steht auf. Er ist der Kleinste der Klasse und hat als Einziger noch eine Mädchenstimme. Trotzdem wird er nicht gehänselt, denn niemand will sich mit seinem Vater anlegen, dem unberechenbaren Gauleiter Wegner, der dazu noch ein Säufer ist. Im Gegensatz zu seinem Alten hat Adolf etwas Liebenswürdiges. Zu allen ist er höflich und immer leuchten seine Augen, wenn ihn jemand ebenbürtig anspricht. Für Kräftemessen oder gegenseitige Raufereien ist er einfach zu schwächlich. Zart und blass steht er jetzt da.

»Ja«, sagt Norbert. »Bleib noch kurz hier, denn vielleicht gibt es andere, die mit dir gehen.«

Das klingt wie eine freundliche Bitte, doch jeder weiß, dass man Adolf jetzt nicht gehen lassen kann. Es könnte das Todesurteil für alle bedeuten. Die Jungen glotzen vor sich hin, man vermeidet den Blick des anderen.

»Ich sehe, außer Adolf wird niemand dem Stellungsbefehl folgen. Ihr wisst, was das heißt.«

Die Anwesenden nicken unbestimmt.

Adolf steht mit offenem Mund da, allein und verloren in der Wüste. Er weiß, und jeder hier im Keller weiß es, dass es für ihn keine bergende Oase geben wird und auch niemanden, der ihm eine rettende Hand reichen wird, damit er überleben kann. Es ist sein eigener Vater, der ihn dem Tod überantwortet.

»Wir gehen gemeinsam nicht. Nur das kann uns retten«, sagt Norbert, und: »Adolf – hast du es dir noch mal überlegt?«

»Mein Vater bringt mich morgen früh nach Heilbronn zur Sammelstelle. Was soll ich machen?«

Diese Frage steht dick und undurchdringlich im Raum. Was soll er machen? Denn würde er verschwinden und sich im Wald verstecken wie die anderen, käme sein Vater viel zu früh der ganzen Schulklasse auf die Spur. Das würde ihre sowieso verwegene gemeinschaftliche Desertion zum Scheitern verurteilen, und die Folgen davon mag sich hier im Keller keiner ausdenken.

»Ich werde ihm nichts sagen«, sagt Adolf dann. Die Tränen in seinen Augen blinzelt er weg. Ein Raunen geht durch die feuchte Luft. Dann wird es sehr still. Einzeln und leise verlassen sie den Keller.

Beklemmung und vorsichtige Erleichterung begleiten Hans auf seinem Heimweg durch die dunklen Gassen. Ein paar Tage noch, dann ist alles vorbei. Hoffentlich fliegt ihnen das nicht auf den letzten Drücker um die Ohren. Sie würden alle an die Wand gestellt werden. Und doch hat Norbert ihnen den Kopf aus der Schlinge gezogen, denn bewaffnet würde keiner überleben, wenn die Franzosen kommen. Adolf tut ihm leid, aber er steckt sein Mitgefühl weg. Schließlich hat er selbst genügend Sorgen. Ein paar Tage, dann ist alles vorbei, sagt er sich noch einmal.

Erleichtert, dass der Vater schon im Bett liegt, schleicht er in seine Kammer. Seit Mutters Tod ist der Alte noch gewalttätiger geworden und beherrscht kaum noch seine Trunksucht. Doch hat sich Hans je vor seinem Vater sicher gefühlt? Jederzeit musste er als Kind damit rechnen, eine geknallt zu bekommen oder Schlimmeres. Im Laufe seiner vierzehn Jahre hat er gelernt, damit umzugehen und dem Vater, so gut es eben geht, aus dem Weg zu gehen.

Am nächsten Abend ist das Schloss geölt, er hat das Türblatt unten sogar etwas abgeschliffen und kann nun lautlos seine Kammertür öffnen und schließen. Die Treppe knackt noch vor Mitternacht. Diesmal ist er bereit. Wieder zwickt ihn die Kälte des Steinbodens in die Sohlen, und als er mit einem Auge durch den Türspalt späht, steigen nackte Fersen und knotige alte Knöchel nach oben, von einem Nachthemd umflattert. Es sind Vaters Füße.

August 1945

Für die Zeltmission, zu der Norbert ihn eingeladen hat, nimmt er zum ersten Mal seit Wochen ein langes Bad, reinigt sich, schneidet seine Fingernägel und Fußnägel und zieht seinen Konfirmandenanzug an, der schon der Konfirmandenanzug seines

Vaters war. Während der Predigt und des Singens verspürt er etwas Lichtes, als würde man festgestampfte Erde auflockern, damit Sonne und Wasser einströmen können. Jeden Abend während der Missionswoche geht er zum Zelt und saugt alles in sich auf, was er dort hört. Wie ein Samen, der lange in zu trockener Erde gewartet hat und nun den Regen spürt, geht der Wunsch in ihm auf, sein Leben Jesus zu übergeben.

Der Prediger, den er um Seelsorge bittet, schaut direkt in sein Herz. Es ist ein freundlicher, ein vergebender Blick und Hans fasst sofort Vertrauen zu diesem Mann.

»Erzähl mir von deinem Leben«, beginnt der, und Hans erzählt ihm von seiner schwierigen Kindheit, vom frühen Verlust seiner Mutter und seinem gewalttätigen Vater – alles, bis zu dem Punkt, wo er durch den Türspalt die Füße des Vaters sah, die zur Kammer der Schwester hinaufschlichen.

»Was ist dann passiert?«

»Das hab' ich vergessen«, schnellt es aus ihm heraus, und im selben Moment knallt seine weit offene Herzenstür zu. Alles in ihm versteift sich.

»An der Stelle sehen wir, dass du lügst«, sagt Pfarrer Körner mit der Gelassenheit von jemandem, der die menschlichen Abgründe kennt, und Hans erstickt in einer Wolke aus Scham. »Du lügst nicht mich an, sondern dich selbst«, fährt der Prediger fort. »Ich glaube dir sogar, dass du das alles vergessen hast, weil du es vergessen willst. Vielleicht war es so schlimm, vielleicht hast du dich im Übermaß versündigt. Es bleibt in dir und vergärt zu einer dreckigen Brühe. Wenn du Jesus nicht zeigen kannst, was ist, wie soll er dir vergeben? Nur wenn alles vergeben ist, ist es bereinigt. Also: Versuch dich zu erinnern. Ich habe Zeit.«

Der Geruch nach Saustall ist zuerst da. Es ist der Duft seiner Kindheit, er ist damit groß geworden. Nie ist er ihm als Gestank aufgefallen. Dann sieht er sich in seinem Bett liegen, noch immer schockiert vom Anblick der Fersen seines Vaters auf dem Weg nach droben. Doch scheint er eingeschlafen zu sein, denn er wird vom Geschrei aus dem Saustall geweckt. Draußen wird es hell, er sollte schon auf sein. Also fährt er in Hose und Schuhe, nimmt die paar Schritte in Richtung des Geschreis am Schweinekoben – und erstarrt.

»Es ist der Polacke, ich hab's gesehen, wie du ihm schöne Augen gemacht hast! Gib's zu!«, schreit der Vater und schlägt Gretl ins Gesicht.

Gretl, die sonst so Stille, schreit zurück, versucht die Schläge des Vaters abzuwehren. Sie steht mit dem Rücken zur Wand. »Nein! Du weißt es! Du weißt ganz genau, dass es nicht der Polacke war! Du weißt es!«

»Natürlich war es der Polacke, wer soll es anderes sein, der dir einen Bastard in den Bauch gemacht hat!«

Während der Vater die Schwester immer wieder ins Gesicht schlägt, versucht ihn Gretl abzuwehren. Sie schreit unentwegt: »Du weißt es! Du weißt ganz genau, wer es war! Du weißt es!«

»Nichts weiß ich! Ich zeig dir gleich, was ich weiß!«

Jetzt schreien beide gleichzeitig.

»Ich zeig dir gleich, was ich weiß! Du Hure, du nichtsnutzige Nutte!« Er reißt sie weg von der Wand, an die sie sich gedrückt hat, schleift sie zu den Holzstangen, mit denen der Schweinekoben von der Scheune abgetrennt ist.

Gretl schreit, ihre Stimme wird schrill.

»Und hör auf zu schreien, du Nutte! Halt's Maul!« Er schlägt ihr mit der Faust dermaßen ins Gesicht, dass Hans das Knirschen ihres Kiefers hören kann.

Für einen Moment ist sie still, da reißt er sie herum, drückt ihren Oberkörper in den Schweinekoben und zerrt ihren Rock hoch. »Nichtsnutzige, dreckige Hure, du! Miststück!« schreit der Vater. Gretl ist verstummt.

In Hans bricht ein Vulkan aus. In seinem Inneren wüten Feuer, alles explodiert, kracht, schäumt, zerspringt, rauscht. So sehr, wie es in ihm brodelt und kocht, so sehr gleicht er von außen einer Salzsäule.

Quietschende Bremsen und ein Schuss zersplittern seine Schockstarre. Der Überlebenstrieb erfasst alles gleichzeitig. Wegner! Nichts wie weg hier. Schon hört er den offensichtlich am Morgen bereits angetrunkenen Gauleiter schreien und nochmals in die Luft schießen. Zurück in die Kammer. Während Hans überlegt, wie er unbemerkt entkommen kann, begrüßt der Alte seinen Saufkumpanen Wegner schreiend im Rausch von Brunst und Alkohol:

»Du kommst mir gerade recht! Ich hab' meine Junge verschlagen, weil sie sich vom Polacken einen Bastard in den Bauch hat machen lassen, die Nutte, die dreckige!«

Das Fenster von Hans' Kammer liegt so nah an den beiden angetrunkenen Männern, dass sie ihn hören müssten, wären sie einigermaßen bei Sinnen. Das ist die Chance für Hans. Er klettert durch das Fenster hinaus und macht einen Schritt hinter die dünne Bretterwand der Scheune.

Der Vater zerrt Gretl aus dem Schweinestall. Sie ist verdreckt und hat blaue Flecken im Gesicht. Gretl versucht, sich von ihm freizumachen. Es gelingt ihr nicht, also spuckt sie ihren Vater an. Das bringt ihr einen weiteren Schlag ins Gesicht ein. Hans steht hinter der offenen Scheunenwand und sieht, wie Wegner Gretl mit seinen glasigen Augen von oben bis unten abschlürft.

Hans' Flucht geht im allgemeinen Gekreische unter. Er rennt durch die morgendlichen Gassen. In allen Ställen wird schon gearbeitet. Der heimatliche Duft aus Mist und kühler Morgenluft bringt eine kleine Prise Ruhe in sein aufgewühltes Gemüt.

Am Brunnen hält er kurz an, um durchzuatmen und einen Schluck Wasser zu trinken. Norbert ist sein erstes Ziel. Hier muss Hans für einen Moment die Augen schließen. Er lehnt sich an die Wand und atmet aus. Die Stille und der Frieden in Norberts Stall sind fast überwältigend. Die Kühe mampfen an ihrem Frühstück aus taufrischem Gras, während Norbert in aller Ruhe ausmistet.

»Der Wegner hat's gemerkt und will uns alle an die Wand stellen. Er ist besoffen und schießt mit seiner Pistole um sich.«

»In den Wald. Jeder allein.« Norbert stellt die Mistgabel an die Wand. »Hoffentlich kommen die Franzmänner bald.«

»Ich gehe zum Michel und zum Gerhard, dann hau ich ab.«

»Ich gehe zum Karl und zum Gottfried. Die sollen es den anderen sagen. Und jeder allein! Denk dran«, zischt Norbert noch, bevor er um die Ecke verschwindet.

Jeden Winkel des Dorfes kennt Hans, jeden Busch im Umkreis und vor allem den Wald. Er rennt, duckt sich, wo er kann, hält inne, bevor er über das freie Feld läuft. Hinter jeder zerfallenen Gerätehütte, hinter jedem Busch hält er kurz inne, auch andere laufen schon über Felder und Wiesen davon. Während er weiterhetzt, kommt ihm in den Sinn, dass ihm seine Schwester Gretl mit ihrer Qual das Leben gerettet hat.

Zbigniew, fährt es ihm in den Sinn. Der Pole muss weg, sonst knüpfen sie ihn auf. Schon hört man Wegner und seinen Vater in den Gassen randalieren. Und doch schleicht Hans nochmals zurück zum Mayerhof. Leise öffnet er die Tür zum großen Stall. Schon ist alles fertig. Zbigniew ist nicht mehr da. Wo ist er? Das Geschrei der beiden Randalierer wird lauter, Hans muss weg, er kann den Polen nicht mehr suchen und ihn vorwarnen oder mitnehmen. Die Männer mit der armen Gretl in ihrer Mitte sind mit sich selbst beschäftigt, sonst würde ihnen nicht entgehen, dass sich während ihrer Tour zwölf junge Männer aus dem Staub machen. Die anderen im Dorf werden sie nicht verraten.

Zum Ausschnaufen lässt er sich im Wald unter eine Buche fallen. Dass er seine Hoffnung einmal auf einmarschierende Franzosen setzen würde, hätte er nie gedacht! Weiter reichen seine Gedanken nicht.

Müdigkeit übermannt ihn. Bald kann er sich nicht mehr wachhalten und schlummert hinüber in einen seligen Halbschlaf. Irgendwas rauscht in der Ferne. Sind das schon die französischen Panzer? Da holt der Tiefschlaf ihn in seine erholsame Grotte und lässt ihn vergessen, was an diesem noch jungen Vormittag schon alles geschehen ist.

Kaltes Metall an seinem Hals weckt ihn auf. Dann ein leises Klacken, als der Mann sein Gewehr entsichert. Reglos bleibt Hans liegen und starrt auf den fremden Soldaten über ihm.

»Debout! Les mains en l'air!«, zischt der Franzose.

Hans steht auf, hebt seine Hände, als würde er Französisch verstehen. Er öffnet den Mund, obwohl er gar nicht weiß, was er sagen will. Der Soldat kommt ihm zuvor.

»Ferme-la ou j' te flingue.«

Hans versteht ganz genau, dass er die Klappe zu halten hat und ansonsten erschossen wird. Mit dem Gewehr in seinem Rücken dirigiert ihn der Franzose. Der Soldat versucht, sich so leise wie möglich durch das Laub zu bewegen, und Hans tut es ihm gleich. Sie kommen an eine Stelle, an der mindestens dreißig oder vierzig Franzosen mit entsicherten Gewehren auf seine Klassenkameraden zielen, die alle an Händen und Füßen gefesselt sind.

Mit großen Augen und geknebelten Mündern liegen und sitzen sie auf dem Waldboden, als wären sie von den Bäumen gepflückt worden. Reiche Ernte für die Franzosen. Die Stille, die von dieser Szene ausgeht, ist gespenstisch. Hans wird nach vorne gestoßen und fällt auf das Gesicht, zum Glück ins weiche Laub. Er wird abgetastet und nach Waffen durchsucht. Seine Hände werden gefesselt, ebenso seine Füße.

Dann dreht ihn jemand um und reißt ihn hoch, sodass er ins Sitzen kommt. Zuletzt wird er geknebelt. In diesem Moment sieht er, dass auch Adolf da ist. Wie kommt der hierher? Er sitzt allein an einem Baum, abseits von den anderen, und wird von zwei Franzosen bewacht. Adolf trägt eine viel zu große Uniform und gewiss hat er zuvor auch eine Waffe gehabt. Weiter mag Hans im Moment nicht denken.

»Combien êtes-vous? Sales petits boches!«, zischt der vermutlich ranghöchste Soldat. Alle schauen mit großen Augen zu ihm hin. Niemand versteht ihn. Müssen sie antworten? Er wendet sich an Norbert. Der Franzose zählt die anwesenden Jungs. Er zeigt mit den Fingern zwölf und zieht die Schultern hoch, als würde er fragen. »Il en manque encore?«

Norbert nickt, schüttelt dann den Kopf. Die Schweißperlen auf seiner Stirn blinken in der Morgensonne.

»C'est tout?« Er streicht mit der Hand von links nach rechts, sodass man verstehen könnte: Ist das alles? Norbert nickt nun und die Tränen in seinen Augen ziehen sich wieder zurück.

»Si on en trouve un autre, vous serez tous morts«, sagt der Soldat und streicht sich mit dem Zeigefinger quer über die Kehle, bevor er sich abwendet. Das ist wieder ein Satz, den alle verstehen, ohne ein Wort Französisch zu können: Wenn noch ein Einziger gefunden wird, sind sie alle tot.

Der Chef der Truppe wendet sich nun Adolf zu. Dessen Sturmgewehr steht an einem Baum und der Soldat nimmt es auf, betrachtet es, dreht es in seiner Hand hin und her und stellt es dann wieder an den Baumstamm. Ein weiterer Satz fällt auf Französisch, den Hans genau versteht, den aber sein Gehirn nicht aufzunehmen bereit ist.

Zwei der Soldaten ziehen Adolf aus seiner Sitzposition hoch und schieben ihn etwas weiter zur Seite. Sie gehen ein paar Schritte auf Abstand, der Junge knickt ein. Er kann sich kaum aufrecht halten. Ein Franzose schießt ihm seitlich in den Kopf. Das Weiße spritzt auf der anderen Seite heraus. Jetzt hört man nur noch das Donnern der Panzer in der Ferne.

Man bindet den restlichen elf Jungen die Füße los und sie marschieren Richtung Straße, umgeben von Franzosen mit entsicherten Gewehren. Was haben sie mit ihnen vor? Das Heranrücken der französischen Truppen wird lauter. Sie erreichen die Straße, da fahren schon die Lastwagen, auch offene Geländewagen mit Offizieren sind darunter.

Der Vortrupp muss schon im Dorf sein. Hans ist trotz der Frühlingssonne eingefroren. Adolfs Erschießung bleibt als Standbild in seinem Hirn.

Von irgendwoher hört man Kirchenglocken. Hans zählt zehn Schläge. Das Zählen hilft ihm. Immer, wenn es schwierig ist, zählt er irgendwas. Zehn Glockenschläge sind es jetzt. Es ist zehn Uhr morgens und er hat heute schon zehn Leben gelebt. Einer der Lastwagen hält an und sie klettern auf die offene Ladefläche, mit ihnen der Trupp der Bewacher. So fahren sie ins Dorf ein.

Zwei Panzer versperren die Hauptstraße. Der Lastwagen fährt mitten durch die Gemüsegartenanlage. Aus dem kleinen Lebensmittelladen torkeln betrunkene Soldaten mit Glasballonen voller Most in Körben, Konservendosen und Brot in den Händen. Viel kann dort nicht mehr gewesen sein.

Vor ihrem Laden steht die alte Besitzerin Tante Maria auf ihrem Klumpfuß und weint. An den Fenstern der Häuser hängen weiße Tücher. Die Franzosen schreien und johlen, schlagen Fensterscheiben ein, brechen Türen auf oder schießen mit ihren Gewehren in die Luft.

»Padfii!«, heißt der Schrei, wenn sie aus einem Haus kommen. – »Pas de filles, keine Mädchen!«

»Il y en a une ici, une autre là — hier ist eines und dort auch.«

Die Mädchen, die nicht schon vor Tagen in die Stadt zu Verwandten geschickt worden sind, haben keine Chance.

Weiter geht es zum Marktplatz. Auf den Anblick, der ihn dort erwartet, ist Hans nicht gefasst. Sein

Vater liegt niedergeschossen neben dem ebenfalls erschossenen Gauleiter Wegner. Auch ein toter Franzose liegt da. Offenbar haben die beiden Betrunkenen es noch geschafft, den Franzosen entschlossen Widerstand zu leisten, bevor sie selbst den Heldentod gestorben sind. Eine eisige Bö von Sarkasmus und Bitterkeit durchzieht Hans.

Doch als er den Polen Zbigniew sieht, der am Laternenpfahl hängt, kommt es ihm vor, als würde er seinen Körper verlassen. Stirbt er gerade? Dann schwebt er über dem Grauen, sieht sich selbst unten auf dem Lastwagen sitzen. In der nächsten Sekunde sieht er seine Schwester, über die sich ein paar Franzosen hermachen. Er sieht alles von oben, vollkommen ohne Regung.

Gretls Haare sind grauenhaft abgeschnitten, abgerissen. Das haben der Vater und Wegner offenbar noch zustande gebracht: sie zu brandmarken als Hure, bevor die Franzosen ihnen ein schnelles Ende bereiteten. Gretls Augäpfel fallen nach hinten. Ist sie schon tot?

Doch Gretl lebt, denn als einer der Männer gerade von ihr ablässt, reißt sie ihm mit beachtlicher Geistesgegenwart und Kraft seine Pistole aus der Hand und schießt sich selbst ins Gesicht. Übrig bleibt ein blutiger Klumpen und die Soldaten verstreuen sich.

Mit dem Schuss zieht es Hans wieder in den Körper zurück. Also lebt er noch. Aber er ist in eine kalte Maschine zurückgekehrt, in einen Leib ohne Gefühl, dabei müsste er verzweifeln bei all dem Horror.

Dann erklingt ein Kommando, und derjenige Soldat, der die Erschießung Adolfs angeordnet hat, erteilt den anderen Franzosen in dieser unverständlich-verständlichen Sprache Befehle. Er ist offenbar der Kommandant und sorgt jetzt für Ordnung.

Der Lastwagen mit den gefesselten Jungs bleibt auf dem Marktplatz stehen. Sie können sich gegenseitig nicht ansehen. Jeder ist mit sich selbst beschäftigt. Manche weinen, andere starren vor sich hin, wieder andere zittern oder halten die Augen geschlossen. Einer hat gekotzt und der Brei hängt ihm jetzt an Kinn und Hemd.

Der Kommandeur geht mit einigen Soldaten ins Rathaus. Mit hinter dem Kopf gekreuzten Händen und einem Gewehr im Rücken stolpert der Bürgermeister heraus. Dann wird jedes einzelne Haus nach Waffen, nach versteckten Wehrmachtssoldaten und nach Essbarem durchsucht. Die Leute werden auf dem Marktplatz zusammengetrieben.

Einer der Franzosen zieht derweil neben dem Rathaus die Hakenkreuzfahne herunter und hisst die französische Flagge. Das Geschrei und das Chaos, das bei ihrer Einfahrt ins Dorf geherrscht hat, ist einer quälenden Stille gewichen, nur unterbrochen von einzelnen französischen Rufen. Manche der Häuser, unter anderem das von Hans, werden beschlagnahmt, die anderen Bewohner können zurück.

Den Jungs werden die Fesseln abgenommen. Sie dürfen unter Bewachung austreten, dann steigen sie wieder auf die Pritsche und bleiben dort die ganze Nacht und den nächsten Tag. Es gibt kein Essen, kein Wasser. Man hört, wie das Vieh in den Ställen unruhig wird.

Am Nachmittag des nächsten Tages ziehen die meisten Soldaten weiter. Einige wenige bleiben und bewachen das Dorf. Am Abend werden die elf Klassenkameraden freigelassen. Ohne sich voneinander zu verabschieden, taumeln sie vom Lastwagen und wanken nach Hause, um ihre Arbeit wieder aufzunehmen, dort, wo sie sie gestern unterbrochen haben.

Hans hat dem Pfarrer alles wahrheitsgetreu berichtet, und doch ist ihm, als hätte er irgendeine fremde Geschichte erzählt, eine, die nichts mit ihm zu tun hat. Dabei ist es erst vier Monate her. Er fröstelt trotz des lauen Augustabends. Pfarrer Körner sitzt neben ihm und schweigt. Was soll nun geschehen? Hans fühlt sich unsicher, fragt sich plötzlich, was er überhaupt hier tut, und würde am liebsten gehen. Dieselbe Kälte, die er auf dem Lastwagen gespürt hat, durchzieht ihn jetzt.

»Was du und viele andere erlebt haben, ist mehr, als für ein Menschenleben gut ist. Viele fragen, warum Gott so etwas zulässt.«

»Hm ... «, macht Hans. Er hat bisher noch keine Zeit gehabt, sich solche Fragen zu stellen. Sollen sich die Pfaffen damit auseinandersetzen. »Also, dann gehe ich mal«, sagt er und macht Anstalten, aufzustehen.

»Moooment!«, antwortet der Pfarrer. »So war's nicht gemeint! Da gibt es noch einiges, was noch erzählenswert wäre, oder? Was ist denn passiert, nachdem die Franzosen weg waren und du wieder zu eurem – nunmehr deinem – Hof zurückkonntest?«

Hans wird es plötzlich eng um den Hals. Vielleicht liegt es an seinem Konfirmandenhemd mit dem steifen Kragen. Obwohl er soeben noch gefröstelt hat, steigt nun Hitze in seinen Hals, Scham kocht auf und Hans steht in Flammen. Warum sollte er das alles jetzt erzählen? Ist schließlich seine eigene Sache. Überhaupt fragt er sich, was er hier wollte. Es kommt ihm auf einmal alles sinnlos, ja sogar peinlich vor. Wieso hat er sich für so ein Gespräch gemeldet? Soll das eine Beichte sein? Warum eigentlich? Er schweigt und blickt auf die abgeschürften Kappen seiner Schuhe.

»Vielleicht muss ich dich darauf aufmerksam machen, dass du frei bist zu gehen. Ich will dich zu nichts drängen. Zu Jesus kann man nur freiwillig kommen. Er rettet nur die, die gerettet werden wollen.« Dieser lebenskluge Pfarrer kann ihn lesen wie ein Buch. Würde er jetzt gehen, wäre klar, wo er landen würde, nämlich in der Gosse.

Einige Tage lang kann Hans bei Nachbarn unterkommen und versorgt von dort seinen Hof mit den Schweinen, Kühen und Wiesen. Die Soldaten holen sich, was an Vorräten im Haus ist, sonst verlangen sie nichts von ihm. Nach ihrem Abzug geht er in sein Elternhaus zurück. Kalt ist ihm, trotz des warmen Maiwetters. Vor kurzem stand Gretl noch am Herd. Jetzt kommt es ihm vor wie vor hundert Jahren. Hier sitzt er in diesem dreckigen Loch. Auch er ist ein Loch. Manchmal starrt er hinein und prüft, ob sich noch ein Stück Leben darin findet. Als Echo kommt ein Kältehauch. Automatisch verrichtet er alle Aufgaben auf dem Hof, während das Haus verwahrlost und verdreckt. Gekocht hat er bisher nur seinen Zichorienkaffee, den die Franzosen mit gerümpfter Nase haben stehen lassen. Jetzt ist alles Brot gegessen. Er müsste backen, aber wie geht das? Getreide gibt es noch. Kartoffeln wird er bald ernten können. Vielleicht gibt es im Keller noch die eine oder andere Dose Wurst, die die Franzosen nicht gefunden haben.

Was er im feuchten Keller findet, sind einige wenige verschrumpelte Äpfel, genügend ausgekeimte Kartoffeln und mindestens acht Glasballone in Weidenkörben, voll mit stark vergorenem Most. Auch davon haben die Franzosen Abstand genommen. Er leuchtet mit der Kerze das Gewölbe aus gestampfter Erde ab und findet sogar noch fünf Flaschen Schnaps. Die ausgekeimten Kartoffeln sollte er demnächst heraufholen, damit die neue Ernte Platz hat, denkt er vor sich hin und nimmt eine Karaffe Most mit nach oben.

Beim ersten Schluck schüttelt er sich, der Most schmeckt scharf und sauer, doch sobald sich der Alkohol mit dem Blut vermischt, spürt er den Anflug einer gewissen Leichtigkeit. Als er das Glas fertiggetrunken hat, schürt er mit deutlich besserer Laune den Holzofen, um die Kartoffeln zu kochen.

So verbringt er seine Tage, ohne zu fragen, wie sein Leben weitergehen soll. Er richtet sich notdürftig in der Küche ein, verlegt sein Bett in die

Stube und lässt alles andere, wie es ist. Er verkauft dem Nachbarn ein Schwein, der mit geräucherter Wurst und eingelegtem Braten bezahlt, bringt ihm Weizen, den dessen Frau mit einigen Brotlaiben bezahlt. Die Anzahl der täglichen Mostgläser, die Hans trinkt, um seine Stimmung erträglich zu halten, erhöht sich, und nach kurzer Zeit ist die erste Dreißig-Liter-Kanne leer. Das Rauschen und Flüstern in seinem Kopf, dass er wie sein Vater enden wird, ist leise – und leicht zum Schweigen zu bringen. Auch eine Stimme von außen vernimmt er. Sie ist vorsichtig verschlüsselt, wie man eben auf dem Dorf Probleme anspricht, ohne sich den Vorwurf zuzuziehen, sich einzumischen.

»Wenn die Lina deine Wäsche waschen soll, dann sag's. Du hast ja jetzt niemanden mehr.« Breitbeinig, jovial und mit verschränkten Armen steht der Nachbar Alfred im Hof. Er hat Glück gehabt, ist nicht gefallen, nicht in Gefangenschaft geraten, hat nur einen Splitter im Kopf, der jetzt wandert. Das Angebot erkennt Hans als das, was es bedeutet: Pass auf, dass du nicht so wirst wie dein Vater. Wenn wir was für dich tun können, sag's halt.

»Ich schlag mich durch«, gibt er zur Antwort.

Bald braucht er schon am Morgen ein Schlückchen, damit er dem Tag ins Angesicht schauen kann. Dann dauert es nicht mehr lange, bis er sich abends regelrecht betrinkt. Schaffen und Saufen, das hat er vom Vater gelernt, und so richtet er sich vorerst ein. Die Arbeit geht ihm gut von der Hand; seit er denken kann, hat er gearbeitet. Stark ist er für sein Alter, wenn auch mager. Sein fünfzehnter Geburtstag ist im Dezember.

Mit der Entspannung durch den Alkohol schleichen sich auch die wollüstigen Gefühle wieder in seinen Leib. Er kriegt die Bilder nicht aus dem Kopf, wie der Vater die Schwester im Stall geschlagen und vergewaltigt hat. Selbst durch den Alkoholnebel hindurch spürt er die Scham, sich an Gretls Qual aufgereizt zu haben, aber dann ist es ihm auch wieder egal. All die anderen Erlebnisse hat er sorgfältig auf den Dachspeicher seiner Erinnerung weggesperrt. Aber das Bild im Schweinestall hat sich in den Zellen seines Unterleibs eingenistet und breitet sich dort immer wieder aus.

Einmal trinkt er abends so viel Most, dass er zum Kotzen nach draußen wankt. Mit der plötzlichen Nüchternheit kommen die Bilder von seinem versoffenen Vater auf. Er wird den Rest des Mosts wegschütten. Sonst wird er wie der Vater enden, noch bevor er volljährig ist. Diesen Absturz muss er stoppen – und er wird ihn stoppen! Wieder zurück in der Küche, wäscht er sein Gesicht und reibt die Kotze von seinem dreckigen Hemd.

In der Stube steht sein halb leeres Glas und gerade, als er es nehmen will, um den Most auszuleeren und es zu spülen, trinkt er noch einen Schluck. Ach, dieses eine Glas noch.

Als er sich betrunken die Decke über den Kopf zieht, fragt er sich, wie er aus diesem Schlamassel wohl wieder herauskommt. Aber ach – scheiß drauf!

Als er am Morgen erwacht, hat er solche Kopfschmerzen, dass er gleich wieder ein Glas Most braucht. Der Rest des Glasballons kippt er weg, denn ab jetzt wird er nichts mehr trinken, doch als der Mittag naht, holt er sich im Keller den nächsten Zehn-Liter-Ballon.

Am Abend bringt Lina, die dreizehnjährige Tochter des Nachbarn Alfred, den Korb mit sauber gebügelter Wäsche. Er kommt gerade vom Schweinefüttern, sie steht an der Holztreppe. Da überschwemmt ihn eine solche Flut von Gewalt und Brunst, die sein alkoholvernebelter Verstand nicht mehr kontrollieren kann.

»Stell sie da auf die Treppenstufe, danke«, sagt er in einem gespielt gleichgültigen Ton, kommt aber näher. Als sie sich bückt, schlägt er ihr auf den Hintern, dass sie fast vornüberfällt. Er fängt sie auf, lässt sie nicht los, sondern umgreift sie samt ihrer beiden Arme so eng, dass er sie auf den Mund küssen kann. Sie dreht den Kopf zur Seite, steif vor Schreck.

»Hans!«, schreit sie, sobald sie Luft bekommt. »Lass mich los! Spinnst du?«

Ihr Ekel und ihre Angst machen ihn umso toller; und während sie versucht, sich zu befreien, klammert er mit seinen kräftigen Armen ihren Leib so fest, dass er sie zum Schweinekoben hinter sich zerren kann. Sie versucht sich zu befreien, stemmt sich gegen sein Gezerre. »Halt! Lass mich los!«

Je mehr sie sich wehrt, desto mehr stachelt sie seine Gier an. Jemand packt ihn von hinten am Kragen. Vor Schreck lässt er Lina los. Hans wird herumgezerrt und bekommt eine Faust ins Gesicht, die ihn auf den Steinboden schleudert. Norbert! Ihn sieht er noch, dann wird ihm schwarz vor Augen.

Er braucht lange, bis er wieder zu sich kommt. Vorsichtig setzt er sich auf. Vorne auf der Treppenstufe steht der Korb mit der sauberen Wäsche. Alles ist still, nur die Ketten der Kühe im großen Stall klirren leise. Minutenlang starrt er auf den Wäschekorb, ohne dass auch nur ein einziger Gedanke sein Gehirn durchstreift. Er sitzt im Schweinemist und ist vollkommen leer.

Der Gestank ist das Erste, was seine Sinne aufnehmen. Dann bewegt er die schmerzende Zunge. Ein Zahn wackelt. Jetzt spürt er etwas Nasses sein Gesicht herunterlaufen, als hätte man über ihm einen tropfenden Wasserhahn aufgehängt. Die Flüssigkeit läuft über seine Lippen und dringt ungewollt in seinen Mund. Irgendwo muss er stark bluten, allerdings tut ihm nichts weh. Die Nase wird gebrochen sein.

Wieder versinkt er in der Dämmerung, auf der Suche nach Gedanken. Was ist passiert? So ganz genau weiß er es nicht mehr, aber das ist auch gut, denn hier ist es ganz gemütlich. Der Kopf fällt ihm auf die Brust, und gerade, als er wieder wegdämmern will, wird in seinem Hirn eine lärmende, stampfende Maschine angeworfen, die ihn mit brüllendem Schmerz ausfüllt – und mit dem Schmerz kommt die klare, schneidende Erkenntnis.

Was für ein widerlicher Drecksack ist er doch geworden, genau wie sein Vater! Dabei ist er noch nicht einmal fünfzehn. Er hat dem schönsten

Mädchen des Dorfes Gewalt angetan. Wie soll er ihr jemals wieder unter die Augen treten? Und Norbert, den er immer so bewundert hat. Norbert ist ein nobler Mann, das ist ihm aufgefallen. Wird Hans sterben? In diesem Dreckloch?

Grunzend stößt ihn eine Sau mit dem Rüssel an. Durch einen Schleier zunächst, dann immer deutlicher, flimmert das Licht und es ist nicht nur eine Taschenlampe, sondern das helle, klare Licht der Frühlingssonne, die auch noch die letzte stumpfe, ungeputzte Fensterscheibe mit strahlender Helligkeit beleuchtet, wie ein stummer Vorwurf.

Er setzt sich auf, legt beide Arme über die Knie und seinen Kopf darauf. Hans wird eins mit dem Gestank, dem Blut, dem Rotz aus seiner Nase, den Tränen und dem Schweinemist. Das ist es, was aus ihm geworden ist: Blut und Scheiße.

»Komm«, sagt plötzlich jemand. Norbert steht da und streckt ihm die Hand hin.

Pfarrer Körner atmet tief. »Jetzt sind wir am eigentlichen Punkt angekommen, nicht wahr?«

Körners vergebendes Augenpaar lässt Hans in sich zusammenfallen. Als er sich endlich beruhigt, sagt der Pfarrer: »Bist du bereit, Jesus um Vergebung zu bitten und dein Leben in seine Hand zu legen?«

»Ja«, antwortet Hans, und während Körner ein langes Gebet spricht und ihn später auffordert, selbst zu beten, geht eine Verwandlung in ihm vor, für die er sein Leben lang dankbar sein wird. Als die beiden zum Schluss gemeinsam das *Vater Unser* sprechen, spürt Hans, dass er sich wieder aufrichten darf, als Mensch, gereinigt von allen Sünden und geliebt von Jesus.

»Bevor du gehst, muss ich dir noch etwas sagen.« Der Pfarrer schaut ihm in die Augen, und die Augen des Pfarrers sind wissend. Es ist nicht das Wissen, das von einem Seziermesser kommt, sondern von milder Gnade und reicher Menschenkenntnis.

Sein Blick durchdringt sein Gegenüber nicht mit einem kalten, hellen Lichtstrahl, sondern mit dem sanften Leuchten einer Liebe, die über das Persönliche hinausgeht. »In einer Zeit der Jugend, in der sich der Geschlechtstrieb entwickelt, hast du schreckliche Gewalt gesehen und erlebt. Da hat sich in dir etwas vermischt, was nicht zusammengehört.«

Hans wird dunkelrot wie ein Kessel mit kochender Blutwurst. Obwohl er sich soeben fast ebenbürtig gefühlt hat, wird er nun im Innersten erkannt und ertappt.

»Es geht nicht darum, dich zu demütigen, aber wir müssen den Tatsachen ins Auge sehen«, sagt der Ältere. »Du musst dich ganz genau beobachten. Vielleicht kommen die Dämonen der falschen Gelüste nur, wenn Alkohol im Spiel ist, vielleicht kommen sie auch sonst. Womöglich sind sie inzwischen ausgelöscht, aber das ist eher unwahrscheinlich.«

Der Pfarrer macht eine Pause und hält sich nachdenklich die Hand an das Kinn, während sein Blick langsam zum Fenster hinausgleitet. »Ich möchte von dir ein Versprechen.«

»Welches?«, fragt Hans.

»Beobachte dich genau, wann und durch welchen Auslöser diese Gelüste über dich kommen, und mach sie auf jeden Fall ausschließlich mit dir aus!«

Hans weiß nicht so recht, was er antworten soll. Was meint dieser Mann damit, es mit ihm selbst ausmachen? »W...« Gerade will er ansetzen zu fragen, obwohl er nicht genau weiß, was er wissen möchte.

»Es ist nicht gut, wenn ein Mann Hand an sich legt«, sagt der Pfarrer. »Aber in deinem Fall, um die Spannung zu lösen, ist es vielleicht manchmal das kleinere Übel.«

Hans riecht den Schweiß seiner eigenen Achseln.

»Du hast mich schon verstanden, gell?«

Hans nickt.

»Ich möchte, der Dringlichkeit halber, ein Versprechen von dir. Egal, wo und womit du dir Erleichterung verschaffst, es ist dir jetzt schon vergeben, aber mach es mit dir allein aus und schade niemandem. Und wenn du einmal verheiratet bist – auch in einer Ehe hat dies keinen Platz!«

»Ich verspreche es«, sagt Hans.

»Gehe deinen Weg mit Jesus. Du hast ihm jetzt alles gezeigt, was du in deinen jungen Jahren schon erlebt hast. Wisse, dass dir bereits alles verziehen ist.«

Hans richtet sich auf, atmet tief ein und wieder aus. Freundlich ist der Blick des Pfarrers.

»Danke«, sagt er noch einmal.

»Du darfst mir jederzeit schreiben, wenn ich nicht mehr hier bin. Denk dran.«

»Danke«, sagt Hans nochmals. »Danke für alles.«

Zurück im Elternhaus zieht er seinen Konfirmandenanzug aus und will sich ins Bett legen. Da sieht er den Dreck und das Durcheinander, nimmt seine Decke und seine Matratze und legt sich draußen unter freiem Himmel zum Schlafen nieder. Bevor er einschläft, erstellt er in Gedanken eine Liste mit Dingen, die er als Nächstes erledigen will.

Am nächsten Tag geht er zu Norbert und entschuldigt sich. Das geht leicht. Viel schwerer wird der Gang zu Lina. Norbert und er gehen gemeinsam. Die Scham breitet sich in alle Richtungen aus und wird noch tiefer, als er merkt, dass zwischen Norbert und Lina zarte Saiten schwingen. Lina ist schüchtern und verstört von seiner Gegenwart.

»Ich kann es nicht ungeschehen machen«, sagt er und wundert sich, dass ihm bei seiner ehrlichen Aussage innere Kräfte zufließen. »Mir ist klar, dass ich dir einen schweren Schock und Schaden zugefügt habe, den du mir vielleicht nie verzeihen kannst.« In seiner Kehle steckt ein Kieselstein.

Sie zuckt die Schultern, nickt kaum merklich. Ein langes Schweigen füllt die Stube aus. Es ist ein ehrliches, reinigendes Schweigen. An ihre gemeinsame Kindheit können die drei nicht mehr anknüpfen. Zwischen damals und jetzt steht ein Wall aus Dreck. Alles ist gesagt. Gerade als Hans ihr vorschlagen will, sich noch einige Tage oder Wochen Zeit zu nehmen, blickt sie auf. Sie streift Hans' Blick und zieht mit den Augen weiter zu Norbert.

Lina atmet durch, blickt dann Hans direkt in die Augen und streckt ihm die Hand hin. »Ich verzeihe dir«, sagt sie, und ihre Stimme klingt fest und klar. In den Minuten des Schweigens ist aus dem verängstigten Mädchen eine Frau geworden, die weiß, dass ihr so etwas nie wieder passieren wird.

Noch vor dem Winter verkauft Hans sein Vieh und sein Haus und verpachtet alle seine Äcker. Von dem Erlös kann er eine Lehre als Elektriker machen, während er im Dachstock des Mayerhofs eine kleine Kammer bewohnt. Er engagiert sich bei den christlichen Pfadfindern.

Gruppenleiter wie Norbert zu werden, ist nicht seine Sache, zu linkisch, zu gehemmt fühlt er sich. Doch all die handwerklichen Aufgaben sind bei ihm gut aufgehoben. So findet er Freundschaften und eine Zugehörigkeit, die ihn über seine ganze Jugendzeit hinweg trägt und seine fehlende Familie ersetzt.

1946 und folgende Jahre

Norbert und Lina heiraten, Hans ist Trauzeuge. Das ist die höchste Anerkennung für Hans und zugleich seine tiefste Trauer.

Wird er allein bleiben? Hans hält sich fern von Liebe und Ehe. Ein Mädchen auch nur interessiert anzuschauen, verhindert er, zumal ihn seine falschen Gelüste ab und zu einholen. Wie soll er sich einer Frau zumuten?

Während die Einsamkeit zu Beginn nur gelegentlich angeschwappt kam, so werden ihre Wellen nun immer dunkler, immer bedrohlicher. Ein Jahr nach Norberts Hochzeit schreibt er einen Brief an Pfarrer Körner, denn es droht Absturzgefahr.

»*Gut, von dir zu lesen*«, antwortet Körner. »*Es ist nicht gut, dass der Mensch allein sei, sagt Gott. Ich will für dich beten, dass Er dir eine Frau schickt, die dir gewachsen ist, eine Frau gesunden Gemüts und wachen Glaubens. Ich denke, du darfst hoffnungsvoll sein, dass Gott sich auch dieser Sorge annehmen wird.*«

Im August findet das Bundeslager der Christlichen Pfadfinder statt. Hans ist Aufbauleiter und hat drei Wochen lang viel zu tun. Dort trifft er Hanna, eine ehrenamtliche Feldlagerköchin. Hanna ist, genau wie Pfarrer Körner geschrieben hat, eine Frau gesunden Gemüts und wachen Glaubens.

Als sie verlobt sind, erzählt er von sich, was er in seiner Jugend erlebt hat und von seinem schwierigen Elternhaus. Die Sache mit Lina lässt er weg und auch das, was ihn im geschlechtlichen Sinn ab und zu heimsucht. Hanna kommt aus einer großen christlichen Familie, und erst als er sich dort angenommen weiß, hat er das Gefühl, in seinem Leben angekommen zu sein.

Viel zu lange müssen sie auf Bettina warten, ihre einzige Tochter, und als sie da ist, erlebt er zum ersten Mal in seinem Leben eine Dimension von Liebe, die ihm vorher unmöglich schien. Es ist die reine, unauslöschliche Liebe ohne jedes Begehren.

Dennoch hält er von Anfang an Distanz zu seiner Tochter. Er hat eine unbestimmte Angst, sich aufzudrängen. Manches Mal spürt er im Laufe der Jahre, dass Bettina seine Nähe sucht. Immer bleibt er etwas steif und ungelenk im Gespräch mit ihr.

Jetzt ist er siebenundsiebzig Jahre alt, sitzt mit seiner Schwägerin Elisabeth im Auto und fährt von der Beerdigung einer der vielen Schwägerinnen zurück nach Hause. Nach und nach sterben alle weg. Auch Hanna ist vor zwei Jahren gestorben. Danach ist er noch einmal in eine tiefe Lebenskrise gerutscht, als hätten die Gespenster der Vergangenheit nur auf Hannas Tod gewartet, bis sie ihn wieder heimsuchten. Schnell ist er in eine tiefe Depression gerutscht und war wochenlang in einer Klinik. Sein Leben ist trotz allem gut geworden, und das dank seiner Hinwendung zu Gott, die er niemals bereut hat.

Diese kleine Geschichte mit seiner Schwägerin ist nun auch endlich vergeben, wenn auch nicht vergessen.

Zum ersten Mal in über fünfzig Jahren ist er mit Elisabeth allein. In der großen Verwandtschaft hat es sich nie ergeben, dass sie einmal in Ruhe hätten sprechen können. Aber was hätte er auch mit ihr reden wollen? Jetzt schweigt sie. Ob sie wohl ihrer eigenen Vergangenheit nachsinnt?

Elisabeth hat er seinerzeit mehr begehrt als seine Verlobte Hanna. Jetzt wagt er noch einmal einen Blick hinüber auf ihr Profil. Sie hat ihm vergeben. Das war damals im Kino, und Kino war in den christlichen Kreisen verpönt. Wieder schüttelt er den Kopf. Wie frei die heutige Jugend ist, auch die christliche!

Ein Film des berühmten Oswald Kolle wird gezeigt, ein Sexfilm, oder zumindest so etwas Ähnliches. Es ist Film, der den Sex erklärt. Lachend, aber auch ein wenig verschämt, beschließen die beiden verlobten Paare Elisabeth und Egon sowie Hans mit seiner Hanna, dass sie zusammen hingehen.

Hans wird auf seinem Kinositz schwindelig beim Betrachten der Körper und der offen zur Schau gestellten Szenen. Als hätte er Alkohol getrunken, den er seit seiner Bekehrung nie wieder angerührt hat, dreht sich alles in ihm. Als am Schluss die Lichter des Kinosaals wieder angehen, ist er schweißgebadet, weiß nicht, wohin er schauen soll, auch die Augen der anderen Kinobesucher kleben am Boden oder an den Wänden.

Egon ist es, der mit einem Witz die Anspannung bricht, und als sie endlich draußen vor dem Kino stehen, kann Hans schon ganz locker mitlachen. Elisabeth will noch mal in das Untergeschoss auf die Toilette und Hans schließt sich ihr an. Am Handwaschbecken trifft er sie, und da fährt der Dämon unkontrollierbar in ihn hinein. Grob grapscht er sie an, will einen Kuss erzwingen. Seine alte Begierde wird durch den Schrecken in Elisabeths Augen angestachelt. Sie stößt ihn mit dem Ellenbogen kräftig und spitzig in die Rippen und im selben Augenblick fährt ein Blitz in ihn, der direkt vom Himmel zu kommen scheint. Sofort lässt er von ihr ab.

»Entschuldigung«, murmelt er, »der Film war ein bisschen arg«, und verschwindet nach oben. Als Elisabeth nach einigen Minuten die Treppe heraufkommt, sieht sie ihn nicht an, und Hans ist froh darüber.

Jetzt, sechzig Jahre später, biegt er in ihren Hof ein und bringt das Auto zum Stehen. Für einen Lidschlag behalten beide ihre Blickrichtung nach vorne bei, dann dreht sich Elisabeth zu ihm. »Danke fürs Fahren.«

»Gerne. Also, ade«, antwortet er.

Sie reichen sich die Hand und Elisabeth drückt sie ein zweites Mal, während sie ihm direkt in die Augen schaut. »Ade, Hans, bis bald.«

Trauer

Wolfgang Schwartz, geb. 1956

Februar 1990

Zartes Morgenlicht fließt durch die Jalousien und liebkost mit Streifen aus durchscheinendem Gold ihre Haut. Träge liegt er im Bett und betrachtet, wie sie aus dem Kleiderschrank ihre Garderobe für den Tag auswählt. Über dem perfekten Po blüht scheu wie ein Gänseblümchen ein winziger heller Fleck vom Sonnenstudio.

Beine, Rücken, Schultern, ihr reifer, ebenmäßige Teint, die braunen vollen Haare – wie gut sie immer noch aussieht. Schon lange hat er sie nicht mehr auf diese Art betrachtet: mit Abstand, genüsslich mit den Augen die Konturen nachzeichnend, wie bei einer Weinprobe kennerhaft degustierend, in stiller Vorfreude auf späteren Genuss. Er seufzt. Schließlich ist er auch nur ein Mann.

Aufstehen sollte er endlich. Dennoch rollt er sich noch einmal in die flaumige Decke wie ein fauler, satter Kater.

»Raus jetzt!« Sie schlägt mit dem Handtuch auf die kugelige Bettdecke.

Er breitet seine Arme aus und will sie wieder ins Bett ziehen.

»Nein, raus!«, schimpft sie, bleibt aber auf der Bettkante sitzen und lächelt ihn an. Dann wandern ihre Augen Richtung Fenster, als ob ihr von dort Gedanken zuflögen. Zitronenduft und Frische ziehen durch das luftige Schlafzimmer.

»Soll ich dir sagen, was ich über deine Geschichte denke?«

»Natürlich!« Wolfgang richtet sich auf und lehnt lässig Kopf und Schulter an das obere Ende des Bettes.

»Nun soll es also die Richtige sein? Und wie viele Frauen hast du schon verbraucht? Hast du sie gezählt?«

»Mmm ... nein«, macht Wolfgang und zieht die Decke bis über seinen grinsenden Mund.

Über Yvonnes Nase entstehen zwei Senkrechtfalten, die er allzu gut an ihr kennt. Er setzt ein schiefes Lächeln auf. »Au, jetzt wird's ernst.«

»Nach allem, was du über diese Bettina erzählt hast, ist sie eine unerfahrene und überaus sensible junge Frau. Vielleicht sogar etwas instabil.«

»Mit dieser Einschätzung könntest du richtig liegen.«

»Wenn du die Beziehung in den Sand setzt, wie all die anderen ... «

»Aber das ist es doch – diesmal ist es mir ernst!«

»Für das Mädchen wäre es zerstörerisch, für dich höchstens ein Beinbruch.«

»Wie gesagt. Ich habe nicht vor, sie in den Sand zu setzen!«

»Du hast es nicht vor, das glaube ich dir gern, aber ... «

»Du traust mir nicht zu, dass ich endlich eine Beziehung halten kann? Wirklich sehr ermutigend!« Er klappt die Decke nach hinten, um aufzustehen.

»Hey, sei nicht gleich beleidigt. Ich hab' dir schon immer die Wahrheit gesagt!«

»Allerdings!«

»Schon seit einigen Monaten denke ich darüber nach, dass ich etwas ändern will in meinem eigenen Leben und zwischen uns.«

»Aha, und was?«

»Jetzt ist exakt der richtige Moment, um unsere sexuelle Beziehung zu beenden.«

»What?« Wolfgang reißt sich auf und sitzt senkrecht im Bett. »Hast du sie nicht mehr alle?«

»Als Freundin werde ich dir gewiss erhalten bleiben, falls du das willst.«

»Werde ich zu diesem, mich betreffenden Thema, eigentlich auch gefragt?« Wolfgang presst eine Hand an seine Stirn und fragt sich, warum dieses Gespräch plötzlich so wehtut. »Erstens habe ich noch gar keine richtige Beziehung zu ihr, vielleicht wird es gar nichts, und ... «

»Und was willst du deiner Bettina dann sagen? Wenn's was wird, meine ich.«

»Wie – sagen?«

Da verändert sie ihre Stimme, wie um ihn nachzuäffen: »*Meine Liebste, dieses Mal ist es mir ernst, bitte heirate mich! Ach ja, und der guten Ordnung halber – seit vielen Jahren habe ich eine Beischläferin, deine Zustimmung vorausgesetzt, würde ich sie behalten.* – So etwa?«

»Ach, hör auf ... «

»Oder willst du sie von Anfang an belügen?«

»Schachmatt.«

»Lass uns Freunde bleiben«, sagt sie zum Abschied eine halbe Stunde später. Zum ersten Mal in all den Jahren liegt in Yvonnes Augen etwas Unsicheres, etwas Bittendes.

»Natürlich«, versetzt er, dreht sich um, drückt sich den Sturzhelm auf den Kopf, schwingt sich auf seine 1000er BMW und braust mit aufheulendem Motor davon.

Zu Hause. Die Lederjacke fliegt in die Ecke, der Helm obendrauf. Mit langen Schritten durchquert er das große Wohnzimmer, tritt auf die Terrasse. Jetzt eine Zigarette! Nein, er hat aufgehört. Mit der Hand fährt er sich kreuz und quer durch die Haare und versetzt dem Pflanzentrog einen Tritt. Schöner freier Sonntag! Scheiße.

Er dreht das Radio auf, SWR 2. »*Beim Treffen zwischen dem russischen Präsidenten Gorbatschow und dem amerikanischen Außenminister Baker ging es um die Auflösung des Warschauer Pakts und die künftige Rolle der NATO. Baker versichert Gorbatschow, dass die NATO sich keinen Zentimeter nach Osten ausbreiten wird ...* « Obwohl die Welt da draußen gerade einstürzt, stellt er auf stumm.

Noch immer liegen die unkorrigierten Schulhefte auf dem Schreibtisch. Er tigert in der Wohnung umher, lässt den Wasserhahn lange laufen, bis das Wasser kalt ist, füllt ein Glas, trinkt einen Schluck, geht wieder ins Wohnzimmer. Auf einen Schlag stürzt das Verlangen nach Bettina über ihn herein und streckt ihn auf das Sofa nieder. Dieses unscheinbare Mädchen ist zart wie eine Fee und stark wie ein Vulkan. Sie ist unsicher, unschuldig, unnahbar und verbrennt bei jeder Berührung. Ohne ihn zu fragen, hat sie mit ihren erstaunten Augen seine Herzenstür aufgerissen und sein bequemes Junggesellendasein zerstört. Jetzt geht ihm sogar Yvonne verloren, ein stabiler Faktor in seinem Leben.

Immer hat er alles im warmen, angenehmen Bereich gehalten, jede Frau genossen und auch ehrlich gemocht. Er mag Frauen. Aber – und das muss er sich eingestehen, – nie hat er sich verletzlich gemacht. Immer hat er sich gerade so weit auf Distanz gehalten, dass ihn das Ende einer Beziehung nicht im Kern getroffen hat.

Bei Bettina erahnt er schon den Schmerz: Was ist, wenn sie es sich anders überlegt? Wenn sie am Donnerstag nicht mitkommt zur Oper? Wenn sie sich wieder in ihr frommes Nonnenleben einkerkert? Ach nein, darüber besser nicht nachdenken, denn diesmal kann er das Loch schon erahnen, das sie hinterlassen würde.

Lieber überlässt er sich den Träumen, wie neulich, wo sie ihm fast weggeschmolzen ist, als er sie geküsst hat. Oder wie er sie in die Zauberflöte mitgenommen hat. Ihre erste Oper! Unvorstellbar. Da pulsierte eine Wärme zwischen ihnen, und trotz der Dunkelheit in der Loge konnte er regelrecht fühlen, wie neben ihm eine Wüstenblume nach lang ersehntem Regen aufgeblüht ist. Später hat sie es womöglich mit der Angst zu tun bekommen, vielleicht war er auch zu fordernd mit seiner Zärtlichkeit. Vielleicht hat ihr strenger christlicher Glaube die Zügel angezogen oder sie hat Angst vor ihrem eigenen Feuer bekommen. Sie brauche *Bedenkzeit*. Wie lange so eine Bedenkzeit dauert, könne sie auch nicht sagen.

Dann hat er ihr Taminos Liebeslied aus der Zauberflöte auf den Anrufbeantworter gespielt und sie für Donnerstag zu Don Giovanni eingeladen. Sie wird ihm kaum widerstehen können. Und wenn doch? Wie es wohl sein wird, mit ihr Sex zu haben? Für sie wäre es gewiss das erste Mal. Für ihn – lieber nicht nachzählen. Eine so unerfahrene Frau hat er noch nie gehabt. Es sind sonst eher die Reiferen, die ihn interessieren.

Dann streift er um den Schreibtisch herum. Dem Kampf mit der Disziplin ist er heute nicht gewachsen. Stattdessen zieht er seine Motorradjacke an, setzt den Helm auf und begibt sich auf eine kleine Spritztour an diesem schönen, frühlingshaften Sonntag.

Langsam fährt er aus Botnang heraus und lenkt sein Motorrad Richtung Bärenseen. Sobald er das Ortsschild hinter sich hat, gibt er Gas und rast in derartig illegaler Geschwindigkeit die Tierparkstraße entlang, dass der Führerschein fällig wäre, würde er geblitzt. Dann stellt er seine Maschine ab und macht eine kleine Runde zu Fuß. An den Seen wälzt sich heute die Schar der Sonntagsspaziergänger, die die scheue Frühjahrssonne genießen.

Hier hat er mit dem Großvater die Morgendämmerung betrachtet. Uralte, längst vergessen geglaubte Bilder aus der Kindheit irrlichtern in seinen Gedanken. Ja, genau da drüben, das war der Platz, dort am gegenüberliegenden Ufer. Morgens um fünf Uhr hat ihn sein Großvater zum Angeln mitgenommen. In warme Decken gehüllt saßen sie auf Campingstühlen und führten Männergespräche – das war für Opa miteinander schweigen.

Wolfgang streckt sich im Gras aus und sieht zu, wie sich die Schwebeteilchen seiner Erinnerung zu Bildern zusammenfügen.

***

»Willst du wirklich mitkommen zum Angeln?« Am Bettrand sitzt Opa und streicht ihm über den Kopf. Mit dem langsamen Aufwachen kommt die Erinnerung an die Abmachung von gestern Abend, und im selben Moment setzt Wolfgang sich auf. »Klar will ich mit!«

In Dunkelheit und Schweigen klappen sie ihre Stühle auf und Opa stellt die Angeln der Reihe nach auf. »Pack dich warm ein, damit du eine Zeit lang ruhig sitzen und das Wasser beobachten kannst.«

»Aber es ist dunkel, man sieht gar nichts.«

»Schau, im Mondlicht kann der Angler viel sehen. Du brauchst aber Geduld und darfst nicht herumspringen.«

»Ja, das hast du mir gestern schon gesagt.« Wolfgang rollt die Augen, immerhin ist er schon groß und weiß, was von ihm erwartet wird.

»Hier zum Beispiel kannst du die Wasserpflanzen beobachten. Jetzt liegen sie völlig still. Wenn sie anfangen, sich leicht zu bewegen, ziehen Brassen,

Karpfen oder Schleien da drin ihre Bahnen. Gib mir Bescheid, sobald du was siehst.«

»Da!«, flüstert Wolfgang nach einer Weile.

Opa hebt anerkennend den Daumen und nimmt eine der Angeln, bestückt sie mit einem Käseköder. Er wirft sie weiter nach draußen und zieht sie dann vor, sodass der Köder am Grund ausliegt. Dann gibt er Wolfgang die Rute in die Hand. »Ganz ruhig halten.«

Wolfgang hält die Angel mit beiden Händen und hofft, dass er nicht allzu sehr zittert, doch in diesem Moment zupft es schon an der Schnur und Opa nimmt ihm die Angel vorsichtig ab. Er dreht am Rädchen und zieht eine kleine Schleie aus dem Wasser.

»Du bist mein Glücksbringer, Junge! So schnell habe ich selten einen Fisch gefangen.« Dann nimmt Opa den Fisch vom Haken und gibt ihm sofort einen Schlag auf den Kopf. Er nimmt das Messer und sticht ihm ins Herz. Jetzt fliegt er in den Eimer.

Wolfgang erstarrt. »Du hast ihn gleich totgemacht!«

»Ja, das macht man so, damit der Fisch nicht leiden muss.«

Der See, die aufgehende Sonne, das morgendliche Vogelgezwitscher, die Spannung; alles, was soeben noch voller Zauber und Geheimnisse war, wird plötzlich zu einer verblichenen Schwarz-Weiß-Fotografie. Ein Grauschleier legt sich über Wolfgang und trübt die Luft ein.

»Muss Mama dann auch nicht mehr leiden, weil sie jetzt tot ist?«

Opa richtet sich auf und nimmt einen hörbaren Atemzug. »Nein, wenn man tot ist, muss man nicht mehr leiden«, sagt er und räuspert sich. »Deine Mama wäre stolz auf dich.«

Wolfgang versucht, das Schluchzen zu unterdrücken, denn schließlich ist er fast ein Mann. Da rückt Opa seinen Stuhl etwas näher heran und legt die Hand auf seinen Rücken. »Ist schon gut, mein Junge.«

Jetzt kann Wolfgang nicht mehr anders, er weint und kann nicht mehr aufhören zu schluchzen. So sehr er versucht, die Tränen zu stoppen, so sehr muss er weiterweinen. Und während der ganzen Zeit lässt Opa die Hand auf seinem Rücken. Das wird er ihm nie vergessen. Und Opa ist ein Ehrenmann, er wird es nicht weitererzählen.

***

Bevor Wolfgang jetzt auf dem Parkplatz das Motorrad besteigt, kickt er mit aller Kraft einen dicken Kieselstein vom Weg – und fast gleichzeitig kommt ihm sein Vater in den Sinn. Wieso kann er nicht an seinen Opa denken, ohne wütend auf seinen Vater zu werden?

Montagmorgen im Lehrerzimmer. Er ist der Erste. Das gab's noch nie. Nur keinen Moment verpassen, mit ihr in einem Raum zu sein. Vielleicht ergibt es sich, dass sie für einige Minuten allein sind.

Am Dienstag wieder. Beim Hinausgehen hält er sie am Arm. Sie schauen sich in die Augen. Er lässt sie los.

Mittwochnachmittag Lehrerkonferenz. Er setzt sich ihr gegenüber, blickt sie an, sie schaut weg. Er fängt sie ein mit seinen Augen, sie wird rot, sieht auf den Boden. Endlich entlässt er sie aus seinem Blick.

Donnerstag, als sie gerade durch das Foyer nach Hause geht, ruft er ihr nach: »Heute Abend, halb sieben.«

Sie zuckt zusammen, dreht sich kurz um, ein Lächeln huscht über ihr Gesicht. Die herumlungernden Schüler grinsen. Sie kommt mit.

Um halb sieben läutet er an ihrer Haustür. Der Türöffner summt. Er rast die Treppe hoch, da steht an ihrer Wohnungstür eine glockenreine Schönheit, die von innen her leuchtet und ihn fast in die Knie zwingt. Sie hat sich zurechtgemacht, diesmal. Nur sehr wenig, aber alles verändernd. Hat sie ihre Bedenkzeit beendet?

Auf der Fahrt in der Straßenbahn zur Oper ist sie gelöst, macht sogar kleine Späße; leichte Unterhaltung, Freude, Lachen, Sonnenschein. Er kann nicht aufhören, sie anzuschauen und die kleinste Berührung brennt Löcher in sein Herz.

Kurz bevor der Zuschauerraum abgedunkelt wird, strahlt sie ihn an wie der Frühling. Dann sitzt sie da, den Mund leicht geöffnet, lauschend, als ob sie alle Poren auf Empfang gestellt hätte.

Nicht plötzlich, sondern allmählich verwandeln sich nach der Pause ihre Haltung, ihr Gesicht, ihre ganze Ausstrahlung. Als ob sie langsam erstarrt. Zittert sie sogar ein wenig? Schweiß tritt auf ihr Gesicht und sie scheint erbleicht zu sein. Dieser letzte Akt ist auch wirklich gespenstisch inszeniert. Der Bass des Comtes, der nicht von der Bühne, sondern vom Zuschauerraum her näher tritt, der graue Nebel aus dem Schattenreich, die Geisterhand, die den Don Giovanni dann mit in die Unterwelt zieht. Ein Märchen, gute Effekte. Bettina ist wie ein Kind. Er nimmt ihre Hand. Sie ist eiskalt.

Die städtische Nacht umfängt sie wie ein samtener Mantel, als sie das Opernhaus verlassen, ihre kalte, feuchte Hand liegt in seiner. Sie lächelt tapfer. Zerbrechliche Seele. Er küsst sie zart, lange. Sie lässt es zu. Aprikosenhaut. Jasminblütenduft. Seidenhaar. Mädchenatem. Feuerschlangenleib. Welch einen wundersamen Stern hat ihm der Himmel geschickt! Er mag sie nicht gehen lassen, so ganz allein in ihre nonnenhafte Wohnung, will sie beschützen, ihren inneren Aufruhr in seinen starken Armen zur Ruhe bringen. Doch sie macht sich frei, verabschiedet sich. Bis morgen also.

Aber sie kommt nicht am nächsten Tag. Ein Kollege sagt, sie habe sich beim Rektor krankgemeldet. Nachmittags ruft er an. Keine Antwort. Später noch mal. Nichts. Wieder nimmt er das Telefon, wieder nichts. Dann fährt er zu ihr. Sie macht nicht auf. Er läutet Sturm. Endlich! Der Türsummer geht.

Er rennt nach oben, sie öffnet nur einen Spalt, wirkt fremd, blass, verstört, abweisend. Das ist nicht die Abfuhr einer Frau gegenüber ihrem Verehrer. Sie beschwichtigt, will dass er geht. Er ist verantwortlich für sie. Er hat sie in diese Oper geführt. Ohne Wohnungsschlüssel wird er nicht von dieser Tür weichen. Sie gibt ihm den Schlüssel.

Jeden Tag schaut er nach ihr, jeden Tag scheint es ihr schlechter zu gehen. Sie ist bleich, ihr Blick leer. Wieder will sie, dass er geht. Beim Hinausgehen streift sein Blick einen offenen Brief auf ihrem Wohnzimmertisch. Natürlich schaut er ihn nicht an, aber er liest die Unterschrift im Vorbeigehen: *Deine Mutter.* Ungut. Königin der Nacht.

Am Montag lässt sie sich überreden, zum Arzt zu gehen. Der schlägt dringend einen Klinikaufenthalt vor. Sie lässt sich von Wolfgang hinbringen.

Die nächsten Wochen wird er aus ihrem Leben ausgesperrt. Von den Eltern? Von der Klinik? Von ihr selbst? Es ist kein Durchkommen. Sie dürfe keinen Besuch empfangen, sagt man ihm an der Klinikpforte. Nach einigen Wochen erfährt er dort, sie sei entlassen und bei ihren Eltern. Die Adresse dürfe man ihm nicht nennen.

Als er an diesem Nachmittag seine Haustür öffnet, betritt er ein nebeliges Watt, gefüllt mit uralter Verlassenheit. Sofort setzt er sich an seinen Schreibtisch, immer gibt es genug Hefte zu korrigieren, er wird sich zwingen. Seine Augen beschlagen sich wie Windschutzscheiben bei Nieselregen, er klappt das erste Heft wieder zu, geht auf die Terrasse. Eine

Unruhe erfasst ihn, kaum merklich, wie die Unterströmung im Meer, oben glatt und ruhig, was hat er nur, es ist doch alles in Ordnung, doch unten zieht etwas in geheimnisvolle Richtungen, die er nicht kontrollieren kann.

Er nimmt eine Aspirin-Tablette, um die rauschenden Kopfschmerzen zu dämpfen und versucht sich an einem Mittagsschlaf auf der windgeschützten Terrasse. Kaum ist er in einen weichen Schlummer gesunken, fängt das Paar im Nachbarhaus an zu streiten. Sein Gehör ist zu empfindlich, was andere als Grummeln oder allenfalls Keifen wahrnehmen, kann er hören, Wort für Wort, blutige Fetzen aus Wut und Abscheu werfen sie sich ins Gesicht. Sie schreit laut und spitzig, wie eine schlecht gesungene Arie, *Der Hölle Rache kocht in meinem Herzen*, du lügst, kreischt sie, ich glaube dir kein Wort, er, mit beherrschter Stimme aber erstaunlich giftig, kontert zurück, mir reichts, du erstickst mich mit deiner Eifersucht, dann hau doch ab, zetert sie, ihre Stimme überschlägt sich, du hast versprochen, dass du nicht mehr herumhurst, was willst du, zischt er, du bist doch krank.

Wolfgang geht ins Wohnzimmer, schließt die Terrassentür, legt sich aufs Sofa. Selbst hier hört er den bissigen Hass des Nachbarpaars, doch jetzt, da es leiser ist, kommen ihm seine Eltern in den Sinn. Nie haben sie sich derart laut und ordinär gestritten, doch die Pfeile, die sie sich bisweilen zuwarfen, waren von ähnlicher Wucht, und der kleine Wolfgang, der die Luft zwischen den Worten hören konnte, versuchte seine Ohren mit der Dunkelheit zu verstopfen, die im Wohnzimmer waberte. Wenn dann die Sonne zwischen den Eltern wieder schien, ging sie auch auf Wolfgang über und alles war, als wäre nichts gewesen.

Bis die Mama starb.

Im Halbschlaf ist er auf einem Schiff auf rauer See, hält sich irgendwo fest, schäumendes Wasser leckt mit seinen riesigen schwarzen Zungen das Deck ab, um mitzunehmen, was es kriegen kann. Sie sind am Kentern.

Er blinzelt, wacht auf und fragt sich, warum er heute ständig ans Meer denkt, wo er doch kaum dort war, dann fällt ihm ein, dass er an der Nordsee gezeugt worden ist und vielleicht hat er Bilder in seinem Unbewussten von dort mitbekommen. Was für einen Stuss er schon wieder im Hirn hat, denkt er noch, schlummert wieder weg und erneut steht er mit Mama und Papa auf dem bedrohlich schwankenden Schiff.

Vor ihnen steigt – wie aus dem Nichts – eine grünschwarzgraue Wand aus Wasser auf, eine Killerwelle, die alle mitnehmen wird. Da geht die Mama über Bord und blitzschnell ist sie im schäumenden Ozean verschwunden. Mit der Mama ist auch die Wasserwand versunken. Wolfgang schreit und schlägt den Vater, du hast sie hinausgeworfen, du hast mit ihr gestritten, du hast das Schiff nicht richtig gelenkt, hast die Mama ertrinken lassen, du bist schuld!

Und der Vater steht starr und kann nicht antworten, es ist, als wäre er selbst schon tot, als wäre er im Stehen gestorben. Schrill reisst jetzt ein Seeungeheuer am Schiff und macht einen Höllenlärm, doch nein! Es ist das Telefon. Wolfgang reibt sich die Augen, wo ist er? Er setzt sich auf. Bettina! Freude sprudelt aus ihm heraus wie aus einer geschüttelten Champagnerflasche!

»Hallo Wolfgang, ich fahr morgen für ein paar Wochen nach Malaucène. Wollen wir uns heute Abend beim Italiener treffen?«

Yvonne. Kein Champagner, aber sich still ausbreitende Freude. Sie ruft selten an. Heute ist sie wieder mal die Rettung in der Not. Sie verabreden sich für halb acht. Jetzt ist es vier Uhr.

Es war der Opa, der ihn aus hoher See gerettet hat. Opa hat ihn in seine starken Arme genommen und in Sicherheit gebracht. Opa und Oma stritten sich nie, sie umgaben ihn mit Geborgenheit und das Nest, das sie ihm bereiteten, war geflochten aus Liebe und Wärme. Wie ein Storchenpärchen um ihr einziges Junges, so haben sie sich um ihn gekümmert. Natürlich wohnte er oft bei Papa, schließlich konnte er ihn nicht ganz allein lassen, denn auch er war traurig über Mamas Tod. Aber sein wahres zu Hause war bei Oma und Opa. Bis zu jenem Tag.

✳✳✳

Papas Auto erwartet ihn vor der Schule. Er verabschiedet sich von Horst und Matthias und freut sich, dass der Papa ihn abholt. Schon reißt er die Beifahrertür auf, wirft sich auf den Sitz, erst dann schaut er den Vater an, will ihn begrüßen, und noch bevor er den Mund aufmacht, friert er ein. »Was ist?«

»Lass uns nach Hause fahren und miteinander reden.«

»Was ist?« Wolfgang wird zum panischen Tier im Käfig, den Ton, den Papa anschlägt, kennt er schon, gleich schlägt die Monsterwelle über ihnen zusammen.

Der Papa dreht den Motor wieder ab und atmet durch. Er streicht Wolfgang über die Haare. »Opa ist tot«, sagt er.

Wolfgang hört ihn, aber die Worte kommen nicht bei ihm an. Er lacht. Dann sieht er in die erstaunten Augen des Vaters. Irgendwas stimmt nicht. Eine fremde Stimme in ihm erklärt, dass er jetzt nicht lachen sollte. Aber der, dem es erklärt wird, ist nicht da.

»Das kommt dir jetzt seltsam vor, gell? Schließlich waren wir gestern noch bei Oma und Opa, du hast Klavier gespielt.«

Doch da kann Wolfgang schon nicht mehr antworten.

»Komm, wir fahren heim. Ich erzähle dir alles«, sagt der Vater dann, streicht ihm nochmals über den Kopf, Wolfgang schlägt seinen Arm weg.

Zu Hause verschließt er sein Zimmer und stellt den Stuhl gegen die Tür.

»Wolfgang, komm, schließ dich nicht ein. Lass uns reden!« Papa klopft an die Tür.

Wolfgang legt sich auf das Bett, vorsichtig, als könnte das Eis in ihm brechen.

»Komm, Wolfgang, ich hab' was zum Essen gemacht. Komm heraus, lass uns reden. Ich erkläre dir, was passiert ist.«

Das Klappern des Bestecks auf dem Teller fliegt an seinen Ohren vorbei. »Ich dachte, wir fahren zur Oma«, kommt von draußen. »Sie wird uns brauchen. Jetzt ist sie ganz allein.«

Oma. Ein, zwei Strohhalme im tosenden Fluss, ein brüchiger Ast, an dem er sich festhalten könnte, doch dieser Fluss ist nicht mit Tränen gefüllt, auch nicht mit Mitleid für die Oma, sondern mit dreckiger, reißender Wut.

Er wirft den Stuhl um, mit dem er sich verbarrikadiert hat, schließt die Tür auf, sieht noch die Erleichterung in den Augen seines Vaters und geht mit den Fäusten auf ihn los. »Du bist schuld, du bist schuld! Warum ist der Opa tot? Du bist schuld!«, schreit er immer wieder.

Der Vater greift nach seinen Armen, kann sie schnell bändigen und nimmt sie in die eiserne Klammer seiner Hände. Dann zieht er den schreienden Neunjährigen an sich und hält ihn fest. Der strampelt und schreit, wütet noch immer, versucht, den Vater zu schlagen. Das geht nicht, er beißt. Der Vater hält ihn fest. Wolfgang schreit und sein Schreien geht zuerst in lautes Weinen, dann in leises Schluchzen über.

***

Schluss jetzt mit diesen trüben Erinnerungen. Er begibt sich unter die Dusche. Für Yvonne wird er was Gutes anziehen heute Abend.

Das Restaurant ist voll. Zum Glück hat er einen Tisch reserviert. Er ist zu früh und bestellt ein kleines Bier. Seltsamer Tag heute. Morgens erfährt er, dass Bettina, die Liebe seines Lebens, auf unbestimmte Zeit bei ihren Eltern bleibt, dann liegt er stundenlang herum und sinnt über seine scheiß Kindheit nach, jetzt trifft er seine langjährige Freundin, die nicht mehr mit ihm schlafen will.

»Du schaust so trübsinnig in dein leeres Bierglas!«

Yvonne! Glockenhell ist ihr Lachen. Sie umarmen sich wie immer, herzlich lachend, küssend, eine Mischung aus junggebliebener Liebe und langer Freundschaft. Es ist gut.

»Hast du schon gehört, dass wir wiedervereinigt werden sollen?«, beginnt sie unvermittelt.

»Ich würde eher sagen, West frisst Ost.«

»Die DDR hat gewählt, sie wollen es so«, kontert sie.

»Die wissen noch nicht, was auf sie zukommt.«

»Tja, der Lafontaine hat ihnen reinen Wein eingeschenkt, sie haben sich für Kohls Zuckerwässerle aus Oggersheim entschieden. Aber lassen wir die Politik beiseite.« Sie strahlt ihn an, stellt auf Empfang; will wissen, wie es ihm geht, ohne ihn danach zu fragen. Er dreht den Spieß um.

»Was hast du denn vor in Malaucène?«

»Ooch, wie immer, mein Haus bewohnen, es pflegen, den Garten machen, den Pool reinigen lassen, hoffentlich viel malen, wandern, all das halt. Wozu hat man ein Haus in der Provence?«

»Du gehst aber nicht wegen mir, oder?«

Yvonne stutzt kurz. »Wie gesagt, wozu hat man ein Haus in der schönen Provence. Und du?«

»Ich hab' über dich nachgedacht und gemerkt, wie wertvoll mir unsere Freundschaft ist, und dass ich in diesem Sinn doch lange eine Beziehung halten konnte, vielmehr – kann.«

Yvonne wirkt gerührt, verletzlich. Ein Zug, den Wolfgang noch kaum an ihr gesehen hat.

»Wie lange ist das jetzt her?«, fragt sie schließlich.

»Jetzt bin ich vierunddreißig, damals war ich achtzehn.«

»Oh, da war ich auch noch ziemlich jung.«

»Für mich warst du alt«, sagt er. Sie kichern. Beide sind bemüht, nicht rührselig zu werden.

»Du warst ein hungriger Tiger!«

»Danke, dass du Tiger gesagt hast, Straßenköter hätte auch gepasst.«

»Ich hab' dich gezähmt.«

»Zuerst hast du mich gefüttert.«

»Ich hab' dich genießbar gemacht.«

»Dann hast du mich weggeschickt!«

»Ja, natürlich!«

»Du hast gesagt: Geh auch zu anderen Frauen.«

»Ich will doch keinen Pudel bei mir rumhängen haben!«

»Trotzdem hast du mich ganz bei dir ankommen lassen, immer wieder.«

»Gerade so oft, dass du und ich freie Menschen blieben.«

»Ich fühlte mich gemocht.«

»Ich mag dich immer noch!«

»Ich dich auch.«

Yvonne wird nachdenklich. »Vielleicht habe ich dich näher als jeden anderen Mann an mich herankommen lassen, obwohl du mein ...«

»... obwohl ich dein Sohn sein könnte, nicht wahr?«

»Na, so alt bin ich auch wieder nicht!«, ruft sie und lacht. Ihr Lachen stolpert etwas, dann bekommt sie rote Flecken am Hals, und für einen kurzen Moment streift ein Schatten ihr Gesicht. »Egal, – was ich sagen will: Das klang eben alles so einseitig. Auch ich weiß, wie wichtig mir die Freundschaft zu dir ist.«

Schmunzeln und Erinnerungen bei beiden.

»Es wird anders ohne Sex«, sagt Wolfgang.

»Anders, ja. Man muss den Geistern der Veränderung Tribut zollen. Dann geht alles einfacher.«

»Philosophisch warst du schon immer.« Wolfgang lächelt und legt kurz seine Hand auf die ihre.

Der Kellner kommt, sie bestellen ihr Essen.

Jetzt erzählt er von Bettinas Depression oder Psychose, was immer es ist, und dass er gerade keine Möglichkeit hat, sie zu kontaktieren. Er macht sich Sorgen.

»Nerven behalten und abwarten, würde ich sagen. Wenn man sein Leben unter der Glocke einer so engen Religion verbracht hat und dann auf ein

Kaliber wie dich trifft, kann einen das schon mal niederstrecken.«

»Seltsam – jetzt, wo ich gezwungen bin, zu warten, kommen mir Erinnerungen an meine Kindheit, die ich schon längst vergessen hatte.«

»Interessant!«

Die Art, wie Yvonne sich jeweils auf Empfang einstellt, animiert ihn, Dinge zu sagen, die er sonst für sich behalten hätte.

»Ich frage mich, warum ich auf meinen herzensguten Vater noch immer so wütend bin. Er hat sein Bestes gegeben als alleinerziehender Vater.«

Yvonne antwortet nicht, wartet. Wohltuendes Nachdenken füllt den Raum zwischen ihnen. »Wenn man sich anschickt, eine ernsthafte Beziehung anzufangen, ist es immer gut, die Dämonen der Vergangenheit genauer zu studieren«, sagt sie dann.

»Oh Schreck ... Wie heißt noch mal das Sprichwort?«, kommt von ihm mit gedämpfter Stimme. »Wenn man den Esel nennt ... Da kommt gerade mein Vater zur Tür herein.«

Sie dreht sich kurz um, Wolfgang hebt die Hand und schon steht Paul neben ihrem Tisch. Wolfgang erhebt sich, stellt Yvonne vor.

»Eine alte – nein, nicht alte – jahrelange Freundin.«

Yvonne bietet seinem Papa ihre perfekt manikürte Hand dar.

»Enchanté«, sagt der mit staunendem Gesicht und haucht einen angedeuteten Handkuss darauf. Alte Schule.

Yvonnes Lächeln ist goldenes Licht, die aufgehende Sonne über einem azurblauen Glitzermeer. Paul leuchtet voll reinstem Entzücken.

Ihr Blick streift den seinen im Vorbeiflug. Sie ist und bleibt ein gottverdammter Profi. »*Was zum Teufel ...*«, sagen seine Augen in dieser Millisekunde, und die ihren antworten mit: »*... und?*« Blitzschneller Austausch eines eingespielten Paares.

Der Vater merkt nichts, strahlt Yvonne an wie ein Kind, das zum ersten Mal den Weihnachtsbaum bestaunt. Eine adrette Mittfünfzigerin betritt das Restaurant. Sie blickt sich um, erkennt Paul und steht auch schon neben ihm.

»Ach, da kommt ja meine liebe Verabredung«, sagt der Herr Papa, nachdem er seine Augen wieder zu sich zurückgeholt hat.

Eine Mutti, denkt Wolfgang.

»Doris«, sagt der Vater, während er der Mutti den Arm an den Rücken hält, ohne sie zu berühren. »Das sind mein Sohn Wolfgang und eine gute Freundin von ihm, Yvonne.«

»Wie schön!«, sagt die Mutti mit dem allerliebenswürdigsten Lächeln.

Wolfgang steht noch immer, deutet höflich eine leichte Verbeugung an, die Hände auf dem Rücken.

»Wir gehen dann mal nach hinten, dort habe ich unseren Tisch bestellt.« Der Vater und seine Doris verabschieden sich mit einem Kopfnicken.

»Der Abend ist gerettet«, sagt Wolfgang und lässt sich auf den Stuhl fallen. Aus Yvonnes Gesicht blitzt der Schalk. Schiefes Grinsen bei Wolfgang.

»Was wirfst du deinem Vater vor?«, fragt sie unvermittelt.

»Ach – er ist damals meinen Großvater angegangen, wegen irgendwelcher Nazigeschichten. Altes Zeug eben.«

»Weißt du Genaueres darüber?«

»Nein, so sehr hat mich das nie interessiert. Das waren doch alles Nazis, in diesen Zeiten.«

»Viele auf jeden Fall.« Yvonnes Blick richtet sich nach innen, als würde sie ein bestimmtes Bild suchen, dann sieht sie über Wolfgangs Schultern nach hinten, diskret am Tisch des Vaters vorbei und wieder zurück. »Frag ihn!«

»Irgendwann mal.«

»Bevor deine Bettina zurückkommt.«

»Jawohl, Frau Feldwebel.«

Sie lächelt ihn an, voller Wärme. Jetzt ist der Moment gekommen, wo Wolfgang sie gerne geküsst und später in ihre oder seine Wohnung geführt hätte, für eine lustige, lustvolle Nacht. Er begnügt sich damit, ihre Schuhe mit den seinen zu berühren. Bedauern.

Später, beim Hinausgehen, winken sie dem Vater und seiner Doris-Mutti freundlich zu, ohne sich formell zu verabschieden. Wolfgang entgeht nicht, dass sein ehrenwerter Herr Papa dabei noch einmal einen großen Blick auf Yvonne wirft.

Zu Hause lässt er sich aufs Sofa fallen und dreht sich einen Joint. Ein solcher Abend muss würdig abgeschlossen werden, vor allem, da ein Kollege bestes Gras aus Amsterdam mitgebracht hat. Er geht auf die Terrasse, genießt den süßlichen Duft des Räucherwerks und lässt den aufwühlenden Tag noch einmal Revue passieren. Als er fertig geraucht hat, zertritt er den Stummel auf dem Steinboden und wirft ihn in den Müll. Die bekannte angenehme Mattigkeit zieht durch seine Blutbahn und auf dem Weg ins Schlafzimmer stellt sich ihm der Flügel in den Weg. Wie ein stummer Lakai steht er da, schwarzglänzend und griesgrämig.

Wolfgang setzt sich und wirft seine Hände in die Tasten. Grob, laut, unsensibel haut er ein paar Akkorde hin, dann lässt er seinen Fingern freien Lauf. Nach einigen Improvisationen zu diesem und jenem wandern seine Hände zum ersten Klavierkonzert von Tschaikowski.

Ach, dieser Schlager schon wieder, er will ihn nicht haben, will woanders hin, doch die Finger kommen immer wieder auf den Russen, als ob irgendwelche Geister an ihnen zupften, und bald gibt er nach, spielt das Stück originalgetreu und findet dabei immer mehr zur Ruhe.

Tanzende Finger fliegen über die Tasten, die schlanken, langen Hände hat er von seiner Mutter geerbt. Wie kommt er jetzt auf seine Mutter? Das Tempo wechselt, und nach dem bombastischen Anfang schwingen sich die zarten, leisen Töne ein. Seine Finger werden zu kleinen weißen Balletttänzerinnen, sie tanzen im Stakkato, versetzen kleine Stiche ins Herz, zack, zack, schnell, schnell über die Tasten, weg hier, und sofort machen sie den getragenen Tönen wieder Platz.

Da hört er die Stimme seiner Mutter, sanft spricht sie zum kleinen Wolfgang, der es so liebt, sie musizieren zu hören. Sie sagt, das ist die Musik der fehlenden Mütter. Wieso, fragt das Kind, es ist doch so lustig. Ja, sagt die Mama, es ist lustig und hell und laut, aber wie alles hat auch Musik eine Innenseite. Lausch auf die Innenseite, mein Kind, da ist es traurig.

Seine Finger spielen weiter. Laut, lustig, schnell und hoch hüpfen die kleinen Tänzerinnen, dann machen sie Platz für den pompösen Einzug der Prinzessin Tausendschön. Nein, es ist seine Mama, die auf dem goldenen Wagen des Zaren sitzt, und auf einmal wird alles so leise, so traurig, kaum sind die Töne noch zu hören, sind nur noch sterbender Hauch.

Wolfgang lauscht zum ersten Mal auf die Innenseite dieser Musik und fühlt die Traurigkeit, die heranweht und die er nicht haben will. Da tänzeln – zum Glück – die Paradepferdchen herein, fröhlich stöckelnd, mit Federboa geschmückt, und wieder ist er das Kind auf dem Flügel. Aber du bist doch da, meine Mama, du bist nicht weg.

Die eleganten Hände seiner Mutter schmiegen sich an die Tasten, leise, leise, als würden sie mit ihnen tanzend verschmelzen, wie ein liebendes Paar. Ja, sagt die Mama, aber meine Mama war weg.

Jetzt rasen tausend Finger über die ganze Klaviatur von links nach rechts. Schnell, der böse Wolf ist hinter ihnen her, und das Kind sagt, du darfst aber nicht gehen, Mama.

Balletttänzerinnen springen von den Tasten weg, mitten in sein Herz, doch da sind schon die Hände seiner Mutter, die sich auf eine verschlossene Schachtel in der innersten Kammer seines Herzens legen. Das, mein lieber Junge, lassen wir noch geschlossen, sagt sie. Das wird ein anderes Mal geöffnet. Und als Wolfgangs Kehle eng und dick und voll mit Wasser ist, beendet er sein Spiel nach dem *Andantino semplice* und vor dem *Allegro con fuoco*.

Wie Blei liegt sein Körper in die weichen Daunen gehüllt, das Gehirn ist breit und matschig, doch seine Augen bleiben brennend offen, mandelblütenfarbene Dünste fallen auf ihn herab und bringen längst Vergessenes zurück. Frisch und warm hat die Mama geduftet, wenn sie ihn vom Kindergarten abholte und wenn er dann neben dem Plattenspieler auf ihrem Schoss sitzen und seinen Kopf an ihre Brust legen durfte.

»Das ist unser Geheimnis«, hat sie gesagt und während sie Musik hörten, lasen sie gemeinsam die Partitur mit. »Horch, der Richter spielt dieses Stück so, aber man kann es auch anders spielen«, sagte sie. Wolfgang war vier oder fünf Jahre alt und hörte sofort den Unterschied zu Tatjana Nikolayeva, die sie kurz danach anhörten.

»Horch, der Gould hat keine Geduld. Er mag nicht, dass sich bei Schubert so vieles wiederholt. Aber wenn du das bei Richter anhörst, bekommt alles seinen Sinn«, und Wolfgang hörte den Sinn genau und spielte das Stück später nach, so gut er mit seinen kleinen Händen konnte.

Jetzt setzt er sich im Bett auf, es ist Viertel vor vier, trotz des Joints scheint Morpheus ihn heute übersehen zu haben, das liegt an den trübsinnigen Erinnerungen, die ihn heimsuchen. Er will sie abschütteln, was soll er mit dem alten Zeug, mehr als fünfundzwanzig Jahre hat er nicht an die Mutter gedacht. Sie ist gestorben. Dann war sie tot. Verschwunden in den schwarzen Wogen.

Gerade zieht sich so eine schwarze Woge in seinem Hals zusammen, ihm wird es schlecht, er hat zu viel gegessen, das Gras war gepanscht, die Pizza vergiftet. Er setzt sich an den Bettrand und versucht zu rülpsen, in seinem Kopf schlägt ein Vorschlaghammer, und jetzt dreht sich sein Magen um.

Sofort springt er auf, rennt auf die Toilette und kotzt gottserbärmlich und als er alles ausgespuckt hat, sinkt er vor der Kloschüssel nieder und anstatt Speisereste und Bier brechen Tränen aus ihm heraus, sie kommen aus den Augen und aus der Nase und aus seinem Mund und dann stürzen all die Bilder und Düfte und Klänge seiner Kindheit zusammen mit dem Schleim und der Galle ins Klo.

**

Er ist vierzehn Jahre alt und hat die Mutter längst vergessen. Der Schmerz über ihr Verschwinden ist in seinen Lego-Bauten eingemauert, in den Bärenseen versunken, vom Fahrtwind des Fahrrads weggepustet und mit den Fingernägeln weggekaut worden. Je mehr der Kummer sich verzog, desto undurchdringlicher wurden seine Leere und Einsamkeit und wenige Jahre nach Opas Tod saß er in einer Glaskugel fest wie eine altertümliche Fliege im Bernstein.

Seit einiger Zeit verweigert er den Friseurbesuch und auch sonst einiges, denn er hat heute Morgen erfahren, dass er nicht versetzt wird.

Die Haustür geht, der Vater kommt. Das wird ungemütlich. Lieber nicht bewegen. Ganz still auf dem Bett liegen. Noch besser: den Kassettenrekorder an. Keine Beatles, die sind ihm zu bescheuert. Jimi Hendrix ist die Musik seiner Wahl. Sie gefällt ihm nicht, aber sie ist laut und hässlich. Das ist es, was er braucht.

Nachher, wenn Frau Seibold weg und der Vater wieder in der Praxis ist, wird er sich an den Flügel setzen. Das würde ihnen so passen, ihn spielen zu hören. Den Gefallen wird er ihnen nicht tun. Immer wieder versucht der Vater ihn dazu zu bewegen, weiter Klavierunterricht zu nehmen, aber er will keinen scheiß Klavierunterricht. Er will spielen, wie es ihm gefällt.

Bach, Mozart, Rachmaninow, Prokofjew, Tschaikowski, Beethoven, Chopin – ein Werk nach dem anderen erarbeitet er sich, um es auswendig spielen zu können. Dann legt er es ab, in eine Art Vorratskammer seines Gedächtnisses, um später am Stil und am Ausdruck weiterzuarbeiten. Nur manchmal trieft die Trauer durch seine Finger in die Tasten, aber bevor er es richtig merkt, spielt er schon was anderes.

Der Vater klopft. Mist.

»Wolfgang!«

»Was?«

»Hättest du die Güte, dich nach hier draußen zu bequemen. Ich werde ins Lehrerzimmer beordert heute Nachmittag!«

Wie er es hasst! Der Papa wird sein *Wird nicht versetzt* mit Sorge zur Kenntnis nehmen. Er wird versuchen, eine pädagogische Möglichkeit zu finden, mit ihm ins Gespräch zu kommen. Er wird wissen wollen, was ihn plagt, warum er nicht mehr lernt. Wolfgang hasst es, er hasst es, er hasst es!

Langsam schlappt er ins Wohnzimmer. Langhaarig, ungewaschen, unlustig fläzt er sich aufs Sofa. »Ich bleib hocken«, sagt er in einem beiläufigen Tonfall. Dann schreckt er auf, denn der Vater schlägt mit der Faust auf den Tisch und schreit: »Was glaubst du eigentlich, wer du bist? Ich reiße mir seit Jahren den Arsch auf, um gut mit dir auszukommen, und du? Was kommt von dir?«

Noch nie hat Wolfgang seinen stets korrekten Vater derart grobe Ausdrücke benutzen hören. Und er macht weiter: »Alles hab' ich versucht, ich habe eine andere Wohnung genommen, damit wir den Flügel stellen können, aber nein, der Herr ist sich zu fein für den Klavierunterricht. Ich stelle Frau Seibold an, damit du regelmäßig warmes Essen kriegst und deine Scheißwäsche gewaschen wird, aber nein, der Herr ist patzig zu ihr, blafft sie noch an, wenn ihm danach ist!«

Wolfgang glotzt auf den Boden, um sein Erstaunen über die väterliche Unbeherrschtheit zu verbergen. *Svegliata tu! Ti Desta! Wach auf, Aufwachen!*, ruft singend der Bariton in Verdis Fallstaff.

Der Papa scheint Wolfgangs inneres Grinsen zum Glück nicht zu bemerken und kann sich nicht bremsen: »Eines sag ich dir: Ich werde heute Nachmittag nicht schon wieder in der Schule antanzen. Du überlegst dir bis um vierzehn Uhr, was du willst. Entweder du gehst von der Schule und machst eine Lehre oder du setzt dich endlich auf deinen faulen Arsch und lernst!«

Im selben Moment weiß Wolfgang, dass er eine Autoschrauberlehre machen und mit der Schule aufhören wird.

Überall laufen die Mädchen herum, auf den Straßen, in den Geschäften, in den Cafés. Wie die Sonne versengen sie seine Haut, ohne dass er irgendwo lindernden Schutz findet oder Blätterwerk, in dessen Schatten er sich ausruhen kann. Sie bleiben Traumfiguren, Balletttänzerinnen in Tschaikowskis Schwanensee, ganz weit vorne auf der Opernbühne.

Von der anderen Seite her drängt die Sexualität und fordert ihr Recht. Sie legt Feuer im Opernhaus und es brennt von der Zuschauerseite her. Überall Hitze und nirgends kühlende, tröstende, weibliche Haut. Die Kollegen scherzen gutmütig über ihn, er ist der Jüngste. Es macht ihm nichts aus, mit ihm hat das nichts zu tun. Er muss die Welt aus seinem Glaskasten heraus betrachten, sonst würde er auseinanderfallen und seine Einzelteile müssten sortiert werden, wie der Schrotthändler die alten Autos zergliedert, nach Blech, Elektronik, Glas und Sonstigem. Nur manchmal fragt er sich, wie es geht, zu leben und so zu sein wie die anderen.

Mit siebzehn Jahren schließt er seine Lehre ab. Bei anderen seines Alters fängt nach und nach das Erwachsenenleben an, er bleibt als Einziger in der pubertären Raumkapsel. Was er dabei hat, ist die Musik, denn die ist ein Teil von ihm und nicht von seinen Organen, seiner Haut und seinem Wesen zu trennen.

Wenn die Kollegen schweigend in der Werkstatt arbeiten und ein Schraubenschlüssel auf den Boden fällt, weiß Wolfgang, dass der Ton des Aufschlagens ein D ist, und sofort schwingt ein Musikstück, das mit D beginnt, in seinem Kopf. Das Stück spielt von selbst und nimmt seine Knochen als Resonanzkörper, hörbar nur für ihn. Ohne die Musik würde er vertrocknen wie die Mumie des Tutanchamun in ihrem sandigen ägyptischen Wüstengrab.

An seinem achtzehnten Geburtstag nimmt er frei, legt die Motorrad-Fahrprüfung ab und macht seine erste legale Spritztour. Jetzt kann er zu leben beginnen, jetzt wird er wie die anderen. Und jetzt werden ihn auch die Mädchen ansprechen.

Jeden Tag fährt er nach Feierabend irgendwohin, Hauptsache unterwegs sein, Hauptsache schnell, Hauptsache viele Kurven. Er fährt riskant, erlangt mit der Übung immer mehr Geschicklichkeit. Als er einmal in Titisee-Neustadt an einem Kiosk Pause macht, stehen dort mindestens zwanzig

Motorradfahrer, breitbeinig, männlich, in ihren schwarzen Lederanzügen, die Arme vor der Brust verschränkt, den Sturzhelm auf dem Sitz liegend. Sie unterhalten sich über dieses und jenes, es ist keine feste Gruppe, einfach Biker unter sich. Wolfgang steht dabei.

Er hat keine Ahnung, wen er ansprechen soll, und wird auch von niemandem angesprochen. Alles ganz normal. Dieser vertrocknete Kern in ihm wird nicht keimen, denn es ist niemand da, der ihn gießt, und vielleicht ist das einfach so bei ihm.

Er wird immer allein bleiben. Womöglich ist das sein Schicksal, und ganz weit hinten, nicht im Kopf, sondern irgendwo in der Brust und im Hals, umgreift ihn eine Art Heimweh, die Sehnsucht nach *weg-von-hier*, nur als vage Empfindung ohne Form; von den Gedanken nicht zu erfassen und auch nicht zu verhindern.

Kurz vor Stuttgart schneidet er eine Kurve zu stark, ein entgegenkommendes Fahrzeug erfasst ihn und schleudert ihn auf das Feld. Er sieht alles in Zeitlupe, zu keiner Zeit ist er bewusstlos. Die Schreie der Autoinsassen, das Tatü-Tata der Polizei, der Krankenwagen, die Rettungssanitäter, die Fahrt zum Krankenhaus, die Notaufnahme.

Dort beugt sich sein Vater über ihn. Er trägt einen weißen Kittel und seine Augen sind schwarz. »*Mein Junge*«, sagt er, dann verliert Wolfgang das Bewusstsein. Im Aufwachraum kommt er wieder zu sich.

»Einen Tag auf die Intensivstation zur Beobachtung, dann auf die Normalstation. Es ist alles gut verlaufen«, hört er verschwommen. War das Papas Stimme?

Später wird er in ein Dreierzimmer verlegt. Die zwei anderen Männer sind etwa im Alter seines Vaters und interessieren sich keinen Deut für den Neuzugang. Jeder bleibt schweigend für sich, da fühlt er sich fast zugehörig.

»Motorradunfall?«, fragt am späten Nachmittag schließlich sein direkter Nachbar, der in der Mitte liegt.

»Ja«, sagt Wolfgang.

»Maschine?«, kommt nach einigen Minuten.

»Suzuki.«

Zwischen ihren Wortmeldungen legen sie Verschnaufpausen von jeweils ungefähr fünf Minuten ein.

»Kubik?«

»Tausend.«

»Geht ganz schön ab!«

»Ja.«

»Geländemaschine?«

»Ja.«

»Kannst Motocross damit fahren.«

»Ich übe«, sagt Wolfgang schief grinsend, zeigt mit dem Blick auf sein eingegipstes Bein und wundert sich schon wieder über seine eigene Ironie.

Die Tür reißt auf und ein Schwarm weißer Gänse fliegt im Formationsflug ein. Chefvisite. An der Spitze Herr Dr. Paul Schwartz, hinter ihm zwei Assistenzärzte, einer davon eine Frau. Weiter hinten mehrere Krankenschwestern und ganz am Schluss der Zivi mit der Nierenschale, falls jemand kotzen muss. Der Vater schießt an Wolfgang vorbei, würdigt ihn keines Blickes und erkundigt sich nach der Befindlichkeit des Patienten am Fenster.

Dann ist der mittlere dran, der Redselige. Mit Wärme und Sorgfalt kümmert sich Wolfgangs Vater um die beiden Patienten, gibt Anweisungen, berät sich mit den Assistenzärzten. Die junge Ärztin himmelt ihn an, das entgeht Wolfgang nicht, und zum ersten Mal betrachtet er seinen Vater mit Abstand, als Mann in Bezug auf Frauen, und er kann nicht umhin festzustellen, dass Paul attraktiv ist.

Der wendet sich nun Wolfgang zu, gibt der Assistenzärztin Order, den Verband zu inspizieren. Währenddessen kommt er nah an das Bett heran und beugt sich zu ihm herunter.

»Mach nie, nie wieder so einen Scheiß«, sagt er mit betont kalter Stimme. »Nie wieder, hörst du?«

Die Assistenzärztin nickt ihrem Chef zu, alles in Ordnung. Der Gänseschwarm verschwindet so schnell, wie er gekommen ist. Der Letzte macht die Tür zu. Dann fliegt die Tür noch mal auf, der Vater kommt allein zurück.

»Wach endlich auf, Junge! Wach endlich auf, sag ich dir! Fang irgendwo an, egal wo, aber wach auf! Such dir ein Mädchen, wechsle die Arbeit oder geh in den Puff. Mach was!«

Als Wolfgang seine Luft wiedergefunden hat, sind vom Vater nur noch die weißen Zipfel seines Kittels zu sehen, dann schlägt die Tür zu.

Grinsen vom Nachbarbett. Nach ungefähr einer halben Stunde kommt von dort: »Aber geh nicht ins Dreifarbenhaus, ein Laufhaus ist nichts für Kinder.«

Feines Kichern von weiter hinten. Nach einer weiteren halben Stunde sagt der Fensterplatz: »Ich gehe zur Hannelore am Olgaeck. Die hat immer hübsche Mädels dort, und wenn man mal was Reiferes will, nimmt einen auch die Chefin noch.«

Die Männer haben jetzt ein Thema, über das sie sich sachkundig austauschen können. Wolfgang starrt mit riesigen Augen an die Decke und fragt sich: *Was haben wir heute für ein Datum? Wie heiße ich? Wo bin ich hier gelandet?*

Er geht zu Hannelore am Olgaeck. Dort soll er zwischen drei rauchenden Mädchen wählen, für ihn sehen sie alle gleich aus. Es kommt dann nicht zu einer Erektion, aber zu einer Erniedrigung, denn bevor er sich ganz ausgezogen hat, ist seine Unterhose nass.

»Das ist halt so bei jungen Spritzern wie dir«, sagt das Mädchen gelassen. »Du hast noch einen Termin bei mir gut, falls du noch mal kommen magst.«

»Morgen?«

»Okay.«

Am nächsten Tag geht es nur wenig besser, diesmal ist es die Tücke des Kondoms, und wieder kommt es nicht zum Äußersten. Wolfgang steht neben sich, ist aufgeregt, fühlt sich bescheuert, will sich verkriechen. Es klappt nicht mit den Weibern, das ist halt nichts für ihn, er ist zu blöd. Er spürt dieses

Dunkle wieder, er mag nicht mehr. Es reicht, das Leben ist nichts für ihn.

Das Mädchen ist jung, höchstens zwei Jahre älter als er, und sehr geduldig. »Wenn du willst, kannst du mich einfach mal anschauen. Vielleicht hast du noch nicht so viele nackte Frauen gesehen.«

Diese Idee findet er klasse, und das Mädchen bleibt bereitwillig stehen und lässt sich betrachten. »Du darfst auch meine Rose ansehen, wenn du willst«, sagt sie und legt sich aufs Bett. Zögernd, in respektvollem Abstand, setzt er sich auf den Rand des Bettes.

Als er diese aufgehende tausendfaltige rosarote Mohnblütenknospe anschaut, geschieht etwas mit ihm. Scham, Selbstzweifel und sogar seine sexuelle Notdurft verschwinden, und an deren Stelle tritt ein Gefühl der Ehrfurcht.

»Du bist sehr sensibel«, sagt das Mädchen. »Du gefällst mir.« Dann schaut sie auf die Uhr und Wolfgang weiß, dass die Zeit um ist. Bei all dem Seltsamen, Unerwarteten, das gerade passiert ist, fühlt er sich auf unbestimmte Art besser, fast ein wenig geehrt.

»Du solltest zu einer Älteren gehen«, sagt das Mädchen, bevor sie die Tür aufmacht. »Ich denke an Yvonne. Aber die ist sehr teuer.«

»Wie teuer?«

»600 Mark.«

»Was? Das ist mein halber Monatslohn und fast zehnmal so teuer wie du!«

»Ja, und das ist nur der Kinderteller. Sonst kostet sie noch mehr. Überleg's dir, es wird sich trotzdem lohnen. Sie ist die Königin der Branche. Und inzwischen ohne Macker.«

Wolfgang zuckt zusammen. »Hast du auch einen?«

»Klar!«

»Geht das nicht ohne?«

»Manche arbeiten jetzt ohne. Doch die haben die Bullen am Hals. Hannelore hat auch zwei.«

»Was zwei?«

»Bullen.«

»Wie?«

»Sie kommen zu zweit. Es kommen immer die Gleichen zur Kontrolle. Hannelore hat mit ihnen vereinbart, dass sie gratis ficken dürfen, dann lassen sie uns alle in Ruhe und wir brauchen weder unseren Ausweis noch unseren Bockschein vorzulegen.«

»Bockschein?«

»Wir müssen uns regelmäßig beim Amtsarzt untersuchen lassen. Wer macht das schon gern? Auch die Amtsärzte begrapschen einen manchmal nach dem Motto, ›ist ja nur 'ne Nutte‹. Die Bullen kommen dann, um den Bockschein zu kontrollieren. Was soll ich sagen, alle wollen an uns nuckeln.«

Wolfgang zieht die Luft ein. »Und diese Yvonne? Wieso kann die ohne Macker arbeiten?«

»Das ist eine lange Geschichte. Es war vor meiner Zeit. Sie hat wohl den gefährlichsten und hinterhältigsten Luden zur Strecke gebracht. Niemand weiß so richtig wie.«

»Ich glaube, das mit Yvonne ist mir eine Stufe zu hoch, zu teuer, zu gefährlich«, sagt Wolfgang und wundert sich über seine lange Rede.

»Mach den Sprung. Yvonne ist mein großes Vorbild. Du wirst es nicht bereuen.« Sie streckt ihm die Hand zum Abschied entgegen.

***

Nichts tut sich, der See ist aus Glas. Man muss unter die Oberfläche schauen, sagt Opa.

Der kleine Wolfgang fragt, wie denn, Opa, man sieht ja nichts von hier aus.

Da steht Opa auf. Man muss hinuntertauchen in den Schlamm, sagt er und geht bis ans Wasser. Opa, was machst du, fragt Wolfgang bange, aber der Opa geht weiter. Schon sind seine Füße bis zu den Knien im Wasser. Opa, was machst du, bleib hier, mein Opa!

Der Opa geht langsam weiter, immer weiter ins Wasser hinein.

Opa, Opa, du darfst nicht gehen. Das Kind will ihn holen, aber es ist festgebunden auf dem Campingstuhl, dann dreht sich der Opa um und seine Augen sind schwarze Hoffnungslosigkeit, tiefer als alle Meere der Welt. Ich habe mein Leben verwirkt, mein Junge, sagt er, und im nächsten Moment ist er verschwunden. Der See schließt sich über ihm und wird sofort wieder zur dunkelgrauen Glasplatte.

»Seltenes Vergnügen, dich am Telefon zu haben«, sagt der Vater. »Was verschafft mir die Ehre?«

»Wollen wir uns mal auf ein Bier treffen?«

»Gerne! Einfach so oder gibts was Bestimmtes?«

»Ich will alles über den Opa wissen.«

Stille am anderen Ende der Leitung. »Woher das plötzliche Interesse?«, fragt der Vater nach langen Sekunden. Seine Stimme wirkt leicht flattrig, fast verletzt.

»Nur so.« Erst jetzt bemerkt er seine altbekannte Steifheit gegenüber dem Vater und stellt um. »Ich hab vom Opa geträumt.«

»Okay«, antwortet Paul zögernd. »Ich komme zu dir. Passt es morgen Abend?«

»Ja«, sagt Wolfgang. »Ich koch uns was zum Essen.«

»Prima. Bis morgen Abend.«

Während er sich in der Küche einen Kaffee macht, denkt er kurz an die Begegnung zwischen Yvonne und seinem Vater im Restaurant neulich und hofft, dass er ihn nicht auf sie ansprechen wird. Ist er etwa eifersüchtig? Nein, das wäre bei einer Frau wie Yvonne gar nicht möglich. Es ist sein verletzlichster Kern, den sie verkörpert.

Sie ist nicht nur diejenige, die ihm die Liebe beigebracht hat. Dieser Frau verdankt er unendlich viel mehr. Sie gab ihm den Schutzraum, sich als Mann zu entpuppen, in einer Lebensphase, in der er der Hoffnungslosigkeit und dem Tod näher war als dem Leben. Diese Frau hat seine tiefste Wunde mit wohlriechendem Balsam eingeölt und sorgsam gepflegt, sodass er überhaupt lebensfähig wurde.

Dann fragt er sich, was genau diese Wunde ist und ob sie wohl inzwischen geheilt ist. Vor einigen Wochen hatte er noch von keiner Wunde gewusst. Seit dieses nonnenhafte Turmfräulein Bettina in seine Augen geschaut hat, ist sein Lebensaufbau einsturzgefährdet.

***

Er ist spart sich die sechshundert Mark für diese Edelhure Yvonne vom Mund ab. Noch auf dem Weg zu ihr fragt er sich, ob sich das lohnen wird.

Sie empfängt ihn in einem eleganten Sommerkleid und einfachen, sichtlich teuren, flachen Schuhen, unauffällig geschminkt, nicht einen Ticken zu viel.

»Herzlich willkommen!« Mit ihrem Lächeln zieht sie ihn hinauf zu sich auf Augenhöhe und noch bevor er die Wohnung betritt, fühlt er sich als Mann. Dann zeigt sie ihm die vornehme, helle Wohnung, zumindest den Teil, wo er sich aufhalten wird. Sie begleitet ihn in die Dusche, gibt ihm ein großes weißes Handtuch.

»Und bitte entspanne dich unter der Dusche schon mal.«

»Äh?«

»Ja, genau das meine ich. Das, was du sonst unter der Bettdecke machst. Wir haben hier jede Menge Zeit, du wirst trotzdem auf deine Kosten kommen. Wenn du fertig bist, kommst du ins andere Bad.«

Geduscht und solcherart entspannt begibt er sich ins andere Bad. Da liegt sie in einer riesigen Badewanne mit fein duftendem Schaum.

»Komm, hier ist Platz für zwei«, sagt sie.

Er steigt hinein, und als er im warmen Wasser sitzt, fällt alle Anspannung von ihm ab, als hätte man ihm ein erstickend enges Kleidungstück geöffnet. Er nimmt einen tiefen Atemzug und ein Vers kommt ihm in den Sinn: *Hier bin ich Mensch, hier darf ich sein.* War das Goethe oder wer? Sicher hat er es mal vom Vater gehört, der den alten Dichter verehrt.

»Du suchst was anderes als die schnelle Nummer, nicht wahr?«

»Ja.«

Es ist ihr Blick, der ihn ermuntert zu reden. Sie lässt alles offen.

»Vielleicht will ich lernen, wie man eine Frau befriedigt«, sagt er schließlich mit belegter Stimme.

Sie nickt nachdenklich. Nach einer Weile antwortet sie: »Frauen kann man nicht befriedigen. Frauen muss man lieben. Du musst dich als Mann erst einmal selbst befriedigen können.«

»Das kann ich gut«. Er grinst und sein Gesicht wird zu einer Frühlingsblume in zartem Rosé.

»Ich glaube kaum«, kontert sie und Wolfgang bekommt große Augen. »Du kannst Spannung ablassen, das kann jeder Mann. Aber sich befriedigen, sich befrieden mit der eigenen Sexualität, das machen nur wenige Männer.Ich komme auf dein Thema nachher zurück, okay?«

Sie streicht mit ihren Füßen über seine Flanken und führt sie über seinem Bauch zusammen, fährt langsam über seine Brust und Wolfgang kann nicht anders, als diese zarten Füße in beide Hände zu nehmen und sie vorsichtig zu küssen.

Diesmal ist seine Erektion stabil und es wäre auch egal, wenn sie zusammenfiele. Es ist das erste Mal, dass er in einer Frau ist, und blitzschnell greifen giftgrüne Gedanken nach seinem gerade erst so besänftigten Gemüt: Will sie ihn überhaupt so lange in sich haben? Soll er schnell machen, damit er fertig wird? Hält seine Erektion bis zum Schluss?

Doch Yvonne beruhigt seine wortlosen Selbstgespräche mit ihren Händen an seiner Hüfte. Sie hält ihn fest, vorsichtig entschleunigt sie ihn, dann sagt sie: »Es ist gut, dass du da bist.«

Dieser Satz löst in ihm einen Sturm von wilder Sehnsucht aus. Er wirft seinen Kopf in ihre Halsbeuge, ihre Haare, ihre Schulter und will darin verschwinden, will mit dieser Frau verschmelzen, als wäre er ein Baby in den Armen der Mutter.

Fast hätte er Mama gesagt, doch das kann er im letzten Moment unterdrücken. Sie lässt ihn, ermutigt ihn, hält ihn, ist ganz bei ihm, und als er kommt, stürzt er hinein in schützende, umfangende, kühlende Arme.

Auf der Stelle schläft er ein. Er träumt irgendwas Wirres, und als er nach gefühlten drei Tagen aufwacht, ist sein Gesicht nass von Tränen.

Yvonne kommt ans Bett, streicht ihm eine Locke aus dem Gesicht. Er nimmt ihre Hand, küsst zart und mit großer Dankbarkeit die Innenseite.

Sie sitzt mit ihrem Sommerkleid am Bett und er mag ihre Hand nicht loslassen. Zu gerne hätte er ihre Haut noch einmal gespürt. Dann fasst er den Mut und löst den oberen Knopf ihres Kleides.

»Hast du gesagt, wir haben Zeit?«

»Ja.«

»Komm«, sagt er.

Er zieht sie wieder ins Bett, und dieses Mal ist er nicht mehr der halb verhungerte Jugendliche, sondern ein Mann, der eine Frau liebt. Endlich hat er einen Fuß auf die Erde gesetzt.

»Du hast eine sehr schöne Art«, sagt sie später. »Um dich werden sich die Frauen reißen.«

Wolfgangs Gesicht ist ein Korb voll mit knallroten Kirschen.

»Wir sind noch nicht fertig. Du hattest doch die Frage, wie du Frauen befriedigen kannst.«

»Stimmt.«

»Ich gebe dir eine Hausaufgabe.« Sie gibt ihm ein Kästchen mit vielen bunten Perlen drin. »Hundert Stück und das geht so: Du brauchst einen Tag, an dem du sicher ungestört bist.

Dann – du sagst, du kannst dich selbst befriedigen. Das machst du, aber nur bis ganz kurz vor dem Höhepunkt. Dann lässt du los und entspannst. Dann legst du eine dieser Perlen in den Deckel. Dann gehts weiter, nochmals dasselbe. Immer bis kurz vor dem *Punkt ohne Wiederkehr*. Niemals darüber, hörst du?«

»Okay.« In Wolfgangs Augen blinken hundert Fragezeichen.

»Fünfzigmal, um zu üben, die Kontrolle zu halten. Die zweiten fünfzig Male für den Genuss.« Dann fügt sie an: »Und keinerlei Pornos dazu! Die erzählen dir gar nichts über Frauen.«

»Schwere Übung«, sagt Wolfgang grinsend.

»Du willst doch lernen, wie man eine Frau befriedigen kann, oder?«

»Schon, aber ... «

»Der erste Schritt ist es, deine Erektion souverän zu kontrollieren. Der zweite Schritt ist es, sie halten zu können, ohne sie zu kontrollieren. Wenn du da angekommen bist, kannst du etwas über die Frauen erfahren, dann kannst du sie nämlich erspüren.«

Bevor er nach Hause fährt, geht Wolfgang zum Friseur und lässt sich die Haare schneiden. Zu Hause sitzt sein Vater allein beim Abendessen.

»Neue Frisur? Sieht gut aus.« Anerkennendes Kopfnicken.

»Macht es dir etwas aus, wenn ich von hier ausziehe?«

Jetzt muss der Papa schlucken und sagt dann langsam: »Sagen wir mal so, du bist achtzehn und kannst machen, was du willst.«

»Aber wäre es für dich okay?«

»Weißt du schon, wo du hinwillst?«

»Nein, ich bin gerade erst auf die Idee gekommen. Den Flügel muss ich mitnehmen.«

»Das ist sowieso deiner. Aber langsam verstehe ich.«

»Da bin ich aber froh!«

»Du brauchst nicht nur eine Junggesellenwohnung, die du mit deinem Gehalt bezahlen kannst, sondern du brauchst eine Wohnung, in die du den Flügel stellen kannst. Kurz: Du brauchst Geld.«

»Ich weiß nicht, wie du es erraten hast«, sagt Wolfgang und merkt, wie offen und fröhlich er ist.

Sein Vater betrachtet ihn. »Du hast dich verändert.«

»Wie du siehst, mache ich alles, was du sagst.«

»Aber ... Was ... Warst du ... Okay, okay, geht mich nichts an«, sagt Paul und unterdrückt ein Lächeln.

»Um auf das Wesentliche zurückzukommen: Ich brauche nicht nur eine Wohnung, in die ich den Flügel stellen kann, sondern auch eine, in der ich ihn spielen kann, ohne dass die Polizei kommt.«

»Das wird teuer.«

»Ja.«

Paul schneidet vom Wurstbrot ab. Auf seinen Knien liegt eine blütenweiße Stoffserviette mit scharfen Bügelfalten und an der Tischhälfte, an der er sitzt, hat er die weiße Tischdecke halbiert und aufgelegt. Maximaler Aufwand für ein minimales Essen.

Wolfgang ist mit derlei Manieren aufgewachsen, jetzt erst fällt es ihm auf. Die Menschen, mit denen er bei seiner Arbeit zu tun hat, fänden es mehr als abartig, ein Wurstbrot mit Messer und Gabel zu essen, und erst recht, wenn man allein am Tisch sitzt. Einsam ist sein Vater. Ob es Teil des Erwachsenwerdens ist, die Eltern zu sehen, wie sie sind?

Nach einer langen Weile nickt sein Vater. »Wähl dir etwas aus, das dir passt, die Kosten sind erstmal

egal. Ich zahle die Miete fünf Jahre lang. Dann musst du einen Beruf haben, mit dem du sie selbst bezahlen kannst – oder auf den Flügel verzichten.«
»Super! Danke!«

***

Seinen Bungalow zahlt Wolfgang nun schon viele Jahre selbst, und er wohnt gerne hier. Er steht immer noch in der Küche, der Kaffee ist inzwischen ausgetrunken. Dann fällt ihm Bettinas Wohnung ein. Welch ein Gegensatz!

In diesem Moment kommt er auf eine so verwegene Idee, dass er sich gleichzeitig fragt, ob sie nicht doch ein wenig zu schräg ist. Noch immer ist er im Besitz ihres Wohnungsschlüssels, und der ist in seiner Schultasche.

Kurz überlegt er noch, dann – sei's drum – setzt er den Helm auf, zieht die Stiefel an und fährt hinunter in die Rötestraße. Er schaut nach oben, ob sich die Gardinen bewegen, dann läutet er zur Sicherheit. Als sich niemand meldet, steigt er in den fünften Stock hinauf und schließt auf.

Welch eine Tristesse ihm da entgegenkommt! Für einen Moment ist er fast erschlagen und fragt sich, ob diese Frau wirklich zu ihm passt. Kieferholzmöbelchen, ein frommes Plakat an der Wand, in der Küche ein kleines Kalenderchen mit fein ziselierten Zeichnungen. Ob sie wohl einen Verehrer hat?

Dann geht er ins Wohn-Schlafzimmer. Das schmale Bett ist wie ein Nonnenbett. Es ist abgezogen, die Decke ordentlich zusammengefaltet. Jemand muss hier gewesen sein, alles ist sauber geputzt. Die Tristesse dieser Wohnung entsteht durch die fehlende Bettina, das wird ihm gerade klar, denn als er früher hier war, hatte er nur Augen für sie.

Auf dem Nachttisch liegt ein blaues Büchlein. *Losungsbüchlein 1990* steht darauf. Fromme Sprüche, einer für jeden Tag. Manche sind dünn mit Bleistift unterstrichen. Schnell klappt er das Heft wieder zu, es ist ihm doch zu indiskret, was er da gerade macht. Wo ist dieser gottverdammte Brief?

Er lag hier auf dem Tischchen. In der Küche findet er ihn, sorgfältig zurück in den Briefumschlag gelegt, und Letzterer ist es auch, den er sucht. Die Absenderadresse. Er schreibt sie ab und verschwindet wieder aus der Wohnung.

Zu Hause entwirft er einen Brief. Nachdem er zehn Schmierzettel für seine Entwürfe verbraucht hat, holt er das wertvolle Baumwollpapier seines Großvaters mit dem Wasserzeichen der Familie Schwartz und den edlen Füllfederhalter von Mont Blanc aus dem Jahr 1910, ebenfalls vom Großvater. Seinen gelungensten Entwurf schreibt er ab:

Meine liebe Bettina,
sobald du wieder gesund bist, werde ich dich heiraten. Das Standesamt ist in der Eberhardstraße 6 in 70173 Stuttgart. Bitte gib mir umgehend Bescheid, für wann ich das Aufgebot bestellen kann, damit wir nicht noch mehr Zeit verlieren.
Dein Wolfgang

Als er sein Werk nochmals gelesen hat, findet er es ein bisschen streng. Also schreibt er noch ein PS:

Ich liebe dich mehr als alles auf der Welt!

Dann steckt er das Papier in einen gefütterten Umschlag, frankiert ihn und geht um die Ecke zum Briefkasten. Heute wird er nicht mehr geleert, aber immerhin am Montag.

Zufrieden setzt er sich an den Flügel und macht sich in aller Ruhe an die Goldbergvariationen, ein Werk, an dem er seit zwanzig Jahren arbeitet. Ob er es jemals durchdringen wird? Da kommt ihm Yvonne wieder in den Sinn. Die Goldbergvariationen hatte sie als leise Hintergrundmusik aufgelegt, als er sie zum zweiten Mal besuchte.

***

Diesmal bringt er eine rote Rose und eine weiße Lilie mit. Damit er seine *Hausaufgaben* in aller Ruhe machen konnte, ist er vor Kurzem in einen Bungalow nach Botnang umgezogen. Sie begrüßt ihn mit großem Hallo und Anerkennung für sein neues Aussehen. In der Wohnung duftet es frisch und luftig. Leise spielen die Goldbergvariationen im Hintergrund.

»Hörst du Bach?«, fragt er, als sie am Tischchen sitzen.

Sie starrt ihn eine Weile lang an: »Ich höre zwar Bach, aber du bist kein Handwerker.«

»Ich bin Kfz-Mechaniker, wie schon gesagt!«

»Du hast Pianistenhände.«

»Aber Mechanikermuskeln«, sagt er mit hochgezogener Stirn. »Und ab und zu spiele ich ein bisschen Klavier.«

»Gut?«

»Geht so – denk' schon.« Er zuckt die Schultern.

»Die hier?«

»Ich arbeite immer mal wieder daran.«

»Was arbeitest du denn daran?«

»Der hier zum Beispiel, der zeigt, was er kann als Virtuose. Da vergibt er sich manches, was Bach zwischen die Noten gelegt hat«, antwortet er und wird sogleich unsicher. Sie macht große Augen. Muss er noch was sagen? Was erwartet sie von ihm? Was will sie wissen?

Womöglich hört sie Musik und hört sie doch nicht, wie so viele Leute. »Die Noten sind wie eine Landschaft«, fährt er zögerlich fort. Wie soll man einem erwachsenen Menschen die Musik beibringen, wenn die Mama ihm schon als Kleinkind das Hören geschult hat? »Man kann sie abmalen wie ein Landschaftsmaler«, fügt er dann an und ist froh, dass er dieses Bild gefunden hat. »Oder versuchen, das Innere herauszufinden, wie zum Beispiel ein Van Gogh oder Dürer.«

Yvonnes Mund steht offen. »Junge, Junge, das gibt's gar nicht.«

»Was?«

»Du lebst zehntausend Kilometer unter deinem Niveau und merkst es nicht einmal.« Yvonne starrt ihn an, wie eine bedrohliche Medusa. »Ich sollte dir den Dienst verweigern, bis du in etwa dort angekommen bist, wo du hingehörst.«

»Aber wo gehöre ich denn hin?«

»Vielleicht ist es das Beste, dort weiterzumachen, wo wir letztes Mal aufgehört haben«, antwortet sie stattdessen und wechselt zu einem spitzbübischen Lächeln.

»Hausaufgaben kontrollieren?«, fragt er und wundert sich über seine eigene Schlagfertigkeit. Ihr Blick ermutigt ihn, noch forscher zu werden. »Oder willst du meine Mechanikermuskeln spüren?« Ohne ihre Antwort abzuwarten, hebt er sie vom Stuhl und mit einem lachenden *Huch!* lässt sie sich von ihm aufs Bett tragen.

»Dich kann man jetzt auf die Frauenwelt loslassen«, konstatiert sie später. Such dir ein Mädchen, aber überleg dir vorher, ob du eine feste Beziehung willst.«

»Will ich nicht.«

»Dann lass es die Frau von Anfang an wissen«, sagt sie und fügt dann an: »Du hast immer noch diese *Einsamer-Wolf-Ausstrahlung*. Das zieht die jungen Frauen an, die dich retten und dann heiraten wollen, und es gibt nichts Abstoßenderes als einen Heiratsschwindler.«

»Wie soll ich dann eine Frau ins Bett kriegen, wenn ich gleich zugebe, es sei nur fürs Bett?«

»Mensch Kerl, werd' weltläufig! Schau nach den Reiferen, die wissen, auf was sie sich einlassen, vielleicht die Verheirateten, denen eine Abwechslung mal guttut und von denen du was lernen kannst. Du sollst sie lieben, nicht ficken! Aber du musst erwachsener werden in deiner Ausstrahlung. Bildung, Aussehen und Manieren hast du ja mit der Muttermilch bekommen, so viel Glück hat nicht jeder. Anstatt was daraus zu machen, bist du verzagt, traust dir nichts zu. Und such' dir um Himmels Willen einen anderen Beruf!«

»Ich hab' kein Abi.«

»Dann mach's, Herrgott!«

Während Wolfgang noch an dieser Zumutung kaut, atmet Yvonne durch und fügt an: »Ich bin jetzt einige Zeit in Südfrankreich, du könntest sowieso nicht zu mir kommen.«

»Einige Zeit?« Auf Wolfgangs Ohren legt sich ein Druck, als wäre er in Sekunden in die eisigen Höhen des Himalayas gefahren.

Er schluckt, um wieder klar hören zu können, doch schon fährt die bekannte Glaswand zwischen ihm und der Außenwelt hoch. Was soll er sagen, es ist ja alles gesagt, er sollte sich verabschieden, was will er hier, diese Frau ist doch nur eine Prostituierte, eine ganz normale Hure, was macht er sich für bescheuerte Illusionen, er ist halt ein dummer Junge.

»Ich habe mein Auto in Frankreich stehen«, unterbricht Yvonne seinen rasenden Gedankenfluss mit zögernder Stimme. »Gerade überlege ich, ob du Lust hast, mich mit dem Motorrad hinzubringen.«

Etwas ruckelt in ihm wie ein wackelig gewordenes Baugerüst. Was er vor über zehn Jahren mühsam aufgebaut hat, um sich daran festhalten zu können, droht zu bröckeln. Wie kommt diese Frau dazu, daran zu rütteln? Wut zischt ihm durch den Leib und verschwindet so schnell wie sie gekommen ist, er bewegt seinen Kiefer etwas, damit er sich schließen lässt, wendet seinen Kopf und trifft ihren Blick. Dort ist nichts als Offenheit und ehrliches Interesse. Erst jetzt kann er durchatmen. Was hat sie ihm gerade angeboten?

Während er mühsam seinen Aufruhr zu verbergen versucht, sagt Yvonne in aller Gelassenheit: »Eine Woche kannst du bleiben, und wenn wir uns nicht gut vertragen, musst du früher zurück.«

»Eine ganze Woche?« Seine Stimme stolpert vor Glück.

»War's schwierig, Urlaub zu bekommen?«, fragt sie ihn bei der Abreise.

»Nö, ich hab' gekündigt und mich für das sogenannte *Begabten-Abi* angemeldet. Jetzt muss ich alles in drei Monaten lernen.«

»Glückwünsche! Was hast du dann vor?«

»Musik und Germanistik.«

»Bei dir purzeln die Bauklötze! Wird auch Zeit.«

Diese eine Woche in Frankreich ist für Wolfgang wie Regen nach langer Dürre, wie ein üppiger provenzalischer Markt, und zuweilen wie der Schlusschor einer Verdi-Oper. Sonne, Wasser, Lachen, Sex. Was den Sex angeht: Lernen fürs Leben. Mann werden.

»Mir gefällt es, wie du mich anfasst«, sagt sie an einem Vormittag. Noch immer kann Wolfgang bei solchen Komplimenten rot werden bis unter die

Haarspitzen. Er ist berührt von Yvonnes Rührung und für den Moment hat er das Gefühl, dass er diese Frau liebt. Sie liegen nackt am rustikalen Pool in ihrem verwilderten Garten und lassen das Gespräch plätschern.

Je länger er hier bei ihr ist, desto tiefer fühlt er sich Wurzeln schlagen und wie ein Baum scheint er sich mit Blättern und Ästen auszudehnen und der Sonne entgegenzuwachsen.

Es ist nicht nur der Sex, es ist diese Frau mit ihrer Stimme, ihrer Zugewandtheit und ihrer Liebe. Der Duft ihrer Haut umhüllt ihn und lässt ihn doch frei. Eine solche Frau zur festen Freundin zu haben, wäre ein Traum.

»Wir werden nie ein Paar sein.« Wieder einmal scheint sie seine Gedanken zu lesen.

»Okay.«

»Freundschaft ist gut. Von der Art, wo jeder sein eigenes Leben lebt.«

»Okay.«

»Du wirst heiraten.«

»Niemals.«

»Nicht jetzt, aber in einigen Jahren.«

»Nö.«

»Darauf verwette ich die Ehre meines Berufsstands«, sagt sie. Lachen. Glückliches, freies Lachen. Er springt in den Pool, sie hinterher. Nach ein paar Zügen bleiben sie am Rand stehen.

»Und Liebe, was ist das?«

Yvonne kichert. »Auf diesem Gebiet bin ich leider auch nur armselige Schülerin. Vielleicht ist die Liebe wie Wasser? Sie muss fließen.«

Wolfgang schöpft mit der Hand etwas Wasser und lässt es ihr sanft über die Schultern laufen. Sie reagiert darauf. Keine sichtbare Bewegung, eher ein sich Öffnen im Inneren.

Es sind die feinen Töne, die den Zauber in diese lichten Tage flechten, und als sie sich lieben, lange, ruhig, wie ein französisches Menü oder wie das gelassene Trinken eines Grand Cru Supérieur vom Château d'Yguem, spürt Wolfgang zum ersten Mal das zarte Pulsieren in ihrem Innern, dann wieder ein Zittern, eine wache Stille, ein Klopfen, Zusammenziehen und Öffnen, ein sich Weiten und ein Beben, und irgendwann bebt ihr ganzer Körper in einer Ekstase weit jenseits von Orgasmus oder Höhepunkt, die auch ihn ein Stück mitnimmt.

Er kann sich mitnehmen lassen ohne Stress, sie gibt sich dem Geschehen hin ohne Angst davor, fallen gelassen zu werden oder sich aufzulösen, dieses Vertrauen fühlt Wolfgang und er weiß, dass er sie halten kann mit seiner Präsenz, seinen Händen und seiner entspannten Männlichkeit.

***

Pünktlich auf die Minute läutet am Sonntagabend der Vater. Typisch. Die Begegnung ist ein wenig belegt, den kumpelhaften Vater-Sohn-Habitus haben sie noch nicht gelernt. Paul trägt eine vergilbte Schachtel vor sich her, die Wolfgang dunkel bekannt vorkommt. Sie ist an irgendeinen Notar adressiert, nein, es stehen mehrere Adressen darauf, ungenau übereinander geklebt, sodass man einzelne Buchstaben und Namen am Rand erkennen kann, und die Jahreszahl 1942. Als Wolfgang sie öffnen will, legt der Vater seine Hand drauf.

»Mir liegt daran, dass du sie erst öffnest, wenn du allein bist«, sagt er. »Ich würde dir gerne davon erzählen. In der Schachtel findest du dann alles belegt, in Form von Dokumenten und Briefen.«

»Okay, dann schieß los«, sagt Wolfgang, als sie mit dem Essen begonnen haben.

»Den Flügel hast du von deinen Großeltern«, beginnt Paul.

»Logisch.«

»Von deinen anderen Großeltern.«

»Welchen anderen?«, fragt Wolfgang und bekommt auf der Stelle Kopfschmerzen. Erst dann merkt er, wie dümmlich diese Frage ist.

»Hermann und Lilly Hinrichsen.«

Der Aufruhr in Wolfgangs Innerem wütet schon fast bis zum Hals. Wie soll er diesen Abend überstehen? Dann vergisst er, die naheliegende Frage zu stellen: Wie kommt der Flügel in Opa Wilhelms Salon?

Paul berichtet von seinen Entdeckungen über die Tätigkeiten des Großvaters an der Universität Tübingen. Wolfgangs Neugier verkriecht sich sofort wieder hinter den Schießscharten seines Verteidigungswalls. Er überkreuzt die Arme, ist nicht bereit, sich seinen Großvater ein zweites Mal aus dem Herzen reißen zu lassen.

»Woher willst das alles wissen?«

»Willst du es überhaupt wissen?«, fragt der Vater. Hinter seinen Augen sitzt ein verletztes Tier.

Er schweigt, macht Anstalten zum Aufstehen. Da ist Wolfgang, als striche die Seele des Großvaters an seiner Wange vorbei, um ihn daran zu erinnern, dass man unter die Oberfläche schauen muss.

Er strafft sich, atmet durch und macht sich bereit, durch den Schlamm zu schwimmen. »'Tschuldige, ich muss das alles erst einmal unter die Füße bekommen.«

»Willst du mehr hören?«

Wolfgang überlegt, warum sein Vater so verletzt ist.

»Ja, auf jeden Fall, mach weiter. Tut mir leid.«

Als nach und nach das ganze Ausmaß des großväterlichen Verbrechens ungeschönt vor ihnen liegt, sitzen sich beide Männer gegenüber, und jeder versucht, seinen Schmerz darüber vor dem anderen zu verbergen. Noch ist die Beziehung zwischen der Familie Schwartz und der Familie Hinrichsen nicht auf dem Tisch.

»Wilhelm war auch dafür zuständig, die Universität Tübingen *judenrein* zu machen und hat deinen anderen Großvater, Hermann Hinrichsen, von der Uni gejagt, weil er sich nicht scheiden lassen wollte. Dadurch raubte Wilhelm der Familie deiner Mutter jeglichen Schutz, welchen Hinrichsen als nicht-jüdischer Professor eventuell noch gehabt hätte. Nicht immer, wenn auch oft, wurden Zwangsscheidungen durchgeführt. Der jüdische Ehepartner wurde dann sofort mitgenommen. Im Fall deiner Großeltern mütterlicherseits hätte es vielleicht noch Schlupfwinkel gegeben, denn Hinrichsen war durchaus ein Name zu jener Zeit.«

In die folgende lange Pause hinein richtet sich Wolfgang plötzlich auf: »Welche irrwitzigen Schicksalsgeister führen hier Regie, dass sie ausgerechnet dich aus der Schwartzfamilie mit Mama aus der Hinrichsenfamilie zusammengeführt haben!«

»Keine Ahnung, was sich der liebe Gott dabei gedacht hat.« Paul lächelt. Zum ersten Mal heute Abend stellt sich eine fragile Entspannung zwischen Vater und Sohn ein.

»Und der Flügel?«

»Wilhelm erfuhr als einer der Ersten vom Suizid der Hinrichsens. So konnte er sich das Filetstück der Hinterlassenschaft unter den Nagel reißen.« Dann berichtet Paul vom Verlauf jener schicksalhaften Nacht, nach der sich der Großvater schließlich erschossen hat, und Wolfgang lehnt sich an die Stuhllehne, den Kopf an die Wand und schaut an die Decke.

»Das ist der Punkt, der mich die ganzen Jahre über belastet hat«, fährt der Vater fort. »Du machst mir seit fast dreißig Jahren unausgesprochene Vorwürfe, dass ich dir den Großvater genommen habe, und dein Gefühl, ich sei schuld, mag sogar stimmen.«

Der Kühlschrank brummt, Wolfgang sollte die Küchentür schließen, aber er kann nicht aufstehen.

Dann fährt der Vater fort: » ›Hätte ich es unter den Tisch fallen lassen sollen‹, frage ich mich immer wieder, und vielleicht gibt es kein Richtig oder Falsch.«

»Warum hast du nie was gesagt?«, fragt Wolfgang jetzt.

»Hast du es wissen wollen?«

»Nein, du hast recht.«

Das Schweigen legt sich leicht wie Daunenfedern über ihr Gespräch. Ein Miteinander-Sein, in dem jeder dem anderen Raum lässt.

Nach langen Minuten sagt Wolfgang: »Ich hätte es genauso gemacht.«

Paul macht den Mund auf, dann wieder zu und sackt auf dem Stuhl ein, als würde ein inneres Geländer zusammenfallen. Er streift Wolfgang mit seinem Blick, flieht wieder, schluckt und atmet ein, wie um letzte stabilisierende Kräfte zu tanken. »Ich muss mal kurz raus«, sagt er dann mit belegter Stimme, und auf dem Weg zur Terrasse hustet er.

Draußen schnäuzt er sich und zündet mit zitternden Fingern eine Zigarette an. Dann setzt er sich auf den Gartenstuhl. Bei seinem Vater ist ein Erdrutsch im Gang und bei Wolfgang gehen die Scheibenwischer an. Endlich sieht er sonnenklar, was hier passiert, und er fragt sich, wo er die ganzen Jahre seine Augen gehabt hat.

Hier ist er Zeuge eines Zusammenbruchs nach jahrelanger Überforderung als alleinerziehender Vater, mit der Trauer um seine Frau, mit diesen Eltern und mit einem unterschwellig feindseligen Sohn, der zeitweilig bis an den Rand abgeschmiert ist. Als sich der Vater stabilisiert hat, kommt er wieder herein. Jedes Wort erübrigt sich, und während beide durchatmen, schauen sie sich zum ersten Mal als ebenbürtige Männer an.

»Das ist das Leben«, sagt Paul.

»Ich bau uns eine Tüte«, sagt Wolfgang.

»Was?«

»Einen Joint.«

Sie setzen sich auf die Sessel im Wohnzimmer und während er den süßlichen Rauch genießt, erwacht in Wolfgang der Wunsch, seinem Vater noch ein kleines Geschenk zu machen. Immer hat er ihn kurz gehalten mit Informationen. Wie ein Fuchs seinen Bau bewacht, so hütete er sein Privatleben, ohne je zu bemerken, dass dieser Geiz ein unsichtbarer Stacheldraht gegenüber Paul war. Jetzt will er diesen Zaun zumindest ein kleines Stückchen öffnen.

»Ich habe ein Mädchen!«

»Was du nicht sagst«, antwortet Paul. »Dabei bist du erst vierunddreißig!«

»Ich werde sie heiraten.«

»Was wirst du?« Jetzt kommt doch noch maximale Bewegung in die haschischgeschwängerte Luft. Dann lässt sich der Vater wieder ins Polster sinken und fragt: »Weiß die Angebetete schon, dass sie demnächst von dir geheiratet wird?«

»Am Dienstag kriegt sie meinen Brief.«

Dann verfallen beide in angeheitertes Gelächter. Um 0.15 Uhr lässt sich der Vater vom Taxi abholen.

Montagmorgen im Lehrerzimmer kurz vor dem Läuten. Alle sortieren gerade ihr Unterrichtsmaterial für die erste Stunde, im Raum herrschen emsiges Treiben und lustige Gespräche. Da kommt der Rektor.

»Liebe Kollegen, wartet mal, bevor ihr in die Klassen geht. Ich habe eine Nachricht bekommen.«

Als die Augen des Rektors kurz auf Wolfgang ruhen, schwillt dessen Kehle zu.

»Bettina Felder wollte heute wieder mit der Arbeit beginnen. Sie ist gestern Abend auf dem Weg hierher nach Stuttgart verunglückt. Man konnte sie an Ort und Stelle wiederbeleben, aber die Ärzte machen uns kaum Hoffnungen. Sie liegt im Gesundbrunnenkrankenhaus Heilbronn im Koma.«

In Wolfgang tobt ein sechsjähriges Kind, das schreit: *Du lügst! Das stimmt gar nicht, du lügst, du lügst! Sie ist nicht tot!,* und das Kind ist gefangen in einem Körper aus Marmor und kann nicht heraus. Wolfgang kann sich nicht bewegen, sein Gesicht ist nass von kaltem Schweiß.

Der Rektor klopft ihm auf die Schulter, dann fasst er Wolfgangs Hände. »Er ist im Schock, kann ihn jemand in die Arztpraxis auf der anderen Straßenseite bringen?«

Dort legt man ihn auf eine Liege, lagert die Füße hoch. Der Arzt leuchtet in seine Augen, misst den Blutdruck, versucht mit ihm zu sprechen. Jemand bringt ihm ein Glas Wasser, aus dem er nicht trinkt.

»Bleiben Sie eine Weile zur Beobachtung hier. Vielleicht müssen wir Sie ins Krankenhaus bringen. Ruhen Sie sich aus.«

Wolfgang starrt an die Decke mit den vergitterten Neonröhren, so lange, bis ihm die Augen brennen. Er will die Augen schließen, aber sie gehorchen ihm nicht, auf jeden Fall nicht gleichzeitig. Dann blitzt ein Gedanke in ihm auf: Er muss nach Hause und die Schachtel öffnen.

Er steht auf, verlässt die Arztpraxis, geht ins nunmehr leere Lehrerzimmer, holt seine Motorradklamotten und fährt heim. Dort sitzt er auf dem Sofa und hat vergessen, was er eigentlich wollte. Das Telefon läutet. Der Rektor.

»Ja, ich komme zurecht. Vielleicht kann ich ein oder zwei Tage krank machen, das würde mir helfen.« Wolfgang hat sich von außen beim Telefonieren beobachtet. Wird er jetzt verrückt? Was wollte er verdammt noch mal in dieser Wohnung? Dann hört er das glockenhelle Lachen von Yvonne. *Yvonne, bist du da?* Natürlich ist Yvonne nicht da, sie ist in Frankreich. Es sitzen zwei Wolfgangs in diesem Zimmer, das wird ihm jetzt glasklar. Dann fällt ihm ein, woher Yvonnes Lachen kommt. Als er ihr vor ein paar Jahren erzählt hat, er sehne sich nun doch nach einer festen Beziehung. Da hat Yvonne genauso gelacht und gesagt, ja dann, lieber Wolfgang, musst du erst einmal deine Mutter sterben lassen, damit eine andere Frau Platz hat.

Das fand er damals total daneben, zumal er ihr niemals etwas über seine Mutter erzählt hatte, und es war eine der ganz wenigen Verstimmungen zwischen ihnen. Jetzt, wo er dieses Lachen zum zweiten Mal hört, ergibt es ein fertiges Bild: Er muss seine Mutter sterben lassen, damit Bettina leben kann.

Wolfgang steht auf und nimmt die Kiste. Er öffnet sie und obendrauf liegt Pestilenzia. Als kleines Kind durfte er manchmal mit Pestilenzia spielen, die hat er so gerne gemocht, obwohl sie damals schon ziemlich zerzaust war. Das ist unser

Geheimnis, hat die Mama gesagt, und wenn er fertig war mit Spielen, hat sie die Puppe wieder dort hingesetzt, wo sie gewohnt hat, nämlich ins obere Fach des Kleiderschranks.

Wolfgang muss über diese hübsche Kindheitserinnerung schmunzeln, und noch bevor er fertig ist mit schmunzeln, holt ihn diese Monsterwelle ein, die damals Mama mitgenommen hat und vor der er fast dreißig Jahre lang davongerannt ist. Jetzt kommt sie und nimmt ihn mit, endlich ist er bereit, sich ihr auszuliefern.

Er kann sich nicht mehr dagegen wehren, und die Welle kommt und wölbt ihren mächtigen Kamm über ihn. Sie nimmt ihn mit in den tiefsten Ozean der Welt – dorthin, wo Verzweiflung, Schmerz und Hoffnungslosigkeit wohnen. Mitten hinein in ein namenloses Leiden nimmt ihn die Woge, und ohne dass er etwas sehen kann, weiß er, dass dies das Leiden des jüdischen Volkes seit tausend Jahren ist.

Bilder tauchen jetzt auf von Menschen in gestreiften Anzügen, verhungert, in Viehwaggons gepfercht, gequält, gehetzt, die Blicke voller Angst und tiefster Resignation, und in diesem Moment fühlt und begreift er zum ersten Mal in seinem Leben, dass er durch seine Mutter und durch deren Mutter Teil dieses Volkes ist.

Ein Schrei ballt sich in ihm zusammen, der seinen Brustraum sprengen will, und er würgt und würgt und endlich dringt er aus seiner Kehle. Es ist der Schrei um seine Mutter und auch der Schrei seines Volkes. Seine Kehle ist nicht groß genug für diesen mächtigen Schmerz, deshalb muss er weiterschreien, so lange, bis alles leer und erschöpft ist in ihm. Weiter wird er geschwemmt von zehntausend Wellen, nirgends kann er ausatmen, und er sieht Bilder, die er nie in seinem Leben gesehen haben kann.

Menschen, freundliche Menschen, und eine Synagoge im Keller, mit warmem Kerzenschein. Männer mit Kippa, die schwarz-weiße Tücher umgehängt haben, lesen aus Schriftrollen; auch Frauen und Kinder sind da. Ein kleines Kind taucht mit seiner hellen Stimme den Keller in goldfarbenes Licht, und in diesem Moment weiß er, dass dies seine Mutter ist.

Auf einmal ist die Mutter erwachsen und schön, wie sie immer war und sie nimmt ihn in ihre Arme und jetzt drängen Schluchzer aus seiner Kehle, hart und beißend, sie verwunden das Innere seines Halses, aber er kann nicht aufhören zu wehklagen, warum bist du einfach verschwunden und hast dich nicht einmal verabschiedet, und als das Scharfe des Schluchzens nachlässt, kann er es endlich geschehen lassen und die Tränen fließen ungehindert und die Mutter hält ihn. Als die Tränen versiegen, lässt die Welle ihn noch immer nicht zur Ruhe kommen. Wird er sterben?

Da sieht er die Augen seines Großvaters und hinter ihm Tausende solcher Augenpaare, schwarz vor Hoffnungslosigkeit, so tief, dass nicht einmal mehr Reue Platz hat, und er ist froh, dass Opa angekommen ist in diesem dunklen Schlamm, denn dort, wo das Düstere am undurchdringlichsten ist, kann vielleicht Vergebung geschehen. Aber die muss von einem Größeren herkommen als von Wolfgang oder seinem Vater.

Jetzt fühlt er etwas Klebriges an seiner Haut, und als er es wegwischen will, hat sich dieses Klebrige bereits in alle seine Zellen ausgebreitet. Muss er die Liebe zu seinem Großvater abwaschen? Er versucht, wieder und wieder das Klebrige von seiner Haut zu bekommen, und reißt sich dabei fast das Herz heraus.

Da treibt das rauschende Wasser ihn in ein Land, in dem eine große Verwirrung herrscht. Wieder sieht er unendliches Leid, brennende Städte, leere Gesichter, Flüchtlingskinder, die ins Meer fallen und unter den Eisschollen verschwinden, geschändete Frauen, Hunger und Kinder, die von Handgranaten zerfetzt werden.

Dann sieht er Kindersoldaten in einem umzäunten Lager, die vor Durst und Hunger sterben, obwohl der Rhein an diesem Lager vorbeifließt und als Frauen ihnen Brot und Wasserflaschen über den Zaun werfen, werden sie von Soldaten in amerikanischer Uniform erschossen.

Über all dem steht *Schuld, Schuld, Schuld* und er weiß, dies ist sein Heimatland, auch das ist Teil von ihm, denn er ist mit der Verwirrung und der Schuld aufgewachsen, sodass sie verschmolzen ist mit seinem ganzen Wesen. Jetzt endlich sieht er, dass diese Verwirrung das Klebrige ist und er weiß, dass er es nie wieder wegbekommen wird.

Da schreit in seinem Inneren ein neugeborener Säugling, frisch und rein, und er nimmt ihn sanft in den Arm und herzt ihn und sagt zu ihm, nein, wir beide tragen keine Schuld, wir waren nicht dabei.

Wie er das Kindlein herzt und küsst, da wallt seine überwältigende Liebe zu seinem Opa auf, und die ist frisch und rein wie das Neugeborene und unberührt von dem, was der Großvater getan hat, denn die Liebe ist ein Baby und schert sich nicht um Gut und Böse. Dann nimmt die Woge ihn wieder mit und endlich darf er auf ihrem Kamm reiten, und sie setzt ihn sanft ab an der Stelle, wo sie ihn ergriffen hat.

Wolfgang liegt auf seinem Sofa, er hält die Schachtel im Arm wie eine Geliebte. Es ist dunkel, obwohl es vorhin noch Morgen war. Sein Hemd ist nass geschwitzt, ebenso sein Gesicht. Er schaut auf die Uhr. Es ist halb elf Uhr abends. Sein Kopf ist vollkommen klar. Er steht auf, macht sich einen Kaffee und geht damit auf die Terrasse. Heute ist eine große Sternennacht.

Am nächsten Morgen fährt er hinauf zum Dornhaldenfriedhof, kauft beim Friedhofsgärtner einen dicken, vielfarbigen Blumenstrauß und fragt auch nach einer Grabvase. Während er an der Wasserstelle die Vase füllt, blickt ihn aus dem Wasser sein Gesicht entgegen. Das ist er, Wolfgang Schwartz. Wie im Grab Täter und Opfer in intimer Nähe beieinanderliegen, so liegen sie auch in seinem Herzen eng zusammenliegen und beide fließen in seinem Blut.

Er steckt die Vase in die Graberde und setzt den schönen Stein daneben, den er als Kind gefunden und seither aufbewahrt hat. Der Stein ist für seine anderen Großeltern Hermann und Lilly Hinrichsen. Eine einzelne rote Rose, aufgeblüht und ohne Stiel legt er in die Mitte des Grabes. »Für dich, meine Mama«, sagt er laut und schämt sich nicht, denn die Tränen, die jetzt kommen, sind weich und richtig.

Als er wieder zu Hause ist, blinkt der Anrufbeantworter. Der Rektor.

»Ich hoffe, es geht dir gut. Wir haben eine Nachricht aus dem Gesundbrunnen in Heilbronn erhalten. Bettina hat die Augen aufgeschlagen und ist über dem Berg.«

Hingabe

Hanna Felder, geb. 1930

Weingart, 1963

Autsch! Jetzt verbrennt sie sich noch am Backofen! Mit Zornestränen in den Augen schmettert sie den Topflappen auf den Boden und lässt kaltes Wasser über die aufquellende Blase an ihrem Handrücken laufen.

»Das ist nicht meine Wahl!«, will sie schreien. Zehn Kuchen soll sie backen für die Taufe des Hofnachfolgers von Egon und Elisabeth. Ausgerechnet zu diesem Anlass! Doch selbstverständlich helfen sich alle Schwestern bei großen Festen gegenseitig.

»Hofnachfolger! Dass ich nicht lache!« Bitterkeit stößt ihr auf wie Sodbrennen. Es ist das dritte Kind von Elisabeth. Zwei Mädchen hat sie schon, und jetzt ist der Junge gekommen. Die Stadtflagge haben sie auf dem Balkon gehisst! Endlich ist ein Bub da.

Und sie, Hanna – die Ältere! –, sie hat noch immer kein Kind, keinen Jungen und auch kein Mädchen! Hanna ist über dreißig und ein verwelkender Blumenstrauß. Sie schwitzt, seit heute Vormittag läuft neben ihr der Backofen auf Hochtouren.

Durst! Sie trinkt Wasser aus dem laufenden Hahn und macht sich daran, die Äpfel für den nächsten Kuchen zu schälen. Was ihr normalerweise leicht von der Hand geht, treibt sie heute fast in den Wahnsinn.

Vierzig Kuchen braucht Elisabeth! Natürlich ist da die riesige Verwandtschaft, und alle kommen mit ihren Kindern. Keine ihrer acht Schwestern ist kinderlos. Hannas Eltern haben schon eine Unzahl von Enkelkindern.

Nur sie kann nichts zum familiären Kindersegen beitragen. Vierzig Kuchen! Bei der Taufe des Hofnachfolgers wird sogar an die nicht eingeladene Nachbarschaft Kuchen verteilt. Alles ganz normal. Doch sie alle schwimmen auf dem Fluss ihrer Tränen, diese bunten Boote der Feierei und Sich-Freuerei ihrer Verwandtschaft – denn jede Niederkunft einer ihrer Schwestern verschlimmert Hannas Schmerz.

Sie legt die fein geschnittenen Apfelscheiben auf den Hefeteig. Der Teig muss so dünn ausgewellt sein, dass man eine darunterliegende Zeitung noch lesen könnte. Das ist der Hausfrauenstandard der Familie. Jetzt muss sie aufpassen, dass sie nicht ihren Groll mit in den Kuchen backt. Schon spürt sie, wie die giftgrüne Brühe ihr Gemüt durchdringt und den sauberen, unschuldigen Schmerz zersetzt, bis er Blasen wirft und bitter wird und ihre Lippen dünn und hart werden lässt.

Wie soll sie den Taufsonntag durchstehen? Wie soll sie weitermachen? Wie soll sie leben? Ihr ganzes Leben allein mit diesem Mann verbringen? Jetzt erschrickt sie über sich selbst. Warum ist sie so undankbar? Hans ist kein schlechter Mann. Sie denkt an ihr Hochzeitsfest vor sechs Jahren und wie hoffnungsvoll sie damals in die Zukunft geschaut hat. Täglich sieht sie das Foto vor sich auf dem Büffet.

Ein Leben mit einer großen Kinderschar, wie sie es zeitlebens kennt, das war die selbstverständliche Erwartung. Nur sechs Jahre ist es her und die Zukunft hat ihren Hals schon auf die Schlachtbank gelegt, denn es wird eine tote Zukunft sein. Ihr Leben wird sich dahinschleppen ohne Freude, ohne Sinn. Sicher, Hans ist ein guter, stiller Mann. Sie kann sich nicht beklagen. Aber – ach, weiter will sie jetzt nicht nachdenken.

Womöglich hat Gott doch gewollt, dass sie den Weg der Ehelosigkeit wählt und Diakonisse wird? Wie sehr hat sie um die richtige Entscheidung gerungen, bevor sie sich mit Hans vermählt hat! Wie oft hat sie im Gebet nach einem Zeichen gefragt, um Klarheit über ihren Lebensweg zu erhalten. Am Ende entschied sie sich für die Heirat. Hat sie doch nicht richtig auf Gott und seinen Willen gehört? Hat sie sich von eigenen Wünschen treiben lassen? Falsch entschieden – Leben verwirkt.

W*arum strafst du mich, Gott,* schreit sie innerlich, als sie den sechsten Kuchen in den Backofen schiebt. Dann wischt sie sich den Schweiß von der Stirn und lässt sich auf den Küchenstuhl fallen. Sie nimmt die Bibel, die immer auf der Eckbank liegt, und schlägt wie schon so oft die Stelle bei Samuel 1 auf.

»Herr Zebaoth, wirst du das Elend deiner Magd nicht vergessen, und wirst du deiner Magd einen Sohn geben, so will ich ihn dem Herrn geben, sein Leben lang.«

Die Hanna in der Bibel ging damals in den Tempel und betete. Eigentlich hätte auch Hanna selbst jetzt Lust, in die Kirche zu gehen und zu beten. Das geht natürlich nicht, mitten in der Woche. Man soll im stillen Kämmerlein beten, denn wenn sie sich mitten am Tag in eine Kirchenbank setzen würde, könnten die Leute denken, sie hätte nichts zu tun – oder schlimmer noch, sie würde mit ihrer Frömmigkeit prahlen wollen. Doch sie muss raus aus diesem Haus. Wohin? Einfach spazieren gehen, mitten am Tag? Das wäre noch verrückter, als in der Kirche zu hocken.

Dann nimmt sie den sechsten Kuchen aus dem Backofen und schaltet ihn aus. Für heute ist genug gebacken. Der Schmerz ist immer da. Dieser Stachel wird mit jedem Tag, der vergeht und einen Teil ihres öden Lebens mitnimmt, tiefer in ihren Leib getrieben. Da reißt sie sich die Kittelschürze herunter und wirft sie auf den Stuhl, wo sie als faltiger Haufen weiß-blauen Stoffs liegen bleibt, und öffnet die Gartentür. Luft braucht sie jetzt, Luft zum Atmen.

Sie zieht ihre festen Schuhe an und setzt sich ins Auto. Kurz sticht sie das schlechte Gewissen, mitten am Tag einfach irgendwo hinzufahren, ohne etwas erledigen zu müssen. Aber Hans wird erst spät von der Arbeit kommen und es wäre auch nicht schlimm, wenn er sich sein Wurstbrot selbst streichen müsste.

Ohne zu wissen wohin, fährt sie Richtung Süden. Einfach raus, dorthin, wo niemand sie kennt. Wie hasst sie die mitleidigen Blicke derer, die sie betrachten und sich das Maul darüber zerreißen, ob sie nicht endlich schwanger wird. Als sie ungefähr eine Stunde gefahren ist, sieht sie vor sich den Albtrauf und dann den riesigen Bergrutsch bei Mössingen. Dort findet sie einen Parkplatz und geht einige Schritte in die Natur.

Hier steht er vor ihr, dieser mächtige Felsen, und sie kommt ein wenig zur Ruhe. Ein kurzes Ausschnaufen, ein Für-Sich-Sein, doch die Stille kann nicht bis in ihr Herz dringen, denn das ist voll mit Hader und Trauer. Dieser Fels ist wie die Sperre auf ihrem eigenen Lebensweg und sie ruft laut zu Gott:

»Warum lässt du mich liegen wie ein ausgetrocknetes Feld? Habe ich dir nicht mein Leben geweiht und es in deine Hände gelegt? Horche ich nicht schon seit meiner Kinderzeit in die Stille hinein und warte auf dein Wort? Ich bin wie zertretenes Gras, wie ein ausgetrockneter Brunnen, wie ein Baum, der keine Früchte trägt und den man im nächsten Frühjahr schlagen sollte. Sechs Jahre bin ich verheiratet und sechs Jahre sind lang, denn mein Leib vertrocknet! Du weißt, wie nah der Herbst dem Frühling folgt, und mein Sommer ist fast vorbei.«

Sie schaut hinauf zu diesem Felsen, als könne sie von dort Gottes Stimme empfangen. Doch Gott schweigt. Also legt sie nach:

»Ich kann dein Schweigen nicht mehr ertragen, Gott! Es dröhnt in meinen Ohren! Kein irdisches Herz kann dein Schweigen ertragen. Ich hasse dein endloses Schweigen über meiner

schreienden Not! Hast du mich nicht gehört, Gott? Hast du mich nicht verstanden? Muss ich dir meine Qual ausdeutschen? Dir, der doch alles versteht? Warum hörst du mich nicht, du Schwerhöriger? Wenn du Gott bist und Herr aller Fülle, wieso lässt du mich dann darben?«

Wie durch ein Band aus Schmerz und Demütigung fühlt sie sich mit allen unfruchtbaren Frauen zu allen Zeiten der Menschheit verbunden, die unter dem Joch dieses weiblichen Leids stehen. Doch es liegt kein Trost darin, mit den Galeerensklavinnen so vieler Generationen im Bauch der Schiffe von fröhlichen Familien zusammengekettet zu sein. Es liegt kein Trost darin, dass auch andere Frauen Unterleibskrämpfe bekommen, wenn sie Kinderlachen hören, und es stärkt sie nicht, dass auch andere auf der Toilette leise weinen, nachdem sie der Freundin oder Schwester zur Geburt ihres Kindes gratuliert haben. Ihre Verzweiflung wird vom Felsen auf sie zurückgeworfen, ein leeres Echo ohne Verheißung, ohne Trost.

»Erhöre mich, Gott, oder lass mich sterben.«

Dann legt sie sich bäuchlings ins Gras und streckt die Arme aus. Bald ist ihr, als würde ihr von der Tiefe der Erde und nicht von der Höhe des Felsens her neue Kraft zufließen. Es ist kein Strömen, eher ein zartes Sickern, keine göttlich dröhnende Antwort, eher ein tröstliches Nieseln. Da ahnt sie, dass etwas passieren wird.

Als sie am Sonntag als Patin des Hofnachfolgers dieses Kind auf den Armen trägt und über das Taufbecken hält, besteht ihr Inneres nur noch aus Tränen. Ein einziger Schmerz sind ihr Leib und ihre Seele; und sie braucht alle Kraft, den Säugling auf dem Arm zu halten wie Christopherus, der das Jesuskind über den Fluss getragen hat.

Als sie ihn fast schon an ihre Schwester zurückgeben will, weil sie Angst hat, das Kind könnte ihr ins Taufbecken fallen, strömt etwas in sie ein, das ihr sanfte Stärke gibt. Es ist wie ein weicher Lichtstrahl, etwas, das Leichtigkeit entstehen lässt – und plötzlich weiß sie, dass ihre Eltern ihr nicht umsonst den Namen *Hanna* gegeben haben.

Während der Pfarrer die Worte zum Sakrament der Taufe spricht, »*Ich taufe dich auf den Namen des Vaters, des Sohnes und des Heiligen Geistes*«, spricht Hanna im Inneren mit ihrem Gott:

»*Wenn du mir, wie meiner biblischen Glaubensschwester Hanna, den Leib öffnest und mir ein Kind schenkst, weihe ich es hier und heute dir und ich verspreche mit allem, was ich bin und habe, dass ich dieses Kind zu einem Christenmenschen erziehen werde.*«

Im nächsten Monat bleibt Hannas Blut aus und neun Monate später gebärt sie Bettina, ihr erstes und einziges Kind. So hat Gott sie am Ende doch erhört, wie Rahel, die Schwester Leas; wie Sara, die Frau Abrahams; und wie Elisabeth, die Frau des Zacharias. Durch eine weibliche Blutlinie fühlt sie sich mit all den großen unglücklich-glücklichen

Frauen der Bibel verbunden. Der Strom ihrer Dankbarkeit und ihres Mutterstolzes entspringt diesen alten Zeiten und trägt ihr Lebensschiff würdevoll in die Zukunft.

Erst nach drei Jahren glimmt ein Lichtlein auf, ein kleines Streichholz nur. Es leuchtet für einen Moment, weil es jemand über die Reibefläche zieht, und es zeigt mit seinen scheuen Strahlen zwei Wortgeschwister, die so tun, als wären sie gleich. Doch ihre Unterschiede könnten größer kaum sein. Die ungleichen Geschwister heißen Mutterstolz und Mutterliebe.

Das Streichholz flammt auf, als Bettina mit kaum drei Jahren einen ganzen Tag im Haus von Elisabeth verbracht hat. Hans und Hanna fahren am Abend gemeinsam hinaus zum Hof und holen sie ab. Ihr zartes, stilles Kind kommt aus dem Haus und rennt freudestrahlend auf sie – nein – auf Hans zu.

»Papa, Papa«, ruft Bettina. Kurz vor ihm bleibt sie stehen und strahlt zu ihm hinauf. Er blickt zu seiner Tochter hinunter und seine Augen leuchten, wie Hanna ihren Mann noch nie erlebt hat. Es ist ein Leuchten, das mit der Unendlichkeit verbunden ist. »Komm«, sagt er und geht ihr voraus zum Auto. Erst dort nimmt er sie hoch und setzt sie auf den Rücksitz. Dann streicht er mit seinem Handrücken schüchtern, aber unendlich zart über ihre Wange.

Ein schon fertig geglaubtes Puzzle löst sich wieder auf, die Einzelteile verschwinden von ihrem

Platz und verursachen Chaos in ihrem Kopf. Sie hat ihren Mann bei Weitem nicht zu einer Liebe dieses Ausmaßes fähig gehalten. Warum schmerzt sie das? Ist sie eifersüchtig auf ihr unschuldiges Kind? Was ist mit ihrer eigenen Liebe zu ihrem Kind?

Auf dem Heimweg schläft Bettina auf dem Rücksitz, während Hans und sie schweigend wie immer nebeneinandersitzen. Welcher Schmerz zerrt in ihrem Unterleib? Hat Gott ihr die Liebe zu dem Mädchen erst gar nicht gegeben, weil es ja nicht ihr Kind ist, sondern seines? Und was ist mit ihrer Ehe? Wer ist ihr Mann? Wer ist sie als Frau? Sie wird diesen Knäuel von offenen Fragen in nächster Zeit auseinandernehmen müssen, im Gebet und in ihren Gedanken.

Zu Hause bringt sie Bettina ins Bett. Sie setzt sich wie jeden Abend neben sie und singt mit ihr das Abendlied:

> »*Breit aus die Flügel beide,*
> *o Jesu, meine Freude,*
> *und nimm dein Kücklein an.*
> *Will Satan mich verschlingen,*
> *so lass die Englein singen:*
> *dies Kind soll unverletzt sein.*«

Da legt sich in ihr der aufgewühlte Schlamm wieder etwas und sie übergibt ihr Kind erneut dem Herrn, denn ihre Aufgabe ist es, ihm Nahrung und Schutz zu geben, es zu umsorgen, es zu einem Christenmenschen zu erziehen; und wenn die Liebe von ihrem Vater kommt, reicht das ja auch, denn das Kind gehört Gott und nicht ihr.

Als sie zurück in die Küche geht, blättert ihr Mann gerade eine Bibelseite um. Er schaut kurz auf, als würde er fragen wollen, ob es irgendetwas gibt, dann wendet er sich wieder seiner Lektüre zu. Hanna bleibt an der Tür stehen.

»Schläft sie?«, fragt er.

»Ich denke schon. Sie hat mir noch erzählt, was sie heute erlebt hat. Aber sie war sehr müde.«

»Wir haben eine wundervolle Tochter, gell?«

»Ja«, sagt Hanna und fragt sich, warum sie so erschöpft ist.

»Manchmal kann ich gar nicht fassen, was Gott uns für ein Geschenk gemacht hat mit Bettina«, sagt Hans.

»Ja, das stimmt.«

Er wendet sich wieder seiner Bibel zu. Sie bleibt an der Tür stehen und weiß selbst nicht, warum. Sie ist zum Dornbusch geworden, der in der Wüste wohnt. Zum Glück steht noch etwas Geschirr auf der Spüle. Sie macht sich ans Abwaschen. Dann begibt sie sich zu Bett. Bevor sie sich zum Schlafen auf die Seite dreht, bittet sie Gott um Klarheit darüber, was sie so plagt. Irgendwas rumort in ihrem Unterleib und dieses *Irgendwas* tut ihrer Seele weh.

»Gute Nacht«, sagt Hans, nachdem er sich neben ihr ins andere Bett gelegt hat. Er sagt es mit einer seltsamen Wärme, wie Hanna scheint.

»Gute Nacht«, sagt sie. Vielleicht merkt er, dass sie etwas hat und mag sie nicht fragen? Aber sie weiß es doch selbst nicht. Sie blickt an die Zimmerdecke, von draußen scheint sanft die Straßenlaterne herein, nicht hell, nur gerade so, dass nicht alles stockdunkel ist. Sie lauscht in die Stille und genießt die leise Wohngegend, in der sie leben.

»Bist du noch wach?«, fragt sie nach einer Weile.

»Ja«, sagt Hans.

Nach langem Schweigen sagt sie: »Ich habe in deinem Blick die Liebe gesehen, als du Bettina angeschaut hast.«

»Ja, das ist so.«

»Ich habe dich vorher nie so gesehen.«

»Du meinst, ich habe dir keine Liebe gegeben?«

»Vielleicht«, antwortet sie.

»Du hast den ehelichen Verkehr schon vor Jahren eingestellt, nachdem du mit Bettina schwanger warst.«

»Nein, das meine ich nicht.«

»Habe ich dir damals wehgetan? Ich meine, in unseren ersten Jahren?«

»Nein, nicht gerade wehgetan. Ach, ich weiß auch nicht. Ist schon eine Weile her.«

»Ja«, sagt Hans.

»Es war so – kantig und schnell. Ich habe es ohne Liebe empfunden. Ich glaube, du hast mir deine Liebe nicht gegeben.«

»Hast du mir denn die deine gegeben?«

Jetzt muss Hanna nachdenken, denn seine Frage ist berechtigt. Wo ist ihre Liebe, ihre körperliche Liebe? Sie hat sich schon früh in ihrer Jugend Gott überantwortet und sich ihm mit Leib und Seele verschrieben. Das war damals, als die Tiefflieger die Menschen um sie herum auf dem Feld mit Maschinengewehren zusammengeschossen haben.

Als ihr Städtchen zerbombt wurde und ihre Mutter im Luftschutzkeller während der schlimmsten Bombennacht Zwillinge gebar und eines der beiden Babys nicht herauskam aus dem Bauch. Sie waren verschüttet, und als sie den Schutt endlich weggeräumt hatten, mussten die Kinder die Mutter mit dem Leiterwägele ins Krankenhaus hinunterfahren und teilweise über die Trümmer tragen. Die Angst, dass der heulende Feuersturm sie in seine lodernden Fluten hineinzog, war übermächtig.

Als sie die Mutter schließlich im von Verletzten überbordenden Krankenhaus abgegeben hatten, konnte Hanna ihre rechte Hand nicht mehr öffnen, sie war zur Faust verkrampft. Ihre Schwester Karla massierte sie damals wochenlang immer und immer wieder, damit sie wieder arbeiten konnte.

Dann brannte der Hof lichterloh, mit allem, was darinnen war, und die ganze Familie mit der großen Kinderschar musste in einer Höhle in ständiger Angst vor neuen Angriffen und vor den einmarschierenden Soldaten leben. Damals wurde ihnen kein Haar gekrümmt. Das war Gottes Zusage in dem Lied, das sie sangen, während sie bei Tag und Nacht Bombenangriffen ausgesetzt waren:

*»Drum soll vor dir mein Herz sich stillen,
ich weiß, dass ohne deinen Willen
kein Haar von meinem Haupte fällt.
Auf dich allein kann ich vertrauen
und meiner Zukunft Hoffnung bauen
in dieser unbeständ'gen Welt.«*

Wie oft hat sie im Keller, als die Wände gewackelt haben, vor dem Herrn gekniet und ihn um Schutz angefleht, nicht nur für sie, sondern für die ganze große Familie. Damals hat sie sich Gott verschrieben, mit Haut und Haar und mit ihrer ganzen Liebe. Trotzdem sollte es doch möglich sein, auch im irdischen Sinn Liebe zu haben, zu geben und zu empfangen. Sie weiß, dass sie ein gütiger Mensch ist. Vielleicht manchmal einer, der Groll in sich trägt, aber wer ist schon ohne Sünde?

»Ich überlege gerade«, sagt sie.

»Hmm«, macht Hans und zeigt damit, dass er noch ganz wach ist.

»Vielleicht hat sich irgendwas in mir verschlossen, weil ich so viel Angst gehabt habe in meiner Kinderzeit im Krieg. Vielleicht hat sich, wie meine Hand, auch mein Unterleib zusammengezogen, ohne dass ich es gemerkt habe.«

Hans antwortet nicht gleich, aber sie spürt, dass er nachsinnt. »Vielleicht hat sich bei uns beiden etwas verschlossen oder verkrampft von der vielen Angst«, sagt er nach einer Weile. »Und von der Brutalität«, fügt er an.

»Das ist gut möglich«, antwortet Hanna und fühlt sich schon etwas besser, weil sie in dieser

Ruhe mit Hans reden kann und gleichzeitig für sich selbst eine Erklärung findet. »Vielleicht können wir uns deshalb nicht so lieben, wie es sein sollte.«

»Möchtest du, dass wir den ehelichen Verkehr wieder aufnehmen?«, fragt Hans.

»Nein, eigentlich nicht, oder ist es für dich schwierig so?«

Hans atmet durch. »Nein – es geht.«

Hanna kommt wieder dieses Bild in den Sinn, wie Hans die kleine Bettina angeschaut hat, so rein und unbefangen, so warm und voller Liebe. »Vielleicht darf ich mich einfach ein wenig an dich anlehnen, wenn es dich nicht stört, eigentlich nichts sonst, nur anlehnen.«

»Ja«, sagt Hans, öffnet seine Arme und dreht sich zu ihr. Sie legt sich in seine Achsel und er hält seinen Arm um ihre Schulter, und weil seine rechte Hand dadurch überflüssig geworden ist, fragt er, ob er sie auf ihren Bauch legen darf.

»Ja«, sagt Hanna.

Da legt er seine Hand mit einer solchen Zartheit auf ihren Bauch, dass auf der Stelle etwas in Hannas Innerem aufweicht und in sich zusammenfällt. Es regnet in der Trockenkammer ihres Schoßes und sie fragt sich, wie eine einzelne Hand so viel in ihr auslösen kann. Es ist gut und es tut weh, nicht im Leib, sondern in ihrer Seele, und sie hofft, dass er seine Hand noch eine Weile liegen lässt.

Als Bettina in die Schule kommt, zeigt sich schnell, dass sie ein kluges und schnell denkendes Kind ist. Insbesondere im Rechnen ist sie den anderen

Kindern um Längen, zuweilen um Jahre, voraus. Sie ist ein unkompliziertes, ruhiges Mädchen, doch Hanna fragt sich manchmal, ob sie nicht allzu verschlossen ist. Bettina hat praktisch keine Freundinnen. Dann kann sie die Sorge auch wieder loslassen, denn sie und Hans geben ihr Bestes mit ihrem einzigen Kind. Sie geht gerne in den Kinderbund, später in den Mädchenkreis und in den Jugendbund, und scheint sich zu einem hingebungsvollen Christenmädchen zu entwickeln.

Im Alter von ungefähr dreizehn Jahren kommt sie einmal recht verstört von einer Mädchenfreizeit nach Hause. Dort war, das weiß Hanna, das Thema Liebe und Ehe auf dem Programm, und es sollte die Jugendlichen schonend und im christlichen Sinn auf ihr Erwachsenwerden vorbereiten. Bettina erzählt zu Hause nichts davon, was auf der Freizeit passiert ist, aber immer wieder hat sie Anfälle von Starre und kaltem Schweiß, als hätte sie vor irgendwas Angst.

Hanna nimmt Kontakt mit der Diakonissenschwester auf, die diese Freizeit geleitet hat. Auch die Schwester beschreibt Bettina als ruhig und zurückgezogen, aber nicht auffällig.

»Ein einziges Mal habe ich gemerkt, dass sie sehr blass war, das war an einem Morgen. Damals habe ich sie angesprochen und gefragt, ob sie was hätte«, sagt die Schwester. »Sie hat den Kopf geschüttelt und gesagt, es sei nichts.«

»Sonst war nichts?«, fragt Hanna. Insgeheim befürchtet sie, dass es vielleicht doch einen

Jungen gab, der Bettina angefasst hatte, oder irgend so etwas. Aber das traut sie sich nicht zu fragen, schließlich war es eine Mädchenfreizeit. Die Leiterinnen waren Schwestern und die Helferinnen junge Frauen.

»Sonst war eigentlich nichts«, sagt die Diakonisse und fügt dann an: »Da fällt mir ein, gerade, als ich damals weitergehen wollte, hat Bettina gesagt, sie hätte Angst. Und als ich sie gefragt habe, wovor, sagte sie ›*vor Gott*‹. Ich lachte damals und meinte, sie brauche doch vor Gott keine Angst zu haben.«

Hanna geht mit Bettina zum Hausarzt, der verschreibt ihr Tabletten gegen die Panikanfälle. Danach wird es besser. Vielleicht war das nur ein Wachstumsproblem.

Als Jahrgangsbeste besteht Bettina das Abitur und studiert Mathematik, danach promoviert sie, ebenfalls mit Bravour. Sie hat eine mathematische Begabung, die weit über dem Durchschnitt liegt. Bereits während des Studiums schließt sie sich einer christlichen Jugendgruppe an und engagiert sich bei Missionsveranstaltungen. Beruflich entscheidet sie sich fürs Lehramt. Auch darüber ist Hanna froh, denn in die Wissenschaft zu gehen, kann einen Christen unter Umständen auf abschüssige Wege führen. Und dann ist da noch Andreas vom Jugendkreis, der Bettina sichtlich zugetan ist.

Eines Abends spricht Hanna zu Hans: »Bald wird unsere Aufgabe ihrem Ende zugehen. Es ist alles gut geworden mit Bettina.«

»Ja«, sagt Hans zögernd.

»Wenn sie sich demnächst mit Andreas verlobt, was ich hoffe, und wenn sie dann verheiratet ist, haben wir unsere Arbeit getan und können dankbar sein.«

»Ja«, sagt Hans.

Dann sinnieren beide noch ein Weilchen, bis Hans fortfährt: »Ich finde, sie ist nicht glücklich.«

»Glücklich?«, fragt Hanna und überlegt, was er genau damit meinen könnte. »Aber wenn sie Christ ist, ist das wohl nicht das Wichtigste, oder? Ist es nicht an sich schon ein Glück, quasi unter dem Schirm des Allerhöchsten zu stehen?«

»Ja, das stimmt, aber so meine ich es nicht.«

»Wie dann?«

»Ich weiß auch nicht. Vielleicht ist Andreas nicht der Richtige. Vielleicht ist ihr Beruf nicht der richtige, ich kann nicht hineinschauen. Womöglich liege ich auch falsch.«

»Im Moment«, sagt Hanna und schließt damit das Gespräch ab, »können wir nichts mehr dazu tun. Es wird alles ihre Entscheidung sein.«

»Genau – also gute Nacht.«

»Gute Nacht.«

In den nächsten Wochen meldet sich Bettina kaum, sie ruft nicht zurück, wenn Hanna auf den Anrufbeantworter spricht. Auch Andreas hat schon mehrmals versucht, sie zu erreichen. Gesundheitlich scheint alles in Ordnung zu sein, sonst hätten sie es erfahren. Hanna spürt, dass es etwas anderes ist. Als sie an einem Sonntagmorgen anruft, was eine ungewöhnliche Zeit für einen Anruf ist, weil jedermann sich da auf den Weg zur Kirche macht, sagt Bettina zögernd, sie sei in der Oper gewesen. Und als Hanna fragt, ob sie allein dort war, sagt sie nur »Nein« und kein weiteres Wort.

»Ich mache mir Sorgen, Hans.«

»Hmm«, antwortet er. Dann, nach einer Weile, sagt er: »Sie hat natürlich einen Freund, nehme ich an, oder?«

»Das sagst du so locker!« Hanna setzt sich auf und ist jetzt völlig aufgelöst. »Und wenn er mit ihr in die Oper geht, ist er sicher kein Christ, denn was macht ein guter Christenmensch am hellen Abend in einer Oper?«

Hans kratzt sich am Kopf. »Das ist doch nichts Schlimmes.«

»Natürlich ist das nichts Schlimmes, aber dieser Mann entfremdet uns unser Kind! Du merkst doch, wie sie sich zurückzieht!«

»Da hast du recht. Aber wir können nichts machen. Ich meine, wir sollten es loslassen und unsere Sorge dem Herrn übergeben.«

Da muss ihm Hanna recht geben und während der nächsten zwei, drei Wochen versucht sie, ihren Alltag so gelassen wie möglich zu meistern.

Dann kommt der Anruf aus Weinsberg. Bettina ist in der Psychiatrie, mit Depressionen oder irgendwas anderem, was man nicht richtig weiß. Nach dem ersten Schreck ist Hanna im Grunde gar nicht so unglücklich, denn offenbar hat Gott ihrer Tochter diese Krankheit geschickt, damit sie sich noch einmal besinnen kann, was ihr wirklicher Lebensweg ist.

Als sie am gleichen Tag nach Weinsberg fährt, bittet sie die Chefärztin, dafür zu sorgen, dass Bettina außer ihnen beiden keinen Besuch bekommt, um ihr Ruhe und einen Schutzraum für ihre eigene Entwicklung zu geben.

Nach ihrer Entlassung verbringt Bettina noch zwei Wochen in ihrem Elternhaus und jetzt ist für Hanna alles wieder fast normal. Nicht ganz, aber es hat den Anschein, dass die Dinge wieder in die richtige Richtung laufen. Zwar spricht Bettina nicht von diesem Mann, den es ja offensichtlich geben muss, aber vielleicht ist es auch schon vorbei und vergessen. Doch als sie sich am Sonntagabend verabschieden, hat Hanna ein seltsames Gefühl.

Nicht einmal eine Stunde später steht die Polizei vor der Tür und bringt ihnen Nachricht vom Unfall. »Sie konnte wiederbelebt werden, aber die Ärzte machen kaum Hoffnung.«

Hanna friert ein, während sie mit Hans zum Krankenhaus fährt und dort ihr Kind liegen sieht, angeschlossen an all die Schläuche und Maschinen. Das Kind, das sie sich und Gott auf Leben oder Tod abringen musste, dieses Kind liegt hier und wird wahrscheinlich sterben. Da wird das Eis noch dicker und sie weiß nicht, wie sie den Schmerz bewältigen wird, wenn es einmal schmilzt.

Als sie sich auf den Heimweg machen, ist es Nacht. Hans zittert, er fährt unsicher.

»Soll ich fahren?«, fragt sie ihn.

»Nein, geht schon«, sagt er, und als sie an dem Wald vorbeikommen, der vor Weingart liegt, bittet sie ihn, sie aussteigen zu lassen, damit sie durch den Nachtwald heimlaufen kann.

»Ich bleibe hier und warte auf dich«, sagt er.

»Nein, lass mich laufen, ich muss ganz allein sein.«

»Mir gehts genauso – aber pass auf dich auf!«

Hanna rennt in den dunklen Wald, und als sie sicher ist, dass Hans weg ist, beginnt sie zu schreien und hört nicht mehr auf, bis ihre Kehle wund und der Weg für ihre Tränen freigeräumt ist. Diese Tränen aber sind Reißnägel, die die Augen ihrer Seele aufreißen.

»Welcher Gott spielt dieses Spiel mit mir? Wer bist du? Du grausamer, verschlagener, hässlicher Gott! Welche Wonne bereitet dir das Leid der Menschen? Was willst du? Wer bist du?«

Und wieder brüllt sie und tritt mit dem Fuß gegen einen Baum. Erst als sie die Lichter Weingarts sieht, fühlt sie sich nach und nach ein wenig besänftigt.

»Zeig mir, wo ich gefehlt habe, Gott! Ich verspreche dir, ich werde alles anschauen, ich werde bis auf den Grund meiner Seele schauen, alle meine Sünden, alles, wo ich zu wenig auf dich gehorcht habe. Aber lass mein Kind leben!«

Als sie ihre Haustür aufschließt, dankt sie Gott, dass sie ihn in ihrer Not auch mal als verschlagen und hässlich bezeichnen durfte. Hans sitzt in Bettinas Mädchenzimmer. Das Bett ist noch nicht abgezogen. Es sieht noch genauso aus, wie sie es am Morgen verlassen hat.

»Geh du ins Bett«, sagt er. »Ich bleibe heute auf und wache und bete.«

»Wirst du nicht müde werden?«

»Wenn ich müde werde, komme ich zu dir oder lege mich hier ein wenig auf das Bett.«

»Gut, dann – gute Nacht.«

»Gute Nacht.«

Während Hanna an die Zimmerdecke starrt, hat sie plötzlich das Gefühl, sie würde bluten. Wird sie verrückt? Schließlich ist sie sechzig. Dann schlägt sie die Decke zurück, weil das Blut weiterzufließen scheint. Natürlich ist da nichts. Ihre Augen brennen. Hat sie Halluzinationen?

Um klar im Kopf zu werden, steht sie auf und geht zur Toilette. Aus Bettinas Zimmer dringt Kerzenlicht, Hans hat die Tür nur halb geschlossen. Wie der schwache Widerschein im Flur jetzt flackert, so flackerte das Feuer damals im eiskalten Winter 1948 und erhellte zitternd *sein* Gesicht.

Rudi! Niemals hat sie ihn vergessen. Sie wärmten sich die Hände und stampften mit den Füßen auf, damit die Zehen nicht abfroren. Innen in Hannas Herzen brannte die Liebe und ließ sich nicht löschen. Rudi war im Krieg verstummt und die ersten Worte, die er seit drei Jahren sprach, galt ihr: *Gehst du mit mir spazieren*?

Doch Hannas Vater wollte die Verbindung der Familien nicht. Rudis Großvater war abergläubisch gewesen. Sie musste Rudi aus ihrem Herzen schneiden, sich die Liebe aus dem Leib reißen und vielleicht hat ihr Körper darauf so stark reagiert, denn auch damals hat sie nachts entsetzlich geblutet, obwohl es nicht die Zeit ihrer Regel war. Später fischte man Rudi aus dem eisigen Neckar. Wie oft schlich sie danach in der Nacht hinaus in den Garten, um die Schwestern nicht zu wecken mit ihrem Schluchzen. Das ging so, bis Hans in ihr Leben kam.

Muss sie schon wieder das loslassen, was ihr das Liebste im Leben ist? Es wird schwarz um sie. Zwischendurch schlummert sie ein und sobald sie aufwacht, weint sie um ihre Tochter, die sie vielleicht nie wieder lebendig sehen wird.

Ihre Nacht ist ein einziger Mischmasch aus Trauern, Schlummern und Weinen. Als die Dämmerung grau und hoffnungslos durch das Fenster kriecht, sitzt Hans an ihrem Bett. Er streicht ihr mit großer Zärtlichkeit über die Haare. Hanna schluckt und wird ganz still. Hans berührt sie selten, und sie fragt auch nicht danach. Aber wenn er sie berührt, ist es zart und tut ihr unendlich gut.

»Ich bin voll Zuversicht«, sagt Hans.

Hanna kann noch nichts antworten, saugt aber seine Worte auf, denn sie braucht jetzt nichts als Hoffnung und Zuversicht.

Am Frühstückstisch zünden sie eine Kerze an. Dann tun die beiden etwas, das sie noch nie getan haben: Sie singen zusammen diesen Vers, den Hanna von ihrer Kindheit an kennt:

*»Drum soll vor dir mein Herz sich stillen,
ich weiß, dass ohne deinen Willen
kein Haar von meinem Haupte fällt.«*

Es klingt fürchterlich, denn beide haben eine zittrige, alte Stimme, aber es lässt eine gewisse Ruhe in ihre aufgewühlten Gemüter fließen. Dann läutet das Telefon. Hans geht dran.

»Sie hat die Augen aufgeschlagen und ist über dem Berg«, sagt er und bricht am Tisch weinend zusammen.

Als sie ins Krankenzimmer kommen, sitzt dieser Mann an Bettinas Bett, und Hanna ist nun doch schockiert. In einem Augenschlag sieht sie alles gleichzeitig: die schwarze Motorradkluft, seine Weltläufigkeit und Attraktivität (was gar kein gutes Zeichen ist), sein Alter (er ist viel älter als Bettina), seine Erfahrung als Mann, als Weltgeist und ganz gewiss als Frauenheld.

Sie atmet durch. Er blickt kurz auf, überrascht, ein Hauch von Feindseligkeit blitzt aus seinen Augen. Dann ändert sich seine Miene. Er lächelt zugewandt, charmant, steht auf, gibt zuerst ihr, dann Hans die Hand.

»Grüß Gott, ich heiße Wolfgang Schwartz und bin Ihr künftiger Schwiegersohn.«

Hannas Kinnlade rutscht in die Kittelschürze, und während sie sie von dort wieder hervorholt, erwächst ihr eine wunderbare Schwiegermutterkraft, die sich nicht von einem dahergelaufenen Rotzlöffel in die Knie zwingen lässt. Sie ist entschlossen, die Tür, mit der er in ihr Haus gefallen ist, wieder zu schließen. Der Kampf kann beginnen.

»Sie sind zu alt«, gibt sie als Erstes raus.

»Was kann ich dafür, dass Bettina so spät geboren worden ist?«

Das sitzt. Aber so leicht lässt sie sich nicht in die Ecke drängen.

»Sie haben schon andere Frauen gehabt«, versetzt sie und wundert sich über ihren Mut.

»Ja, viele«, antwortet dieser Mann ungerührt. »Aber heiraten werde ich nur Bettina.«

»Wieso?«, fragt Hanna. »Warum ausgerechnet mein Kind?«

»Weil der liebe Gott sie mir geschenkt hat.«

Hans neben ihr atmet durch. »Sind Sie gläubiger Christ?«, fragt er.

»Ich bin Pianist», antwortet Wolfgang. »Das dürfte in etwa hinkommen.«

Jetzt macht Hans einen Schritt ans Krankenbett, Wolfgang und Hanna folgen. Bettina liegt schlafend da, mit ihrem Sauerstoffschlauch im Mund und den Kabeln in der Armbeuge. Während sie so stehen und zu dritt auf dieses zarte Mädchen schauen, das noch immer zwischen Himmel und Erde zu schweben scheint, schlägt ihre Tochter die Augen auf und blickt Hanna an.

Sie hat das Gefühl, als würde Bettina etwas mitbringen von einer anderen Welt, etwas liebevoll Fließendes, etwas, das sich Hanna nicht erklären kann. Aber fühlen kann sie es. In diesem Moment weiß sie, dass sie die Schlacht verloren hat und dass Bettina gewählt hat. In ihr wird es ruhig, und dann kommt eine freudige Gelassenheit in ihr Gemüt. Jetzt darf sie ganz loslassen.

November 2005

Sie steht vor der Waschmaschine und sortiert die Wäsche nach hell und dunkel, dann die besseren Sachen, die sie später mit der Feinwäsche wäscht oder gar zur Reinigung bringen wird. In jede Hosen- oder Jackentasche fasst sie, ob sich nicht noch ein Papiertaschentuch oder eine Münze findet.

Aus Hans' besserer Hose zieht sie einen kleinen, eng zusammengefalteten Zettel und wirft ihn in den Papierkorb. Fünfundsiebzig Jahre ist sie jetzt, gleich alt wie Hans, und manchmal erwischt sie sich dabei, dass sie Bilanz zieht aus ihrem Leben und ihrer Ehe.

Bettina scheint es gut zu gehen. Sie führt ihr eigenes Leben, das zwar anders ist, als Hanna es sich vorgestellt hat, aber da sie das Mädchen schon vor ihrer Geburt, sogar vor ihrer Zeugung Gott geweiht hat, muss sie sich keine Gedanken darüber machen. Wie haben sie sich damals über die Geburt ihrer Enkeltochter Sarah gefreut, und auch die ist inzwischen bald eine junge Frau und geht ihren eigenen Weg.

Aber auch was Bettina sechs Jahre nach Sarahs Geburt getan hat, diese unfassbare Sünde, die sie begangen hat, liegt nun in Gottes Hand. Er macht aus ihrem Kind das, was er für richtig hält. Es ist nicht mehr überschaubar und auch nicht mehr kontrollierbar, was die Jungen machen. Hannas

Leben war ein Leben unter dem Wort Gottes. Warum denkt sie schon wieder an die Vergangenheit? Jetzt stellt sie die Maschine auf Feinwäsche ohne Schleudern.

Sie steigt die Treppe hoch, um die Betten abzuziehen, deren Bezüge nachher in die Weißwäsche kommen. Ach, ihre Ehe. Es ist so vielerlei und dann doch wieder einerlei. Wie lange sind sie nun verheiratet? Bald sind es fünfzig Jahre! Nach der anfänglich schwierigen Zeit mit Hans hat sich eine gewisse Harmonie eingespielt.

Bettina war ihr großes gemeinsames Projekt und das haben sie gut gemeistert. Danach war nicht mehr so viel, aber auch das war gut, denn ein paar Jahre Leben ohne aufreibende Probleme sind auch in Ordnung. Die meiste Zeit leben sie und Hans nebeneinanderher, aber wenn es wichtige Dinge zu besprechen gibt, ist ihr Mann klug und aufmerksam. Dafür kann sie dankbar sein.

Hans. Nach all diesen Jahren ist er ihr trotz allem rätselhaft geblieben. Er hat so viel Liebe in sich, das lässt sich nicht leugnen, und doch ist er eckig und sperrig, auch im Gespräch mit anderen. Ab und zu brauchen sie eine Art Auszeit voneinander, aber das können sie gut besprechen.

Hans ist nach wie vor viel in seiner Werkstatt. Gerne macht er noch kleinere Aufträge, meist für Verwandte und natürlich ohne Bezahlung. Es ist für beide gut, zwischendurch einen Tag für sich zu sein, und oft fährt er ein wenig in die Natur hinaus und kommt am Abend wieder. Dann hat sie das

Haus für sich und er kommt erfrischt und besser gelaunt zurück.

Was macht sie sich Gedanken! Vielleicht wird der Herr sie bald holen, dann kann sie auf ein erfülltes, wenn auch nicht einfaches Leben zurückschauen. Das Wichtigste ist, dass sie auch in den dunklen Stunden niemals an der Existenz Gottes gezweifelt hat. Sie hat gehadert, das ja, sogar sehr oft. Aber immer hat sie an seine Existenz geglaubt. So wird er es auch gnädig machen und mit ihr gehen auf ihrer Zielgeraden.

Sie bringt die Weißwäsche in die Waschküche hinunter und schaut, wie lange die Feinwäsche noch braucht. Da leuchtet ihr aus dem großen offenen Abfallkorb dieser zusammengefaltete Zettel entgegen, als wolle er ihr sagen, er sei auch noch da.

Sie greift nach ihm, faltet ihn auf und sieht eine Telefonnummer mit Stuttgarter Vorwahl. War Hans bei Bettina, ohne es ihr zu sagen? Kann eigentlich nicht sein. Wer wohnt denn noch in Stuttgart? Niemand, der ihr im Moment einfällt. Seltsam. Schon will sie ihn wieder wegwerfen, doch dann steckt sie ihn sich in die Schürzentasche.

Als sie miteinander beim Abendbrot sitzen, fragt sie: »Warst du in letzter Zeit eigentlich mal bei Bettina in Stuttgart?«

»Ich? Natürlich nicht ohne dich, das wäre ja komisch. Wieso?«

»Ach – nur so«, sagt Hanna und fragt sich, warum sie nicht nach der Herkunft dieser Telefonnummer fragt. Sie wird ihn morgen fragen.

Fast vergisst sie es wieder, aber nur fast, denn die Telefonnummer in ihrer Schürzentasche ist gerade dabei, einen gewissen Boden zu legen, in den man die Samen der offenen Fragen streuen kann. Nach und nach kommen immer mehr Fragen-Samen dazu, obwohl es sich bei manchen nur um Fragezeichen handelt, ohne ein bestimmtes Bild dazu.

Die Hauptfrage gilt Hanna selbst: Warum spricht sie Hans nicht einfach darauf an, wie sie es ihr ganzes Leben getan hat und wie auch er es getan hätte. Niemals ist sie auf die Idee gekommen, dass er ihr etwas verheimlichen würde, und umgekehrt gilt das Gleiche. Sie sind beide gläubige Christen und Geheimnisse oder Lügen sind so undenkbar wie ein Bikini in der Kirche. Jetzt bleiben ihre Gedanken an dem Bild des Bikinis hängen und sie schilt sich für ihren Gedankenwirrwarr.

Am vierten Tag liegt der Zettel noch immer in ihrer Schürze und ist inzwischen zu einem Stück Blei geworden. Von dort aus wühlt er ihren Verstand auf. Immer seltsamer wird ihr dieses Ding in ihrer Tasche.

Am fünften Tag nimmt sie sich vor, dort bei Gelegenheit anzurufen. Vielleicht lässt sich das Ganze sehr einfach lösen und sie braucht Hans gar nicht zu fragen.

Am sechsten Tag nimmt sie sich vor, es am kommenden Tag wirklich zu tun. Denn schon hat Hans gefragt, ob was los sei, sie sei in den letzten Tagen so in sich gekehrt.

Am siebten Tag ruft sie an.

»Studio Arachne, Nicole, Grüß Gott«, sagt eine frische, schwäbische Stimme.
»Studie was?«
»Studio Arachne. Willst du zu Micha? Er ist der einzige Mann, den wir gerade haben ... Hallo?«
Klack. Hanna legt auf.
Sie setzt sich, und jeder Gedankenfaden, den sie ergreifen will, um ein verständliches Bild ins Gehirn zu bekommen, entzieht sich ihr. Es gibt keine Erklärung – die einzige Erklärung, die naheliegend wäre, existiert nicht im Sinne der Möglichkeit.

Sie wundert sich, warum alles so ruhig in ihr und um sie herum ist. Ihre Hände sind kalt, das ist alles. Sie wirft den Zettel in den Abfall, dann ist das Leben wieder normal.

Dann geht sie in den Garten und beginnt, die Rosen zurückzuschneiden. Mit der Rebschere schneidet sie sich in den Finger und kehrt in die Küche zurück, um sich ein Pflaster zu holen. Dieses liegt in der Schublade neben der Spüle, und unter der Spüle ist der Abfalleimer.

Sie holt den Zettel heraus. Er ist nicht mehr nur aus Blei, sondern zu einem ausgewachsenen Felsblock geworden. Sie steckt ihn in die Schürzentasche, die wölbt sich und zieht die Schürze fast auf den Boden und zieht auch Hanna mit. Gerade kann sie sich noch auf den Stuhl fallen lassen.

Was als Nächstes kommen soll, weiß sie noch nicht. Mit dem Rosenschneiden hat sie gerade erst angefangen. Wie spät ist es? Halb drei Uhr nachmittags? Sie könnte ein Mittagsschläfchen machen, also geht sie ins Schlafzimmer und legt sich ins

Bett. Das Bett von Hans ist leer, natürlich, er ist in der Werkstatt. Dann steht sie wieder auf und legt sich auf Bettinas Bett. Aber schlafen kann sie nicht, die Schürze ist zu schwer.

Irgendwann muss sie dann doch eingeschlafen sein, denn jetzt hört sie Hans zur Haustür hereinkommen. Sie hat nicht geschlafen. Ist sie ohnmächtig gewesen? Das kann auch nicht sein. Verliert sie jetzt den Verstand?

»Hanna«, ruft ihr Mann. Sie kann nicht antworten. »Hanna«, ruft er nochmals.

Sie hört, wie er durch alle Räume geht. Da öffnet sich die Tür zu Bettinas Zimmer.

»Ach, da bist du? Was machst du denn in Bettinas Bett? Bist du krank? Es ist erst fünf Uhr.«

»Was, schon fünf?«, fragt Hanna. Also muss sie doch geschlafen haben. Aber das kann auch nicht sein.

»Was ist denn? Du bist blass.« Hans fasst an ihre Stirn. Seine Hand ist ein glühendes Eisen und ihre Haut aus Eis.

»Fieber hast du keines, zum Glück. Du bist eiskalt. Soll ich dir eine Wärmflasche machen?« Seine Worte hören sich an wie unter Wasser.

»Eigentlich nicht«, antwortet sie. »Ich brauche einfach mal einen halben Tag für mich zum Ausruhen und Nachdenken. Kannst du dir dein Abendessen selbst machen?«

»Ja, natürlich! Soll ich die Tür offenlassen?«

»Nein, zumachen.«

Sie liegt die ganze Nacht wach und starrt an die Decke, ohne dass sie fähig ist, die richtigen Schlüsse zu ziehen. Vielleicht wäre sie fähig, aber das Eis hinter ihrer Stirn bewegt sich nicht, also kann sie nicht denken.

»Möchtest du einen Kaffee oder Tee?«, fragt Hans am nächsten Morgen.

»Nein, ist alles gut, ich brauche nichts. Vielleicht bin ich doch ein bisschen krank. Ich denke, morgen oder übermorgen wird es wieder gehen.«

Aber sie schläft auch in der nächsten Nacht nicht, und Hans, der Gute, macht sich nun Sorgen, will sie verwöhnen, will ihr alles Mögliche ans Bett stellen, bis sie ihn am liebsten schlagen würde. Aber sie kann sich beherrschen.

Nach der dritten durchwachten Nacht steht sie am Morgen auf und beginnt ihr Tagewerk. Es ist zum Glück nicht viel, schließlich sind sie in Rente. Alles scheint wieder normal zu sein. Nur Hans sieht sie besorgt an. Sie reagiert nicht darauf und tut, als wäre alles gut. Im Grund ist es ja auch so. Nur wegen eines kleinen Zettels mit einer seltsamen Telefonnummer braucht sie kein so großes Drama zu machen.

Ihre Hände bleiben kalt, auch wenn sich nach und nach ein paar Stunden Schlaf einstellen. Sie bleibt in Bettinas Bett. Ins Schlafzimmer geht sie nicht mehr. So gehen die Wochen dahin, ihr Alltag ist normal und doch haben sich unsichtbare Mauern zwischen Hans und Hanna aufgebaut, die beide nicht ganz verstehen und auch nicht verstehen wollen.

Dann beginnen die Magenschmerzen und die Darmprobleme. Mal hat sie Durchfall, mal

Verstopfung, aber auch der Magen tut ihr manchmal weh; und die Seite. Bald wird es besser, dann wieder schlechter. Jetzt haben sie und Hans ein gemeinsames Thema. Hanna geht zum Arzt, der schickt sie zu weiteren Untersuchungen ins Krankenhaus.

Von dort kommt die Diagnose Tumor, schnell wachsend, eher nicht heilbar. Wenn, dann mit einer starken Chemotherapie. Ohne diese habe sie keine Chance, erklärt man ihr im Krankenhaus und bekniet sie, gleich dortzubleiben und unmittelbar mit der Chemo anzufangen. Doch Hanna fährt heim, um eine Nacht zu überlegen und darüber zu beten.

Zum Glück kommt jetzt wieder eine Art Vertrautheit in ihre Ehe, nicht wie früher, aber immerhin können sie die weiteren Schritte besprechen. Als Hanna am nächsten Morgen aufwacht, weiß sie, dass sie keine Chemo machen, sondern zu Hause sterben wird. Sie bleibt in Bettinas Zimmer. Das eheliche Schlafzimmer hat sie nicht mehr betreten, seit ...

Bettina kommt zu Besuch, fragt, wo sie helfen kann. Sie macht den Haushalt. Auch Sarah kommt, und alle tun, was sie tun können. Hanna wundert sich, dass sie nicht mehr richtig fühlen oder verstehen kann, was gerade passiert. Sie ist im Begriff zu sterben, aber sie war schon vor der Diagnose taub und vereist. Eines Morgens wacht sie auf und ist zum ersten Mal seit sehr langer Zeit klar im Kopf. Eine seltsame Kraft hat sie ergriffen, und am

Frühstückstisch legt sie Hans ohne ein Wort den Zettel mit der Telefonnummer vor.

Er sackt in sich zusammen, schaut lange auf den Boden. Hanna hat Zeit, und sie wird nicht von diesem Tisch aufstehen ohne eine schlüssige Antwort. Dann richtet sich Hans auf und schaut ihr in die Augen.

»Ich habe im August 1945, als ich mich bei Pfarrer Körner zu Jesus bekehrt habe, ein Abkommen mit Gott getroffen, welches niemanden etwas angeht, außer Pfarrer Körner, der tot ist, und mich, der ich auch bald tot sein werde – sowie Gott, der niemals tot sein wird. Niemand wird jemals etwas von diesem Abkommen erfahren«, sagt er mit wiedergewonnener Würde.

Die Klarheit, die Hanna heute Morgen geschenkt wurde, verschwimmt zu einer undurchsichtigen Dreckbrühe, und in dieser Dreckbrühe entsteht nach und nach ihre altbekannte, heilsame Wut. »Was können drei Männer miteinander aushecken, das nicht einmal die eigene Ehefrau erfahren darf? So etwas hat es noch nie gegeben!«, sagt sie und merkt, dass die Kraft, die sich gerade aufbaut, noch lange nicht verbraucht ist.

»Welche drei Männer?«, fragt Hans irritiert.

»Du und dieser Pfarrer und Gott!«

Hans grinst ein wenig. »Gott?«

»Auch ein beschissener Mann!«, ruft sie und schlägt mit der flachen Hand auf den Tisch.

Hans zieht die Schultern ein.

»Ich bleibe so lange hier an dem Tisch sitzen, bis ich weiß, wer hinter der Telefonnummer steckt und was diese Abmachung im Einzelnen beinhaltet.« Hanna kreuzt die Arme vor der Brust, bereit, ihr restliches Leben an diesem Tisch zu verbringen. Ihr Magen schmerzt, aber das tut nichts zur Sache. Sie nippt von ihrem Fencheltee. Hans atmet aus und sackt wieder ein wenig in sich zusammen. Nach einer Weile richtet er sich auf.

»Hätte ich im Krieg ein Bein verloren oder einen Arm, wäre ich als Kriegsversehrter anerkannt, ich könnte jetzt mit einer Prothese herumlaufen und niemand würde an meiner Ehre kratzen«, sagt er. »Ich bin auch kriegsversehrt, das hat zumindest Pfarrer Körner damals so gesehen. Aber ich bin nicht körperlich, sondern seelisch verkrüppelt.«

»Sind wir das denn nicht alle? Du kennst meine Ängste, die manchmal über mich kommen wie tausend Schwärme von schwarzen Raben! Da muss ich doch nicht gleich eine seltsame Telefonnummer mit mir herumtragen!«

Hans hebt seinen Blick und lässt ein vorsichtiges Grinsen sehen.

»Was?«

»Du bekommst eine eigentümliche Schönheit, wenn du so in Rage bist.«

»Quatsch! Sprich weiter! Was ist deine Behinderung?«

An seinem Hals entstehen rote Flecken und verblassen irgendwann wieder. Hanna bleibt mit verschränkten Armen sitzen und starrt ihn unentwegt an.

»Das war's, mehr sag ich nicht«, gibt Hans nun heraus, er scheint ebenfalls zum Kampf bereit zu sein.

Nach einer halben Stunde wird der Ring aufgelöst, mit einem vorläufigen Unentschieden, aber das Duell ist nicht vorbei. Zwei Tage vergehen im Schweigen. Am dritten Abend sagt Hans: »Ich spreche.«

Hanna setzt sich an den Tisch.

Hans fügt an: »Es ist an dir, wie du damit umgehst. In dem Fall liegt es nicht mehr in meiner Verantwortung. Ich habe nun mehr als sechzig Jahre lang die Verantwortung für mich übernommen und glaube mir, das war nicht leicht. Niemandem habe ich geschadet, und nur Gott weiß, welche Last ich mit mir herumgetragen habe, mein Leben lang.«

Hanna rührt sich nicht und wartet.

»Ich habe dir schon vor vielen Jahren erzählt, was ich bei Kriegsende an einem einzigen Vormittag erlebt habe. Ich war ja noch ein halbes Kind. Was ich dir nicht erzählt habe: Als ich nach all dem Schrecklichen schließlich den Polen am Laternenpfahl baumeln sah, ist mir die Seele aus dem Leib gerutscht und später ist sie wieder zurückgekehrt.

Aber irgendwie nicht ganz richtig, denn seither bin ich wie zwei in einem. Und wenn ich nicht zu Jesus gefunden hätte, wäre ich jetzt sicher im Gefängnis oder tot.«

»Wieso im Gefängnis?«

»Pfarrer Körner hat das damals so erklärt, dass, weil das alles in einer Zeit passiert ist, wo sich bei mir die Geschlechtlichkeit entwickelt hat, etwas zusammengekommen ist, was nicht zusammengehört.«

»Wie soll ich das verstehen?«

Hans sitzt lange nur da, dann sieht er sie an und das Flehen in seinen Augen erschreckt sie. Vielleicht sollte sie es dabei belassen. Aber da fehlt noch der Zusammenhang mit der seltsamen Telefonnummer, und Hanna will es wissen.

»Also?«, fragt sie schließlich.

»Ich trinke keinen Alkohol, weil mein Vater Alkoholiker war, du weißt es. Aber ich trinke auch deshalb niemals Alkohol, weil ich bei der geringsten Menge die Kontrolle über dieses andere Ich, wenn man so sagen will, verliere.«

»Was ist dann, wenn du die Kontrolle verlierst?« Hanna bleibt unbarmherzig, schließlich ist sie seine Ehefrau und lebt seit bald fünfzig Jahren mit ihm. Schlimm genug, dass er erst jetzt darüber spricht.

»Dann kommt es wie ein Dämon über mich und ich habe ein unbändiges Drängen nach Gewalt und Sex, das ich nicht mehr kontrollieren kann. Es ist, als wäre ich ein anderer«, sagt Hans und die letzten paar Worte bringt er nur flüsternd heraus.

Hanna wird rot, dann wieder weiß, dann wieder rot, und es dauert lange, bis sie den Satz aussprechen kann, der ihr im Kopf herumgeht, weil sie die Worte dafür nicht richtig zusammengesetzt bekommt.

»Dann habe ich bald fünfzig Jahre lang mit einem etwaigen Gewaltverbrecher im Schlafzimmer gelegen und mein Leben mit ihm geteilt?« Während sie das sagt, fühlt sie sich kalt und stark.

So kalt und stark fühlt sie sich, dass sie gleich die nächste Frage anschließen kann: »Und was ist das für eine Telefonnummer?«

»Das ist ein Domina-Studio in Bad Cannstatt.«

»Ein Domi- was?« Sie fragt sich, wo oben und unten ist und ob das hier ihre Küche ist, in der sie sitzt.

»Da kann man solche Dinge nachspielen, ohne dass es jemandem schadet, und das verschafft mir Entspannung. Ich werde davon nicht geheilt, aber ich habe es all die Jahre unter Kontrolle gehabt«, sagt Hans.

Seine Stimme ist sehr leise geworden, Hanna muss sich anstrengen, alles zu hören. Er sinkt in sich zusammen, schließt die Augen und sitzt nun da, als warte er auf sein Todesurteil.

»Du bringst dich und uns in eine ausweglose Situation, indem du mir das alles erzählst«, sagt Hanna jetzt und sie wundert sich selbst über ihre Geistesklarheit. »Ich verstehe, warum du es nicht erzählen wolltest, denn jetzt müssen wir uns fragen, ob und wie wir weiter zusammenleben können.«

»Drei Tage lang habe ich mit mir gerungen und gebetet und Gott gefragt, ob ich sprechen oder lieber schweigen soll. Letzte Nacht habe ich gewacht und heute Morgen entschied ich mich für die Wahrheit, mit dem Wissen, dass ich nicht tiefer fallen kann als in Gottes Hand«, sagt Hans.

»Ich werde sterben. Vielleicht ist es das, was Gott mit uns vorhat, und das wäre die eleganteste Lösung«, sagt Hanna nun, aber sie ist nicht im Frieden damit.

Als sie sich abends ins Bett legt, ist es das erste Mal in ihrem Leben, dass sie nicht beten kann. Allein fühlt sie sich in irgendeiner fremdartigen Weite, ohne ein schützendes oder forderndes Gegenüber, ohne ein Gefühl für etwas, das ihr hilft, ihren Weg zu finden.

Wenn sie ihr ganzes Eheleben hindurch mit einem Mann gelebt und nicht gemerkt hat, wer er ist, dann ist Gott womöglich auch eine Schimäre, ein Trugbild, eine Fantasie ihrer Wünsche. Dies ist ein Gedanke, den zu denken sie sich niemals vorstellen konnte. Jetzt zumindest ist Gott verschwunden, jetzt, in der Stunde der Wahrheit und der tiefsten Irritation. Viele dunkle Zeiten hat sie in ihrem Leben schon durchlaufen, doch nie war Gott so abwesend wie jetzt.

Diese Art von Dunkelheit ist eine klanglose Öde, ein kaltes Garnichts. Jetzt, wo sie bald sterben wird, reißt dieses Nichts sein schwarzes Maul auf und sie weiß nicht mehr, was ihr Leben war, wenn sie in dieser Dunkelheit landen wird.

In der Nacht hat sie einen fürchterlichen Traum: Hans ist in der Erde eingegraben, nur noch der Kopf schaut heraus. Er soll gesteinigt werden und viele Menschen stehen um ihn herum. Hanna ist bereit, den ersten Stein zu werfen. Ist es überhaupt ihr Hans?

Alles ist so unscharf. Dann erkennt sie sein Gesicht. Keine Panik schreit aus ihm. Nur Stille sieht sie, eine Trauer ohne Boden und die Erwartung des Todes. *Nicht wie ich will, sondern wie du willst,* sagt sein nach innen gekehrter Blick.

Da weiß sie, dass sie Gott nur in den Augen ihres wehrlosen Mannes wiederfinden wird.

Es ist halb drei Uhr morgens. Sie steht auf und geht ins Schlafzimmer. Dort ist er nicht. In der Küche brennt Licht. Er sitzt am Küchentisch, mit einer Kerze und der Bibel. Lange schauen sie sich in die Augen, dann legt Hanna beide Unterarme auf den Tisch, mit den Handflächen nach oben. Hans legt seine Hände in ihre.

Am nächsten Abend begibt sich Hanna wieder ins eheliche Schlafzimmer. Sie ist bereit zu sterben.

Doch statt dass es ihr stetig schlechter geht, bekommt sie täglich mehr Kraft. Die Schmerzen lassen nach. Eines Morgens strahlt die Sonne so glanzvoll durch das Fenster, dass sie sich im Garten mit der Decke auf einen Liegestuhl legt. Es glitzert und leuchtet zwischen den Bäumen hindurch, wie sie es kaum je erlebt hat.

Die Tropfen vom nächtlichen Regen zaubern Diamanten in die Luft, und im funkelnden Licht erkennt Hanna auf einmal ihr Leben. Sie sieht, dass Gott ihr nie Ärger bereitet hat. Wie Tau auf den Gräsern hat er über ihrem Leben gelegen. Er war das Lied hinter ihren Tränen und das Lachen hinter ihrem Schmerz. Wie der helle Tag hat er sich über ihrem Leid ausgebreitet und sie in der Abenddämmerung eingehüllt in sein Schweigen.

Zwischentöne

Hochzeit von Wolfgang und Bettina – und eine andere Hochzeitsnacht

Fünfzehn Jahre vorher, August 1990

Unter den mächtigen Orgelklängen von Bachs Toccata und Fuge in D-Moll zieht in die Stadtkirche zu Weingart würdevoll das Brautpaar ein. Es ist Bettinas Heimatstädtchen – und das ihrer unüberschaubar großen Verwandtschaft. Die brechend vollen Kirchenbänke ächzen, als sich die Menschen in ihren Festtagsgewändern erheben und mit fröhlichen Mienen auf Braut und Bräutigam blicken. Hans und Hanna sitzen in der ersten Reihe.

»Ist sie nicht wunderschön, unsere Tochter?«
»Ja», antwortet Hanna. »Sie ist aufgeblüht.«
»Sie ist wie Rosen und Lilien zusammen.«
»Ja«, sagt Hanna.
»Er scheint doch der Richtige für sie zu sein.«
»Gottes Wege sind unergründlich.«
»Sie liebt ihn.«
»Das ist unübersehbar.«
»Sie muss schließlich für drei lieben«, sagt Hans.
»Wie?«
»Sie muss doch für uns beide mitlieben.«
»Ach – jetzt verstehe ich.« Hanna lächelt und spürt, dass ihre Güte wiederkehrt.
»Dieser Wolfgang wird ihrer großen Seele standhalten können.«
»Hoffentlich«, antwortet Hanna.

Dann legt Hans seine Hand auf sein Bein, eher in Richtung Hanna, mit der Handfläche nach oben. Hanna legt langsam ihre Hand in die seine.

Paul sitzt auf der anderen Seite, auch in der ersten Reihe. Die Leute strömen herein. Welch ein lustiger, lebendiger Haufen Bettinas Verwandtschaft ist, lauter sympathische, unkomplizierte Menschen. Man hat ihn mit Respekt begrüßt, wahrscheinlich sehen sie in ihm den eleganten, etwas ernsten älteren Herrn.

Nun – er lässt sich seine Unauffälligkeit ein kleines Vermögen kosten, und dass er regelmäßig seine Hände maniküren lässt, geht keinen etwas an, schließlich ist er Chirurg. Im Gegensatz zu Wolfgang, der überall gut ankommt, fällt es ihm nicht leicht, sich unters Volk zu mischen. Noch immer ist der Platz neben ihm leer, trotz der vollen Kirche, wo man sich sogar auf die Empore drängt. Womöglich erwarten sie die Bräutigammutter. Er wundert sich, dass es ihm noch immer einen Stich versetzt.

Während das Brautpaar vorbeizieht, wird aus dem Stich ein reißender Schmerz. Wolfgang hat ihn darum gebeten, er ist vorbereitet, und doch streckt es ihn nun fast nieder, dieses feine Mädchen in Helenes Hochzeitskleid zu sehen. Es passt wie angegossen, sieht wunderschön aus und diese Bettina gleicht Helene zum Gotterbarmen.

Mein lieber Sohn, geht ihm durch den Kopf, als er wieder Luft holen kann, haben wir da nicht ein kleines Ödipusproblem? Dann peitscht der Schmerz ihn wieder mit dem Ochsenziemer, doch nicht die Trauer um Helene tut so weh, sondern seine Einsamkeit, die er in all den Jahren zu überwinden versucht hat. Jetzt wird der Schorf mit einer Brutalität aufgerissen, die ihn, würde er stehen, in die Knie zwänge. Helene hilf mir zu leben, sonst komme ich zu dir!

Da setzt sich diese Yvonne neben ihn auf den letzten freien Platz. Ihr Lächeln ist wie Goldstaub, denkt er verdrießlich. Sie versprüht ihn, damit man ihr nicht in die Augen schaut. Als hätte sie seine Gedanken erraten, dreht sie leicht den Kopf und blickt ihm direkt in die Augen. Völlig ungeschützt lässt sie ihn in sich hineinsehen, bis auf den Grund ihres Herzens, und dort ist nichts als Trauer und Liebe. Oder ist es seine Trauer und seine Liebe? Ist sie ein Spiegel?

Er angelt sein blütenweißes Taschentuch aus der Hosentasche, ohne sich von ihrem Blick abzuwenden. Dann wischt er sich mit dem von Frau Seibold sorgfältig gebügelten Tuch über das rechte, dann das linke Augenlid und auch über die Stirn. Noch immer haben sich ihre Blicke nicht losgelassen. Nach langer Zeit sagen Yvonnes Augen ohne Worte: »Du bist der Frühling nach einem langen Winter.«

»Du bist die Sonne, die das Eis in meinem Herzen schmilzt«, erwidert Paul mit seinem Blick.

»Du bist der Ostwind, der mir Wärme bringt.«

»Du bist der Westwind, der mir Regen bringt«, antwortet Paul, ohne etwas zu sagen.

»Du bist Hatem«, sagt Yvonne, ebenfalls ohne Worte.

»Du bist Suleika.«

»Du kommst auf den Flügeln der Morgenröte.«

»Ich finde dich in der Tiefe der mondlosen Nacht.«

»Ich kenne dich seit tausend Jahren«, sagt Yvonne, noch immer ohne Worte.

»Von Ewigkeit zu Ewigkeit, Amen«, spricht die Gemeinde, und dem hat Paul nichts hinzuzufügen.

Sie lassen sich gegenseitig bis auf den Meeresboden ihrer unverteidigten Seelen schauen und halten kein einziges Kämmerlein verschlossen. Das innerste Wesen der einen begegnet dem innersten Wesen des anderen. Der Kampf ihres Lebens geht hier zu Ende.

Nachdem vorne der Pfarrer den Segen und das Abschlusswort gesprochen hat, und nun das Brautpaar unter dem Choral *Großer Gott wir loben dich*, gesungen mit der Inbrunst von zehntausend gottesfürchtigen Bauern und Weingärtnern samt ihren Frauen und Kindern, mit bombastischen Orgelklängen, die die Pfeifen erzittern lassen und einem Posaunenchor, der mühelos die Stadtmauern von Jericho samt all ihren Zinnen und Türmen zum Einsturz bringen könnte, während sogar die Cherubim und Seraphine ihre Zimbeln und Glöckchen klingen lassen, während unter solcherart Musik das Brautpaar Wolfgang und Bettina Schwartz aus der Stadtkirche zu Weingart zieht als Mann und Frau, währenddessen schließen Paul und Yvonne in der ätherischen Zauberhülle ihrer neuen Liebe ohne ein einziges Wort den Bund fürs Leben.

Gerade noch rechtzeitig, sodass sie sich wie alle anderen erheben und dem vorbeiziehenden Brautpaar im Stehen huldigen können. Wolfgang sieht sie beide, sein Blick wird groß und sagt in einer Millisekunde: *Was zum Teufel ...*
Yvonnes und Pauls Augenpaare antworten gleichzeitig mit: *... und?*
Da sind Braut und Bräutigam auch schon weitergezogen und sie sehen von hinten, dass Wolfgang sich kurz am Kopf kratzt, bevor er seine frisch angetraute Ehefrau an die Hand nimmt und mit ihr die breite Treppe dieser schönen Kirche hinunterschreitet, unter dem Jubel der Menschenmenge und ihrem Beifall und viel Konfetti.
Als Paul mit Yvonne leise und fast zuletzt die Kirche verlässt, sagt er im Stillen zu Helene im Himmel: Diesmal warst du aber fix. Ich bleibe also noch ein Weilchen. Bis später.

Wolfgang stehen seine gemischten Gefühle ins Gesicht geschrieben, während Yvonne mit Paul als Letzte dem jungen Paar gratuliert. Sie fühlt sich ein wenig benommen. Die Welt hat sich in der letzten Stunde gedreht, jetzt hat sie alle Mühe mitzukommen, ohne dass ihr schwindelig wird.
»Wann, um alles in der Welt, habt ihr euch getroffen und zusammengetan?«, fragt Wolfgang noch bevor sie ihre Gratulation platzieren können.
»Gerade eben in der Kirche«, sagt Paul lässig. »Ich werde sie heiraten.«

Wolfgangs Augen verschwimmen, dann fasst er sich und fragt: »Weiß deine Angebetete, dass sie demnächst von dir geheiratet wird?«

Beide werfen einen Blick auf Yvonne.

»Falls von mir die Rede ist, so habe ich mein Ja-Wort gegeben«, hört sie sich sagen und wundert sich über ihre Klarheit.

Weil Wolfgang vergisst, seinen Mund zu schließen, wendet Yvonne sich an dieses zauberhafte, glühende Wesen an seiner Seite.

»Und wenn wir gerade beim Thema sind«, fährt sie ungerührt fort, »würde ich gerne deine Frau fragen, ob sie meine Trauzeugin wird. Im Übrigen, Bettina, darf ich dir zu deiner Hochzeit gratulieren?«

»Gerne – beides«, sagt diese und streckt Yvonne strahlend ihre zwei Hände entgegen. Yvonne zieht sie zu sich, nimmt sie in ihre Arme, und als sie diesen hingegebenen, vibrierenden Leib spürt, weiß sie, was Wolfgang so verrückt nach der jungen Frau macht. Wer, wenn nicht er, wird ihr standhalten können, denkt sie und im selben Moment schießt es ihr durch den Kopf: Sie ist schon schwanger und es wird ein Mädchen.

»Mir darf man auch gratulieren«, kommt endlich von Wolfgangs Seite. »Darf ich meine alte Freundin umarmen?«, fragt er an Bettina gewandt.

»Bitteschön!«

Wolfgang nimmt Yvonne in den Arm wie früher, herzlich, lachend, küssend.

»He he«, wirft Paul ein, »ab jetzt muss ich auch gefragt werden.«

Freies, offenes Gelächter. Vater und Sohn umarmen sich. Alles ist gut.

Später, nach dem hochzeitlichen Mittagessen in der Festhalle, steht Wolfgang auf der Terrasse und betrachtet die Hochzeitsgäste, die sich im kleinen Park zerstreuen. Bettina unterhält sich mit einer ihrer zahlreichen Cousinen, Väter spielen mit ihren Kindern, Mütter mit Kinderwagen tauschen sich aus, Onkel und Tanten sitzen hinter ihren Viertele Wein und ganz hinten, unter einer kleinen Baumgruppe, stehen Yvonne und sein Vater nah beieinander, ohne sich zu berühren. Trotz all des Schönen muss er blinzeln bei diesem Bild.

Dann schmunzelt er, denn alle Männer haben sich in dieser warmen Spätsommersonne ihres Jacketts entledigt, ohne darauf zu achten, dass er als Bräutigam das seine noch lange anbehalten hat. Seinem Vater würde es nicht einfallen, die Anzugjacke irgendwo anders auszuziehen als im Schlafzimmer. Eine solche Unsitte toleriert er fraglos bei anderen, aber niemals bei sich selbst.

Nun lässt Yvonne ihren Kopf gegen Paul fallen, sodass ihre Stirn an seiner Schulter zu liegen kommt. Kein Umarmen, kein Herzen, eine Geste von Fallenlassen und Ankommen, etwas, das er bei Yvonne weder jemals erlebt hatte noch erwartet hätte. Sein Vater greift ihre Bewegung auf, indem er langsam seine Hand an ihren Nacken legt, ohne sie an sich zu ziehen.

Da wird Wolfgang bewusst, dass er zwar der langjährige Geliebte von Yvonne war, aber niemals ganz aus seiner Jungenhaftigkeit herausgetreten ist. Immer war sie für ihn da, nie umgekehrt, nie wäre ihm eingefallen, dass auch Yvonne Bedürfnisse nach Anlehnen und einem Gegenüber haben könnte. Die starke Yvonne. Jetzt sieht er, dass er diese Frau in ihrer Tiefe niemals erfasst hat und dass er nicht einmal weiß, wer sie wirklich ist. Ohne dass sie es merkt, gibt sie ihm eine letzte Lektion im Erwachsenwerden.

Bettina sitzt einige Meter vor ihm, barfuß mit dem knieumspielenden Seidenkleid seiner Mutter aus den Fünfzigerjahren. Schuhe und Strümpfe liegen daneben. Auch seine Mutter ist immer gern barfuß gelaufen, manchmal hat sie bei entsprechenden Kostümen sogar in der Oper barfuß gesungen. Sein Blick wird unscharf, er blinzelt. Yvonne, Papa, Mama – spinnt er jetzt?

Da treffen ihn ein paar Steinchen an der Brust, Bettina hat sie nach ihm geworfen, und nach einem provozierenden Blick stürmt sie über den Rasen davon, quer durch den Park. Krachend fallen die beiden Stühle neben ihm um, als er sich hochreißt und hinter ihr herjagt als ginge es um Leben und Tod. Die Hochzeitsgäste rufen ihnen zu, lachen und feuern Bettina an. Er erwischt sie, hebt sie hoch, sie schlingt ihre Beine um seine Hüfte und er küsst sie vor aller Augen auf Hals und Dekolleté. Dann schlendern sie Hand in Hand zurück zur Terrasse, unter dem Klatschen der Gäste.

Er sieht sie von der Seite an. Die Knospe ist aufgebrochen und die Blüte, die zum Vorschein kommt, ist schöner und größer, als er zu hoffen gewagt hat. Hier ist seine Zukunft – neben seiner Frau, mit dieser unermesslich großen und lustigen Verwandtschaft.

»Schau ihn dir an, deinen Wolfgang«, sagt Yvonne auf der anderen Seite des kleinen Parks. »Ist doch noch alles gut geworden.«
»Unseren Wolfgang, könnte man doch fast sagen, nicht wahr?«
Yvonne lacht ihr glockenhelles Lachen.
»Du hast meinem Sohn das Leben gerettet.«
»Ja, ich glaub' schon. Damals hatte er den Tod um sich herumschwirren.«
»Mein halbes Leben war belastet von Selbstvorwürfen, weil ich ihm den Großvater genommen habe. Aber der Impuls, mir die Wurzeln auszureißen, war damals übermächtig.«
Yvonne hört zu, sagt nichts.
Er fährt fort: »Dass mein Vater den Freitod gewählt hat, ist allerdings das einzig Ehrenvolle, was er tun konnte.«
Jetzt lauschen beide seinen Worten nach: Freitod – Ehre – Schuld – Wurzeln.
»Du weißt so viel über unsere Familie und unser Leben, und ich weiß fast nichts über dich«, sagt Paul dann.
»Bei mir ist im Laufe der Jahre auch einiges zusammengekommen.« Yvonne lacht.
»Versprich mir, dass du mir die entscheidenden Dinge über dich erzählst.«

Sie schweigt, dann sagt sie: »Ein großes Versprechen, das du mir da abringst.«

Da nimmt er ein Ginkgoblatt vom Boden auf und reicht es ihr wie eine zärtliche Geste. Die Nachmittagssonne umfließt beide mit einer verbindenden Stille.

»Ich verspreche es dir«, antwortet Yvonne.

Sie gehen ein paar Schritte. Er ergreift ihre Hand, schweigt eine Weile, dann sagt er: »Egal, was wir machen, ich hätte dich gerne heute Nacht bei mir.«

»Egal, was wir machen«, antwortet sie. »Ich hätte dich gerne den Rest meines Lebens bei mir.«

Seine Augen blitzen vor Freude.

»Ich freue mich auf deine Haut«, sagt sie beim Weitergehen.

»Ich freue mich auf deine Lippen.«

»Ich freue mich auf deine Arme.«

»Ich freue mich auf deine Beine«, sagt Paul – und Yvonne zieht die Luft ein.

Gerade ruft es vom Festsaal her. Kaffee und Kuchen werden serviert, das Programm geht weiter mit Sketchen, Reden und vielen christlichen Liedern.

Wolfgang bekommt eine Riesenfamilie. Paul ist plötzlich voller Freude. In diesem Moment kommt es ihm vor, als würde sich eine uralte Last von seinem Rücken lösen.

Es ist die Last der Schuld, die er für seine Eltern getragen und die er sich selbst noch obendrauf gelegt hat mit der Idee, wenigstens er müsste ein guter Vater sein. Die Last ist schon so verwachsen mit ihm, dass sie beim Herunterfallen ein paar Hautstückchen mit abreißt. Aber das ist gut, denn jetzt ist er wieder jung und leicht und darf sich seinem eigenen Glück zuwenden.

Sie verabschieden sich mit der freundlichen Erlaubnis des Brautpaares vor dem Abendessen, und als Paul mit Yvonne die Treppe zu seiner Wohnung hinaufsteigt, rennen sie die letzten Stufen. Er schließt auf und knallt die Tür hinter ihnen zu. Als Erstes fällt das Jackett. Es fällt auf den Boden und ist von selbst heruntergerutscht.

»Ist es möglich, Stern der Sterne,
drück ich wieder dich ans Herz«

Beide Fäuste in ihren Haaren verkrallt, verstreut er seine Küsse über Yvonnes Gesicht, so dicht wie die Sterne über dem Atlantik im Westen und die des klaren Nachthimmels über der Wüste Gobi im Osten. Sie löst derweil seine Krawatte. Während sie sein Hemd öffnet, knöpft er ihre Bluse auf. Er lacht ihre Brüste an wie zwei langersehnte Besucherinnen und seine Küsse werden weich und feucht, als er sich zu ihnen hinunterbeugt.

»Ach, was ist die Nacht der Ferne
für ein Abgrund, für ein Schmerz«

Ganz leicht gleiten jetzt alle anderen Festtagskleider an ihnen herab, als würden ihre Körper die Fetzen der Einsamkeit abstreifen wollen und sich in die prächtigen Gewänder ihrer Liebe kleiden, Haut an Haut, Lippen an Lippen, Finger in Finger, Zunge an Zunge. Als sie im Schlafzimmer ankommen, liegen all die kleinen und großen kostspieligen, unnützen Stoffstücke auf dem Flur wie die Brotkrumen von Hänsel und Gretel, denn vielleicht werden sie sich im dunklen Wald der Liebe verirren und müssen irgendwann wieder zurückfinden in die Welt der Menschen.

*»Und mit eiligem Bestreben
sucht sich, was sich angehört«*

Sein Mund in ihren Haaren, ihre Hand auf seinen Schulterblättern, ihr Mund in seinen Achselhöhlen, Spucke auf den Augenlidern, seine Hand zwischen ihren Pobacken, ihr Bein an seiner Hüfte. Salzige, feuchte Haut. Seine Zunge auf ihren Brüsten, langsam wie Algen unter Wasser bewegen sich ihre Gliedmaßen und ihre Münder. Sie schreiben ihre neue Liebe in ihre Körper ein, mit den uralten Buchstaben einer geheimnisvollen Poesie. Nur in dir sein, nur dich empfangen, lange und weich wie goldene Honigwaben, die in der Sonne schmelzen.

*»Und zu ungemess'nem Leben
ist Gefühl und Blick gekehrt«*

Ihr Leib gehört ihm, seine Ohren begehren ihre Stimme und ihre Finger spielen mit seinen Fingern. Ihr Mund versinkt an seinem Hals. Weich und klebrig schmelzen sie ineinander wie zwei duftende

Menschenkuchen, und miteinander tauchen sie in eine leichte Ruhe, um ihren Körpern zu erlauben, all das Glück zu fassen, das sich kaum mit zwei Leibern fassen lässt.

So viel Glück ist schwer und trieft auf den Boden und quillt unter der Tür hindurch. Sie ruhen, um sich daran zu erinnern, wie es war in der Einheit, bevor Gott Licht und Finsternis und all die anderen Dinge voneinander getrennt hat.

*»Seis Ergreifen, sei es Raffen,
wenn es sich nur fasst und hält«*

Er fiebert ihr wieder entgegen, sie lässt ihn ein in ihren lindernden, feuchten Erdengrund, lange, im pulsierenden Einssein, und die Lust ist mit dabei wie ein geliebter Gast. Sie hat Körbe voll süßer, schmackhafter Früchte mitgebracht und singt ihr Lied auf diesem bräutlichen Fest, das Lied, das sie von Anbeginn der Welt gesungen hat und ohne das es keine Welt gäbe. Während die beiden sich miteinander im Grenzenlosen verlieren, während sie in der Überfülle ihrer reifen Liebe zerfließen, legt die Lust ihren Segen zu dem Segen, den das Paar sich selbst schon gegeben hat.

*»Allah braucht nicht mehr zu schaffen,
wir erschaffen seine Welt.«*

Nachher küsst und schleckt er ihre Tränen weg. Sie schmecken salzig wie das Tote Meer, denn sie weint sich ihre Einsamkeit aus dem Leib, und da sie auch seine Einsamkeit mit seinem Glied und seiner Haut und seinen Augen in sich aufgenommen hat, muss sie für beide weinen, um für ein neues Abenteuer Platz zu machen. Dieses Abenteuer heißt »*Zu zweit und nicht mehr allein.*«

Erst dann kehrt Stille ein zwischen den Liebenden. Die Blicke sind scheu vor Zärtlichkeit und das soeben gestillte Verlangen leuchtet aus dem Hintergrund ihrer Augen wie der Abendstern, von dem man weiß, dass bald ein Morgenstern an seiner Stelle stehen wird.

Dann flüstert er ihr ins Ohr:

> »*So, auf morgenroten Flügeln*
> *riss es mich an deinen Mund*
> *und die Nacht mit tausend Siegeln*
> *kräftigt sternenhell den Bund.*«

Meinen Bund habe ich geschlossen. Ich werde dich nicht mehr fallenlassen.«

Yvonne antwortet und beendet den Vers mit ihrem Mund an seinem Ohr:

> »*Beide sind wir auf der Erde,*
> *musterhaft in Freud und Qual*
> *und ein zweites Wort: Es werde*
> *trennt uns nicht zum zweiten Mal.*«

Deine und meine Welt mussten erst neu erschaffen werden, bevor wir uns wiederfinden konnten«, sagt sie so leise wie der silberne Mond, der sie beide langsam in den Schlaf wiegt.

Liebe

Yvonne, geb. 1942

Stuttgart, 1945

»Mama, Mama, der Walter hat gesagt, ich bin ein Franzosenkind!« Sie ist drei Jahre alt und ihre Mutter räumt mit anderen Frauen Steine von den kaputten Häusern weg. Grobes Gelächter. Die mütterliche Ohrfeige trifft Yvonne wie ein Donnerschlag. Benommen lässt sie sich an der Hand um die Ecke zerren, dorthin wo sie in einer Nische zwischen den Trümmern sitzen können. Mama umarmt sie und küsst sie auf die Haare. Erst jetzt können bei der Dreijährigen die Tränen fließen.

»Es tut mir leid, mein Liebling«, flüstert Mama. »Ich hätte dich nicht schlagen dürfen, das war dumm von mir.«

»Was ist ein Franzosenkind, Mama?«

»Das sagen sie, wenn der Papa von einem Kind Franzose ist.«

»Aber Franzosen sind böse.«

»Nein, Franzosen sind nicht böse. Manche vielleicht, aber nicht alle. Dein Papa war nicht böse.«

Da muss Yvonne nachdenken. »Wenn mein Papa ein Franzose ist, dann bin ich ein Franzosenkind?«

»Genau, das ist richtig.«

»Dann hab' ich dem Walter in die Fresse gehaut und er hatte recht!«

»Man sagt nicht *in die Fresse hauen*, mein Liebes.«

»Das sagen aber die großen Buben, ich hab's gehört.«

»Aber kleine Mädchen sagen so etwas nicht. Sie sollten gar nicht hauen.« Mama streicht ihr über die Wangen und küsst ihre Wange, ihre Stirn. »Du bist wunderschön, mein Mädchen«, sagt sie und Yvonne kuschelt sich noch tiefer an Mamas Brust.

»Wo ist mein Papa?«

Die Mutter schweigt.

»Mama, wo ist mein Papa?«

»Tot.«

»Warum?«

Wieder schweigt die Mama.

»Warum ist mein Papa tot?«

»Hör zu Mädchen, ich erzähl dir die Geschichte von deinem Papa und du versprichst mir, dass du das nicht den anderen Kindern weitererzählst. Geht das?«

»Das ist unser geheim.«

»Geheimnis heißt das. Es ist unser *Geheimnis*. Nur du und ich wissen es und niemand anderes, gell?«

Mama drückt sie noch fester an sich und spricht in ihr Ohr. »Dein Papa wollte gar nicht nach Deutschland kommen, aber Soldaten haben ihn hierher gebracht. Er hat auf dem Hof meiner Eltern, deiner Großeltern, arbeiten müssen. Da lernte ich ihn kennen und wir haben uns sehr lieb gehabt. Aber alle sagten, die Franzosen sind böse und man darf sie nicht liebhaben. Als wir uns einmal küssten, hat uns ein Mann gesehen, der hatte eine

Pistole. Dein Papa ist davongerannt und der Mann hat ihm in den Rücken geschossen.«

»Und dann?«, fragt Yvonne und lutscht vor lauter Aufregung am Daumen.

»Dann haben sie mich zum Marktplatz gebracht und mir die Haare abrasiert und mir ein Schild um den Hals gehängt, da stand *Franzosenliebchen* drauf.«

»Warum, Mama? Warum haben sie das gemacht?«

»Es war damals so, und es war schlimm.«

»Und was ist dann passiert, Mama?«

»Dann habe ich wieder bei meinen Eltern gearbeitet. Sie hatten außer ihrem Hof noch eine Wirtschaft, dort habe ich bedient.«

»Was ist *bedient*, Mama?«

»Wenn man jemandem in der Wirtschaft das Essen an den Tisch bringt.«

»Und dann?«

»Es war furchtbar, dort zu arbeiten, weil die Männer nicht anständig zu mir waren.«

»Warum?«

»Die haben mir mit der Hand auf den Popo geklopft und solche Dinge.«

Yvonne atmet tief und zieht schmatzend an ihrem Daumen. »Dann hast du ihnen eins in die Fresse gehaut.«

Mama kichert. »Da hast du ja deinen neuen Lieblingsspruch gefunden.«

»Und dann, Mama?«

»Und dann habe ich gemerkt, dass du unterwegs bist, also dass du in meinem Bauch wächst. Da habe ich große Angst bekommen.«

»Warum hast du Angst bekommen?«

»Weil man damals den Müttern die Kinder weggenommen hat, wenn die Papas Franzosen waren, und manchmal ist die Mutter sogar ins Gefängnis gekommen.«

»Und dann?«

»Dann bin ich nach Stuttgart gegangen, bevor jemand gemerkt hat, dass du in meinem Bauch bist. Da habe ich gearbeitet, und dann sind wir ausgebombt worden, aber das weißt du ja.«

»Vielleicht lebt mein Papa noch ein bisschen und ist nicht ganz tot?«

»Nein, mein Kind. Dein Papa ist tot.«

»Wenn ich groß bin, gehe ich ins Franzosenland und suche ihn.«

»Mein Liebling, dein Papa ist tot. Komm, ich zeig dir ein Foto. Ich habe eines von ihm und seinen Eltern, das behalte ich noch eine Weile. Du bekommst es, wenn du größer bist. Schau, hier. Antoine hieß er. Antoine Dubois. Und das sind seine Mama und sein Papa.«

Sie leben in einer fremden Wohnung, dort stehen ein Sofa und ein großes Bett, wo sie schlafen, und es gibt sogar eine Küche. Obwohl zur Straße hin auf ganzer Länge die Mauer fehlt, ist das kleine Nest perfekt für ein kleines Mädchen wie Yvonne. Mama hat Decken hingehängt, sodass man nicht hereinschauen kann, und sie haben ein

Schränkchen hingestellt, damit man nicht auf die Straße hinunterfällt.

»Bevor der Winter kommt, müssen wir was anderes suchen«, sagt Mama. »Sonst erfrieren wir.«

In dem Schränklein finden sie Salben und Cremes. Manchmal füllen sie die große Zinnwanne mit Wasser, das sie von unten mit dem Eimer nach oben bringen. Während etwas vom Wasser auf dem Ofen warm gemacht wird, bindet Mama ein Tuch in ihre Haare. Dann baden sie gemeinsam.

Mama erzählt ihr Geschichten und Yvonne darf sich an ihren nackten Busen legen und am Daumen lutschen. Mama schließt die Augen und legt den Arm um sie. Auch Yvonne erzählt, was sie erlebt hat, und Mama hört aufmerksam zu. Manchmal liegen sie einfach dicht beieinander und sagen gar nichts.

Wenn sie fertig gebadet haben, nimmt Mama das Badetuch und cremt Yvonne überall ein mit der schönen Creme, die süß und köstlich duftet, und wenn sie dann ihre Kleider wieder anzieht, bleibt der Duft fast die ganze Woche in ihrer Bluse und sie kann sich immer an den schönen Badetag mit der Mama erinnern.

Dann cremt Mama sich selbst ein, manchmal darf auch Yvonne sie eincremen. Mama hat schöne weiße Beine und Haare dort, wo Yvonne noch keine hat; auch einen Busen, sie freut sich schon darauf, dass sie auch einen so weichen Busen bekommt. Sie hat eine sehr schöne Mama.

Gerade bevor es richtig kalt wird, finden sie eine geschlossene Wohnung, ein Zimmer, und die

Mama bekommt Arbeit beim Roten Kreuz. Jeden Abend, wenn sie dorthin geht, zieht sie sich sorgfältig an und Yvonne darf dabei zuschauen. Dann machen sie einen Kreis um das große Bett, das sie von der vorigen, offenen Wohnung mitgenommen haben. Sie stellen sich vor, dass sie um das Bett herum lauter Edelsteine legen, die glitzern und die Geister von Yvonne fernhalten, schließlich muss sie jetzt allein schlafen.

Manchmal spielen sie eine besondere Art von *Blinde Kuh*. Dann hängt Mama ein Tuch zwischen das Bett und das Sofa und kocht für Yvonne einen wunderbaren Tee, Wasser mit dem Zucker, den sie vom Roten Kreuz mitgebracht hat.
    Sie gibt ein winziges Tröpfchen von einem Fläschchen in den Tee und bevor Yvonne ihre Tasse ausgetrunken hat, schläft sie schon tief und fest. Am nächsten Tag gibt es dann immer etwas Gutes zum Essen: Gemüse, Eier, manchmal sogar Käse und Wurst. Einmal wacht sie kurz auf und denkt, der Papa sei gekommen, weil sie einen Mann leise reden hört, aber dann schläft sie wieder ein.

Später, als sie schon lange in die Schule geht, wird die Mutter immer dünner und hustet viel. Yvonne hilft ihr bei allem, wo sie kann. Eine untergründige Sorge breitet sich wie ein ständig kratzender Teppich auf dem Boden ihres Herzens aus. Mal geht es ihrer Mutter besser, mal schlechter. Meist schläft sie den ganzen Tag, um Kräfte für die Arbeit in der Nacht zu sammeln.

Yvonne ist jetzt in der dritten Klasse. Wenn sie von der Schule kommt, schürt sie den Ofen und kocht eine Suppe für sie beide. Sie schleppt Holz nach oben, schaut, wo sie was zum Essen kaufen kann, legt eine zusätzliche Decke über ihre Mutter, fegt die Wohnung.

»Heute kann ich nicht arbeiten gehen«, sagt die Mama eines Abends. Sie glüht und ist sehr müde. Dann hustet sie und das Kopfkissen, auf dem sie liegt, ist rot vom Blut.

Kurze Zeit später kann die Mutter überhaupt nicht mehr zur Arbeit gehen, und da gibt sie ihr das Bild von Papa und ihren französischen Großeltern. »Schau, hinten drauf steht sein Name und auch der Name des Dorfes, wo seine Eltern wohnen. Wenn du groß bist, wirst du sie finden.«

»Ohne dich gehe ich nicht nach Frankreich, Mama. Du musst gesund werden.«

»Du sollst erst gehen, wenn du groß bist. Dann brauchst du mich nicht mehr.«

»Mama?«

Mama nimmt eine kleine Tasche, eine Art Rucksack mit nur einem Träger, in den sie das Bild flach hineinlegt. Über das Bild legt sie einen Karton und darüber kommen ein paar Kleider von Yvonne. »Schau, ganz unten ist das Bild. Das ist unser Geheimnis. Andere werden es nicht finden, nur du.«

»Mama?« Yvonnes Stimme wird schrill.

»Ja, mein Liebling?«

»Mama, du musst hierbleiben!«

Die Mutter sagt nichts, sie streichelt ihr über den Kopf und nimmt sie sacht in ihre Arme. Wie dünn sie geworden ist! Yvonne traut sich nicht, sie richtig an sich zu drücken. Mit einem Mal sieht sie klar und in aller Härte, dass ihre Mutter sterben wird. Die Verzweiflung klopft von innen an ihre Schläfe wie ein schwarzer Rabe im Käfig. Sie legt sich mit Mama ins Bett und schmiegt sich eng an sie, um ihr Wärme zu geben.

Am nächsten Tag kommen Männer vom Roten Kreuz und stehen im Raum herum.

»Mein Liebes, ich hab' dir immer die Wahrheit gesagt und du sollst es auch so halten, selbst wenn es das ist, was am meisten wehtut.«

»Mama?« Das Schrille in Yvonnes Stimme zittert.

»Du musst mit den Männern gehen, sie bringen dich in ein Heim, wo du in die Schule gehen und dein Leben leben kannst. Ich muss sterben, und du weißt es.«

»Mama?«

»Ich werde sterben. Das ist die Wahrheit, die am meisten wehtut, mein Kind.«

Da drückt sich Yvonne so fest an ihre Mutter, dass die anfängt zu husten. »Ich kann dich beschützen.«

»Ich werde vom lieben Gott beschützt, meine Liebste. Du bist das Beste, was mir in diesem Leben passiert ist, vergiss das nie!«

Die Männer versuchen, Yvonne von ihrer Mama zu lösen, sie wehrt sich.

»Geh, mein Kind«, flüstert die Mutter ihr ins Ohr. »Ich liebe dich wie verrückt, auch im Himmel.«

Von der Decke des Zimmers fallen Eiskristalle auf sie herab und frieren ihre Tränen ein. Sie löst sich von der Mutter, denn sie darf deren glühende Haut nicht verkühlen mit ihren frostigen Händen, sonst wird die Mama sterben und kalt werden wie die Leichen, die sie früher unter den Ruinen manchmal angefasst hat. Ein Tierjunges in ihr schreit und kreischt und streckt die Krallen aus, doch es ist eingeschlossen in ihrem eisigen Leib. Dann wird Yvonne leer und wehrlos wie ein abgestorbenes Herbstblatt. Die Männer heben das Kind vom Boden auf und nehmen es mit.

Sie ist neun Jahre alt und als sie im Heim ankommt, weiß sie, dass es hier ums Überleben geht. Während die Kinder um sie herumstehen und sie anglotzen, rotznasig, feindselig, stumm, fällt ihr der Ausdruck wieder ein, den sie vor Jahren gelernt hat, als sie zwischen Steinhaufen, Trümmern, Möbelteilen, gebrochenen Holzbalken, halben Hausmauern und liegen gebliebenen Waffen mit anderen Kindern gespielt hat: *eins in die Fresse hauen*. Das ist es, was ihr Stärke gibt und sie in Wort und Tat über diese schrecklichen Jahre trägt. Es ist der Hass, der ihr Überleben sichert.

Vormittags ist Schule, dann stehen die Kinder zum Mittagessenschöpfen in einer Reihe mit ihrem Napf in der Hand an und beim geringsten Laut gibt es Schläge von der Aufsichtsnonne. Nach dem Essen folgt die Arbeit in der Großwäscherei, die für das Heim eine Einnahmequelle darstellt. Yvonne gehört zu den Kleinen und muss die Wäsche exakt zusammenlegen. Was nicht akkurat genug ist, zieht Tatzen nach sich. Schon nach zwei Tagen merkt sie, dass nicht die Kinder ihre Feinde sind, sondern die Nonnen.

Yvonne verstummt, versteift, verengt sich, ihr Panzer ist aus Hass geschmiedet. Alles macht sie ordnungsgemäß, alle Regeln hält sie ein, keine Arbeit ist ihr zu viel, doch die Nonnen prallen an ihrem kalten Äußeren ab. Sie lässt sich nicht verbiegen. Die Oberin verbirgt nur mit Mühe das zuckende Feuer hinter ihrem Blick und Yvonne sieht in den Augen der Schwester ihre eigene Feindseligkeit.

»Ausziehen!«, schreit die Oberin. Schweiß perlt an der Stelle zwischen Oberlippe und Nase. Der Blusenknopf entzieht sich Yvonnes zitternden Händen und Anna neben ihr steht blass und gelähmt wie eine Wachspuppe.

Die beiden sind elf Jahre alt, sie sind ausgerissen, von der Polizei eingefangen und soeben wieder abgeliefert worden.

Nonnen reißen ihnen die Kleider vom Leib.

»Aufs Bett! Auf den Bauch!« brüllt die Oberin mit dem Stock in der Hand. Jeweils zwei Nonnen halten sie an Armen und Füßen fest.

Stockschläge prasseln auf sie nieder, auf den Po, immer wieder, auf die Oberschenkel, die Haut platzt, ihr Körper fällt in Stücke, auf den Rücken, es kracht, die Knochen knirschen, sie stirbt; sie stirbt und als sie wie von weit her die kreischende Stimme der Oberin hört, »Aufstehen«, kann sie sich nicht bewegen. Jemand reißt an ihren Haaren, sie sammelt Kräfte, kann sich gerade noch halten.

»An die Wand!«

Anna neben ihr knickt ein, kann nicht mehr richtig stehen und verliert Stuhl.

»Du dreckiger Bastard«, schreit die Oberin. »Du saudreckiger Bastard!«, brüllt sie Anna immer wieder an, während sie das Mädchen von oben bis unten mit dessen Kot einschmiert.

Yvonne bleibt allein im Schlafraum zurück, als Anna in den Duschraum geschleppt wird. Still ist es jetzt. Zeit, zu Mama zu gehen.

Sie zündet ihr Bett an und das von Anna gleich mit, und erst als beide Betten lichterloh brennen und die Flammen schon auf die anderen Betten übergehen, wird sie von jemandem aus dem Raum gezogen.

Nun steht sie schweigend im Polizeirevier. Als man ihr androht, sie käme ins Gefängnis, schiebt sie den Pullover hoch und zeigt ihren Rücken, der noch immer blutet, weil er jedes Mal, wenn sie sich setzt, wieder aufreißt. Dann erzählt sie von Anna. Die Polizisten schauen betreten, einer murmelt verlegen: »*Ihr seid ja abgehauen.*« Yvonne schweigt weiter und der andere Polizist schließt die Akte.

Sie muss nicht mehr zurück, sondern kommt in ein anderes Heim. Ihren Rucksack mit den Kinderkleidern händigt man ihr aus, er ist noch so, wie sie ihn vor zwei Jahren hat abgeben müssen.

Das neue Heim ist ein Jugendheim. Die Bestrafungen sind raffinierter, weniger Schläge, mehr Einsperren, mehr Demütigungen. Und es schwelt hier noch etwas anderes, das sie nicht einordnen kann. Es riecht süßlich-ekelig, schmeckt abgestanden und macht die Luft schmierig. Eines Nachts weckt der Heimleiter Müller sie aus dem Tiefschlaf. »Ins Büro«, flüstert er.

Sie steht auf, wankt im Halbschlaf hinter ihm her, überlegt, was los sein könnte. Vermutlich hat man ihre Zigaretten gefunden. Schon wappnet sie sich in Erwartung der Strafe. Doch der Heimleiter heißt sie, sich auf seinen Bürostuhl zu setzen. Dort sitzt sie im Nachthemd, zitternd vor Kälte und auch vor Angst.

Dann macht er seinen Hosenladen auf, packt sie an den Haaren und stößt ihr sein Ding in den Mund. Sie erstarrt, kann sich nicht bewegen, würgt, erstickt, erlahmt. Rotz läuft ihr aus der Nase und die Augen beschlagen sich. Dann läuft ihr etwas Warmes, Schleimiges die Kehle hinunter. Der Heimleiter zieht sich zurück, macht seinen Hosenladen zu und sagt: »Geh wieder ins Bett.«

Sie schwankt zum Ausgang, muss sich unterwegs kurz am Schreibtisch festhalten. Seltsam sorgfältig schließt sie die Tür hinter sich, und auf dem Weg in den Mädchenschlafraum wird ihr sterbenselend. Ein restlicher Lebensfunke, ein schwacher Nachklang von *eins in die Fresse hauen*, lässt sie die paar Schritte zurückzugehen und vor die Bürotür des Heimleiters kotzen.

Sie ist dreizehn Jahre alt und hat vor Kurzem ihre Periode bekommen. *Bald ist alles vorbei*, sagt ihr das Blut. Von Anfang an liebt sie es. Sie wird erwachsen werden, dann ist sie frei, und am Tag ihrer Periode kann sie zum ersten Mal an ihre Mutter denken. Ohne zu trauern, an diesem Punkt ist sie noch lange nicht. Aber ihre Mama hat ihr schon früh vom Blut der Frauen erzählt und dass es ein guter Freund ist, der einer Frau ungeheure Kräfte verleiht.

Als der Heimleiter sich eines Nachts wieder in den Schlafsaal schleicht wie der Fuchs in den Hühnerstall und sich ein Mädchen stiehlt, beschließt sie zu handeln. Als er weg ist, steigt sie aus dem Bett und knipst das Neonlicht an.

»Wer von euch hat schon einmal den Müller blasen müssen?«

Die Mädchen setzen sich auf, reiben sich die Augen. Da geht zaghaft eine erste Hand nach oben, die zweite folgt, die dritte ebenfalls, und ganz hinten sagt ein Mädchen: »Mich fickt er immer.«

»Mich auch«, sagt ein anderes.

»Mich auch«, sagt eine Dritte und am Ende sind die Hände aller Mädchen in der Luft. *Er fickt die, die noch nicht bluten*, geht Yvonne durch den Kopf.

Die Mädchen starren sie an. Die meisten haben vergessen, dass ihre Hand noch in der Luft steht.

»Wieso willst du das wissen?«, fragt eine.

»Nur so«, sagt Yvonne. »Ich mach es jetzt so, dass ich ihn den ganzen Tag anstarre. Einfach anschauen, nicht wegschauen. Wenn eine von euch das auch machen will, sind wir schon zu zweit. Niemals auf den Boden blicken, das ist das Wichtigste.«

Zuerst eins, dann zwei, dann drei, dann vier Mädchen fangen an, den starren Blick zu praktizieren, und im Laufe der nächsten Woche werden es immer mehr. Wann immer er einer begegnet, schaut sie ihn an, und bald ist er es, der ihrem Blick ausweicht. Sie lassen nicht locker.

Wenn er das Mittagessen mit *seinen Schützlingen* einnimmt, schauen sie ihn an, während sie das Essen ungesehen in sich hineinlöffeln. Sie glotzen ihn an, während er Anweisungen erteilt, und wenn ihm eine auf dem Korridor begegnet, dreht sie sich nach ihm um und schaut ihm nach. Nach vier Wochen verkündet der Heimleiter zu Beginn seiner Andacht, dass er seine Stelle wechseln und von nun an ein anderes Heim leiten wird.

Die scharfen Kanten der Suppenpäckchen stoßen die Nagelhaut auf, ihre Finger schwellen an, immer wieder versucht sie, mit Spucke die wunden Stellen zu lindern.

»Des gibt sich, Mädle«, sagt Frau Häberle mit der blaugrau gemusterten Kittelschürze gutmütig. »Nach dreißig Jahren Akkord tut dir nix mehr weh.«

»Die hat so feine Finger«, bemerkt Frau Gaus an die anderen fünf Frauen des Arbeitstisches gewandt, als ob Yvonne nicht da wäre.

»Und so dünn ist sie«, murmelt eine dritte, während sie mit geübten Händen die zwanzig Päckchen Fertigsuppe in einen Karton schiebt.

Mit vierzehn Jahren musste Yvonne von der Schule, und in die Fabrik arbeiten gehen. Gerne hätte sie eine Lehre gemacht, allerdings ist so etwas für Heimkinder nicht vorgesehen. Die Frauen, mit denen sie arbeitet, tragen Kittelschürzen. Dass sie den Gruppenakkord verlangsamt, nehmen sie gelassen. Abwechselnd bringen sie ihr ein Vesperbrot und ab und zu sogar ein Stück Kuchen mit.

»Wie viel verdienst du?«, fragt Yvonne einen Jungen in ihrem Alter. Er fährt mit dem Gabelstapler hin und her, bringt die Kartons mit den Tüten und nimmt die kleinen befüllten Schachteln wieder mit. Auf- und Abladen müssen die Frauen, während der Vierzehnjährige auf dem Stapler sitzen bleibt und eine Zigarette raucht.

»Zwei Mark neunzig die Stunde«, sagt er lässig und schnippt die Asche auf den Betonboden.

»Und wie viel verdient Ihr?« fragt Yvonne die Frauen. Sie weiß es nicht, denn ihr eigener Verdienst geht direkt an das Heim.

Zuerst kommt nichts, dann sagt Frau Gaus: »Je schneller mir schaffe, desto mehr verdienet mir.«

»Wie viel höchstens? Mehr als der Lümmel?«

»Weniger.«

»Ihr arbeitet mehr, eure Arbeit ist anstrengender und ihr seid schon seit Jahrzehnten hier und verdient weniger als der Kerl da?«

»So isch das Leben«, murmelt Frau Häberle, ohne aufzusehen.

Sofort setzt sich Yvonne auf den Arbeitstisch und schleckt mit der Zunge ihre schmerzenden Nagelhäutchen ab. Die Frauen sind irritiert, haben jetzt doch Angst um ihren Akkord, da kommt schon der Vorarbeiter. »Was isch, Mädle?«

»Ich arbeite erst wieder, wenn jede der Frauen mindestens so viel verdient wie der da drüben auf dem Stapler.«

»Aber der isch doch ein Mann!«, sagt der Vorarbeiter und seine Augen sind riesig vor maßlosem Erstaunen.

Auch die Frauen am Arbeitstisch sagen nichts, machen weiter, als sei nichts geschehen, was will das Mädle, lieber schaffe als aufmüpfig sein, der Arbeitsrhythmus beschleunigt sich, keine schaut auf.

»Du musst mit zum Chef«, sagt der noch immer verwirrte Vorarbeiter. »So ein freches Menschlein hat's hier noch nie gäbe.«

Das Gespräch beim Chef endet damit, dass der Junge am Stapler etwas weniger Lohn bekommt und alle Frauen am Packtisch etwas mehr. Die Frauen honorieren es ihr nicht nur mit Kuchen und täglichen Vesperbroten. Sie verlangen vom Chef, dass sie eine Lehre machen darf.

So lernt sie Buchhalterin. Sie ist gut, tut sich leicht mit Zahlen und kann die Lehre in zwei statt drei Jahren abschließen. Mit sechzehn hat sie ausgelernt, darf das Heim aber noch nicht verlassen, da sie noch nicht volljährig ist. Bis einundzwanzig soll sie dort bleiben und ihren Lohn abgeben, schließlich hat sie all die Jahre umsonst dort gelebt. Das kann nicht gut gehen.

Die Rettung kommt von Fräulein Schneider, einer der Frauen am Packtisch. Sie bietet ihr an, die Vormundschaft zu übernehmen, denn der Staat zahlt einen Obolus dafür. Bei ihrer Entlassung händigt man ihr den kleinen, noch immer verschlossenen Rucksack aus. Er ist alles, was Yvonne besitzt.

Frühjahr 1990, drei Monate vor Wolfgangs Hochzeit in Weingart

Das Murmeln der anderen Fahrgäste füllt das Zugabteil des TGV mit einem trödeligen Klangteppich und lässt ihre Gedanken konturlos umherschweifen.

Draußen rast die französische Landschaft vorbei wie die Stationen ihres Lebens, ein prächtiger Baum, schon wieder verschwunden, der Berg weicht der Vorstadtidylle, die schöne Zeit mit Wolfgang weicht einer noch unbekannten Leere.

Von Weitem wird sie jetzt sein Leben beobachten, eine Außenseiterin, eine, die nirgends zu Hause ist, eine, die nur von der Ferne in das Leben der anderen blickt. Wie hat sie diesen Burschen gemocht. Nun wird er heiraten, das wäre jedenfalls zu hoffen. Dass sie gestern Abend im Restaurant auch noch seinen Vater getroffen haben, macht den Abschied von der Familie Schwartz auf eine wehmütige Art rund.

Auf ewig ungebunden, singt Violetta in *La Traviata*. Helene Schwartz taucht in ihr auf, die sie vor langer Zeit so tief in der Seele berührt hat mit ihrem Gesang. *Auf ewig ungebunden ist die Hure,* und jetzt, wo das Älterwerden schon mal vorfühlt, lauert der Dämon der Einsamkeit hinter der Tür, obwohl sie sonst gerne allein ist.

Seit Tagen schwärmen ihre Erinnerungen aus wie ein Rudel junger Hunde, die jemand aus dem Zwinger gelassen hat. Ungeordnet, chaotisch, flüchtig tauchen die Bilder ihres Lebens auf und verschwinden wieder. Menschen, Szenen, geliebt und gehasst, betrauert und gefeiert. Diese Helene verschmilzt mit der noch unbekannten Bettina zu einem Bild. So lebendig, wie Wolfgang sie beschrieben hat, glaubt Yvonne schon, sie zu kennen; und sie weiß bereits, dass sie dieses Mädchen lieben wird.

Freude glimmt auf, als sie durch das Gartentörchen ihres kleinen Anwesens in der Provence geht. Tausend Diamanten der Abendsonne glitzern auf dem dunklen Wasser ihres Pools, sie spiegeln ihr Leben. Auch sie leuchtet und schillert an der Oberfläche, doch darunter liegt zurzeit eine unergründliche Kühle und Dunkelheit.

Sie wird den Pool reinigen lassen. Seit Monaten war sie nicht mehr hier. Sie wird auch ihre Seele reinigen müssen. Noch tiefer wird sie hinabsteigen in den Morast, denn jetzt kann sie sich nicht einmal mehr an ihrer Arbeit festhalten. Sie muss aufhören damit, sonst wird sie eine alte Schachtel. Was dann? Ihr Beruf war mehr und mehr zu einem Rettungsring geworden, um ihre Einsamkeit nicht zu merken. Seit Monaten versucht sie, Blasen von Schwermut niederzudrücken, immer wieder schwimmen sie auf wie die halbfaulen Äpfel, die in ihren Pool gefallen sind.

Am nächsten Morgen holt sie ihre Staffelei in den Garten. Das Bild der Sechzehnjährigen steht vor ihren inneren Augen. Nicht die äußere Schicht ihres damaligen Selbstschutzes will sie malen, sondern das innere Wesen, das sie war; schon geläutert durch Leid, aber noch immer ungebrochen. Sie tupft auf den schwarzen Hintergrund ein Mädchen voller Trauer und gleichzeitig mit Offenheit und Neugier auf das Leben.

Gerade schickt sie sich an, das große Abenteuerbuch *Zukunft* zu öffnen, auch wenn das Heim, das hinter ihr liegt, noch lange nicht verdaut ist. Die schönen Lippen und die großen Augen spiegeln die Sinnlichkeit, die in ihr angelegt ist, aber auch eine riesige Sehnsucht nach Liebe. Um ihre Stirn trägt sie einen Rosenkranz. Eine Dornenkrone? Oder das ganze blühende Leben, das sich dieses Mädchen erhofft? Ist in einer Rosenkrone nicht beides enthalten?

Yvonne hat ein untergründiges Gefühl, als müsse sie sich beeilen. Warum nur? Muss sie schnell sein, weil der hoffnungsfrohe Zustand, in dem sich dieses aufblühende Mädchen gerade befindet, nur kurze Zeit dauern wird? Es bleibt nur ein kleiner Zwischenraum zwischen keimender Hoffnung und fast völliger Zerstörung. Diesen Augenblick muss sie verewigen, er war so kurz.

***

Sie ist sechzehn und endlich frei. Gerade hat sie sich im Nachbardorf ein möbliertes Zimmer gemietet und muss nur noch ein einziges Mal zurück ins Jugendheim, um ihrer Entlassung beizuwohnen und ihre Habseligkeiten entgegenzunehmen.

Fräulein Schneider wird unterschreiben, sie wird dort auf Yvonne warten, weil sie in der Nähe wohnt. Yvonne geht zu Fuß, es sind sieben Kilometer. Der Septemberabend ist lau und auf den Feldern rechts und links wurden die Stoppeln bereits untergepflügt. Da hält ein großer, alter, sehr staubiger Mercedes neben ihr.

»Kannst ein Stück mitfahren, wenn du willst. Wo soll's denn hingehen?«

»Ich muss bloß zum Jugendheim rüber, wenn Sie noch Platz haben?«

Sie steigt ein. Er fährt in einen Feldweg.

»Wieso fahren wir hier lang?«, fragt Yvonne.

»Wir machen ein kleines Päusle und lassen es uns gut gehen«, sagt der Mann, während er die Handbremse anzieht. Er ist nicht unfreundlich, nur ernst. »Zieh dein Höschen aus.«

Als Yvonne sich nicht bewegt, holt er ein Messer unter seinem Sitz hervor. Ganz langsam fährt er mit dem Messerrücken ihren Hals herunter bis zu den Knöpfen ihrer Bluse. »Zieh deinen Slip aus.«

Yvonne sitzt bewegungslos.

»Zieh ihn aus.« Er dreht sein Messer um und reißt damit den dünnen Stoff ihrer Bluse auf.

Yvonne hebt ihre Hüfte und zieht ihren Slip aus.

»Nach hinten auf den Rücksitz.«

Yvonne reagiert nicht und er schneidet weiter an ihrer Bluse, die Messerspitze ritzt ein wenig ihre Haut.

»Nach hinten auf den Rücksitz. Hier passt du durch, ich hab' doch ein schönes großes Auto.«

Yvonne bewegt sich langsam, schiebt sich zuerst mit dem Oberkörper zwischen den Sitzen durch und will gerade ein Bein durchzuziehen, da lüpft er ihren Rock. Dies ist der Anstoß, in dem in Yvonne die gute alte *In-die-Fresse-hauen-Kraft* aufwacht.

Mit aller sportlichen Härte, derer sie fähig ist, tritt sie ihm in die Eier und nutzt seinen Aufschrei, um den Türknopf hochzuziehen. Dann reißt sie die Tür auf und rennt los. Sein Messer fällt auf Boden, das hört sie noch. Zwei, drei Schritte über das Feld hat sie gewonnen, da schlägt er die Fahrertür auf und rennt ihr nach.

Sie stolpert auf der holprigen Erde, verliert an Geschwindigkeit. Schon hat er sie eingeholt, schlägt ihr ins Gesicht, mit der Faust auf den Mund, den Kopf, die Nase. Ihr wird schwarz vor Augen, sie fällt. Er schlägt weiter, packt sie an der Schulter, schlägt ihren Kopf auf die Erde, wieder und wieder.

Der Mann tritt ihr in den Bauch, in die Rippen, und sie sieht durch den Schlitz ihrer Augen sein Gesicht. Es ist der geballte Wille zum Töten. Dieses leise *Dennoch*, das sie von Mutterleib an in sich trägt, kann sie nicht mehr hören.

Da reißt er ihren Rock hoch, tritt ihr in den Unterleib. Er öffnet seine Hose, geht in die Knie, zieht sie an den Beinen zu sich her. Hart dringt er in ihren unberührten Mädchenschoß ein und richtet auch dort ein Blutbad an. Während er kommt, würgt er sie. Er würgt. Sie stirbt. Sie stirbt.

Zuletzt tritt er mit seinen derben Schuhen noch einmal nach, in ihre Seite und frontal auf ihre Brust. Er rennt zu seinem Auto, wendet und fährt ihr zum Abschluss mit den rechten Vorder- und Hinterrädern über die Beine.

Yvonne bleibt liegen. Bei vollem Bewusstsein spürt sie das ganze Ausmaß der Schmerzen, und all ihre Zellen schreien den ursprünglichsten Schrei aller Gemarterten: *Gott, warum hast du mich verlassen?* Dann fällt sie in eine gnädige Ohnmacht.

Als sie die Augen wieder aufschlägt, ist es Nacht. Über ihr stehen die Sterne und von unten dringt Kälte in ihren Leib. »Mama«, flüstert sie, »*hol mich. Ich kann nicht mehr.*«

Wieder wird es schwarz um sie, und als sie die Augen ein zweites Mal aufschlägt, stehen ihre Mutter und ihr Vater neben ihr. Sie schließt die Augen, weil sie nicht weiß, ob sie träumt oder verrückt geworden ist, und wieder holt die Ohnmacht sie ein.

Als sie aufwacht, stehen beide Eltern noch immer da, als würden sie ihren Schlaf behüten. In sie strömt plötzlich ein Schwall von Liebe, so stark, dass sie nicht weiß, wohin damit. *Ich brauche Hass, keine Liebe,* schreit sie ohne Worte, *sonst sterbe ich!*

Ihre Eltern bleiben bei ihr stehen, und jetzt weiß sie genau, dass sie spinnt. Dieser Mann hat ihr auf den Kopf geschlagen, sie ist verrückt geworden. Die Augenlider fallen wieder zu und sie hofft, dass die

Ohnmacht sie erneut in die Welt ohne Schmerzen mitnimmt. Wieder öffnet sie ihre Augen und ihre Eltern sind noch immer da. *Kommt ihr und holt mich? Bitte nehmt mich mit, ich kann das nicht, das Leben! Ihr habt euch davongeschlichen und mich alleingelassen.*

Es wird kalt, sie zittert, versucht, sich zu bewegen, vielleicht kommt sie bis zur Straße. Aber es ist nicht die geringste Bewegung möglich. Als sie leicht den Kopf hebt, wird ihr so schwindelig, dass sie wieder in Ohnmacht fällt. Und immer, wenn sie die Augen öffnet, stehen ihre Eltern da.

Es dämmert. In der Ferne hört sie einen Traktor, der immer näher kommt. Vielleicht überfährt er sie vollends, dann ist endlich Ruhe. Die Eltern stehen noch immer da, doch als der Traktor vor ihr hält, der Bauer absteigt und hilfeschreiend nach vorne an die Straße rennt, verschwinden ihre Eltern, als wären sie nie da gewesen.

Ist sie im Himmel? Alles ist weiß, die Decke, das Licht, das Bett, in dem sie liegt, nur aus ihrem Arm wachsen bunte Schläuche und Kabel. Am Ständer vor dem Bett hängt ein Beutel und jetzt streicht ihr eine sanfte Hand die Haare aus dem Gesicht. Mama? Nein, sie muss im Krankenhaus sein, nicht im Himmel, denn die Frau hat eine Haube auf dem Kopf.

»Wir dachten nicht, dass wir dich durchkriegen. Jetzt kommt alles in Ordnung«, sagt die Schwester zu ihr. »Du musst mindestens einen Schutzengel gehabt haben.«

»Zwei«, flüstert Yvonne, mehr kann sie nicht sagen, denn ihre Kehle ist wund, als hätte man ihr mit der Fackel den Hals ausgebrannt und jetzt kommen auch all die anderen Schmerzen.

Fast zehn Wochen verbringt sie im Krankenhaus, in unterschiedlichen Abteilungen, der Inneren, der Chirurgie, der Kieferchirurgie, der Gynäkologie, der Neurologie.

Jede Nacht wächst der Mond etwas mehr, merklich nur für die, die ihn ohne Unterlass vom Bett aus betrachten. Dann, gerade wenn er groß und dick und rund ist, nimmt er wieder ab, wie die Schmerzen manchmal abnehmen und dann wieder zunehmen.

Wo bin ich zu Hause? Nirgends. sagt der Mond, du bist nirgends zu Hause, du wirst überall geborgen sein. Wie soll ich mein Brot verdienen, fragt sie ihn in der nächsten Nacht. Du wirst dein Brot verteilen, antwortet der Mond zärtlich wie ein mütterlicher Gute-Nacht-Kuss, und tröstlich wie die Hand einer Heilerin. Woher bekomme ich die Kraft zum Leben? Du wirst allein sein, und du wirst frei sein, daher kommt deine Kraft, sagt der Mond, als er schon so dünn ist wie ein gekrümmter goldener Faden, denn in der nächsten Nacht wird er in der Dunkelheit verschwunden sein.

Zart liegt die Hand der Schwester an ihrer Wange, als sie an diesem Morgen aufwacht. »Mein armes Mädchen«, sagt die Pflegerin und sie ist so mitleidsvoll, dass in Yvonne unvermittelt der blanke Zorn aufflammt.

»Was?«

»Lungentuberkulose hat das Labor ergeben. Dabei dachten wir schon, wir könnten dich bald entlassen.«

Warum hat sie keine Angst? Die Mama ist an Tuberkulose gestorben, wäre das nicht ein guter Weg, auch gleich zu gehen? Vielleicht holt die Mutter sie jetzt ab und das ist weniger beängstigend als zu leben.

Vielleicht gibt es im Himmel warme Badewannen und sie wird mit ihrer Mama darin liegen, sie wird sich an ihren warmen, nassen Busen kuscheln und ihr alles erzählen von ihrem Lebensabenteuer, so wie sie es als Kind immer gemacht hat.

Doch vor dem Sterben darf sie noch ins Sanatorium, oh du wunderbare Tuberkulose, danke Mama. Wärst du doch auch so gut genährt worden wie ich jetzt, meine Mama, du hättest überlebt. Hättest du doch auch so wundervolle weiße Laken gehabt, wie ich jetzt, du hättest deine Krankheit in Ruhe auskurieren können, liebe Mama. All das hier hättest du genossen.

Wie zwei Prinzessinnen wären wir in warme Daunen eingepackt in der frischen dunklen Mondnacht gelegen und hätten die eisige, heilsame Luft in unsere kranken Lungen krachen lassen. Mama, liebe Mama, all das hast du nicht gehabt. Noch drei weitere Wochen billigen sie mir zu, liebe Mama, ich werde gesund, ich werde sogar dick, stell dir vor.

Heute ist der Mond rund und satt und voll, wie ihr Bauch, auf den sie zufrieden ihre Hände legt.

Du bist so rund und schön, du lieber Mond, sagt sie zu ihm und während sie mit weichen Augen in den Himmel schaut, liegt dort aus ätherischem Licht, als wäre sie aus Wolken geformt, eine hochschwangere junge Frau mit einem Bauch so rund wie der goldene Mond.

Wie ein Schwert fährt der Schreck in sie ein.

»Für einen Abbruch ist es leider zu spät«, sagt der Gynäkologe am nächsten Tag, nachdem er die Schwangerschaft festgestellt hat.

Wieder ist sie in einem Nonnenheim, diesmal für ledige Schwangere. Sie blickt in blasse, hoffnungslose Mädchengesichter, neben denen sie sich fast stark fühlt. Jede der jungen Frauen trägt die Trauer und den Schock in ihren Augen und kaum eine behält ihr Kind. Der Weihrauch in der kleinen Kapelle duftet nach Verzweiflung und nach Geborgenheit, nach Tränen und nach brüchiger Hoffnung.

Vorne steht die Maria in ihrer Mandorla mit dem Jesuskindlein auf dem Arm. *Wie kommt's dass du verehrt wirst für dein eheliches Kindlein und wir hier sind der letzte Dreck?*, fragt Yvonne fast jedes Mal, wenn sie sich zum Gebet hier versammeln. Anders als im Kinderheim verbreiten die Nonnen hier nur Stille und Unterstützung.

Bald bewegt sich dieser Bastard in ihr, und was sie für ihn empfindet, ist purer, dreckiger Hass. Sie hasst ihn und hält sich am Hass fest wie an einem Rettungsring auf hoher See.

Als sie im neunten Monat schwanger ist, träumt sie von einem winzigen brennenden Kerzlein.

Dessen Flamme zittert im leichten Wind, ständig in Gefahr zu verlöschen. Etwas erstaunlich Liebendes geht von der Kerze aus. Yvonne schlägt die Augen auf und der Rettungsring des Hasses ist weg, sie wird ertrinken, sie wird untergehen, das hier kann sie nicht.

Sie schlägt die Decke zurück, es ist vier Uhr morgens, sie rennt hinaus auf die dunkle Straße Richtung Wald, ihr Bauch wankt, sie muss ihn stützen mit der Hand, kaum kann sie ihre nackten Füße darunter sehen, sie rennt im Nachthemd, läuft und schwitzt und schnauft, hält an, stützt sich an einer Hauswand ab, läuft weiter und sobald sie im Wald steht, dringt der Schrei aus ihr heraus, der schon seit ewigen Zeiten in ihr drängt, vielleicht schon seit sie ihre Mama damals verlassen musste. »NEIN!«, schreit sie und es kommt ihr vor, als ob es nicht sie selbst sei, die da schreit.

Ihre Eingeweide, die Lunge, die Leber, die Milz, der Darm, ihr ganzer Körper, vor allem ihr schmerzendes Herz schreien ein einziges vielstimmiges NEIN, nein, nein, zu diesem Leben in ihr, zu ihrem eigenen Leben und Nein auch zu dem, was manche vielleicht Gott nennen, wer auch immer das sein soll. Mit den Fäusten schlägt sie auf diesen seltsamen fremden Bauch, sie will es nicht, dieses fremde Leben, soll es doch verlöschen wie die flackernde Kerze, nichts will sie, nur noch sterben, es reicht. Erst als ihre Arme vom Schlagen schmerzen und sie keine Kraft mehr hat, lehnt sich gegen einen Baum und lässt sich an der rauen Rinde auf den Boden gleiten. »Ich bin zu jung, Mama«, schluchzt sie.

»Wenn du im Himmel bist, sag deinem lieben Gott, er soll das Ding hier zurücknehmen oder ich sterbe.« Erde, ein paar Steinchen, vielleicht auch leere Bucheckern kratzen an ihrem Hintern, ihr Rücken ist wundgescheuert von der Rinde des Baumes, nur langsam geht ihr Atem wieder regelmäßig.

Es ist eine schwere Geburt. Er liegt quer, der Bastard, und ihre noch immer empfindliche Vagina gibt ihr den Rest. Die Schmerzen machen sie rasend, und an dieser rasenden Wut muss sie festhalten, sonst würde sie in ihre Einzelteile zerfallen und man müsste nachher die Müllabfuhr holen, um sie zusammenzufegen.

»Dr. Haller hat einen Notfall und keine Zeit für den Kaiserschnitt, Frieda wird kommen«, sagt eine der Schwestern.

Als nach gefühlten Stunden die viel besagte Frieda kommt, wird die Atmosphäre im Kreißsaal auf einen Schlag ruhig. Voll Mitgefühl streicht sie zuerst über Yvonnes schweißnasse Haare. Die dreht den Kopf weg, Sanftmut tut weh. Bitte geh wieder, Frieda, tu mir den Gefallen und schneide mir dieses Ding heraus.

Die Hebamme hat irgendwelche Kräuterstängel, die aussehen wie Zigarren. Einen zündet sie an und hält ihn an ihren rechten Fuß, dann an den linken, vielleicht auch an den Bauch, so genau kann Yvonne nicht sehen, was da passiert. Nach und nach entspannt sich etwas in ihr, und plötzlich dreht sich dieses Ding. Kaum zehn Minuten später ist es da.

Sofort wird die Nabelschnur durchgeschnitten und die Schwestern bringen es aus dem Raum. Nicht einmal schreien hört Yvonne es und könnte doch selbst schreien, wäre sie nicht so erschöpft. Es ist weg, dieses Miststück, sie ist frei!

Doch mit dem Kind wird noch etwas anderes aus dem Zimmer getragen, aber was? Sie will sehen, was es ist, doch alles flimmert vor ihren Augen, sind es die Tränen, die das Augenlicht verschwimmen lassen?

Ihr ist, als hätte man die kleine Yvonne mitgenommen, als hätte man ihre eigene Kindheit aus ihr herausgerissen, das Kind, das an der Brust seiner Mutter trinken durfte, das neben seiner Mama im Bett liegen durfte und das sich in der Badewanne eng an sie schmiegen durfte. Der Schmerz tritt auf sie ein wie die Stiefel ihres Peinigers.

Sie will ihn nicht, diesen Schmerz und sie will auch nicht die schwarze Trauer, die dabei ist, ihre Augen blind werden zu lassen. Da wirft sie ihren Kopf nach rechts, nach links, nicht mehr dieses Leiden, diese Traurigkeit, sie will ihre Ruhe, einfach sterben. Wie geht das?

Inmitten ihres inneren Aufruhrs hört sie Frieda wieder. »Schlaf ein wenig«, sagt sie, und ihre Freundlichkeit rührt noch mehr in Yvonnes Not herum. »Nachher sprechen wir darüber, wie es weitergeht.«

Die ist gut, die Frau! Wie soll es weitergehen, fragt sich Yvonne, und diese Frage fällt ihr jetzt wie ein Sack voll Steine auf die Füße. Sie ist noch keine siebzehn und fühlt sich wie siebzig. In ein paar

Tagen wird sie in die freie Wildbahn entlassen, von der sie nicht die geringste Ahnung hat.

Wund fühlt sie sich, krank an Leib und Seele. Sie hält die Augen geschlossen und mag sie nicht öffnen, sie mag nicht der Wirklichkeit ihres verkorksten Lebens ins Auge schauen. Sterben wäre eine prima Alternative. *Wohin soll ich gehen? Was soll ich machen? Wieder in die Fabrik?* Bevor sie sich von den Strapazen dieser schrecklichen Geburt erholt hat, steht der neue Berg vor ihr und es ist kein Berg, sondern das Gebirge des Himalaya.

Da erklingt irgendwo ein Lied, so schön und leise wie eine sternenklare Nacht. Träumt sie? Ist es die Mama? Die hat manchmal leise gesungen, ist sie jetzt bei Mama im Himmel? Doch dieses Lied kennt sie nicht. Sie will die Augen geschlossen halten, nicht in das kalte Neonlicht des Kreißsaals schauen, sie will dieses Lied hören und im träumerischen Luftschloss bleiben.

Als der Gesang endet, streicht ihr jemand die Haare aus der Stirn.

»Wenn du bereit bist, die Augen zu öffnen, kannst du das jetzt tun. Sonst warte ich noch ein wenig.«

Es ist Frieda, und als Yvonne die Augen öffnet, weint sie wie ein kleines Kind.

»Ich habe deine Krankenakte gelesen. Dich kann man noch nicht auf die Menschheit loslassen«, sagt die Hebamme.

»Was soll ich tun?«

»Komm eine Weile zu mir. Man muss dich noch aufpäppeln, bevor man dich wieder aussetzt.«

Yvonne ist im Paradies. »Zu Ihnen?«

»Ich bin neunundfünfzig Jahre alt und habe einen Bauernhof im Murrhardter Wald geerbt«, antwortet Frieda. »Ich will weg von hier, weg aus der städtischen Gegend, und dort auf den Dörfern meine Hebammentätigkeit anbieten. Du kannst mit mir wohnen, und wenn du dich wieder einigermaßen bei Kräften fühlst, kannst du etwas zur Haushaltskasse beitragen. Es wird sich eine kleine Stelle finden lassen. Dann bist du aber noch lange nicht geheilt. Mindestens ein Jahr wirst du brauchen.«

»Ein ganzes Jahr?« Yvonnes Stimme stolpert vor Glück.

»Du bist frei, jederzeit zu gehen.«

»Warum tun Sie das?«

Frieda schweigt, steht auf und geht zum Fenster. Dann kommt sie wieder ans Bett. »Ich hatte ein Mädchen im gleichen Alter wie du, und ihr ist Ähnliches widerfahren. Das war vor ungefähr fünfzehn Jahren. Sie wurde ermordet. Dass ich nichts mehr für sie tun konnte, war das Schlimmste in meinem Leben. Während ich deine Krankenakte las, spürte ich den Hauch meines Kindes und den Wunsch, dich zu beschützen.«

»Ist das jetzt ein Wunder?«, fragt Yvonne.

»Ich glaub schon.« Frieda steht auf. »Bis die Tage also. Ich hole dich ab, wenn du hier entlassen wirst.«

Aus einem Jahr bei Frieda werden mehr als zwei, und für Yvonne ist diese Zeit wie ein Schlaraffenland aus Liebe und Fürsorge, wovon sie ihr Leben lang zehren wird. Es ist das Auftauchen in einem noch unbekannten Land voller Frieden, es ist Lachen, Lernen, Lust und Selbstliebe, es ist ein erstes inneres Tasten nach dem, was manche Gott nennen und für das niemand einen Namen hat.

Vielleicht ist es das Lied, das in allen Dingen schläft und das man nur lernt, wenn man mitsingt. Es ist die Zeit, in der sie ihre Sexualität heilt und entdeckt, ihre eigene, nicht die durch den Mann hervorgerufene. Es ist ein sich Ausdehnen im Schoß der Großen Göttin und ein Versinken in tiefer Meditation. Sie hat vom Schicksal eine riesige Zumutung erfahren und ein noch größeres Geschenk erhalten.

Wie neuerdings überall, werden die Läden zu Regalreihen umgebaut, wo man sich selbst bedienen kann. Eine Mode, die aus Amerika kommt und die man Supermarkt nennt. Dort befüllt sie die Regale, macht die Kasse, und als sie einmal damit herausrückt, dass sie auch Buchhaltung kann, bekommt sie eine halbe Anstellung im Büro.

Der Lohn reicht für den Beitrag zum Haushalt und Frieda verbietet ihr, mehr als eine halbe Stelle anzunehmen.

Holz machen für warme Bäder, lange Waldspaziergänge, im Garten arbeiten, im Gartenstuhl liegen, gemütliche Abende bei Kerzenschein und tiefgründige Gespräche mit Frieda – wie ein trockener Schwamm saugt Yvonne das heilende Leben auf und beginnt, von Grund auf zu genesen.

»Du musst deine Sexualität heilen, sonst wirst du niemals guten Sex haben«, sagt Frieda schon in den ersten Tagen. »Ein sinnliches Wesen wie du wird sich das nie verzeihen können.«

»Wie denn?« Alles, was Yvonne darüber weiß, sind grobe Worte, Andeutungen und ihre hässlichen Erfahrungen.

»Nicht selten geschehen schlimme Geburten, bei denen Frauen ihre Sexualität verlieren. Es gibt Methoden, die brauchen aber Zeit.«

Yvonne lässt sich darauf ein und in den ersten Sitzungen liegt sie mit einer Wolldecke auf dem Bett und Frieda legt ihr die Hand auf den Unterbauch. Sonst nichts. In ihrem Schoß tut sich eine Entspannung auf, als würde eine Blume sich öffnen, die ihr ruhige Kraft verleiht. Stille kehrt bei ihr ein. Kein Schlaf, eher ein Versinken.

Nach zwei Wochen legt Frieda ihre Hand auf Yvonnes Vulva, die Kleider behält sie dabei noch immer an.

Wieder einige Zeit später fragt Frieda, ob sie die Kleider jetzt ausziehen möchte. Ihre Hand auf Yvonnes bloßer Vulva löst ein Fließen aus, ein sanftes, kaum merkliches Öffnen ihrer Zellen.

»Falls sexuelle Regungen kommen, kannst du sie ruhig zulassen, nicht zurückhalten. Ich bin deine Hebamme, also keine Scheu.«

Nach Wochen fragt Frieda, ob sie mit dem Finger in ihre Vagina eintauchen darf. Sie ist behutsam, doch es brennt, es schmerzt, es sticht und all das zieht die Panik hinter sich her wie ein verdrecktes Fischernetz.

»Du willst nicht dein Leben lang Schmerzen beim Sex haben. Wie oft höre ich solche Klagen bei Wöchnerinnen.«

Dann lässt Yvonne zu, dass Frieda die verspannten Stellen berührt, ohne etwas zu tun. Als der erste Schmerz jeweils verklungen ist und die Panik sich in nichts aufgelöst hat, senkt sich wieder diese Stille in sie, die ihren Zellen und Organen, ihren Knochen, ihrer Haut, ihrem fließenden Blut erlaubt, bis in die Tiefe zu entspannen.

»Langsam blühst du auf«, sagt Frieda nach Monaten. »Geh ruhig mal und such' dir einen Jungen. Kannst ihn gerne mitbringen. Solange du noch bei mir bist, können wir es besprechen.«

»Auf keinen Fall«, kontert Yvonne. Dabei bleibt es und Frieda spricht das Thema nicht mehr an.

»Warum gehst du eigentlich nie in die Kirche, wenn du doch eine Christin bist?«, fragt Yvonne einmal, denn ihre mütterliche Freundin singt andauernd christliche Choräle vor sich hin. Schon lange summt Yvonne mit und das leise Singen bewirkt eine Veränderung ihres Gemüts. Sie wird heiterer, gelassener. Inzwischen kann sie so viele Lieder auswendig, dass sie sich manchmal verwundert fragt, wo sie hier eigentlich gelandet ist.

»Was soll ich mir von einem Pfaffen sagen lassen?«, fragt Frieda lässig.

»Ach je, mit dem religiösen Zeug habe ich noch nie was zu tun gehabt«, sagt Yvonne.

»Aber in deinem Herzen hast du es, das sehe ich.«

»Was habe ich?«

»Die übergroße Liebe«, antwortet die alte Frau und geht ins Haus.

Als hätte Frieda sie mit einem glühenden Holzscheit berührt, so treffen Yvonne diese Worte. »So ein Quatsch«, ruft sie ihr hinterher und erschrickt selbst über die Gehässigkeit in ihrer Stimme. Sie dreht sich um, geht in den Garten und setzt sich an den Stamm der großen Birke, mit dem Rücken zum Haus und dem Blick über die Weite des Murrhardter Walds.

Frieda hat ihren Schutzschild weggerissen wie Schorf von einer nicht verheilten Wunde. Übergroße Liebe? Das ist doch der Altersschwachsinn einer Greisin! Zwei Krähen zanken sich in den Zweigen der Birke, es hört sich an wie spöttisches Gelächter über Yvonnes verrückte Reaktion. Schäm dich, du dumme Gans, schnarren die schwarzen Vögel. Verkrachst dich mit Frieda!

Doch wie soll sie sich mit lächerlicher Liebe behaupten können in der Welt? Hass brauche ich, Frieda, schreit sie innerlich. Mein ganzes junges Leben war Krieg und Gewalt! Was fange ich mit Liebe an?

Willemjin kommt im März und bleibt bis Juni. Friedas holländische Freundin ist eine übergewichtige, querschnittsgelähmte Frau mit herber Ausstrahlung und riesigem Herz, nicht fürsorglich liebevoll wie Frieda, sondern streng, direkt und fast hellsichtig.

Zuerst hat Yvonne Mühe mit der Idee, Frieda mit jemandem teilen zu müssen, doch dann räumt sie ihre beiden Zimmer im Erdgeschoss und zieht auf den Dachstock. Beim Schreiner holt sie zwei Schienen, bringt an den Stufen ein Geländer an. Frieda lässt vom Handwerker sogar eine der modernen Duschen einbauen, die man jetzt hat, und die nicht selten die Badewanne ersetzen.

»Wir dachten, dass du lernen musst, dich selbst zu schützen, bevor wir dich wieder in die Freiheit entlassen können«, sagt Frieda gleich am Abend nach Willemjins Ankunft.

»Was meint ihr damit?«

»Auf jeden Fall solltest du wissen, was zu tun ist, wenn's mal wieder brenzlig wird«, antwortet Willemjin mit ihrem schönen holländischen Akzent, »oder was *nicht* zu tun ist, denn einem Mann in die Eier zu hauen, weckt seinen Mörderinstinkt!«

»Lerne ich etwa Karate?«

»Ein bisschen schon, aber nicht, um es anzuwenden.«

Am nächsten Morgen beginnt die erste Stunde damit, dass Willemjin ihr einen Stock reicht und Yvonne heißt, sie zu schlagen.

»Ich soll dich mit dem Stock schlagen?«

»Ja.«

»Nö.«

»Ich bin Judomeisterin, nur zu.«

»Judomeisterin? Im Rollstuhl?«

»Mädchen, nerv mich nicht. Ja! Und jetzt schlag zu!«

Yvonne schüttelt den Kopf.

»Du willst Hass!«, brüllt Willemjin jetzt. »Ich bring dir bei, ihn zu meistern. Oder willst du dich wieder ficken lassen vom nächstbesten Arschloch?«

Yvonne zieht die Luft ein.

»Schlag mich, das ist ein Befehl!«

Jetzt schlägt sie zu, fliegt auch schon durch die Luft und wird wieder abgesetzt, wo sie vorher stand. »Huch, was war das denn?«

»Judo.«

»Das will ich auch lernen.«

»So viel Zeit haben wir nicht. Es ist ein Weg, keine Methode. Aber ich habe gesehen, was ich sehen wollte.«

»Was?«

»Die Art, wie du zuschlägst, macht aggressiv. Du schlägst und duckst dich gleichzeitig, ohne dass du es merkst. Das löst im anderen den Wunsch aus, nicht nur zurückzuschlagen, sondern dir ein für alle Mal das Maul zu stopfen. Du musst erstmal lernen, in aller Ehrlichkeit zuzuschlagen.«

So besteht die erste Unterrichtsstunde darin, *in aller Ehrlichkeit* zuschlagen zu lernen.

»Du willst Hass und willst doch die Gute sein. Das ist eine explosive Mischung«, sagt Willemjin. »Und ein bisschen heuchlerisch außerdem«, brummelt sie hinterher.

»Harte Schule«, sagt Yvonne.

»Warte nur, es wird noch härter«, kontert Willemjin.

In den nächsten Tagen lernt sie, zwei aufeinanderliegende Holzbretter mit der Handkante zu durchschlagen.

»Das lernst du nicht, um es anzuwenden, denn einem echten Angreifer wärst du sowieso nicht gewachsen. Ich zeige es dir, damit du lernst, zu töten.«

»Zu töten?«

»Die Bereitschaft und das Wissen wie man tötet. Das heißt nicht, dass du töten sollst, aber dass du bereit dazu bist. Sonst ist jede Selbstverteidigung zwecklos; und glaub' mir, Mörder haben den siebten Sinn.«

Yvonne schießen die Abläufe der Begegnung mit ihrem Peiniger durch den Kopf. In jeder Einzelheit kann sie langsam sehen, was sie hätte anders machen können.

Dann lernt sie die Wachsamkeit im Augenblick des Angriffs: Sich so weit zu entspannen, dass man im richtigen Moment die richtige Antwort weiß.

»Du hast den Blick, das sehe ich.«

»Was habe ich?«

»Du kannst in Menschen hineinschauen oder hineinspüren. Falls du das nicht weißt, hast du es vor dir selbst verschleiert.«

»Was meinst du?«

»Fass mich an, mach die Augen zu und fühle, wer ich bin.«

Yvonne tut, wie ihr geheißen. Sie schließt die Augen, entspannt sich und erlebt ein Feuerwerk aus Gewalt, Hass, Liebe, verbrannter Liebe, zerbrochener Liebe, zerbrochenem Rückgrat, Trauer, Schmerz, Schmerz, Schmerz und diese Herzenswärme, die alles einschließt.

»Wer bist du?«, fragt sie.

»Siehst du, das meine ich. Du kannst mich sehen oder zumindest fühlen. Wenn du das ein wenig übst, kannst du bald auch Bilder sehen.«

Yvonne muss sich setzen, weil sie noch immer schockiert ist von dem, was sie gerade wahrgenommen hat.

»Dies ist deine größte Begabung und auch dein bestes Werkzeug. Aber du brauchst Übung!«

Komm, mein Mädchen, flüstert Mama in ihre Haare, komm, wir gehen hinaus an den Teich. Mama, sagt die kleine Yvonne, da bist du ja endlich und kuschelt sich in den weichen Stoff von Mamas fein duftendem Nachthemd. Komm, mein Mädchen, lass uns hinausgehen, komm, stell deine Fußsohlen auf den Boden und folge mir.

Yvonne schlägt die Augen auf, der Mond steht schon schräg und die schwarzen Baumwipfel heben sich scharf vom Dunkelgrau der heraufziehenden Dämmerung ab.

Sie schiebt die Decke zurück, das kühle, glatte Parkett tut ihren Füßen wohl und während sie am Fenster in die langsam schwindende Nacht blickt, schwebt der satinfarbene Traum noch immer um sie wie eine sehnsüchtige Aura.

Alles schwankt zwischen Gewiss und Ungewiss, scharf umrissen sind derweil noch immer der Mond und der Morgenstern gegen den Himmel. Doch wer ist sie selbst? Sie, Yvonne? Wie glanzloser Nebel sind ihre Konturen, keine Grenze, keine Form. Was ist ihr Leben? Wo geht sie hin, wenn die Frieda-Zeit vorbei ist? Es muss einen Grund dafür geben, dass sie hier auf der Erde ist. Oder ist alles Zufall? Ist sie dieser winzige Augenblick des Glücks ihrer Eltern? Haben sie nicht ihr Leben gegeben, damit ihr Kind auf die Welt kommen durfte?

Sie schleicht die knarzende Holztreppe hinab, zieht ihre festen Schuhe an und während sie ins Freie tritt, strömt tiefer, freier Atem in ihre Brust.

Feierlich betritt sie den Wald, als würde sie ihren Fuß über die Schwelle einer Kathedrale setzen. Verschwunden ist die aufziehende Helligkeit und das Dunkel umgibt sie schützend und geheimnisvoll.

Einzelne Nebelschwaden schleichen nach oben weg und als sie am Teich ankommt, spiegelt sich der Mond darin wie in einem glänzenden Obsidian. Das Schwarz des Wassers spiegelt seine Tiefe wider.

Aus der reglosen Wasseroberfläche starrt ihr ein Gesicht entgegen, es ist fremd und doch ist es ihres; ihre Stirn, ihre Nase, ihre Lippen. Die großen fragenden Augen scheinen aus dem schlammigen Grund des Sees an die Oberfläche gekommen zu sein, damit sie selbst sich darin spiegeln kann. Wer ist sie?

Sie setzt sich auf den Baumstumpf, auf dem sie schon so oft gesessen hat und sofort dringt die Feuchte des Mooses durch ihren dünnen Rock. Vielleicht erscheint ihr die Mama in ihrem weichen Nachthemd noch einmal. Sie würde *mein Mädchen* sagen und sie an ihr Herz drücken. So schwarz wie der kleine See ist ihr Herz, so tief ihre Sehnsucht und so wie der Teich, so hat auch ihre Einsamkeit keinen Boden.

Jetzt streicht ihr die Müdigkeit sanft über die Augen und während ihres leichten Schlummers wachen die Bäume über sie wie dunkle, segnende Hände. Nur langsam kommt sie wieder zu sich. Es scheint, als wolle sie etwas mit heraufziehen aus dem tiefen Wasser ihres Halbschlafs – es ist ein Satz, ein rosafarbener, fein duftender Satz voller Wärme und der Satz heißt: Du bist die Liebe.

Als sie die Augen aufschlägt, glitzert die Morgensonne auf dem dunkelgrünen Teich, alles ist hell und neu und duftet, wie noch nie etwas geduftet hat, nach Harz, nach Holz, nach Grün, nach Frische und Schönheit. Sie atmet durch und fragt sich, ob vielleicht doch die Mama bei ihr war.

Am nächsten schönen, lauen Abend fährt Yvonne mit dem Fahrrad nach Murrhardt, denn dort hat einer der italienischen Gastarbeiter eine Eisdiele mit offenem italienischem Eis eröffnet. Sie sitzt in der Abendsonne, betrachtet die vorbeilaufenden Jungs und nimmt sie zum ersten Mal in ihrem Leben als Männer und als interessant wahr.

Und noch eine andere Entdeckung macht sie: Jeder einzelne junge Mann schaut sie an, egal ob verdeckt oder offen, und sie erkennt im selben Moment, dass sie jeden haben kann. Indem sie ihn etwas länger anschaut, wählt sie sich spielend leicht einen hübschen Jungen aus, der setzt sich zu ihr und spendiert ihr eine Sinalco.

»Ich nehm' dich mit auf mein Zimmer bei meinen beiden Tanten«, sagt sie nach viel Geplauder und Gekichere. »Aber morgen früh musst du wieder gehen.«

»Einverstanden«, antwortet er.

»Und wenn wir uns nicht vertragen, musst du schon früher wieder gehen.«

Der Junge strahlt, als könne er sein Glück nicht fassen.

Die kühle glatte Haut, der fremde Duft nach Mann, die feinen Stoppeln im Gesicht, billige Pomade in seinen Haaren, die harte, ungebärdige Männlichkeit. Alles ist neu und aufregend. Doch dann die gierigen Lippen, die zitternden, schweißigen Hände, ungelenke Umklammerung, spitze, grapschende Finger, kurzer Atem.

Für eine schreckliche halbe Sekunde schießt wie ein Blitz das Bild der Vergewaltigung in ihr empor und mit ihm der Hass auf alles Männliche, beinahe implodiert sie, dann, mit einem fast kosmischen Ausatmen wird sie weich und empfänglich, wie das Satinnachthemd ihrer Mama und in diesem Moment strömt ihr eine sanfte Macht zu, die in ihr schlummert wie ein kostbares Erbe aller Frauen vor ihr.

Es ist genug da, auch für dich, sagt ihr ganzer Leib und dieser hungrige Junge in ihrem Bett entspannt sich, lässt sich lenken, vertraut ihr, er wird nicht zu kurz kommen, auch er kann loslassen und erst jetzt beginnt das uralte Spiel von Mann und Frau und Lust und Fallenlassen.

Die Tanten unterdrücken ein Grinsen beim Frühstück.
»Wie heißt er?«, fragt Frieda.
»Oh – ich hab' vergessen zu fragen«, sagt Yvonne, und alle drei biegen sich vor Lachen.
Frieda lässt ihren wohlwollenden Blick auf Yvonne ruhen, so lange, bis es ihr fast peinlich ist.»Dein erstes Mal«, sagt sie. »Du hast es gemeistert.«

»Da ist doch noch der Rucksack bei dir«, sagt Frieda an einem der gemütlichen Abende, als sie zu dritt im Gespräch vertieft sind. »Sollen wir den gemeinsam öffnen?«
»Der Rucksack ...« Yvonne sinkt in sich zusammen. Immer wieder hat sie ihn hochgehoben und angefasst, aber sie konnte ihn einfach nicht öffnen.
Mit einer Kerze auf dem Tisch wird es fast zu einer sakralen Handlung, dieses einzige armselige Vermächtnis ihrer Eltern zu öffnen. Ein silbriges Gefühl, wie das vorbeischwebende Christkind, erfasst sie beim Anblick ihrer Kinderkleider. Dann wird der Karton des doppelten Bodens entfernt und darin liegt das Foto ihres Vaters und ihrer französischen Großeltern, und – damit hat keine von ihnen gerechnet – ein rosa Seidenslip ihrer Mutter.
»Wahrscheinlich hat sie kein Bild von sich gehabt und wollte dir noch eine Erinnerung mitgeben«, meint Frieda.
»Vielleicht wollte sie dich auch daran erinnern, dass du Frau werden und bleiben sollst in dieser Männerwelt«, fügt Willemjin dazu.

Yvonne schließt die Augen und lässt den weichen Stoff zwischen ihren Fingern fließen, ein sinnliches, fassbares Echo ihrer Mama, eine sanfte, duftende Antwort auf all die verzweifelten Rufe nach ihr. Yvonnes Mutter war eine liebende Frau, und diese Liebe hatte in der Umgebung maßloser Brutalität keine Chance.

Geborgen zwischen den beiden Damen, die rechts und links von ihr sitzen wie segenspendende alte Weise, steigen aus den Tiefen ihrer Seele Bilder auf, sie schälen sich aus weißem Nebel heraus – schöne, mächtige Frauen, Urbilder von freier Weiblichkeit, aufrecht und stolz mit nackten Brüsten und ausladenden Hüften und mit Kronen aus Rosen und Schlangen und reinem Gold.

***

Wie damals das Mädchen Yvonne vor dem Aufblühen und an der Schwelle zur Reife stand, so steht sie heute als Achtundvierzigjährige vor einer neuen, noch unbekannten Lebensphase. Jahrzehntelang hat sie Frieda und Willemjin als weise Frauen auf ein Podest gehoben, ohne dass Yvonne sich selbst dort gesehen hätte. Auch sie wird nun zur dunklen Göttin werden und wenn sie keinen verbitterten Zug um den Mund entwickeln will, wird sie ehrlich Bilanz ziehen müssen.

Wieder einmal wandert sie hinauf zu dem kleinen Dorf mit dem hübschen Kirchlein. Wie schon oft starrt sie den Gekreuzigten an und ihr Kopf wird leer, doch ihr Herz schwillt an mit heiligem Zorn. Laut wütet sie gegen ihn: »Dein Blut für uns vergossen? Wieso musst du dich umbringen lassen, um uns zu vergeben? Ihr wollt Blut sehen. Ihr müsst Blut vergießen. Wozu?«

Sie schnauft, steht auf, läuft in der Kirche hin und her und beginnt von Neuem, diesmal noch lauter: »Ihr tötet und lasst euch töten, weil ihr das Blut der Frau missachtet, das einzige Blut, das Leben schenkt und nicht zerstört! Wir, nur wir Frauen, garantieren doch das ewige Leben mit unserem Blut, ohne töten zu müssen. Warum lässt du dich aufhängen?«

Während sie auf der Kirchenbank etwas zur Ruhe kommt, ertönt von weit über der Kuppel ein leises Kichern wie das der beiden Alten, Frieda und Willemjin.

Zu Hause malt sie ganz in Rot die Blutfrau, die voll erblühte, sexuelle Christusfrau, die im Sommer ihres Lebens steht und gleichwohl in tiefster Meditation versunken ist. Sie malt in diesem Bild ihre Mutter, wie sie hätte sein können, wenn man sie gelassen hätte.

Sinnlich, liebend, ganz leiblich und doch voller Hingabe an das göttliche Innere. Sie malt eine Verkörperung *des* Weibes an sich; die Frau, die das Blut ihres Leibes ehrt und daraus ihre tiefsten Kräfte schöpft, eine Frau ohne Angst vor ihrer weiblichen Potenz.

Es ist die Frau, die weiß, dass ihre Würde darin liegt, Weib zu sein. Sie ist ein Sinnbild derer, die man seit Jahrhunderten quält, an den Pranger stellt, auf dem Scheiterhaufen verbrennt, der man die Kopfhaare abrasiert, die man mit theologischen Spitzfindigkeiten demütigt und die doch niemals ausgerottet werden kann.

***

»Ich finde, ich kann das gut«, prahlt Yvonne beim Frühstück mit den beiden alten Damen. Sie hatte in dieser Nacht zum vierten Mal einen Jungen bei sich.

»Was?«, fragt Willemjin.

»Das mit dem Sex«, trumpft sie auf, zufrieden mit sich und der Welt.

»Ja, da bin ich sicher«, kichert Willemjin und Frieda und sie schauen sich lange in die Augen.

»Soll ich etwa als Buchhalterin arbeiten die nächsten dreißig Jahre?«

»Das würde mich wundern«, meint Frieda zögerlich und die forsche Willemjin spricht es aus. »Ich finde, du hast durchaus eine Eignung für die Prostitutionsbranche«, sagt sie in aller Gelassenheit.

»Da muss sie aber noch sehr viel lernen«, kontert Frieda streng und auch ein wenig besorgt.

Nach Willemjins Aufbruch nach Holland bleibt Yvonne noch vier Monate bei Frieda und lernt alles über weibliche und männliche Anatomie, über sexuelle Energien und wie man sie steuern kann. Sie lernt, wann sich Frauen selbst auslaugen und wie sie wieder Kräfte sammeln können.

»Du wirst einsam sein.«

»Das bin ich sowieso. Soll ich etwa heiraten?«

»Du wirst nirgends so tief in die menschlichen Abgründe sehen, wie in diesem Beruf.«

»Sollte ich davor Angst haben?«, kontert Yvonne.

»Nirgends wirst du so sehr die Not, die Schwäche und die Dummheit selbst der mächtigsten Männer sehen als in diesem Beruf.«

»Darauf bin ich gespannt.«

»Und nirgends wirst du hinter den Männern schärfer deren Frauen erkennen mit ihrer ganzen Gemeinheit, ihrer Rachsucht und ihrer Heimtücke.«

»Ich bin selbst gemein und rachsüchtig.«

»Gut, dass du das siehst, denn in keiner anderen Berufssparte muss eine Frau so stark sein wie in dieser.«

»Ich will ja stark werden.«

»Verachtung wird dir entgegenschlagen, egal wo du hingehst.«

»Im Heim habe ich gelernt, mit Verachtung umzugehen. Hauptsache, die Kunden begegnen mir mit Respekt.«

»Das werden sie tun, wenn du ihnen Respekt zollst.«

Frieda unterrichtet sie über die männliche Sexualität und wie sie von der Frau so gelenkt werden kann, dass beide profitieren. Auch über neurotische Sexualität, die nun mal fast der Normalzustand ist, lernt sie und wie sie damit umgehen kann.

»Du musst jede Begegnung selbst gestalten.«

»Das habe ich gemerkt«, antwortet Yvonne.

»Gestalten, nicht bestimmen.«
»Ist das nicht die Kunst der Frau?«
»Wenn du willst, dass es schnell vorbei ist und ihn machen lässt, nur damit du dein Geld in der Tasche hast, wirst du mit der Zeit Hurenaugen bekommen.«
»Hurenaugen?«
»Augen, die leer sind und undurchdringlich. Fahle, gräuliche Haut, mit viel Schminke zugedeckt. Das eigene Leben zurückgedrängt zu einem toten Punkt in der Mitte des Leibs.«
»Würde ich nicht auch als Buchhalterin absterben?«
»Du ganz gewiss.«

Nach einem tränenreichen Abschied von Frieda fährt Yvonne nach Stuttgart und heuert bei Hannelore am Olgaeck an. Die ersten paar Wochen sind voller Abenteuer, neuen Eindrücken und sowohl guten als auch lehrreichen Begegnungen.

Doch bald ist sie erschöpft, der Halbstunden-Turnus liegt ihr nicht und mehr als einmal hat sie gehofft, es möge bald vorbei sein und dabei auf die sechzig Mark auf dem Tischchen geschielt. Als sie eines Morgens in den Spiegel schaut, blicken ihr Hurenaugen entgegen. So schnell?

Sie muss ihr eigenes Ding machen. Eigenes Studio, eigenes Angebot, eigene Preise, eigene Zeitplanung, eigene Kunden, keine Laufkundschaft. Hannelore empfiehlt ihr, sich am Stadtrand anzusiedeln, es sei sicherer dort.

Yvonne schlägt ihre Warnung in den Wind und findet bald eine schöne Wohnung in der Innenstadt. Sie verlangt mehr Geld, ihre Kundschaft wird gehobener und längst nimmt sie nicht mehr jeden Mann. Mit genügend Erholungszeit kann sie ihre Kräfte erhalten und findet immer mehr Freude an ihrem Beruf. Ungefähr ein Jahr lang kann sie unbehelligt arbeiten.

Dann kommt ein Mädchen sie besuchen, das von Hannelore eine Nachricht übermittelt. *Danke Hannelore, danke Willemjin, danke Frieda.*

Thilo wird erscheinen, man raunt es ihr auch zuweilen von anderen Seiten zu. Er ist der gefährlichste und hinterhältigste Lude des Stuttgarter Milieus, und kein anderer Zuhälter kommt letztlich an ihm vorbei. Jeder weiß, welche toten und verstümmelten Mädchen auf sein Konto gehen, ohne dass man ihm je etwas hat nachweisen können.

An der Tür steht ein schmächtiger Mann im Anzug, Typ Bankangestellter. Er lächelt sie aus einem verschlagenen Gesicht freundlich an. Er wird von zwei Schlägern begleitet. Sie tun es ohne Worte.

Mit dem Rücken wird sie auf den quadratischen Tisch gelegt, ihre Arme werden verdreht und mit Handschellen an den Tischbeinen befestigt. Ihre Beine hängen frei nach unten, dass sich das Rückgrat schmerzhaft biegt, es sei denn, sie zieht die Beine an, aber dann ist sie in einer beschämenden Position. Die Wohnung wird durchsucht bis auf den letzten Winkel, auch die Matratze nehmen sie hoch. Waffen finden sie keine, aber natürlich ihr Geld.

Die Schläger werden hinausgeschickt. Er zückt sein Messer, lächelt, kommt näher. Dann reißt er ihre Beine hoch und schneidet ihr den Slip vom Leib. Das Messer muss scharf sein, denn er schneidet mühelos. Dann fährt er mit dem Messerrücken ihre Vulva entlang.

Für eine Sekunde läuft der Film ihres Lebens ab und reiht wie eine hässliche Perlenkette Gewalt an Gewalt an Gewalt, vom Augenblick ihrer Zeugung an, denn auch wenn sie in Liebe gezeugt wurde, geschah dies umgeben von beispielloser Brutalität und Tod.

Da taucht als schwarze Farbe dieses riesige Etwas auf, das sie im Mutterleib umbringen will, und sie weiß auf einmal, dass die Mutter in ihrer großen Not versucht hat, ihr Kind abzutreiben. Als Nächstes sieht sie sich mit anderen Kindern spielen, und das Einzige, was sie spielen, ist Krieg, Krieg, Krieg.

Sie spielen *An-die-Wand-stellen*, drei Kinder stellen sich an eine durchlöcherte Hausmauer und einer der Jungen schießt. Er weiß nicht, dass die Pistole aus den Trümmern scharf ist und der Junge neben Yvonne sackt tot zusammen.

Zu Hause darf sie stundenlang mit der Mama in der warmen Wanne liegen und weinen und am Daumen lutschen. Als Nächstes ploppen all ihre Erfahrungen im Kinderheim und im Jugendheim auf, bis hin zu ihrer großen Katastrophe, wo sie geschändet und halbtot geschlagen wird.

All das vermischt sich mit Thilo und sie ertrinkt in Panik. Die Angst, verstümmelt zu werden, ist stärker als die Angst, ermordet zu werden. Alle ihre Zellen flehen zu Gott um Hilfe und wieder ist dieser Schrei in ihr.

Warum? Warum schon wieder? Angst frisst sie auf. *Warum, Gott, warum verlässt du mich schon wieder?* Sie lehnt sich auf gegen die ganze Existenz.

Thilo öffnet seine Hose und stößt seinen Schwanz brutal in sie hinein. Er weidet sich an ihrem Grauen und sie schließt die Augen. Aufruhr und Empörung wüten in ihr, zusammen mit dem Bedürfnis zu schreien, doch ihr Mund klebt zusammen, als müsste er mit dem Schweigen auch die Energie drinnen behalten.

Dann – endlich – brodelt der Hass und er kommt als Kraft. Wie ein Menetekel an der Wand steht Willemjins Mantra: *Den Hass meistern.*

Der Mann stößt wie wild in sie hinein, sie ist wehrlos. Wie soll sie ihren Hass meistern? Atmen, atmen, atmen. Ungnädig, streng, laut bricht Willemjins Stimme in ihr aufgewühltes Hirn: *Kenne deinen Feind.*

Wie denn, schreit sie ohne Stimme, er ist grausam, er ist verschlagen, er will mich töten, verstümmeln! Noch einmal atmen, atmen. Wer ist dieser Mann? Dann kommen die Bilder. Sie purzeln ihr vor das innere Auge, als würde ihr jemand die Lösung vor die Füße werfen, und sie weiß, was zu tun ist.

Jetzt kann sie ihn machen lassen, um sich in ihn hineinzufühlen, während er sich an ihr abarbeitet.

In der Sekunde, in der er seinen kleinen Seufzer absondert, sagt sie mit der Stimme eines Kindes: »Bitte hör auf, Mama.«

Er blinzelt kurz, versteht nicht.

»Hast du das immer gesagt, als du sechs Jahre alt warst und deine Mama deine Hand an ihre Muschi gedrückt hat, dass dir fast das Handgelenk gebrochen ist? Und welche Panik in dir war, als sie schreiend und schnaufend gekommen ist? Bitte hör auf, Mama.«

Seine Züge sind verzerrt, er reißt die Augen auf. Dann zeichnet sich in seinem Gesicht Hass ab, der töten, töten, töten will. Sie nimmt ihren Blick nicht von ihm, denn jetzt hat sie sich eingeschwungen in einen angstfreien Raum, der ihr hilft, noch besser zu sehen.

»Und damals, als du dich im Bett auf den Bauch legen musstest und sie sich auf deinen Kopf setzte, damals hat sie dir etwas in deinen Kinderpopo geschoben, und das hat so wehgetan, dass du dachtest, sie reißt dich auseinander. Aber du konntest nicht schreien, denn sie saß auf deinem Kopf und du bist fast erstickt.«

»Wa... Woher ... «, formen tonlos Thilos Lippen. Er ist blass geworden. Er ist so blass, dass kein Leben mehr in ihm zu sein scheint.

»Und damals, als sie auf deinem Gesicht saß, mit ihrer nassen Möse, und sich an deinem kindlichen Geschlecht zu schaffen gemacht hat, dass du gedacht hast, sie reißt es dir heraus, weißt du noch?«

Sie macht eine Pause, um zu erfühlen, wie viel sie noch sagen kann.

»Dann hat sie dir angekündigt, dass sie nächstes Mal Fesselspiele machen will, und du hast eine solche Angst bekommen, weißt du noch? Du hast eine solche Panik bekommen, dass du deinen Papa eingeweiht hast, und der – weißt du noch? – der hat dich fast zum Krüppel geschlagen, weil er dich als Nebenbuhler sah.«

Thilo ist mit offenem Hosenladen auf den Stuhl gesunken.

Sie fährt fort, verändert ihre Stimme: »Da fällt mir ein, mach schnell die Fesseln auf, mein Kind. Wenn der Papa kommt und das sieht, wird er dich totschlagen.«

»Ja«, haucht der hypnotisierte Thilo und steht auf, schließt die Handschellen an beiden Armgelenken auf.

»Danke«, antwortet Yvonne und nimmt sie ihm sanft ab. Sehr langsam steht sie auf, sein schleimiger Saft läuft ihr die Schenkel hinunter. Thilo ist wieder auf den Stuhl gesunken, und alles, was jetzt passiert, geht innerhalb einer halben Sekunde gleichzeitig vonstatten.

Schon ist sie dabei, aus lauter Mitgefühl und der falschen Einschätzung, er sei besiegt, ihm – dumm, dumm, dumm – die Handschellen zu überreichen, da fährt Willemjins Stimme in sie ein wie ein Schwert: *Keine Gnade mit dem, der am Boden liegt.* Gleichzeitig hebt Thilo seinen Kopf, und in seinen Augen steht Mord. Dies ist der Augenblick, in dem Yvonne die Handschellen auf seinen Kopf niedersausen lässt, mit einem Schlag von der Sorte *bereit-zu-töten*.

Tonlos sackt er in seine Bewusstlosigkeit und Yvonne fixiert ihn mit den Handschellen. Dann geht sie zum Telefon und wählt die Nummer der Polizei.

»Ihr könnt den Thilo abholen. Bringt den Krankenwagen mit.«

Sie kommen mit dem Mannschaftswagen und kugelsicheren Westen. Während der bewusstlose Thilo auf die Krankenbahre gehoben wird, stehen sieben schwer bewaffnete Bullen mit verschränkten Armen um sie herum, und die Blicke, mit denen sie Yvonne anstarren, sind finsterer als die von zweitausend Zuhältern.

Dann das beschämende Nachspiel: der Abstrich beim Amtsarzt, damit sie eine Vergewaltigung und Notwehr nachweisen kann, das Protokollieren ihrer Aussagen auf dem Polizeirevier unter den großen ungläubigen Blicken der jüngeren Polizisten. Da sind ihr die alten, im Dienst ergrauten Bullen doch lieber, denen nichts Menschliches fremd ist, am wenigsten ihre eigene Korrumpierbarkeit.

Sie glauben ihr nicht, haben aber keine andere Erklärung dafür, wie sie diesen erfahrenen Verbrecher zur Strecke gebracht haben soll. Und als sie am Ende einen sehr jungen Polizisten in Zivil – vielleicht ein Praktikant – einen älteren Beamten murmelnd fragen hört, ob es strafbar sei, eine Nutte zu vergewaltigen, bedauert sie, dass sie nicht noch ein Pärchen Handschellen zur Hand hat, um es ihm zu erklären.

Nachdem alles überstanden ist, legt sie sich in die Badewanne und heult und schreit sich die Spannungen aus dem Leib. So kann es nicht weitergehen, so kann kein Mensch arbeiten!

Was kommt nach Thilo? Die italienische Mafia? Die Russen? Was ist mit ihr passiert? Geht die Serie der Gewalt in ihrem Leben immer so weiter? Wie lange noch? Wo soll es hingehen? Warum ist ihr das hier aufs Neue passiert? Soll sie wieder als Buchhalterin arbeiten?

Nach einer langen Zeit des Haderns und Schreiens tritt etwas Entspannung ein, sei es aus Erschöpfung oder weil sie lange genug geweint hat. Sie lässt heißes Wasser nachlaufen, legt ihre Hand still auf ihre Vulva, wie es Frieda früher gemacht hat. Dann singt sie all die Choräle, die sie bei ihrer Freundin gelernt hat. Mal summt sie nur, mal singt sie die Verse, die sie auswendig kann.

»Lobet den Herren, singt sie,
dass unsre Sinnen wir noch brauchen können
und Händ und Füße, Zung und Lippen regen,«

dankbar ist sie auf einmal, denn sie ist gesund und nicht verstümmelt aus dieser Gefahr herausgekommen.

»Die Güldene Sonne« singt sie, oder *»Der Mond ist aufgegangen«*, auch das Passionslied *»Oh Haupt voll Blut und Wunden«*, und danach das Weihnachtslied *»Ich steh an deiner Krippen*

hier« und das Osterlied *»Wie schön leuchtet der Morgenstern«.*

Was immer ihr in den Sinn kommt, singt sie leise vor sich hin, wer weiß wie lange. Ein Lied reiht sich an das andere, ein Vers folgt dem anderen und während der ganzen Zeit liegt sie im warmen, wohlriechenden Badewasser und lässt ihre heilende Hand auf ihrer Vulva liegen. Als ihr das schöne Lied *»Befiehl du deine Wege«* über ihre Lippen fließt, kehrt Frieden in ihr ein und sie sieht die nächsten Schritte vor sich.

Zuerst wird sie die Wohnung auflösen, dann ein paar Wochen bei Frieda ausspannen. Weiter muss sie noch nicht schauen, es wird sich alles entwickeln. Morgen Vormittag hat sie noch einen Kunden.

Er hat sich schon vor einer Woche angemeldet, woran sie erkennt, dass er den Puff nicht gewöhnt ist. Es wird ein feiner Herr sein, seine Telefonnummer hat sie nicht, sie kann ihm nicht absagen. Diesen einen Kunden wird sie noch nehmen, dann wird sie sich ausruhen und Kräfte sammeln.

Er stellt sich als *Paul* vor, als er am nächsten Tag um zehn Uhr an ihrer Tür läutet. Yvonne hat sich angewöhnt, im Bruchteil einer Sekunde einzuschätzen, wer vor ihr steht, und noch bevor sie mit ihrem *Herzlich willkommen* antwortet, hat sie alles erfasst, ohne dass er auch nur eine Ahnung davon hat: Seine unauffällige Kleidung kostet ein Vermögen, allein seine Schuhe sind so viel wert, wie sie in einer Woche verdient, und das ist nicht wenig.

Er ist gepflegt bis an die Haarspitzen. Dieser Mann könnte sich Frauen leisten, die zehnmal so viel kosten wie sie. Er hat wahllos eine Telefonnummer gewählt, kennt sich nicht aus in der Branche und war garantiert noch niemals bei einer Hure.

Plötzlich schämt sie sich ihrer billigen Wohnung wegen, sie sieht sich mit seinen Augen und erkennt das Nuttige an allem, was sie umgibt.

Er will keinen Sex und während er sich auf das Sofa fallen lässt, kommt ihr so viel Erschöpfung und Verzweiflung entgegen, dass sie tief atmen muss, um ihn aufzunehmen mit allem, was er mitbringt.

Dann beginnt er zu erzählen und Yvonne wird klar, wen sie vor sich hat. Paul Schwartz, den Mann der berühmten Opernsängerin Helene Schwartz. Die Bilder rasen vorbei, sie lässt sie sekundenschnell vorüberfliegen, damit sie rasch wieder Raum hat, ihm zuzuhören.

Es war vor über zwei Jahren, als Frieda sie besucht hat, weil sie in die Oper wollte und diese Sängerin anhören, von der so viel die Rede ist. *La Traviata* wurde gespielt und Helene Schwartz sang sich in beide Herzen.

Frieda übernachtete bei Yvonne und lange saßen sie beieinander und fragten sich, wie eine Sängerin es fertigbringen kann, die Seelen der Menschen so sehr zu berühren. Yvonne ging danach noch zweimal in die *Traviata*, denn Helene sang die Prostituierte Violetta auf eine Art, als hätte sie ihr Leben lang selbst nichts anderes gearbeitet.

Sie sang die Einsamkeit dieser Frauen, die Perspektivlosigkeit, ihre riesige Liebe, die nirgends

Platz findet, und sie sang »*Auf ewig ungebunden ...*«. Aber es gab noch etwas, das Yvonne ins Herz getroffen hatte, nämlich die Trauer um ihre Mutter, obwohl das gar nicht Thema der Oper war. Sie floss einfach mit.

Nach Helenes tragischem Unfall ging Yvonne zur Beerdigung. Hunderte, vielleicht Tausende waren dort. Sie schlüpfte durch die Menschenmenge hindurch bis fast nach vorne und sah diesen bleichen, versteinerten Ehemann mit einem sechsjährigen Kind auf dem Schoß.

Wolfgang hieß der Junge, so stand es in der Presse. Das Kind kletterte hinüber zu seinem Großvater, der umschloss es mit seinen starken Armen. Erst dort begann es zu schluchzen.

Nun liegt der Witwer von Helene Schwartz in ihrem Schoß und ist am Nullpunkt seines Lebens angekommen. Sie spürt ein solches Mitgefühl mit diesem Mann, dass sie aufpassen muss, nicht zu viel davon durch ihre Hand fließen zu lassen, die auf seiner Brust ruht. Sein Anspruch an sich selbst ist zu hoch. Jeder Mensch muss doch nur sein eigenes kleines Leben leben. Auch wenn er Dr. Paul Schwartz heißt.

Als er bezahlt, fällt seine Visitenkarte aus dem Portemonnaie. Sie hebt sie auf, will sie ihm geben.

»Die kannst du behalten«, sagt er beiläufig.

Nachdem er sich verabschiedet hat, weiß Yvonne, dass ihre zukünftigen Klienten zehnmal mehr bezahlen werden. Sie wird ihren Service und ihr Ambiente so verfeinern lernen, dass sie auch zehnmal so viel wert ist. Dieser Paul Schwartz war, ohne es zu ahnen, ihr Spiegel – und ihr letztes Signal zum Aufbruch.

Dichte, dunkle Haare sind nach hinten gekämmt, das Gesicht ist eher rund als länglich und hat doch feine Züge. Knapp blicken die Augen an der Kamera vorbei, ernst, nachdenklich und hinter den Pupillen sitzt ein leiser Schalk. Oder ist es nur ihr eigener Schalk, den sie in das Foto ihres Vaters hineingeheimnisst?

Das Dorf, aus dem er stammt, ist klein. Nur einmal am Tag kommt der Bus. Als sie dann an der Tür dieses französischen Einfamilienhauses aus der Vorkriegszeit läutet, öffnet eine ältere Frau, die deutlich als ihre Großmutter zu erkennen ist, so deutlich, dass Yvonne vergisst, was sie sagen wollte.

Mit offenem Mund starrt sie diese Dame an, die schön geschnittene Nase hat sie also von ihrer väterlichen Linie, geht ihr noch durch den Kopf, dann sagt die Frau: »Oui?«

Vorsichtig und schonend wollte sie ihren Großeltern beibringen, wer sie sei, wo ihr Sohn sei, warum sie hier sei, was mit ihren Eltern passiert sei, alles hat sie sich minutiös vorher ausgedacht, aufgeschrieben, sich vorgesprochen, ihre französische Aussprache geübt, jetzt muss sie antworten und zuerst kommt gar nichts, dann platzt es aus ihr heraus: »Je suis votre petite-fille – ich bin Ihre Enkelin.«

Die Dame starrt sie an, feindselig, dann zögernd, fragt sich womöglich, warum sie die Tür nicht zuknallt. Wie ein sekundenschneller Film rasen jetzt

Bilder an Yvonnes innerem Auge vorbei. Ihr Vater, den sie nie gesehen hat und der nun in den Zügen ihrer Großmutter so lebendig wird, die Liebe ihrer Eltern, der Liebesakt selbst, der Geruch irgendwo zwischen Scheune und Stall, der Moment ihrer Zeugung, das Geschrei, der Todesschuss, der Tod, die Verzweiflung ihrer Mutter, Tod und Not und Schwärze und tief innen sie, der Keimling, der gerade in die brennende Erde gelegt worden ist.

»Qui est là? – wer ist da?«, ruft eine Männerstimme vom Inneren des Hauses und reißt Yvonne wieder in die Wirklichkeit zurück.

»Une sale petite boche veut être notre petite-fille – eine dreckige kleine Deutsche will unsere Enkelin sein.« Die Stimme der Frau ist jetzt voller Gehässigkeit.

»Jette-la dehors — schmeiß sie raus«, ruft der Mann von drinnen und die Tür fällt vor Yvonne ins Schloss. Die versucht, einzelne Gedanken aus dem Sumpf ihrer Betäubung zu ziehen, wohin jetzt? Was tun? Dann schleicht sie sich weg, setzt sich eine Strasse weiter auf den Bordstein und wartet so lange, bis der Atem wieder regelmässig kommt und mit ihr die Kraft und eine unbekannte, erstaunlich tiefe Liebe für ihren Vater.

Sie geht zurück zum Haus, presst das Foto an ein Fenster und starrt hinein. Es ist die Küche und die Frau erblickt sie wieder als Erste. Sie starrt auf das Bild, dann auf Yvonne, dann wieder auf das Foto, bis ihr Blick bei Yvonne stehen bleibt. Sie schauen sich in die Augen, lange Zeit starr. Dann kommt Bewegung in die Frau und Yvonne schlägt eine Welle aus Trauer entgegen, die sie kaum ertragen kann. *So ist es, wenn man ein Kind verliert*, denkt sie noch und senkt ihre Augen, um nicht in die Knie zu gehen. Als die Frau verschwindet, setzt sich Yvonne auf den Rasen, immer mit dem Blick zur Haustür.

Es dauert lange, bis diese aufgeht. Zögernd zuerst, nur so weit, dass beide Köpfe Platz haben. Fast körperlich fühlt Yvonne, wie die Blicke ihren Körper abtasten, ihr Gesicht nach Ähnlichkeiten untersuchen. Haben sie es mit einer Erbschleicherin zu tun? Oder dem Feind, dem *Boche*, der ihren Sohn gestohlen und ermordet hat – oder sitzt dort ein Echo von ihm, das der Himmel geschickt hat? Das Nicken des Großvaters. Zögernd öffnet er die Tür und lässt sie ein.

Dann steht sie ihren Großeltern gegenüber, und nach wenigen Minuten des versuchten Standhaltens von allen dreien und des Suchens nach Worten fallen sie sich zu dritt in die Arme.

Sie kommt nach Hause in eine unbekannte Heimat, sie schnuppert, wie riecht das Haus, ist da noch ein Duft, der von ihrem Vater erhalten geblieben ist, die Hautfarbe der Großmutter, die Stimme des Großvaters – all das ist sie, es ist ein Teil von ihr, von hier kommt sie und von hier aus hat alles begonnen. Sie hat ihr zweites Standbein gefunden, ihre Verwurzelung im Vater.

✳✳✳

Jetzt, im Alter von fast fünfzig, sitzt vor einer Bar in Malaucène, trinkt ihren Café au lait. Die französischen Worte, Sätze und Sprachfäden um sie herum vermischen sich zu einem feinen Gespinst, das sie umgibt wie ein warmer Kokon, fremd und vertraut zugleich.

Die väterlichen französischen Hände, schmerzlich vermisst und doch ganz nah, heben sie hoch, setzen sie auf seine starken Schultern. Sie schnappt mit dem Mund nach den Wolkenfetzen, lacht die Dächer an und fliegt in den blauen Himmel hinein, ihre Fußknöchel fest verankert in den Händen des Vaters, wie die Wurzeln der Glyzinie unter den Sandsteinplatten vor dem Café.

Wurzeln und Flügel hat sie. Mit einem Hops holt der Vater sie von seinen Schultern und setzt sie auf den Schoß ihrer lachenden Mutter. Yvonne atmet durch. Für das Erleben von Familie bleiben ihr nur Träume und Sehnsüchte.

Gegenüber der Bar verströmt die Friedhofsmauer ihre uralte Trauer. Yvonne nimmt sie auf wie einen altbekannten Gast und bietet ihr ein Glas Tränen an. Sie ist das Kind einer Liebe, die nicht sein durfte.

Die Liebe ist ihr einziger Anker, dieser kleine Moment der Unendlichkeit, in dem ihre liebende Mutter die Liebe ihres Vaters empfing, atemlos wahrscheinlich und deshalb umso tiefer, in Todesangst und damit umso zwingender. Dieser Augenblick der Liebe angesichts des Todes ist Yvonnes Erbe, ihr Halt und ihr Lebenssinn in einem.

Yvonne zahlt den Café au lait, nimmt ihren Einkaufskorb mit den französischen Leckereien vom Markt und geht nach Hause in ihren wilden provenzalischen Garten. Sie ist allein zwischen ihren Rosen und Blumen und Gräsern und setzt sich zu ihnen, nährt sich von ihrem Duft und ihrer Schönheit. Allein ist sie und frei.

Ihr Leben lang war sie frei und allein. Unabhängigkeit hat ihren Preis. Vor ihr steht der Beifuß, der jetzt ihr Herz mit seiner Bitterkeit füllt und ihre Sehnsucht nach einer männlichen Menschenseele auf Augenhöhe dringt bis zur Nässe in ihren Augen vor. *Welcher Mann wird sich an eine Frau wie mich herantrauen*, fragt sie sich und die Resignation kriecht in ihren Leib.

Am Abend ruft Wolfgang an.

»In vier Wochen ist Hochzeit. Wir rechnen mit dir!«

»Das ging schnell, aber was will man von dir anderes erwarten?«

Er erzählt ihr von Bettinas Unfall, von seiner Höllenfahrt und wie recht sie damals gehabt hatte damit, dass er seine Mutter sterben lassen müsse, damit eine andere Frau Platz hat. Er hat Platz geschaffen für Bettina, und als sie aus dem Koma aufwachte, war sie eine andere, so wie auch er ein anderer war.

»Es ist nicht selbstverständlich, dass ein Mann seine langjährige Geliebte zu seiner Hochzeit einlädt.«

»Bettina weiß alles.«

»Prima.«

Das darauffolgende Schweigen ist gefüllt mit Rührung und Dankbarkeit von beiden Seiten.

»Ich verdanke dir alles«, sagt Wolfgang dann. »Du weißt, dass ich dich immer lieben werde.«

»Ich dich auch«, antwortet sie und strafft sich. »Schluss mit dem Gesäusel, schließlich bist du demnächst Ehemann und Familienvater.«

»Der Familienvater wartet vielleicht noch ein wenig.«

»Wie ich dich kenne, hast du nichts anbrennen lassen.«

»Das kannst du wohl sagen.« Wolfgang lacht herzlich.

»Also, bis in vier Wochen. Ich bin dabei.«

»Bis dann, ich freue mich sehr, dass du kommst. Du sitzt in der Kirche in der ersten Reihe.«

Sie legt auf und lässt sich mitsamt ihren Kleidern in den Pool fallen. Freude, Dankbarkeit, Trauer, Abschied – alles mischt sich mit dem bräunlichen Wasser, auf dem schon faulige Blätter schwimmen und als sie wieder aussteigen will, rutscht sie am glitschigen Rand aus und schürft sich schmerzhaft den Arm auf.

***

Nach der Rückkehr von ihren Großeltern heuert sie in Stuttgart bei einem hochklassigen Begleitservice an und das wird ihre zweite Lehrstelle, diesmal in Exzellenz. Es ist gut, dort zu arbeiten, denn sie steht unter dem Schutz und der Anleitung eines ehrgeizigen Besitzerpaars.

Hier lernt sie, Stil in ihre Kleidung und ihre Manieren zu bringen. Sie muss – das ist Teil der Abmachung – sich mit Musik, Literatur und Kunst auseinandersetzen, um jedem Gespräch standzuhalten, und hier tut sich für Yvonne eine riesige Welt auf.

Sie hört Kirchenmusik und Opern auf Platten oder in Konzerten, lernt Gedichte auswendig, geht zu Kunstführungen, ins Theater, liest sie viel mehr, als sie je gelesen hat.

Dies ist die Zeit, in der sie ihr Talent als Malerin entdeckt. Damit hat sie ihren eigenen Ausdruck gefunden, und das verändert ihr Leben von innen her. Sie malt, wofür sie keine Worte findet, ihren tiefsten Spiegel.

Während all dieser Jahre führt sie ein freies, reiches, volles Leben. Doch es ist ihre Lehrzeit, und irgendwann wird sie ihr eigenes kleines Projekt in die Wege leiten.

Bernd ist ein Zuhälter, wie er im Bilderbuch steht: glatzköpfig rasiert, Tattoos am ganzen Körper, auch am Kopf, Kraftsportler, grobe Goldkettchen um den Hals, ordinäre Ringe mit Totenkopf. Stets trägt er eine kurze vergoldete Schlagkette am Handgelenk, und wenn er seine verspiegelte Sonnenbrille absetzt, ist sein Blick finsterer als der von sieben schwerbewaffneten Bullen. Jede ordentliche Frau wechselt bei seinem Anblick die Straßenseite.

Bernds großer Traum ist es, einen riesigen Puff aufzuziehen, mit ein bisschen Wellness, Pornos, ein wenig Kokain verschieben (nicht zu viel, denn ins Drogengeschäft will er nicht einsteigen) und mit vielen frischen Mädchen aus Asien oder neuerdings auch aus dem Osten. Zuerst nimmt er die deutschen, denn die hat er schon.

Viermal hat er es versucht und viermal ist er bankrottgegangen, weil er von seinen Mädels gemeinschaftlich und mutwillig so übers Ohr gehauen wurde, dass am Ende nichts für seine beträchtlichen Fixkosten blieb.

Er hat es ihnen nicht übel genommen, und nach dem vierten Versuch sah er ein, dass er unternehmerisch nicht so tauglich ist. Also begab er sich wieder auf den Straßenstrich, denn das ordentliche Zuhälterhandwerk beherrscht er von der Pike auf.

Er ist ein guter und beliebter Zuhälter, denn er würde töten für seine Mädchen. Bernd ist einer, der im Wortsinn zu ihnen hält, ein finsterer Typ mit einem großen Herzen.

Jetzt steht er in Yvonnes neuem Studio und tritt von einem Fuß auf den anderen. Sichtlich bemüht, versucht er seine Scheu vor Yvonne zu verbergen, denn man kennt und fürchtet sie im Milieu.

Sie hat endlich eine elegante Wohnung gefunden. Nach jahrelanger Lehrzeit beginnt sie ihr unverwechselbares Projekt. Doch sie ist weicher geworden über die Jahre, verletzlicher, vielleicht weiblicher. Sich im Notfall selbst verteidigen zu können, ist nichts mehr für sie. Über ihre Kontakte zu Hannelore am Olgaeck hat sie ein diskretes Treffen mit Bernd organisiert.

»Du könntest für mich arbeiten«, schlägt sie ihm vor und seine Augen werden zu Untertassen. »Du für mich, wohlgemerkt, nicht ich für dich. Das ist ein Unterschied!«

»Okay ...?«

»Du bekommst von mir eine bestimmte Summe, die muss sich noch einspielen. Zuerst zwei, und wenn bei mir die Geschäfte gut laufen, pendelt es sich bei etwa fünftausend im Monat ein. Das ist die Obergrenze. Du gibst mir Schutz, ohne dass es jemand merkt.«

Bernds Augen strahlen. »Du weißt, dass ich im Sicherheitsbereich gut bin, gell?« Dann bemüht er sich wieder um seinen finsteren Blick. »Mit zwei-, später fünftausend bin ich einverstanden.«

»Steuerfrei, meine ich. Ich will nicht, dass die Bullen mitkriegen, dass du mit mir zu tun hast.«

»Steuerfrei ist immer gut«, antwortet er grinsend. »Als Zugabe kann ich dir auch immer sagen, was bei den Bullen gerade los ist und wann sie kontrollieren kommen.«

»Prima Zugabe, einverstanden«, sagt Yvonne. Bernd versucht offensichtlich, sich nicht anmerken zu lassen, wie stolz er ist. Sie streckt ihm ihre Hand entgegen. Er schlägt ein und sie weiß, dass sie sich auf ihn verlassen kann, auf Leben und Tod.

Es waren die Jahre mit Bernd im Hintergrund, in denen sie endlich ihr eigenes Ding machen konnte. Sie war mutig genug, exorbitante Preise zu verlangen, ohne aufregende Spezialdienste anzubieten. Und sie hatte Erfolg.

Nach dem Tod der Großeltern kaufte sie ihr Haus in Frankreich. Es wurde zu ihrem Refugium, zu ihrem Standbein im väterlichen Land und zu ihrer Versicherung gegen Hurenaugen.

***

Tränende Herzen, so heißen die Blumen, die direkt neben ihrer Gartenbank stehen. Pinkfarben, fast aufreizend kitschig, hängen sie an ihren Zweigen, man könnte sie als Maskottchen für einen Puff nehmen. Doch seit Tagen ziehen gerade diese bescheuerten Blüten an ihrer Stimmung, als ob auch in ihrem Herzen noch unbemerkte Tränen lagerten. Etwas stimmt nicht mit ihr, warum ist ihr so schwer?

Der Duft von provenzalischem Lavendel weht ihr entgegen, als sie den alten Wäscheschrank öffnet, um frische Bettwäsche herauszunehmen. Sie hebt den Stoß und zieht an einem darunterliegenden Laken, doch das bleibt irgendwo hängen und der gesamte Stapel an weißer Wäsche fällt ihr entgegen.

Noch hat sie alles in den Armen, als ihr Blick auf ihren Kinderrucksack hinter dem Wäscheberg kracht. Hier hat sie ihn also versteckt. Wohl in der Hoffnung, ihn nie wieder öffnen zu müssen. Jetzt gibt es kein Ausweichen mehr. Wie ein ungeliebtes Geschenk nimmt sie ihn an sich.

Unter ihren zerschlissenen Kinderkleidern und dem immer blasser werdenden Foto ihres Vaters liegt ein Artikel der Berliner Zeitung aus den

1970er-Jahren. Sie muss ihn nicht lesen, um zu wissen, was drinsteht.

Es war klar, dass Thilo nach dieser blamablen Niederlage im Stuttgarter Milieu keinen Fuß mehr würde fassen können. Er ging damals nach Berlin und baute sich sein Geschäft noch einmal neu auf. Dort unterschätzte er vermutlich die Russenmafia, die gerade mit den vielen Spätaussiedlern aus dem Osten heranschwappte, und irgendwann wurde seine schrecklich zugerichtete Leiche aus der Spree gefischt.

Nachdem Yvonne damals den Artikel von Thilos grausigem Tod gelesen hat, musste sie schnell unter die Dusche, um ihr Mitgefühl für dieses schon in der Kindheit zerstörte Leben abzuwaschen.

Während sie wehrlos und gefesselt auf dem Tisch lag, hat sie noch viel schlimmere Bilder von all dem gesehen, was seine Mutter ihm als Kind antat, nur ein kleiner Teil davon hat gereicht, um ihn in die Knie zu zwingen. Warum hat sie diesen Artikel damals ausgeschnitten und ausgerechnet in ihren Kinderrucksack getan?

Da kommt sie nun, die schwarze Frau Tod, die sie schon seit Wochen erwartet. Sie kommt, um sie mit ins Fegefeuer zu nehmen. Sie kommt, um ihr den Schleier wegzureißen, den Yvonne dreißig Jahre lang gepflegt hat, nur um der Wahrheit nicht ins Gesicht sehen zu müssen. Ähnlich wie Thilos Mutter hat sie ihr eigenes Kind mit ihrem ungebremsten Hass zerstört, während sie schwanger war. Thilo ist ein Sinnbild für ihren Sohn, seine dunkle, grausame Mutter ein Spiegelbild für sie selbst, Yvonne!

Wenn die Frauen es sind, die die Männer erschaffen, muss sie einen verkorksten, mörderischen, hässlichen Sohn erschaffen haben, denn er hat in ihrem Mutterleib nichts anderes bekommen als bestialischen Hass.

Schonungslos steht nun vor ihren Augen, wie sie ihn aus ihrem Leib reißen wollte und gegen einen Baumstamm schlagen, wie sie sich vorgestellt hat, dass sie ihn, nachdem er geboren ist, im Neckar ertränkt, die Brücke hinabwirft, mit dem Kissen erstickt, mit dem Messer immer und immer wieder auf ihn einsticht.

Wie oft schlug sie sich mit den Fäusten auf ihren Bauch, ohnmächtig, hasserfüllt, bis sie blaue Flecken bekam. Dies war die Realität ihrer gesamten Schwangerschaft und nichts anderes hat sie ihrem Kind mitgegeben.

Es wurde in grauenhafter Feindseligkeit gezeugt und hat neun Monate lang nur mit Todesdrohungen, Mordgelüsten und ihrem Rausch von Tod und Teufel, Feuer und Schwert seine kleinen Zellen und Organe aufbauen können. Auge um Auge, Zahn um Zahn hat sie diesem Kind heimgezahlt, was sein Vater ihr angetan hat, und ihr bräuchte niemand damit kommen, dass Ungeborene es nicht merken – denn sie selbst kann ihre eigene Zeit im Mutterleib spüren.

Wie soll aus ihrem Kind etwas anderes geworden sein als ein Monstrum? Sie wusste es schon immer, doch seit dreißig Jahren flieht sie davor, die Wirklichkeit zu sehen.

Immer hat sie sich damit entschuldigt, dass sie selbst fast tödlich verletzt worden war. Sie ahnt, dass ihr Sohn ebenso kaputt sein muss wie dieser Thilo, und dass sie es ist, die ihn zerstört hat. Nur hat sie nie darüber Rechenschaft abgelegt. In einer unbewussten Bewegung hatte sie deshalb wohl den Zeitungsausschnitt vor so vielen Jahren aufgehoben.

Während alles kristallklar vor ihr steht, baut Schuld sich vor ihr auf wie ein riesiger Felsblock, denn ihre Tat kann nicht verziehen werden. Sie hat sich bereits fortgepflanzt in ihrem eigenen vernichteten Kind.

Es ist ihre Schuld, ihr Lebensunglück, einen Menschen, der ihr so intim in ihrem eigenen Bauch anvertraut war, zu zerstören. Und es ist nicht nur das Kind seines ekelhaften Vaters, sondern auch das ihre, ihr eigenes Fleisch und Blut.

Trotz der Dunkelheit steigt sie hinauf zu diesem kleinen Kirchlein. Anstatt sich auf eine Bank zu setzen, wirft sie sich auf den Boden unter das Kreuz mit dem Gesicht auf dem kühlen Sandstein. Nacht ist es jetzt in dieser Kirche, nur ein paar Friedhofskerzen flackern unter dem Standbild der Jungfrau Maria.

»Warum wird allen vergeben, nur mir nicht?«, begehrt sie auf. *»Warum nimmst du nicht diese Schuld von mir, wie du sie allen anderen genommen hast? Warum holst du mich nicht auch*

heraus aus meiner Hölle und adelst mich mit Vergebung der Sünden?«

Sie bleibt liegen und lauscht in das Schweigen hinein bis sanfte Nüchternheit sie überkommt. Erst jetzt fühlt sie dieses Kind in ihrem Leib, sie fühlt seine Verzweiflung, seine neun Monate andauernde Todesangst, seine namenlose Verlassenheit.

Als kleine flackernde Kerze ist es ihr damals im Traum erschienen, als ob es zu ihr sagen wollte, Mama, halt ein, ich kann nichts dafür, lass mich leben, bitte Mama, ich bin doch nur gekommen, um dich zu lieben.

In den mörderischen Augen des Mercedesfahrers entdeckt sie ihren eigenen Tötungswillen. Alles fühlt sie jetzt mit dem Leib und der Seele dieses unschuldigen Fötus. Seine Augen sind Schmerz und Schock und ein riesiges *Warum*.

Sie ist selbst ihr wehrloses Kind in seiner Agonie, in seiner Todesangst, in seiner Resignation, noch bevor es geboren ist, sie fühlt sein Nicht-Verstehen, seine endlose Verlorenheit und sie fühlt ihr Kind in seinem *Dennoch,* seinem Lebenswillen, trotz der tiefsten Verwundung. Genau wie sie damals in der Ackerfurche lag, wehrlos, halb bewusstlos und mit grauenvollen Schmerzen.

Als sie nach Stunden schon nicht mehr weiß, ob in ihr jemals wieder Licht werden wird, senkt sich eine Stille von unendlicher Tiefe in sie. Diese Stille, das weiß sie, kommt nicht aus ihr, sondern von dem, der keinen Namen hat, manche nennen ihn Gott, andere die Existenz. Sie verliert alles – Zeit,

Ort und jeglichen Gedanken. Schuld und Sühne heben sich auf in der göttlichen Bedeutungslosigkeit. Nichts, kein Lied, ist größer als diese Stille.

Am Horizont hebt die Nacht bereits ihr schwarzes Kleid und lässt in graublauen Streifen den noch schüchternen Tag herein, als sie hinaustritt aus dem Kirchlein. Keine billige Vergebung ist ihr angeboten worden, in dieser Nacht, aber eine Zusage, dass ihr geholfen wird, mit diesem Schmerz und ihrer Schuld zu leben.
Am nächsten Tag versucht sie, ihrem Kind einen Brief zu schreiben. Sie weiß nicht, wo es ist, und sie wird es auch nicht suchen. So weit ist sie noch lange nicht.

Mein Kind. Wo bist du? Deine Mama.

Das letzte streicht sie weg, denn sie hat kein Recht, sich Mama zu nennen. Am Abend verbrennt sie den kurzen Brief über einer kleinen Flamme. Die flackernde Kerze ist sein Sinnbild und war sein einziger Versuch, sich damals bei ihr bemerkbar zu machen. Endlich hat sie es gehört.

Die nächsten Wochen verbringt sie mit Gartenarbeit, mit Hausputz und mit dem Reinigen des Pools. Während sie im Außen Ordnung macht, sortiert sich nach und nach auch ihr Inneres. Zuversicht keimt vorsichtig in ihr auf. Sie wird die nächsten Schritte finden, sie hat sie immer gefunden. Und als sie ihre Koffer für Stuttgart packt, ist sie bereit. Sie wird ihr Studio auflösen und mit Wolfgangs Hochzeit wird sie auch aus seinem Leben verschwinden. Jetzt kann sie der Leere begegnen.

In Stuttgart dreht sich das Lebensrad schneller als erwartet – und den Weg zurück in die Provence macht sie mit Paul, denn sie haben beschlossen, dass sie drei Wochen voreheliche Flitterwochen brauchen.

»Du heiratest bald eine Prostituierte«, sagt sie auf der langen Fahrt im Auto.

»Du heiratest bald einen Arzt.«

»Danke. Die Ächtung über Jahrhunderte ist auch an mir nicht spurlos vorbeigegangen.«

»Gern geschehen«, antwortet Paul und zuckt grinsend mit den Schultern.

»Wie kommt's, dass du keine Vorurteile hast?«

»Ich heirate nicht irgendeinen Beruf, sondern dich. Vielleicht hat Helene dich in unsere Familie geschickt.«

»Das kann gut sein«, sagt sie zögerlich. Sie weiß, dass er recht hat.

»Erzähl von deinem Beruf.«

»Was willst du wissen?«

»Egal, erzähl einfach.«

»Es war meine Berufung. Ich nahm nur einen Kunden am Tag, die zahlten achtzehnhundert Mark, meistens ließen sie zweitausend da.«

»Nicht schlecht.«

»Kein schlechter Service, würde ich sagen«, kontert Yvonne. »Man kann es nicht jeden Tag machen. Ich tat nichts, was die Männer noch hitziger machte, sie sind doch eh alle ausgebrannt, also kein Fetischzeug oder irgendwelche Spezialwünsche.«

»Was hast du dann die ganze Zeit gemacht?«

»Das haben auch schon andere gefragt. Sex und Zuhören.«

»Okay«, sagt er mit einem Grinsen. »Das mit dem Zuhören kenne ich irgendwoher.«

»Männer wollen Sex. Das ist die Oberfläche. Wenn sie merken, es ist genug da und sie werden satt, legen sie oft ihr Gehabe ab. Dann kann ich ihre Seele sehen, zumindest versuche ich das. Die Sprache der Seele ist eine andere, man kann sie nicht immer verstehen und manchmal sagt und tut sie etwas anderes als der Mensch, zu dem sie gehört.«

»Dann warst du eher eine Psychotherapeutin?«

»Quatsch!«, ruft Yvonne aus und lacht. »Bei mir ging es um Sex.«

»Bei mir ging's damals nicht um Sex, trotzdem hat mir der Besuch bei dir viel Atemluft verschafft.«

Yvonne sinnt seinen Worten nach. »Wenn du dich nicht vor dir selbst geniert hättest, wäre es auch um Sex gegangen«, antwortet sie dann.

»Stimmt.«

»Ums Fallenlassen wäre es gegangen, nicht um Geilheit.«

»Stimmt.« Nach einer Weile fügt er an: »Ich habe diese Begegnung nie vergessen.«

»Ich auch nicht«, antwortet sie und schaut den Leitplanken zu. Sie huschen vorbei wie die Jahre ihres Lebens. Wie ein sanfter Hauch, kaum spürbar, kaum fühlbar, ist diese ganzen Jahre über ein

Flair des erschöpften, auf ihrem Schoß schlafenden Paul um sie gewesen.

Noch immer trägt sie seine Visitenkarte in ihrer Handtasche und im Laufe der Jahre wusste sie stets ungefähr, wo er war und was Helenes »Männer« machten. Nicht, dass sie brennendes Interesse an ihm gehabt hätte. Wie ein schwaches Rinnsal, das manchmal in der Erde verschwindet, dann wieder leise plätschernd an die Oberfläche kommt, war fast von selbst immer eine Verbindung geblieben. Informationen mal von hier mal von dort aufgegriffen, die Punkte verbunden, nichts weiter.

Eines Tages erzählte eine Kollegin bei Hannelore, von diesem halbverwirrten Nachpubertierenden namens Wolfgang und wessen Sohn das war. »Schick den zu mir«, bat sie die Kollegin. »Du kriegst mein ganzes Honorar fürs erste Mal.«

In der Nacht nach dieser ersten Begegnung mit dem jungen Wolfgang spannte sich ihr im Traum – riesig wie der gesamte Himmel – ein Bild von Frida Kahlo über ihr auf: *Liebesumarmung des Universums*.

Hinter der Mutter Erde mit den tropfenden Brüsten schwebte ätherisch mit den Wolken verschwommen ein Frauengesicht und das war in ihrem Traum das Gesicht Helenes. Die Frau im Vordergrund war nicht Frida Kahlo, sondern sie, Yvonne, und sie hielt einen erwachsenen Mann auf ihrem Schoß, allerdings nicht den dicken Diego Rivera wie im Original, sondern einen schlanken Mann, der die Züge von Wolfgang Schwartz trug. Da wusste Yvonne, dass sie einen Auftrag hatte.

Bei seinem zweiten Besuch legte sie im Hintergrund Musik von Bach auf wie eine Art Türöffner für einen weiten, warmen, noch leeren Raum voller Möglichkeiten.

Jetzt sitzt sein Vater neben ihr und es kommt ihr vor, als sei er Helenes Geschenk an sie. Nie hat sie Wolfgang für sich vereinnahmt, auch wenn die Versuchung zuweilen groß war.

Sie hat ihn begleitet auf seinem Weg und ihm trotzdem alle Freiheit für seinen eigenen Weg gelassen. *Ich finde, ich hab das gut gemacht,* sagt sie jetzt in Gedanken zu Helene. Ein Blick nach links zeigt ihr, dass auch Paul in Erinnerungen versunken ist. Sie strafft sich und fragt: »Und wie darf ich mir dein weiteres Leben vorstellen nach unserer damaligen Begegnung?«

»Oje.«

»Fangen wir doch mit deinem Liebesleben an.«

»Oje.«

»Was ist denn aus dieser Doris geworden, die wir neulich mit dir zusammen angetroffen haben?«

»Ach nichts.«

»Was nichts?«

»Nichts eben.«

»Hast du mit ihr geschlafen?«

»Ja, klar.«

»War's gut?«

»Wunderbar, wirklich!«, antwortet Paul etwas gereizt.

»Und hast du sonst keine Frau gehabt, seit Helenes Tod?«

»Doch natürlich! Das sind ja mehr als fünfundzwanzig Jahre.«

»Viele?«

»Einige.«

»Wie viele?«

»Weiß nicht.«

»Doch – ungefähr weißt du es schon.«

»Was willst du wissen?«

»Wie viele es waren und warum es mit keiner geklappt hat.«

»Puh ...« Paul bläst die Luft aus. »Es waren ungefähr zwanzig, wahrscheinlich mehr. Ich hab's leicht mit Frauen, hatte auch immer recht guten Sex. Trotzdem war nie die Richtige dabei.«

»Warum nicht?«

»Keine Ahnung, – ich bin eine gute Partie, ich bin Arzt, das gefällt den Frauen offenbar. Dass ich in Wirklichkeit Strandgut bin, hat keine gesehen. Aber ach, – vielleicht war ich nie bereit, mich zu binden.«

»Ich fasse zusammen«, antwortet Yvonne. »Du hattest über die Jahre mit mindestens zwanzig, vielleicht dreißig Frauen guten Sex und hast keine davon in dein Leben gelassen.«

»So könnte man es ausdrücken.«

Hast du auf mich gewartet, fragt sie sich im Stillen. *Musste ich auf dich warten? Ist das so mit der Liebe? Ist man füreinander bestimmt? Werden wir beide es schaffen nach unseren langen einsamen Jahren?*

»Es gibt da noch etwas, das ich dir zu erzählen habe«, sagt sie am nächsten Tag. Paul ist begeistert von ihrem kleinen Paradies.

»Ich weiß«, antwortet er. Sie wandern zusammen hinauf zum Kirchlein. Dort erzählt sie ihm restlos alles. Ungemindert spürt sie diesen frischen Schmerz und ihre Reue, doch es tut gut, dass sie es dem Menschen erzählen kann, den sie liebt. Er tröstet sie nicht, versucht nicht, zu beschönigen, ins Verhältnis zu setzen oder sie aufzumuntern. Sie ist froh darüber, denn daran erkennt sie, dass er sie ganz verstanden hat.

»Wir sollten kirchlich heiraten, wenn wir zurück sind«, sagt Paul, als sich am Abend schlafen legen.

»Auf die Idee wäre ich nie gekommen«, lacht sie. »Ich bin nicht in der Kirche.«

»Ich schon, von Haus aus«, sagt er. Nach einer Weile fügt er hinzu: »Du bist so ein religiöser Mensch.«

»Und welchem Pfarrer würdest du zwei solche halbfrommen Kaliber wie uns beide zumuten? Es soll ja schon Herzblut dabei sein, oder?«

»Gute Frage«, antwortet er.

»Barbara!«, fährt es ihr dann durch den Kopf. »Barbara ist die einzige Pfarrerin, die ich kenne, die muss uns trauen.«

»Wer ist Barbara?«

»Das erzähle ich dir morgen«, antwortet sie, knipst das Licht aus und verschwindet in seinen Armen, denn in dieser Nacht will sie sich auflösen, will zu Wachs werden und sich mit seinem Wachs vermischen. Sie will mit ihm verschmelzen und alle Poren und Zellen weit werden lassen, um ihn aufzunehmen, und sie will von ihm aufgenommen und genommen werden, will die goldene Farbe ihrer Seele mit der silbernen Farbe seiner Seele vereinigen und ein glitzerndes Feuerwerk daraus zaubern.

Sie will kein Quäntchen ihrer Liebe zurückhalten aus Angst, er könne ihr nicht standhalten. Sie will sich geben und verschenken mit allem, was sie ist. Er hält ihr stand mit seinem riesigen Herzen, seiner Gegenwärtigkeit, seinen ruhigen Händen und seiner entspannten Männlichkeit.

Untertöne

Barbara und noch eine Hochzeit

April 1981

Ein paar Jahre sind es nun schon, dass Bernd für Yvonne arbeitet. Sie sieht ihn praktisch nie und fühlt sich doch so sicher wie Moses in seinem Schilfkörbchen auf dem Nil oder wie Jesus in seiner Krippe, denn auch über diese beiden hat jemand seine schützende Hand gehalten. Auch sie haben nicht gemerkt, dass der mächtige Pharao beziehungsweise der böse König Herodes hinter ihnen her war.

Einmal im Monat holt Bernd sein steuerfreies Honorar ab und sie gibt es ihm gern.

Diesmal steht er da und wechselt von einem Bein auf das andere, nachdem er seine Geldscheine gezählt hat.

»Ist noch was?«, fragt Yvonne.

»Hmm ... also ... Wenn ich dich regulär bezahle, darf ich dich dann auch einmal ficken?«

»Mich fickt niemand, und wenn doch, ist er tot«, sagt sie verdrossen. Sie kann es nicht mehr hören, dieses Wort.

Bernd bekommt wieder seine Untertassenaugen. »Was machst du dann mit den Kerlen, die dir so viel bezahlen?«

»Das geht dich nichts an. Es würde dich sowieso zu Tode langweilen.«

»Glaub ich nicht.«

»Ich schon. Also, bis zum nächsten Mal«, sagt sie und will dieses verdrießliche Thema beenden.

Er wendet sich ab, und als er zur Tür schleicht, spürt sie, dass sie einen verzweifelten, liebeskranken Mann bei sich hat. »Setz dich noch mal und lass uns sprechen.«

Er setzt sich ohne Hoffnung. Sie schaut ihn an, öffnet ihr Gesicht und ihr Herz, lächelt. Da kann auch Bernd seinen Kopf wieder auf Augenhöhe heben.

»Die Bedingung ist, dass du dableibst, bis ich dich gehen lasse, auch wenn du vor Langeweile aus dem Bett fällst.«

»Einverstanden.« Er atmet durch.

»Übermorgen um zehn Uhr?«

»Einverstanden«, sagt er und sie geben sich die Hand wie bei einem guten Vertragsabschluss.

Er hat sich hübsch gemacht und trägt einen grotesken Nadelstreifenanzug, dessen Ärmel sich über seinen enormen Muskeln spannen.

»Neu?«, fragt sie.

»Extra gekauft. Sieht gut aus, gell?« Rosarotes Frühlingswetter umgibt sein Gesicht.

»Steht dir.« Dann fährt sie fort: »Bei Neuen mache ich es gerne so, dass wir in der Badewanne alles Weitere besprechen, das ist entspannender. Du kannst also kurz duschen und dann zu mir rüber kommen in die Wanne.«

Zufrieden sieht Yvonne, wie er ausatmet, als er in der Wanne sitzt. Sie blickt ihn an, um zu horchen, was er braucht oder will, aber er sagt nichts, wirkt schüchtern wie ein verliebter Schulbub und wartet auf ihr Kommando. Dann richtet er seine Augen nach unten und Yvonne wird von einer immensen Traurigkeit überschwemmt, die von seiner Seite kommt.

»Hast du schon mal eine Freundin gehabt?«

»Wieso, ich kann doch immer umsonst ficken.«

»Nicht so eine meine ich. Eine, die dich liebt, die du lieben kannst.«

Er schüttelt unmerklich den Kopf. Sein Blick fällt ins Badewasser und ertrinkt dort.

»Wie alt bist du?«

»Dreiunddreißig.«

Sie antwortet nicht, sondern nimmt seinen Kopf und legt ihre Wange an die seine. Sein Herz explodiert fast in der Halsschlagader. Dann schwingt sie sich auf seinen Atemrhythmus ein und bleibt so lange mit ihrer Wange an der seinen, bis er sich traut, sie anzufassen, und als er es tut, strömt nur Wärme, Zartheit und Sehnsucht zu Yvonne.

Sie lässt gleichzeitig ihr ganzes Mitgefühl für diesen bärbeißigen Muskelprotz zu. Als sie ihn vorsichtig küsst, antwortet er mit derselben Feinheit. Es ist schön und es tut ihr gut.

Nach und nach entspannt sich auch bei ihr alles. Seine Hände sind langsam, lauschend, fest und – von Herzen liebend. Für Yvonne, die sich auf ein paar anstrengende Stunden eingestellt hat, ist dieser Mann eine wahre Überraschung.

Dieser bärbeißige Mann ist nicht hungry nach Sex, sondern nach Liebe. Sein Vertrauen in sie ist grenzenlos, fast wie das eines Babys, denn er öffnet sein Herz wie eine Rose sich weit macht, um die Sonne und das Leben zum empfangen; und doch kann er gleichzeitig seine männliche, fordernde Kraft aufrechterhalten.

Später kuscheln sie wie ein Liebespaar und sie lässt sich von seinem Leben erzählen; davon, dass er bei zwei alten Tanten aufgewachsen ist, weil seine Mutter ihn im Alter von sechs Jahren dort ohne Worte abgeliefert hat und nie wiedergekommen ist.

Bis heute sucht er sie, wenn auch nicht real, so doch in einem verkorksten Liebesleben. In Yvonnes Badewanne hat er seinen Selbstschutz abfließen lassen und hervor kommt ein Mann des Herzens.

Nachmittags lieben sie sich erneut und als sie sich zufrieden und ermattet in den Armen liegen, fragt er: »Möchtest du meine Freundin sein? Wir könnten zusammen einen Riesenpuff aufziehen, du hast doch Buchhalterin gelernt.«

»Du bist ein naturbegabter Liebhaber«, antwortet sie, «das kann ich dir als erfahrene Frau sagen. Such dir eine Freundin, die dich liebt und die du lieben kannst.«

»Und du?«

»Ich stehe für eine Beziehung nicht zur Verfügung, aber ich gebe dir die Hausaufgabe, dass du bis zum nächsten Zahltag eine feste Freundin hast, und zwar ganz ausdrücklich keine aus dem Milieu.«

»Keine aus dem Milieu?« Ein schwingendes Mobile aus Fragezeichen hängt jetzt vor Bernds Gesicht. »Wie soll ich das anstellen?«

»Vielleicht änderst du ein klein wenig was an deinem Äußeren. Ringe weg, auch Halskettchen und deine vergoldete Schlagkette. Auch die Spiegelbrille sollte weg. Da wäre schon viel gewonnen.«

»Meinst du so ein Mädchen, das vielleicht studiert hat oder Krankenschwester ist, oder einfach irgendwas Normales? Wie soll das gehen? So was habe ich noch nie gehabt!«

»Ach was, stell dich nicht so an. Wenn es nicht klappt, betest du zum lieben Gott, der soll dir eine schicken«, sagt Yvonne und lacht.

Am Abend verabschiedet sich Bernd als ein aufrechter, hoffnungsfroher Mann. Sie legt sich noch mal auf das Bett und schnuppert seinen fast unriechbaren Duft.

Einen Monat später kommt er wieder, um sein Beschützer-Honorar abzuholen und strahlt. »Es hat geklappt!«

»Erzähl!«

»Zuerst habe ich mich ins Café gesetzt und die Frauen angeschaut, die mir gefallen, dann habe ich sie angesprochen.« Jetzt rutscht er auf dem Stuhl hin und her und schaut knapp an ihren Schläfen vorbei aus dem Fenster.

Ihr von diesen blamablen Erlebnissen zu erzählen, scheint ihm so unangenehm zu sein, als hätte er eine Pickelhaube als Sitzkissen. Yvonne hilft ihm aus der Scham.

»Okay, das war's also nicht – dann?«

»Dann hab' ich getan, wie du mir geraten hast. Ich bin in die Kirche gegangen und hab' mich auf die Bank gesetzt. Da war ich schon sehr verzweifelt und habe den Kopf in meine Arme gelegt auf der Vorderbank. Dann fragt jemand, ob man mir helfen könne. ›*Wir haben hier zwar keine Beichte wie die Katholiken, aber vielleicht möchten Sie trotzdem reden, manchmal hilft es. Ich bin die Pfarrerin.‹* Ich sage zu ihr, dass ich eine feste Freundin suche. Da sagt sie: ›*Ich hab' heute Morgen zu Gott gebetet, dass ich den Bettel hinschmeiße, wenn er mir keinen Mann schickt. Jetzt sitzt ein Exemplar wie Sie in meiner Kirchenbank!*‹

Dann haben wir uns krumm gelacht und plötzlich war es still. Wir sind rüber ins Pfarrhaus, und was soll ich sagen, es ist ein einziger Traum.«

»Wie heißt sie?«

»Barbara.«

Barbara und Bernd heiraten, führen eine harmonische und erfüllte Ehe und bekommen drei Kinder. Barbara reduziert ihren Auftrag als Pfarrerin um ein Drittel und baut zusammen mit Bernd einen Sicherheitsdienst auf, wobei sie erfolgreich die unternehmerische Seite in der Hand hält, während Bernd als Sicherheitsexperte zu ungeahnter Größe aufläuft.

Ihre Dienste bieten sie zunächst alleinarbeitenden Frauen im oberen Segment an. Später dehnen sie ihr Angebot auf Politiker, hohe Kirchenmänner und andere schwere Jungs aus. Von da an erweitert Bernd sein Motto. Dem »*Kenne deinen Feind*« wird ein »*Kenne deinen Kunden*« hinzugefügt.

Durch das unternehmerische Geschick Barbaras bekommt Bernds Begabung, im Milieu das Gras wachsen zu hören, nun Form und Richtung. Die Frauen, angefangen beim Straßenstrich, über die in den Studios und Bars, bis hin zum exklusiven Begleitservice, versorgen ihn gern mit Nachrichten.

Bernd bezahlt sie nicht dafür, sonst würden sie ihm erfundene Informationen zustecken. Sein Respekt und seine Verehrung für die Frauen reichen schon, denn dies ist ein seltenes Gut für sie, und so manchem Mädchen hat er auch schon aus der Patsche geholfen.

Alle kennen Bernd und jede Einzelne weiß, dass sie, wenn sie in Schwierigkeiten steckt, jederzeit zu ihm kommen kann. Allein seine Existenz macht die Arbeit aller ein klein wenig sicherer und menschlicher.

Nach und nach besitzt er auch in den Behörden, der Polizei, dem Finanzamt und sogar in den Ministerien seine Informanten, im Milieu hat er seine diskreten Fotografen und unter den Zuhältern seine verlässlichen Zuflüsterer.

Er weiß immer, welcher Politiker bei welcher Nutte ist und welcher Bischof sich hinter den getönten Scheiben seines Autos zwischendurch für vierzig Mark einen blasen lässt. Bernd besitzt auch die entsprechenden Bilder dazu. Auch wenn es nur ein Wort oder eine Andeutung ist, landet es auf Bernds Schreibtisch, und oft genug ist es das fehlende Teil in einem Puzzle.

Bernd bleibt stets diskret, macht sich unsichtbar, mischt sich nirgends ein, und doch laufen bei ihm ungeahnte Fäden zusammen. Da im Milieu viele relevanten Informationen von Staat, Kirche, Wirtschaft, Kultur, Medien und Mafia zusammenkommen, entwickelt er nach und nach ein umfangreiches geheimes Netzwerk. Seine sicherheitsbedürftigen und diskret informationshungrigen Kunden reichen bis in die höchsten Kreise.

Anstatt auf dem Straßenstrich am Sonntagmorgen mit der Harley Davidson langsam seine Kreise zu ziehen und die frühen Kunden seiner Mädchen zu betrachten, sich die eine oder andere Autonummer zu merken, sitzt Bernd nun mit Babytragetuch in der Kirche und lauscht den Predigten seiner Frau.

Wenn er beim Kirchengemeindefest Kaffee ausschenkt, sind die Damen begeistert, weil ihre Pfarrerin endlich einen ganzen Kerl gefunden hat. Sie machen Späße mit glänzenden Augen und die Männer klopfen ihm jovial auf die Schulter und nähren sich ein wenig von der Ausstrahlung seiner Manneskraft.

Er leitet den Leichenchor, denn er hat sein Faible für Musik entdeckt. Der Chor ist auf das Dreifache angewachsen, seit er von ihm dirigiert wird, und die kirchlichen Bestattungen bekommen eine neue Würze und Emotionalität. Barbara und Bernd fühlen sich in jedem Pfarrhaus wohl, in das der oberkirchenrätliche Ruf sie führt, und legen ihr anderes, meist steuerfreies Geld in Offshore-Konten und Luxusimmobilien auf der ganzen Welt an.

Oktober 1990

Die Trauung von Paul und Yvonne findet in der Kirche von Barbaras Gemeinde statt und es ist eine ruhige und innige Hochzeitsfeier. Barbara trifft genau den Ton, der in der Seele des Brautpaars schwingt, und dieser Ton erzählt von verletzlicher Freude, von stiller Dankbarkeit und vom Leben, das nie unversehrt bleiben kann, wenn es lebendig sein will. Paul wirft beim Singen zuweilen einen verstohlenen Blick auf seine Braut, die alle Choräle auswendig und von Herzen mitsingt, und fragt sich wohl, ob er schon wieder eine Frau mit drei Rätseln heiratet. Dann strahlt sie ihn an und er ist dankbar für das Geschenk, das er von der Existenz bekommen hat.

Als geladene Gäste sind nur Wolfgang und Bettina, deren Eltern Hanna und Hans sowie Bernd und Barbara mit ihren Kindern anwesend. Doch die Kirche ist voll und es sind fast ausschließlich Frauen.

Auch Hannelore vom Olgaeck sitzt unter den Besucherinnen. Wie immer ist sie elegant und unauffällig gekleidet. Heute trägt sie ein taubenblaues Kostüm von Coco Chanel. Sie ist eine feine, zurückhaltende Frau in ihren Sechzigern, mit nachdenklichen Gesichtszügen.

Als das Hochzeitspaar an ihr vorbeizieht, trifft ihr Blick den von Yvonne. Es sind Blicke von gegenseitiger Achtung und Wohlwollen, und wenn man tiefer hineinschauen würde, könnte man dahinter ein gemeinsames Wissen um die tieferen

Geschehnisse ihres Berufsfeldes sehen. Das Wissen nämlich, dass im Schoß dieser Frauen alles Gute und alles Schlechte, alles Suchende und alles Findende, alle Verzweiflung, alle Liebe und alle Bosheit dieser Welt aufgenommen werden muss und dass, wenn eine Frau an dieser Last nicht zerbrechen will, sie im Schoß der Großen Göttin aufgehoben sein muss, denn nur sie lehrt den ewigen Wandel und wie aus Abfällen gute Muttererde wird.

Das kleine festliche Mittagessen findet auf der Wielandshöhe statt, und nachdem alle auf die Eheschließung von Yvonne und Paul angestoßen und ihr Menü gewählt haben, klopft Bettina an ihr Glas und sagt: »Wir sind schwanger!«

In den ersten Sekunden kann niemand etwas sagen, weil die junge Frau ein solch zauberhaftes inneres Leuchten verbreitet, das alle in ihren Bann zieht. Dann erfüllt ein fröhliches Klatschen und Jubeln den Seitenflügel des Luxusrestaurants.

Freiheit

Bettina Schwartz, geb. Felder, geb. 1964

Hanna, ihre Mutter, ist anders als sonst. Entwurzelt wie eine junge Eiche wirkt sie in der schlichten Eleganz des Edelrestaurants. Der Vater hingegen ist erstaunlich gelöst. Sogar zu leichten Plaudereien mit Yvonne lässt er sich hinreißen, überhaupt scheinen sich die beiden glänzend zu verstehen.

Wie sie das viele Besteck und die unterschiedlichen Gläser handhaben sollen, hat Bettina ihren Eltern zuvor erklärt, doch Hanna ringt noch immer um Gelassenheit.

Jetzt eilt der rundliche Chef der Wielandshöhe herbei, begrüßt das Brautpaar Paul und Yvonne als alte Freunde und beglückwünscht sie zu ihrer Hochzeit. Zu Bettina und Wolfgang sagt er mit einem Augenzwinkern »*das junge Glück*«.

Bettina, die wie alle stillen Menschen, gewohnheitsmäßig von ihrem Turm aus das Leben beobachtet, entgeht nicht, dass der Chef auch Wolfgang schon lange kennen muss.

Sein breites Schwäbisch ermuntert endlich auch Hanna zu einem schiefen Lächeln. »So vornehm«, murmelt sie fast abfällig, »und Sie machen Ihre Spätzle immer noch von Hand.«

»Handg'machte Spätzle sind halt was Vornehmes«, kontert der Wirt und lacht herzlich. Er hat sie gewonnen.

Bettinas Blick auf die Hände ihrer Eltern. Arbeitshände. Hände, die sich so oft zum Gebet gefaltet haben, wie andere zum Schreiben oder zum

Essen, zum Klavierspielen oder um Kranke zu operieren. Es sind die winkenden Hände ihrer Eltern, die ihr als letzter Blick auf ihr früheres Leben geblieben sind, als sie damals – vor nur vier Monaten – von zu Hause wegfuhr.

***

»... und führe uns nicht in Versuchung, sondern erlöse uns von dem Bösen ...«

Neben den gefalteten Händen ihrer Mutter liegen die Bibel und das Losungsbüchlein. Kaffeeduft hängt noch über dem Tisch, obwohl die Teller mit den Brotkrümeln und Butterresten schon zusammengestellt an der Seite stehen.

»...denn dein ist die Kraft und die Herrlichkeit...«

Wie immer hat auch der Vater die gefalteten Hände auf dem Tisch liegen. Heimat. Geborgenheit. Wärme. Sie schließt wieder die Augen und dankt Gott in der Stille, dass er sie nun fast geheilt hat. Zumindest ist sie auf dem Weg dahin, wieder gesund zu werden. Das Leben kann weitergehen.

»...in Ewigkeit. Amen.«

Während sie das Auto anlässt und losfährt, stehen die Eltern an der Haustür und winken, als würden sie die Erinnerungen an Bettinas Kindheit herbeiwinken und ihr mit auf den Weg geben. Viel Angst war da – fast könnte sie sagen, dass Angst das Lebensgefühl ihrer ersten Jahre war.

Sie war noch keine fünf, als im christlichen Kinderbund Schwester Erika die Geschichte von König Belsazar erzählte, der sterben musste, weil er gottlos war. Zuvor war eine Schrift an den Wänden erschienen: *Gewogen, gewogen und zu leicht befunden*, stand da mit Buchstaben aus Feuer.

Nun sei der böse König für die Ewigkeit in der Hölle, erklärte sie den atemlos lauschenden Kindern. Das war der Beginn von Bettinas innerem Zittern. »Stellt euch vor, ihr würdet heute Nacht sterben«, sagte Schwester Erika damals. »Wäret ihr bereit für Gott? Würde er euch aufnehmen?«

Nach dieser Kinderbundstunde hatte sie jede Nacht Angst vor dem Einschlafen. Furchtlos war sie nur, wenn sie für sich allein war, da ging es ihr am besten, schon in der Kindheit. Sie besaß eine Art innere Blase, in die sie hineinschlüpfen konnte, und in diesem Inneren waren Stille und Frieden. Als wäre es gerade eben gewesen, erinnert sie sich an einen Traum während einer Jugendfreizeit, als auch diese Blase platzte.

Sie träumte, dass an ihrem stillen sicheren Ort plötzlich Gott saß. Groß und dünn und mächtig. Er hatte eine Waage in der Hand: *Gewogen, gewogen und zu leicht befunden*.

Von diesem Tag an klemmten Panikanfälle ihre Kehle zu und rissen ihre Augen auf, obwohl es da draußen nichts gab, was sie hätte ängstigen können. Entspannung brachten nur die Tabletten, die Mama vom Kinderarzt verschreiben ließ. Doch sie lernte, dass Gott die Liebe ist und nichts, wovor man sich fürchten müsste. Ihren inneren Kern allerdings, dort, wo Stille ist, hatte sie nicht wieder aufgesucht.

Wenn sie ehrlich mit sich ist, muss sie sich eingestehen, dass das schmerzhafte Sehnen nach ihrem inneren Raum nie aufgehört hatte – und zuweilen in ihr brennt wie der Feuerofen des Königs Nebukadnezar. Vielleicht ist es das, was sie so wund und krank werden ließ.

Wie braunes Laub an einem Baum, das nicht herabfallen kann, war sie die letzten Wochen. Sie schwebte im Niemandsland, denn weder lebte sie, noch war sie tot. Eine graue, trockene Kälte lag über ihr. Ganz geheilt sei sie noch nicht, sagt der Arzt, aber sie ist zurückgekehrt zu ihrem vertrauten Gefühl, so wie sie es schon so lange kennt. Ihre Tabletten wird sie wohl noch einige Zeit nehmen müssen, bis sich das normale Gleichgewicht wieder einspielt.

Bei Wolfgang hat sie erlebt, wie es ist, wenn man nicht mehr ganz bei Sinnen ist. Sie konnte an nichts anderes denken, gerade so, als ob sie diesem Mann verfallen gewesen wäre. Die Krankheit hat sie von Gott bekommen, damit sie sich besinnt, was ihr Weg als Christ ist.

Nun, nach all den Wochen der Krankheit, kann sie die Begegnung mit Wolfgang als eine Art Prüfung sehen. Sie wird stark bleiben und in Gottes Hand.

Dieser Wolfgang! Kein einziges Mal hat er nach ihr gefragt. Nie hat er sie auch nur einmal besucht während ihrer Krankenzeit. Es ist gut, wenn das jetzt ein Ende hat. Sie wird neu anfangen und in der Schule werden sie sich als Kollegen begegnen. Vielleicht wird mit der Zeit die Wunde in ihrem Inneren heilen, die er aufgerissen hat.

Was ist das eigentlich für eine Wunde, sinniert sie jetzt, während sie an der roten Ampel hält. Es tut weh, unterhalb des Nabels, und da weht auch schon diese düstere Stimmung herein, die sie so gut kennt. Sie kommt wie graue, kaltfeuchte Nebelschwaden daher, und als die Ampel auf Grün schaltet, ist es ihr noch nicht gelungen, sie abzuschütteln.

Noch ist sie nicht ganz gesund und sie weiß nicht, wie es sein wird, diesem Wolfgang wieder zu begegnen. Wird sie dem Schmerz gewachsen sein, der wie ätzende Säure durch ihre Adern geflossen ist, als Claudia, eine Kollegin, sie zur Seite nahm und sagte: »*Er wird seine Finger nie von anderen Frauen lassen, egal wie sehr er dich liebt.*« Das war kurz bevor Bettina krank geworden war und dann gar nichts mehr gespürt hat.

Ein Sack voller Steine liegt in ihrem Unterbauch, und jetzt kommt auch wieder diese falsche Sehnsucht, aus dem Leben zu treten. Doch so etwas auch nur zu denken, ist eine Sünde. Wie verwirrt ihre Gedanken gerade sind!

Sie, die promovierte Mathematikerin, die all ihre Abschlüsse mit Bestnoten absolviert hat, mit Summa Cum Laude ihre Doktorarbeit; sie, die gleich nach ihrem Abschluss Anfragen aus Industrie und Wissenschaft erhalten hat, schafft es nicht, klare Gedanken zu fassen. Bei den Zahlen ist es so einfach, aber der Glaube ist komplex – und vor allem die Liebe.

Die Straße bis zur Autobahn ist kurvig, sie muss aufpassen. Gerade musste sie in der Biegung bremsen, weil sie zu schnell gefahren ist. Warum so schnell? Was erwartet sie in Stuttgart? Ihre kleine Stadtwohnung mit einem winzigen Balkon? Ihre Klasse in der Schule?

Sie langweilen sie, die Schüler. Viel lieber würde sie sich mit dieser neuen Computertechnologie befassen. Sie hat bereits einige wissenschaftliche Zeitschriften und Bücher gekauft und sich mit dem Programmieren befasst.

Die meisten Menschen wissen nicht, wie sehr der Computer in wenigen Jahren ihr Leben verändern wird, die ganze Welt wird sich dadurch verwandeln. Sie wird sehen, wohin Gott sie als Nächstes führen wird, denn um wissenschaftlich zu arbeiten, braucht es einen starken Glauben.

Was erwartet sie in Stuttgart, wollte sie sich fragen. Und ja, natürlich! Dieser Wolfgang. Aber das ist es ja, was sie nicht will, und sie wird sowieso enttäuscht sein, wenn er das Interesse an ihr verloren hat.

Nicht er, sondern Andreas ist der richtige Mann für sie. Sie wird ihm schreiben und seinen Heiratsantrag annehmen. Sie wird mit ihm eine christliche Familie gründen – doch plötzlich sieht sie diesen Baum auf sich zukommen und ...

Aufblitzendes grelles Licht, ihre Augen brechen. Ihr Leben reißt auseinander. Eine betondicke

Eierschale zerschellt am Nichts. In der Haltung eines Fötus explodiert sie selbst daraus hervor. Dunkler unendlicher Raum und unter sich das ramponierte Auto am Baumstamm. Jetzt sieht sie ihren Körper.

Er ist zwischen Lenkrad und Sitz eingeklemmt. Sie blutet am Kopf. Alles ist gut. Sie steht in tiefer Stille. Ist das die Stille ihrer Kindheit, nach der sie sich so sehr gesehnt hat und die sie nie wieder zu betreten gewagt hat? Das Dunkle wird langsam hell und das weiche Licht ist ohne Quelle, denn es umfasst auch die Dunkelheit.

Sonderbares Glück. Ein wahres Heimkommen, dabei ist nichts als Helligkeit. Sie wird von der Sonne umarmt, doch die Sonne verbrennt sie nicht. Sie ist wohlwollend, liebevoll.

Aus der Sonne formt sich etwas Wesenhaftes mit einem feinen Gesicht, und sie sieht, wie sich das Wesen für sie in eine Form bringt. Sie spürt die Herkunft dieses klaren Gesichts aus der Unendlichkeit.

Du bist frei, sagt das Wesen zu ihr. Ist es Gott? Kein Sprechen, kein Sagen, vielmehr ein Wissen und Fühlen. Sie badet in einem Wohlwollen, das es auf Erden nicht zu geben scheint.

Doch das Wesen tritt etwas zur Seite, da sieht sie ihren Vater. Sein Blick ist Liebe und Hochachtung, als wäre es ihm eine Ehre, ihr Vater zu sein. Diesen väterlichen Blick hat Bettina nie sehen können, zu sehr war sie damit beschäftigt, eine gute Christin zu werden, den Willen Gottes herauszufinden und nach ihm zu leben. Sie konnte ihren Vater nie sehen, weil sie sich eingewoben hat in ihre Angst und in die Anstrengung, ihre Mutter nicht zu enttäuschen. Ihre Mutter hat sie Gott geweiht, wie hätte sie sie enttäuschen können.

Wieder wird ihr die Sicht auf ihren Körper freigegeben. Sie sieht von oben, dass inzwischen Krankenwagen und Polizei dort sind und betrachtet sich selbst auf einer Trage liegend, mit Rettungsärzten um sich herum. Will sie zurückkehren?

Wie ein Hauch streifen ein paar Gesichter an Bettina vorbei, ihr Vater mit seinem liebenden Blick, ihre Mutter, über alle Maßen verzweifelt, Wolfgang, verrückt vor Sorge um sie.

Da entscheidet sich Bettina, dem Ruf ihres noch ungelebten Lebens zu folgen und sofort wird alles eng und tut unglaublich weh.

Jemand drückt so fest auf ihren Brustkorb, dass sie keine Luft mehr bekommt, und als sich die Atemluft in sie hineinreißt, ist es ihr, als ob sie erneut zerplatzen würde. *»Sie ist wieder da«*, schreit jemand, dann fällt sie in Ohnmacht.

Als sie ihre Augen aufschlägt, liegt sie im Krankenbett, hat einen Schlauch im Mund und viele Drähte und Kabel an ihren Armen. Neben ihr ticken Maschinen. Sie hat keine Schmerzen, fühlt sich geborgen und wartet, was als Nächstes passiert. Gerade als sie ihre Augen erneut schließen will, kommt eine Krankenschwester und ruft: *»Sie ist wieder da«*, und sofort kommen andere Schwestern und Ärzte dazu. Sie stehen um sie herum, versuchen sie anzusprechen, aber sie ist so müde, dass sich ihre Augen von selbst schließen. »*Sie ist über dem Berg*«, hört sie noch jemanden sagen, dann schläft sie ein, und als sie wieder aufwacht, sitzt Wolfgang neben ihr.

Er berührt sie nicht an der Hand, wie manche der freundlichen Krankenschwestern, sondern streicht ihr beherzt die Haare nach hinten. Dann hält er ihre Wange und er sagt: »Sobald ich dich hier raus habe, werde ich dich heiraten.«

»*... er wird seine Finger nie von anderen Frauen lassen...*«, echot Claudias Stimme in Bettina. Sie horcht in sich hinein und sucht den Schmerz, den dieser Satz noch vor kurzem ausgelöst hat. Alles ist tiefe Stille.

Dann begegnet sie Wolfgangs Augen, die seit jeher mit den ihren verfließen, sich vermengen, sich verschenken, ineinander übergehen. Ja, er wird seine Finger nie von anderen Frauen lassen.

Bettina kann nicht sprechen, aber in ihrem Inneren breitet sich ein kosmisches Lachen aus, und vielleicht hat dieses Lachen durch ihre Augen geblitzt, denn er nickt zufrieden.

Nachdem sie sich entschieden hat zu leben, heilt ihre Kopfverletzung in fast übernatürlicher Geschwindigkeit. Nur eine Woche später holt Wolfgang sie mit dem Auto seines Vaters ab.

Die Fahrt vom Krankenhaus nach Stuttgart verläuft schweigend, als hätte es ihnen beiden die Sprache verschlagen. Er trägt sie über die Schwelle seines Bungalows und direkt in sein Schlafzimmer. Da besteht sie nur noch aus Herzklopfen, alles ist Klopfen, von der Haarspitze bis zum großen Zeh.

So stehen sie sich gegenüber in der flimmernden Luft.

»Ich habe das noch nie gemacht«, sagt sie schließlich, und versucht zu lächeln.

»Das stand zu befürchten.« Wolfgangs schiefes Grinsen lindert ihre Spannung nur wenig. Sanft, als würde er ein flauschiges Küken bergen, das aus dem Nest gefallen ist, nimmt er ihr Gesicht in seine Hände.

Mit seiner Zunge öffnet er ihre Lippen. Spucke vermischt sich, feuchte Höhlen öffnen sich zueinander, wellige Gaumen, Zähne zwischen glibberiger Wärme.

Halt! Ein Zucken fährt in sie. Der eiserne Griff der Angst umklammert sie unvermittelt, sie versteift sich, hält die Luft an. Wolfgang bläst ihr ins Gesicht. »Schsch ...«, flüstert er. »Komm aus deinem Felsennest, meine Taube. Heute feiern wir unsere Hochzeit.«

Er hält sie fest, als sie sich ihm schweißgebadet vor Panik entwinden will, er verteilt seine Küsse auf Stirn, Augen, Nase, Mund, hält ihren Kopf – und endlich atmet sie aus wie ein ängstliches Tier, das Vertrauen fasst. Sie kippt in seine Arme und will darin verschwinden, will die Wärme und seinen Duft aufsaugen.

Ihr ist, als wäre sie in einem neuen zu Hause angekommen, und doch ist alles fremd und überwältigend. Feiner frischer Schweißgeruch strömt von seinen Achseln, die Kleider duften nach Waschmittel, und während sich die Angst verflüchtigt wie Frühnebel im Spätsommer, öffnen sich ihre

Zellen und ihre Haut wird weich und porös und verschmilzt mit der seinen in ungekannter Lust.

»Wie hast du bloß einen solchen Sex all die Jahre unter dem Deckel gehalten?«, fragt er viel später erschöpft.

»Ich hab's kaum gemerkt. Schließlich habe ich jahrelang dämpfende Tabletten genommen.«

»Da muss ein Mann gut geschult sein ...«, murmelt er noch, dann döst er neben ihr ein, den Mund halb geöffnet. Bettina genießt seinen feuchtwarmen Atem an ihrer Schulter. Währenddessen sinnt sie seiner Frage nach.

Diese dicke Platte über ihrer Sexualität, hat sie als junge Frau nie bemerkt, denn Todesfurcht will man nicht spüren. Wieso Todesfurcht? Ihr Elternhaus war gläubig, aber die Sexualität in einem ehelichen Rahmen wurde nicht verteufelt.

Sie schließt die Augen und versucht Bilder zu erhaschen, die in ihrem Inneren aufsteigen, sie sind nicht zu entziffern, nur Farben kommen, dunkle Gemische, die Krieg, Verderben und äußerste Hässlichkeit zeigen, und diese düsteren Erscheinungen tragen auch die Sexualität in sich, denn wenn Farben erst einmal gemischt sind, lassen sie sich nicht mehr trennen. Wieder taucht das Bild ihres Vaters auf. Nie hat er über seine Erlebnisse im Krieg gesprochen.

Ihr Vater. Jetzt, nach der atemberaubenden Erfahrung von Sexualität, versucht sie zum ersten Mal, ihn zu erspüren. Ihr Vater ist ein zerbrochenes Wesen. Und die Mutter? Kaum gelingt es Bettina, ihr nachzuspüren. Pflicht, Angst, Güte, Gott – ist alles, was ihr einfällt. Mit Mühe und Not haben sie mich zustande gebracht, geht ihr durch den Kopf.

Wolfgang schnarcht leise neben ihr. Um ein Haar wäre sie wieder in ihre Angstfalle gerutscht. Ist sie auch ein zerbrochenes Wesen? Nein, zerbrochen ist sie nicht. Ihr Kokon war zu hart und zu fest. Diese stahlharte Ummantelung, das wird ihr jetzt klar, wurde mit der Todesangst ihrer Eltern gebaut und mit deren Glauben zementiert.

Es war Bettinas Nahtoderlebnis, das den schweren Deckel über ihrem früheren Leben gesprengt und ihr gezeigt hat, wer sie wirklich ist. Sonst hätte sie sich nicht auf Wolfgang einlassen können. Nun hat sie sich für das Leben entschieden. Sie muss die alte Bettina mit all ihren Angstzuständen und dem alten Glauben abstreifen.

»Ja«, sagt sie.

»Was – ja?«, fragt Wolfgang schläfrig.

»Hattest du mir nicht neulich einen Heiratsantrag gemacht?«

»Das war eigentlich ein Beschluss. Umso besser, wenn du einverstanden bist.«

Ruckartig dreht er sich dann auf den Rücken, öffnet seine Augen und starrt für einige Momente an die Decke. Dann richtet er sich auf und sieht sie mit einem wachen, klaren Blick an. »Ich brauche noch ein anderes Jawort von dir.«

»Welches?«

»Dass du nie wieder in deine psychotische Welt abhaust.«

»Ja», sagt sie. »Ich verspreche es dir.«

Wolfgang atmet tief durch und lässt sich wieder aufs Kissen fallen. »Ich will mein Leben mit dir verbringen, Familie gründen, ein paar Kinder, ... «

»Ich bin schwanger«, unterbricht ihn Bettina.

»Ach so«, antwortet er und gähnt. »Da dachte ich schon, ich wär's gewesen, der dich vorhin entjungfert hat.« Er dreht sich zu ihr auf die Seite, bereit, wieder einzuschlafen.

»Warst du ja auch.«

»Und schon bist du schwanger, na dann prost.«

»Ja, Volltreffer.«

»Wollen wir den Schwangerschaftstest abwarten, oder soll ich dich gleich zum Kreißsaal bringen?«

»Es ist ein Mädchen und heißt Sarah.«

»Mein Gott, was habe ich mir für ein Weib geangelt«, murmelt er beim Einschlafen.

Später spielt er Klavier, während sie seine Küche durchsucht, um ein kleines Abendessen zu bereiten. Die Musik, die er spielt, ist ihr fremd. Stellenweise ist sie laut bis an die Schmerzgrenze, disharmonisch und irrsinnig schnell.

»*Transzendentale Etüden von Franz Liszt*« liest sie auf dem Notenheft, das Wolfgang vorher kurz durchgeblättert und achtlos auf das Sofa geworfen hat. Nun ändert sich die Stimmung des Stücks, es hört sich fast gespenstisch an. Bettina kommt es vor, als flatterten überall kleine Kobolde mit geisterhaften Glöckchen herum. Dann wird es still und Wolfgang beugt sein Ohr fast bis an die Tasten, um ihnen einen einzigen Ton zu entlocken und als dieser Ton da ist, füllt er den Raum mit einer eigenartigen Schönheit.

Als ein Schweißtropfen auf Wolfgangs Finger fällt, weiß sie, dass Klavierspielen sein Leben ist. Sie wird hinter ihm stehen, wenn er endlich Karriere macht, und er wird es nicht einmal bemerken.

»Ich verstehe nichts von Musik«, sagt sie beim Essen, »aber ich glaube, du spielst so gut wie ein Weltstar, kann das sein?«

»Vielleicht«, antwortet er und zuckt mit den Schultern.

Da weht eine Traurigkeit zu ihr herüber, die ihr die Tränen in die Augen treibt und die sie nicht versteht. »Du bist in der Schule total unterfordert«, sagt sie.

»Und du – du langweilige Mathelehrerin? Du nicht?«

»Ich bin nicht langweilig, sondern gelangweilt.«

Dann lachen sie sich an. Es wird sich etwas ändern müssen.

***

Maronenschaum mit gereiftem Wildschweinschinken wird als Vorspeise gereicht und ihre Eltern fügen sich immer besser in Bettinas neue Familie ein. Jetzt wendet sich Yvonne Bettinas Mutter zu und erstaunlicherweise erzählt diese von früher, von ihrer Familie und ihrem Vater. Das Gespräch am Tisch ist aufmerksam, nicht allzu tiefgehend und doch so, dass alle am Tisch gewürdigt sind.

Bettinas wachem Auge entgeht nicht, wie Yvonne die Atmosphäre lenkt.

»Ich habe Programmierzeitschriften bei dir im Auto gesehen. Kannst du das?«, fragt Bernd Bettina auf dem Spaziergang nach dem festlichen Mittagessen.

»Glaub schon, professionell habe ich es noch nie angeboten.«

»Dann fängst du mit mir an«, antwortet er.

»Ich würde an deiner Stelle etwas weiter in die Zukunft denken«, schlägt sie vor, nachdem er seinen Bedarf erklärt hat.

»Was denn?«

»In wenigen Jahren wird man praktisch alle Informationen aus dem Internet holen. Jede noch so kleine Firma wird sich dort präsentieren, jeder wird alles über sich im Internet veröffentlichen, viele auch das Privatleben.«

»Unvorstellbar – und der Datenschutz?«

»Vergiss das.«

»Okay, was kannst du machen?«

»Wenn wir deine Software von Anfang an mit den Suchmaschinen verknüpfen, wirst du nach und nach in einer einzigen Sekunde sehen, in welchen Aufsichtsräten der, den du ausspionieren willst, sitzt, mit wem er sich abgibt, wohin er auf Reisen geht, was jemals in irgendeiner Zeitung über ihn stand und was seine Frau zum Mittagessen kocht.

Mit einem weiteren Mausklick wirst du seine Kontakte überblicken und womit diese wiederum verknüpft sind. Wie ein Spinnennetz wirst du alles auf einmal sehen. Im Grund wäre das eine Software für Geheimdienste.«

»So was will ich!«

»Das kostet.«

»Geld spielt keine Rolle.«

»Du spielst auf Weltniveau!« Die Dunkelheit hinter Pauls Augen lässt Bettina innerlich fast zurückweichen.

»Möglicherweise.« Wolfgang zuckt ausweichend mit den Schultern. Nach der hochzeitlichen Kaffeetafel in Wolfgangs Bungalow hat er soeben auf Yvonnes Wunsch die Goldbergvariationen gespielt.

»Nur für dein Wohnzimmer?«

»Warum nicht?«

»Du müsstest auf internationalem Parkett spielen!«, ruft Paul fassungslos.

»Ach, was soll's«, winkt Wolfgang ab. »Ich bin der begabte Sohn eines Genies. Ich werde immer an der Mama gemessen werden und sie nie erreichen.«

»Ich kann es nicht glauben!« Paul scheint seine Wut zu brauchen, um das verletzte Reh dahinter zu verbergen. »Und du hast nie Unterricht genommen?«

»Doch, natürlich«, antwortet Wolfgang gelassen. »Ich habe Musik studiert, wie du ja weißt. Zudem war ich in Wien bei Friedrich Gulda. Anfang, Mitte zwanzig war ich in München bei Karl Richter, dann ... «

»... du warst bei wem? Bei Karl Richter?«

»Ja, unter anderem.«

Paul starrt auf seinen Sohn. »Ich hab' das alles nicht gewusst!«, ruft er dann. »Hier wiederholt sich was. Ich hätte dich früher fördern müssen.«

»Quatsch, hör auf damit!«, kommt von Yvonne. Ihr Ton ist ein Schwert. »Dein Sohn hat sich dir verweigert, er hat dich ausgeschlossen aus seinem Leben und das war einfach nur dumm von ihm!«

Mit einem beherzten *Ratsch* reißt Yvonne das Pflaster dieser schmerzhaften und noch immer nicht verheilten Vater-Sohn-Wunde weg und alle zucken zusammen.

Bernd und Barbara sind hellhörig, auch Bettinas Eltern, die während des einstündigen Konzerts eingenickt waren, machen große Augen. Die Luft füllt sich mit uralter Bitterkeit und mit Resignation. Zerrissen ist die Hochzeitsstimmung.

Doch im darauffolgenden Schweigen scheint sich etwas zu lösen, Yvonnes Worte wirken wie ein Aderlass. Paul steht auf, geht zwei Schritte umher, tritt dann auf die Terrasse.

»Und noch was«, fügt Yvonne an, noch immer mit schneidender Stimme Richtung Wolfgang. »Nicht nur, dass du dich deinem Vater verweigerst, du stellst auch deine Mutter auf ein Podest, nur damit du dich nicht aus deiner Komfortzone heraus bewegen musst!«

Wolfgang zieht die Augenbrauen hoch und versucht es mit Ironie: »Das hat man nun davon, dass man ein Hochzeitsständchen spielt.«

Pauls Gesicht ist gefasst, als er wieder hereinkommt. Er geht direkt auf Bettina zu und hält ihr beide Hände hin. »Lass deinen Mann nicht so davonkommen, meine Schwiegertochter«, sagt er und kann schon wieder lächeln. »Sonst wird er schimmelig. Mich geht's jetzt nichts mehr an.«

»Ich will mein Möglichstes tun«, antwortet Bettina und fühlt sich seltsam geehrt, als hätte Paul das Schicksal seines Sohnes in ihre Hände gelegt.

Nun räuspert sich Barbara: »Ich werde ein Konzert in meiner Kirche organisieren, Bernd wird von irgendwoher einen Flügel besorgen.«

»Dann sehen wir, was aus der Pianistenkarriere wird«, fügt Bernd mit einem Grinsen an.

Später sitzen sie noch zu viert bei einem Glas Wein. Paul hat mit den anderen Gästen aufbrechen wollen, doch Yvonne bestand darauf, noch zu bleiben. Vorsichtige Entspannung und Intensität liegen in der Luft. Die Stille hat nichts Peinliches.

Bettina lässt ihre Gedanken zu ihrer eigenen großen und lärmigen Verwandtschaft schweifen, zu den fröhlichen Festen, wo es niemals still ist und wo unter dem Scherzen und Plaudern und Singen das Schweigen umso lauter ist.

Wolfgang gießt ihr Wein nach und zieht ihre Aufmerksamkeit wieder ins Wohnzimmer ihres Mannes. Sie ist nicht hier eingezogen, sondern hat sich in der Nähe eine kleine Wohnung genommen, um in Ruhe arbeiten zu können, denn Wolfgang spielt vier bis sechs Stunden am Tag Klavier, ohne jemals aufzutreten.

Erst jetzt wird ihr das Unnatürliche daran bewusst. Ihr Mann ist nicht schüchtern, sondern voller Charme und Anziehungskraft. Die geheimnisvolle

Mauer seines Widerstands muss vor Urzeiten gewachsen sein und sie scheint in diesen Minuten endlich einzubrechen.

»Irgendwo bin ich falsch abgebogen«, sagt er jetzt in die knisternde Stille hinein zu seinem Vater. »Und hab's lange nicht einmal gemerkt.«

Paul nickt. Yvonne ist aufmerksam wie ein Falke. Sie hat einen unsichtbaren Schirm über dieser längst fälligen Aussprache aufgespannt.

»Ich habe dich unglaublich verletzt«, fügt Wolfgang an. Der Kühlschrank in der Küche rauscht und draußen fährt gerade ein Auto vorbei. »Und damit meine eigene Blockade genährt.«

Yvonne nickt.

»Erst jetzt sehe ich das ganze Ausmaß. Das tut mir sehr leid«, sagt Wolfgang und räuspert sich. Er hat rote Flecken am Hals.

»Ist gut, mein Sohn«, sagt Paul und unterdrückt seine Rührung nur unzulänglich.

Während sich die beiden Männer umarmen, scheint von Wolfgang etwas abzufallen, eine Art ätherische Hülle, vielleicht streift er die letzten Reste seiner Kindheit ab, geht es Bettina durch den Kopf und tatsächlich wirkt er kantiger, geklärter, entschlossener, als er sich von seinem Vater löst.

Während der Vorbereitungen für Wolfgangs Konzert beginnt Bettina, an Bernds Computerprogramm zu arbeiten und es wird so umfassend und intelligent, dass es eines staatlichen Geheimdienstes würdig wäre. Bernd bezahlt sie mit einer Immobilie, einem Doppelhaus, und als Sarah geboren wird, kann die kleine Familie Flügel und Wohnbereich gut unterbringen. Über beide Haushälften erstreckt sich der Garten. Das Computerprogramm hebt Bernds Geschäft auf eine neue Ebene und als Dank schiebt er ihr Kunden aus seinem großen Netzwerk zu. Sie macht sich als Programmiererin selbstständig und verdient viel Geld.

Für Wolfgangs ersten öffentlichen Auftritt hat Bernd außer einem wertvollen Konzertflügel von Yamaha *zufällig* einige prominente Musikjournalisten, auch aus dem Ausland, *besorgt*. Nur dieses eine Mal wird der große Name von Wolfgangs Mutter für die Pressemitteilung verwendet, doch schon dieses erste Konzert steht für sich – und überzeugt die Menschen von ihm. Die Karten sind sofort ausverkauft und die Medien überschlagen sich. So schreibt die Stuttgarter Zeitung:

Aus dem Nichts springt Wolfgang Schwartz, Sohn der legendären Opernsängerin Helene Schwartz, auf die musikalische Bühne. Selten, dass gleich zwei so große Bäume in einer Familie wachsen! Mit erstaunlicher Energie und stämmiger Artikulation stellt er uns Bach auf ganz neue Art vor. Sein Spiel strahlt Klarheit, Strenge und Disziplin aus. Er durchsetzt diese aber mit zauberhaften Akzenten und mit zuweilen gewagter Unvorhersehbarkeit. Eine solche Interpretation braucht musikalische Reife und die Frechheit des Genies. Schwartz besitzt beides und erzeugt mit seinem eigenwilligen Spiel einen exquisiten Klang mit fantastischer Ausgewogenheit und Subtilität.

Wolfgang gewinnt einen Musikwettbewerb nach dem anderen. Bei einem solchen Senkrechtstart bleiben auch negative Kritiken nicht aus. In der Frankfurter Rundschau heißt es etwa:

Ich sitze im Konzert und höre nicht Bach, Beethoven, Brahms oder Bruckner, ich höre immer nur Wolfgang Schwartz und seinen neurotischen Stil. Er mag ein wildes Genie sein, aber vielleicht ist er doch nur ein klavierspielender Egomane mit einem großen Namen.

Ohne den Druck des öffentlichen Auftritts hatte Wolfgang sich im Laufe seines Lebens ein riesiges Repertoire erarbeiten und sich jedem Werk mit Sorgfalt und der ihm eigenen Tiefe widmen können. So ist er jetzt in der Lage, überall auf der Welt kurzfristig einzuspringen, was ihm schnell zu internationaler Bekanntheit verhilft.

Wie eine reife, süße Frucht fällt er der Klassikbranche in den Schoß. Es dauert nicht lange, da hat er einen Manager, einen Tonmeister, halbtags eine Sekretärin sowie einen Vertrag mit der Deutschen Grammophon.

Dezember 1992

Sie atmet auf, als Wolfgang das Krankenzimmer verlässt. Erst jetzt, wo sie mit sich allein ist, kann sie bröckeln, ein Bauklötzchen nach dem anderen. Niemand darf sehen, wie sie fällt, auch ihr Mann nicht, denn es sei *keine große Sache*, sagt man, nur eine *Ausschabung*. Mach nicht so einen Lärm um nichts. Ein abgestorbener Zellklumpen. Er wird aus ihr herausgeschabt. Mit dem Teigschaber? Oder gibt es dafür spezielle Kinderausschabungsmesser? Macht es Schabgeräusche, wenn man den toten Zellklumpen herausschabt?

Dieses Wesen, das heute als blutiger Zellhaufen aus ihr herausgeholt wird, hat sich schon vor der Empfängnis bei ihr bemerkbar gemacht. Als ein zartes Schwingen ist es um sie herum geschwebt. *Willst du mich? Dann komme ich zu dir. – Ja, ich will dich, komm zu uns, es wird dir gefallen! – Ich überleg's mir, sieht gut aus.*

Wie eine zusätzliche Portion Glück hat sie die Empfängnis gespürt. Wolfgang mit seinem wissenschaftlichen Verstand hat es erst mit dem Schwangerschaftstest erfahren. *Hat es dir bei mir nicht gefallen? Warum bist du einfach abgehauen, hast dich aus dem Staub gemacht, kaum hast du kurz vorbeigeschaut, noch nicht einmal richtig Guten Tag gesagt!*

Von tief innen her kommt ein trockenes Schluchzen ohne Tränen, als ob jemand einen Brunnen gräbt, dort, wo kein Grundwasser ist. Vergebliches

Suchen nach dem lindernden Nass, nichts als Staub und Sand.

Schon am nächsten Tag wird sie entlassen und Wolfgang kommt mit Sarah, um sie abzuholen. Sie bringen einen Blumenstrauß mit. Bettina geht in die Hocke und umarmt ihr Mädchen. Dann steht sie auf und Wolfgang nimmt sie in die Arme. Sie zuckt fast unmerklich zusammen, er aber, der sie so gut spürt, lässt erschrocken von ihr ab.

»Was ist mit dir?«

»Ich bin erschöpft«, sagt sie.

»Gehen wir.« Statt sie an der Hand zu nehmen, wie er es sonst immer tut, geht er stumm neben ihr her.

Nach zwei Tagen, die nahezu in Schweigen vergangen sind, fasst er sie an der Schulter, sie ist genervt.

»Schließ mich nicht aus!«

Sie muss durchatmen, um ihren Ärger niederzuringen. Dann blickt sie ihm in die Augen. Er ist verletzt! Dass auch er trauert, hat sie ihm nicht zugetraut, schließlich spürte nur sie das Kind in ihrem Bauch.

Sie lehnt den Kopf an seine Schulter und endlich können die Tränen fließen. Er hält sie, wie er sie von Anfang an gehalten hat. Klar, männlich, still. Er ist ein strömendes Du.

Mit wachen Augen betrachtet sie, wie Sonnenstrahlen die Baumwipfel zusammennähen, Birke, Ahorn und Fichte werden zu einer Baum-Familie gebündelt, so wie jede Familie mit den zerbrechlichen

Fäden aus Licht zusammengesponnen ist. Sie konzentriert sich auf die Blätter und Äste, um sich von ihrem seltsamen Unwohlsein abzulenken, denn sie ist wieder schwanger und der *kleine Zwischenfall der Fehlgeburt* hat Reste von Schmerz und Angst in ihrem Schoß hinterlassen.

Dann beschwichtigt sie sich, schließlich ist die Schwangerschaft nun mal in einer beschwerlichen Phase, zwei Wochen hat sie noch.

Eine Hand legt sie auf ihren dicken Bauch und hält mit der anderen die Tasse, um ihren Tee zu schlürfen. Wie immer dringt Musik an ihr Ohr. Heute ist ein Geigenspieler da. Wolfgang und er proben eine Beethoven-Sonate für ein Konzert in der Liederhalle nächste Woche.

Die Musik ihres Mannes ist zum Hintergrundklang ihres Lebens geworden. Immer wenn er in Stuttgart oder Umgebung spielt, ist sie bei seinen Konzerten. Ihr entgeht nicht, wie die Frauen ihn anhimmeln.

Manchmal hat sie das Glitzern auch in seinen Augen bemerkt, wenn eine Frau ihn kurz anblitzt, oder wie er den Kopf fast unsichtbar zu einem angedeuteten Gruß neigt, auch mal ein winziges Heben der Augenbrauen im Vorbeigehen, nur im Millimeterbereich, das kaum sichtbare Huschen eines Grinsens über das Sektglas hinweg.

Er wird seine Finger nie von anderen Frauen lassen ... Bettina hat es billigend in Kauf genommen, als sie sich für ihn entschied. Hat sie den Schmerz irgendwo eingemauert, um ihn nicht zu spüren? Oder ist er einfach von ihr abgefallen?

Es war bei ihrer Hochzeit. Der sekundenschnelle Blick zwischen Yvonne und Wolfgang zeugte von Vertrautheit, vom voneinander-Wissen, von Zusammengehörigkeit. Er wird sie immer lieben, ging Bettina in diesem Moment durch den Kopf und gerade, als sie sich darüber wunderte, dass es ihr keinen Stich versetzte, nahm Yvonne auch Bettina in ihre weichen Arme.

Da erlebte sie tiefstes Wohlwollen wie ein Echo aus ihrem Nahtoderlebnis. Plötzlich war die Liebe nicht mehr etwas Abgeschirmtes, sondern etwas, das sowieso da ist wie ein übervoller Kirschbaum, der sich jedem verschenkt. Yvonne hat sie mit ihrer Umarmung an diese Art von Liebe erinnert und es ihr ermöglicht, mit einem Mann zu leben, an dem andere Frauen womöglich zu Grunde gegangen wären.

Doch Wolfgang spricht nicht über seine Affären. Ist er nicht Manns genug, zu sich zu stehen? Durch sein Schweigen hält sich eine bestimmte Distanz zwischen ihnen, nur eine kleine Kluft, die sie mit einem Wort, einem Satz überbrücken könnte. Warum konfrontiert sie ihn nicht?

Sie könnte ihm verzeihen, sie könnten sich arrangieren, könnten Abmachungen treffen. Jetzt gerade fühlt sie diese beständige Spannung zwischen ihnen in ihrem Unterleib und sie spürt sie als Verlangen. Noch eine Schicht tiefer, unter dem Verlangen, winkt verheißungsvoll die eigene Freiheit.

»Mama, wo bist du?« Sarah ist aus dem Mittagsschlaf aufgewacht und kommt auf die Terrasse herausgewackelt mit ihrer großen Windel, die sie noch immer zum Schlafen braucht.

»Komm her, mein Schatz, hier bin ich. Willst du Benjamin in meinem Bauch begrüßen?«

Sarah kommt und legt ihr Ohr auf Bettinas Bauch. »Schläft«, sagt die Kleine. Wieder erfasst Bettina dieses eigentümliche Gefühl. Sie legt beide Hände auf ihren Bauch, denn ihr ist nicht entgangen, dass sich seit gestern da drinnen nichts mehr geregt hat. In der Nacht hat sie Wolfgang angesprochen, wie so oft während dieser ganzen Schwangerschaft, und er meinte, sie sei paranoid. *Jungs sind halt fauler als Mädchen*, erwiderte er.

»Will zu Papa«, sagt Sarah und watschelt mit ihrer Windel wieder ins Haus.

»Lass dich von ihm anziehen, gell?«, ruft Bettina ihr nach.

Sie versucht, ein Nickerchen zu machen, aber die Sorge lässt sich nicht mehr abschütteln. Morgen Vormittag wird sie zum Arzt gehen. Dann tritt ein Schwall von Flüssigkeit aus. Die Fruchtblase ist geplatzt.

»Wolfgang, es ist schon so weit«, ruft sie, und als er angerannt kommt, schießt Blut aus ihrem Leib, und es fließt mit jedem Herzschlag so stark, dass Bettina im gleichen Moment weiß, dass sie sterben wird, wenn nicht sofort etwas passiert. »Ruf den Notarzt. Dann Yvonne für Sarah!«

Als sie wieder aufwacht, versucht sie zuerst, die Augen zu bewegen, nach rechts, nach links. Wo ist ihr

Kind? Sicher ist es in einem speziellen Raum für Babys, sie sollen es bald bringen.

Dann kommt der Arzt.

»Wir haben Glück gehabt, Frau Schwartz«, sagt er leise. »Fast wären Sie uns verblutet.«

»Wo ist mein Kind?«

»Ihre Plazenta hat sich vorzeitig gelöst, deshalb ist alles Blut, das durch die Nabelschnur fließen sollte, ungehindert aus Ihnen herausgeflossen.«

»Wo ist mein Kind?«, fragt sie noch einmal. Sie hat kaum die Kraft zu sprechen.

»Leider konnten wir Ihr Baby beim Notkaiserschnitt nur tot bergen.«

»Tot?« Bettina versteht nicht.

»Es tut mir sehr leid«, hört sie noch, dann legt sich die graublaue Plüschdecke der Bewusstlosigkeit über sie und als sie sich wieder daraus hervorwühlt, zwischen hell und dunkel, zwischen hier und drüben, versucht sie, sich an den Traum zu erinnern.

Hat sie geträumt, ihr Kind sei tot? Süß ist es, sich der Müdigkeit auszuliefern, als würde sie sich dem Tod hingeben, sie selbst ist vielleicht tot, sie war ja schon einmal in der anderen Welt, doch dort war Stille und Licht und hier ist es schwül grau und gerade raschelt etwas, jemand ist im Raum mit ihr, muss sie die Augen öffnen?

Wolfgang mit dem Baby, eingepackt in ein weiches, weißes Tuch, nähert sich dem Bett. Eine irrsinnige Hoffnung reißt sie aus ihrem gezuckerten Halbschlaf. Ihr Schrei bleibt stumm, sie streckt beide Hände nach ihrem Baby aus. Wolfgang gibt es ihr nicht, sondern setzt sich auf den Bettrand und zeigt ihr ihr totes Kind. Dann weint er.

Durch ihren eigenen Tränenfilm verschwimmt Wolfgang mit dem Bild ihres Vaters. Hans sitzt an ihrem Krankenbett und weint, niemals hat ihr Vater geweint, doch als Kind hat Bettina die ungeweinten Tränen hinter seinen Augen gesehen, es sind dieselben Tränen, die auch hinter ihren Augen stehen wie eine Wand aus Wasser, durch die man nicht richtig sehen kann.

Sie blinzelt und blinzelt und starrt auf ihr Kind. Sie will das alles nicht haben; wollte sie je auf diese Welt kommen? Wer hat sie hierher gezerrt, sie will zusammen mit ihrem Baby dorthin zurückkehren, wo sie hingehört.

Doch nein, sie muss hierbleiben neben ihrem weinenden Mann, muss ihn trösten und mit ihm leben, doch diese Kluft zwischen ihm und ihr, die Benjamin gerissen hat, wird sie nicht überbrücken können. Sie zerrt sich an den Haaren, will sich verletzen, weiß nicht, wie das geht, kratzt sich an den Armen. Was soll sie tun?

Da geht die Tür auf und Yvonne kommt herein. Yvonne! Die Große Mutter, die alles Leid der Welt in sich aufnehmen kann. Ihr Blick ist Schmerz und in ihren Augen hat auch der Schmerz Bettinas Platz.

Wie damals, als ihr erstes winziges Kind gestorben ist, kommen von irgendwo aus der Tiefe ihres Leibes oder ihrer Seele Schluchzer, einer nach dem anderen. Es ist kein Weinen, nur ein trockenes Schluchzen, das nicht aufhören will, und Yvonne hat die Größe, weder sie noch Wolfgang zu trösten.

Ihre Anwesenheit gibt ihnen den Raum, in dem die Untröstlichkeit sein darf. Bettina und Wolfgang wären sonst auseinandergefallen im stummen, öden Nichts.

Benjamin wird im Grab der Familie Schwartz beerdigt. Bettina ist innerlich taub und äußerlich stumm. Sarah sitzt auf ihrem Schoß. Sie fühlt den warmen Leib ihres Kindes und kann ihm doch nichts geben. Da klettert die Kleine hinüber zu Wolfgang. Der nimmt sie in seine Arme und drückt sie an sich. Erst dort beginnt sie zu schluchzen.

Mit trockenem Herbstlaub im Kopf wacht sie am Morgen nach der Beerdigung auf. Die falsche Süße der Opiate aus dem Krankenhaus war von flirrenden Endorphinen abgelöst worden, die sie durch die Zeit zwischen Tod und Beerdigung trugen. Als hätte Benjamin auch ihren Lebenswillen mit ins Grab genommen, liegt sie jetzt im Bett, vielleicht ist es auch nur ihre Hülle, die da liegt, denn ihre Seele scheint nicht mehr hier zu sein.

Sarah kommt ins Elternschlafzimmer geschlichen, es ist noch nicht mal sechs Uhr, Wolfgang hebt sie ins Bett und lässt sie zwischen ihnen liegen. Ihre sonst lebhafte Tochter ist still gewesen in diesen Tagen, Bettina hat sie kaum bemerkt. Auch jetzt schläft sie einfach weiter, hüpft nicht wie früher im Bett herum, um ihre Eltern zu wecken.

Sie liegt in Wolfgangs Armen und beide schlummern, als ob das Leben einfach weiterginge; jetzt, wo Benjamin tot und weg ist. Für die beiden hat er ja kaum gelebt. Wieso sollten sie um etwas trauern, das man noch gar nicht kennt, an das man sich noch nicht gewöhnt hat? Ging es ihnen allen vor seiner Geburt nicht gut? Wieso sollten sie nicht daran anknüpfen an dieses gute Leben?

Gerade wächst zwischen Bettina und den beiden eine dünne, durchscheinende Abtrennung. Auf deren Seite ist das normale Leben, das weitergeht, als sei nichts gewesen – wo man am Morgen frühstückt, das Kind in den Kindergarten bringt und den Alltag meistert. Auf ihrer Seite ist der Schmerz, der die Knochen unter der Haut zittern macht und sie leer und ausgetrocknet liegenlässt.

Ob sie diesmal wieder heil wird? Nicht immer werden Menschen heil, manchmal bleibt diese durchscheinende, papierartige Abtrennung zwischen ihnen und der funktionierenden Welt, sie kommen dann in eine Klinik, die Bettina auch schon kennt, dort bleiben sie womöglich lebenslang und ihre stummen Schreie werden von den Wänden verschluckt, bis sie viele Jahre nach ihrem seelischen endlich den leiblichen Tod wie ein schmerzstillendes Mittel begrüßen.

Problemlos kann sie in den nächsten Wochen ihre Arbeit am Computer bewältigen, Zahlen und Daten wollen nichts von ihr, sie kann mit ihnen spielen, denn sie sind emotionslos und machen, was Bettina will.

Ihren Alltag, ihre Freude, die Zärtlichkeit und vor allem den Sex hat sie mit Wolfgang immer teilen können. Nicht ihre Trauer. Als wäre Trauer etwas Privates, so schneidet sich jeder seinen eigenen Teil ab und lebt damit nur für sich.

Wolfgangs Worte und Gesten erreichen sie nicht, seine Berührungen lassen sie zusammenzucken wie die Fühler einer Schnecke, sein Bemühen um sie kann sie nicht ertragen, sie will seine Verletztheit nicht haben und seine Liebe nennt sie jetzt Anhänglichkeit. Das Eisfeld, das in ihr ist, muss sie allein durchwandern und sie weiß nicht, ob sie je am anderen Ende ankommen wird.

Sie zieht aus dem ehelichen Schlafzimmer aus, hinüber in die andere Haushälfte. Wolfgang ist entsetzt. Er will eine Erklärung von ihr, sie hat keine. Er schlägt eine Eheberatung vor, sie will nicht.

»Ich möchte für zwei Monate drüben wohnen und schlafen. Zwei Monate brauche ich für mich. Danach sehen wir weiter.«

Ein vorläufiger Frieden tritt ein. Sarah wird orientiert, auch sie scheint erleichtert zu sein, dass die große Spannung weg ist. Sie hüpft von einer Haushälfte in die andere, wie es ihr passt, die meiste Zeit verbringt sie aber bei ihrem Papa, als wäre dort ihre Heimat und ab und zu müsste sie die Mama besuchen, um sich dort in Erinnerung zu halten.

Der Freiraum ist erkämpft, doch das Aufatmen bleibt aus. Atmen ist Luft und Leben, vielleicht muss sie erst einmal schrumpfen und klein werden wie ein vertrockneter Apfel, eine Art Vakuum schaffen, in das wieder Luft einzieht. Sie schlurft durch die Wohnung, die ihr so leer vorkommt wie ihr Inneres. In der Nacht schläft sie schlecht und ist froh, dass niemand von ihrer Unruhe gestört wird. Der Computer bleibt aus, fast alles, was sie mit der normalen Welt verbindet, ist gekappt; wie damals in der Psychiatrie.

Manchmal geht sie nur stumm hin und her, manchmal laut weinend oder mit sich selbst sprechend, manchmal sitzt sie einfach am Fenster und schaut mit brennenden Augen in den dunklen Himmel, wo ihre beiden Sternenkinder jetzt wohnen. Da singt ein kleines Lied in ihr, *Weißt du, wie viel Sternlein stehen,* es kommt aus ihrer Kindheit und ohne Ton singt sie mit.

»Hast du schon einmal eine Fehlgeburt gehabt?«, fragt sie ihre Mutter. In der elterlichen Küche ist es wie immer heimelig warm, es duftet nach Zwetschgenkuchen und Kaffee. Offen ist Hanna heute, so aufmerksam hat sie Bettina selten zugehört.

»Eigentlich nicht«, antwortet die Mutter zögerlich. »Nur einmal, als junges Mädchen, da kann ich aber noch nicht schwanger gewesen sein, denn ich war noch nicht verheiratet, da habe ich nachts stark geblutet und es war, als ob mein Körper etwas abstoßen würde. Bis heute kann ich mir das nicht genau erklären.«

Das hört sich nach einer Fehlgeburt an, geht Bettina durch den Kopf, aber sie wagt nicht, es laut auszusprechen, denn eine voreheliche Fehlgeburt existiert in Mutters Vorstellung nicht. Vielleicht musste sich Hanna etwas anderes aus dem Leib reißen? Vielleicht musste sie eine unerlaubte Liebe abtreiben? Der Großvater Heinrich war streng mit seinen neun Töchtern. Brautwerber, die ihm nicht passten, wurden gnadenlos weggeschickt. Bettina schluckt die Frage nach einem anderen Mann in Mutters Leben hinunter.

»Und als du schwanger werden wolltest und nicht wurdest, hattest du vielleicht unbewusst Angst davor?«

Hanna überlegt lange, dann sagt sie: »Ich hatte viel Angst in mir, die rührt vom Krieg her.«

»Vielleicht, im tiefsten Grunde deines Herzens, wolltest du womöglich gar keine Kinder, kann das sein?«

Ruckartig richtet sich Hanna im Stuhl auf und die Luft in der Küche ändert sich so schnell, als würde jemand das Fenster öffnen und die Wärme durch Kälte ersetzen oder eine Lampe von Grün auf Blau stellen.

»Eine Frau will ein Kind, nicht mehr und nicht weniger«, spricht Hanna mit einer Stimme, die nicht ihre zu sein scheint. Sie klingt wie die Stimme aus einem kühlen Jenseits; eine Frauenstimme zwar, aber sie ist gewaltig wie die Stimme Gottes.

Heinrich, Bettinas Großvater und Hannas mächtiger Vater, steht hinter der Mutter und spricht: *Es ist die selbstverständliche Aufgabe der Frau, Kinder zu gebären.* Und während Hanna sich dieser Stimme bedient, geht in Bettinas Unterleib eine Türe zu und alle ihre Zellen antworten mit einem tiefen, stummen: »Nein! Ich nicht.«

Vorbei ist die neue mütterlich-töchterliche Nähe und die nächsten Sätze werden so zäh wie sie immer waren – nur hatte Bettina das vorher nie bemerkt. Gerade als sie sich parat machen will, aufzubrechen, schlägt die Tür auf. Der Vater bringt mit seinen Augen die Wärme wieder herein, vielleicht hat er sie zuvor draußen aufgesammelt.

Es ist Hans, ihr Vater, der sie geliebt hat in der Kindheit und er hat für beide Elternteile geliebt. »Grüß Gott«, sagt er und streckt ihr die Hand hin. Die körperliche Distanz durch den lang ausgestreckten Arm steht im seltsamen Gegensatz zu seinem Strahlen und seiner Freude über ihre Anwesenheit.

Diese eine Küchensekunde spiegelt ihre gesamte Kindheit und ihr Verhältnis zu ihren Eltern wider. Der Vater liebt sie aus tiefstem Herzen, hält sie aber auf Distanz, die Mutter liebt sie irgendwie auch, zumindest versucht sie es zeitlebens.

Niemals würde Hanna etwas anderes behaupten, nicht einmal merken würde sie es. Die Mutter ist *verpflichtet*, ihr Kind zu lieben und der Vater ist nach all den Jahren noch immer erstaunt, wie riesig seine unschuldige Liebe ist und versucht, sie einzudämmen, damit sie ihn nicht überwältigt.

Als sie auf dem Heimweg an derselben Ampel steht, an der sie vor sechs Jahren die Wunde in ihrem Unterleib gefühlt hat, ein paar Minuten bevor sie gegen den Baum gefahren ist, bekräftigt sie ihren Entschluss: Das, was geschehen ist, wird sich nicht wiederholen. Keine Kinder mehr. Fertig!

»Darüber ist das letzte Wort noch nicht gesprochen«, antwortet Wolfgang am Abend, als sie ihm den Beschluss mitteilt.
»Doch.«
»So hart?«
»Ja.«
Er sucht ihren Blick, sie weicht aus, will wieder rüber in ihr Kurzzeit-Refugium. Was geht in ihm vor? Will sie es wissen? Dann tritt er ans Fenster und als er sich wieder umdreht, ist sein Gesicht der konzentrierte Wille zur Versöhnung. »Es ist deine Entscheidung, ich hätte gerne noch Kinder. Aber ich akzeptiere es. Ich will mein Leben mit dir verbringen.«

Kurz bevor die beiden Monate um sind, lässt sie sich die Pille verschreiben.
»Du hast dich verändert«, sagt er, als sie mit ihrem Kopfkissen im Arm im gemeinsamen Schlafzimmer steht. Er hat recht. Ihr Gemüt ist etwas leichter geworden, sie ist offener, kann seine Berührungen wieder ertragen und sogar genießen.
Vor dem ersten Mal Sex seit Benjamins Tod ist ihr bang. Wolfgang streicht ihr sanft über die Operationsnarbe. Seine Augen schielen vor Zärtlichkeit. »Schon fast verheilt«, sagt er und verteilt hauchzarte Küsse an der Narbe entlang, da bricht Bettina in Tränen aus. Er nimmt sie in seine Arme und endlich kann sie sich wieder darin auflösen.
Doch die Freude ist kurz, sie verträgt die Pille nicht, fühlt sich wie ein Mann, unwirklich, unecht. Ihre Lust versiegt erneut. Dann lässt sie sich

die Spirale einsetzen, davon bekommt sie Krämpfe und starke Blutungen. Zuletzt versuchen sie es mit Kondom und jetzt wird ihr intimes Leben nur noch stressig.

»Ich könnte mich sterilisieren lassen, dann wäre das Thema durch«, schlägt Wolfgang vor.

»Dann kannst du nie wieder Kinder bekommen.«

»Derlei biologische Gesetzmäßigkeiten sind mir bekannt«, sagt er schief grinsend, aber sie sieht sein Ringen hinter seinen Augen. »Das mit den Kindern ist ja von dir schon entschieden.«

Wolfgang hat seine Musik, die ihn über alle Krisen trägt. Was ist ihre eigene Quelle? Einkehr? Alleinsein? Stille? Reizbar ist sie noch immer, als hätte sie sich in Stacheldraht gehüllt und alles, was von außen auf sie zukommt, erlebt sie als unzumutbar. Der Wunsch nach Alleinsein, nach Einigeln, drängt sich auf wie ein ungeduldiger Liebhaber. Steht der Gedanke einer Trennung im Raum?

Bemühe dich ein bisschen um deine Ehe, sagt eine innere Stimme zu ihr, die klingt wie die Stimme der Mutter, und nach langem lässt sie sich wieder auf Sex mit Wolfgang ein. Er bricht ab, dreht sich auf den Rücken. »Für mich musst du nicht die Beine breit machen«, sagt er mit kaum verhohlenem Ärger. Sofort fängt er sich wieder und streicht ihr über die Stirn. »Kümmere dich um dich, nicht um mich.«

Sich um sich kümmern. Wie soll das gehen, wo sie doch selbst nicht weiß, was ihr fehlt? Sie kommt nicht darauf, egal, wie sehr sie sich das Hirn zermartert, egal wie sie sich selbst zerfleischt. Was hat sie nur während ihrer misslungenen Schwangerschaften falsch gemacht? Irgendwas wird's schon gewesen sein, nur was?

Schuld, Schuld, Schuld, weht ein Gedanke stinkend aus der Müllhalde ihres Kinderglaubens herüber. Benjamins Tod ist der Lackmustest, wie viel von dieser giftigen Säure noch in ihren Zellen ist – und es ist mehr, als sie gedacht hatte. Nicht genug gebetet, nicht genug getan, falsch gehandelt, falsch entschieden, Strafe Gottes.

Dieser dünne alte Gottideologe mit der Waage in der Hand, *gewogen, gewogen und für zu leicht befunden,* er webt und wirkt noch immer in ihren Knochen, ihren Organen und fließt in ihrem Blut. Er versteckt sich besser als früher, doch jetzt, in Krisenzeiten, ist er mächtiger denn je. Da kann ihr logischer Verstand zusammen mit den Ärzten ihr noch so gut zureden und betonen, sie könne nichts dafür, sie trage keine Schuld.

Seit dem Besuch bei ihrer Mutter steht ihr Beschluss, nicht mehr schwanger zu werden, unverrückbar fest. Doch als sie diese Entscheidung gefällt hat, hat sie den leisen Sieg des alten Ideologengottes nicht bemerkt.

Sie hat nicht gemerkt, wie er hämisch grinsend gesagt hat: *Kein Kind, kein Sex,* und wie er den eisernen Schlüssel genommen und ihr den Unterleib verschlossen hat. Und der Ideologengott lebt nicht allein, er hat zwei treue, effiziente Dienerinnen, die manchmal offen, aber viel öfter im Verborgenen arbeiten. Und diese Dienerinnen heißen Angst und Schuld.

Wolfgang lässt sich sterilisieren. Es ist eine Art Vorleistung. Nicht als Verpflichtung, mit ihm Sex zu haben, sondern als Verpflichtung an sie, herauszufinden, wohin ihr Weg geht und was sie braucht, um ihre Beziehung mit ihm wieder zu klären. So drückt er sich aus und sie sieht die Größe, die darin liegt.

»Sarah ist anders geworden in letzter Zeit«, sagt Wolfgang, als sie im Auto sitzen. Ihre Tochter durfte mit der Familie ihrer Freundin Jennifer drei Tage in den Urlaub fahren. So lange war sie noch nie von zu Hause weg.
»Sie hat das Kleinkindhafte abgelegt, ist stiller geworden, meinst du das?«
»Vielleicht. Mir kommt es vor, als hätte sie sich seit Benjamins Tod verändert. Als wäre auch etwas mit ihr passiert in diesen Wochen.«
»Ja«, antwortet Bettina zögerlich. Wieso fühlt sie sich immer schuldig? Hat sie nicht genug nach ihrer Tochter geschaut während dieser schwierigen Trauerzeit? Hat sie überhaupt je die Trauerzeit abgeschlossen? Ist sie selbstsüchtig?
Kaum hält Wolfgang das Auto vor dem Haus von Jennifers Eltern an, um Sarah abzuholen, schlägt auch schon die Haustür auf und ihre Tochter kommt herausgestürzt und direkt auf Wolfgang zu. »Papa, Papa, ich kann jetzt Fahrradfahren«, ruft sie quietschvergnügt, keine Spur mehr von

dem leicht verunsicherten Kind, von dem sie gerade gesprochen haben.

Ihr Mann geht in die Hocke und fängt Sarah auf und Bettina ist, als würde ihr Kind einen unsichtbaren Papierdrachen hinter sich herziehen, verborgen für alle, außer für sie, denn der Drachen trägt das Bild der kleinen Bettina in sich, die sich in die Arme des Papas stürzen will, während die Mutter stumm daneben steht. Ist sie wie ihre Mutter?

Liebt sie ihre Tochter überhaupt? Geht das von Generation zu Generation so weiter? Ist sie etwa eifersüchtig auf ihr unschuldiges Kind? Das ist lächerlich, denn immer hat sie sich an der Liebe zwischen Vater und Tochter gewärmt. Warum ist sie nicht zu so einer Liebe fähig wie ihr Mann?

Im Zeitraffer fliegen Bilder ihres Lebens vorbei, der Betondeckel ihrer Kindheit, aufgesprengt durch Wolfgang, und sofort ist sie schwanger geworden. Sarah ist ein Kind der Liebe. Ist sie vielleicht nur für ihn auf die Welt gekommen? Vielleicht war Bettina nur das Vehikel, damit diese beiden zusammenkommen konnten.

Alles ging so schnell damals. Ihre beiden anderen Kinder haben Reißaus genommen, noch bevor sie hier waren. Vielleicht ist Kinderlosigkeit ihre Bestimmung? Oder will sie die Kinderlosigkeit lediglich für ihre Mutter ausleben? Der Wirrwarr in ihrem Kopf dauert nur Sekunden, denn schon steht Wolfgang mit der Kleinen im Arm auf und jetzt streckt Sarah ihre Ärmchen auch nach ihr, der Mama, aus.

Der ätherische Papierdrache fliegt hinter dem Auto her, als sie zu dritt heimfahren. Bettina hat eine kaum zu bändigende Sehnsucht, wegzufliegen. Schweben will sie, wie ein Drache im Wind, doch weder Kind noch Mann sollen die Schnur festhalten.

Frei in die Wolken will sie segeln, in Luft und Licht baden und mit den Sternen tanzen. Doch ihre Ehe ist noch nicht so kaputt, als dass sie einfach gehen könnte – und Sarah ist noch viel zu klein für eine Trennung der Eltern. Jetzt dringt das aufgeregte Geplapper der beiden an ihr Ohr und überschüttet sie mit einem riesigen Schwall voll Liebe. Eine Trennung ist unmöglich!

Die Lösung kommt durch ihren Beruf. IBM fragt sie an, ob sie in Indien eine Schulung mit erfahrenen Programmierern durchführen will. Sie ist weltweit eine der Besten auf ihrem speziellen Fachgebiet und würde zusätzlich zu den großzügigen Spesen auch sehr viel Geld verdienen. Ohne zu zögern sagt sie zu. Mit Wolfgang und Sarah handelt sie einen Monat Verlängerung aus, dann hätte sie vier Wochen zusätzliche Zeit, auf eigene Faust Indien zu erkunden.

In einem der frauenfeindlichsten Länder der Welt hat Bettina als junge, blonde, europäische Frau zwanzig qualifizierte indische Programmierer zu unterrichten. Allesamt sind es Männer zwischen dreißig und vierzig Jahren und sie müssen diese Situation als beschämende Zumutung empfinden.

Obwohl inzwischen schon viele indische Mädchen studieren und es immer mehr werden, ist ihr auferlegtes Schweigen nach wie vor sakrosankt.

Keiner der Männer sagt etwas, aber die Unerträglichkeit der Situation steht in der ohnehin stickigen Luft des Unterrichtsraumes. Jetzt hilft ihr die Erfahrung, sich unscheinbar zu machen. Sie begibt sich wieder in ihren früheren Zustand als farblose Mathelehrerin am Gymnasium, das sexlose Mathegenie, nichtssagend und nichts ausstrahlend als das, was im Moment ihre Aufgabe ist. Wie leicht es ihr fällt, wieder diese fraulose Frau zu sein – als ob sie noch einmal kosten wollte, wer sie war.

Längst hat sie sich an die Hitze, den Dreck und die Menschenmassen Indiens gewöhnt. Sie kauft sich Früchte an den ambulanten Ständen, isst angstfrei sogar manchmal an einer offenen Garküche, kauft ein kleines Goldkettchen für Sarah, lässt sich ein Seidenkostüm nähen und mit der Zeit kann sie sogar mit dieser allgegenwärtigen Armut umgehen, denn sie sieht die Würde dieser Menschen.

Ihre Eierstöcke sind zwei brennende Fackeln, als sie eines Abends erschöpft im Hotelzimmer auf dem Bett liegt. Sie muss sie wie wimmernde Babyzwillinge besänftigen und legt die Hände auf ihren Unterbauch. Mit dem Pulsschlag an ihren Leisten fällt sie nach und nach in eine fast hypnotische Entspannung.

Da steht ihre Mutter neben ihr und umwickelt sie mit einer enormen Mullbinde wie eine Mumie, *eine Frau darf sich nicht gehen lassen*, flüstert die Mutter sanft in Bettinas Ohr, *eine Frau muss sich zusammenreißen, eine Frau, die kein Kind will, ist nur so viel wert wie ein Sandkorn unter deinen Füßen*, währenddessen werden die Wickel um ihren Leib immer fester und dicker, sodass sie sich nicht mehr bewegen kann.

Lass mich, will Bettina rufen, sie will sich wehren, doch die Muskeln hören nicht auf ihren Befehl, ihr Körper bleibt liegen, als wäre er tot und würde in seinem steinernen Grab Jahrhundert um Jahrhundert auf das Wiedererwachen ins Leben warten.

Sie schlägt die Augen auf und wundert sich über den Ventilator an der Decke, der sich leise dreht und dreht, immer weiter, wie die Sekunden und Minuten ihres Lebens. Die Luft ist schwül, sie bleibt in der Bewegungslosigkeit und empfindet sie plötzlich als eine Art Heilung, wie eine Rückkehr zu sich selbst nach einer langen Reise, und diese Reise dauert schon seit ihrer Geburt.

Früher war sie unverbrüchlich in ihren Glauben und in die Familie eingebunden. Dann ist Wolfgang in ihr Leben eingebrochen wie die Goldene Horde von Dschingis Khan und sie hat sich mit ihm verschmolzen. Die Hormone und die Liebe spielten von selbst und haben ihre steinerne Verpuppung aufgebrochen. Doch ihr eigenes, inneres Leben ist nicht mitgewachsen. Wer ist sie?

Der Ventilator schwingt langsam aus. Stromausfall. Mal wieder. Sie steht auf, um zum Abendessen zu gehen und muss die Treppe nehmen, denn auch der Lift geht nicht.

Da sieht sie ihn. Ihre Blicke kreuzen sich und in Bettinas Herz wird eine verlorene Erinnerung geweckt, eine Sekunde Heimweh, aber nicht nach Wolfgang oder Sarah. Heimweh wonach? Der alte Mann bügelt mit einem Bügeleisen aus dem neunzehnten Jahrhundert, das mit Kohle erhitzt wird.

Er bügelt von Hand die gesamte Hotelbettwäsche, vermutlich schläft er auf dem Boden unter der Treppe, wenn er abends fertig ist, denn dies ist seine Wohnung, er hat sonst keine, und er hat auch sonst nichts.

Sein Lächeln ist sanft. Es geziemt sich nicht für eine Frau, seinen Blick zu erwidern, auch wenn sie reich ist und aus Europa kommt. Doch wie ihr vorher die Muskeln und Knochen nicht gehorchten, so scheinen jetzt ihre Augen einen eigenen Willen zu haben.

Sie erlaubt diesem alten Mann, ihr suchendes Inneres, ihr schmerzendes Heimweh zu sehen. Er sieht es. Sein Blick berührt eine unbekannte Stelle in ihrer Seele und dort scheint eine Tränenquelle zu sein, denn die sprudeln ihr jetzt aus den Augen.

Schnell senkt sie die Lider und geht hinaus auf die Straße und lässt sich in einer Garküche Reis und Dal geben, während in ihrem Inneren ein Lied singt und das Lied heißt *Du bist frei*. In ihrem Kopf ist Chaos und ihr Schoßraum und die Eierstöcke sind in jubelndem Aufruhr.

In diesem Land gibt es kein Atemholen, kein Stillstehen, kein Innehalten, immer ist alles in Bewegung. Aber dieser Mann unter der Treppe ist in sich selbst angekommen – und es scheint, als wäre er in seinem winzigen halbdunklen Plätzchen, das er praktisch nie verlässt, auf eine unerfindliche Art frei.

In ihren letzten vier Wochen wird sie mit dem Bus die Westküste hinunterfahren, über Goa nach Kerala bis nach Kanyakumari, der Südspitze Indiens. Von Trivandrum aus wird sie nach Mumbai zurückfliegen und von dort über Frankfurt nach Stuttgart.

Ab und zu sieht sie Europäer, Japaner oder Amerikaner in den roten Klamotten der Bhagwan-Sekte, die sich hier in Pune angesiedelt hat. Obwohl deren Guru schon längst tot ist, laufen sie noch immer mit ihren absurden Kleidern herum.

Doch Sekte hin oder her, Europäer unter sich kommen in dieser fremden, bunten, aufgeregten Welt schnell ins Gespräch, und als sie an einem der Obststände auf eine rotgewandete Spanierin trifft, lädt diese sie ein, doch einfach mal für ein oder zwei Tage vorbeizukommen, bevor sie ihre Reise fortsetzt. »Du wirst es bereuen, in Pune gewesen zu sein und nicht beim Osho-Center vorbeigeschaut zu haben.«

Bettina ist im Abenteuermodus und meldet sich für zwei Tage dort an, bevor sie den Bus nach Goa nehmen will.

Alles wäre in ihrem früheren frommen Leben denkbar und letztlich verzeihbar gewesen: Sex vor der Ehe, ungewollte Schwangerschaft, als Mädchen ganz allein in Indien herumzufahren. Unvorstellbar allerdings, ihren Fuß über die Schwelle einer Sekte zu setzen.

Auch Wolfgang würde den Kopf schütteln. Sie tut es trotzdem und ist im ersten Moment sprachlos ob der Schönheit, der Stille und der Gepflegtheit dieses Ortes. Sie geht durch die Tür und befindet sich in einer anderen Welt. Ihre erste Reaktion ist ein Aufatmen und sie beschließt, diese beiden Tage auszuspannen. Die Reise im Bus Richtung Süden wird anstrengend werden.

Doch schon bald ist sie genervt von den Rotgewandeten. Zu viel falsches Pathos, zu viel aufgesetztes Lächeln, zu viel Frömmlerei. Bei so viel meditativem Glück stößt ihr die schlechte Laune auf.

Sie will weg von hier. Dann holt sie sich einen Schweigebutton, einen Anstecker, der signalisiert, dass sie in Ruhe gelassen werden will, und alles ändert sich. Auf einmal ist sie allein unter all den Menschen und fast wieder glücklich.

Am nächsten Tag besucht sie einen Vortrag, vielmehr läuft der Film eines Vortrags des Gurus, und er spricht über *Liebe, Freiheit und Alleinsein*. Als sie am Abend ins Bett geht, weiß sie nichts mehr von dem, was er gesagt hat, es war auch viel Geschwafel darunter. Doch auch seine Augen haben den Platz in ihr gesehen, den sie seit Ewigkeiten verloren hat.

Die Sehnsucht, diesen Ort wiederzufinden, breitet sich in ihr aus wie das Heimweh eines Emigranten, der nach elend langen Jahren die Sprache seiner Kindheit hört. Ihr rationales Bewusstsein versucht, alles wegzuerklären, doch ihr Verlangen ist die unschuldige Neugier eines Schneeglöckchens unter dem Eis.

Als die beiden Tage um sind, beschließt sie, ihre restliche Zeit hier zu verbringen. Ihr Schweige-Anstecker ist unumgänglich, sonst würde sie sich verzetteln in dieser roten Menschenansammlung aus allen Teilen der Welt.

Sie tut nichts außer Meditieren, Schwimmen, Spazierengehen. Etwas in ihr heilt, sie weiß noch nicht was, aber es heilt von innen heraus – und es ist das Echte, das in ihr nachwächst, etwas, das sie selbst ist, keinem Gott und keinem Guru verpflichtet.

Zu Beginn ihrer dritten Woche setzt sie sich mit ihrem Essenstablett an einen Tisch und achtet wie immer nicht darauf, wer ihr gegenübersitzt. Der Junge mit den dunklen Locken, ebenfalls mit Schweigebutton, starrt sie an.

Sie blickt kurz zurück, desinteressiert, und wendet sich wieder ab. Am nächsten Tag ist er es, der an ihren Tisch kommt. Beiläufig nickt sie mit dem Kopf. Er folgt ihr in den Meditationsraum und am Ende der Meditation geht er neben ihr die Treppe hinunter.

Als er sich am dritten Tag wieder an ihren Tisch setzt, reißt sie sich den Schweige-Anstecker vom T-Shirt, knallt ihn mit der flachen Hand auf den Tisch und ruft genervt: »What?«

»I love you–ich liebe dich«, kommt prompt von ihm zurück.

»Bullshit«, kontert sie, aber er hat ihr unterdrücktes Lächeln gesehen.

»Come–Komm«, sagt er mit der größten Unverfrorenheit.

Das große Fenster seines Zimmers zeigt auf eine überbordende Blumenrabatte. Vielfarbige Rosen stehen in morbider Fülle und beginnen schon, ihre äußeren Blätter loszulassen. Sie kann ihre Augen nicht von den Blüten wenden.

Ihr Duft weht durch das offene Fenster, während dieser dunkelhaarige Junge sie Knopf für Knopf, Stoff für Stoff entblättert, bis sie nackt und verletzlich vor ihm steht. Ihr Herz klopft bis zum Hals und den Schläfen, es pulsiert im Unterleib, in ihren Brustspitzen – und irgendwo in der Ferne spielt jemand Bach am Klavier. Ist das Wolfgang? Nein, er ist weit weg, sie ist hier, sie ist frei und sie zittert vor Wärme, und jetzt befeuchtet der Junge seinen Zeigefinger mit der Zunge und benetzt damit ihre trockenen Lippen.

Sie öffnet den Mund, wenig, ganz wenig, aber dass sie seinen Finger mit ihrer Zunge berühren kann, lässt sie vergehen, und als er ihren Kopf in seine Hände nimmt und ihren wehrlosen Leib an seinen noch immer rot angezogenen Körper zieht, ist sie nur noch Hingabe. Die Rosen da draußen singen ihr Lied zusammen mit der sanften Brise, sie singen zweistimmig vom Werden und Vergehen, von Schönheit und vom sich Fallenlassen.

Drei Tage verbringen die beiden schweigenden Unbekannten im Blütenduft und im Farbenrausch; sie lösen sich auf im Schmelztiegel der Aphrodite, Konturen verlieren sich im wässrigen Aquarell ihrer Säfte; Grenzen verschwimmen, verschwinden und niemand ist da, der wieder Form hineinbringt in ihr Leben. Niemand außer der Zeit. Morgen geht Bettinas Flug nach Deutschland.

»Woher kommst du?«, fragt sie erst am dritten Tag, denn sie hat in ihrer langen Schweigezeit vergessen, wie das Reden geht.

»Israel. Und du?«

»Deutschland.«

Das Schweigen dauert noch einmal eine Stunde, ihr Gesicht schmiegt sich in die Grube zwischen seinem Hals und dem Schlüsselbein. Er duftet wie die Wasserquelle vom En Gedi, wie das sprießende Grün nach dem Winterregen am Sinai und wie das bittere Fleisch einer frischen Grapefruit vom Kibbuz Kfar Giladi. Sie beginnt zu weinen und weiß nicht, warum. Er lässt sie, hält ihren Kopf zart und fest.

»Wie heißt du?«

»Uziya. Und du?«

»Bettina.«

Nach einer weiteren Schweigephase sagt Uziya: »Osho hat behauptet, die eine Hälfte seiner Jünger seien Juden und die andere Hälfte seien Deutsche.«

»Hat euer Guru da nicht ein wenig übertrieben?«

»Er hat übertrieben, untertrieben, getäuscht, geflunkert, gelogen, doofe Witze erzählt, sich selbst widersprochen, wie es ihm gerade gepasst hat.«

»Ganz schön souverän«, antwortet Bettina.

»›Die Deutschen und die Juden möchten sich wieder lieben und miteinander weinen und meditieren‹, meinte er, deshalb kämen so viele davon zu ihm.«

Bettinas Tränen fließen weiter, sie sind das Plätschern der kleinen Wellen am Strand des Sees von Genezareth. Er küsst sie und das Sanfte und das Feste in seinen Küssen öffnet sie erneut, und wieder will sie sich ihm überlassen, ohne jeden Rückhalt und diesmal fliegt sie nicht, sondern fällt plötzlich.

Ohne Angst lässt sie sich ins Unendliche fallen. Ihre Lust geht nicht durch die Enge, um sich in einen Orgasmus zu entladen. Grenzenlos wie das weite Meer ist ihre Lust, sie ist still und vor Leben vibrierend und will nicht enden. Uziya hält ihr stand mit seinem jugendlichen Staunen, mit seiner Liebe, mit seiner Ehrfurcht und mit seiner entspannten Männlichkeit.

Mit noch immer bebenden Zellen liegt sie wach neben dem schlafenden Mann und ist Teil eines unendlichen Stroms von Frauen seit Urzeiten.

Verbunden mit allem Weiblichen fühlt sie die Wunden der Ahninnen, ihre Geburten und der Verlust ihrer Kinder, die unerfüllten Sehnsüchte, die Demütigungen, sie fühlt die Feuer der Scheiterhaufen, die unerwünschten Kinder, die Kindsmorde und die Vergewaltigungen, sie fühlt die Zerstörung ihrer Sexualität, die Scham, die Hässlichkeit, den Neid, die Eifersucht und die Schönheit aller Frauen.

Jetzt hat sie einen kleinen Geschmack bekommen, von der unendlichen Macht und Lust weiblicher Sexualität. Sie ist nicht mehr eine kleine Bettina, die sich verloren hat. Sie ist nicht allein, sie ist Teil des großen Stroms.

Am Abend bringt er sie im Taxi zum Flughafen. Er wartet mit ihr, denn in Indien sind auch die Flüge niemals pünktlich. Ein kurzer Flug bis Mumbai, dann mehrere Stunden bis Frankfurt und noch mal eine halbe Stunde bis Stuttgart.

Dort werden Wolfgang und Sarah mit einem Blumenstrauß stehen und sie abholen. Uziya sitzt breitbeinig, hat die Ellenbogen auf die Knie gestützt und blickt auf den Boden. Zwischen seinen Händen wirft er einen Handschmeichler aus Rosenquarz hin und her. »Kommst du mal nach Tel Aviv?«

»Wollen wir aneinander festhalten? Ich hab' Mann und Kind zu Hause.«

»Ach so.«

Sie braucht ihre Strenge, um nicht zu weinen. Warum ist sie so empfindlich? Wieso hat dieser Mann sie so aufgeweicht? Viele erlauben sich doch einen Seitensprung. Das sollte sie nicht so umhauen. Er richtet sich auf.

»Well then–Na dann«, sagt er und nimmt eine Strähne ihres Haars in seine Finger, streicht sie nach hinten.

»Well then«, sagt sie und wickelt eine seiner schweren schwarzen Locken um ihren Finger. Dann beginnt sie doch wieder zu weinen und er umarmt sie und küsst ihre Haare. Er schiebt ihr den Rosenquarz in die Rocktasche.

»Hast du eine E-Mail-Adresse?«, fragt sie auf den letzten Drücker. Sie geht, zieht ihren Koffer hinter sich her und winkt noch einmal, ohne sich umzudrehen.

Auf dem Flug nach Mumbai umgibt sie noch der Duft Uziyas, seine traurige Zärtlichkeit, seine liebende Ausstrahlung. *Wer bist du, mein Zauberjunge? Welche Mutter hat dich geboren und an ihrem Busen genährt? Welcher Vater hat dir seine Männlichkeit verliehen?* Sie wird ihn wohl nie wieder sehen und der Abschied ist nichts als Dankbarkeit.

Im Flugzeug nach Frankfurt geht auch ihre innere Bewegung Richtung Westen, Richtung Heimat, Richtung Wolfgang und Sarah, und auf einmal blüht eine sonderbare stille Freude in ihr auf wie eine Lotusblüte, von denen sie in den letzten Wochen so viele gesehen hat.

Sie hat die Stille in sich selbst erfahren, erst dadurch konnte Uziya sie an die Hand nehmen, und sie an ihre Quelle führen.

Endlich hat sie den Anker ihrer Liebe zu Wolfgang wieder gefunden, den sie schon verloren geglaubt hatte; denn es war nicht ihre, sondern seine Liebe, die ihre Ehe im letzten Jahr über die Krise getragen hatte. Er hat für sie beide geliebt. Jetzt fühlt sie sich wieder selbst. Niemals wird sie Wolfgang verlassen.

Der erste Blick durch die Glaswand, die die ankommenden Passagiere von den abholenden Angehörigen trennt: Er hat Sarah auf dem Arm, sie schaut nach hinten in den Flughafen hinein. Wolfgangs und Bettinas Augen treffen sich und fallen ineinander wie früher.

Auf ihrem Weg Richtung Ausgang wird ihr erst seine Veränderung bewusst. Er trägt jetzt einen

Bart und der ist grau! Wie sorgfältig er seine Kleidung auswählt, immer mehr kommt er nach seinem eleganten Vater. Er ist unglaublich attraktiv, schießt es ihr durch den Kopf. Dann stehen sie sich gegenüber. Sie schauen sich an, sie hält sich den Mund zu, um die Tränen zu bändigen, die in ihren Augen Purzelbäume schlagen.

Sarah fragt ihren Papa: »Ist das meine Mama?«
»Ja, mein Liebling, ich bin deine Mama. Komm her!«, antwortet Bettina schnell.

Wolfgang setzt sie ab. Zögernd geht das Kind auf sie zu, und als sie schon ganz nah ist, werfen sie sich einander in die Arme und weinen.

Bettina hält diesen kleinen Körper in ihren Armen wie ein Wunder, sie schnuppert den lieblichen Duft ihres Mädchens, küsst die feinen blonden Kinderhaare, streicht die Tränen aus dem samtenen Gesicht.

Mit Wolfgang hat sie auch ihr Kind monatelang aus ihrem Leben ausgeschlossen. Kein Wunder, dass Sarah sie nicht gleich erkannt hat! Und eine unendliche Erleichterung überfällt Bettina, dass das Kind überhaupt bereit ist, ihre Umarmung anzunehmen.

Er nimmt ihren Koffer, Bettina trägt Sarah auf dem Arm, so lange, bis sie ihr zu schwer wird. Dann hängt sich ihr Kind an ihre Hand und Bettina vergeht vor Zärtlichkeit zu ihrem Mädchen.

Im Auto schaut er an ihr herunter und grinst. Sie ist sonnenverbrannt, ihre Haare sind ausgebleicht und ohne Form, über einem billigen Sommerkleid trägt sie eine unpassende Winterjacke gegen den

Märzwind. Unter die indischen Sandalen hat sie sich notdürftig eine Strumpfhose gezogen, sie ist ungeschminkt, abgerissen, weltenbummlerisch.

Wie ein spätes Hippiemädchen sitzt sie neben ihrem international gefeierten Pianisten, der seine Hände maniküren lässt und dessen Arbeitskleidung der schwarze Zweiteiler mit Fliege ist; der selbst zu Hause darauf achtet, wie seine Bequemkleidung farblich dezent abzustimmen ist und dem die feinen Damen der Welt mal verhohlen, meist aber unverhohlen nachschauen.

Als sie Sarah ins Bett bringen, sitzen sie beide an deren Bettrand.

»Ist jetzt wieder alles richtig?«, fragt das Kind.

»Ja, mein Liebling, jetzt ist wieder alles richtig«, sagt Bettina.

»Bleibst du jetzt da?«

»Ja, ganz sicher.«

»Und du bekommst auch kein totes Baby mehr?«

Bettina erstarrt, hält sich den Mund zu und schaut Wolfgang an, sieht seinen Schreck und seine Trauer. Jemand putzt gerade ihre seit Monaten beschlagene Brille. Den Schmerz über Benjamins Tod hat sie für sich beansprucht, alle Trauer hat sie an sich gerissen, aber es ist der Schmerz der ganzen Familie.

Wie konnte sie nur so blind und egoistisch sein! Wolfgang hat getrauert und ebenso Sarah, auch all die anderen um sie herum; ihre Mutter vor allem, ihr Vater, Yvonne natürlich und auch Paul. Doch sie dachte, die ganze Kummer gehöre ihr allein.

»Nein, ich bekomme kein totes Baby mehr. Es tut mir sehr leid, meine liebste Sarah. Das war eine schlimme Zeit für dich.«

Während dem Mädchen die Augen zufallen, können Wolfgang und Bettina nicht aufhören, sich anzuschauen. Sie verschränken ihre Hände und Arme über dem Bett ihres Kindes.

»Es tut mir so leid«, sagt sie, und er weiß, was sie meint.

Dann verlassen sie leise das Kinderzimmer. Wolfgang macht eine Flasche Wein auf.

»Ich sehe scheiße aus neben dir«, sagt sie grinsend.

»Dann zieh dich aus, nackt bist du stilistisch auf der sicheren Seite.«

Sie zieht sich aus, er steht mit dem Weinglas in der Hand da und sieht ihr dabei zu. Sie stoßen auf ihre Wiederkehr an, trinken einen Schluck und dann nimmt er ihr das Glas aus der Hand und trägt sie ins Schlafzimmer.

»Hilfe, ich muss noch duschen«, ruft sie lachend.

»Geduscht wird morgen. Wasser sparen, das kennst du doch sicher aus Indien.« Er gibt der Schlafzimmertür einen Tritt.

Alles ist wieder da: ihre Verbundenheit, ihr gemeinsamer Humor, ihr Eingespieltsein im Alltag, ihre schnelle Verständigung durch einen Blick oder ein Wort, ihr gegenseitiges Gedankenlesen und der Genuss körperlicher Nähe und ihrer Düfte.

Die Sexualität jedoch hat sich verändert und es ist Bettina, die das Neue hineinbringt. Alles Strohfeurige, Explosive bei ihr ist verschwunden.

Wie das chinesische Zeichen von Yin und Yang gleiten sie jetzt ineinander, ebenbürtig eins werdend und doch zwei bleibend. Ein fiebriger Orgasmus bedeutet ihr weniger als das lange ruhige ineinander Verschmelzen.

Wolfgang scheint Freude an den Veränderungen zu haben. Er ist gelöst, oft ist er lustig wie ein Kind und bringt sie zum Lachen.

Sechs Wochen lang dauern ihre zweiten Flitterwochen, und wie es bei Flitterwochen zu sein hat, hängen die Bassgeigen vom Himmel herunter, bereichern Wolfgangs Klavierspiel, und alles zusammen ergibt die Hintergrundmusik zu Bettinas offenem, lachenden Gemüt.

Dann hat sie einen Termin beim Frauenarzt und als sie heimkommt, steht Wolfgang gerade in der Küche und macht sich einen Kaffee. Sarah ist noch im Kindergarten.

»Willst du auch einen Kaffee?«

»Ich bin schwanger.«

Wolfgang blinzelt. An seinem Gesicht kann sie blitzschnelle Gedankenfolgen ablesen, dann wird die Stirn zu einer Dünenlandschaft und hinter seinem Blick sieht sie sein Haus brennen.

»Was bist du?«, fragt er noch einmal, wie zur Vergewisserung, dass er richtig gehört hat.

Sie sagt nichts. Er setzt sich, blass, betäubt.

»Ich zähle einmal auf, ob ich alles richtig zusammenfassen kann«, sagt er mit trügerischer Ruhe.

»Du willst unter keinen Umständen noch einmal schwanger werden, wir machen monatelang rum mit Verhütung, probieren dies, probieren jenes, kriegen fast einen Krampf beim Sex. Im Grunde willst du gar nicht mehr, ich lasse mich schließlich sterilisieren, obwohl ich selbst gerne noch Kinder hätte; dann haust du ab nach Indien. Dort vögelst du mit irgendwelchen Indern rum, ohne den geringsten Schutz und lässt dir ein Kind machen? Dann sagst du kein Wort und schlüpfst unter meine Decke? Ebenfalls ohne Schutz? Und was ist mit Aids?«

Bettina macht den Mund auf, will etwas sagen.

»Ich bin noch nicht fertig«, sagt er barsch. An seinem Hals prangen rote Flecken. Dann winkt er ab, sackt in sich zusammen. »Ach nichts. Ich hab' keine Ahnung, wie ich das jetzt unter meine Füße bekommen soll. Wann hört das auf mit den Krisen?«

Er verlässt die Küche, geht ins Schlafzimmer, nimmt sein Bettzeug, um es in die andere Haushälfte hinüberzutragen.

»Zwei Dinge, bevor du gehst«, ruft Bettina und versperrt ihm den Weg.

»Kein Inder, sondern ein Israeli«, sagt sie.

»Scheißegal«, gibt er zurück. Noch nie hat sie in Wolfgangs Gesicht so viel Empörung, ja fast Hass gesehen.

»Und zweitens – es war im Osho-Center in Pune, da kommt keiner ohne Aidstest rein, aber ich glaube eh nicht an das Zeug.«

»Du glaubst eh nicht an das Zeug, aber ans Kinderkriegen glaubst du wieder, jetzt, wo sie nicht mehr von mir sind!«

Der Parkettboden, auf den ihr Blick fällt, ist blitzsauber, sie haben es gut gehabt ohne mich, geht ihr durch den Kopf, doch was denkt sie gerade, sie muss ihm eine Antwort geben, was soll sie sagen?

»Oschi-was? Was für ein Center?«, fragt er dann.

»Osho-Center. Bhagwan – weißt schon.«

»Die Sekte?«

»Ja.«

»Mein Gott, jetzt wird's grotesk!«

Er macht einen Schritt und setzt sich auf das Sofa. Nur seine Augen schauen hinter der riesigen zusammengeknüllten Bettdecke hervor.

»Das kann jetzt aber den stärksten Mann umhauen. Und ich dachte vor ein paar Jahren, ich heirate ein kleines frommes Fräulein, das ich nur wachzuküssen brauche, damit sie mir die nächsten vierzig Jahre aus der Hand frisst.« Sein Lachen ist bitter.

»So kann man sich täuschen«, sagt sie und muss wider Willen grinsen.

»Deine neue Reife! Das Aufblühen deiner Brüste, deines Körpers! Wie konnte ich nur so bescheuert sein und nichts merken?« Wolfgang wird jetzt still, er verbirgt sich noch immer hinter dem Berg seiner Bettdecke. Seine Augen sind schwer vor Nässe. Sie wendet sich ab, um ihn nicht zu brüskieren.

»Was mache ich jetzt?«, sagt er laut zu sich selbst. »Zuerst bringe ich mein Bett nach drüben. Vorläufig schlafe ich allein. Dann mache ich einen Spaziergang und warte, ob mir dort die nächste Idee kommt.« Er nimmt das Bettzeug, steht auf, verschwindet, ohne die Tür hinter sich zu schließen.

Bettina geht in den Garten, vielleicht gibt es schon Unkraut, das man herausreißen könnte. Die Rosen sind noch nicht aufgeblüht, aber Knospen bilden sich schon. Zeit für eine Abtreibung wäre schon noch, doch dies würde auch ihre Beziehung vollends abtreiben. Es gibt schon genügend tote Kinder in ihrer Ehe.

Oben reißt Wolfgang das Fenster auf und ruft herunter: »Wieso hast du sechs Wochen lang das Maul gehalten? Jeden Dreck hast du mir aus Indien erzählt, aber das nicht. Warum?«

Er hat seine Wut wiedergefunden und das gibt Bettina Kraft. Sie sieht ihren schönen Mann mit seinem Armani-Shirt in einem feurigen Grau, das perfekt zur neuen, gereiften Farbe seines Barts passt, da kommt ihr eine Idee.

»Und du? Die drei Monate, als ich weg war? Kein Betthäschen? Nichts?«

Das sitzt. Er starrt sie an. Dann blinzelt er. »Ich fass' es nicht.«

»Und?«

»Doch«, sagt er jetzt und Bettina will schon auftrumpfen, denn dieser Punkt im Ring geht an sie. Dann holt er aus zum Schlag. »Aber ich weiß mich zu benehmen und mache niemandem ein scheiß Kind.«

»*Scheiß Kind*«, murmelt Bettina und ist geschlagen. Nicht das Betthäschen schmerzt sie, sondern diese Aussage. Er weiß, wie sehr er sie verletzt, aber er sagt nichts, lenkt nicht ein, schließt das Fenster. Sie hört, wie er in die Garage geht und mit dem Auto davonfährt.

Nach einer Stunde kommt er wieder und packt eine kleine Tasche mit Rasierzeug, Zahnbürste, Hemd. Unten schnappt seine Wanderschuhe. So gerüstet kommt er auf sie zu und hebt den Zeigefinger. »Morgen Abend komm ich wieder. Wann, weiß ich nicht!«

»Bis morgen Abend«, antwortet Bettina.

Dann kommt er noch einmal um die Ecke. »Sarah abholen. Vierzehn Uhr fünfzehn«, befiehlt er.

Er ist weg, doch sein Duft füllt noch den Raum – oder ist es die Liebe zu seiner Tochter, die ihn umgibt wie die klare Bergluft? Natürlich hat sie ihr Kind gestillt und den Zauber der ersten Monate, vielleicht sogar des ersten Jahres in vollen Zügen genossen.

Doch schon sehr früh hat Wolfgang den Hauptteil der Verantwortung für Sarah übernommen. Hatte sie zu oft am Computer gesessen? Hatte sie ihre Zahlen den alltäglichen Mutterpflichten vorgezogen?

Natürlich liebt sie ihr Kind, doch die Magie ist ihr später aus den Händen geglitten und die Langeweile der Kinderspiele ist zuweilen über sie gekommen wie eine zähe Dehnung der Zeit. Gern hat sie ihrem Mann das Feld überlassen.

Was musste es für ihn bedeutet haben, dass sie keine Kinder mehr wollte und dass er sich sogar sterilisieren hat lassen, ihr zuliebe?

Natürlich fragt das Mädchen sofort nach seinem Papa.

»Morgen Abend ist er wieder da«, sagt Bettina und Sarah rollt die Augen.

»Habt ihr euch schon wieder gestritten? Euch kann man nicht allein lassen.«

»Da hast du recht. Wenn du nicht wärst, es wäre furchtbar mit uns.« Dann geht Bettina in die Hocke und umarmt ihre Tochter fest und lange.

»Der Papa hat gesagt, ihr habt euch lieb, auch wenn ihr streitet.«

»Da hat der Papa recht.«

»Er hat gesagt, ihr werdet euch immer liebhaben, stimmt das?«

»Der Papa hat absolut recht.«

»Heute Nachmittag kommen Lisa und Anna zum Spielen zu uns in den Garten. Können wir bitte eine Brause und Gummibärchen haben?«

»Selbstverständlich, Fräulein Chefin.«

Am Abend kommt eine E-Mail von Uziya.

Are you well? Hat dein Mann dich lieb? Sonst hat er dich nicht verdient.

Sie fährt den PC herunter, duscht und legt sich ins Ehebett, in dem nur ihr Kopfkissen liegt. Wolfgang hat die gemeinsame Decke mit zu sich genommen, also geht sie hinauf in sein Zimmer und legt sich in sein Bett, atmet seinen Duft ein. Nie, niemals wird sie ihn verlassen. Dann beginnt sie zu überlegen. Welche Optionen hat sie?

a. Er verlässt sie wegen des Kindes. Das darf nicht passieren.

b. Er akzeptiert das Kind irgendwie, aber das wird schwierig, denn er wird seine Sarah immer mehr lieben als das fremde Kind.

c. Sie geht. Wohin? Nach Israel? Ohne Sarah? Ohne Wolfgang?

d. Sie gebärt das Kind und bringt es nach Israel zu seinem Vater. Interessante Idee. Kommt aber nicht infrage.

Wie soll sie die Schwangerschaft durchstehen, ohne Wolfgang an ihrer Seite? Wer wird sie ins Krankenhaus bringen, wenn es soweit ist? Wer wird sie und das Kind strahlend aus dem Krankenhaus abholen, mit Blumenstrauß in der Hand?

I'm pregnant – ich bin schwanger, schreibt sie an Uziya.

Wenn er sich nicht mehr meldet, ist auf diesem Gebiet Ruhe. Das würde sie fast entspannen, denn sie trägt die Liebe zu diesem Mann in sich wie eine lang ersehnte Empfängnis. Muss sie ihn sich aus dem Leib reißen, wie ihre Mutter damals? Gewaltsam? Wird es wieder eine Fehlgeburt sein? Eine Ausschabung der Liebe? Und ihr Kind? Sein Kind? Hat das Schicksal ihr diesen Mann zugesteckt, damit sie es anders machen kann als ihre Mutter? Aber wie?

Who is the father? – Wer ist der Vater?, schreibt er am nächsten Morgen.

You . – Du.

How do you know? – Woher weißt du das?
I know. – Ich weiß es.
Come to Tel Aviv and live with me – Komm nach Tel Aviv und lebe mit mir, schreibt er.
No! – Nein!, antwortet sie ohne weiteren Kommentar. Dann erscheint es ihr zu hart und sie schickt noch eine weitere E-Mail.
I will write tomorrow — ich schreibe dir morgen.
I hope very much that I'll be able to see our baby when the time comes, schreibt er zurück. *– Ich hoffe sehr, dass ich unser Baby sehen kann, wenn die Zeit gekommen ist.*

»Das hast du falsch gesungen, Mama!«, sagt Sarah beim Zubettgehen schläfrig.

»Okay mein Schatz, probieren wir es noch mal. Sing du leise mit, du kannst es besser als ich: *Guten Abend gute Nacht* ... Mach schön die Äuglein zu. Schlaf gut mein Liebling«, flüstert sie und streicht Sarah über ihr Seidenhaar. Ihrem Mädchen fallen gerade die Augen zu, als draußen das Türschloss geht.

Sofort ist die Kleine hellwach und setzt sich mit großen Augen im Bett auf, schon berühren ihre nackten Füße den Boden und sie rennt mit wehenden Haaren aus dem Kinderzimmer. »Papa, Papa, spiel mir ein Gute-Nacht-Lied, meine Mama kann nicht singen!«

»Leider hast du recht, mein Kind. Deine Mama kann nicht singen«, sagt er. »Also kommt her, meine Mädels, wir spielen!« Er nimmt Sarah auf den

Arm, setzt sich ans Klavier und packt seine Tochter auf sein rechtes Bein. Mit der linken Hand winkt er Bettina herbei und setzt sie auf sein linkes Bein. Dann legt er seine Arme um beide, so weit, dass er an die Tasten kommt. Bettina lehnt mit ihrer Wange an seinem Kopf und während er spielt, flüstert er in ihre Haare:
Guten Abend, gute Nacht
»Ich hab dich lieb.«,
mit Rosen bedacht
»Ich will dein Kind.«,
mit Nelklein besteckt
»Ich liebe es schon jetzt wie mein eigenes.«
schlupf unter die Deck
»Wann immer du willst, kannst du mit ihm nach Israel reisen, damit es seine Wurzeln nicht vergisst,«
schlupf unter die Deck.
»Aber komm immer zurück zu uns und schlupf' unter meine Decke.«
»Warum weinst du, Mama?«, fragt Sarah.
»Vielleicht, weil ich glücklich bin.«
So sitzen die drei eng umschlungen, noch lange, nachdem Wolfgang aufgehört hat, zu spielen. Sarah lutscht am Daumen, blickt von einem zum anderen. Dann sagt Wolfgang zu Sarah: »Wir bekommen ein Baby.«
Als würde jemand die Tischdecke unter einer harmonischen Kaffeetafel wegziehen und dadurch Scherben und Kuchen auf den Boden fegen, so bricht Sarah jetzt in ein ohrenbetäubendes Geschrei

aus. »Neiiin!«, brüllt sie und trommelt mit ihren Fäusten auf Wolfgang ein. »Neiiin! Kein Baby.«

Sofort hält Wolfgang sie fest, »schschsch, was ist mein Kind?«, doch sie lässt sich nicht beruhigen, will sich ihm entwinden, Wolfgang steht auf mit ihr, sie strampelt mit den Füßen.

»Was ist mit dir mein Mädchen?«, flüstert er und hält sie so, dass sie sich nicht losmachen kann. Sie schreit und schreit, ihr Kopf wird rot und die Haare sind schon jetzt nass vor Schweiß. Irgendwann kommt aus ihrem Mund undeutlich mit langgezogenen Schluchzern: »Totes Baby, Bluuuut!«

Da geht Bettina ein Licht auf und sie trifft Wolfgangs Blick. Wolfgang legt sich mit dem brüllenden Kind auf das Sofa, Bettina begibt sich auf die andere Seite, langsam geht der wüste Verzweiflungsanfall in Weinen und Schluchzen über.

Erst als sie nur noch schluchzt und sich an Mama und Papa festhält, sagt Wolfgang mit sehr leiser Stimme: »Meine Sarah, dieses Baby wird leben. Es wird nicht sterben und du wirst mit ihm spielen.«

»Woher weißt du das?«

»Ich weiß es eben.«

»Was ist dir passiert, meine Sarah?«, fragt Bettina nun.

»Nichts«, antwortet diese, noch immer schluchzend. »Du sollst dableiben, Mama.«

Wie ein dumpfes Geräusch schlägt dieser Satz bei Bettina ein, ein herrisches Klopfen des Richters mit seinem Hammer auf den Richtertisch, *gewogen, gewogen und zu leicht befunden, du warst selbstsüchtig, hast dich nicht um deine Tochter gekümmert, bist nur um deine eigenen Probleme gekreist wie eine dumme Gans*, Bettina hält die Augen geschlossen, und je länger sie vor ihrem inneren Richterstuhl steht, desto schneller wirbeln die Selbstvorwürfe um sie herum, sie steht wie in einem Tornado, kann sich nicht rühren, gleich wird sie mitgerissen und erst als die zärtliche Hand Wolfgangs über ihre Haare streicht, kommt sie wieder zu sich und zurück zu ihren Lieben im Wohnzimmer auf dem Sofa.

Sarah hat sich inzwischen beruhigt und ist gerade dabei, einzuschlafen. Wieso ist ihr Mann so zärtlich? Wieso hat er sich so schnell versöhnt mit ihrer ungeheuerlichen Zumutung? Wie kann sie dem Frieden trauen? Wieder schließt sie die Lider, will Wolfgang noch nicht anschauen, denn erst mit den Augen ihres Kindes kann sie das wahre Ausmaß ihrer Verfehlung sehen.

Jetzt nimmt Wolfgang die Kleine hoch, sie ist inzwischen eingeschlafen. Er legt sie ins Bett, Bettina deckt sie zu und während sie ihrer Tochter sacht über die noch immer verschwitzten Haare streicht, kommen ihr jetzt doch die Tränen – aus lauter Liebe zu ihrem einzigen Kind.

»Wir haben Sarah nicht richtig im Blick gehabt in der ganzen Katastrophe um Benjamin damals«, sagt Wolfgang, als sie im Bett liegen.

»War ich selbstsüchtig?«

»Nein, wir hatten eine Krise. So war's halt«, antwortet er.

»Vor lauter Schreck habe ich fast das Wunder deiner schnellen Versöhnung übersehen«, sagt sie und versucht, Leichtigkeit in ihre Stimme zu bringen.

»Tja«, antwortet er zögerlich und aus seinen Augen spricht Erschöpfung, aber auch eine Art seltener Reinheit wie nach langer guter Trauer. »Ich war mit Yvonne unterwegs. Sie ist unkorrumpierbar mit ihrem Röntgenblick.«

»Erzähl.«

»Morgen. Schlaf jetzt.«

»Schade...«

Er stützt sich noch einmal auf dem Ellbogen auf und küsst sie auf die Stirn und die Augen. »Ich will mit dir zusammenbleiben, Bettina. Das ist eigentlich alles.«

Es ist sehr selten, dass er ihren Namen sagt.

Leise Töne

Krisen, Lösungen und eine Silberhochzeit

Mai 1996

»Bevor wir nach Malaucène fahren, will ich meine Sachen so sortiert haben, dass alles zum Notar kann«, sagt Paul beim Mittagessen zu Yvonne.

»Mir musst du nichts vererben, mein kleines Vermögen reicht mir.«

»Ich weiß schon – steuerfrei in der Schweiz!«, frotzelt Paul.

»Luxemburg.« Yvonne lehnt sich auf dem Stuhl zurück und schenkt ihm eines ihrer sonnigen, goldenen Lächeln. »Was ich übrig lasse, bekommen deine, unsere Kinder.«

»Wieso bist du so sicher, dass du Wolfgang und Bettina alles hinterlassen willst?«

»Ich hab' sonst niemanden.« Fröhlich ist sie heute und weiß nicht richtig, warum.

»Du hast einen Sohn«, platzt Paul heraus.

Nachdem sie dem Lufthauch nachgeschaut hat, der gerade ihre Fröhlichkeit mitgenommen hat, weg und hinaus durch das offene Fenster, antwortet sie langsam: »Er ist adoptiert und nicht erbberechtigt, falls ich ihn überhaupt jemals zu Gesicht bekommen sollte.«

»Warum habe ich immer Frauen, die ihre verschwundenen Angehörigen nicht finden wollen?«

Yvonne sitzt am Tisch und sucht ihr Lächeln. Sie öffnet kurz den Mund, um zu sehen, ob ein passendes Wort herausfällt. Nichts. Weder Lächeln noch Wort.

»Es gibt Stellen, an denen man sich registrieren kann.« Pauls Stimme hat ihre Strenge abgeschüttelt, das macht sie fast wieder froh. Sanft ist er jetzt und legt ihr seine Arme in den Nacken und die Nase an ihre Wange. »Die weggegebenen Kinder entscheiden dann selbst, wann und ob sie ihre leiblichen Eltern aufsuchen möchten. Gib ihm eine Chance.«

»Ja«, sagt Yvonne. »Wo gibt es diese Stellen?« Während der Satz *Gib ihm eine Chance* in ihr Herz einsickert, kommt ihr eine Idee. »Ich könnte Bettina bitten, es für mich herauszufinden. Sie hat Internet und kennt sich aus, wie man darin sucht.«

»Endlich! Lass dich küssen«, ruft Paul, reißt seine Arme auf. »Seit fünf Jahren warte ich, dass etwas von dir in dieser Richtung kommt. Wann wirst du sie fragen?«

»Noch bevor wir nach Malaucène fahren. Diese Woche noch.«

»Das ist ein Wort«, antwortet Paul, dann läutet es an der Haustür.

Wolfgang steht auf dem Schuhabstreifer, mit dem Blick eines Hundes aus dem Tierheim, der eine neue Heimat sucht. »Ich wollte fragen, ob ich deine Frau zu einem Spaziergang mit mir bewegen kann, ich brauche weiblichen Rat.«

Yvonne kommt herbei, da steht Wolfgang, äußerlich gepflegt bis unter die Achselhöhlen, unauffällig und teuer gekleidet wie sein Vater, doch innerlich abgerissen, obdachlos, am Ende. »Komm erst mal rein«, sagt sie. »Gerne gehe ich mit dir spazieren, allerdings ohne Schweigegelübde gegenüber Paul.«

»Meine derzeitige Verfassung erlaubt mir keinen falschen Stolz«, antwortet er. Dann umreißt er kurz, in welche Situation sich ihre Ehe manövriert hat. »Und während sie sagte, der Typ sei kein Inder, sondern ein Israeli, sah ich in ihren Augen, dass dies kein kleines vorübergehendes Ding ist. Sie liebt diesen Kerl, weiß Gott.«

»Bist du etwa eifersüchtig?«, fragt Yvonne mit einem Grinsen.

»Natürlich! Was denkst du denn?«

»Du hast eben dieses Verlassenheitsding in deinem Leben, das wird dir immer bleiben«, sagt Yvonne. »Man könnte auch souverän darauf reagieren.«

»Du meinst, Bettinas Zumutungen genügen noch nicht, um einen Mann umzuhauen?«, fragt er, steht auf, geht zum Fenster und starrt hinaus, beide Fäuste in den Hosentaschen. Yvonne und Paul sehen sich lange in die Augen. Irgendwann dreht Wolfgang sich zu ihnen um. »Soll ich kurz raus? Störe ich?«

»Nein, ist alles in Ordnung«, antwortet sein Vater, und zu Yvonne gewandt: »Walte deines Amtes.«

»Mir scheint, da genügt ein kleiner Spaziergang nicht.« Yvonne richtet sich an Wolfgang, »Hast du Zeit bis morgen? Wir könnten wandern gehen.«

»Bis morgen?« Er wirft einen scheuen Seitenblick auf seinen gelassen wirkenden Vater. Dann geht in Wolfgangs Gesicht die Morgensonne auf.

Sie wandern ein Stück auf dem Schwarzwald-Westweg und es ist gut, dass sie Zeit haben. Yvonne erzählt Wolfgang zum ersten Mal von ihrem Sohn und den Umständen seiner Geburt, und dass sie ihn jetzt endlich finden will. Er ist betroffen, berührt. Eine neue Nähe entsteht zwischen den beiden und bereichert ihre Vertrautheit.

»Da hast du mit meinem Vater soeben ohne Worte, nur mit den Augen, ausdiskutiert, dass du mit mir die Nacht verbringst?«, fragt er später.

»Wäre dein Vater nicht außergewöhnlich souverän, hätte er eine Frau wie mich nicht heiraten können.« Dann ergänzt sie: »Zudem ist noch nicht klar, was wir beide heute Nacht miteinander machen werden.«

»Es ist sonnenklar, was wir heute Nacht miteinander machen werden.«

»Lass es doch offen und wart's ab.«

»Ich kanns kaum abwarten.«

»Und? Was ist nur aus deiner kleinen schüchternen Jungfrau geworden?«, fragt Yvonne, ohne darauf einzugehen.

»Das kannst du wohl sagen, mein Gott!«

»Vor sechs Jahren hast du ein pflegeleichtes Weibchen geheiratet, das dir nicht gefährlich werden kann, gib's zu. Und dazu noch eine, die den Sex im Leib trägt. Two in one, sagt man auf Neudeutsch, nicht wahr?«

»Nicht bewusst, aber in etwa kommt's hin.«

Der Wanderweg ist anstrengend, es geht steil nach oben, für eine Weile kehrt Ruhe ein.

»Was hast du vorhin gemeint mit Verlassenheitsproblem?«

»Junge, Junge, ist dir dein Gehirn in die Wanderschuhe gerutscht?«

»Vielleicht bin ich betriebsblind.«

»Ich fasse zusammen: Das Kind verliert die Mama, der Großvater fängt es am Abgrund auf, der Vater ist überfordert, dann schießt sich der Opa in den Kopf und das Kind gibt dem Vater die Schuld dafür. Also: Mama weg, Opa weg, Papa weg und das Kind schwebt allein im weiten, grenzenlosen Raum. Als dann die Sexualität drängt, krepiert es fast, weil die Brücke zur Außenwelt und damit zur Weiblichkeit, die es so dringend braucht, abgebrochen ist.«

Die nächste Wegstrecke verbringen sie schweigend. Beide haben genug nachzufühlen mit den je eigenen Themen.

»Deine Bettina ist eine Gottsucherin«, beginnt Yvonne später.

»Eine Gottsucherin?«

»Das ist ein Weg, keine Auffassung und schon gar keine Religion.«

»Hm ...«

»Es ist in ihr angelegt, auch wenn es für dein Agnostiker-Gehirn nicht verständlich ist. Sie wird immer wieder Unfälle oder Katastrophen produzieren, wenn sie ihren Weg nicht geht, so schätze ich es jedenfalls ein.«

»Dann gibt es die Chance, dass die Katastrophen aufhören, wenn sie den lieben Gott gefunden hat? Kann man diesen Prozess beschleunigen?«

»Es ist ein Weg. Da gibt es nichts zu finden oder zu besitzen. Irgendwann wird sie einen hellen Morgen sehen oder ein Licht in ihrem Inneren, sie wird es als Heimat empfinden und immer weiter in diese Richtung ziehen. Niemand, weder Kind noch Mann, wird sie daran hindern.«

»Heller Morgen? Licht? Hoffentlich wird sie mir keine esoterische Tussi. Sie treibt sich schon in Sekten herum.«

»Wie wär's anstatt Licht mit großem Gesang?«, fragt Yvonne.

»Rilke. Schon besser.«

Er nimmt ihre Hand, denn das Wegstück ist breit und sie können nebeneinander gehen. Schweigendes, schwingendes, liebendes Nebeneinander.

»Ist diese Suche nicht in uns allen angelegt?«, fragt Wolfgang.

»Ich glaube schon, aber es erscheint mir, als hätte Bettina im Gegensatz zu uns anderen keine Möglichkeit, dieser Gottsuche auszuweichen. Aber du kennst sie besser, wie siehst du sie?«

»Ich hab' sie nie von dieser Seite gesehen. Sie ist so weltfremd und verträumt. Ehrlich gesagt, – außer in dem Computerzeug – habe ich mich ihr in allem überlegen gefühlt.«

»Ändert sich das gerade?«

»Ja.« Wolfgang schaut seinem eigenen Ja nach wie einem schönen Vogel, der seinem Mund entschlüpft ist und nun seelenruhig majestätische Kreise über den Feldern zieht.

»Bettinas Weg zu Gott oder zur Freiheit, wie immer wir es nennen, geht durch die Sexualität hindurch«, sagt Yvonne. »Bei ihr ist es jedenfalls so, da bin ich sicher. Sie muss da durch, sonst wird sie eine verhutzelte Nonne.«

»Nicht unter meiner Bettdecke«, prahlt Wolfgang und wirft sich in die Brust.

»Wenn du sie festhältst, wird sie dir unter deinen Händen verwelken. Hast du nicht schon eine Kostprobe davon bekommen?«

»Allerdings.«

Nach einer halben Stunde strammen Fußmarsches sagt Yvonne: »Eine Frau wie Bettina kannst du nicht festhalten, aber du musst ihr standhalten, sonst wirst du sie verlieren.«

Das Wandern tut gut, die anstrengenden wie auch die gemütlichen Wegstrecken. Ebenso die Stille zwischendurch.

Im Hotel angekommen, nimmt Wolfgang ein Doppelzimmer. Natürlich. Beim Abendessen fragt er: »Und, wie geht meine Biografie weiter, nachdem das Kind fast krepiert ist? Hat es dann die gute Fee gefunden?«

»Willst du gerade unsere gemeinsame Nacht geistig vorbereiten?«, fragt Yvonne, und beide grinsen. Dann fährt sie fort: »Das Kind findet seine Ersatzmama Yvonne, die es an ihrem Busen nuckeln lässt, bis es flügge ist.«

»Und die Ersatzmama findet ihren Ersatzsohn?«

»Wie gut du nur kombinieren kannst.«

Kichern bei beiden, dann werden sie still und schauen sich an. Mutter und Sohn? Frau und Mann? Alte Vertraute? Liebende? Freundschaft fürs Leben? Alles ist Gegenwart.

»Das Kind, nunmehr ein ausgewachsener Kindskopf«, feixt Yvonne, »teilt die Frauen in zwei Gruppen ein: solche, die ihm nicht gefährlich sind, mit denen er Sex haben kann, das sind die Reiferen, Verheirateten, und die anderen interessieren ihn noch nicht.«

»Bis ...?«

»Bis die Jungfrau Maria namens Bettina mit ihrem fassungslosen Blick in seine Augen schaut. Er heiratet sie von der Kinderkirche weg – und sogar im Hochzeitskleid seiner Mutter!«

Wolfgang schlägt sich an die Stirn.

»Jetzt hat er beides und kann sich endlich auch mit seinem Herzen voll und ganz einlassen, denn dieses Mädchen ist so unerfahren wie kontrollierbar. Außen Nonne, innen schlafender Vulkan, und voilà: Mein Wolfgang ist krank vor Liebe.«

»So viel zum Thema Romantik«, sagt er und atmet durch. »Und was hat das mit meiner jetzigen Situation zu tun?«

»Du verlierst gerade dein Wunschbild von Bettina, nicht sie selbst. Wenn du so willst, verlierst du deine Mama noch mal. Ist das nicht logisch?«

»Aber ich habe zu Bettina keine Mama-Beziehung.«

»Nein, die hast du delegiert. Kluger Deal.«

»An dich?«

»Da ich nicht mehr zur Verfügung stand, an all die kleinen Affären, die du von Anfang an hattest, ohne je deiner Frau Rechenschaft abzulegen.«

Erschrockene Stille über dem Restauranttisch.

»Woher weißt du das?«

»Ich bitte dich!«

Wolfgang kaut an seiner Unterlippe und dreht den Bierdeckel in der Hand. Als der Kellner kommt, um die Bestellung aufzunehmen, nimmt er einen tiefen Atemzug.

»Und denke ja nicht, dass Bettina das nicht weiß«, fährt Yvonne nach einiger Zeit fort.

Wolfgang zieht die Stirn in Runzeln. »Glaub ich nicht.«

»So dumm kann nur ein Mann sein.«

»Hmm«, macht er und bläst die Luft aus.

»Jede andere Ehefrau – jede! – würde bei deinem Verhalten die Scheidung einreichen oder, je nach finanzieller Vorteilslage, ganz diskret dein Ableben planen. Aber Bettina scheint es dir zu gönnen. Für sie ist es nicht der Rede wert! Sieh die Größe deiner Frau!«

Die Suppe wird schweigend ausgelöffelt. Als der Hauptgang auf dem Tisch steht, fragt er: »Und was meinst du mit: ›ihr standhalten‹?«

»Du wirst ihr alles zu Füßen legen. Du wirst nicht feilschen, keine Arrangements aushandeln und keine Kompromisse, kein kleinliches ›*Wenn du das machst, darf ich das auch*‹.

Mit Bettina zu leben bedeutet, dass du ihr Kind lieben und versorgen wirst wie dein eigenes, mit der Betonung auf *lieben*. Und du wirst deine Frau vollkommen freigeben, sexuell, spirituell und, wo es möglich ist, auch zeitlich. Ohne jede Bedingung. Du wirst ihr den Rücken stärken, egal wohin sie geht, und du wirst trotzdem in deiner Liebe bleiben, aber bei Letzterem sehe ich kein Problem, denn ihr habt eine starke Liebe zueinander.«

»Puh ...«

»Was du dabei gewinnst, ist ein Zuwachs an männlicher Souveränität. Und du gewinnst deine Frau als die, die sie ist. Das bedeutet es, einer Frau standhalten zu können. Wenn du jetzt nicht als Mann hinter ihr stehen kannst, wirst du alles verlieren. Bettinas Seele ist zu groß, um sich in der Mittelmäßigkeit eines zu klein geratenen Lebens einrichten zu können.«

»Und meine eigenen kleinen Ausflüchte?«, fragt Wolfgang nach einer langen Pause.

»Das steht auf einem anderen Blatt und hat nichts damit zu tun. Du wirst sie nicht ihre Freiheit erkaufen lassen mit der Erlaubnis, dass du fremdgehen darfst.«

»Das kann ich verstehen.«

Später liegen sie nebeneinander im Bett wie ein Ehepaar, nur ohne Nachtkleider, und blicken an die Decke.

»Du wirkst traurig«, sagt Yvonne leise.

»Vielleicht.« Nach einer Weile fügt er hinzu: »Ja ... ich könnte heulen und weiß nicht warum.«

»Es gibt ja auch einiges zu betrauern.« Yvonnes Stimme umgibt ihn wie warmer Samt.

»Was denn?«

»Vielleicht, dass du keine eigenen Kinder mehr haben kannst?«

Still ist es jetzt im Doppelzimmer. Vom offenen Fenster schwebt frische, ruhige Luft, ein Gruß von den kühlen Schwarzwaldtannen, die den Raum der Einkehr schützen wie die Höhle eines Eremiten.

»Du hast dein Kind verloren. Euren Benjamin«, flüstert Yvonne in sein Ohr. Blätter voller Traurigkeit fallen auf ihn herab, süß und echt, doch noch immer presst er die Lippen zusammen, obwohl seine Ohren bereits schmerzen.

Er erschnuppert den vertrauten und schon lange vermissten Duft Yvonnes neben sich, legt seine Wange an die warme Haut ihres Oberarms. Dann leise, sehr leise, wie der Abend, der die Erde wiegt, sagt sie: »Mir scheint auch, die Tränen um deine Mutter sind noch lange nicht fertig geweint.«

»Meine Mutter?« Seine Stimme ist brüchig.

Zuletzt, nicht flüsternd, aber noch leiser, wie die letzten ersterbenden Töne einer Fuge in h-Moll, sagt Yvonne: »Sie war doch selbst so elend verlassen.«

»Meine Mutter?«, fragt er noch einmal.

»Ja.«

Im Schweigen, das beide umgibt wie eine heilsame Aura, legt Wolfgang den Kopf an Yvonnes Brust und sie berührt seine Haare. Leicht wie ein Vögelchen lässt sie ihre Hand dort.

Lange liegen sie so und ihr Busen wird immer nasser von seinen lautlosen Tränen, bis ein leichter Schlummer sie beide einhüllt. Dann kommt ein unwillkürlicher Seufzer aus seinem Halbschlaf und jetzt schluchzt er hemmungslos. Er rollt sich neben ihr ein und kann nicht aufhören, wie ein Kind zu weinen. Sie hält ihn und ist bei ihm, bis es wieder ruhig wird und der Schlaf erneut über sie beide kommt.

In der Nacht wachen sie auf. Alle zwei sind weich und innerlich wund. Wolfgang streicht mit großer Zärtlichkeit über ihre Haare, küsst ihre Wange. Nass ist sein Gesicht und auch das ihre, er lässt seine Nase dort liegen und flüstert ihr ins Ohr: »Und was ist mit den Tränen der verwaisten Mutter um ihr weggegebenes Kind?«

»Ich flenne doch schon ständig«, flüstert sie und sie kichern und weinen gleichzeitig. Die ganze Nacht bleiben sie zusammengekauert, schlummern manchmal, wachen ein wenig, weinen wieder und schlafen ein. Sie liegen Haut an Haut, und die ist nass vom Schweiß und von den Tränen.

An einem lauen Abend liegen Bettina und Wolfgang bei offenem Fenster im Bett, da sagt Wolfgang: »Ich habe Affären.«

»Ich weiß.«

»Du hast das immer gewusst?«

»Natürlich.«

»Oh je«, sagt er und fasst sich an die Stirn.

»Seltsam. Du hast wie ein Löwe für unsere Liebe gekämpft.«

»Stimmt. Und das werde ich immer tun«, sagt Wolfgang.

»Aber du hast sie gleichzeitig gefährdet.«

»Vielleicht war ich zu naiv«, antwortet er.

»Hast du im Ernst gedacht, ich würde nichts mitkriegen?«

»Ja.«

Bettina kichert. »Was treibt dich denn?«

»Was denkst du selbst, wenn du es die ganzen Jahre gewusst hast?«

»Hmm ... Angst vor dem Alleinsein?«

»Da ist was dran ... «

»Vielleicht ist es die Sucht nach dem Adrenalin? Aufs Spiel setzen, was man am meisten liebt?«, fragt sie.

»Glaub ich nicht.«

»Du lebst deine Mutterwunde in den Frauen aus.«

»Und wieso hat dir das nie was ausgemacht, Frau Psychologin?«

»Dass du es heimlich machst, hat mir schon was ausgemacht.«

»Das war wohl ziemlich dumm«, sagt er nach einer Weile.

»Ja, das war dumm.« Dann kichert sie. »Zu deiner Ehrenrettung: Ich habe dir das mit Uziya ja auch erst gesagt, als es nicht mehr anders ging.«

»Das hat mich am meisten angekotzt.«

»Ich weiß.«

Als Ari geboren wird, ist es Liebe auf den ersten Blick. Wolfgang freut sich wie wild über seinen Sohn und das Kind ist vom ersten Moment an auf ihn ausgerichtet. Eines Samstags geht er mit ihm in die Synagoge. Ari sitzt auf seinem Schoß und Wolfgang lauscht den unbekannten Worten und

Gesängen, dem feierlichen Ausheben der Thora, dem Singsang des Vorlesens. Er atmet die fremden Düfte ein, betrachtet die hebräische Schrift der Bibel, die für ihn unlesbar ist, und versucht, feine Fäden seiner eigenen Wurzeln mütterlicherseits zu erspüren. Da steckt er seine Nase in die dunklen Locken des Kindes, die sich um die Kippa ringeln und dankt ihm wortlos, dass es ihn wieder mit dem verloren geglaubten Teil seiner Herkunft verbunden hat.

Ein halbes Jahr nach Aris Geburt legt Bettina am Flughafen Ben Gurion in Tel Aviv die dunkelhaarige Frucht ihrer deutsch-israelischen Begegnung in Uziyas Arme. Seine Augen glänzen wie zwei schwarze Südseeperlen und tanzen zwischen ihr und ihrem gemeinsamen Kind hin und her, als wüssten sie nicht, wo sie zur Ruhe kommen sollen. Dann küsst er Bettina und seine weichen Lippen sind Heimat und Exotik in einem, sie schmecken nach Indien und nach Stille, nach Einsamkeit und nach tiefem Glück. Während sie so in der Ankunftshalle stehen, ihr Kind liebevoll eingebettet zwischen ihren warmen Körpern, kommt es Bettina vor, als würde sich eine weiße Lotusblüte unter ihnen öffnen und sie alle drei sanft schützend umfangen.

»Er wird Schwartz heißen«, sagt sie, als sie auf dem Balkon ihres Ferienappartements in Jaffa sitzen. Uziya hat Ari im Tragetuch. Er wirft einen kurzen Seitenblick auf sie, dann schaut er lange auf das Meer und den Horizont. Von der Stadt her ist die Schabbatsirene zu hören.

»Ja«, antwortet er nach einer Weile.

»Mein Mann wird die Vaterschaft übernehmen, einschließlich allem, was dazu gehört.«

Langsam, mit großer Zartheit legt Uziya seine Hände um das Baby und neigt den Kopf so, dass seine Lippen die kindlichen Flaumhaare berühren. Lautlos erschnuppert er den Säuglingsduft. Die Pausen zwischen ihnen sind wie eh und je mit hoher Intensität gefüllt, so als läge eine unsichtbare, schwingende Kuppel aus Glas über ihnen, die jedem Gedanken ein Echo verleiht.

»Ja«, antwortet er, ohne sein Gesicht von dem Kind zu lösen. Nach einer weiteren Zeit der Stille fragt er: »Liebt er ihn denn auch?«

»Das tut er wahrlich.«

»Mhm.«

»Wir werden dir das Kind nie entfremden. Es wird seine Wurzeln kennen.« Sie sagt ›wir‹ und signalisiert damit ihre Zugehörigkeit zu Wolfgang.

»Liebst du deinen Mann?«

»Er ist mein Leben.«

Dann schaut er sie an, wickelt eine ihrer Haarsträhnen um seinen Finger und sagt: »Ich liebe dich noch immer.«

»Ja«, antwortet sie und blickt aufs Meer. Er reicht ihr das Kind, damit sie es an die Brust legen kann. Weit draußen spielen Delfine. Nach einigen ruhigen Atemzügen wendet sie sich zu Uziya und sagt sehr leise: »Ich dich auch.«

Sie bringt ihm bei, das Baby zu wickeln. Dann legen sie ihr Kind in sein Bettchen und nachdem es eingeschlafen ist, nimmt Uziya Bettinas Hand. »Komm«, sagt er.

In der Grube zwischen seinem Hals und seinem Schlüsselbein duftet es noch immer wie die Wasserquelle vom En Gedi, wie das sprießende Grün nach dem Winterregen am Sinai und wie das bittere Fleisch einer frischen Grapefruit vom Kibbuz Kfar Giladi, und auch in Israel gibt es Rosen, die von Zeit zu Zeit ihre Blütenblätter abwerfen und das Lied vom Werden und Vergehen singen.

Zwei Tage vor ihrer Rückreise besuchen sie Uziyas Eltern und stellen ihnen deren Enkelkind vor. Als er viel später heiratet, ringt Uziya seiner Braut die Erlaubnis ab, wie seither zwei Mal im Jahr mit seiner deutschen Freundin und seinem Sohn Zeit verbringen zu dürfen. Die Liebe zwischen Bettina und Uziya muss nicht abgetrieben werden. Die beiden bleiben sich treu bis an ihr Lebensende.

Stuttgart 2015

Silberne Hochzeit von Bettina und Wolfgang, Feier im kleinen Kreis

»Wo habt ihr euch eigentlich kennengelernt, Tante Yvonne? Du und Opa Paul?«, fragt Sarah.

»Auf der Hochzeit deiner Eltern«, sagt Opa Paul.

»Ach, seid ihr erst 25 Jahre verheiratet? So lange wie unsere Eltern?«

»Was heißt erst?«, fragt Yvonne.

»Ich dachte, ihr seid schon seit Jahrhunderten zusammen, seit dem Tod von Papas Mutter.«

»Nein, jeder von uns hatte vorher mehrere Leben, dein Opa und ich.«

»Warst du berufstätig?«

»Immer«, antwortet Yvonne.

»Und was hast du gemacht?«

»Hebamme«, schießt es von Wolfgangs Seite herüber.

»Was? Das kann nicht sein!«

»Na ja«, sagt Opa Paul und unterstützt seinen Sohn. »Hebamme heißt doch auf Französisch sage-femme, also weise Frau. Sie hat als weise Frau gearbeitet.«

»Hä? Ich verstehe gar nichts mehr.«

Da richtet sich Yvonne auf und sagt: »Na, meine Herren, wollen wir wieder Familiengeheimnisse aufbauen? Sarah, ich habe mein Leben lang als Prostituierte gearbeitet, bis ich deinen Großvater geheiratet habe.«

In diesem Moment fällt Opa Hans, der seither nichts gesagt hat, ein Stück Kuchen von der Gabel, aber er hätte sowieso vergessen, es in seinen offengebliebenen Mund zu schieben. Der achtzehnjährige Ari macht zuerst riesige, dann – sofort – zu Tode gelangweilte Augen.

Sarah fasst sich an die Stirn. »Ihr veräppelt mich alle hier, so ein Quatsch!«

Yvonne sagt nichts, lächelt so lange, bis es bei Sarah eingesickert ist.

»Opa Paul?«, fragt sie dann mit ungläubigem Blick.

»Frag deinen Vater«, sagt der.

»Mama?«

»Frag deinen Vater«, sagt die Mama grinsend.

»Pa-pa?«

»Ich bleib' bei Hebamme, alles andere fällt unter die väterlich-elterliche Schweigepflicht«, sagt Wolfgang.

»What ...? Wo bin ich hier gelandet? Opa Paul, aber ... wie ... «

»Ich erzähl dir die ganze Geschichte, wenn du erwachsen bist«, antwortet der Opa.

»He ... ich bin fast fünfundzwanzig!«

»Sag ich doch«, entgegnet Opa Paul zur allgemeinen Erheiterung.

Wie eine kühlende, beruhigende Salbe legt Yvonne Sarah ihre Hand aufs Knie, denn bei allem Humor schwebt nun eine tiefe Verunsicherung um die junge Frau.

»Lass uns nächste Woche ins Thermalbad gehen, hast du Lust? Ich erzähle dir alles. Du kannst mir auch von dir erzählen.«
»Von mir?«
Nur Yvonne spürt, dass Sarah einen Wimpernschlag lang den Tränen nah ist, sie spürt auch die Wut unter den Tränen. Dann schluckt sie und rappelt sich sekundenschnell wieder auf.
»Erzählst du mir dann auch, warum Papa die ganze Zeit von Hebamme quatscht?«
»Nein«, sagt Wolfgang.
»Ja«, sagt Yvonne und wirft Wolfgang einen vollendeten Luftkuss zu.

Später geht Yvonne allein in den Garten, um sich die Füße zu vertreten und den Wind ins Gesicht wehen zu lassen. Wie schwierig es jedes Mal ist, offen über ihren Beruf zu reden und wie verletzlich sie nach wie vor ist! Sie setzt sich auf die Bank. Da kommt Hans und gesellt sich zu ihr. Kränklich ist er geworden. Ganz anders als Paul, der im gleichen Alter und noch sehr rüstig ist.
Lange sitzen sie schweigend beisammen. Männergespräche, hätte Wolfgang dazu gesagt. »Dein Geheimnis bleibt gewahrt«, sagt Yvonne schließlich.
»Was weißt du?«, fragt der alte Mann.
»Ich weiß gar nichts. Ich sehe und ich kann falsch liegen.«
»Was?«
»Einen Mann voller Liebe, der auch zum Gewaltverbrecher hätte werden können. Du hast gewählt. Darin liegt deine Größe.«

Beide brauchen die aufkommende Stille, um der gegenseitigen Verehrung Raum zu geben, um sie zwischen sich schwingen und aufgehen zu lassen in ihren Seelen.

»Mein Glaube hat mir geholfen.«

Nach einer Weile schiebt Yvonne nach: »Und das Studio Arachne in Bad Cannstatt.«

Stutzen bei Hans, dann herzliches, gelöstes Lachen bei beiden. Es geht in gemeinsames Kichern über, das nicht enden will. Lachen und noch mal Lachen, wie zwei Pubertierende. Bettina und Sarah schlendern herbei.

»So habe ich dich noch nie lachen sehen, Papa. Was ist denn hier los?«, fragt Bettina.

»Nichts für Kinder«, kontert Yvonne, schreiend vor Lachen.

»He – ich bin einundfünfzig!«

»Sag ich doch«, sagt Yvonne.

Nachdem Hans zurück ins Haus gegangen ist, sagt Bettina zu Yvonne: »Du kannst aber auch jeden Mann – wie soll ich sagen – auf eine Art aufschließen. Du hast irgendeinen Schlüssel, der Männer locker macht.«

»Ich habe keinen Schlüssel«, sagt Yvonne. »Den Mann Mann sein lassen, das genügt schon.«

Nach einer Weile wirft Sarah ein: »Und die Frau? Wer lässt die Frau Frau sein?«

Da überlegt Yvonne lange und antwortet dann: »Die Frau ist wie die Erde. Wenn sie lange genug untertan gemacht worden ist, gibt sie nichts mehr her. Dann steht der Mann ohne Nahrung da.«

»Seltsames Bild«, antwortet Sarah, und ihr Unwille ist spürbar. »Wieso sollen wir zuständig sein, dem Mann Nahrung zu geben?«

»Er wird sonst zu Fast Food greifen müssen, zu viel Zucker, Weißmehl, Machtspiele, Pornos, Fetisch – alles was süchtig macht. Heiße Luft und nirgends kühlendes, erdiges Leben. Und am Ende wird er sich noch als Frau verkleiden.« Vergnügtes Lachen allerseits.

»Machtspiele«, wiederholt Sarah dann wie zu sich selbst. Sie wirkt betroffen.

»Bleibt es bei unserem Frauentag nächste Woche?«, fragt Yvonne. »Nur wir beide?«

Sarah hat Wasser in den Augen. »Von mir aus«, antwortet sie und Yvonne merkt ihr die gemischten Gefühle an.

Diskret verzieht sich Bettina ins Haus.

Stärke

Sarah Schwartz, geb. 1991

Bad Wildbad 2015

»Ich finde, wir sind eine perverse Familie.«

»Wieso pervers?«, fragt Yvonne und bewegt sich genüsslich im warmen Wasser. Sie ist noch sinnlich und schlank, geht Sarah blitzschnell durch den Kopf. Mutig, dass sie in ihrem Alter noch nackt badet.

»Alle wissen, dass Ari nicht der Sohn von Papa ist. Aber dass Mama Aris Vater nach all den Jahren noch immer zum Geliebten hat, ist doch komisch, findest du nicht?«

»Was wäre die Alternative?«

»Wenn ich Papa wäre, würde ich verlangen, dass sie sich von ihm trennt. Er liebt Ari, das ist toll von ihm. Aber ... na ja.«

»Aber?«

»Zudem«, jetzt wechselt sie das Thema. »Papa geht fremd!«

»Woher weißt du das?« Yvonnes Augen sind immer noch groß, aber sie glitzern, als würde sie sich ein Lächeln verkneifen.

»Du grinst! Wusstest du das?«

»Nicht im Einzelnen.«

»Mein Gott ... Ich finde das zum Kotzen! Eure ganze Alt-Achtundsechziger-Generation mit eurer freien Liebe! Es ist mir so zuwider.«

»Aha, die junge Generation wird moralisch«, sagt Yvonne; und ihr provozierender Ton stellt die

Herdplatte unter Sarahs brodelndem Dampfkessel auf zehn. Warum hat sie sich nur auf diesen Thermalbadbesuch eingelassen? Sie sollte sich langsam von ihrer Familie lösen, auch von ihrer Tante. Was soll das werden? Von sich und ihrem kleinen Geheimnis wird sie nichts erzählen, da kann sich Yvonne noch so auf die Hinterfüße stellen.

»Was macht dich so wütend?«, fragt Yvonne jetzt.

»Wieso wütend?«

»Das Badewasser kocht schon von deinem Zorn.«

Sarah hält spontan die Hand ins Wasser, als ob sie die Temperatur prüfen wollte, dabei sitzt sie darin. Dann atmet sie durch, holt die Steine aus ihrem Herzen und wirft sie auf Yvonne:

»Dass du – wie ich dem Gespräch am Kaffeetisch neulich entnehmen musste – mit Opa und mit Papa etwas hattest. Und beide wissen voneinander! Findest du das nicht pervers? Hat Opa dich seinem Sohn zugeführt? Oder umgekehrt? Und dass ich davon ausgehen muss, dass die beiden alten Herren Puffgänger sind, das irritiert mich total!«

Yvonne zieht die Luft ein. Sarah weiß, dass sie verletzend ist, aber die Wahrheit muss jetzt ans Licht. Und wenn sie schon dabei ist, legt sie nach: »Als Nutte zu arbeiten, muss echt eklig sein. All die fetten, alten Typen, die nach einem geifern. Ich könnte das nicht.«

Jetzt versucht sie, ihre wildgewordenen Pferde zu zügeln, doch die denken nicht daran, sich zurückhalten zu lassen, also lässt sie die Zügel wieder los:

»Ich finde es ethisch unverantwortlich, in so einem Beruf zu arbeiten. Was ist mit Zwangsprostitution und Menschenhandel? Willst du dieses widerwärtige Gewerbe noch unterstützen?« An Yvonnes Hals prangen jetzt rote Flecken. Ach egal, jetzt packt sie alles auf den Tisch: »Es sind immer die Frauen, die die Männer bedienen und die Beine für sie breitmachen. Warum nicht umgekehrt? Man müsste das Gewerbe endlich auch bei uns verbieten!«

»So, meine Liebe!«, unterbricht die Tante. »Jetzt haben wir genug Stoff für den heutigen Tag. Fangen wir doch bei deinen Eltern an. Was regt dich auf bei der Tatsache, dass dein Vater fremdgeht?«

»Mein Gott, ist das nicht klar?«, wütet Sarah.

»Nein, ist mir nicht klar. Hast du Angst, dass die Familie auseinanderbricht?«

»Natürlich nicht. Die würden sich niemals trennen, die lieben sich doch abgöttisch. Aber er betrügt Mama!«

»Was ist Betrug?«

»Fremdgehen, was sonst?«

»Und wenn sie Bescheid wüsste?«

»Noch perverser!«

»Oder ist es so, dass dein heiliger, über alles geliebter Papa gerade von dem Podest fällt, auf den du ihn gehoben hast?«, fragt Yvonne jetzt und bei Sarah bricht die Hitze aus. Sie taucht mit dem Kopf unter Wasser und hofft, dass die Röte in ihrem Gesicht vom Badewasser abgewaschen wird.

Die schöne historische Therme in Bad Wildbad bietet zum Glück genügend Möglichkeiten, die Blicke ausschweifen zu lassen. Yvonne wirkt verletzt.

Sie schaut sinnierend gerade aus, dorthin, wo die Badegäste herumlaufen, nackt oder in Badekleidung, dick oder dünn, schwammig oder sportlich. Jeder folgt seiner eigenen Wunde und tut so, als gäbe es keine, doch in den Augen derer, die allein hier sind, steht die Lebenslast, die sie schleppen. In all diesen Menschen fühlt Sarah jetzt ihren eigenen Schmerz, als ob Yvonnes Blicke sie dahin geführt hätten.

»Jetzt bin ich bald fünfundzwanzig und hab noch nie einen Mann gehabt, den ich wirklich lieben konnte.«

»Und wie viele Männer hast du schon verbraucht auf der vergeblichen Suche nach Liebe?«

»Hmm ... vielleicht zehn insgesamt. Ungefähr. Weiß nicht, vielleicht auch mehr.«

»Das ist nicht wenig für dein zartes Alter und dafür, dass du Kirchenmusik studierst«, kontert Yvonne jetzt mit einem unergründlichen Grinsen.

Sarah stutzt. Bildet ihre Musik einen Gegensatz zu ihrem verkorksten Liebesleben? Als sie im Alter von drei Jahren zum ersten Mal Orgelmusik hörte, wäre sie in den Klangmassen fast ertrunken. Ein riesiger Wal hat sie aus den Fluten gerettet, auf seinem pulsierenden, atmenden Leib durch die Wogen getragen und sie in eine Märchenwelt aus Tönen, Licht und Erde geführt.

Das war der Beginn einer großen Liebe – wuchtig, gewalttätig und doch sphärisch wie die Feeninsel Avalon. Es ist die Orgel, die ihr bleiben wird, solange sie lebt. Fadenscheinig und oberflächlich hingegen sind ihre unverbindlichen sexuellen

Begegnungen, zuckrig und süchtig machend wie der Konsum von Cola und McDonalds. Sie schüttelt ihre Gedanken ab. »Ich denke eben, das liegt an meiner schrägen Familie. Keine Ahnung, wie das geht, eine normale Familie, eine normale Paarbeziehung.«

»Aber du hast doch in deinen Eltern ein Beispiel, dass man sich treu sein kann!«

»Treu? Dass ich nicht lache!«

»Du musst weit gehen, um ein so treues Paar wie Wolfgang und Bettina zu finden«, sagt Yvonne jetzt mit einer ungewöhnlich kühlen Stimme, und dass sie ihre Eltern beim Vornamen nennt, irritiert Sarah noch mehr. Die Tante stellt mit dieser Aussage eine Distanz zu ihr her, als ob sie sie herausreißen wollte aus ihrer kindlichen Welt, wo man Papa und Mama sagt.

Sie irrt herum auf ihrer inneren Klaviatur zwischen Fortissimo und Pianissimo und weiß nicht mehr, wo es lang geht, schreien will sie vor Zorn, doch auf wen ist sie wütend? Auf ihren Vater? Auf ihre Tante? Auf ihre Mutter?

Alle meinen es doch so gut mit ihr, was will sie eigentlich? Hatte sie nicht eine gute Kindheit? Was stimmt nicht mit ihr? Sie ist ein entsetzlich verstimmtes Instrument – wer soll es je in Ordnung bringen? Jetzt drängt sich von unten das Lacrimoso in ihr Gemüt, sie kann es kaum verhindern, welch eine Traurigkeit – nein, sie will jetzt nicht heulen!

Dann spricht Yvonne weiter, und sie spricht mit einer sachlichen, fast kühlen Stimme: »Das Sexualleben der Eltern geht Kinder im Grunde nichts an, doch manchmal muss etwas ausgesprochen werden, damit die Spannung raus ist. Dein Vater geht zuweilen fremd und das tut er schon immer. Nenn es Marotte, nenn es Sucht, Betrug oder seinen Stil, womöglich mag er einfach nur die Frauen und die weibliche Haut.

Es ist seine Entscheidung und sein Leben. Deine Mutter weiß es schon immer. Sie lässt es nicht mit sich machen, sie gönnt es ihm. Das gleiche gilt umgekehrt: Dein Vater gönnt deiner Mutter ihren Geliebten in Israel. Sollten sie sich scheiden lassen?«

Sarah legt den Kopf an den Rand des Beckens und bläst ihren Atem aus.

»Dein unglückliches Liebesleben hat nur entfernt mit deinen Eltern zu tun. Da wirst du schon selbst hinschauen müssen.«

Die Kröte, die in Sarahs Hals sitzt, will ihr aus dem Mund hüpfen, auch wenn sie sich noch so bemüht, sie zu schlucken. Ihr Kinn zittert.

Doch Yvonne gibt keine Ruhe. Wie eine Vogelmutter, die beständig an der Eierschale pickt, legt sie nach: »Du pendelst in deinen Männerbeziehungen zwischen Verachtung und Hörigkeit. Das ist ein Drama, weil du in keinem der beiden Extreme dein Glück findest.«

In Sarahs Brust hat jemand einen Kanister Benzin ausgeschüttet und Yvonne hält ein Streichholz daran. Jetzt breitet sich ein Flammenteppich aus, der nur noch durch das Badewasser gelöscht werden kann, wenn überhaupt.

Sofort taucht sie unter, will nicht mehr auftauchen, fühlt sich ertappt wie ein Dieb beim

Ausräumen eines Nachtkastens; und erst als ihr die Luft ausgeht und sie wirklich nicht mehr anders kann, streckt sie das Gesicht wieder aus dem Wasser. »Woher weißt du das?«

»Ich weiß gar nichts. Erzähl du's mir.«

»Aber warum hast du das dann eben gesagt? Du musst doch etwas über mich wissen!«

»Wer lange genug in meinem Beruf gearbeitet hat, sieht unter die Gürtellinie«, antwortet Yvonne.

In Sarahs Kehle ist inzwischen ein Stausee zusammengelaufen. Warum ist Tante Yvonne so kühl? So hat sie sie noch nie erlebt. Ist sie sauer? Was passiert gerade? Wessen Idee war das? Ein Frauentag? Was tut sie hier? Wie konnte sie nur! Soll sie gehen? Sich anziehen?

Ihre Sandburg wird gerade geschleift, weil vom Meer her immer größere Wellen kommen. Sie kann es nicht verhindern, sie ist nicht mehr geborgen in Tante Yvonnes Armen, in denen sie sich schon als Kind ausweinen durfte. Vor allem nach Benjamins Tod, als ihre Eltern nicht wussten, wohin mit ihrem Schmerz, da haben sie für eine Weile das Boot nicht sehen können, in dem Sarah saß, mutterseelenallein, und das Boot war auf hoher See und nah am Kentern.

Da hat Yvonne sie gefunden, mit ihrem Rettungsschiff und hat sie in ihren warmen Armen geborgen. Jetzt sitzt ihre Tante hier und seziert sie, kalt wie ein Pathologe seine Leiche, nur dass die Leiche noch lebt und der Pathologe sagt: Das hier ist die Leber, sie ist gelb vom Ärger, und das ist das Herz, gebrochen vom Alleinsein, und irgendjemand muss die Verbindung vom Herz zum Unterleib gekappt haben. Und die lebende Leiche schreit und niemand hört sie. Dabei hat sie ihre Eltern als Vorbild vor sich, wie einen riesigen lebenden Altar. Sie weiß doch selbst, dass die beiden unzertrennlich sind, obwohl jeder sein eigenes Leben lebt. Ist sie neidisch auf ihre alten Eltern? Weil sie unwürdig ist, geliebt zu werden?

Sie hält sich den Mund zu, dann nimmt sie ihre Hände vors Gesicht, weil der Stausee sonst überlaufen und das Becken des Thermalbads überschwemmen könnte.

Vorsichtig, Millimeter für Millimeter, als würde sie den klebrigen Verband von einer unverheilten Wunde nehmen müssen, um sie neu zu verbinden, löst Yvonne die Hände von Sarahs Gesicht. Mit geschlossenen Augen schließt die Tante sie dann in ihre nassen Arme.

Yvonnes nackte, warme Brüste und die Liebe, die aus ihrem Herzen strömt, schenken Sarah Geborgenheit wie dem kleinen ertrinkendem Kind, das sie damals war. Jetzt bedauert sie, dass sie ihren Bikini anhat, mit den steifen Körbchen, denn sie hätte Yvonnes Haut gerne noch besser gespürt. Ihre Augen laufen über und all das Wasser darin strömt über Yvonnes Rücken ins Badewasser wie die Uracher Wasserfälle.

»Erzähl, mein Mädchen«, sagt Yvonne.

***

Ein Windzug, ein Fast-Zusammenknall an der Ecke der hohen Buchsbaumhecke, ein wütendes, lederhäutiges Männergesicht, das sich in Sekundenschnelle in ein hochmütiges Spottgesicht verwandelt und Sarahs Blick mit einem Peitschenschlag zu Boden wirft.

Dort stehen zwei braune Lederschuhe unter Jeans in Denim Blue, an denen ihre Augen wieder emporzuklettern versuchen. Sie rutschen ab an der goldfarbenen Gürtelschnalle und dem Hosenladen, der genau an dieser Stelle etwas stärker ausgewaschen ist als beim Rest der Jeans.

Nächster Versuch, noch ein Stück weiter nach oben, ein weißes Hemd, die Ärmel hochgekrempelt, und noch weiter; weiter, die oberen beiden Knöpfe sind offen und geben einem gut rasierten Adamsapfel Platz, bespannt mit gebräunter Haut. Dann einen Wimpernschlag lang dieses abfällige Gesicht unter angegrautem Kurzhaar. Im Versuch, an ihm vorbeizugehen, streift sie seinen kühlen, glatten Arm.

»Entschuldigung.« Das Wort rutscht ihr aus dem Mund wie ein Fischlein aus dem Netz und sie hält sich mit der Hand die Stelle, wo sein Arm ein Loch in ihre Haut gebrannt hat.

Er blickt mit graukalter Arroganz noch einmal zurück, bevor er weitergeht. Im nächsten Augenblick steigt er in einen dunkelblauen BMW. Das Kennzeichen, Mädchen, das Kennzeichen, schreit es in ihr. Auf der Nummerntafel steht *S-SM-2244*. Sarah ist am Boden festgebacken und schaut dem immer kleiner werdenden dunkelblauen Stück

Schicksal hinterher. Sie steht so lange da, bis der Asphalt von der Hitze schmilzt, die ihr durch die Füße abfließt. Es klopft und ein Gedanke begehrt Einlass in ihr Hirn, eine Frage eigentlich: Was mache ich hier? Zu Tante Yvonne wollte sie noch kurz, und zu Opa Paul, wenn sie schon gerade in Sillenbuch ist, doch ihre Füße gehen in die andere Richtung, zur Bushaltestelle und zum Bus in die Innenstadt, um dort für den Rest ihres Lebens einen dunkelblauen BMW mit dem Kennzeichen *S-SM-2244* zu suchen.

Der Wagen steht an der Bushaltestelle. Sarah rennt. Sie steht unter dem Glasdächlein der Haltestelle und blickt in das Auto. Der Mann macht an seinem Handy herum, hat sie noch nicht gesehen. Hat er sie noch nicht gesehen? Auf dem Beifahrersitz liegt die Hochglanzbroschüre einer Immobilienfirma, Immo-Gold, steht darauf.

Jetzt sieht er sie vom Auto aus von oben bis unten an, dann wieder von unten bis oben, und sein Blick ist unverschämt und hängt sich mit seinem groben Angelhaken in den Knopf ihrer Bluse, der ihre schönen Brüste zusammenhält. Dieser Haken an ihrem Blusenknopf lässt trübe, lüsterne Tropfen in ihren Unterleib fallen.

Ihre Augen haften auf Immo-Gold, dieser goldfarbenen Schrift, dann gibt er Gas und fährt Richtung Stuttgarter Innenstadt davon, aber da wird sie ja auch demnächst hinfahren, sobald der Bus kommt, denn sie muss nach Hause zu Michi. Er wird auf sie warten, hat sicher schon gekocht für sie. Als sie an der Bushaltestelle aussteigt, steht fünfzig Meter voraus auf der anderen Straßenseite ein dunkelblauer BMW und sie läuft an ihrem Haus vorbei, an dem oben Michi steht und ihr schon entgegenschaut.

Sie schwebt über die Straße, sodass die Straßenbahn mit lautem Getöse bremsen muss, während aus dem Fenster Michi schreit, er schreit ihren Namen. Sarah, heißt sie Sarah? Sie mag Michis Stimme nicht, wenn sie besorgt klingt – und im blauen BMW liegt keine Hochglanzbroschüre mit der goldenen Schrift Immo-Gold auf dem Beifahrersitz und auch die Autonummer ist eine andere.

Michi hat gekocht, aber sie hat keinen Hunger. Er ist enttäuscht, sein rundes Gesicht verliert an Form, als er sieht, wie sie das Essen stehen lässt. Er hat sich so bemüht, und seine hellbraunen Locken hängen ihm über sein linkes Auge.

Wenn du die Beziehung mit Michi auch wieder in den Sand setzt, bist du schön blöd, hat Anna heute Nachmittag gesagt. Das war kurz bevor Sarah mit den Jeans zusammengeknallt ist, die am Hosenladen ein wenig abgewetzter waren als an den Beinen und die dann im dunkelblauen BMW weggefahren sind.

Willst du ihn? Ich schenk ihn dir, hat Sarah gesagt und Anna hat verlegen gekichert. Nachher, wenn Michi es nicht merkt, wird sie Anna anrufen und ihr sagen, hol ihn dir ab, du kannst ihn haben, meinen Michi, er kocht gut. Aber natürlich ruft sie nicht an, denn wie soll Anna ihn abholen, schließlich hat sie kein Auto.

Später kommt Michi aus der Dusche. Sie liegt schon im Bett und mustert ihn mit stumpfen Augen. Nackt steht er auf dem hellen Wollteppich von Ikea und trocknet mit dem Handtuch seine nassen Locken, über den Füßen sind seine Knöchel, die in stämmige Waden übergehen und dann in Schenkel, die nach oben hin hell werden von den kurzen Hosen, die er jetzt im Sommer immer trägt.

Zwischen den weißen Schenkeln hängt sein haariger Hodensack und der Schwanz gaukelt krumm ein wenig nach rechts. Über dem Gemächt beginnt ein winziges, weißliches Bäuchlein, das in eine leicht behaarte Brust übergeht, die nach oben hin schmal wird und in seine Arme mündet. Die Arme haben wenig Muskeln, weil er täglich am Computer sitzt; schließlich studiert er Informatik.

Er kommt ins Bett und wälzt sich zu ihr, fasst ihr an die Brust und sagt: Ich habe Lust auf dich, und Sarah lässt ihn nochmal drüber, ein letztes Mal, denn morgen wird sie ihn Anna schenken.

Nachts steht sie auf und tippt in ihren Laptop Immo-Gold ein. Sie zieht sich an und läuft zu der Adresse, die im Internet angegeben ist. In den Auslagen hängen Bilder von Häusern und Villen mit Preisschildern.

Dann geht sie wieder nach Hause, und statt am nächsten Tag nach Tübingen zur Vorlesung zu fahren, fährt sie mit der Straßenbahn zu Immo-Gold und öffnet die Tür. Da sitzt er allein an einem Schreibtisch und wendet sich wieder seinem Bildschirm zu, nachdem er sie kurz aus den Augenwinkeln gesehen hat. In sein Gesicht hat das Leben mit einem spitzen Messer die Jahre geritzt. Er muss im Alter ihres Vaters sein.

»Was willst du?«, fragt er, ohne aufzusehen.

»Ich weiß nicht«, sagt sie, bleibt aber stehen wie ein Hündchen, dem man beigebracht hat, Männchen zu machen, und das jetzt auf seinen nächsten Befehl wartet.

Er erhebt sich und sagt: »Ich weiß, was du willst«, und nimmt ihre Hand und legt sie auf die Stelle seiner Jeans, die schon ein bisschen mehr ausgebleicht ist als der Rest der Hose, und diese Stelle ist jetzt hart. »Ist es das, was du willst?«

»Ich weiß es nicht.«

»Doch, du weißt es«, sagt der Mann, dann dreht er sie gegen die Tür.

***

»Und wie lange geht diese Trance schon?«, fragt Yvonne. Sie sitzen schon wieder im Auto Richtung Stuttgart und Sarah ist froh, dass sie ihren Blick geradeaus auf den Verkehr richten kann.

»Sechs Wochen.« Nie hätte Sarah gedacht, dass sie einmal jemandem von diesen Obsessionen erzählen würde.

»Gegen erotische Machtspielchen ist nichts einzuwenden«, sagt Yvonne nachdenklich. »Wenn man es wählt und steuern kann.«

»Vielleicht ist es Sucht. Aber woher kommt die? Und warum liebt mich kein normaler Mann? Was habe ich an mir?«

»Was für ein Liebesleben würdest du dir denn wünschen?«

»Einfach ganz normal, man ist auf Augenhöhe, man achtet sich, man macht den Alltag miteinander, kann sich über alles Mögliche austauschen, kann auch mal streiten, hat Lust, anstatt aufgestachelte Lüsternheit. Man hat Sex, der einen nicht leer und hungrig hinterlässt, wie bei Michi, und auch bei dem Immo-Typen – so in etwa halt.«

»Eigentlich keine zu hoch gegriffenen Wünsche«, sagt Yvonne.

»Ich habe keine Ahnung, wie ich so jemanden finden soll.«

Yvonne schweigt lange. Irgendwann fragt sie, wie es dem Opa Hans geht.

»Mama hat ihn jetzt zu uns ins Haus geholt. Nach der Silbernen Hochzeit ist er krank geworden. Es sieht so aus, als würde er es nicht mehr lange machen, er wird täglich schwächer.«

Nach einer weiteren Schweigephase sagt Yvonne: »Es muss noch eine Leiche im Keller eurer Familie geben.«

»Was meinst du?«

»Manchmal erlebt man in der Kindheit etwas, das man vergisst. Oder wir tragen unverarbeitete Erschütterungen unserer Eltern oder Großeltern mit uns herum, auch wenn wir sie ganz anders ausleben als diese damals.«

So etwas hat Sarah schon mal gehört.

»Noch ein Wort zu Wolfgang, deinem Papa«, fügt Yvonne an. »Du stellst ihn zwischen dich und die Männerwelt, damit du dir beweisen kannst, dass es keinen besseren als ihn gibt. Alles Schlampen außer Mutti, sagt man bei Männern. Lass dir nicht die Sicht von ihm versperren.«

Yvonne schaut geradeaus und sieht zum Glück nicht, dass Sarah schon wieder mit den Tränen kämpft. »Aber keine Scham. Auch dein Vater hat das Bild seiner Mutter vor sich hergetragen wie eine goldene Monstranz«, fährt Yvonne fort. »Dadurch konnte er sich lange an keine Frau binden und auch sein eigenes Genie nicht sehen.«

»Papa erzählt nie was von sich. Wolltest du nicht was zu der Hebammen-Nummer sagen?« Sarah fühlt sich schon wieder besser und wirft einen Blick nach rechts zum Beifahrersitz.

Yvonne grinst. »Ich hoffe, dass er mich nicht killt. Also das war so: Als er achtzehn war ... «

»Hi Schwesterherz«, begrüßt Ari sie und strahlt, als sie in der Küche ihrer Eltern stehen. »Ich bin fertig mit dem Abi! Seit heute!«

»Glückwünsche! Und? – Gut?«

»Weiß' nicht. Denk schon.«

»Nicht gut«, ruft Wolfgang dazwischen, der gerade in die Küche kommt. »Sehr gut!« Liebevoll klopft er Ari auf die Schulter. Vaterstolz. »Hallo mein Töchterlein, schön, dich zu sehen«, sagt er und gibt ihr einen Kuss auf die Wange. Dann glitzert etwas aus seinen Augen, als er sich zur Tante dreht. »Yvonne!«

Er nimmt ihr Gesicht in beide Hände, küsst sie auf den Mund und umarmt sie innig. Sarah kennt diese Art von Begrüßung schon immer, nur hat sie nie darauf geachtet. Gerade kommt auch die Mama in die Küche. Während die ihre Tochter mit einer herzlichen Umarmung begrüßt, spürt Sarah ihre eigene innere Versteifung. Wann hat das angefangen, diese heimliche Distanz, vielleicht sogar Groll, gegen ihre Mutter?

Leise öffnet Bettina jetzt die Tür zu Opa Hans' Zimmer, um Yvonne einzulassen. Sarah bleibt im Türrahmen stehen. Opas Augen glitzern im gedämpften Licht, als würden sie sich noch einen letzten Lebensfunken für Yvonne abringen wollen. Dann sagt ihre Tante: »Hans! Jetzt wirst du deine Last bald abwerfen können!«

»Wird schon leichter«, antwortet der Großvater mit brüchiger Stimme und versucht, ihr die Hand entgegenzustrecken. Sanft schließt Bettina die Tür von außen.

Das Abendessen fast vorbei, da kommt ihre Tante aus dem Sterbezimmer. »Euer Opa hat so viel Schlimmes erlebt«, sagt sie. »Und alles mit sich selbst ausgemacht. Ich darf es euch erzählen, denn er wird die Nacht nicht überleben.«

Still ist es im Esszimmer der Familie Schwartz, nachdem Yvonne geendet hat. Bettina schnäuzt sich. Sarah kämpft mit sich. Ist das die Leiche im Keller, mit der sie sich auseinandersetzen muss? Hat sie etwas zu schaffen mit dem Schicksal ihrer Großeltern? Wieso hat sich Mama nie dafür interessiert? Es sind schließlich deren Eltern.

Krachend fallen die auseinandergeschraubten Teile es großelterlichen Ehebetts in die Mulde vor deren Haus. Lattenrost, Seitenteile, Rahmen, Füße und zuletzt die beiden durchgelegenen Federkernmatratzen – alles landet im Schutt und mit dem Lärm verhallt das letzte Echo von verlorenen Kämpfen um ein bisschen Glück und Intimität.

Nach dem Tod von Opa Hans hat sich Sarah bereit erklärt, während ihrer Semesterferien das Haus der Großeltern in Weingart zu räumen. Jetzt wischt sie sich den Schweiß von der Stirn und vermischt ihn doch nur mit dem Staub an ihren Händen.

Längst ist der Dachboden sortiert und geräumt, die Spinnen haben den Raum jetzt für sich, und all die unnützen Gegenstände, die man schon seit Jahrzehnten nicht mehr gebraucht und doch aufgehoben hat, weil man sie ja einmal brauchen könnte, liegen jetzt unter den Teilen des Betts; zerbrochen wie all die großelterlichen Hoffnungen.

Gerade kommt ein Pick-up vorgefahren, um einige Möbel abzuholen, die sie auf Ebay annonciert hat. So werden nach und nach all die großen und kleinen Dinge entsorgt, die das Leben von Oma und Opa begleitet haben.

Je mehr die Räume sich lichten, desto leichter wird es in ihrem Inneren. Nicht, dass sie noch Geheimnisse im Keller oder in einer Kiste auf dem Dachboden findet.

Es ist die Arbeit, das Entrümpeln und vor allem das Alleinsein, welches nach und nach ein inneres Klären ihrer Seele bewirkt.

Schon am zweiten Tag schickt sie eine E-Mail an Michi und teilt ihm die Trennung mit.

»Ich bin sehr traurig«, schreibt er zurück. »Ich wusste nicht, dass es schwierig zwischen uns ist, mir hat es eigentlich gefallen.«

An Immo-Gold denkt sie ständig, hat aber bisher knapp der Versuchung widerstehen können, mal kurz die fünfzig Kilometer nach Stuttgart zu fahren, um sich eine Portion Demütigung abzuholen.

Sie probiert all die Kleider von Hanna an. Ihre Oma hatte einfache, bäuerliche Kleidung von solider Qualität.

Ein Umstandskleid aus den Sechzigerjahren ist noch darunter, sicher hat sie es aufgehoben als Erinnerung an ihren verzweifelten Kinderwunsch. Sarah wird es behalten und vielleicht selbst einmal tragen. Wird sie je eine Liebe finden, in der Kinder willkommen sind?

Kiloweise alte Fotos, in unzählige Alben geheftet mit kleinen Dreieckchen, in die man die Ecken gesteckt hat, aber auch unsortierte, einfach in Schachteln geworfene Bilder beschäftigen sie einen ganzen Tag lang. Die guten ins Kröpfchen, die schlechten ins Töpfchen.

Welche Erinnerung darf bleiben, welche muss weg? Am Abend ist sie erschöpft wie nach einem langen, sinnlosen Disput. Wie Steine sind die Bilder geworden, Stunde um Stunde schwerer. Was hat sie mit dem alten Plunder zu schaffen? Weg mit dem Zeug, abgelebtes Leben, warum soll man es aufheben wie vergammeltes Essen? Sie öffnet den schwarzen Abfallsack und wirft alle Fotos hinein, die guten wie die schlechten und ihren Überdruss hinterher.

Eines fällt ihr zwischen den Fingern durch, auf dessen Rückseite steht: *Vater, Mutter, Gretl und ich. 1940.* Hans war zehn Jahre alt, seine Schwester Gretl zwölf. Noch weiß Gretl nicht, welch schweres Ende sie zu erwarten hat, und ihre Augen blicken ernst, aber voller Hoffnung in die Zukunft. Lange sitzt Sarah vor dem Bild.

In dieser Nacht hat sie einen fürchterlichen Albtraum. Eine junge Frau wird an der Abgrenzung zu einem Schweinestall vergewaltigt. Riesig groß ist das Gesicht dieser Frau und ihre Augen sind schwarz und wild vor Verzweiflung. Über dem Schweinestall steht mit goldener Schrift *Immo-Gold*, und es ist nicht lüstern und auch nicht geil, sondern es ist tiefster Seelenschmerz.

Jeder Tag in diesem Haus ist anders. Nicht, dass sich das Wetter ändert. Es sind die Farben ihrer Seele, die sich wandeln und am Morgen ist diese Farbe grau; flüssiges Blei, das sich von der Nacht her zäh in den Tag hineinzieht.

Beim Gärtner kauft sie eine leuchtend blaue Hortensie und pflanzt sie in den Garten. Eine Plastik aus Speckstein – eine Hand, in der ein Kind geborgen ruht – holt sie wieder aus einem der Kartons und stellt sie vor die Hortensie. Ob Gretl ihrer Großnichte vom Himmel aus zuschaut, während die einen Gedenkplatz für sie herrichtet? In dem Fall soll sie wenigstens getröstet sein, denn einen

Schutz, wie ihn die Specksteinplastik zeigt, hat Gretl in ihrem Leben nicht erfahren.

Sarahs eigenes Leben breitet sich jetzt vor ihr aus wie ein schlecht gedeckter Tisch mit ungenießbarem Essen. Warum hat sie so ein gestörtes Liebesleben?

Sie liegt im Gras und blickt in den blauen Sommerhimmel. Nach und nach verschwinden ihre suchenden Gedanken. Angenehm ist es, hier zu liegen und an nichts zu denken; ziellos, zeitlos. Die Sommerwärme schmeichelt ihrer Haut, ein feines Lüftchen weht. Wie damals im Garten.

Wie damals im Garten? Was war das eben für ein aufblitzendes, bedrohliches Bild? Dieser große Garten, das weitläufige Haus, Kindergeburtstage, Rutschbahn im Freien, keine Geldsorgen. Was hat sie zu jammern? Sie war das einzige Kind von Wolfgang und Bettina, geliebt, gehätschelt, geborgen – und immer war es der Papa, zu dem das blonde Kind gerannt kam.

Der Papa hat ihr ein Pflaster auf das Knie geklebt und den Mund abgewischt, wenn das Eis daneben ging. Es war Papa, mit dem sie in Pfützen gehüpft ist und der danach die Gummistiefel ausschüttete. In Papas Arme hinein ist sie von den Mäuerchen gesprungen und aus dem Kindergarten gerannt.

Wie kommt es eigentlich, dass er immer da war und die Mutter nur so blass im Hintergrund? Auch Mama muss sie geliebt haben, denn es gab nie ein einziges böses Wort von ihr. Und wenn Papa mal nicht da war, war Mama an seiner Stelle.

Wie aus dem Nichts wallt jetzt eine Wut in Sarah auf, ein dunkler, dreckiger Zorn und schneller als sie sich fragen kann, weiß sie auf wen: Es ist die Mutter! Sie hat ihr all das eingebrockt mit ihrem sanften, zurückgezogenen, ätherischen Wesen!

Sie hat sich weggebeamt von all dem, was sie von ihrem eigenen verkorksten Elternhaus mitgekriegt hat! Die Mama hat sich in ihre spirituelle Welt zurückgezogen. Kein Wunder, dass Wolfang die ganze Zeit fremdgegangen ist.

Bettina hält sich ihren israelischen Liebhaber, damit sie sich nicht auseinandersetzen muss mit den Rätseln und Hässlichkeiten, die ihr das niedergedrückte Leben ihrer Kriegseltern zum Lösen mitgegeben hat! Ihr Erbe an Widrigkeiten und Kummer hat sie auf dem Silbertablett an ihre Tochter weitergereicht, ohne es eines Blickes zu würdigen.

Sarah steht auf, noch immer zornig, tritt gegen das Pfirsichbäumchen – Autsch, das war der Zeh! Sie geht ins Haus, knallt die Tür zu, läuft im Wohnzimmer hin und her wie ein Panther im Käfig.

Hier steht sie nun in den halb leeren Räumen ihrer Großeltern, der Staub von Jahrzehnten hängt in der Luft, liegt auf dem Boden und kommt hinter den Schränken hervor.

Wieso wollte sie hier aufräumen? Ist das ihr Job? Soll doch Bettina selbst kommen und den Jammer ihrer Eltern entsorgen, soll sie sich doch auseinandersetzen mit den Verhältnissen, aus denen sie stammt und denen sie dadurch entronnen ist, dass sie sich einem sexsüchtigen Mann an den Hals geworfen hat!

Sexsüchtig? Ist ihr Vater sexsüchtig? Für einen kurzen Moment kann sie durchatmen. Beim Gedanken an Papa verfliegt die Wut wie eine Staubwolke im Sommerwind.

Noch immer ist es Papa, in dessen Arme sie sich am liebsten flüchten würde. Kann sie mit fünfundzwanzig noch so bescheuert sein? Auch wenn sie unterschiedlich waren, so bildeten ihre Eltern immer eine geschlossene Einheit. Es gab nicht den Hauch eines Übergriffs vonseiten ihres Papas. Was war nur los?

Sexsüchtig. Dieses Wort stakst als riesiger Vorwurf durch ihren Leib. Immo-Gold kommt ihr in den Sinn und jetzt gerade hat sie unbändige Lust darauf, nach Stuttgart zu fahren und ihn zu treffen. Sexsüchtig? Ist sie es, die sexsüchtig ist? Was soll's.

Diesen Müll hier kann sie morgen noch entsorgen, jetzt wird sie ihrer eigenen Spur folgen und nach Stuttgart fahren, sie hat genug gearbeitet in den letzten Tagen. Oben stellt sie sich unter die Dusche. Was wird sie anziehen? Sie schminkt sich sorgfältig. Unterwäsche? Braucht sie nicht, es ist Sommer.

Sie greift nach der Handtasche, will den Autoschlüssel herausnehmen. Wo ist er? Im Bad? Im Klo? Auf dem Küchenschränkchen? Wann hat sie das letzte Mal das Auto benutzt? Gestern war sie im Supermarkt.

Wo ist dieser verdammte Schlüssel? Durchatmen, Mädchen, sagt sie sich. Er ist irgendwo. Sie geht in die Küche und trinkt Wasser aus dem Hahn. Erst jetzt strömt wieder Luft in ihre Lungen.

Was macht sie da gerade? Sie setzt sich an den Küchentisch, die Handtasche vor sich, Hände darauf. Ihr Blick schweift aus dem Fenster. Während die Sonne schon fast am Horizont ankommt und bevor sie sich rot färbt, sieht Sarah klar.

Ist nicht sie es, die dabei ist, sexsüchtig zu werden? Noch ist es nicht dramatisch, allerdings schon schlimm genug. Sie muss die Notbremse ziehen. Jetzt hat sie ihren Willen wieder zu fassen bekommen wie einen rettenden Ast im reißenden Fluss.

Sie zieht die hübschen Klamotten aus, die Arbeitskleidung an und tritt in den frühen Sommerabend hinaus. Im Garten liegt noch die rote Decke, auf der sie vorhin lag. Ein feines Lüftchen weht, gerade so stark, dass es angenehm ist.

Diese rote Decke liegt da wie eine riesige Pfütze aus Blut. Da steigt dieses bedrohliche, braunschwarze Gefühl von soeben wieder in ihr auf, jetzt sieht sie ein Bild dazu, doch es verschwindet gleich wieder: Die Vierjährige steht halbnackt vor der riesigen Blutlache auf der Terrasse.

Mama wird von fremden Männern in leuchtenden Jacken auf die Trage gelegt, Papa und Mama verschwinden und Sarah steht starr. Sie ist allein mit all diesem Blut. Ihre Windel liegt neben ihr. Aber da war noch jemand in der Wohnung. Aus dem Dunst taucht der Geigenspieler vor Sarahs heutigem Auge auf.

Wie sieht er aus? Der Geigenkasten liegt neben der Windel. Was tut er? Sie kneift die Augen zusammen, um die Erinnerung herbeizuzwingen – da senkt sich ein Vorhang der Verwirrung von der

Küchendecke und trennt wie ein dunkles Schattennetz die Vergangenheit von der Gegenwart; als sei ihr noch nicht erlaubt, hinter diesen Schleier zu schauen. Fast schämt sie sich ihrer verrückten Vermutungen. Das Nächste, woran sie sich erinnert, ist Yvonne und die nimmt sie fest in ihre Arme und wärmt sie auf, denn sie war kalt wie ein Eiszapfen. Es kann nicht lange gewesen sein, dass sie allein war.

Was auch immer passiert ist – am Tag, als Benjamin starb, muss auch ihr Leben auseinandergebrochen sein, denn danach war nichts mehr wie vorher.

Das leere Schlafzimmer der Großeltern reinigt sie besonders gründlich, als wolle sie all das Niedergedrückte, das kleine Glück, das große Nicht-Glück und all die vergeblichen Hoffnungen, mit denen noch die Wände dieses Raumes getränkt sind, wegschaffen.

Sie saugt die Tapeten ab und erwischt jede noch so kleine Spinnwebe, sie putzt die Fensterrahmen und poliert die Scheiben. Zuletzt wischt sie den Parkettboden bis in die hinterste Ecke. Um die restlichen, nach Mottenpulver riechenden Gespenster zu vertreiben, holt sie im Garten ein paar Salbeiblätter und verbrennt sie.

Erst jetzt zieht sie die breite Matratze des Gästebettes in das neue, nunmehr neutrale Zimmer und richtet sich dort ihr Quartier ein. Sie duscht sorgfältig und schlüpft unter die frische Bettdecke. Von draußen starrt der Dreiviertelmond auf sie und sie starrt zurück. Der Mond wird sie ihre Kindheit führen, wenn sie nur lange genug auf ihn blickt, denn von ihrem Kinderzimmer aus sah sie ihn auch. Die Mama. Immer wieder die Mama! Es war einige Zeit nach Benjamins Beerdigung.

***

Da steht sie selbst als Kind mit aufgerissenen Augen und zugeschnürter Kehle, als Mama ihre Bettdecke und ein paar andere Sachen nimmt und in die andere Haushälfte zieht.
»Warum gehst du, Mama?«
»Ich gehe doch nicht, mein Schatz.«
»Kommst du zum Essen?«
»Nein, mein Liebling, ich esse bei mir drüben.«
Eine unsichtbare Zange legt sich um die kleine Sarah. Sie ist schuld, dass sich die Eltern streiten. Von jetzt an würde sie immer fröhlich sein, damit Mama nicht ganz weggeht. Sie hüpft von einer Haushälfte in die andere und verbreitet gute Laune. Doch das Schwere, Düstere über Haus und Garten verschwindet nicht.
Später geht die Mutter ganz weg, nach Indien. »Nur ein paar Wochen, mein Schatz«, sagt die Mama unentwegt, aber sie lügt, denn sie will weggehen und nie wiederkommen. Die Zange wird enger.
Wochen ziehen sich wie Jahre, auch wenn die Zeit mit Papa schön ist. Sie unternehmen viel miteinander, lachen und sind lustig. Aber ihre Fröhlichkeit muss gegen eine ständig anwesende Enge

kämpfen: Sarah ist schuld daran, dass Mama weggegangen ist.

Nachts liegt sie wach und starrt in die Sterne. Dort wohnt jetzt der kleine Benjamin. Vielleicht ist die Mama nicht in Indien, sondern bei Benjamin – und kommt nie wieder! Jetzt sackt ein solches Gewicht auf sie, dass sie nicht einmal mehr nach Papa rufen kann. Mama, es tut mir leid, ich bin schuld, bitte komm wieder.

***

Schritt für Schritt versucht Sarah auf dem felsigen Gelände der Erinnerung zurückzugehen, doch sie findet nicht den Punkt, an dem ihre Angst begonnen hat. Später kam Ari dazu und zerstreute ihre Sorgen. Leben kam ins Haus mit diesem lang ersehnten Bruder, und mit der Zeit verblassten die schwierigen Jahre. Doch etwas Dunkles ist in Sarah geblieben wie ein unterirdischer Fluss, der ab und zu an die Oberfläche drückt und dann wieder verschwindet. Noch einmal gab es so eine düstere Zeit.

Schon weggeworfene Fotos fallen wieder heraus und liegen wild verstreut im staubigen Flur, als sie das gelbe Fotoalbum von ganz unten aus Abfallsack herauszieht. Das gesuchte Bild von ihr als vielleicht Zwölfjährige ist das einzige, das aus dieser verwirrenden Zeit existiert. Der siebenjährige Ari hängt an der Hand des Vaters, sie selbst blickt zwischen Ari und Wolfgang in Richtung Kamera, mit dem mürrischen Gesicht einer Pubertierenden. Ihre

Augen sind stumpf und es war das letzte Mal, dass Sarah sich fotografieren ließ in diesen trostlosen Jahren. Mama steht an Papas anderer Seite.

Als würde sie in den beschlagenen Augen dieses ungenießbaren, blonden Mädchens zu einer Zeitreise verschwinden, ist Sarah jetzt mit anderen Schülern im Landschulheim. Im Mädchenschlafraum kreist die Schnapsflasche, Jungs sitzen mit dabei, beides ist verboten und deshalb umso aufregender.

Beim ersten Kontakt mit Alkohol und Haschisch ist sie zwölf, die Farben dieser Erinnerungen sind vernebelt, verschwommen, verwässert wie auf der Mischpalette eines schlechten Malers. Später die Partys auf dem Spielplatz in der Nacht, man tauscht die ersten Zungenküsse aus, die schmecken nach Tabak, Alkohol und ausgedrückten Pickeln.

Tapsige Hände auf der Haut und im Gesicht, unangenehm, grapschend, feucht, sogar an den noch schmerzlich spannenden Brüsten grapschen sie herum, und als einmal dünne schwitzige Finger sich mit spitzen Nägeln unter ihren Slip zwängen und drängend, schnaufend an ihrer Vulva stochern, erbricht sich Sarah ohne Vorwarnung auf ihr T-Shirt und auf die Arme des Jungen.

Entsetzt und angeekelt steht er auf, wischt sich ab und verschwindet. Sarah bleibt sitzen, starr, eingefroren und ohne jede Empfindung. Zu Hause die Fragen, wo warst du, du kommst so spät, keine Antwort, ihre Zimmertür schließt sich hinter ihr.

Wann hat sie aufgehört, mit ihren Eltern zu sprechen? Warum? Einfach so? Sie hat nicht mehr gesprochen, bis der Vater auf den Tisch gehauen und sie laut angeschrien hat. Das war wie ein heilsames Aufwachen aus einer Trance.

In der Küche der Großeltern nimmt Sarah die Streichhölzer, zündet das Bild an, verbrennt es und spült den letzten Rest den Abfluss hinunter.
Sind das nicht normale Pubertätsprobleme, die kommen wie ein Dieb in der Nacht und genauso wieder verschwinden? Ist es nicht normal, dass der Dieb die Freiheit und Unversehrtheit des Kindes mit sich nimmt und ein verletztes, beschämtes Wesen hinterlässt, das sich danach mühevoll hineinweben muss in die Erwachsenenwelt?
Es wird sich anpassen, wird sich umschauen, wie man sich zu verhalten hat, was man sagt und tut als Erwachsener, um nicht noch einmal bestohlen, nackt und verwundet stehengelassen zu werden.
Ist das alles nicht normal? Pubertätsprobleme sind nichts Besonderes. Warum ging bei Ari diese Zeit problemlos über die Bühne? Er ist hineingeglitten in die Erwachsenenwelt, als hätte das Leben ihm Gleitgel mitgegeben, mit dessen Hilfe er um die Klippen des Erwachsenwerdens rutschen konnte, ohne sich aufzuschürfen oder die Selbstachtung zu verlieren.

Sie steht vom Boden auf und beschließt, die Dinge auf sich beruhen zu lassen. Was sie erfassen kann, sind sowieso nur Schatten und Spuren. Die Sonne steht schon am Horizont. Es ist halb sieben und schwül, das Freibad lockt.

Während sie dort ihre Bahnen schwimmt, kommt ihr ein seltsamer Satz in den Sinn: Ich habe kein Recht auf Liebe. Sie taucht unter und schwemmt ihn weg, doch Reste davon bleiben wie ein Ölfilm an ihrer Haut kleben.

Männerblicke kreisen verhohlen um sie. Dass sie sexuell anziehend ist, weiß sie schon lange. Jederzeit könnte sie einen für die Nacht mit in ihr halb ausgeräumtes Haus mitnehmen. Aber das wäre nur wieder ein neuer Immo Gold.

Das Schwimmbad leert sich langsam, in zwanzig Minuten wird es schließen. Sarah sitzt auf ihrer Decke, will sich noch kurz von der Abendsonne aufwärmen lassen, bevor sie sich auf den Heimweg macht. Da kommen drei lachende junge Männer herein.

Alle drei sind sie staubig, wirken abgekämpft, aber lustig wie Bauarbeiter, die sich nach Feierabend abkühlen wollen. Die Kerle sind ausgelassen, springen vom Fünfmeterbrett, tauchen und schwimmen um die Wette.

Das Signal geht, gleich wird das Bad geschlossen und gerade als Sarah aufsteht und ihre rote Decke nimmt, zieht sich einer der Kerle aus dem Wasser und trifft auf ihren Blick. Fast erschrocken schaut der Mann sie an, als würde er sie kennen.

Dann lässt er sich wieder ins Wasser fallen, taucht auf der anderen Seite auf und blickt von der Ferne zu Sarah herüber. Nach kurzem Zögern geht sie in die Umkleidekabine und fährt nach Hause. Der Kerl ist ohnehin nicht ihr Typ.

Gutgelaunt setzt sie sich am nächsten Morgen mit ihrer Kaffeetasse an den Küchentisch und studiert Nachrichten auf dem Handy – da fällt ihr die Tisch-Schublade ins Auge, die auch noch geleert werden muss. Losungsbüchlein von mehreren Jahren liegen drin, mit Bleistift die wichtigen Stellen des damaligen Lebens ihrer Großeltern angestrichen.

In der Schublade befinden sich außerdem Kugelschreiber, Bindfadenrollen, Tesafilm, Geburtstags- und Trauerkarten als Vorrat, leere Briefumschläge. Dann zieht sie ein zart beigefarbenes Kuvert mit der Schrift ihres Vaters heraus. Es ist ein vornehmer Umschlag mit Wasserzeichen, schnell erkennt sie das Wappen der Familie Schwartz.

Der Brief ist nie geöffnet worden. Das Datum auf dem Poststempel ist der Tag des Unfalls ihrer Mutter. Sarah schlitzt den Brief mit einem spitzen Küchenmesser auf, zieht das wertvolle Baumwollpapier aus dem Umschlag, liest und lacht schallend. »Typisch Papa!«

Meine liebe Bettina,
sobald du wieder gesund bist, werde ich dich heiraten. Das Standesamt ist in der Eberhardstraße 6 in 70173 Stuttgart. Bitte gib mir umgehend Bescheid, wann ich das Aufgebot bestellen kann, damit wir nicht noch mehr Zeit verlieren.
Dein Wolfgang
PS: Ich liebe dich mehr als alles auf der Welt!

Sie hält den Brief in der Hand, und aus dem Lachen wird ein Weinen und schon ist sie wieder da, die Traurigkeit darüber, dass sie es noch nie geschafft hat, einen Freund zu finden, der sie wirklich will; der etwas riskiert für sie, auch wenn er ein wenig draufgängerisch ist, der sie mit Elan und seinem männlichen Willen erobert, der nicht einfach mit ihr ficken will, sondern sie liebt und zu ihr hält. Und ja, sie muss zugeben, sie erhebt ihren Papa auf den Thron. Wieso gelingt es ihr nicht, solch einen Mann zu finden, wo sie doch ein gutes Vorbild hat?

An dem Tag saugt sie wie wild die Böden der leeren Räume, um sie danach feucht zu wischen. Sie braucht Bewegung, muss sich austoben. Ein Satz Yvonnes drängt sich ihr ins Gemüt. Du stellst deinen Papa zwischen dich und die Männer. Ach, die gute alte Yvonne.

Der Flur füllt sich mit schwarzen Säcken für die Altkleidersammlung, mit Bananenschachteln voller Geschirr für den Gebrauchtmarkt und mit Bücherkisten zum Verschenken. Im Laufe der nächsten Tage zerbröselt die goldene Schrift von Immo Gold wie von selbst in Sarahs Unterleib zu Staub und sie nimmt den Besen und fegt sie weg. Sie braucht ihn nicht mehr.

Gegen Abend duscht sie sich den Schweiß vom Leib. Der Autoschlüssel liegt neben dem Bett als wäre nichts gewesen! Doch sie nimmt Omas Fahrrad, fährt zur Eisdiele am Marktplatz und gönnt sich einen grandiosen Eisbecher. Sie horcht in sich hinein und findet, dass es ihr ganz gut geht. Nicht überschwänglich, sondern heiter, nicht fröhlich, sondern froh, nicht glücklich, sondern gelassen. Sie hat einer riesigen Versuchung widerstanden und einfach weitergearbeitet. Sie hat in ihrer Vergangenheit gekramt und auch wenn sie nicht alles ausgeforscht hat, ist ihr einiges klar geworden.

Darauf kann sie stolz sein. Ihre ungewisse Zukunft liegt vor ihr wie ein leeres Schulheft, das macht ihr ein bisschen Angst. Trotzdem ist sie guten Mutes. Die Abendsonne ist noch recht heiß, aber Sarah liebt es, sich von ihr bescheinen zu lassen und die Leute zu betrachten. Es ist Freitagabend und der Duft nach Wochenende liegt in der Luft.

Ein riesiger Traktor mit zwei Anhängern voll Kartoffeln fährt auf die kleine Kreuzung am Marktplatz zu. Sarah fragt sich, wie der wohl um die Ecke kommen will, ohne die Autos am Straßenrand zu beschädigen und macht sich auf ein spannendes Schauspiel gefasst.

Souverän biegt er um die Kurve, ohne ein einziges Mal zu stocken, jeden Zentimeter ausnutzend. Der Fahrer muss sein Gespann gut kennen, und sie schaut durch die Scheiben des gewaltigen verglasten Schleppers, dessen Räder höher sind als ein ausgewachsener Mann.

Da hält dieser ganze Zug vor der Eisdiele und seine Länge misst fast von einer Biegung bis zur anderen. Auf der gegenüberliegenden Seite versperrt er fünfundzwanzig Parkplätze und auf dieser Seite müssen sich die Autos um ihn herumquälen, die entgegenkommenden haben wenig Chancen, auch noch vorbeizukommen.

Der Fahrer steigt in aller Ruhe aus. Der Typ aus dem Schwimmbad! Er ruft: »Hey Luigi, bring mir mal ein kaltes Bierle, ich hab' Feierabend«, und da knallt der Blick des Mannes auf Sarah, und seine Augen lachen das hellste Lachen, das sie je gesehen hat.

Sie lacht zurück; frei, auf Augenhöhe. Auf der anderen Straßenseite ist der Metzger, die ersten parkenden Autos wollen wegfahren und hupen so laut wie die, die auf der Straße warten.

»Tobi, nimm dein Bier und geh«, schreit Luigi.

Aber Tobi antwortet, ohne seine Augen von Sarah zu nehmen: »Auf keinen Fall, wenn du schon mal das schönste Mädle in deiner Wirtschaft sitzen hast!«

Das Hupen wird lauter und immer penetranter.

»Es gibt hier nicht etwa eine versteckte Kamera«, fragt Sarah, »von der Sendung ›Bauer sucht Frau‹, oder?«

»Das wäre schön, ich würde dich vom Fleck weg heiraten!« Sein Lachen wird noch heller und noch weiter und in Sarah wird es plötzlich ganz leicht.

»Wegfahren!«, schreit jetzt ein ausgestiegener Autofahrer und kommt mit zum Himmel gestreckten Armen auf sie zu.

»Gleich«, gibt dieser Tobi gelassen zurück, ohne sich von Sarah abzuwenden.

»Wer bist du?«

»Sarah.«

»Zu wem gehörst du?«

»Schwartz äh ... Felder.«
»Dem Felders Hans sein Enkele?«
»Ja.«

Sirenen vor einem Fliegerangriff sind die reinste Kammermusik verglichen mit dem Hupkonzert, das jetzt im Gange ist. Autos stehen bis in die Uhlandstraße hinauf und auf der anderen Seite bis zum Ochsenwirt hinunter.

Die Eisdielengäste blicken mit Vergnügen auf Sarah und Tobi und nehmen den Hintergrundlärm dieses Schauspiels in Kauf. Fenster der Häuser ringsum werden geöffnet, Fußgänger bleiben stehen und versammeln sich, um die Situation auszudiskutieren.

»Tobi, fahr weg!«, ruft Luigi jetzt händeringend.

»Ich komm nachher raus zum Felder Hans sei'm Haus. In einer Stunde. Dass du mir dort bist, gell!«

»Ich bin dort«, lacht sie, und Tobi geht rückwärts zu seinem Traktor, um sie noch eine Weile anlachen zu können, dann steigt er hinauf in sein bemerkenswertes Fahrzeug, streckt einen Arm aus dem Fenster und hupt so lange, bis er souverän, ohne zu stocken, jeden Zentimeter ausnutzend und ohne ein einziges Auto zu streifen, um die nächste Ecke gebogen ist.

Eine Stunde später steht er vor ihr, mit einem riesigen Strauß Sommerblumen aus dem Bauerngarten. Sein Lachen ist noch immer so frei und offen wie an der Eisdiele. Sie räuspert sich. Ihr sonst so schnelles Mundwerk kommt ins Stocken, darüber wundert sie sich selbst.

»Bier hab' ich keines hier«, sagt sie nach langen Sekunden. Dann sucht sie in einem der Umzugskartons eine Blumenvase für diesen herrlichen Blumenstrauß. »Wer hat dir denn den tollen Strauß gemacht?«

»Ich sagte meiner Mutter, sie hätte eine halbe Stunde Zeit, den schönsten Strauß ihres Lebens zu machen.«

Er lebt also noch bei Mama mit seinen mindestens dreißig Jahren. Sarah taxiert ihn unauffällig, während sie die Blumen in die Vase richtet. Natürlich landen solche Typen bei ihr! Andererseits sieht er gut aus, hat eine selbstbewusste Ausstrahlung, kräftige Statur, leuchtende Augen.

Kurzarmhemd – na ja, Stil muss man von einem Bauern nicht erwarten. Akkurat gebügelt hat die Mama es immerhin. Und Gott sei Dank trägt er keine Socken in den Sandalen. Die dunkelblonden kurzen Haare sind schon etwas schütter, vielleicht hat er bereits Federn lassen müssen.

Er duftet nach Duschgel vom Handelshof, wirkt frisch und jugendlich und doch umgibt ihn etwas Ernstes, als hätten Wind und Wetter nicht nur seine Haut gegerbt, sondern auch sein Wesen geschliffen. Mit dem Typen stimmt was nicht, wenn er noch immer bei der Mama wohnt!

»Setz dich doch«, sagt sie höflich, aber in ihrem Inneren bricht ein Geschrei aus, als säßen fünfzig zankende Affen über sie zu Gericht Schon wieder eine Affäre ohne Zukunft? Der Kerl ist nicht ihr Typ, was macht sie da? Agiert sie wieder einmal triebgesteuert? Wie kam sie dazu, ihn quasi einzuladen?

Warum redet er nichts? Sollte sie was sagen? Kann sie ihn wegschicken?

»Ich kenne dich«, sagt er dann unvermittelt.

»Geht's noch billiger?« Jetzt ist ihre Kratzbürstigkeit wieder da, das tut gut.

»Du warst ungefähr zwei oder drei, ich sieben, als du mit deinem Opa beim Hufschmied warst. Du hast geschrien wie am Spieß.«

»Ach, ja! Stimmt! Daran erinnere ich mich sogar«, antwortet sie. «Ich hab' damals geweint, weil ich dachte, der Schmied schlägt Nägel in die Füße des Pferdes!«

»Ich hab' dich nicht vergessen.«

»Ich war drei! Ich bitte dich.«

»Da Hans Felder dein Großvater war, wusste ich sofort, wer du bist.«

»Bist du Reiter?«, fragt sie ohne großes Interesse.

»Mein Vater hatte Pferde.«

»Okay.«

Damit ist der Gesprächsstoff endgültig erschöpft und Sarah will für sich sein, in Ruhe den Abend auf der Terrasse beenden und das Deutsche Requiem von Brahms anhören, das sie im November dirigieren wird.

Was macht sie mit diesem Typen am Tisch? Dann rutscht ihr der Satz aus dem Mund: »Wieso sollte deine Mutter den schönsten Strauß ihres Lebens machen?«

»Für die schönste Frau der Welt«, kommt postwendend von Tobi.

Warum wird sie wütend? Seine Anmache ist vielleicht platt, aber so schlimm auch nicht. Er hat ihr ein Kompliment gemacht, so what? Sei ein bisschen freundlich, Mädchen, sagt sie sich.

Sobald es die Höflichkeit zulässt, wird sie ihn wegschicken, das muss okay sein, denn schließlich hat er sich selbst eingeladen. »Warum gehst du nicht zu ›Bauer sucht Frau‹, wenn du auf Brautschau bist?«

»Ich bin nicht auf Brautschau.«

»Was dann?«

»Ich hätte schon manche Gelegenheit gehabt, wieder zu heiraten.«

»Wieder? Bereits geschieden in deinem zarten Alter?«, fragt sie einen Tick zu gehässig.

»Witwer.«

»Oh! Entschuldigung, das tut mir leid.«

»Schon gut. Ist schon eine Weile her.«

Jetzt fällt ihr nichts mehr ein. Nur damit ihre Hände etwas zu tun haben, nimmt sie diesen beigen Umschlag mit der Schrift ihres Vaters darauf in die Hände und klopft mit der Bruchkante auf den Tisch. »Krebs?« fragt sie dann und legt den Umschlag zur Seite.

»Autounfall, zusammen mit unserer Tochter.«

»Das Kind auch?... Tot?«

»Mia war vier.«

Jetzt brennen ihr Hals und ihr Gesicht, sie ist im Schleudergang, was soll sie sagen? Warum erzählt er ihr das alles? Natürlich, sie hat ihn gefragt. Wie findet sie den richtigen Ton für so einen Moment?

»Das tut mir sehr leid«, antwortet sie und würde sich am liebsten in ihr Bett verkriechen, Decke über den Kopf.

»Schon gut. Ist schon fünf Jahre her.« Nach einer Weile fügt er an: »Ich bin nicht auf Brautschau, aber du bist die Erste seit dieser Zeit, die mir direkt ins Herz gehüpft ist.«

»Ins Auge gesprungen oder ins Herz gehüpft?«

»Letzteres.«

Wie soll sie da wieder herauskommen? Was will der Typ, wie soll sie diese Situation lenken?

Dann hilft er ihr aus der Patsche. »Machen wir einen Spaziergang?«

»Okay.«

Die Abendkühle duftet nach Erntestaub und Silage. Auf dem Feldweg liegen Strohhalme, Getreidekörner, vereinzelte Steine und Erdklumpen – Reste, die der Mähdrescher vom Stoppelfeld auf den Weg herausgetragen hat. In der Ferne wird noch gedroschen, obwohl die Sonne untergegangen ist. Bei so viel Erdverbundenheit gewinnt auch Sarah wieder festen Boden unter den Füßen. »Ich möchte der guten Ordnung halber klarstellen, dass ich zurzeit nicht für eine Affäre offen bin«, sagt sie.

»Das trifft sich gut.«

»Wie jetzt?«

»Bist du gebunden?«, fragt er, ohne auf sie einzugehen.

»Nein.« Im gleichen Moment tritt sie auf einen Stein und der Knöchel knickt schmerzhaft zur Seite. Tobi fängt sie auf und als sie die kühle Haut seines Unterarms an ihrem Hals und ihrer Schulter spürt, explodieren zehntausend Zellen in ihrem Körper.

Dass der Knöchel höllisch schmerzt, merkt sie erst, als sie wieder auftreten will. Sie setzen sich auf den Feldweg und er massiert ihren Fuß. Seine Hände sind nicht weiß, lang und gepflegt wie die ihres Vaters. Es sind keine Pianistenhände, sondern riesige, rissige Bauernhände, deren Ränder unter den Fingernägeln vermutlich niemals ganz weggehen. Würde Sarah ihm erzählen, dass sich ihr Vater jede Woche die Hände maniküren lässt, wüsste Tobi wohl nicht einmal, was das ist.

Seine Hände sind rau von der Arbeit und doch weich. Vielleicht sind sie weich von den Tränen und dem Rotz, den er sich hat abwischen müssen nach dem Tod seiner jungen Familie.

Auf dem Rückweg hakt sie sich bei ihm ein, um ihr Bein zu entlasten und als sie zu Hause ankommen, knistert es zwischen ihnen wie die Hochspannungsleitungen, unter denen sie spaziert sind.

Die Küche füllt sich mit hungrigen Atemzügen, einen Moment lang weiß Sarah nicht mehr, wo sie ist und mit wem; sein fremder Körper verströmt Begehren und legt ein indirektes Zeugnis für ihren Körper ab.

»Grundsätzlich bin ich immer offen für ein nettes Techtelmechtel«, sagt er in das aufgewirbelte Sediment hinein. »Aber bei dir nicht.«

Auf einen Schlag ist das Prickeln in ihren Adern abgelöscht. Wo sie vorher von seiner Kraft und Frische aufgewirbelt war, sieht sie jetzt wie auf einem Wackelbild sein bäuerisches Aussehen, seine zweifelhaft gepflegten Füße in Sandalen, Schwielen an den Arbeitshänden, das Aufrechte zwar, aber auch das ländlich Naive, das Schwerfällige, das Grobe.

Alle seine Mängel zählt sie sich auf, als ob das der einzige Weg wäre, ihren eigenen Wert zu steigern. Was wollte sie von diesem Kerl? Nur mit Mühe kann sie das bittere Sprudeln unterdrücken.

Schon wieder hat sie sich hinreißen lassen, nur weil sie begehrt sein wollte. Seine Erregtheit hat ihre brennenden Selbstzweifel gelindert und ihr Leib hat darauf mit eigener Erregung reagiert. Wird sie je aufhören, nach Zeichen zu suchen, dass sie begehrt, gewollt, geliebt ist?

»Für eine kleine Affäre bist du mir schon zu nahe«, fügt er hinzu.

»Was willst du?«

»Dich näher kennenlernen, was Ernstes.« Eine würdevolle Ergebenheit dringt irritierend durch seine fröhlichen Augen. Wird man zum Spieler, wenn das Leben einmal sein eisernes Schwert gegen einen erhoben und gezeigt hat, dass man es nicht kontrollieren kann?

Sie blinzelt, um wieder klare Sicht zu bekommen. Dann springt die Tigerin in ihr auf. So geht's nicht, Junge! Der spinnt, der Typ. Eine feste Beziehung will er? Das sieht ihm ähnlich. Soll sie bei ihm und seiner Mutter einziehen? Bäuerin werden? Hat der Kerl sie noch alle? Was Ernstes! Will er sie am Ende heiraten? In ihrem Kopf stürzen tausend Puzzle-Bildchen übereinander: Der Vater in großen Konzertsälen, sich verbeugend vor stehendem Publikum, die Großmutter auf den Opernbühnen der Welt, sie selbst als angehende Dirigentin. Was denkt der Bauer sich?

»Ich komme aus einer Musikerfamilie«, sagt sie dann und räuspert sich.

»Ich komme aus einer Bauersfamilie«, antwortet er mit der Gelassenheit dessen, der weiß, wer seit Jahrhunderten das Land ernährt.

»Ich will Dirigentin werden.«

»Meine Landwirtschaft ist ein Unternehmen, das auch ohne mitarbeitende Bauersfrau auskommt. Du kannst gerne deiner Berufung folgen.»

»Moment mal, wovon sprechen wir hier?« Wieso lässt sich dieser Typ nicht aus der Ruhe bringen? Weder kämpft er, noch scheint er Angst vor einer Abfuhr zu haben.

»Wovon willst du sprechen?«, fragt er zurück.

Lass dir nicht die Sicht versperren, flüstert Yvonnes sanfte Stimme in ihr. Die Sicht auf was? Auf den Bauern hier? Sie schließt die Augen, um ihre Gedanken zu sortieren. Hinter dem Gestrüpp aus Dornen, Blättern und Zweigen liegt die Lichtung klar und übersichtlich in der Sonne.

Da strömt der Atem wieder in sie hinein. Ihr Gemüt entwölkt sich und endlich kann sie sehen, wer vor ihr steht: Ein schöner Mann mit dem unverteidigten Herzen eines Kriegers nach der Schlacht. Als hätte eine Zauberfee sie besänftigt, ist sie auf einmal abenteuerlustig und unterdrückt sogar ein Kichern. Der Kerl hat Chuzpe. Wieso sollte sie ihn sich nicht mal anschauen? Aber so schnell kriegt er sie nicht, der Bauer.

»Gehen wir auf die Terrasse und du erzählst von deiner Frau und deinem Kind.«

»Gern.« Als sie an Tobis Hand um die Ecke des Küchentischs humpelt, leuchtet ihr der Briefumschlag mit dem Heiratsantrag ihres Vaters an ihre Mutter entgegen. Die Mama hat Mut gehabt, geht ihr noch durch den Kopf, dann hinkt sie an Tobis Arm hinaus in den schönen Sommerabend. »Ich nenne dich ab jetzt Tobias«, sagt sie unterwegs.

»Umso besser.«

Sofort flammen die Hitzewellen wieder zwischen ihnen auf, als sie nebeneinander in die Sternennacht blicken; und wenn sich ihre Oberarme aus Versehen berühren, sprühen die Funken.

Das blinkende WhatsApp-Signal seines Handys auf dem Gartentisch drängt sich ätzend zwischen sie. Er wirft einen Blick drauf, Sarah ist verstimmt.

»Darf ich?«

»Nur zu«, antwortet sie und verschränkt ihre Arme unter der Brust.

»Die Frau spinnt«, sagt er wie zu sich selbst und kratzt sich am Kopf.

»Wer?«

»Die Pfarrerin fragt, ob ich mit ein paar Mitspielern übermorgen den Gottesdienst begleiten könnte, der Organist ist krank.«

»Was für Mitspieler?«

»Posaunenchor. Meine Güte, es ist Freitagabend.«

»Ich kann spielen.«

»Posaune?«

»Orgel.«

Er stutzt, schaut sie mit großen Augen an, sucht kurz nach Worten. »Yes!!«, platzt es aus ihm heraus. »Musst du vorher üben?«

»Nö. Sie muss mir die Noten hinlegen.«

Ein breites Grinsen geht über sein Gesicht, als er der Pfarrerin zurückschreibt.

Dann nimmt er fröhlich Sarahs Hand und erzählt Geschichten aus seiner Kindheit. Nach zwei Stunden haben sie sich gegenseitig schon so viel erzählt, dass sie sich zu kennen glauben. Es ist bald ein Uhr, als er die Frage nach ihrem bisherigen Liebesleben stellt.

»Och, ich hatte drei feste Beziehungen. Irgendwie hat's nie gepasst«, antwortet sie und weiß, dass diese Halbwahrheit eine Lüge ist. Niemals würde sie ihm die andere Seite der Kluft zeigen.

Sein aufmerksamer Blick klebt an ihrem Profil, als warte er, dass noch mehr von ihr kommt. Nachdem sie aus dem Loch ihrer Scham wieder herausgekrabbelt ist, geht sie zum Gegenangriff über: »Und du? Hattest du mit deiner Melanie guten Sex?«

»Weiß Gott«, lacht er übermütig. Reflexartig lässt Sarah ihre Hand aus der seinen gleiten. Sie ist dabei, den Zauber dieses Abends zu vertreiben. Ist sie etwa eifersüchtig auf eine seit fünf Jahren tote Frau?

In der Zeit, die eine Seifenblase braucht, um zu platzen, erkennt sie alles gleichzeitig: Sie ist neidisch auf diese Frau, auf dieses Paar, das *weiß Gott* guten Sex hatte, auf zwei Menschen, die sich liebten und aus deren Liebe sogar ein Kind entstanden ist.

Neben der tragischen Erhabenheit dieses Schicksals steht ihr eigenes Leben da wie ein schmaler holpriger Weg mit Hindernissen, die so klein sind, dass man sie nicht richtig erkennen kann und doch ständig daran hängenbleibt.

Sie hat kein Shakespeare'sches Drama vorzuweisen, nicht einmal eine schwierige Kindheit. Nichts hat sie zu jammern und doch kommt ihr das eigene Leben fad vor wie eine salzlose Suppe.

Auch er hat das leise Platzen der Seifenblase gehört, er hat ein feines Ohr für Stimmungen – wie ihr Papa für die Musik. Doch Tobias lässt sich nicht beirren und führt seinen Satz zu Ende, wenn auch mit leiser, veränderter Stimme: »Ungefähr zwei Jahre bevor sie ums Leben kam, hatten wir guten Sex. Vorher war das Bett zuweilen ein Schlachtfeld.«

»Schlachtfeld?«

»Nicht wörtlich nehmen.«

»Wie dann?«

»Ich habe schon mit knapp zwanzig geheiratet, weil sie schwanger war. Am Anfang spielt die Verliebtheit mit, da geht alles von selbst. Aber schon nach der Geburt hatte sie keine Lust mehr oder wollte etwas, das ich ihr damals nicht geben konnte.«

Sarah fragt nicht nach, er könnte sonst zurückfragen. Doch er scheint seinen Erinnerungen nachzuhängen. Wieder kämpft sie die Eifersucht nieder. Er muss seine Frau sehr geliebt und begehrt haben.

»Ich habe sie sehr geliebt und begehrt«, sagt er, als könne er ihre Gedanken lesen.

»Was wollte sie denn, was du ihr nicht geben konntest?«

»Sie konnte es nicht sagen. Oder ich habe nicht zugehört.«

»Und dann?«

»Sie hat einen Tantrakurs gemacht. Klar fand ich das total daneben. Aber ich hoffte, sie würde dort irgendwelche Praktiken lernen und alles würde gut werden. Stattdessen hat sie einen Kerl kennengelernt.«

»Oh je.« An seinen früheren Schwierigkeiten kann Sarah sich wieder aufrichten wie Efeu an Omas krankem Zwetschgenbaum hier im Garten.

»Ein Jahr lang hatten wir eine Krise, dann legte sie das Thema Scheidung auf den Tisch. Das war der Nullpunkt für mich. Meine Verschlossenheit schmolz wie Eis in der Sonne. Ich weinte vor ihr und schämte mich gleichzeitig dafür. Ich bin altmodisch erzogen, ein Mann weint nicht.«

Die Stille, die jetzt eintritt, ist gut und gleichzeitig wird Sarah immer angespannter. Er ist ehrlich, da wird sie in Zugzwang kommen.

»Später im Bett sagte Melanie dann, ich sei heute zum ersten Mal erreichbar gewesen. Das hat mich noch mehr irritiert. Aber ja ... «

»Was, ja?«

Er bläst die Luft aus. »Ich hab' mir alles angehört, was sie zu sagen hatte. Dann hat sie mir zugehört. Dann haben wir zum ersten Mal seit Monaten miteinander geschlafen und die Intensität hat mich fast umgehauen. Vielleicht weil ich so traurig war, keine Ahnung.«

»Hat sie ihre Trennungsabsicht zurückgezogen?«
»Nö, sie hat mich erpresst. Ich musste mit zur Beratung kommen, das hatte ich zuvor abgelehnt.«
»Abgelehnt?«
»Mein Gott, ich bin Bauer!«
»Dem Bauern reicht's, wenn er vögeln darf?«
»So in etwa«, lacht er. »Nein, eigentlich bin ich begeistert von gutem Sex, nicht nur vom Vögeln, um das hier klarzustellen.«
»Gut zu wissen.«
»Es ging nicht um Praktiken, sondern um Zeit für die Liebe. Nach einem arbeitsreichen Tag noch zehn Minuten Sex zum Abreagieren, das hat Melanie abgeturnt. Heute verstehe ich sie gut.«
»Und dann?«
»Auch für das Reden mussten wir uns Zeit nehmen. Über Gefühle zu sprechen war schwierig für mich. Aber ich habe dazugelernt.«
»Hast du keine Angst, dass unser Ehebett auch zum Schlachtfeld wird?«
»Hast du mir gerade einen Heiratsantrag gemacht?«, fragt er und sein Grinsen flackert im Kerzenschein.
»Hab ich nicht!«
»Du hast unser Ehebett gesagt.«
»Das war rein hypothetisch.«
»Ich glaube, wir werden nicht nur im Ehebett streiten.«
»Wieso?«
»Du bist eine streitlustige Frau.«
»So siehst du mich?«
»Nicht nur.«

»Wie noch?« fragt sie.
»Stark.«
»Okay.«
»Begehrenswert – sehr.«
»Hmm ...«
»Bodenständig.«
»Stimmt.«
»Kratzbürstig.«
»Nö ...«
»Nur ganz wenig.«
»Von mir aus.«
»Schön – sehr sogar.«
»Danke.«
Er richtet seine Augen auf sie wie zwei Scheinwerfer. »Verletzt.«
Nicht als Frage platziert er dieses Wort, sondern als Aussage, als sichtbare, unumstößliche Tatsache. Sein Blick bleibt auf ihr liegen wie das Mondlicht. Sie wendet sich ab, will nicht, dass er die Tränen sieht, die ihr unwillkürlich über das Gesicht laufen, nicht einmal schnäuzen will sie, weil er das in der Dunkelheit hören würde.

Nach Hause will sie. Wo ist ihr Zuhause? Sie ist heimatlos geworden. Er hat sie getroffen, der Bauer. Dann richtet sie sich auf und beruhigt sich selbst in altbewährter Manier: Ich hatte eine schöne Kindheit, wovon soll ich verletzt sein? Laut gibt sie schließlich raus: »Dann hattet ihr eine gute Zeit nach der Krise, du und Melanie.«

»Weiß Gott«, sagt er schon wieder. »Wir hatten zwei so intensive Jahre, als hätten wir unser ganzes

Leben in diese kurze Zeitspanne gepackt. Vielleicht gibt es eine Art Vorherbestimmung.«

Wie viel Geheimnis doch darin liegt, geliebt zu werden, sinniert Sarah im Stillen und fühlt diesen klebrigen Film auf ihrer Haut, der sie daran erinnert, dass sie womöglich kein Recht auf Liebe hat. Er wird seine Melanie immer mehr lieben als sie, genau wie Papa seine Bettina mehr geliebt hat als alles andere.

Dann schüttelt sie den Kopf über ihr eigenes Selbstmitleid. Wieso ist sie so bescheuert? Gerade will sie noch etwas sagen, nur damit das Gespräch im Gang bleibt, doch sein letzter Satz hat eine hauchdünne Hülle aus Luft über ihn gelegt. Er ist allein mit sich und seinen Erinnerungen und jetzt hört Sarah von irgendwoher den klagenden Ton eines Cellos. Es klingt verwirrend, wie die Stimme eines Menschen. Vielleicht ist der Mann neben ihr Orpheus, der seine Eurydike aus der Unterwelt wieder zu sich holen will. Wie viele Töne, wie viele Farben hat der Schmerz? Hat nicht auch Mama einen Mann der Trauer geheiratet, weil ihr eigener Vater Hans seine Trauer nicht bewältigen konnte? Und liegt nicht die tiefste Schönheit eines Menschen in den Augen, die von Tränen reingewaschen wurden?

Tobias fasst mit einem weichen, klaren Griff nach ihrer Hand. Er ist wieder da und übernimmt die Führung auf dem Weg durch dieses Schattenreich. Aber er muss gar nicht hinuntersteigen in die Unterwelt; denn jetzt ist sie gekommen, Sarah, und in ihr geht gerade ganz diesseitig die Liebe auf wie ein Buchenkeimling im Frühlingswind.

»Sie wurde wieder schwanger.«

Ein Strahl mit kaltem Wasser sprengt ihre Gedanken weg, sie schrickt auf und fragt ungläubig: »Sie war schwanger, als starb?«

»Ja.«

Sarah sackt in sich zusammen und lässt sich auf die Stuhllehne zurückfallen. Sie muss durchatmen, bevor sie fragen kann. »In welchem Monat?«

»Im achten«, antwortet er und wischt sich mit dem Handrücken die Nase.

Die Kerze auf dem Tisch flackert, ein Nachtfalter verbrennt gerade in der Flamme und als sich Sarah wieder gefangen hat, sagt sie mit leiser Stimme: »Das wird nie vorbei sein.«

Er antwortet nicht, zuckt mit den Schultern; sie sieht im Kerzenschimmer, dass er schluckt. Die Stille, die sich jetzt ausbreitet, ist wie ein dunkles, violettes Tuch, das sie beide verbindet. In der Größe seiner Trauer findet auch die ihre Platz – und auch ihre Scham, ihre Bitterkeit und das Herumstochern im Nebel ihres eigenen Lebens.

Gerade als er sich aufrichtet, streift ein laues Lüftchen Sarahs Gesicht und es kommt ihr vor, als ziehe dieser sanfte Windhauch eine Woge von kristallener Klarheit hinter sich her. Sie wirft den Umhang ihrer Selbstzweifel ab und wie ein Ritter schneidet sie selbst ihre Dornenhecke frei.

»Komm«, befiehlt sie und steht auf.

»Wohin?«

»Zum Friedhof.«

»Wie, zum Friedhof?«
»Zum Friedhof halt.«
Er blickt auf sein Handy auf dem Tisch. »Ein Uhr dreiundfünfzig.«
»Na und?«
»Hast du sie nicht mehr alle?«
»Doch. Alle.«
»Das fängt ja gut an.«
»Komm, mein Bauer, keine Angst. Ich beschütze dich.«
»Da bin ich aber froh.«
Aus der Küche nimmt sie den riesigen Blumenstrauß in den Arm.

An der Wasserstelle des Friedhofs füllt sie den Krug. Kurz stellt sie ihn am Rand des Brunnens ab. Als sie gerade die Blumen hineinstellen will, fällt ihr Blick auf den Wasserspiegel in der Vase und das Gesicht einer schönen, entschlossenen, tatkräftigen Frau, die das Herz auf dem rechten Fleck hat und einen geraden Blick, leuchtet ihr entgegen.
»Ich muss Melanie fragen, ob sie dich hergibt«, flüstert sie, als sie mit ihm am Grab steht.
»Was?«
»Stell dich nicht so an! Das ist eine Sache unter Frauen.«
Das Grab ist sorgfältig gepflegt, soweit das im Mondschein zu erkennen ist. Die Familie liegt unter einem schönen weißen Marmorstein mit goldgeprägter Schrift. Unter Mias Namen prangt ein goldener Stern, für das Ungeborene.
»Es war ein Junge, er hatte noch keinen Namen.«

Lange stehen sie vor dem Grab. Tobias schnäuzt sich.

»Gib mir dein Taschentuch«, flüstert sie.

»Es ist gebraucht.«

»Gib's her«, sagt sie, schnäuzt hinein und gibt es ihm zurück.

»Ja«, sagt sie.

»Hast du gerade ›Ja‹ gesagt?«

»Ja, wir gehen jetzt miteinander; so hat man früher gesagt.«

Tobias nimmt einen Kieselstein vom Weg. Dann tritt er neben den Grabstein und legt die Hände übereinander, wie man es auf Beerdigungen macht, wenn man vor einem Grab steht. Seine Silhouette im Mondlicht hat etwas Gebücktes, obwohl er aufrecht steht.

Das Unglück hat ihn gebeugt und ist Teil seines Wesens geworden, auch wenn er sich die lachenden Augen bewahrt hat. Während Sarah diesen fremden und doch schon so vertrauten Mann betrachtet, geht ein feines, tiefes Gönnen in ihr auf wie eine Blume aus heller, zarter Luft.

Gönnt sie ihm seine ewige Liebe zu Melanie, oder gibt Melanie ihren Segen zu der neuen Verbindung? Jetzt durchfließt Sarah ein Strom aus Liebe und Stille, der nicht von ihr zu kommen scheint und der doch zu ihr gehört.

Er nickt, als hätte auch er sich wortlos mit seiner ersten Frau besprochen und legt den Stein zwischen die Grabpflanzen.

Das Auto lassen sie vor dem Friedhof stehen und spazieren Hand in Hand zurück, Sarahs Knöchel schmerzt kaum noch.

»Und was hast du noch zu beerdigen?«, fragt er unterwegs.

»Was meinst du?« Sie schluckt ein Glas Bitterkeit hinunter.

»Du weißt es doch.«

Auf diesem Nachtspaziergang erzählt sie ihm alles, lässt nichts aus und beschönigt nichts.

Als sie im Haus ankommen, nimmt sie ihn mit nach oben in ihr Zimmer. Jetzt geht alles sehr langsam. Nichts gibt es mehr zu verstecken, nichts darzustellen, nichts zu vergleichen und nichts zu erreichen. Feuchte, salzige Haut, abgeschleckte Tränen, Münder, Zungen, Arme, Beine verschlingen sich und lösen sich, nur um sich wieder und wieder zu umschlingen.

Gegen halb sieben streckt er träge seine Hand nach dem Handy aus. »Ich bin heute krank«, sagt er schläfrig ins Telefon.

»Liebeskrank, das hat sich schon rumgesprochen«, hört Sarah die muntere Stimme seines Bruders am anderen Ende der Leitung.

»Bettlägerig«, antwortet Tobias, klickt auf die rote Taste und kuschelt sich wieder an seine Liebste.

Hand in Hand betreten sie am Sonntag eine Viertel Stunde vor Gottesdienstbeginn die schöne Stadtkirche zu Weingart. Der Duft und die Kühle von Kirchenräumen ist in den Jahren, seit sie Orgel spielt, für Sarah zur Heimat geworden.

In dieser schönen, schmucklosen und doch erhabenen Kirche, die viel zu groß für die kleine Gemeinde ist, schlossen ihre Großeltern Hanna und Hans einst vor dem Allerhöchsten den Bund des Lebens; hier brachten sie ihre Gebete, ihren Dank und ihr Flehen vor Gott vor, hier wurde ihre Mutter Bettina getauft und heiratete später in dieser Kirche ihren Wolfgang.

Sarahs Spiel während des Gottesdienstes ist nicht majestätisch, donnernd oder gar gewaltig. Vielmehr spielt sie andachtsvoll und schwebend, passend zu ihrer Stimmung. Sie fühlt das Vibrieren der tiefen Frequenzen in ihrem Leib, als wäre die Orgel ein atmender, pulsierender Organismus, der sie umhüllt mit Geborgenheit. Sie sieht ihn nicht, aber sie weiß, dass Tobias unten bei seiner Mutter, seinem Bruder samt Frau und seinem kleinen Neffen in der Kirchenbank sitzt, in der auch seine Großeltern und Urgroßeltern schon saßen.

Ausklänge a cappella

Das Lied, das in allen Dingen schläft

Wolfgang packt Ari am Arm. »Halt! Zwangsspaziergang mit deinem alten Vater!«

»Kein Bock.«

»Niemand fragt, ob du Bock hast. Zwang!«

Ari starrt ihn fast feindselig an.

In einem milderen Ton sagt Wolfgang: »Es wird Zeit. Komm.«

Das sonnige, fröhliche Kind, das Ari einmal war, läuft seit einiger Zeit mit einem vernebelten Gesicht herum. Er ist siebzehn Jahre alt und zuweilen ungenießbar. Jetzt gehen die beiden schweigend durch die abendliche Novemberkälte.

»Mädchen?«, fragt Wolfgang.

»Unter anderem.«

»Laufpass?«

Ari rollt die Augen. »Ja«, sagt er in einem genervten Ton.

Wolfgang packt das heiße Eisen ohne Handschuhe an. »War es das erste Mal?«

»Oh Mann – du nervst! Ja!«

»Warst du ihr zu jung?«

»So hübsch hat sie sich nicht ausgedrückt«, gibt er zurück.

»Ich hab' was für dich«, sagt Wolfgang und zieht ein kleines, schön verziertes Kästchen aus seiner Tasche. »Hundert Perlen. Und dass du mir kein zweites Mädchen anlachst, bevor du diese Hausaufgaben nicht gewissenhaft gemacht hast. Danach werden sich die Weiber um dich reißen.«

»Hä?«

»Das geht so ... «

»Hundert Mal?«, fragt Ari voll ehrlichem Entsetzen, nachdem Wolfgang ihm alles ganz genau erklärt hat.

»Deine Mutter und ich fahren am Samstag für zwei Wochen in den Urlaub. Du hast das Haus ganz entspannt für dich.«

Ari steckt das Kästchen in die Hosentasche und unterdrückt ein Grinsen.

»Das geht in der Familie Schwartz jetzt immer vom Vater zum Sohn«, sagt Wolfgang

»Hast du das von Opa Paul?«

»Fast.«

»Fast?«, fragt Ari leicht irritiert, doch eine Minute später dreht er sich zu Wolfgang um. »Jetzt geht mir ein Licht auf. Tante Yvonne?«

»Mhm«, macht Wolfgang.

»Krass!«

Obwohl Ari nur ein paar Meter vorausgeht, werden seine Konturen unscharf im dichter gewordenen Nebel; als ob er bald nicht mehr greifbar wäre, als ob seine Gestalt durch die Nebelbank hindurch in ein eigenes Leben ginge, zu dem Wolfgang keinen Zutritt mehr hat.

Er will ihn sich zurückholen, seinen Ziehsohn, will noch einmal erleben, wie er als Baby immer nur auf Wolfgangs Brust eingeschlafen ist, wie er in der schlammigen Pfütze gespielt hat und, über und über mit Schlamm bedeckt, unbedingt von Wolfgang heimgetragen werden wollte, er will mit ihm in das Baumhaus hinaufklettern, das sie auf dem

Ahorn im Garten bauen. Jetzt beschleunigt Wolfgang seinen Schritt und als er ihn fast eingeholt hat, wendet Ari seinen Kopf. »Bin ich ein Schwartz?«, fragt er.

»Ja«, sagt Wolfgang und weiß nicht, warum er schlagartig Kopfschmerzen bekommt.

»Würde es dir was ausmachen, wenn ich Chadad, den Namen meines Vaters, annehme?«

Jetzt ist er da, der Schmerz, scharf wie ein Messer. Er versucht, ihn vor Ari zu verbergen. Dass der nicht *Uziya* sagt, wie seither, sondern *mein Vater*, treibt die Klinge noch tiefer in die Wunde. Nach einer Weile, als er sich der Festigkeit seiner Stimme einigermaßen sicher sein kann, antwortet Wolfgang: »Ich werde dich freigeben müssen.«

»Aber würde es dich verletzen?«

»Als deine Mutter dich mir zu Füßen legte, habe ich einen Tag lang gehadert. Seither bist du das Geschenk meines Lebens. Dass es mir wehtut, darf dich nichts angehen. Alle Eltern müssen ihre Kinder hergeben.«

Er atmet im Weitergehen noch einmal durch. »Was mich angeht, bist du vollkommen frei«, sagt er schließlich und es kommt ihm schon etwas leichter über die Lippen. »Lieben werde ich dich immer.«

»Alle mögen mich. Trotzdem ist es komisch.«

»Dass du nicht weißt, wo du hingehörst?«

»Ich hätte auch gerne, wie Sarah, nur einen Vater.«

»Du hast zwei Wurzeln«, antwortet Wolfgang nach einer Weile. »Es ist deine persönliche

Herausforderung, die das Leben für dich bereithält. Du kannst es auch als Glück sehen.«

Ari legt eine Hand an die Hosentasche, in der das Kästchen ist. »Das ist das Erbe meiner Schwartz-Familie«, sagt er und grinst. »Ein guter Liebhaber werden.«

»Immerhin!«

»Wie du?«

»Mhm ... glaub' schon.«

»Warum hat Mama dann was mit Uziya angefangen?«

»Tja ... der Eros ist halt ein anarchistischer Saukerl«, sagt Wolfgang und fühlt sich fast wieder gut. Ari kichert. Dann fragt er: »Warum hast du nicht von Mama verlangt, dass sie ihn verlässt? Du bist doch der Ehemann.«

»Weil ich sie liebe.«

Der Rest des Wegs besteht aus Schweigen, und als sie hintereinander den schmalen Weg durch den Vorgarten gehen, dreht sich Wolfgang zu Ari um. »Du hast immer Papa zu mir gesagt. Wenn du willst, kannst du jetzt auch Wolfgang sagen. Ich bleibe immer einer deiner zwei Väter, egal wie du oder ich heißen.«

»Danke«, sagt Ari und versucht, seine Rührung zu verbergen. Wolfgang gibt ihm einen Klaps auf die Schulter. Im Licht der Haustür treffen sich ihre Blicke.

»Wieso war das Loslassen bei Sarah nicht so schmerzhaft?«, fragt Wolfgang Bettina abends im Bett.

»Erstens habe ich eine unbestimmte Ahnung, dass bei Sarah noch was nachkommt«, antwortet Bettina. Dann zögert sie und stützt sich im Bett auf.

»Zweitens?«

»Dass du Ari so liebst, ist das Geschenk meines Lebens«, antwortet sie.

Spätsommer 2018

»Hättest du was dagegen, wenn wir gemeinsam ein Grab bei einem Baum nähmen? Ich will das Familiengrab meiden.« Paul winkt mit einer Broschüre des Friedwaldes, als würde er einen großen Urlaub planen.

»Mit mir zusammen?«, fragt Yvonne und macht ein dümmliches Gesicht.

»Hättest du eine bessere Idee, mit wem ich zusammen einen Baum teilen könnte?«, fragt er.

Sie legt ihren Kopf an seine Schulter. »Du bist das Glück meines Lebens«, sagt sie. »Bleib noch ein Weilchen.«

Er bleibt noch ein Weilchen, aber nicht mehr lange, schließlich ist er schon achtundachtzig Jahre alt.

»Wir werden uns bald verabschieden müssen«, sagt er ein halbes Jahr später. Yvonne schweigt. »Es ist das Herz. Schon seit Tagen«, fügt er an.

»Ich weiß«, murmelt sie.

»Lässt du mich ziehen?«

Die letzten Sonnenstrahlen wärmen ihr Gesicht. Sie sucht ihr Taschentuch, findet es nicht, schnäuzt sich vor Pauls großen Augen in die blitzsaubere Leinenserviette mit dem Monogramm der Familie Schwarz und wischt sich damit über die Augen; dann über die Stirn. »Ja.«, antwortet sie nach einigen tiefen Atemzügen.

»Mir geht's nicht gut«, sagt er in der nächsten Woche.

Sie hilft ihm aufs Bett, dort liegt er mit seinen teuren Kleidern in fein abgestuften Anthrazit-Tönen und sagt zu Yvonne: »Legst du mir die Matthäuspassion auf? Ganz leise.«

Sie sucht die digitalisierte Version einer alten Aufnahme heraus, in der Helene den Sopran singt, eins der ganz wenigen Male, bei denen sie als Oratoriumssängerin aufgetreten war.

»Danke, dass du während all dieser schönen Jahre bei mir warst«, sagt er.

»Fast dreißig Jahre«, antwortet sie und hofft, dass er ihre Tränen nicht sieht.

»Es waren meine schönsten.«

»Auch meine.«

»Wir sehen uns wieder.« Seine Stimme klingt sehr müde.

»Heißt das ›Auf Wiedersehen?‹« Sie sucht seinen Blick, aber Paul ist schon so schwach, dass die Augäpfel nach innen rollen.

Dann geht sie hinaus und setzt sich vor die Schlafzimmertür auf den Boden und weint so lange, bis die Matthäuspassion zu Ende ist. Als nach ungefähr zweieinhalb Stunden der Schlusschor fertig gesungen hat, geht sie ins Zimmer. Paul ist tot.

Auf dem Baum, unter dem auch sie einmal beerdigt werden wird, hängt ein Täfelchen mit dem Spruch:

> *Solang du das nicht hast,*
> *dieses Stirb und Werde,*
> *bist du nur ein trüber Gast*
> *auf der dunklen Erde.*
> *J. W. v. G.*

August 2019

Ein halbes Jahr nach Pauls Tod steht Wolfgang vor Yvonnes Haustür in Sillenbuch. Sie öffnet ihm im farbverschmierten Maler-Overall, ihre grauen Haare sorgfältig hochgesteckt. Aufrecht steht sie vor ihm. Schweigend schauen sie einander in die Augen. Nach einiger Zeit schüttelt sie langsam den Kopf. »Ich bin eine alte Dame«, sagt sie.

»Für mich warst du schon immer alt.«

Ihr Blick wird milder, der seine fordernd. Sie atmet durch und schüttelt wieder den Kopf.

»Für mich warst und bist du meine Geliebte, daran hat sich nie etwas geändert.«

»Wo ist Bettina?«

»In Israel.«

»Hast du kein anderes Betthäschen finden können?«

»Problemlos«, antwortet Wolfgang gelassen.

Yvonne atmet durch und antwortet: »Wenn du es ihr verheimlichst, entwürdigst –«

»Ich bitte dich!«

Nach einigen Sekunden streift ein Lächeln im Vorbeiflug ihr Gesicht. »Komm«, sagt sie und öffnet ihre Arme.

Nachdem Bettina aus Israel zurückgekehrt ist, ruft sie bei Yvonne an. »Unser Doppelhaus ist inzwischen viel zu groß für Wolfgang und mich. Möchtest du nicht in die andere Haushälfte einziehen und dein Haus in Sillenbuch aufgeben?«

»Du meinst als eine Form von Wahlverwandtschaften?«, fragt Yvonne.

»Wahlverwandtschaften ohne heimliche Verstrickungen«, antwortet Bettina.

»Drei freie Menschen?«

»Drei freie Menschen, die sich lieben«, sagt Bettina.

»Dann komme ich von Herzen gerne«, antwortet Yvonne.

Mitte 2022

Drei Jahre nach Pauls Tod, kurz vor Yvonnes achtzigstem Geburtstag, hält sie den Brief in ihren zitternden Händen. Sie steht noch vor dem Briefkasten, als Bettina herausgerannt kommt. »Was ist los? Du siehst gottserbärmlich aus!«

»Es ist ein Mädchen«, sagt sie und hat Mühe mit ihrer Stimme, denn auf einen Schlag ist ihre Lunge porös geworden und scheint aufzuhören, zu arbeiten. Einatmen, ausatmen – das ist alles, was zu tun wäre, doch es ist schwierig, sie muss sich auf einen Stuhl sinken lassen. Wo ist ein Stuhl? Da ist nur Bettina, die führt sie nach drinnen, wo sie sitzen kann; jetzt geht es besser mit dem Atem.

»Dein Leben lang hast du gedacht, du hättest einen Sohn«, sagt Bettina, während sie den Umschlag in den Händen hält. Mit einer Handschrift, die der Yvonnes frappierend ähnlich ist, steht als Absender *Regine Hoffmann* drauf.

»Bei allen anderen sehe ich so genau, nur bei mir selbst bin ich dumpf und dumm geblieben.«

»Willst du allein sein, um ihn zu öffnen?«

»Untersteh dich, mich jetzt allein zu lassen!«

»Ich lese dir vor«, schlägt Bettina vor und ihre Stimme ist sanft.

Sehr geehrte Frau Mutter,
seit vielen Jahren weiß ich, dass Sie bereit sind, gefunden zu werden. Mir fehlte der Mut. Ich hoffe, Sie nicht damit zu brüskieren, wenn ich gestehe, dass ich mit der Information aufgewachsen bin, ich sei das Kind eines Mörders und einer Prostituierten.
Hinter mir liegt ein bewegtes Leben und jetzt habe ich nichts mehr zu verlieren. Ich würde mich sehr freuen, wenn ich Sie treffen und kennenlernen dürfte.

Regine Hoffmann, Ihre leibliche Tochter

Figurenaufstellung

Helene Hinrichsen, Suter, Schwartz

Helene, geb. 1936, ist ein hochsensibles Mädchen und vom mysteriösen Verlust ihrer Eltern zutiefst verstört. In einer ländlichen Pflegefamilie findet sie Schutz, aber keine Heimat. Schließlich gelingt es Helene, über ihre große stimmliche Ausdruckskraft Kummer und Einsamkeit zu verarbeiten und trotz allem Lebensenergie zu schöpfen.

Paul Schwartz

Paul, geb. 1930, bemüht sich, ein verständnisvoller Ehemann für Helene und ein guter Vater für Wolfgang zu sein. Er stammt aus einer privilegierten Schicht und ist lange blind für die Rolle seiner Familie in der NS-Zeit. Als alles ans Licht kommt, zerbricht etwas in ihm. Es dauert Jahre, bis er wieder zu seinem Glück findet.

Hans Felder

Hans, geb. 1930, ist Bettinas Vater. Seine traumatischen Nachkriegserlebnisse kann er nicht verarbeiten. Nur ein tiefer christlicher Glaube hält ihn im Gleichgewicht. Im Laufe seines Lebens entwickelt er trotz seiner Hemmungen eine gewisse Gelassenheit und Weisheit. Er liebt seine Frau und seine Tochter auf die ihm eigene, zurückhaltende Art.

Wolfgang Schwartz

Wolfgang, geb. 1956, ist musikalisch hochbegabt wie seine Mutter Helene. Unverarbeitete Trauer liegt über seinem schillernden Leben. Erst die Heirat mit Bettina und die Versöhnung mit seinem Vater ermöglichen ihm eine Karriere als Pianist. Wolfgang besitzt große emotionale Tiefe und Verletzlichkeit, wodurch er für Frauen oft unwiderstehlich ist.

Hanna Schneider, Felder

Hanna, geb. 1930, ist tiefreligiös und trotzdem stark und wehrhaft. Ihre einzige, lang ersehnte Tochter Bettina weiht sie Gott. Auf Enttäuschungen reagiert Hanna mit Groll, auch gegenüber ihrem Gott. Ein Leben ohne Religion ist ihr allerdings unvorstellbar. In ihrem gesunden Zorn und in ihrer Güte zeigt sich Hannas Kraft.

Yvonne

Yvonne, geb. 1942. Ihr Leben ist von Brüchen und Abgründen geprägt. Doch sie besitzt einen starken Lebenswillen und natürliche Sinnlichkeit. Intuitiv kann sie in andere Menschen hineinhören. Ihre Sehnsucht nach Liebe und Geborgenheit bleibt lange unerfüllt. Yvonne besitzt als einzige der Figuren keinen Nachnamen. Sie verkörpert ein Prinzip.

Bettina Felder, Schwartz

Bettina, geb. 1964, ist eine stille, unscheinbare Persönlichkeit. Nachdem sie ihr frommes Korsett abgelegt hat, wird sie eine echte Gottsucherin. Sie geht ihren Weg von extremer Unfreiheit hin zu Selbstbestimmung und außergewöhnlicher innerer Freiheit und Heilung. Allerdings bleibt sie schwer greifbar und wie »nicht von dieser Welt«.

Sarah Schwartz

Sarah, geb. 1991, ist die Tochter von Wolfgang und Bettina. Obschon temperamentvoll und stark, leidet sie unter einem unglücklichen, zerrissenen Liebesleben. Mutig erforscht sie sich selbst, ihre Prägungen und familiären Altlasten. Dadurch wird eine neue Liebe zu einem Mann möglich, der ursprünglich nicht in ihr Weltbild gepasst hat.

Literaturverweise

»Shma Israel adonai elohenu adonai echad« ist das grundlegende jüdische Glaubensbekenntnis.
Das vorliegende zeitgenössische Lied bezieht sich darauf und stammt von Yossi Gispan. Es wurde hier im Sinne der künstlerischen Freiheit in die 1940er-Jahre zurückverlegt. Quelle und Übersetzung aus dem Hebräischen: https://www.youtube.com/watch?v=JgEowduj5yU ; besucht am 13.01.2025.

Johann Sebastian Bach (1727). Matthäuspassion, BWV 244, zweiter Teil, 65. Aria, Bass.

Paul Gerhard (1653). Befiehl du deine Wege. Evangelisches Kirchengesangbuch, Nr. 361.

Johann Wolfgang von Goethe (1778). An den Mond.

Rainer Maria Rilke (1899). Ich lebe mein Leben in wachsenden Ringen, Reclam Universalbibliothek, Leipzig.

Johann Sebastian Bach (1741). Goldbergvariationen, BWV 988.

Die Bibel, Altes Testament, 1.Samuel 1,11.

Paul Gerhard (1647). Breit aus die Flügel beide, Evangelisches Kirchengesangbuch, Nr. 393.

Johann Samuel Patzke, in: Johann Peter Lange, Deutsches Kirchenliederbuch, 1843, Lied 630.

Johann Wolfgang von Goethe (1899). Wiederfinden, Gedicht aus »West-Östlicher Diwan«, Reclam Verlag, Stuttgart.

Paul Gerhard. Lobet den Herren, Evangelisches Kirchengesangbuch, Nr. 447. / Paul Gerhard. Die güldene Sonne, Evangelisches Kirchengesangbuch, Nr. 447. / Matthias Claudius. Der Mond ist aufgegangen, Evangelisches Kirchengesangbuch, Nr. 462. / Paul Gerhard. Oh Haupt voll Blut und Wunden, Evangelisches Kirchengesangbuch, Nr. 351 / Paul Gerhard. Ich steh an deiner Krippe hier, Evangelisches Kichengesangbuch, Nr. 29. / Phillip Nicolai. Wie schön leuchtet der Morgenstern, Evangelisches Kirchengesangbuch, Nr. 57.

Wilhelm Hey (1837). Weißt du wieviel Sternlein stehen, Volkslied.

Johann Wolfgang von Goethe (1819). Selige Sehnsucht, Gedicht aus dem »West-Östlichen Diwan«, Reclam Verlag, Stuttgart.

Glossar

Berndeutsch

S. 14 »Grüessäch, Herr Profässer.«
»Guten Tag, Herr Professor.«

S. 14 »Das is es Meitschi. Zu mir chasch itz Muet ter säge.«
»Das ist das Mädchen. Zu mir kannst du jetzt Mutter sagen.«

S.14 »Das isch es Judemeitschi us Dütschland, gäuet?«
»Das ist ein Judenmädchen aus Deutsch land, nicht wahr?«

S. 15 »Gwüss doch, Herr Profässer.«
»Natürlich, Herr Professor.«

S. 15 »Mir häbe Sorg zu däm Meitschi.«
»Wir sorgen für das Mädchen.«

S. 16 »Mir müesse haut waarte.«
»Wir müssen halt warten.«

S. 16 »Me mues ihm d'Miuch mit dr Fläsche gäh, süsch überlät's nid.«
»Man muss ihm Milch mit der Flasche ge ben, sonst überlebt es nicht.«

S. 17 »ds'chliine Schääfli.«

»das kleine Schäfchen.«

S. 18 »Chunnsch mit? I d'Aare?«
»Kommst du mit in die Aare?«

S. 19 Chabis
Kraut

S. 19 Cassis
schwarze Johannisbeeren

S. 20 »Verchouft.«
»Verkauft.«

S. 20 »S'isch Chrieg, da gits weni Fleisch.«
»Es ist Krieg, da gibt es wenig Fleisch.«

S. 20 »Dr Chrieg isch fertig!«
»Der Krieg ist zu Ende!«

S. 22 »Hütt Zmittag gässe.«
»Heute zu Mittag gegessen.«

S. 27 Gemeindesäli
Gemeindesaal – Verkleinerungsform

S. 28 »Ii haa di g'hört.«
»Ich habe dich gehört.«

S. 28 »Du chasch für ihn singe. Er isch mi
Fründ gsii.«

»Du kannst für ihn singen. Er ist mein Freund gewesen.«

S. 28 »Die Gräbt isch übermorn.«
»Die Beerdigung ist übermorgen.«

S. 29 Pflägmeitschi
Pflegemädchen

S. 42 »enchanté«
angenehm

Französisch

S. 56 »Quoi que ce soit.«
»Was auch immer.«

S. 59 »Touché.«
»Treffer.«

S. 69 »Ça va?«
»Wie geht's dir?«

S. 119 »Debout! Les mains en l›air!«
»Aufstehen! Hände hoch!«

S. 119 »Ferme-la ou j' te flingue.«
»Halt die Klappe oder ich knall dich ab.«

S. 120 »Combien êtes-vous? Sales petits boches!«
»Wie viele seid Ihr? Ihr dreckigen kleinen Deutschen.«

S. 120 »Il en manque encore?«
»Fehlen noch welche?«

S. 120 »C'est tout?«
»Ist das alles?«

S. 120 »Si on en trouve un autre, vous serez tous morts!«
»Wenn wir noch einen finden, seid Ihr alle tot!«

Das Rad dreht sich weiter

Während Sarah in Weingart endlich die Liebe findet und mit Tobias in eine hoffnungsvolle Zukunft blickt, ahnt sie nicht, dass das Leben der Familie Schwartz bald aus den Fugen geraten wird.

Wie ein unsichtbares Netz, das sich langsam spannt, findet sich zur selben Zeit in einem Schwarzwälder Forsthaus eine Familie zusammen, die mit der Familie Sarahs nichts zu tun zu haben scheint.

Da ist zunächst Alma: Nach dem unerklärlichen Suizid ihrer Mutter kommt sie in das Haus ihrer Kindheit, um die Beerdigung zu regeln. Dort wird sie von bitteren Erinnerungen überfallen, die sie fast aus der Bahn werfen.

Doch nicht nur das.

Plötzlich steht ein Fremder vor der Tür, der behauptet, Almas Bruder zu sein. Misstrauisch und auch neugierig lässt sie ihn in ihr Leben.

Zögernd folgen die beiden einer Spur, die tief in ein grausames Kapitel der deutschen Nachkriegsgeschichte führt. Wird das Moor die düsteren Geheimnisse ihrer Mutter zutage bringen?

Doch auch Alma trägt eine Wahrheit, die sie seit Jahren vor sich selbst und anderen verborgen hält. Eine Wahrheit, die droht, sie zu zerstören.

Wie ist der Pianist Wolfgang Schwartz in all das verwickelt?

Und wer verbirgt sich hinter der scheinbar so schlichten Fassade von Almas Bruder Bernd, der aussieht wie ein gealterter Zuhälter?

Das Haus der unausgesprochenen Worte

Familienroman von Lea Söhner,
erscheint im Quartal 4 2025

Hinter den Seiten – Die Reise geht weiter!

Entdecken Sie die Welt hinter den Buchseiten und freuen Sie sich auf weitere spannende Inhalte.
Worum geht es?

Austausch: Diskutieren Sie mit anderen Leserinnen und Lesern. Stellen Sie ihre Fragen direkt an die Autorin.

Recherche-Hintergrund: Erfahren Sie spannende Details über die Themen und Inspirationen, die hinter dem Roman stecken.

Die Lebenswelt der Figuren: Lesen Sie weitere Geschichten über die Charaktere und deren Erlebnisse am Rand des großen Erzählstranges.

Neugierig?
Scannen Sie einfach den QR-Code – die Reise hinter die Seiten beginnt jetzt!

WORTE WIRKEN – Ihr wöchentlicher Newsletter für Geistesblitze und Entdeckungen

Worte berühren, überraschen und öffnen neue Perspektiven. Haben Sie Lust, die Welt der Sprache einmal anders zu erleben?

Abonnieren Sie WORTE WIRKEN, den wöchentlichen Rundbrief der Autorin.

Jeden Samstag ein Wort neu gesehen. Freuen Sie sich auf:

Aha-Erlebnisse und Denkanstöße, die Ihren Alltag bereichern.

Ein Lächeln für den Start ins Wochenende.

Neuigkeiten zu aktuellen Buchprojekten und auch zur Autorin selbst, damit Sie immer auf dem Laufenden bleiben.

Lassen Sie sich inspirieren – Woche für Woche, Wort für Wort.
Jetzt anmelden und dabei sein!

So verpassen Sie keinen Rundbrief und sind Teil einer Gemeinschaft, die Freude an der Sprache und an Geschichten hat.

Scannen Sie einfach folgenden QR-Code: